天狗文庫

司马辽太郎

1923—1996

毕业于大阪外国语学校，原名福田定一，笔名取自「远不及司马迁」之意，代表作包括《龙马奔走》《燃烧吧！剑》《新选组血风录》《国盗物语》《丰臣家的人们》《坂上之云》等。司马辽太郎曾以《枭之城》夺得第42届直木奖，此后更有多部作品获奖，是当今日本大众类文学巨匠，也是日本最受欢迎的国民级作家。

司马辽太郎作品集
SHIBA RYOTARO WORKS

功名十字路【上】

[日]司马辽太郎——著
欧凌——译

しばりょうたろう
SHIBA RYOTARO WORKS
功名が辻

重庆出版集团 重庆出版社

版贸核渝字（2021）第056号

图书在版编目(CIP)数据

功名十字路 /（日） 司马辽太郎著；欧凌译. —重庆：重庆出版社，2021.12

ISBN 978-7-229-16082-1

Ⅰ.①功…　Ⅱ.①司…　②欧…　Ⅲ.①长篇小说—日本—现代　Ⅳ.①I313.45

中国版本图书馆CIP数据核字字（2021）第056号

功名十字路
GONGMING SHIZI LU
[日] 司马辽太郎 著　欧凌 译
责任编辑：许宁　魏雯
装帧设计：谢颖设计工作室
责任校对：李春燕

重庆出版集团
重庆出版社　出版

重庆市南岸区南滨路162号1幢　邮政编码：400061　http://www.cqph.com
重庆出版集团艺术设计有限公司 制版
重庆豪森印务有限公司 印刷
重庆出版集团图书发行有限责任公司 发行
E-mail:fxchu@cqph.com　邮购电话：023-61520646
全国新华书店经销

开本：890mm×1230mm　1/32　印张：32　字数：580千
2021年12月第1版　2021年12月第1次印刷
ISBN：978-7-229-16082-1
定价：168.00元

如有印装问题，请向本集团图书发行有限公司调换：023-61520678

目录／Contents

新娘的小袖

织田信长将居城从尾张清洲城迁至岐阜，是永禄十年(1567)九月十八日的事情。

清洲与岐阜两地，相距八里[1]。蜿蜒逶迤的道路上，除却织田军的将士三万人外，织田信长之妻浓姬与她的侍女们自然也在其列。加上同行的其他将士的家人女眷，浩浩荡荡，也可算作一次小小的“民族迁徙”了。

当然，单身武士亦不少，山内伊右卫门便是其中之一。此君担任马回役[2]一职，相当于近卫士官。俸禄五十石，封地甚少。

这位伊右卫门，头戴南蛮盔，身着桶皮甲，手持一柄秃长枪，胯下的马儿老得不成样，四条腿儿还恁地短。

“真是个腌臜武士啊。”

这种话自然是难以启齿的，但对这个背上插着“三叶柏”家纹小旗的年轻武士，沿道村庄的百姓、妇人，甚至黄口小儿们，却少不了隐隐的冷嘲热讽。

他的确过于显眼了。

地处尾张的织田家，那可是以气吞山河闻名天下的。武士的盔甲、长枪、太刀，哪样不是闪闪发光的？而在织田家里，外号叫做“荐僧[3]伊右卫门”的，便是这位年轻人了。荐僧，在后世亦被称作虚无僧，总而言之，不过是听起来冠冕堂皇些的乞丐罢了。

织田家中传闻不少，有人说伊右卫门自幼过着一贫如洗的日子，还曾一时浪迹于荐僧市井之间。然而，从他的容貌上却丝毫看不出来。圆脸，肤色白皙，好似达官贵人的公子哥模样，脸颊上的红晕里还残留了些许稚气。

他过世的父亲，年少时的流浪与苦难，这些过往之事，就待笔者慢慢道来。在这里稍稍透露一下他的将来。这位眼下在织田家中无足重轻的寒酸青年，经历种种坎坷之后，竟然当上了土佐一国[4]的太守[5]，度过了不可谓不传奇的一生。

但是现在，与已逝的时光无关，与未来亦无关。对这个年轻人来说，关键是“现在”。如今他的心底里充满期待。

（千代小姐，究竟是怎样的姑娘啊？）

想到这里，他胯下瘦马的脚步也变得轻盈起来。

（据说在美浓这个地方，她可是有名的美人呢。）

虽说姻缘已定，可这个美貌女子他还没能亲眼见上一面。若宫千代——便是这位姑娘的名字了。借着织田家居城喜迁岐阜的彩头，伊右卫门山内一丰就要跟她成亲。离岐阜新城稍远的地方，迎娶新娘的新居已经建成。

(俺也要娶新娘子啦!)

美浓的天空，万里苍翠，晴朗无云。伊右卫门策马而行，深深吸了一口气。新娘、新娘、新娘——坐骑蹄下，一缕轻烟漫起。

岐阜城下的新居门庭前，自父亲过世以来一直侍奉左右的两位侍从，早已在道上洒过水，里里外外清扫得纤尘不染，等待伊右卫门归来。

“噢，挺干净嘛。”他的所谓武士府邸，也不过是一处陋室罢了。可无论如何简陋，长屋门[6]还是有的，那是两位侍从的栖身之所。

“对俸禄区区五十石的鄙人来说，貌似有些奢侈啊。”伊右卫门说着跨入了府邸。受封的领地共一百坪[7]。眼下修建了厨房，一间茅草屋顶、仅供就寝的正堂，以及一个仓房。单单这些的话，显得实在落寞，因此两位侍从特意从金华山（即稻叶山）移植了好些植物过来，于是各个角落里便有了松树、枫树、朴树枝繁叶茂的身影。

“这就是俺的府邸了?”伊右卫门坐在阳光甚好的房檐下，张望着自己的“府内”。

“可就俺这块料，怎么看都太大了啊。”伊右卫门亦有器量嫌小的一面。

“您可别谦虚。”侍从之一祖父江新右卫门批评道。

“您不久定会出人头地的。这点儿府邸，或许明年就显得狭窄啦。”说这句话的是另一位侍从五藤吉兵卫。

这两位均是三十三岁年纪，比伊右卫门年长十岁。父亲在世时他们便服侍左右，所以虽是家臣，于他却是亲如叔伯。无论怎样，在伊右卫门十四岁丧父之后，就是这两位含辛茹苦把他拉扯大的。

五藤家、祖父江家，这两位的家系后来成为土佐国俸禄二十四万石的家老[8]与准家老，一直绵延至明治时代。他们与伊右卫门一丰一起，同甘苦、共进退，最后终于守得云开见日出。不过此时的二人，身上还穿着粗陋的茶色麻布衣，脚上套着当地佃农常穿俗名“下下履”的草鞋，怎么看都是一副与叫花子不相上下的模样。但不管怎样，区区五十石俸禄就想养活两位侍从，大抵不太可能。

然而，战功总是“家臣”们立下的。伊右卫门一丰平素甚少吃白米饭，通常都以小米、稗子之类为主食，以便省下米饭钱来，养活两位侍从与他们的家人。而这两位也并不指望靠一丰的俸禄过活，只要不打仗，他们便去附近的富农家里帮工，赚点儿伙食钱。

“您的婚礼就在明夜了。”

“是啊。”伊右卫门心里起伏不定。

“她可是美浓家中最为美貌的新娘子啊。”五藤一脸愉悦，仿佛是自己要娶妻一般。

明晚便是洞房花烛夜了。

与岐阜相隔七里的美浓不破一地，是千代的娘家。想到明天，千代怎么也睡不着：“母亲，一丰（伊右卫门）先生是怎样的人呢？”

“又来了。”母亲法秀尼微笑着看她。这个相同的问题，也不知她前前后后到底问过多少次。

“是个好人。”法秀尼每次所答，也就这么一句。这位聪慧的女人从不多言，免得那些无益的评价先入为主，反倒阻碍了女儿自己的判断。

千代是位明媚的女子，后来作为“山内一丰之妻”成为日本史上的贤妻楷模。而此刻，她还只是个天真无邪的少女。

她的画像保存至今。鹅蛋脸，眼角极为细长，樱唇丰满，确实是位少见的大美人。

千代把自己的聪颖藏在了“天真无邪”里。她自幼就明白，聪明人老是把聪明挂在自己脸上是多么让人反感。所以，她是那么招人喜爱。

伊右卫门一丰因为父亲战死，家道没落，少年时代过了一段放浪形骸的生活。千代的幼年其实也很像。

婚事定下来时，母亲法秀尼就说："要是你父亲还在世，他该多高兴啊。"然而千代却已记不清父亲的容颜了。父亲若宫喜助，是北近江一地势力庞大的战国大名——浅井氏的家臣，他在独生女千代年仅四岁之时，便战死沙场了。

如若当时千代年纪足够，是可以招一位上门女婿来继承父业的。但千代那时尚且年幼。母亲法秀尼无奈之下，只好带着千代离开近江，来到美浓，暂时寄身于以"不破"为姓的亲戚家里。

不破家族，是美浓地区三大乡士[9]之一，而一家之长——不破市之丞的妻子，正是法秀尼的姐姐。千代母女虽为食客，但不破一家还是为她的成长提供了一个富裕的家境。

"听说对方很是贫穷，千代能不能熬得过去啊？"姐夫不破市之丞，在刚有人提亲时颇为担心，于是这样询问道。法秀尼回答："正是因为穷，才对未来充满期待啊。"她看中的只是一丰这个人。婚事就这么定了下来。

伯父不破市之丞与千代没有血缘关系，但或许正因如此，反而更容易让他抱有一种父爱似的情感。眼见着千代要出嫁了，这位不破家的小领主显得憔悴了不少。

“到底千代还是要离开的啊。”无论如何，她都是从四岁起便与不破一家住在同一屋檐下的女儿啊。

“女儿养起来可真是伤心，”这句牢骚话，他仿佛不吐不快，“养到最可爱的时候却不得不亲手送人。”

千代的生母法秀尼倒显得很冷静，她看着姐夫烦乱的样子，不禁觉得好笑。每每听到他发这样的牢骚，她都忍不住“扑哧”轻笑一声。他还义正言辞地质问“有什么好笑的”，所以就越发好笑了。

“你作为她的亲生母亲，就一点儿也不伤感么？”

“自然是伤感寂寞的。”

这点毋庸否认，特别是对法秀尼来说，她可是一个人亲手把女儿拉扯大的。这颗掌上明珠就要被人夺走，此种心情谁能比她更为明了？法秀尼在丈夫战死之后便皈依佛门，出家为尼。这次女儿远嫁之后，她便打算在不破领地的某个角落建个尼庵，真正地出家了。

在美浓一地，直到昭和初年都是这样——“一人出家九族升天”的观念十分流行。在名门望族里，一直有让一位族人出家的习俗，所以她的出家在当时并非奇怪的举动。

“女儿嫁给一丰君，我就嫁给阿弥陀佛如来了。”法秀尼静静地微笑。

“婚礼的事——”前段时间，不破市之丞想把婚礼办得体面风光一点儿，毕竟是从不破家出嫁。但饶是他费尽了口舌，法秀尼却怎么也不同意。

“不用费事的。男方父亲那一代虽然也很富足，但他自己现在仅仅是在织田旗下领着五十石俸禄，让她带一些寻常服饰和日常家什，也就够了。”如若太过隆重，反倒会让新郎一丰感到自卑，失了锐气，那便因小失大了。

“是吗？既然你这么坚持，那一定要答应我一件事。”不破市之丞出了一个主意，他提出要送一笔金子给千代。并且这些金子不写入嫁妆目录里，是给千代的私房钱。

一共有十枚纯金。

这个数额，在当时可是吓死人不偿命的一大笔钱。法秀尼让千代全部装进自己的镜匣里，叮嘱道：“这笔金子，要在你夫君遭遇紧要关头时才拿出来使用。”镜匣里的镜子是个圆镜，如今供奉在高知市追手筋的藤并神社里。镜子背面有一句诗文：每傍玉台疑桂月，未开宝箱似藏云。

成婚当日，自傍晚时分起，伊右卫门一丰便在新居的正堂之上正襟危坐，婚礼就在这里举行。

五藤、祖父江这两位侍从一大早就忙个不停。“少主，新娘的花轿已经到中宿地区了。”五藤吉兵卫飞奔进来禀告。日暮时分，太阳业已西沉，周遭已经变得昏暗。

“是吗？”

（潜心静气！）

虽然他如是告诫自己，一定要潜心静气，可谁知放于膝盖上的两个拳头还是不争气地微颤着。

“少主，”这次是祖父江新右卫门开口道，他看了实在于心不忍，“您何不稍稍躺着休息会儿呢？看您身子都快坐僵了。婚礼还有一个时辰才开始啊。”

“是吗？”他想对祖父江笑笑，可笑容却惨白地僵在那里。

（真是太丢脸了。）

他不禁自怨自艾起来。

当时的婚礼大都在晚间举行。但就算是身份低微的伊右卫门一丰，这个婚礼办得也足够朴素了。同属织田旗下的家臣木下藤吉郎秀吉，在迎娶浅野家的宁宁时——“茅草长屋里，竹垣铺地，再铺个灯芯草垫，就这样成婚的哦。”这话是宁宁当了北政所[10]之后，略带嘲弄地对侍女们说的。

一丰的境况也差不了多少。这些下级武士的婚礼并无固定的形式，所以仪式顺序什么的也没个定数。

终于到时间了。替代父亲之职的不破市之丞，先行赶来与一丰照了面。门前已经有红艳的篝火燃起，从门口到内室，数个烛台正熠熠生辉。

“新娘驾到——”不破家的小伙计在门前高声叫道，那音调好似远方的狗吠。

千代的手由一位年长侍女搀着，静静走了进来。她穿的不过是白色小袖[11]，披一件白绢外褂，素脚上罩着一双草履。头上并无盖头。

终于，她在一丰的身边坐定。而伊右卫门一丰，因为一直是目不斜视地正襟危坐，反倒没能看清身旁新娘的面容。

少顷，新郎新娘行了酒礼。之后便是接待上司、前辈、亲朋好友们饮酒用餐，随后是两家的侍从。小伙计们也兴高采烈地找地方站着吃喝。

这之间，新娘端着酒杯忙碌地四处敬酒，伊右卫门只觉得眼前一团白影飘来荡去，完全没有闲暇定下神来看看她的秀脸。

待到宴席结束，客人散尽，整个屋子里就只剩下伊右卫门、千代，以及一抹烛焰。千代开口道，“夫君，小女子不才，但愿与夫君白头偕老，共赴来世。”

“我也是。”笨口拙舌的伊右卫门一丰，重新看了看千代的脸庞。

(所言不虚，是名副其实的美人。虽然——好像个子大了点儿。)

千代的性格也可人极了。伊右卫门大概想不到，自己今后都将被眼前的这个可爱依人的女子，牵着引着推着绊着度过一生吧。而千代亦同样细致入微地观察着她的新郎。

(有点不尽如人意呢。)

千代所指的，是伊右卫门那张稚气未脱的圆脸。感觉缺少了些武士应有的粗犷豪放。还有，仅仅中等身材而已。

(这个样子能在战场上舞枪弄棒吗?)

千代早已在别人的只言片语中，了解到伊右卫门是位相当勇猛的武士。所以她想象里的那位男子，应该是浓眉阔脸，四肢粗壮如马驹，腮帮子上还看得出来刚刮过胡楂的模样。

(不过，眼睛挺好。)

千代找到了他的优点。他的一双眼眸深邃幽远，且十分机敏。有这种双目的男子，比起在沙场上来回驰骋的武者们，或许更有引领一军的武将之才。千代继续思量着。

(他的气质高雅，这比什么都重要。)

虽然他十四岁便四处流浪，最近才被织田家收留，得了点儿俸禄，但本身血统高贵却是不争的事实。

山内伊右卫门一丰的家族，虽然并非显赫的名门望族，但在尾张这种乡下地方，也并不显寒碜。

一切还得从尾张的织田家族说起。本来按足利幕府[12]的职务编制，尾张的守护一职属于斯波氏，织田氏只不过是个守护代[13]。足利幕府末期，以下克上的事件频频发生，织田家取代主家成为强势一族，也就是事实上的尾张国的一国之主。

织田家又有岩仓织田氏与清洲织田氏两个分支，各自统领尾张的半封国土。而现今崛起的织田信长却并不属于这两个分支。其父织田信秀曾是清洲织田氏一支里的小小干事，后来攻下了同族主家的城池而势力渐长，到了信长这一代，终于将一国净收囊中。

伊右卫门一丰的父亲——但马守盛丰，原是岩仓织田氏的家老，后为织田信长所灭。在岩仓被攻破的那一日，他的父亲便战死了。作为“山内但马守盛丰”的子嗣，他在尾张仍然有个比较好的名声。不过在织田家，一丰作为新人，还仅仅只领有五十石。

“一丰夫君，”千代这样叫着他，后来写信时也是这样称呼，“能否先谈一下？”

（嗯？）

伊右卫门一丰看了看从今夜起便成了自己妻子的这个女

子，“谈什么都可以，不碍事。”

千代微微倾首，却一言不发。

“怎么了？”

“还……还是……难以启齿啊。”虽说身旁坐的是丈夫，可对这位还不曾有“丈夫”感觉的人，千代尚无勇气说出长篇大论来。“总归今后……”

“是打算要讲的啰。”伊右卫门温柔颔首。

（……）

对千代来说这是一个感触良深的夜晚。仅仅一丰的一句话，就让她泪眼婆娑起来。忽然伊右卫门想到——

（莫非她是怕那个事？）

两个人躺下了。果然，千代的身体苍白地战栗着。

（其实，俺也一窍不通啊。）

侍从祖父江新右卫门，曾把初夜的心得简短地说与他听。虽然他的揣测也大致不差，可一旦眼前的女子这么真真切切躺在身旁，他反倒不知该如何是好了。

伊右卫门时年二十二。在那个年代虽已算是一个堂堂正正的男儿了，但怎奈五藤与祖父江两人，在伊右卫门父亲过世后，就好似把他捧在手掌心里捂着似的，愣是没让他碰过女人。

伊右卫门睁眼看着黑幽幽的屋顶，身体僵直着，碰也不碰千代的肌肤，只狠命地压抑着自己的激情。可是，压抑也是有限度的。

“千……千代。”

“嗯。”千代细细应了一声，弱如一线游丝。

“我……我要当丈夫了。”他一下抱了过来。

（真……真是乱来！）

到这个份儿上，千代倒还显得从容些了。虽然也觉得害怕，不过母亲法秀尼教过，只需任由夫君便可。但这位夫君不靠谱啊。明明情绪高涨浑身火热，可凑过身子来却什么都不做。

（这个人在战场上会是怎生模样？）

千代的思绪飘到了完全不同的地方。这一夜，最终是什么都没发生。

真是荒唐得让人难以置信，这对懵懵懂懂的夫妻成为真正的夫妻，已是十五天之后的事了。那个夜晚，千代也好伊右卫门也好，都仿佛功德圆满似的激动万分，久久难以入眠。

“今晚，咱们彻夜长谈好么？”千代羞涩地说。

“千代，”伊右卫门的声音与适才略显不同，语调温润，“什么都好，你说就是。”夫妇的感觉真好，这种实实在在的、宛如渐涨的潮汐般的感触，慢慢浸润着伊右卫门的心胸。

“嗯。”千代握着伊右卫门温暖的右手，缓缓移至自己唇边。

“好痛!”小拇指吃痛的伊右卫门，唬得要跳起来。

“啊！实在抱歉!”千代更显得惊慌失措，咬他手指这一切都是下意识的。

（好可爱的女人！得到这么一位娇妻，俺是几生修来的福分啊?）

“呃，一丰夫君，”千代此后一生，都是这样称呼伊右卫门的，“作为男人，这一生之中，您希望成为什么样的人呢?”

“这个问题嘛。”说实话，自己年纪轻轻，又刚到织田家不久，倒是想过早日适应这个新环境，在战场上多立战功，但此外的事情还真没想过。

“您一定考虑过吧?”

“那是。”虽然伊右卫门从未考虑过，可被新婚妻子问起，他也是有虚荣心的，“既然生为武士，虾兵蟹将俺是绝对不当的。要当就当一国一城的领主。”

“一丰夫君，您一定行!”千代好似巫女般断定道。

（啊?）

“行吗，我?”让他吃惊的是，自己居然从未有过这种非分之想。

“看着您的脸，看到您的心，我就知道，您一定能当上一国一城之主。”

“你知道？”伊右卫门寻思：面前这位，数日前还不过是个小姑娘而已啊，说什么大话呢。

“不光是我，伯父不破市之丞也这么说，母亲法秀尼也是这样跟我讲的。”

还是千代技高一筹，总之，是要给伊右卫门灌输信心。只有带点自大的骄傲，方可使有才能有担当的男子勇往直前。无论他是武将，是禅僧，还是画师。千代很明白这种细微的心理。

“我真能行？”

“能！千代之力虽然微薄，但一定尽心竭力辅佐山内伊右卫门一丰夫君，直到您成为一国一城的领主。这个誓言，是今晚我最想对您说的话。”

月光洒落枕边。伊右卫门手指轻触千代下颌，微微抬起她的脸庞，好可爱的嘴唇。适才的那些大事，轻轻巧巧就从这样的嘴唇里蹦出来，实在是难以置信。

之后一年。

这段时期是织田信长的勃兴期。这话听来容易，可天下的诸位大名[14]却无这般盛况。名为“织田”的一头巨兽在尾张苏醒，在邻国美浓一地朝天下咆哮，暴风骤雨般狂乱地冲袭而来。

虽然不过是个初出茅庐的新兴大名，但织田家的外交却相当娴熟。其与居于甲州、号称天下最为强势的武田氏（武田信玄）联姻，结为亲家，排除了东部的压境之险；同时毫不犹豫地向西部延伸势力。于永禄十一年（1568）二月进攻伊势，九月闯入近江，扫平一个个城池，以破竹之势直指京都，同年底几乎平定了畿内[15]，果敢地将战旗插到京城。神速勇猛，令人惊叹。

也正因如此，织田家很快成为众矢之的。织田军不间断地被派往各地，交战、交战、交战，仿佛鞭炮的引子被点燃了一般停不下来。

伊右卫门也是如此，好好的一段新婚岁月也来不及享受，只顾马不停蹄地奔赴各个战场。

（天天都在打仗，老婆大人的样子都快忘得一干二净了。）

这时的伊右卫门已不再担任马回役，而是作为“与力[16]”加入了实战部队。此时的“与力”，与后来江户时代的町奉行所[17]里的“与力”不同，是指“直属于信长，又同时外派为诸位将领的部下”。这个职位能参与更多的战役，建功立业的机会自然也更多。

刚开始，一丰是在丹羽长秀的旗下，后来随着织田家势力范围的增长，又有多名新的武将被任命，与之相应的便多了数支新编的部队。

其中，最引人瞩目的一员新将，是“木下藤吉郎秀吉”这位长相奇陋的男子。虽然他在战场上并非十分神勇，但无论什么任务都能完成得滴水不漏，一工作起来就没完没了。并且他为人幽默，善于用人。最重要的是他对战术的运用已经达到了随机应变游刃有余的天才境地。

织田信长家中，谁都知道他以前只不过是给信长提鞋子的。一些自认出身高贵的人对他很是鄙夷：

(想干吗，臭猴子?)

而信长近卫部队里的武士们，也都对这位新武将十分排斥，不愿调往他的麾下。

可是，千代有一天仿佛漫不经心地说了一句：“一丰夫君，木下大人是位很有意思的人呢。”原来千代前一天在路上遇见了秀吉。

千代那天独自一人漫步于岐阜城下的街上，见一位威风凛凛的武士骑马从对面迎来，前后跟着数位侍从。他就是这次刚升任武将，开始独当一面的木下藤吉郎秀吉。

(这位一定是木下大人吧。)

从对面武士傀奇的相貌上，千代已然知晓。千代从道上退到檐下，鞠了一躬，转身欲走。

“呀，那不是山内伊右卫门的夫人吗?”藤吉郎忽然翻身下马。

仅从马背上翻身而下就已经很令千代惊奇了，如他这般地位的人居然能记得住“山内伊右卫门”这种俸禄区区五十石的小人物，更何况他还能想起自己这个伊右卫门的内人。要知道，这样的小人物在织田家中有数万人。想到这里，千代与其说是惊奇，不如说是早已超出了惊奇的程度，变作一种身心俱颤的感激。

其实，千代原与织田家中的其他人无异，在听闻藤吉郎是“暴发户”时，也同样如此认为。不过这种想法此刻已经荡然无存了。

“伊右卫门在近江之战中的表现，虽是远观，但看得出来相当出色。请婉转告知于他。”话音刚落，藤吉郎便又重回马上，咯噔咯噔的蹄声渐渐远去。

“呵呵——”伊右卫门眼里神采闪烁。男人的世界亦是虚荣的世界。想被认同与肯定的这种期望，无时无刻不在心里燃烧。“俺一直在别的部队，还从没在木下大人的手下干过。承蒙大人看得起在下的战功啊。”

可不只是战场上的事啊。连千代的相貌都记得这么清楚，藤吉郎大人肯定是平时就在远处一直关注着伊右卫门这个人了。

“真是令人吃惊啊。”

“的确。”千代微笑连连。千代打算不再多言，如此微笑着即可。夫君一定会自愿申请调往藤吉郎的部队，成为他旗下的“与力”。

从这件路边偶遇的小事上，千代认定，“织田麾下最有前途之人”不偏不倚一定就是这位木下藤吉郎秀吉。夫君就算是二流人物，但只要跟随一流人物好好干，他的才能就能得到很好的磨砺，努力与锻炼程度也必定有所不同，幸运降临的机会自然也会多一些。

“请务必跟着木下藤吉郎大人”这样的话千代是不会说的。若是说了，便成了饶舌妇，首先便剥夺了丈夫“自发自愿”的名誉。

一日，伊右卫门下城归家，坐下时第一句话就是，“千代，让你高兴高兴。”说完脸上盈盈带笑。看着这副表情，聪颖的千代什么都明白了。往坏处说，是伊右卫门自动掉进了千代设好的套。

正如千代所暗示的那样，他向组头[18]申请成为木下藤吉郎秀吉的“与力”，而且被应允了。

“真是无上荣幸呢。”

“是啊。”

“可是，木下藤吉郎大人看起来多少有点轻率，把我这位这么重要的夫君托付给他能行吗?”千代说了句违心的话。

哪知伊右卫门听了像孩子似的生起气来：“所以嘛，都说女人见识短浅了。人家在路上碰到一个无名小卒的妻子，却特意下马打招呼。这种事可不是寻常人能做得到的。听你说起这件事时，且不说织田家中别人会怎么想，俺可认为，今生要跟随的大人，除此一人之外别无他选了。”说完，神情很是得意。

“这真是好事一件啊。有一丰夫君这样的眼力，那肯定是不会错的了。”她像是哄孩子般柔声道。

千代是睿智的。母亲法秀尼曾传授她一条箴言：“男人无论多大年纪，都当他是孩子就对了。像养儿子一样用一生去养育丈夫就好。”

第二天，千代把侍从祖父江、五藤两人叫到房檐下：“少主要去木下藤吉郎大人的麾下做事了，两位有何看法?”

“呃——”两人不知如何回答。按常识来讲，比起初出茅庐的藤吉郎，在家老之首柴田胜家或是排位第二的丹羽长秀麾下做事，会更加稳妥。所谓大树底下好乘凉嘛。

“在下不甚清楚。”

“那么，”千代说，“少主好不容易选定在木下大人麾下当差，你们就说你们也一直认为木下大人才是最能托付的大将，这实属无上荣幸。如此，少主奉公进取之心便会更加义无反顾了。”

“明白了。”

那日归来，伊右卫门一回家就说：

“千代，众人看法一致呐。连祖父江、五藤都对俺的眼光赞不绝口呢。”

“真是太好了。”

不久，在接到上阵的命令后，伊右卫门便留下千代，自岐阜城下出发了。

注释：

【1】里：长度单位。1日里相当于大约4公里。

【2】马回役：一种武家职位，在大将所骑战马四周担任警卫工作。

【3】荐僧：以化缘为生的带发修行的僧人。在日语里与“落魄”、“破落”同音，一语双关。

【4】国：这里指的是日本的令制国。始于大化改新的国郡制，明治维新以后改为郡县制。

【5】太守：本是中国郡县制下的官职，在日本的国郡制里，太守是一国的领主。

【6】长屋门：古建筑形式的一种，门的左右有两处长屋，一般用作家臣或佣人的居所。

【7】坪：面积单位。1 坪相当于约 3.3 平方米。

【8】家老：武士家族里主宰家政的重臣。

【9】乡士：居于农村的武士。

【10】北政所：对丰臣秀吉正妻宁宁的敬称。

【11】小袖：现代和服的原型，因袖口窄小而得名。小袖的前身，曾作为平安时代贵族装束的内衣，亦是庶民的日常穿着。

【12】足利幕府：也称室町幕府（1336—1573），是足利氏在京都室町所建立的武家政权。

【13】守护代：即守护代官。是守护不在时，代替守护行使行政权的官职。

【14】大名：日本封建时期对较大地域的领主的称谓。

【15】畿内：指京城周边之地。在日本战国时代，有山城、大和、河内、和泉、摄津五个令制国。

【16】与力：也称作“寄骑”，在室町、战国时代指隶属于诸大名、大将、武将的武士。

【17】町奉行所：城市里执行公务的役所。

【18】组头：战国时代、江户时代各个武家管辖内的军事组织（如铁炮组、徒组等）的组长。

战场

织田军团为平定北国，众军汇集一齐攻入若狭一地之时，正值元龟元年（1570）四月二十五日。若狭攻城的战役激烈得好似要喷出火来。二十五日，攻破手筒山城（敦贺）。翌二十六日，攻破同属敦贺的金崎城。

敦贺的金崎城，是越前国雄朝仓氏的居城，管控越前西部以及若狭一地。伊右卫门与祖父江、五藤两位侍从一起，参加了这次攻城战。

“少主，这次战斗肯定就是拨云见日的开运之战了。”

“你真这么认为?”伊右卫门战马消瘦，盔甲破旧，只一张年轻的脸朝气蓬勃。“谁又不想轰轰烈烈地建功立业呢。”他叹了口气。娶妻至今，仍是五十石的俸禄，一切皆无改变。

祖父江、五藤两人都没有头盔，只身着护甲，扛着掉漆的五尺长枪。对冲锋陷阵来说，他们都已经年纪偏大。但他们的目标一向十分明确，那就是无论如何都要辅佐山内家的血脉出人头地。因此他们一到战场便都似变了个人一般生龙活虎。

然而，己方织田军有三万余人，狭小的敦贺平野上挤挤挨挨都是自己人马，要想建功立业实非易事。

二十五日进攻手筒山城时，三人去攀登护城的石垣墙。途中，城墙之上大量岩石与木块突如雨点般砸下，弄得三人进退两难。伊右卫门的右手臂不幸被石块砸中。

“啊！”祖父江新右卫门惨叫一声，眼见着少主跌落下去。“喂，吉兵卫，”他对上方的吉兵卫说，“少主刚才掉下去啦！”

“啊？”怪不得，身旁已不见了少主的踪影。“少主都掉下去了，咱们还活个什么劲儿啊？”吉兵卫这样说并非只因为单纯的忠义。他们是伊右卫门的下属，并非织田家的下属，自此以后，就再没有上战场的资格，甚至连生路都没了。

“咱们也掉下去好了。”吉兵卫松了手，祖父江见状大吃一惊。但掉下去也是有道理的。若是慢慢沿着城墙爬下去，少主的身子就真的保不住了。于是祖父江也松了手。两人抱着头，似圆球般滚落下去。

咚！

幸运的是，所触之地是铺了泥草的空壕底部，身上竟没有摔伤。此时先掉落的伊右卫门也已站了起来。

就这样，在手筒山城攻城战中，己方的其他武士抢先领走了功劳。翌日金崎城攻城战前，主从三人在手上吐了唾沫发誓："此战定乾坤！"

金崎城所处的位置，就在今天敦贺市内东郊。此城面朝海湾。一条仿佛海参般的丘陵，一半悬于海湾的岬角；另一半则高耸于平野之上，于是因地制宜建造了这座平山城。其根部就是正门，织田一方已用铁炮攻击了多次。

朝仓一方有守城军三千。守城将领是越前朝仓氏的分支——朝仓景恒。这位生来便是富家少爷的大将很快便决定开城投降。

这也在情理之中。金崎城与手筒山城本是连城之势，如今手筒山失陷，防卫能力已减去一半，更何况守城士兵这么少。而本国越前的援兵，说着今日就到、明日就到的话，却久久未见要来的迹象。"开城"实属不得已之策。

朝仓的使者带了话来："城门，我们开。但是有个条件：请允许主将以下的守军撤回越前。"

"好吧。"总大将信长立即应允，于二十六日夜晚派柴田胜家去接收了城池。不过守军的撤退是始于一夜之后的二十七日。

那天夜里，伊右卫门他们在城外野地里宿营。

"少主，"祖父江新右卫门说，"接收城池这种事，自古以来都不会和和气气一帆风顺。明日定有一战。”

“嗯?”看样子不是挺和睦的嘛!

“您不要忘了这里是战场。虽说是撤退,但敌方守军们怨气冲天,双方要是有一个人放那么一枪出来,就很有可能酿成一场大战。”

“真会这样?”

“不管怎样,万一这种事被咱们碰到,为了不再落后于人,咱们最好到离守军撤退口最近的地方去守着。”

“你想得很周全嘛!”

主从三人就这样离开木下藤吉郎军队的宿营地,来到守军第二天撤退的必经之路上,在旁边的树林里过了一夜。

次日晨晓,城内钟声四起,朝仓的三千人马陆续出城,在晨霭里朝着越前肃然前行。晨霭渐渐散去,可什么都没发生。

“新右卫门,敌人就要撤退干净了,什么事都没发生呐。”伊右卫门透过树木间隙望着前面的斜坡小道。

“好像是啊。”这位侍从也等得有些不耐烦。一想到这次战役也将无功而返,他只能叹息自己没有运气了。

因道路狭窄,退却的兵将排成了一列纵队。前军已经快到越坂的山顶,可后军却还没能出城。

走在这支撤退队伍最末的将领，是一位在朝仓数一数二的豪杰——三段崎勘右卫门。他穿一身黑色护甲，骑一匹黑色战马，圆形头盔上的金芒穗冠在风中闪耀。只见他一面呵斥着士兵，一面稳步而行。

“那就是三段崎勘右卫门啊？”山内伊右卫门双目炯炯，远远监视着对方的一举一动。那是个大块头，并且从远处也能发现他的右手臂要长两寸。背上还挂着一张弓。

自从铁炮出现以后，弓箭类的武器便不再是铁骑武士的主要装备了。但勘右卫门被称为北国第一神箭手，估计这便是他弓不离身的原因吧。

“若能取下他的首级——”伊右卫门身子不禁微颤。

（要是真能杀了三段崎勘右卫门这般的大将，俺的名声自然也水涨船高啦。）

不过对方正在停战协议下的撤退之中，自己怎能贸然挑起事端？正如祖父江新右卫门所预言的那样，意外就这样不期而至。只听见织田一方的足轻组[1]里“砰”地喷出一声枪响。

或许此种现象亦在所难免，这与织田方士卒们的心理有关。他们等了半晌早就不耐烦了，可敌方却静悄悄的，让人看着都腻烦。放枪的人兴许是想“捉弄他们一番”。

但撤退途中的士兵为防万一，铁炮都是装好导火线的，精神也高度紧张。砰、砰——他们并不理会是谁在挑事，只放枪作了回应。而后织田方又有人出击。于是撤退军团里连中央的兵士都开始驻足参与反击。

果不其然，战斗打响了。

“少主，机不可失！”祖父江奔跑起来。

“哦！”伊右卫门拿起长枪跑上斜丘小道。

（冲啊，干掉三段崎勘右卫门！）

当然是抱着誓死的决心。可由于太紧张，伊右卫门感觉眼前一暗。南无阿弥陀佛、南无阿弥陀佛、南无阿弥陀佛——他断断续续念叨着佛祖，爬上斜丘。

太阳已经冉冉升起，斜丘上蠕蠕而行的织田军兵，个个热得满头大汗。斜丘名叫“首坂”。

这虽是在停战协议下的突发性战斗，但三段崎勘右卫门却临危不乱。不愧是从朝仓方面屈指可数的武将头目里选拔出来支援撤退的大将。“兵士们，冲啊，冲！”他一面令铁炮足轻[2]兵在丘顶上排好队列，开火强势攻击，一面指挥着长枪组[3]从丘顶冲杀下来。

这终究演化成了一场猛烈的战斗。三段崎勘右卫门头盔上的金芒穗冠，在升起的太阳映照下闪烁的光芒中，织田方的武士、杂兵[4]很快便成了他的枪下冤魂。真是出色的一员猛将。

（看俺去解决了这个三段崎来！）

斜丘下，伊右卫门的枪尖昭然地向着目标靠近，可无奈敌方的杂兵碍手碍脚，怎么都无法靠近。

“新右卫门、吉兵卫，”又结果了一个杂兵后，他朝两个侍从怒吼。然而此时根本不是质问“你们在干什么”的时候。他的两位侍从，各自正忙不迭地跟敌方杂兵们兵戎相交，出生入死斗得正欢。伊右卫门见状更怒了，“你们快过来，帮我赶走这些杂兵。”

一支枪柄横扫过来，伊右卫门屈身避过，反出手折了对方小腿。又有一个从坡上冲过来，他顺势刺中对方腹部。

“新右卫门、吉兵卫！”他再次怒道，“这场战斗至关重要，你们在干什么？”伊右卫门脚步不停，仍勇往直前，只是声音略显嘶哑。

这时，曾一度被铁炮攻得四散的己方兵力再度集中，开始猛烈反攻。

“这——不是又得拖后腿了！”他脑中蓦地出现了千代的面容，他可不愿看到妻子那双聪慧的眼睛里流露出的蔑视。伊右卫门越过一重又一重死尸往前冲去，偶尔被绊一跤，但很快又一跃而起。

（噢——俺在最前方啰！）

对方士兵几乎全都往下迎敌去了，他的左右现在连一个人影儿都见不着。右手边是秃峰，左手边是山谷。草地上一股滞闷的气息迎面袭来。

伊右卫门不经意间掀起头盔上的护额，眺望远处的丘顶，霎时血液凝固了般惊恐异常。丘顶上的敌将三段崎勘右卫门，把战马拴在旁边的松树上，自己在红土地面单膝跪地，手上一支弓拉得恰如满月。

箭矢所指，正是伊右卫门。

这光景，简直可怖之至。伊右卫门只觉得坡上蹲着的是一头魔鬼。这位三段崎勘右卫门可是“越前王”朝仓家数一数二的猛将。更何况，他是神箭手！

那支箭，有一个凿子大小的箭头，尖端左右分开，整个矢刃正好是一枚新弦月的模样。这种大矢刃，有个响当当的名字叫“见猿落首”。别说猿猴的脑袋，就算人的小腿，估计也会被射飞。

“天哪！”伊右卫门被恐怖或其他无法言喻的感情攥牢了心胸，眼前漆黑一片。漆黑之中，他重新拿好长枪，戴好头盔，像是奔赴地狱一般飞跑起来。

真的，交战这种事着实可怕。就连豪杰勇将加藤清正，多年后其家臣们亦无不感念地怀旧道：大人也在初入战场的那次贱岳合战中，眼前漆黑一片，辨不清东南西北，只一个劲儿地念叨着——南无阿弥陀佛、南无阿弥陀佛……这才得以前行。

更何况是伊右卫门。他不似加藤清正那般虎背熊腰，力气也仅属普通。一杆枪耍得也并非上乘，完完全全的普通人而已。

就是这位普通人，朝着丘顶的那个魔鬼冲了过去。

（千代，保佑我！）

他胸中仅此一念。

不可思议的事情还真的发生了。

同一时刻，留守在岐阜城下的千代正在清扫家中的佛龛，一尊杨柳观音眼见着轻飘飘地就要摔下来，她一个眼疾手快接住了。倘若掉落到下方的一口钟上，或许这尊观音便会身首异处。

那位坡顶的勘右卫门大概会觉得，这个织田方的落魄武士这样不要命地冲上来，简直贻笑大方。他喊话道："俺不与喽啰小兵为难，要想活命就乖乖地退到一边儿去。"

但伊右卫门听不见。

"愚蠢的家伙。"勘右卫门再次拉弓上弦——嗖！仅隔了五六间[5]的距离。在箭离弦的那一瞬，只听伊右卫门发出一声难以名状的哀嚎。箭矢正中头盔的护额。半片矢刃折断，另半片划破左眼下的皮肉，顺势刺入口中，直抵右边的大牙。仿佛脸上兀自长出一支箭来似的。

人被逼至绝境是很可怕的。伊右卫门竟然没有顾及自己脸上的异样，仍未停步，只是因那支箭斜插入口的缘故而合不拢嘴罢了。

（……？）

他嚎叫着渐渐逼近三段崎勘右卫门。勘右卫门神情轻蔑：

（什么东西？）

可当他要发第二支箭时，伊右卫门的长枪已紧逼过来。勘右卫门立即弃弓，转而去取长枪。但伊右卫门的枪尖已经快刺到前胸了。

“真是得意忘形。”说着他偏身抓住伊右卫门的长枪，一把拉过来。于是伊右卫门连人带枪踉跄着扑到勘右卫门怀里。

“是来送死的吧？”勘右卫门开口大笑，然而笑声却瞬时凝固。他终于知道扑将过来的伊右卫门，是个蛮力异常的人。

（这小子——）

怎么可能？勘右卫门竟被推倒在悬崖旁。伊右卫门的蛮力，大概是在火烧眉毛时才会爆发出来的吧。而且他的战术也毫不含糊。对付三段崎勘右卫门这般的大块头，假若平地肉搏肯定会输。

（只有滚下悬崖，祈求天运相助了。）

若是缠着他滚下去，途中会出现怎样偶然的因素可以帮到伊右卫门，却是一个未知数。

“嗬！”他加了把劲儿。见效了，勘右卫门的身体被推向悬崖边。

“嗬！”又加了一把劲儿，天空旋转一周之后，两人扭抱一团朝着谷底滚将下去。伊右卫门拼死抱住了三段崎勘右卫门的腹部。

“狗、狗东西！”勘右卫门想挣开，却不料对方像只鳖似的怎么甩都甩不掉。

途中，勘右卫门的头盔脱落下来。不仅如此，好像还“砰”的一声撞上了岩石。

（……？）

伊右卫门寻思着对方怎么忽然松了劲儿，但机会不容错过，他拔出短刀，朝着勘右卫门护甲下的小腹，深深刺了下去。

“哇！”勘右卫门突然大叫，好似刚从昏迷中苏醒，继而迸发出一股虎牛之力扣住了伊右卫门的脖子。

伊右卫门好几次窒息得差点儿晕死过去，但始终不忘挥动右手握着的短刀，又刺了好几刀下去。这时，三段崎勘右卫门的胞弟市兵卫冲了过来。

“狗东西！”此人拿了大太刀[6]就往扭住自己兄长的伊右卫门身上砍去。第一刀砍在头盔的坚硬之处，没什么损伤，第二刀却伤到了后颈。浑身是血的伊右卫门心中别无他念：

（决不放手！）

他仍然紧紧缠住三段崎勘右卫门，挥动着手上的短刀。对功名的执着，好像让伊右卫门身上拥有了超越生死的魔力。在对方不再动弹以后，他才终于松手，朝着另一方踉跄而去。

但是市兵卫的太刀追了过来。他受了六击之后才站起身，拔出长刀迎战。

伊右卫门打算在这里把自己所剩不多的气力用尽，一把刀舞得虎虎生风。此时从崖上滑落下来一个己方的武士，名叫大盐金右卫门正贞。

“这个对手，就赏给在下吧。”他说完就一枪朝市兵卫刺了过去，市兵卫应声跌倒在地。不过伊右卫门气力告罄仰面倒下的速度比他还快。

“啊，少主!”崖上出现了侍从祖父江、五藤吉兵卫的身影，他们好不容易才找到他。只见二人漫起沙尘滑落而下，径直跑向伊右卫门。伊右卫门指着自己的手下败将，嚷道：“脑袋，脑袋。”他是叫他们取下首级。

“在下领命。”五藤吉兵卫迅速提来一颗首级。

可是，瘫倒在地的少主伊右卫门到底还能否活命，这事很玄。脸上那支箭柄已经在格斗中折断，只剩了三寸左右。

看着侍从们张皇失措的样子，伊右卫门怒道：“拔掉!”

“拔掉行吗?”

“不拔就死定了。”看样子，伊右卫门并非单纯的白脸秀才。

“那真的拔啦。”五藤吉兵卫手握箭柄，但由于刺中的好像是口中的骨头，要拔下来并不容易。

“怎么了?”伊右卫门因剧痛，差点晕死过去。

“拔、拔不出来。”

“踩着我的脸用力拔!”

“遵命。”五藤吉兵卫把伊右卫门的脸踩在自己的草鞋下，狠命把箭拔了出来。血液一瞬间喷涌而出，伊右卫门在血泊里大笑，不久便失去知觉。

织田信长的北国经营，数年来已经膨胀为一种愈见炽热的野心。而元龟元年（1570）四月的这场越前敦贺攻击战，在战术上虽然成功，战略上却是一大败笔。

信长太过相信自己与北近江三十九万石的浅井氏之间的姻戚关系。浅井少主人浅井长政，迎娶了信长的妹妹——市，时年已经有四个孩子了。他当然认为浅井氏是绝不会跟自己反目为仇的。

正因为有这个把握，他才穿过浅井氏的领地，去讨伐越前敦贺。却怎料浅井氏骤然倒戈，切断了信长的退路。

正面面对的敌人是越前八十七万石的朝仓氏，背面假若再有京城第一强的浅井部队袭来，那信长就成了狭窄的敦贺平野上一只走投无路的老鼠，所谓瓮中之鳖。

“中计了!”信长知晓后立即一骑单身往京城方向逃离了去，旗本[7]随后紧跟主帅，诸将领也张皇失措开始撤退。不过布阵在最前线的德川家康，对信长的逃离毫不知情，一直待到第二天清晨才恍然大悟。

因此，德川部队不得不陷入孤军奋战的苦境之中，在朝仓一方的猛烈追击中捉襟见肘地辗转反击。德川家康自己也多次亲手拿起铁炮参加战斗，这才好不容易逃离战线。

信长于四月二十五日进攻敦贺，同月二十八日撤退。撤退前，信长在离前线不远处摆出敌将首级逐一评审。

信长身边有位对朝仓家各色人物极为熟悉的“上奏者”，

名为宫部肥前守。他细看各个首级之后，对信长上奏这是某某、是由某某取来、其人的功过是非又是如何如何。当来到三段崎勘右卫门的首级前时，他声调变高：

“这是越前朝仓麾下第一猛将，并且与朝仓属同一宗门。”

在布凳上欠身而坐的信长，眼光频频扫过山内伊右卫门一丰。这哪是人的面孔？只见伊右卫门整张脸高高肿起，脸颊上像是被剜去一块肉似的开了个大洞。倒是涂过药，但或许是因为要面见主将，鉴于礼仪这才没有裹上绷带的吧。此时他的脸上还血迹斑斑。

“你叫山内伊右卫门一丰？”信长声调略高，语气清冷。

“是。”

“你的表现，很是勇猛无畏，退到阵营里好生休养吧。”

此番情形下，能得到主将褒奖，可是非比寻常。伊右卫门听了自然欣喜，于是告退离开。刚走出信长的营帐，伤痛、疲乏与饥饿排山倒海一并袭来，他竟无力再提步前行。祖父江、五藤两位侍从一左一右搀着他的手臂，好不容易回到自己营中。

那之后第二个夜晚，便是信长退却之夜。

然而退却战里，肯定需要有人殿后。需要一支殿军[8]去阻击敌人的追兵、杀出一条血路、掩护大部队撤退、并勇于牺牲自己。这支殿军的指挥官，由木下藤吉郎秀吉自愿担当。

那夜，伊右卫门在营帐里睡得跟死人一样。伤口灼热引发高烧，口腔重伤无法进食，只剩了心脏兀自跳动。两位侍从则不眠不休地守在病榻前。

翌二十八日的夜晚，“吉兵卫，俺去找些稻草来。”祖父江新右卫门说罢便出门去为少主寻一些干燥的稻草来铺床，不料归来的路上，却偶然在木下藤吉郎的营帐旁听到一个意外的情报。于是他疾步回奔。

“吉兵卫，大事不好了。”他张口说了个大概。原来，织田全军突然决定从敦贺撤军退回京城，连攻下的城池也不要了。“而且据说主将（即信长）跟少数旗本都已经早早撤离了。”

“啊？”五藤吉兵卫愣了，“赢了却要逃走？”

“近江的浅井突然封了咱们的退路，据说是要从背后偷袭。不过让俺吃惊的倒不是这个。”

“还有更惊人的吗？”

“有啊。”

山内伊右卫门在高烧里，隐隐约约听到了一些话。

“就是咱们的大人木下藤吉郎。大人居然自荐去送死。”

“送死？”

"他自荐要当殿军的大将。"

"嚯。"这一声是伊右卫门发出的。都说木下藤吉郎是靠着点儿小聪明爬上来的，家中说他坏话的人比比皆是。这次他自愿当殿军指挥官，是打算要赌上性命殊死一搏啊。十之八九是没法儿活着回来了。

（原来此人还有这样的胸襟。）

伊右卫门不禁对他刮目相看。

对他刮目相看的，不止伊右卫门一个。织田方的诸位将领都对他刮目相看。而秀吉作为武将的名声，就是在这次退却战中高涨起来的。

"木下大人，在下也派兵支援。"诸位将领感动之至，纷纷从自己家臣中挑选出一些勇猛之士，十骑或二十骑，派入了木下的军队之中。这也几乎是没有先例的，大概是秀吉的"壮举"让诸位将领不得不感恩戴德。

藤吉郎秀吉即刻率军进入金崎城。他将用一己之力去阻挡对方漫山遍野的追兵。

（这般人物，千代果然没有看错。只要俺还跟着他，就一定错不了。）

"喂，俺也随了木下大人去。"两位侍从一听愕然不已。伤员与辎重一道，是被遣返的对象。"找块门板来，进发金崎城！"

伊右卫门并没有交战的念头。他这是要把藤吉郎当作锥尖，去开凿自己的命运。

“拿枪过来，枪。”他拂去稻草，像在空中游泳似的站起身来，“枪，枪！”五藤吉兵卫的掉漆长枪，被他一把从手里夺过，划桨似的拄在地上走起来。

“少……少主！”祖父江新右卫门忙上前搀了一把。

“您这个身子还要出阵的话，好不容易在首坂捡回来的一条命就保不住了。”

“你们，”他的目光定在两人身上，仿佛幽灵一般，“还不明白吗？木下大人是要舍命一击。俺也要加入这支队伍。要是没有豁出命去的觉悟就想白捡到运气，哪有什么运气会等你去白捡？”

“运气将来什么时候都捡得到啊。”

“那时也要捡。但现在，是俺山内伊右卫门一丰拿出胆识的时候了。这种好机会，一生之中也未必能有几次。”

“可是，命——”

“或许会丧命。丧命就丧命，那是伊右卫门命中注定，一生与武运无缘。这副身子进了城，还能不能活下来，就当是我伊右卫门这一生的赌注吧。”

好惊人的功名心！两位侍从终于沉默下来。

“那……俺这就去找块板子。”两人从附近寻了一块防护板来，让盔甲装束的伊右卫门平躺上去。试着抬了抬，很沉。

“吉兵卫，准备好了吗?”

“好了。”于是，伊右卫门被抬了起来。

“出发!”主从三人一心，顺着街道疾走。新右卫门也好，吉兵卫也好，都有点破罐子破摔的心境。

“嘿哟！嘿哟!”他们喊着号子前行。街道上到处都是陆续向西退却的各部人马。这之中，仅一块门板奔向相反的方向。所有人都对他们瞠目而视。

嘿哟！嘿哟！终于来到木下藤吉郎的守城，即金崎城的正门处。正门内侧，藤吉郎摆好布凳，正一一慰问着从其他部队过来的士兵，感念他们誓死的决心。当他看到门板上的伊右卫门时很是惊诧。

起先他好言相劝，但伊右卫门却置若罔闻。藤吉郎最终也点头应允，他希望因为这个身负重伤之人的参与，能让手下守军们更拥有一种视死如归的气魄。

“木下大人，在下誓与此城同生共死!”

“说得好！各位，大家看看这位山内伊右卫门武士!”

山内一丰与两位侍从就这样进入了敦贺金崎城。在此插一点题外话，是有关五藤吉兵卫、祖父江新右卫门两位侍从的。

据说幕府末期武鉴的山内家，作为土佐一国二十四万两千石的领主，记录在册的家老之中有位叫“五藤主计”，他便是吉兵卫的子孙。

在首坂，五藤吉兵卫从山内伊右卫门一丰的脸上拔出箭头时，是脚踩着一丰的脸好不容易才拔出来的。正因为踩过主人的脸，那双草鞋得到了妥善的保存，成为五藤家的传家之宝。那枚拔下的箭头，也是五藤家的宝贝。

这位吉兵卫，虽是个侍从，但其英勇无敌的气概远远异于常人，更可贵的是能够随机应变。他一上战场，便把战场当自己家里似的四下里奔走不停。这次首坂之战也是如此。伊右卫门解决了三段崎勘右卫门之后，因重伤与疲劳意识朦胧。吉兵卫背着他下坡时，遇到织田方某位上士[9]（名讳不详）的侍从——善兵卫，见他正牵着一匹月毛马[10]。

“噢，这不是善兵卫吗？请节哀顺变，很不幸你家主人刚刚战死沙场了。”他信口开河这么一句后，顺手牵了对方的马，把伊右卫门载上就走。还好，被他蒙对了。那位上士真如他所言战死沙场，否则若是仍然在世，他在战场上抢走自己人的战马这事，无疑是个大问题。

祖父江新右卫门的家系亦是直到幕府末期，都是土佐藩的重臣。新右卫门在《土佐军记》这本书里，有一段就是写朋僚五藤吉兵卫的。

“我与吉兵卫之间的亲密和睦，尤胜亲人之间。他这个人，遇事从不生气，处世淡泊，决不在人后鬼鬼祟祟。他武功也极好，战场上我与他每次同甘共苦出生入死，但我始终不及吉兵卫。”能把“不及”说出口，那是因为祖父江新右卫门亦是有长者风范的人吧。

数年之后，有一次参加伊势一地的龟山城攻击战，他们二人在阵营里促膝夜谈。

“那时，谈的是迄今为止彼此的战果。我们数了数初次上阵以来所得的首级。”祖父江这样写道，“五藤吉兵卫二十六，我自己二十四，比他差俩。”

另外还有：“我们又数了数生擒的俘虏，吉兵卫竟有十五人，我十一人，还是他的多。”

“那再看看攻城数如何？”两人数了数，这次数量相同，都是六次。

那对战怎样？他们掰着手指得出结果，吉兵卫七次，祖父江新右卫门九次。于是他写道：“仅此一项比吉兵卫多一点。”

他俩均是好酒之人，而且定是两人一齐痛饮。喝饱了酒，醉意朦胧时肯定要说的一句话就是：“一定要让少主伊右卫门出人头地!”

行文言尽于此。伊右卫门实在有幸，有如此两位难得的侍从自始至终相伴左右。

在被困围城的金崎，只要一说“与伊右卫门同在”，全军的士气便涨一分。

一个伤得无法动弹的重伤员，竟自愿来到敌军围城的险境之中，还让两位侍从参与防卫战。用这种方式露脸的“大丈夫”行为，在当时所谓战国武士的风俗习惯里面，还找不到先例。

另外，大将木下藤吉郎的广为宣扬也很奏效。

藤吉郎自己原本没什么侍从。后来信长给了他一些与力，某些将领也借给他一些武士，他为一齐驾驭这些手下煞费苦心。而作为与力之一的伊右卫门，他的此番“壮举”极大地团结了城中的力量。

“伊右卫门正是我们殿军的军神!”藤吉郎甚至如此评价。

“大家共赴黄泉!”这个口号使万众一心，众将士们从城墙上射敌无数，时而又从城门冲杀出去，奋不顾身，英勇之至。

(大部队应该都已经安全离开战场了吧。)

时机约莫差不多了，全军便集结起来，欲从城门突围。

生死一线的突围战开始了。伊右卫门处于军队中段的木轿里，由藤吉郎的亲兵足轻八人抬着出来。

朝仓方面的追兵亦是如火如荼般攻来。木下军队一边应付追击，一边不停地朝着西面撤退。士兵数量当然也跟刨木花儿似的越来越少。

伊右卫门在木轿上面。两位抬轿的足轻在撤退首日便被敌兵炮火击中。吉兵卫与新右卫门补了上去。“少主！少主！”两人抬轿时，无数次地伸手去握伊右卫门的手，无数次地担心他是否已经殒命。

虽未殒命，但木轿的摇晃激起伤口锥心般的疼痛，伊右卫门好几次都差点晕死过去。而每次他的脑子里都会出现千代的脸庞，言之谆谆：“这是出人头地必过的难关，夫君难道挺不过去吗？”

经历如此惨痛的撤退战，木下藤吉郎率队七百人返回京城时，已是五月初了。在妙觉寺的本营迎接藤吉郎归来的织田信长，从未发觉这个曾帮他提鞋子的部下竟这般骁勇，道：“藤吉郎，你的这番功劳，我会永远铭记在心。”

接着信长口中说出了山内伊右卫门一丰的名字，众多将士里仅仅提到了他一个：“伊右卫门也还健在吗？”“还健在。”藤吉郎这样一说，信长便亲手把药交到藤吉郎手里，道：“让他好好养伤。”信长平素并不这样，肯如此亲切地关照部下，算是特例了。

伊右卫门在这次战役里一战成名，俸禄飙升至两百石，所跟将领依然是木下藤吉郎。

织田军就这样在京城里滞留休整了一段时间。

注释：

【1】足轻组：各个武家管辖下的军事组织之一，相当于步卒团。战国时代有弓足轻组、铁炮足轻组等。

【2】铁炮足轻：足轻组里以铁炮攻击为主的步卒团。

【3】长枪组：长枪攻击为主的步卒团。

【4】杂兵：身份低微的士兵。

【5】间：日本长度单位之一，15 世纪末 1 间约为 6 尺 5 寸，德川幕府在 1649 年定为 6 尺。

【6】大太刀：属大型刀具之一，中、近世在日本常见的一种至少四尺长的大刀。

【7】旗本：近身护卫大将安全的家臣团。

【8】殿军：殿后的军队。

【9】上士：出身高贵的武士。

【10】月毛马：比栗色马颜色更浅的马。一般身上毛色略显金黄，马鬃、蹄、尾是白色。

空也堂

在京城的蛸药师[1]道上，有一座名为空也堂[2]的大型建筑，是当时盛极一时的“敲钵化缘”的道场。道场的宗教团体，也称“空也念佛团”，成日里热热闹闹敲着铁钵，热心地替百姓们诵经往生。京城人亦称之为“化妆盒”道场。

此地是织田三万将士在京都的临时兵营之一。一丰于境内搭了一间不足两丈长的小屋，在此疗伤。

一天夜里，两位侍从被叫去了藤吉郎处。忽的仿佛有人砰砰敲门，一丰在枕上竖起耳朵想听个明白，可声响又消失了。

（难道是幻觉？）

外面下着雨，有些许闷热。砰砰之声又响了起来，极细且弱。

“谁呀？”伊右卫门拄着刀站起身来。他背与手足的伤大都已愈合，只有脸颊的箭伤还未恢复平整。

“一个路人。”竟然响起了年轻女人的声音。

伊右卫门开了门，雨声骤然急促起来。

“请问这是化妆盒道场吗？”

“是。”

“那，您是上人吧？”她这样想也是理所当然。空也念佛道场的僧侣里，许多都是带发修行的。

“不，不是。”伊右卫门答道。现在是织田军借用此地，原先念佛道场的那些人搬去了堀川三条。

“啊，那您是织田大人的武士了？”女子仿佛很害怕似的瞥了一眼伊右卫门，慌张地去解斗笠的绳索。

“没那么可怕。我脸上是受了点儿伤，要不然老被错认成大商店的伙计呢。”

“大商店的伙计？”

“是啊。”伊右卫门脸上露出沉稳的微笑。

女子似乎安心许多。这时伊右卫门注意到她站在雨里，头发、小袖都已淋湿。

“先进来再说吧。”

女子依言进了房间。这是位小巧的女子，脸颊圆润，微启的红唇里，藏了两排莹白的小齿。

“你从哪里来？”

“大和[3]的石上村。”她宛如小鸟般微颤着。

“为何来此？”

她说她父母双亡，听说叔父就在这个空也堂里，便过来投奔。到京城后天色已暗，雨又下了起来，于是跌跌撞撞就到了这里。她好像连晚餐也还没用过。伊右卫门拿出饭与碗，摆在她面前。

“你叫什么？”

“小玲。”待吃完青菜拌饭，大概是心情终于平复下来的缘故，她的脸颊微微泛起红晕。

（这下麻烦了。）

伊右卫门思忖，他是对自己不放心。许是长时间驻扎军营，所有的女子看起来都那么动人。

“这武者小屋里住的都是男人，”他鼓起勇气道，“要是吃饱了的话，就请回吧。”

（呃……）

请回到雨里面去吧。

女子瞪大眼睛看了看伊右卫门，旋即转头望向窗外。雨飘进来，润湿了黑木窗格。女子表情十分悲伤，问：“搬到堀川三条的空也堂，离这里远吗？”声音细微得不易听见。

“这个嘛，我对京都也不怎么熟悉，大概有十町[4]的距离吧。”

“先生，”小玲从怀里取出一个装在布囊里的贝壳，“这是金创药，村里人都说极为有效。现在赠予先生，能否让我今夜在这里歇息一晚?”

“……”

这时正好五藤吉兵卫、祖父江新右卫门也回来了，见到小玲很是诧异。伊右卫门告知了事情经过。两人都是乡下出身，不由得对小玲生出了过分的同情。

“让她住一晚好了。现在就算去了空也堂也进不去，大门早该关了。”

(不是不同情她，是对不住千代啊。)

伊右卫门无言以对。让她睡在这里会发生什么，伊右卫门心里完全没底儿。可是两位侍从已经就这么定下来了，张罗着照顾小玲。吉兵卫去为她烧水洗脸洗手。新右卫门拿出一套男子单衣:“你的小袖湿了，换一换吧。”

女子也由着他们把自己照顾妥帖了。不过脱湿衣时弱声问了句:“有没有屏风之类的呢?”

“啊哈哈，这可是个难题啊。你都看到啦，这只是个小寝室而已，哪里找得到那些风雅之物?”祖父江新右卫门操着一口尾张方言，语若连珠，“少主也别过脸去，吉兵卫看着地面，谁都不许晃一下头。怎么样小玲小姐，这样可以了吧?”

于是三人一齐背过脸去坐了下来。雨打木板房顶的声音又猛烈了一些。

从战场生还的人，有的会变得异常喜欢人。这两位侍从就是这样，对待小玲就像是对待久别重逢的亲妹妹一般。

“那俺给你把床铺好。”他们乐呵呵地忙里忙外。吉兵卫还哼起了歌儿。

“真是过意不去啊。”名叫小玲的女子声音细微。

“也没什么好招待的。”

“那个……还是我自己来铺床吧。”

“你是客人，就别费心了。”

祖父江新右卫门冒雨出门，也不知打哪里弄了一块三折屏风回来。

床铺好了。“什么呀，这是?”伊右卫门斜睨了一眼新右卫门俩。小玲的床铺与伊右卫门的看似亲密无间地铺在了一起。“挪过去!”

“开……开玩笑！要是铺在我们旁边，吉兵卫也好新右卫门也好，都是凡夫俗子，到底会变成什么样就难说了。小玲小姐就睡少主旁边最好。”

“俺也是凡夫俗子。”

“哪里哪里，我们清楚得很。”吉兵卫偷偷笑道。伊右卫门连新婚之夜都能守身如玉。这早就是织田家的神话传说了。

“挪开挪开，山内伊右卫门俺也是凡夫!”

“少主的修养与我等是不一样的。”两人毫不怀疑自己的判断。

“小玲小姐，”吉兵卫道，“我们家少主在迎娶夫人之前，可是连女人手指都没有碰过的真童子。您就安心在旁边歇息吧。”

“真是的！”伊右卫门满脸愠怒。连侍从都这么嘲弄自己，真是面上无光啊。

“嗯，我很放心。”小玲垂首，手指轻触嘴唇。大概是在很矜持地拭去唇角的笑意。

是夜，伊右卫门睡下了。脚边有屏风挡着，看不见两位侍从的睡姿。但是听得见鼾声，吉兵卫的较高，新右卫门的较低，两者均是健康绵长。

（真是麻烦了。）

血往脑门上冲，意识却清醒异常无法入眠。其实，伊右卫门以前就认为自己兴许是极为好色的。

（吉兵卫新右卫门他们才是有自制力的健康男子，而自己的欲念或许只是藏在内里还没有显露出来而已。要真是这样，该算作武士的耻辱了吧。）

小玲的床铺微微动了动。伊右卫门屏住呼吸，只觉得自己很是没出息。

这是狭窄的墙与墙之间。小玲靠得那样近，只要一翻身，她的气息便会扑面而至。房间里是黑漆漆一片。雨声仍然很缠绵，打在木板房顶上让人烦闷。

啪嗒，小玲的手腕落在伊右卫门的枕边。啊！伊右卫门不禁抬起头来。

(真是睡相不雅的姑娘。)

然而，小玲肋下有女子温润的体香飘来，刺激着伊右卫门的嗅觉。渐渐地，他的脑子亢奋起来。

(我竟然如此好色——)

他虽在心底叱责自己，但却怎么也逃离不了小玲气息的包裹。

(那只枕边的手腕才是最大的麻烦呀。)

伊右卫门轻轻捻起小玲的左腕，想把它藏进她的棉睡袍里。然而，她的手臂虽然稳妥地藏了进去，但伊右卫门的手却触到了她的丰胸。小玲的身子微微一颤，鼻息片刻间停了下来。

(啊!)

伊右卫门狼狈不已。

少顷，小玲好像再次进入了梦乡，鼻息亦恢复如常。

(睡着了吧?)

他松了口气。不过不知什么原因，伊右卫门放在小玲胸脯上的右掌却不随他的意志而转移。

（这下麻烦了。）

真是恼人无限的事情。伊右卫门的右手掌顺着小玲身体的隆起之处，滑至小腹。但另一个伊右卫门却茫然地望着这一切，不置可否。

（难道我就是这种男人么？）

他心底里终于意识到，自己体内还有一个难以驾驭的“男人”存在。

（对不起千代啊。）

这样思忖之间，右掌依然稳步朝着目标迈进。阻止右掌前行的，是小玲的变化。她并未醒转，仍然气息均匀绵长，只侧了身子过来，面朝伊右卫门。一股热气，犹如生之炽热一般，在黑暗中将伊右卫门紧紧包裹。

他忽地发现，体内那个顽固的伊右卫门不知何时已经侧身把小玲抱住。然而小玲仍然未醒，气息如旧。

（她真的还睡着吗？）

他干脆一把将纤腰搂得更近了。小玲依然未醒。

（千代——）

他心底里念叨的，是对留在岐阜的千代身体的思慕。此刻与伊右卫门肌肤相亲的身体，简直跟千代迥然不同，那么娇小而柔软。

这个小玲依旧睡得香甜。

(怎么办?)

伊右卫门后来觉得这一切仿佛都是错觉。他头脑发热，在血气上涌之中想着千代，对千代道歉，还反复地责问自己；可手却老早就触到了小玲的双腿之间。那个部位异常炽热。

(——就算这样——)

小玲依旧睡得那么可爱。伊右卫门不清楚这位楚楚可怜的女子到底是什么来历，也不明白她到底是真睡还是假寐。

待到伊右卫门猛地回过神来，小玲的朱唇正处在自己眼皮底下。

(真是恼乱之至啊。)

不过无论怎么后悔都于事无补，做了就是做了。黑暗之中，伊右卫门无尽爱抚着小玲。小玲却怡然受之，依旧睡得安稳而香甜。

爱抚结束。

(结束了……)

想到这里，伊右卫门后背上又冒出了一层汗。汗液湿湿凉凉。伊右卫门从小玲身上悄悄撤离时，一股悔意猛然袭来。

(俺是个色鬼。)

自称好色的吉兵卫与新右卫门，在屏风后面打着欢畅的鼾声，睡得十分安稳。

（这两个家伙真健康啊。）

而自己却不是。年轻的伊右卫门发现体内藏着一个并不单纯的自己。是一个阴险而好色，在无人之处不知会干出什么事来的小恶魔。是一个伪善者。

（我违背了千代的誓言。）

竟然如此轻易就违背了。

（苦恼之至。）

他只想掐住自己脑袋。

第二天清晨——待阳光晒到眼睑上，伊右卫门这才醒来。厨间传来朗朗笑声，是与吉兵卫、新右卫门两人俨然结为知交的小玲的笑声。实在是很明朗的笑声。她好像是个开口便笑的姑娘。

伊右卫门起身下去。

“早安！您这么晚才醒，很少见呐。”两位侍从朗声问候道。而姑娘却应声低了头。

“嗯。”伊右卫门仿佛逃离般来到井口，抓起吊桶的麻绳。适才她瞧他时那种意味深长的表情，在他眼前挥之不去。

早餐已准备妥当。伊右卫门虽说身份不高，但仍是两位侍从的少主，所以总是处于上座，独占一方。可今日却有所不同。或许是按照吉兵卫的建议，小玲浅浅一鞠，自荐道："我陪坐伺候。"说完，把头深深埋了下去。

"是么。"伊右卫门心不在焉地端起碗来。呼噜呼噜一碗薯蓣汁就这样吞下肚去。薯蓣是少有的美味，他却食之无味。

小玲出于礼节，眉眼一直低垂。伊右卫门也有意避开目光。

(这个女人，可知道昨夜的事情?)

她不可能不知道啊，不过，兴许真的是睡得很沉。

"帮忙添一碗。"伊右卫门递了空碗过去。是！——小玲跪着近身过来，把空碗放于托盘之上，此时稍稍瞥了一眼伊右卫门。视线重合了。小玲眼角好似挂了一抹浅笑，无甚意义，却韵味悠长。那无疑是男女间的暗语。

(啊，这个女人知道!)

伊右卫门重新拿起筷子，但此刻却重若千钧。于是他索性问道："昨晚睡得可好?"

"……"

女子眼神略显惊诧，定定地望着伊右卫门。眼眸底处，浸染着一层怯怯的羞赧。"呃……嗯，睡得还好。"她撒了谎。

年轻女子无伤大雅的谎言，有时候是很可爱的。可这个女子嘛——

（真不让人省心……）

伊右卫门对她愈来愈感兴趣，终于试探着问："有没有梦见什么？"而后敛声屏息等待她的回答。

"嗯，好像梦见过。"

"什么梦？"

"呃……与先生——"

"啊？"

"在一起的梦……"说到此处本该脸色绯红的女子，却用她锐利无比的目光，捉住了伊右卫门的视线。

"这、这个……声音太大了。"

"本以为是梦，可今早却吓了一跳，发现身体都湿了。我对先生思慕得紧呢。"她这句话倒说得小声。这并非是爱的告白，而是显而易见的胁迫。

用完早餐，伊右卫门披上肩衣[5]，叫吉兵卫牵了马匹过来，如逃离般奔出了空也堂。他要去木下藤吉郎处当差。

"真是可爱的姑娘啊。"吉兵卫在马儿鼻子底下这样说道。

"唔。"伊右卫门沉着脸。

"新右卫门也是欣喜万分呐，像是大煞风景的武者小屋里开了一朵花儿似的。"

"是啊。"

“干脆，在京都这段时间就让她一直住下去吧。”

“她不是要找空也僧叔父的吗？那种话休要再提。”

“为什么呀？”吉兵卫不痛不痒地问。

“不为什么。女人就是麻烦。”

“哈哈哈哈，少主真是不解风情啊。就新右卫门或者在下觉得，还是有个女人在身边才能和和气气。”

“俺不是不解风情。”马背上的伊右卫门一脸苦相。

“哦，说得挺不错嘛。不过，少主有那么一位好太太，其他的女子怕是谁都看不上眼喽。”

（那倒不一定……）

他们出了西洞院。

“吉兵卫，这匹马——”他赶紧转移了话题，“越来越瘦了。”

“是啊。”吉兵卫往后瞥了一眼。马儿的臀骨已显嶙峋之态。织田家的武士中，极少有坐骑会这么瘦弱的吧。“不管怎么说都太老了。还是让它在马厩度过余生好了。”

“战场上少不了马。”马匹的优劣，直接关系到骑马武士战斗力的高低。“真想买匹好马啊。”

“这次您加封了不是？再借点钱，应该能买匹像样儿的吧。”

“不成。”多出来的那份得用来养活更多的手下，这与功绩是息息相关的，伊右卫门道，“贫穷实在是痛苦啊。”

伊右卫门若是本地人，或是织田家历代家臣的一员，或许多少会有些财产；但他从前却是个浪人[6]，现在好不容易才让自己一家人吃得饱饭，根本没有什么称得上积蓄的东西。“不过没关系。”

那天他们在木下阵营里待了两个时辰，也没什么要紧事，便回了空也堂的小屋。小玲竟然还在。

“没去找你叔父吗?”

“嗯，去过堀川的新道场了。可是各地的空也僧来来往往十分繁杂，无论问哪位上人，都说不知道、没见过等等，终归是徒劳了半天。能让我最后再住一晚吗?”

“唔。”伊右卫门点了点头，面色不佳的样子。他除了点头外别无他法。

伊右卫门感觉夜幕的来临甚是可怕。可夜终究是来了，不能不睡觉啊。与昨夜一般无二，两张铺靠在一起，脚边放了屏风遮挡。

伊右卫门上了床。少顷，小玲吹了蜡烛，却不意钻进了伊右卫门的被子。

(啊!)

伊右卫门惊愕之余狠命抱住小玲，她的温热在他的前胸引诱着他。“这怎么行呢?”伊右卫门小声道。山内伊右卫门一丰一面思索着不行不行，一面却掰开了小玲的腿。然而又在心底里念叨着“糟了糟了”。

真是窝囊透顶，连他自己都轻蔑不已。他难道就这样被情欲绑架一生，念叨着“糟了糟了”去奔赴黄泉?

(只要是稍微有志气的男人，决不是这般模样。)

他自己倒是很会反省，所以脸上阴沉如铁。铁着一张脸却环抱小玲不放，可见人在欲念面前都是无可救药的。不过一件意外之事发生了。伊右卫门的心脏都快被惊得停了动静。小玲竟然呻吟起来。

(啊!)

他虽捂了小玲的嘴，但声音还是喷涌而出，实在无可奈何。

(怎……怎么办?)

屏风隔壁的两位侍从，本在小声聊天，忽地话音戛然而止。静悄悄的，他们一定是在对目而视。少顷，吉兵卫、新右卫门彼此间默契的鼾声响起。他们一定是意识到伊右卫门终于开窍了，因此才故意配合少主，不让他有多余的担心。

伊右卫门缄口不语进退两难。

夜半时分——遥远处，法螺号鸣响三声，伊右卫门跳将起来。“吉兵卫、新右卫门，出征了!”

“啊?”两人似乎起身了，有打火石的摩擦声，继而屏风背后亮了起来。

此时的伊右卫门急促奔向盔甲箱，猛地打开。“终于要进攻浅井、朝仓啦。”伊右卫门手脚不停，先穿甲衣里衬、衲制短布袜、武士草鞋，系上鞋带、护腿，又从下到上装上武器。最后把长佩刀、短腰刀插入腰间，只剩了头盔还未戴时，他忽然发现——小玲不见了。

“……?”伊右卫门脸色阴晴不定，他想起了数日来军中贴出的告示。

军中贴了告示，说朝仓、浅井的间谍在京城多有出现，并告诫各位千万小心谨慎。

(小玲莫非就是?)

一听织田军出征，即刻便失了踪影。“吉兵卫，那姑娘哪里去了?”他问了一句。

“刚说出去收衣服来着。”

“去带回来。”伊右卫门天生就长了一副看似笑意盈盈的脸，而且这次刻意没有表露内心的动摇不定。所以看起来仿佛是在笑嘻嘻地命令“去带回来”一般。

这让吉兵卫都觉得他不辨时机、不知轻重：“少主，都马上要出征了，您还要去追妹子啊?”

祖父江新右卫门的嘴巴也没闲着："真是看不出来少主还真是痴心呐。"语气里好像还带上了几许轻蔑。自伊右卫门父辈还在世时起，两位侍从就一直在他身旁，有时也不免会像絮叨的叔父一样对他呵责一二。

"昨晚的事咱可清楚着呢。"吉兵卫一边系着腹甲的绳索一边说道，"就算要跟露水姻缘的妹子作别，也得选场合看时机的吧。"

"咱应该不至于把少主娇惯成这样啊。"他们虽是侍从，但三人同时也是在战场上同生共死的兄弟。昨夜伊右卫门一人悄悄捷足先登，撇下一样饥渴的俩兄弟太不厚道，所以今日此时，两人难免会如此义愤填膺。

"这……什么跟什么呀？"伊右卫门跳向门口，自己一个人冲进外面的暗黑之中。他在念佛道场、阿弥陀堂、开山堂，还有其他的武者小屋里都转了一圈回来，却连影子都没见着。而与此同时，其他武者小屋里出来的武士们，打着火把，三三两两已奔往寺院山门。

伊右卫门急速回奔，一到住处便破口而出："笨蛋！那是个女谍！"

"啊？"吉兵卫他们根本不信。间谍怎么会光顾他们这些织田家的下级将士？

但伊右卫门却在木下阵营里亲耳听过。来自朝仓、浅井为数众多的间谍们，大都化作徒步巫女[7]、夜娼、祷告师、放下僧[8]等，想方设法去接近织田家的所有阶层。谍报的焦点在于：织田军会何时发往何地。

“你们俩，”伊右卫门道，“这事绝对不能透露一星半点。否则到时候切腹自尽都于事无补。”侍从们无力地点头称是。

小玲在黑暗的城中往东奔走，稍后来到一个叫京极的寺庙前。破败的围墙上有道小门，她环顾四周，小心翼翼地钻了进去。一到寺内，她便对着暗黑的前方小声自报姓名：“在下小玲。”

“到堂头来。”对面的黑暗里传来回话。

走到堂头的小玲，脱去草履，卷起小袖的袖口，把双足拭净。少顷，有一盏手烛逐渐靠近。掌灯的是个僧人模样的大汉，有越前地方的口音。很容易便能猜出，这是位越前的僧人，在替自己故乡的守护——朝仓氏做事。

两人在室内对坐下来。

“是出征的事吧？”似乎已有多数间谍频繁来报。“你要上报的，也是信长将要回岐阜的事？”

“信长要去讨伐朝仓、浅井。”

“一回事。”要回岐阜就必须通过浅井的领地，而浅井自然不会疏于防范。朝仓的援军已从越前南下。近江一地，必将是信长败走的战场。

“大家的情报都是一致的，派往越前的使者已经将消息送到。之后就是一些人数、军容、士气等必须上报的细节了。你就去城里看看吧。”

“是。”

她正起身时，僧形大汉又道：“你的消息来源，是织田家直属、木下藤吉郎的与力，名叫山内伊右卫门的吧？”

“是。”

“他是怎样的人？”

“这个——”好像没有可以一句话概括出来的特征。从拥抱的感触上看，并没有臂力惊人的印象，他也并非才气横溢。只是，人品不错。另外，侍从也不错。

听小玲如此作答，僧形大汉道：“这种人一定会出人头地。”

小玲拿了火把从正门出去。过了四条[9]的板桥，横穿祇园林，出了粟田口，便见到织田的人马陆陆续续离开京城。她在路边疾行，不久来到十禅寺的十字路口，在一户百姓的屋檐底坐了下来。她是要目送织田军离去。

东山渐渐染上蓝晕，元龟元年（1570）五月九日的天空徐徐泛白。

织田军的火把已灭。十面枯叶色的战旗迎风而过，接着，有弓箭组、铁炮组、盔甲统一的马回组五百骑走过，随后就是信长，正骑一匹玄黑壮马经过。他的装束与众不同：紧裹身躯的紫青织金甲衣、头上是深深盖住眉宇的银星三段盔、腰间是一把金太刀。

之后小玲又等了一个小时。木下军队临近。这支武士队伍里面混有一个骑着一匹让人发笑的瘦马，连服饰都在雨雾中失了颜色的人。那便是山内伊右卫门一丰。

松树以及滴落在阴影里的水珠，都被朝霞染上一层彩晕。伊右卫门随着马匹的脚步身形晃悠，茫然望着粟田口的景色渐次退去。

待行至十禅寺的十字路口时，“少主，”牵马的五藤吉兵卫出乎意料地小声叫道，“看右边！”十禅寺的路口，被树龄参差不齐的赤松林包围着，每棵树的树根上都长满了一掌厚的苔藓。

“什么呀？”伊右卫门反问道。

“那是小玲。”

（啊？）

一棵苍老的百年松下的根部苔藓处，小玲半跪着，左手撑在地上，目不转睛地盯着他们。与伊右卫门的视线重合的那一瞬，小玲的嘴唇微微开启，露出一副极为可爱的模样。随后只眼一眨，算是招呼。

（你的身体我可是清楚的哦。）

那表情就好似在这样叫嚣一般。很快松林便遮住了这一切，不过小玲却出人意料地在林中奔跑起来。察觉到动静的织田军，齐刷刷朝小玲看去，转瞬又全部把视线集中到伊右卫门的身上。

伊右卫门噤口不言，只装作毫不在意地望了望天，然而脸却红到了脖子根。

“少主，您不会装一下吗？”吉兵卫很是担心。伊右卫门倒是巴不得能装出无辜的样子。织田方一个有武士身份的人，竟然与朝仓方女谍模样的人有染，真是百口莫辩。

小玲的身影终究是消失了。他终于松了一口气。“女人真是可怕！”伊右卫门作为那个时代的男性，在这点上这么小心翼翼倒是少见。是否是因为深爱着千代的缘故？答案伊右卫门自己也不甚清楚，大概是天性所致吧。

织田军顺着逢坂的红土路下行，一直行至湖[10]畔。这是大津[11]关所在地，军队在此稍作休憩。马匹饮水，将士们就餐。

“少主，少主，您到底在想什么呀？”吉兵卫狠狠地看了他一眼。

伊右卫门坐在草地上，只茫然望向琵琶湖上泛起的雾霭。“没。什么都没想啊。”

“别撒谎了。老对过去的事情念念不忘，这可是少主的坏毛病了。如果不改掉这个坏毛病，想当跟人平起平坐的大将，难啊。”

“……”

“您得往前看。都不知道今晚还能不能活着吃上晚饭，这就是咱武士的命。下场战事或许就在今夜，或许会在明天凌晨。您只须考虑怎样去夺取功名便好。”

注释：

【1】蛸药师：药师如来的俗称。“蛸”指章鱼，传说药师曾乘着章鱼渡海而来。

【2】空也堂：位处京都的天台宗寺——极乐院的通称。空也，是平安时代中期的僧侣。

【3】大和：令制国旧国名之一，相当于现在奈良县全境。

【4】町：长度单位，同“丁”。1 町大约有 360 尺。

【5】肩衣：日式无袖上衣。本为下等武士着装，室町时代末期上等武士也多穿。

【6】浪人：主家没落之后，丧失了家禄与其他恩典的武士。

【7】巫女：迎神，询问神意并转告神之所托的年轻女子。

【8】放下僧：也称放下师，是从中世到近世初期的大道

艺人之一。主要用竹制双板来演唱放下歌等。

【9】四条：京都地名。

【10】湖：这里指的是琵琶湖。位于现今日本滋贺县中央。

【11】大津：地名。位于琵琶湖西南岸，现今滋贺县西南部。自古以来是日本水陆交通要地。

姊川

织田军虽然大举进入近江，但织田信长现在并没有与朝仓决战的打算，只想取道回岐阜。途中，他们在南近江击破了一支浅井煽动的武装，而后继续朝着岐阜稳步迈进。

回岐阜！回岐阜！织田军继续强行军，步卒几乎都是一路小跑。

“少主，看样子不会有大的战事了。”吉兵卫道。

“但愿！”伊右卫门松了口气。他一直苦于自己懵然之中，竟与那个朝仓抑或浅井的女谍小玲有染，还泄露了一句——这次出征要进攻朝仓、浅井。

不过信长的神机妙算哪里是伊右卫门等人能够知晓的。看似进攻近江的一步棋，实际上只是借道而行。浅井方有备而来却不得战，连织田方的将士都意外莫名——难道不是要作战么?

信长需要备战。他年轻时带了一支小部队，对桶狭间[1]的今川义元阵营奇袭得手，因此名震四方。但此后的战役大都打得谨慎小心。战前他必然会作充分的外交工作，侦察与谋略不可或缺，而且一旦开战，必然集结重兵形成压倒性优势，而后等了又等，才肯开火进攻。因此只要一开战必获全胜。他便是这样的人。

信长现在赶回岐阜，正是为大战作准备。然而在其穿越千草越的时候，却出了点状况。

一个叫杉谷善住房的铁炮名手，应承了南近江的旧势力六角承祯之托，在铁炮里灌了两颗弹丸，潜伏在林间等待信长的到来。距离只有十二三间。

待信长的旗帜过去，旗本的马队过去，信长本人出现在枪口对面那一瞬，引绳被点燃。轰然两声枪响，震耳欲聋。一击而中，不过击中的是信长的和服袖袂。弹头应声而落。旗本们骚乱一片，在山中却搜索未果。

“快走！不用理会。”信长仍未放缓前行的脚步。

终于赶回了岐阜。伊右卫门这天夜里，回到了离别数月的家，有千代等待的家。门开作八字，斜角处燃着篝火。

“俺回来啦。”伊右卫门在门口叫道。

千代在敷台[2]躬身迎接。她的肩就在眼前，伊右卫门忍住了想要紧紧抱住她的冲动。

在这对夫妇的历史里，没有比这天晚餐时的夜话更有趣的回忆了。千代先是重新惊叹了一次伊右卫门脸颊上的伤口之大。“真的好大啊！”她从下颌看上来，“可在城下却听人说，不过是一点点擦伤而已。”

“这个伤的故事，说一整夜到天亮也说不完啊。”这并非寻常的伤口，是一下子换来了二百石的伤口。“一个跟凿子般大小的箭头，射穿脸直抵这边的——”伊右卫门用手指掰开嘴唇，“这边的大牙，就栽在牙龈上。还是吉兵卫踩着俺的脸好不容易才拔出来的。”

（真是命大！）

千代心口疼痛，却没显露出分毫，只稍稍倾首面带微笑。

“怎么了？”伊右卫门望着千代的脸。

“没什么？”

“为何那样盯着人看？”

“呃——”千代在心里笑道，“我倒是觉得，这伤让夫君更有男子汉味儿了呢。”

伊右卫门听了心里也舒坦：“有吗？”

“拿镜子瞧瞧。”她说完拿了镜子来照伊右卫门的脸。

确实更有武士味儿了。以前的样貌柔美，倒是很像能乐[3]师。有了这个伤，就算一众十骑，他也是里面最抢眼的武士面孔了。

“一定是个开运的伤。”千代添了一句，“不过，可别再受伤啦。人家每天都去求伊奈波神宫来着。”

“说不定正因为你的虔诚，所以俺才能活下来，只受了点伤了事。”

“总之，夫君——”

“什么？”

“祝贺你加封。”

“这算什么？征伐千里，就只有这点小成，实在有愧。”

“说得好！”千代痴痴看着伊右卫门。她想说——千万别忘了此时的心境哦——但终究没有说出口。母亲法秀尼曾教导说，对男人的训诫会起反作用，是吃力不讨好的事。千代是极聪慧的，连煽情都在不知不觉之间。而被煽情的对象，即便他只有七成能力，因得了自信，爆发出十成也是极有可能的。

夜里，两人早早躺下了。“千代，给我生个好儿子。”伊右卫门宛如祈祷般念叨着，直到夜半都不肯放开千代。

说到孩子，千代的肚子到现在都似乎没有任何动静。她很是不安，莫非自己是不孕之身？

（希望这颗种子一定要在千代的肚子里种下。）

千代也似在祈祷，顺承着沙场归来的丈夫的激情爱抚。

第二天伊右卫门打算一整天都待在家里，好好修复一下战尘蒙身的疲惫躯体，所以一直睡到太阳露脸时才起。“千代，漱盥盆里装点温水来——”他吩咐了一声便来到走廊，打算刮刮胡子、剃剃鼻毛。

狭小的庭院，笼罩在六月的艳阳里。

（真是命大啊！）

他再次感慨。回忆战时情形，好几次都差点命丧黄泉。

他刮了胡子。要不触碰伤口就把胡子刮干净，确实挺费事。然后剃了鼻毛。把手指伸进鼻孔，逮了鼻毛出来后，用刮胡刀“咔嚓”割掉。这是个技术活儿，着实不易。

之后千代来了：“让我给夫君梳头吧。”她顺顺当当梳好发髻，并换了一根新髻带。而后伊右卫门开始挤压粉刺。伊右卫门晚熟，娶亲至今还有粉刺这种东西长出来。

“一丰夫君，”千代在室内一隅，用火熨斗熨着一条长袴[4]，面带微笑，“今天没有要紧事么？”

“没有啊。”

“是你忘了吧。”说罢嘻嘻一笑，虽然在心里对伊右卫门的这种悠闲自得的模样恨得牙痒痒的。俸禄既然已增至二百石，那么迎战之时就应该有二百石的样子，需要增加新的人手。这些人手被称作“军役”，按两百石的标准，应有骑马武士两人、步卒六七人的规模。

顺便说一下，战国武士与德川武士有着根本的区别。德川武士那种阴森的忠义观念，在战国武士身上很难觅到。

总而言之，功名是向主人承揽而来的。换句话说，二百石的山内伊右卫门一丰，便似一家小企业一般，要向信长这个大老总承揽功名。

而同样是二百石的德川武士，从门第形式上看，有武士、仲间[5]、小者[6]就足够了（德川中期以后，因经济原因，可以说几乎所有武士都无法雇佣到所规定的军役人数）。战国武士则尽可能地去寻找能人异士，去游说他们，哪怕自己吃不上饭也要尽量优待他们，否则很难有大的功绩。

（他真是太悠闲了。）

千代心底里这样叹道。从今天起就去张罗着物色人选，难道不是理所当然吗？“吉兵卫和新右卫门可是非常高兴呢，说终于当上了能骑马的武士。”

（对啊。）

伊右卫门把剃刀从鼻尖移开：“千代，俺得去找些手下来。俺可不像你这么清闲，今天很忙呢。对了，就去父亲的旧领地黑田村（尾张国羽栗郡），俺马上出发去看看能不能招到人手。”

“还真是很忙呢。”千代手持火熨斗，暗自垂首笑了笑。

“今日去黑田村，明日去哪里呢？”千代很是狡黠，总不忘了在前面迂回试探，然后让伊右卫门自己去考虑。

“明天去哪里？”伊右卫门只想到黑田村，明天的事根本没影儿。“尽量去各个地方多走动走动，总会遇到合适的吧。”

“也是。”不过这样很可能是瞎折腾。这个时代要招侍从，一般都是去有缘的地方，或者是血亲之地。与外人不同，这样的侍从士气都是不一样的。有缘的地方，可以是自己老家的村子、封地等等。伊右卫门新领的封地在尾张国内，但还比较缘浅。“美浓的不破等等，不顺便去游历一下？”

“哦，还有不破！”那是千代的娘家，他竟然忘记了。

“那今天就派个信使去吧。伯父市之丞是极为喜欢一丰夫君的，知道了肯定高兴得不得了。”其实市之丞对伊右卫门并非极为喜欢，但只要这么说了，人与人之间的关系就会自然地润滑起来。这个道理千代打娘胎起就一清二楚。

“对了，”千代说，“吉兵卫与新右卫门也是跟随夫君同行的吧？”

“嗯，他们跟俺一起。”

“这两位说一定要在少主前面找到新的侍从，他们可是期待已久了呢。”

“哦。”伊右卫门考虑了一下。原来如此，与其伊右卫门自己去找，不如先让他们去，让他们举荐人才。这样一来，“山内家臣团”的上下关系就一团和气了。“那千代，俺就哪里都不去，只坐镇在家就好了嘛。”

“等夫君当上了大名，肯定就能这样啦。”千代露出明朗的笑颜，“可如今的身份，还是像木下藤吉郎大人一样，就算被人非难轻视，也要亲力亲为去物色人选才好。这样人家投奔过来时会觉得——大人竟然亲自来选中了自己，真是荣幸之至呢。”

“也是。”他说罢出门。到黑田村的这段距离，他驰马前行在艳阳高照的道路上，一时不免狐疑起来。

（好像俺事事都对千代言听计从似的。）

不过男儿的自尊心立刻将其打消。

（怎么会？不都是俺自己的主意吗？只不过被千代碰了个巧而已。）

这之后，伊右卫门在尾张黑田村、美浓不破乡等地盘桓数日，去百姓家物色了些出挑的老二、老三，最后选定步卒十人后归来。二百石在经济上至多只供得了七人，他不禁有些担忧是否选得太多。

大约十日后，新招的十位若党[7]、牵马夫、小者都来报到了，均是年轻力壮的小伙。伊右卫门开始担心自己能否养活这么多人。前面也提到过，二百石最多能供六七人，而现在有十人。更何况，他是新近提升的，今年的年俸还没有入库。很长一段时间只能依靠以前的积蓄，坐吃山空。

“千代，能应付过去吗?”伊右卫门问道。

“车到山前必有路。”

“啊哈哈，你也太乐观了吧。人每天都是要吃饭的，还得穿衣。武器也得给他们配备。”

“还真是呢。”

“喂，你到现在才意识到啊。”

“哪里。是才发现一丰夫君居然肯对这么细小的事情用心，感动着呢。”

“老婆大人太悠闲了，俺才不得不用心哪。”

“真是抱歉得很呢!”

“自从父亲战死后，俺就流亡在外朝不保夕，年少时吃苦不少。你呢，虽说也是自幼没了父亲，可你有个好姨父，所以一直锦衣玉食根本没吃过什么苦。咱们之间也就是吃没吃过苦的区别罢了。看来人是不应当吃苦的，一旦吃苦太多，便总是会为将来的事情苦恼。”

“我正是儿时过得悠闲，所以将来的事才看得很开。如果下次再立战功，养活十来个人不是很轻松的事情么?”

“要立战功，是需要武运的。”

“一丰夫君生来就武运极旺，千代可是坚信不疑的。”

“嚯，真的坚信?”

“坚信不疑。”

伊右卫门与千代这样你一句我一句，不知不觉就成了乐天知命的人了。“原来如此，俺是有武运的人啊。”

“的确如此。”千代断定道。

“那真得感谢上苍了。不过千代，不论下次合战打得有多漂亮，要是连今天明天都揭不开锅，俺还是没法儿养活他们啊。”这是个十分现实的问题。

“一丰夫君，我也一样穿粗衣吃杂粮好了，如果还不够，就去把小袖卖了。”

“真是天真又肤浅。你能有多少小袖拿去卖呢？”伊右卫门感觉这位从小不愁吃穿的千代，真的是太乐观了。但是千代却绝非他想象的那般天真悠闲。她的天真悠闲都是母亲法秀尼教给她的演技而已。

“妻子如果不阳光开朗，丈夫就无法投入全身心去做事。就算是对丈夫发牢骚，如果从阴气沉沉的嘴里说出来，丈夫便会心情委顿失了上进心；但同样的牢骚如果是以阳光开朗的心情说出来，丈夫反而会更受鼓舞。而做到阳光开朗的秘诀就是，总认为明天会更好，就成了。”

说句实话，千代其实也心里没底，毕竟一下子新增这么多人。不过，不都说车到山前必有路吗？

千代是在美浓不破一地被称作“贵人”的不破家长大的，是名副其实的富家千金。但她却好像天生有着运筹家计的能力。本应非常拮据的开支，在她的运筹帷幄下丝毫不显贫相。总是什么都不短缺，生活滋润。

不过，千代虽是掌控山内家整个家计的主妇，却连菜板也没有一块。切菜都用量米的方斗代替。她的这个方斗是竹板制成，是中空的一个竹方斗。反扣过来就成了菜板。

伊右卫门曾在厨房探头探脑，见状蹙眉道：“菜板这种东西，就让人做一块好了。”

千代惊讶地抬头看着伊右卫门，道：“这个方斗才是最好用的。人家可是特意这样用的。”千代在上面切了根萝卜让他看。亮脆的咚咚声随之响起。“看，像不像小鼓？”

“原来如此。”他对千代的说法不禁由衷佩服。

“顺便跳个幸若舞[8]为夫君助助兴如何？”

“还是算了吧。”

这个兼用于菜板的方斗，在江户时代末期的文化二年（1805），山内家将其赠与高知城下的藤并神社，并长期保存了下来。方斗的背面有无数的庖丁之印。（在昭和二十年，即1945年不幸因战火烧毁，现今收藏的是仿制品。）

千代是个手巧的女人。她有一种艺术才能，可以将一堆普普通通的素材做成漂亮美观的成品。

这也是数年之后的事情了。她用各种各样的丝绸碎片精巧地做出了一件小袖。因做得实在太漂亮，一时间好评如潮。当时刚统一天下的丰臣秀吉听说了竟也十分好奇："给我瞧瞧。"

看了这件作品的秀吉极为佩服。此时正值秀吉一生的建筑杰作——聚乐第[9]完成，后阳成天皇亲临聚乐第时，秀吉特意展示了这件小袖，自诩自夸了一番。或许千代能当一名不错的服饰设计师。不过这都是后话。

言归正传，管理家计这事，要是太苛刻不免会怨声载道；要是用算盘算得分文不差，家中氛围难免了无生趣。还是有点儿艺术家的感觉最好。千代的此种能力与生俱来。"车到山前必有路"这句话亦是艺术性的，若要仔细计算，是无论如何也办不到的。

"那就好。"伊右卫门虽有一颗会计算的头脑，可也渐渐倾向于千代的"艺术"式家计运筹了。

之后数日。元龟元年（1570）六月十九日丑时，从城中忽地传来一阵法螺号角声。

（啊！）

千代猛地起身。旋即打燃火石，点亮烛台。房间一瞬亮了起来。"一丰夫君，一丰夫君！"她摇了摇伊右卫门，而他却似傻子般迷迷糊糊不知所以然，“城里有出征的号角声响起呢。”

伊右卫门“哇”的一声坐起身，望着千代却道：“哦，怎么是千代啊？”

一定是睡糊涂了，兴许是刚刚梦到在战场被对手推来搡去吧。

（真是个糊涂虫。）

千代不禁有些着恼。“一丰夫君，那么响亮的号角声你听不见吗？”

“……”好像清醒了一些。他冲向壁橱，猛地打开装有盔甲的箱子。“千代，泡饭。”

“已经准备好了。”其实千代已有预感，觉得夜里说不定就会响起号角。

前一天傍晚时分，木下藤吉郎骑马经过了他们家门口。因要增建一些长屋，千代与木匠在商讨详情。她领着木匠来到路上，指了长屋门给他看。这时藤吉郎过来，见状朗声道：“这不是伊右卫门夫人吗？”

千代转身，眼见是木下大人，稍觉惊愕，正待言语，却见藤吉郎一扯马缰站定了，道：“真是勤奋上进哪！增了俸禄就马上增建长屋么？”

“啊，是。”千代顿觉有些慌乱。

藤吉郎仿佛对千代这种少妇的羞涩腼腆模样很是中意。“别紧张嘛。伊右卫门好像去过美浓、尾张了吧，招到好侍从了吗？”

“是，非常好。”千代似乎有面红耳赤症，一张粉脸一直红到耳根。这又让藤吉郎十分中意。

“那真是太好了。这样好的侍从，俺藤吉郎也很想见见呢。”

“啊？”千代欣喜万分，而她的表情也恰到好处地表现了出来。此亦可谓她的功德之一吧。千代姣好的笑颜传染了藤吉郎，也不知他想到了什么，竟翻身下马。原来他是想进屋去瞧瞧新侍从的样子，叫千代在前面带路。

对侍从来说，能得到织田家大将的这种破格的礼遇，已是幸运之至。可是不巧，伊右卫门却并不在家。千代领他入庭，然后让吉兵卫、新右卫门以下的新人跪拜在地，每人都有幸得了一句藤吉郎的吉言。

随后，藤吉郎便重回马鞍，离去时看着晚霞当空，道：“明日若是天晴该多好。”像是离开之前的喃喃自语。

千代总觉得他这句自言自语是有深意的。为以备万一，她做好了丈夫出征的准备。

伊右卫门出门口时，五藤吉兵卫一行人已齐刷刷跪拜在地。出了庭院，牵马夫已牵了马匹过来。

“今夜真是星光灿烂啊。”伊右卫门仰头望了望天，纵马启步，“千代，出发啦！”

站在门角的千代，无言地低下了头。无数的火把从她的门前飞驰而去，都是如同她夫君一般，听到出征的号角便即刻奔往城里的人马。

（俺也不能拖后腿。）

伊右卫门很快便被卷入轰隆隆的马蹄声与盔甲的金属碰撞声里。脑子里已经没了千代的身影。

（男人千万别回头——千代说过。）

比起此刻的瞬间，伊右卫门更愿意去遥想将来。

（功名……）

伊右卫门的感情生活是单纯的。或许是聪慧的千代故意促成的。男人是什么？——伊右卫门这样思考着，无论他多么能言善辩，多么风流多才，那又怎样？用以表现男性尊严的，非功名莫属。这是年轻伊右卫门的哲学。

（但此哲学也可能在某天分崩离析——）

年轻的伊右卫门在当时，自然是做梦也想不到的。

拂晓，织田三万大军开始行军出发。众将士此刻还未被明确告知，攻击的目标到底是越前朝仓氏，还是近江浅井氏。

夜空徐徐泛白。总大将信长位于中军的马鞍之上，因不喜流汗并未身着铠甲。他头上戴着黑漆斗笠，身上穿的是单层白色和服、外披一件黑色阵羽织[10]，这黑色阵羽织的背面，银箔织就的桐蝶纹在阳光下熠熠生辉，显得极为耀眼夺目。

先锋部队来到关原附近时，全军将士倒吸了一口凉气，前方之路在此一分为三。若走北国街道，那便意味着此番要挑的是朝仓的居城——越前一乘谷。南方是伊势街道。径直前行的话，就进入了中山道，尽头便是近江。

(走哪边?)

伊右卫门也在猜测。最终，先锋部队径直前往近江的窃窃之声宛如波浪般传来。

(还是进攻浅井么?)

伊右卫门不禁打了个冷战。近江的浅井氏，世人都称其兵将敏捷骁勇，战马膘肥体壮，枪炮多且精良。

在醒井一地宿营时，伊右卫门音色微颤道："吉兵卫，敌人是浅井。"

"明白!"吉兵卫等众人也都很是紧张。大概这次战役，决不会像敦贺的支城攻战那般容易。

"吉兵卫，这次好像得做好随时战死的准备呐。"

"已经准备好了。"武运绝对没有可以白白拾得的道理。

“破竹之势”这个词，就是形容进攻近江的织田军团的。

云雀山、虎御前山山麓一带的农村已被烧光，浅井氏三十九万石的居城——小谷城已经近在咫尺。小谷城的东南方有一个横山城，是小谷城的支城，亦是浅井氏的重要要塞之一。横山城失守，则小谷城的防御力折半。

横山城在卧龙山的山顶，三层楼阁以顶天之势建于湖北面，山脚便是绕城而过的姊川。

织田军总大将信长亲自率兵包围了此城。对方要冲出重围实属不易。浅井方此时已从越前同盟军的朝仓氏处得到一万的援兵。元亀元年六月二十六日夜半，近江战线拉开阵势。浅井军士气极为高昂。为救横山城，他们反从背后包围了织田的围攻军，准备将其歼灭在姊川河畔。

“三河大人（家康）还没到吗?”这句话自打信长包围横山城后，已经问过无数次。

“先锋部队据说已经到达岐阜了。”驿使会时不时传回这样的消息。

“已经到垂井了。”

“现刚到醒井，想是不时便能到达。”

在敌方援军朝仓部队到来的二十六日，织田方的同盟军德川部队一万人马也终于加入了横山城包围的战线里。在龙鼻本营的信长亲自去迎接了德川。

“三河大人，真是感激之至！”信长不禁握住了家康的手。

这个时候浅井方自然不会停止作战活动，他们挟姊川而上，在野村、三田村这些地方集结大批人马，形成了新的战线。二十七日夜，伊右卫门与侍从们在姊川对岸，望见对方如繁星般的火把在频频移动。

“看看那些。”吉兵卫道，“敌方是准备在明天凌晨来一个乾坤一掷的决战呐。”

“原来如此。”伊右卫门透过夜雾，呆呆地望着火把频繁往来。吉兵卫对战事的直觉极为精准。

“新右卫门，你怎么看？”他转问新右卫门。这个男人也有着敏锐的直觉。

“大概，正如吉兵卫所言，是要决战了。连吉兵卫都这么认为，本营肯定早已觉察到了。或许即刻就有部署变动吧。”

伊右卫门的优点之一，就是深知自己并非十分有才。因此总是询问征求两人的意见。两人更是高兴可以成为少主的两翼，助他功成名就。伊右卫门在听取他们的意见之后，会采取其中最为合理有效的意见。伊右卫门的能力就在于选取有用意见的准确度与高效性上。

姊川是北近江的大河，源头在美浓境内的高峰铁粕岳，成川后笔直往南，流经伊吹山的山麓，再从伊吹山往西曲折流经湖畔平原，最后西流十五公里汇入琵琶湖。浅井、朝仓的阵营在姊川北岸，织田、德川的阵营在南岸。就地形来说，浅井、朝仓军更具优势。因他们所占据的北岸有垂直高耸的山崖，织田方要攻破实非易事。

夜间，信长迅速召集诸将至龙鼻本营，召开了军事会议。虽名曰军事会议，但在信长看来并非是要与人商量，只需命令各个部署去攻击便可。不过在军议前，信长倒是征求了同盟军家康的意见。

“你们既然刚到，风尘仆仆的将士们也定是累了。就作为后备部队待阵如何？”

家康时年二十九，一听是作后备部队，愤然道：“恕难从命。在下不到三十，属少壮之列。您把我当个老人放在后面唯唯诺诺待阵，是什么意思？”

“不不，没别的意思，只是考虑到将士的疲乏而已。”

“此种担忧实属多余。我既然加盟过来，就是期望打头阵的。后备部队听起来像是要等到下辈子一样。总而言之，让我去打头阵。若非如此，今夜我便撤兵回浜松。”家康道。

打头阵的损耗是相当大的。大将自己亦战死的情况并不少见。但家康却要去扛这副重担。此人决不是因为血气方刚才如此义愤填膺，他习惯于把利益放在远处，习惯于做长远的考虑。把大利置于将来，对眼前的小利得失毫不计较，这便是这个男人的思维方式。

信长毕竟是信长，他早已熟知家康的思维方式。只要对他说“你做后备部队”，那家康当然会面露难色，争着要“打头阵”了。信长等的就是这句话。他既然自荐去打头阵，那么就决不会随随便便地去战斗。信长对这种心理是深以为然的。最重要的是，家康的军队以三河兵为主力，比以尾张军为主力的织田军要强很多。让这个强兵军团去为自己打头阵，是信长求之不得的好事。

“那么，头阵就拜托了。”信长道。

随后便是军议，信长公布了头阵军团。诸将沸腾起来，愤懑不满之言不绝于耳。对诸将来说，织田家关乎存亡的此战头阵，竟然被客将抢了先，心里委实难受。信长是厌恶议论的人，于是大喝一声：“尔等太过无礼！什么都不知道，凭何反对？”

于是军议就如此定下。然而木下藤吉郎的部署——

德川部队为打开渡河作战的缺口，从织田阵地的左翼出发，进入一片叫千草部落的离河畔最近之地，在此等待天明。这一切均是在暗中进行。

信长直属的织田部队里，也任命了先锋。选拔了一位叫坂井右近的惯于冲锋的猛将。第二队是池田信辉。第三队是木下藤吉郎。信长并不认为对岸的浅井、朝仓联军是容易对付的敌人，因此在本营摆了满满十三段纵深的队列。

各个村寺的初夜钟声（晚上八点）传来时，织田军便开始按部就班，两个小时便各就各位。

“咱们是第三队呀。”伊右卫门有些垂头丧气。本来期待此战再夺功名一跃而成一千石的身份来着。若非如此，怎能养活已经超员的步卒们?

“少主不要气馁。武运这种东西，谁都不知道在哪里就碰着了。”吉兵卫安慰道。

“正是这样，”新右卫门也点头附和，“过世的老爷也这么说。只要认认真真拼命努力，武运自然就会被吸引过来。”

是吗，原来父亲竟说过这样的话呀？伊右卫门脸上的忧郁很快散开。其实，他并非是被这般随处可见的安慰话所感动了，而是想满足一下两位家臣的说教癖。可以说，这个男人的胸襟，也随着俸禄的增加而变得宽广了些。

木下队一行人，或在民家轩下，或在树荫里补充了些睡眠。深夜两点，所有人都被叫醒。

“噢，多美丽的星空啊!”伊右卫门望了望北近江的夜空。虽说已是六月，夜雾却仍会透进铠甲下层，浸润僵冷的身体。

凌晨三点，东部千草部落方向，有响亮的枪声响起。对岸的浅井、朝仓阵地上，有繁星点点的火光燃起。顷刻间，振聋发聩的枪炮声席卷天地而来。

“噢！德川大人的渡川作战开始啦。”木下队即刻动身前往。

前方，织田的先锋坂井右近队，正吼叫着冲进河中。伊右卫门身形一颤，打了一个冷战。战斗已经打响。

“少主，少主，您在哪里？”吉兵卫在马背上大吼。

“在这儿呢。”伊右卫门忘我地移动着前进的步伐，与众人推推搡搡来到了河岸。夜色昏黑，虽然看得并不十分分明，但眼前的姊川已经明显化作一幅地狱之图。无数的火把混入河水之中，四周硝烟弥漫，叫喊声此起彼伏不绝于耳。

“吉兵卫、新右卫门，别撇开我！”伊右卫门跳下河。然而不知是否因为马儿拐了脚，他被猛甩了出去。

虽然他是翻了个筋斗才落入河中的，但运气实在不好，落入的是一个崖下之渊，水深不见底。

本来流入琵琶湖东岸的大小河流，从北一一数来，有余吴川、姊川、天野川、犬上川、爱知川、日野川、野洲川等，均是不甚长的河流，一遇大雨便水流湍急，但平素却是河床见白的旱河。姊川也一样。可毕竟是大河，也会有急流，亦会多少有些深渊。

伊右卫门不小心落入的就是这样的深渊。因穿着沉重的盔甲，他下坠的力道很大，眼见着越沉越深，手所触之处，竟已是河底的砂石。

（这下麻烦了。）

他在河底砂石上曲蹬跳跃，蹬了多次才终于浮上河面，而此刻所见，是大队人马正从眼前穿行而过。多得竟数不胜数。好像是第五队、第六队的部队正在渡河。伊右卫门所在的木下队大概早就渡到对岸了吧。

他找了找长枪，没找到。马儿也没了身影。别说马儿，侍从们也都不见了。他们或许是以为伊右卫门早已去了前方，这里竟一个都不剩下。

（怎么办哪？）

他有股想哭的冲动。忽然，头上的繁星晃入眼帘。蓝黑的夜空里挂了一颗极为耀眼的星星，他想或许是金星吧，可那应是日落后挂于西天的一颗星，这个时候决不可能会这样俯瞰着自己。

（啊，是千代！）

那颗星仿佛是千代的面庞，正对他微笑颔首："没了枪没了马没了侍从，可夫君自己不是好端端站在那里么？战斗总是有千般变化、万种可能的。就这样素手徒步，往前走好了。"

（可以就这样往前走吗，千代？）

“嗯，你行的。”

（千代能一直守护我吗？）

“当然。”

伊右卫门扶正头盔，溅着水花，心无旁骛地奔跑起来。这时最后面的信长的旗本们，也正旗鼓堂堂地涉河而过。伊右卫门终于抓住了对岸山崖上的一丛草。使一把劲儿，身子便高了一尺。他就这样沿着崖壁攀缘而上。背后的伊吹山渐渐被染作紫色，元龟元年六月二十八日的太阳也露出了圆脸。

伊右卫门从崖边探出了身子，战场近在眼前。硝烟与朝雾弥漫其间，隐隐约约中，目之所及是一具又一具的尸体，简直就是一幅活生生的炼狱之图。在此间左右往返的，多是浅井、朝仓的武士；织田方的武士们很显然已怯意萌生，攻势衰颓，只剩了防守的力量。

后来才知道，这时的先锋坂井右近之队已然溃败，连其子坂井久藏都已命丧黄泉。三百余位兵将之中殒命的竟达百余人。第二队的池田信辉也被冲破阵势，第三队木下藤吉郎亦处于溃败前夜。伊右卫门若是没有落马，现今或许已是这累累尸体之中的一员了。

当阳光拂去晨雾时，眼前的光景瘆人之至。这样可怕的战斗场景，在伊右卫门的一生中也甚少见到。

失去主人的马匹，在战场上嘶叫着狂奔乱走。各处都有对战的身影，可几乎都是在瞬间便定了胜负。理由很简单，当一人制住另一人时，处上位者会被处下位者身旁的侍从用长枪一枪刺中，待他好不容易起身，准备扯了对方头颅割下，却又会被赶来的对手结果了自己刚才好不容易拾得的小命。

“驾！”伊右卫门身旁出现了一位穿朱色盔甲的武士，他胯下马匹吃痛正跑得飞快。

（噢，那不是——）

他认识此人，此人头上的头盔因装饰着鸡尾而别具一格。于是他明白过来，此人就是第十队里名叫田沼云右卫门的豪士。他撸着一根据说是加了青贝在内，让其引以为豪的长枪，冲入敌阵。可瞬时便被敌军的战马包围，还未来得及交上一个回合，便被数柄长枪刺在空中。他被合刺了三次，大概第三次刺的已是死尸一具了。

信长的旗本们此刻已渡河完毕。浅井、朝仓方可怕的强势攻击，业已摧毁了织田阵营十三纵队里的十一队。

（这可是败势。）

伊右卫门不顾一切奔跑起来。他只顾奔跑个不停，却不明白自己在干什么，该干什么。

（马！要一匹马！）

他终于确定了目标。与其求敌一战，不如求马一匹。在他心无旁骛狂奔乱跑的此刻，眼前突然变作了茶褐色。是一匹马正要跳过他的头顶。

（砍马胫骨！）

这是他对付骑马武士唯一的经验。伊右卫门右肩扛刀，浑身用力一挥。可是斩落的只是马缰。不过这一失手反是好事，敌人顷刻落马。伊右卫门旋即夺过马匹，纵身一跃，双足夹紧马腹，连刀带鞘击中正爬起身来的敌方武士。对方应声而倒。旁边有个步卒如影子般奔来。

（噢，那不是伊作么？）

伊作是千代娘家——不破家领地出身的新任下级侍从，体格强健而动作敏锐。“少主，让我来。”他说罢便与对方斗作一团。

不久吉兵卫也气喘吁吁地徒步跑来，他似乎也丢了马。新右卫门也携了步卒飞奔而至。

少顷，那位浅井武士的侍从们护主心切，急奔过来。有步卒骑士共十五六人，黑压压一片。死斗开始！可怎奈伊右卫门一方人数太少。

伊右卫门连长枪都没有，好不容易抢来的马匹却没有缰绳。于是他抽出短剑，衔在嘴里。马匹飞奔，他趁势从马背跃起，飞身直扑浅井方的武士。

“哇——”在武士仰面倾倒的那一刻，伊右卫门的双刃短剑已经贯穿对手的喉咙。得手后，他夺了长枪一跃而起，朝与新右卫门搏斗的男子右胁下一枪刺去。甫一抽出，又顺势横扫，击中一个扑将过来的敌方侍从的小腿。

“少主，打得漂亮！”吉兵卫大声道。

这时吉兵卫抱住了一名敌军队长的后背，其队的一员正与伊作纠缠。只见吉兵卫抓住枪头，用枪柄挑开对方铠甲下摆，朝腹部一捅。对方立时失了劲道，被压在身下的伊作此时一扭腰，反而骑在了对手的背上。

“伊作，小心！”吉兵卫嚷道。两人对打的此刻是最为危险的瞬间。处于下位的对手还有余力，总不惜使出最后的力气来殊死一搏。

“伊作，不要慌着去砍脑袋，抓牢头盔的护额！”经验丰富的吉兵卫在教伊作实地作战，“右脚，右脚！用右脚踩住肩膀！”

正说话间，敌人握住了伊作去抓护额的手腕，使劲一拧。“啊——”伊作从敌人身上摔了下来，似乎手腕骨折了。

还有这一招啊。这是披甲待战、披甲较量这类的战场格斗术之一。后来逐渐演化成柔术，进而成为柔道。与今日柔道的不同之处，在于当初几乎都是反手制胜的招数。

“看好了！”吉兵卫飞跃过来，与敌人对打数招后终于将对手了结。翻开对手袖印[11]一看，有名字写在上面。原来此人竟是浅井方的一员足轻大将——鬼藤三郎兵卫义兼，是名震数国的豪士。

“少主，武运高照啊！”

（俺真是运气好。）

伊右卫门有雀跃而起的冲动。然而他们所在的木下队却踪影全无，大概已经四分五裂了。

这次合战，借《信长公记》里的文字来形容一下：“一时间你推我搡，喧嚣叫嚷，黑烟冲天，镐锷断裂；着眼处尽是你死我活，分崩离析。”正所谓混战一片。

有一个浅井方排名第一的豪杰，名叫远藤喜右卫门。在混战之中——我定要取下信长项上人头——他扯掉袖印，混进了织田的队伍。不多久，他已经突击到信长的面前。信长的旗本竹中久作（竹中重治之胞弟）勉力应付了过去。竹中久作死力抵住远藤的攻击，最终取了远藤的首级。

形势依旧对织田、德川联军不利。但在战斗中途，信长令整装待命的预备队——稻叶道朝队，去咬住浅井的右翼。同时家康也让榊原康政队去攻击朝仓的侧面。很快浅井、朝仓联军便土崩瓦解了。

当战势一旦开始崩溃，怎么挽救都是白费气力。

浅井、朝仓方当初只有两处处于崩溃之势，但无奈崩溃有着极强的传染力。不多时，便导致了全军的分崩离析。敌方武士们四下散乱，争先恐后择路而逃。很难相信他们就是刚才那群生龙活虎的浅井、朝仓强兵。

“少主，乘胜追击如何？”吉兵卫、新右卫门道。没有比剩勇追寇更容易的事情了，即使这些战功得不到什么好评。

“可是，木下大人在何处？要是不归队，会被指责偷偷摸摸的。”伊右卫门在散去的朝雾之中努力找寻着藤吉郎的身影。当时，信长还未允许藤吉郎使用马帜[12]，所以这个战场上看不到那个有名的金葫芦。

“木下大人去了何方？”

“木下大人您见过吗？”

伊右卫门与侍从们走一处问一处，却收获不大。

“不知道。”大家都在忙着各自的事情。

“什么？木下大人？还有人连自己的主帅都弄丢的吗？”亦有人拿他们打趣，再不屑一顾地离去。

终于在一个叫“大路”的部落边缘，伊右卫门找到了木下队。

“噢，伊右卫门啊，辛苦了。”藤吉郎的微笑里有些许的轻松。此种境况下，本该少不了对部下一顿狂训，质问部下混到哪里去了才是。但他却丝毫不怒。

“伊右卫门，去休息吧。”

“啊，不去追击吗?”

“不追。”

待回过神来，他才发现织田全军已经偃旗息鼓。

从战术上看，就此乘胜追击，扩大胜势，而后集中兵力包围浅井居城小谷城的山麓，再一举夺城才是正道。假若就此罢手，此番战役也只能是以织田的六成胜利而告终。

藤吉郎也多次派人去信长的本营进言。但是信长并未有所动，他是谨慎的人。但他也是一个性格急躁的男人，却除了桶狭间战役以外，再不愿作出其不意的短兵相接，如钓鱼翁一般。其实，越是急躁的人，一旦开始垂线钓鱼，便越是能长时间地专注于此。当然，这仅仅是钓鱼达人才有可能做到的事情。信长正是如此。

“把小谷本城周围清理干净!”终于，他将作战方针明确无误地告知手下武将，开始对小谷城周遭的支城进行溃灭作战。

首先，攻陷横山城，让木下藤吉郎率三千人马镇守。然后让丹羽长秀包围佐和山城。同时，让市桥长利镇守小谷城外北山，水野信元镇守南山，河尻秀隆镇守西面的彦根山，构筑了各个临时要塞。信长自己则在全军论功行赏之后，早早便回了岐阜。

伊右卫门俸禄升到四百石。他仍然在藤吉郎队里镇守横山城，承担着攻夺小谷城的最前线要塞的守备职责。

四百石，此次加封不少。因还在战斗之中，封地等都尚未确定，但无疑十分鼓舞人心。

“吉兵卫，俺能在织田家做事，真是幸运哪。”伊右卫门躺在横山城西哨所的木板地上这样说道。哨所窗外，可以远眺琵琶湖。离湖岸仅有一里半距离。

横山城位处丘陵之上。西面湖水，东面伊吹山，西北方三里之外，便是敌军的小谷城，正是犄角之势。信长率主力回岐阜的这段时间，每日都会有些小纷争，但不会有决战。六月的阳光从箭孔照射进来，哨所里就跟蒸笼一般闷热。

“能为织田大人效力，真是很有运气呐！”

“人一生的运气好坏，就是自己所跟随的大将所决定的，真是难得的荣幸啊。”

诚如斯言。

战国时代走到如今，各个新兴国，无论关东的北条氏，还是中国[13]的毛利氏，都已经在领土扩张上达到了极限，如今已转攻为守，只考虑着如何保全。越后的上杉，甲斐的武田，这两位被称做“日本双璧”的强势武力，因彼此牵制，领土扩张进行得并不顺畅。土佐的长曾我部氏，作为新兴势力之一，已经并吞了整个四国。萨摩的岛津氏，势力范围已扩展到几乎整个九州。但他们终究都离中央太远，正所谓鞭长莫及。

得近畿者得天下。出生于尾张的信长，正好具备这个得天独厚的地理条件。况且，他势力范围的膨胀速度可谓“异常”。领土竟是每月都在增加。所以连伊右卫门这样的人，也自然会芝麻开花节节高了。

“要当好兵，首先就要选好将。”吉兵卫道。这个时代就是如此。

之前的室町时代，再先前的镰仓时代，这之后的德川时代，在这些社会结构固定的时代里，人便不容易摆脱出生环境的束缚。但战国时代则不同。主人可挑选有能之士为我所用，而有能之士也可选择自己跟随的主人。双方都有选择的自由。若是主人无能，无法振兴主家，那就该趁早投奔明主。这个时代就是如此。主从之间的关系，是通过各自的才能交织在一起的，并非此前或此后那般通过忠义、情义而织就。

总而言之，正是所谓“七度浮浪人，始得一武士[14]”的时代。伊右卫门畅言“跟了一位好主家”这句话，是有其时代背景的。而无功、无才者，自然不受待见，时刻会被这个时代抛弃。

“受人尊敬的木下大人也是智勇兼备。此人说不定会成为织田家首屈一指的大将呢。”这本是千代的推测，伊右卫门现在借来一用。他心里充满了对未来的憧憬。

信长虽在姊川战取胜，但并不意味着浅井氏就此灭亡。此战是在元龟元年六月二十八日，此后浅井氏的小谷城，依然在伊右卫门所在的木下藤吉郎队镇守的横山城对面屹立不倒。此城被攻破，已经是数年之后的事情了。

漫长的包围战开始了。

这之间，信长并非只是着手于对浅井的攻势。与摄津石山本愿寺挑起战事之后，又跟浅井、朝仓的奇袭部队在琵琶湖畔的坂本城有了小摩擦，其间与两氏佯装议和。后更与伊势长岛的一向一揆引发了战火，陷入苦战之中。之后又夺取了睿山。总之繁忙得紧。

不过伊右卫门他们却不甚忙。他们一直镇守在横山城内，而且，兴许以后数年都得滞守于此。元龟元年已经秋去冬来，而后，又到了翌年春天。

“哎呀，信长公可真是耐性甚好的大将呐。”言语中尽是无奈。

敌方的小谷城在三里之外的丘陵上。天气晴朗时，甚至能看清城门处进进出出的人马。却不能强攻。守城大将木下藤吉郎，担心将士们因久滞城中而惰气弥漫，所以采用了各种各样的方法来避免。

比如由己方的人马去时不时生点儿事端，去敌方城下的稻田搞点儿破坏，去烧一个村子什么的。与战局无关的小打小闹可谓层出不穷。不过说到底，都是小卒小兵的打闹罢了。对方也不会有名将出来露脸。因此对伊右卫门他们而言，就等于丧失了建功立业的机会。

藤吉郎对“人”这种动物看得极为透彻。他察知了阵营里的气氛，于是允许将士们在横山城脚的村外，筑起小小乐园，还默认了游女[15]小屋的存在。城中之士，成群结队定了日子外出。但伊右卫门却与此无缘。

“俺不好这口。”他总是一口回绝。其实伊右卫门还从未碰过游女这类人。

“吉兵卫、新右卫门你们去。”

“少主可真是守身如玉啊。”吉兵卫他们也实在没辙。不过，他们也决不会跟主人一样客气。他们三三两两快活地出了城去，再回来对游女们品头论足兴致勃勃。有时在伊右卫门面前说话也毫无顾忌，简直就是炫耀。可伊右卫门仍旧无动于衷。

（真是怪人。）

连自小就对伊右卫门一清二楚的吉兵卫与新右卫门，对此事也是极为纳闷，暗地里会说：“兴许是少夫人太可怕了吧？”或者会说：“应该是性格问题。不过上次在京城的空也堂，那位小玲的事，反而显得蹊跷了。”

正当他们如此这般讨论时，那位小玲果真出现在横山城下。

小玲此次来到横山城下，已不是女谍的身份了。她心底里念叨着“就是他了”，所以才特意来到这战乱之地。

（他说过他叫山内伊右卫门一丰的。）

这个织田家平凡的武士，身上还留有些许少年的气息。她想着一定还要再见他一面。

（不过他并非有趣的男子。）

可她自己也不明白为何会被他所吸引。“不，不会是爱恋。”她对栖身于浅井小谷城内的表兄望月六平太，这样肯定道。

望月六平太是南近江甲贺一地有名的乡士，是顶着所谓忍者、甲贺者[16]等头衔的男子。在足利氏的鼎盛期，此人是南近江领主六角氏的下属。六角氏与浅井氏结为同盟，亦加入了对战织田军的阵线。因此望月六平太便领着下级忍者们滞留小谷城，从事间谍活动。

小玲作为望月一族的一员，也处处帮衬着六平太。

请读者们回忆一下当时空也堂的情景。“叔父成了空也僧。”小玲在武者小屋里对伊右卫门他们说过的“叔父”，就是这位表兄六平太。六平太实际上是化装成空也僧的模样潜入京城，目的是为了把握织田军的动向。

他比小玲年长九岁，已经没了牙齿。平素，嘴里装着用黄杨树枝加兽骨制成的假牙，出行的时候就取下来。若是没了假牙，再穿一身空也僧的装束，怎么看都是年过七旬的老人。

小玲与六平太之间，已经有了肉体关系。不过任何一方都没有所谓爱情的存在，无非是彼此间的生理需要而已。当小玲说，她要到三里外的敌军阵营——横山城山麓去的时候，六平太道：“毫无意义。”战斗已经打响。甲贺者在战场上的任务，就是放火、打劫而已，不会用到女人。

“也许是毫无意义，可我要去。”小玲这样回答他。

而后六平太扑哧一笑：“是有意中人了吧。”顺便意兴阑珊地添了一句：“无聊。”他并非是因为嫉妒。这个年轻人，或许是因为总是化装成空也僧模样的老行者，连心都变老了。他对世事有一种奇怪的体悟，本来与自己年龄相仿的那些霸气、嫉妒、出人头地的欲望，都被他故意扼杀了似的。

“那个叫山内伊右卫门的，就是你中意的人？他哪里好？”

“我自己也不明白。”莫非是因为小玲她自幼生长在甲贺者的周围，像伊右卫门身上的那种平凡无奇，在她看来反而动人心魄？

横山城东麓有一个叫乌胁的部落。一日，正在周围晃悠的五藤吉兵卫，被扮作割草女的小玲叫住了。“哎呀，这不是小玲么？”

“是。”她垂目娇声道。

“你这个样子又是怎么回事？好像你并非此地的乡下人吧？倒是听你说过，是石上村的人，好像要往京城去寻找什么叔父来着。”

“我还想跟伊右卫门先生见上一面，所以从京城赶来了。这身打扮，是因为怕被武士们当做是游女，所以才出此下策的。”

“要撒谎也要看场合吧。”吉兵卫满面胡楂的脸上露出咬牙切齿的模样。这是这个男人最大限度的恐吓神态了。

“你，难道不是浅井的女谍吗？乔装打扮的伎俩高超得很呢，是在甲贺出生的吧？”

“不，不是的。”小玲已经泪眼朦胧，“不是的，吉兵卫。”

“喂，你还敢直呼俺的名讳？”

“求你了，让我见见伊右卫门先生。”

“当人是傻子么?”吉兵卫狠狠擦了擦脸，被姑娘这么求着，他总会变得心很软，“你自己想想，小玲，像你这样长了尾巴的女人，俺会巴巴地牵着去见自家主人么?”

“我没长尾巴呀!”小玲双手移到背后，摸了摸自己臀部，“真的没有啊。”

“俺说你女谍气味儿太重。”

“那个……吉兵卫大哥，如果我是女谍的话，也求你想一下，作为女谍的我，怎么会接近伊右卫门这样身份低微的武士呢？有什么用?”

“态度倒一下子变严肃了。”

“本来就是这样的嘛。”小玲双手仍放在臀部，望了望吉兵卫的脸，“干脆，都跟你说了吧。吉兵卫大哥，你刚才的猜测就你而言已经是做得很好了。你面前的小玲的确是甲贺乡出身，我父亲侍奉的是近江六角大人，表兄侍奉的是近江浅井大人。但是，父亲已经过世，六角大人也已经半死不活了。如今我跟表兄六平太虽然身在小谷城，但谈不上对浅井有多少恩义。我已经不是女谍了，现在没了去处，这才滞留在小谷城里的。”

“你的话真是够唬人的啊！小玲，那这么说，你到京城空也堂来的时候，就是女谍啰?”

“那自然是。”

“啊？自然是？”

“难道不是？那个时候我不过在执行任务而已。吉兵卫大哥若是执行任务，也会一样的不是么？”

“倒也在理。”

“你看，你自己都这么说啦。况且我现在根本就不再是女谍了，你就别再害怕啦。”

“俺有什么好害怕的？”

“那就请引见啰。”吉兵卫的双手被小玲握住。那是一双小巧可爱的手。

五藤吉兵卫实在是心软。小玲手掌的柔软、纤细、可爱，让他顿生好感。

“你不是坏人。”他道。这种事情对常人来说好像时有发生。就算当初认为是个讨厌的人，可当看到他耳根子红得发烧时，也会不自禁地想：

（或许是个意想不到的好人呢。）

人这种动物，总是对自己的同类时刻怀有敌意、嫉妒、冷酷、憎恶等情感，而心的另一侧却时刻在找寻着心与心相通的地方，哪怕这样的地方仅有一处，也会动了心去爱。

“你不是坏人。”吉兵卫这句话里，大概便藏了如此深意。“不过，在这个乱世上，你也够怪的。干吗不回甲贺乡，当你的土豪武士之女?”

“这个嘛……”

在甲贺乡，分了家后造新宅，新宅造好又设隐居，一块地被割得七零八落，所谓土豪武士，也只徒留了一个空名而已，大多数都是有了上顿没下顿的。因此间谍在这种地方自然如鱼得水，发展得蓬蓬勃勃。靠卖情报为生的人越来越多。

不过，与山峦那边的邻国伊贺里的忍者不同的是，甲贺者的地域凝结力很强，而且对既有权力十分顺从。六角氏在作为近江守护时，他们出力甚多亦很忠心；当浅井氏登上战国大名之位时，他们更是忠心耿耿。可是，自从织田信长开始侵略近江，甲贺也不再是原来那个和平的山乡了。可这种事现在看来也都无所谓了。

“总之，就算回到甲贺乡，父亲与伯父都不在了，一样活不下去。我是没有办法才滞留小谷城的。在城里，可以造箭，可以修补盔甲，反正能吃得上饭。”

“是么?”对方可是大名鼎鼎的甲贺忍者的女儿，她的话吉兵卫怎敢轻易相信？然而情感占了上风。“你在这里等着。”吉兵卫奔走起来。

待他回到城中找到伊右卫门，便立即告知了事情的原委。

“什么？小玲？”伊右卫门的脸铁青一片。不过亦有几许温存在心里，这种温存，像是一种爱慕。

（那是一个与千代不同的女人。）

“不见。”

“这个妹子也没什么好怕的。仔仔细细想来，不过就是那个雨夜里的小姑娘罢了。”

“真的？”他动摇了。

“以保万一，在下跟新右卫门陪少主同去如何？不过少主也是响当当的男子汉，去见个妹子哪有要人陪的道理？”

“呃嗯。”那天夜里小玲的身子在他脑里浮现出来。伊右卫门出城了，被小玲吸引着。

伊右卫门下了山，在栎树林中唯一的一条小道上行走。不过，林中倒并非只有栎树，还有栗树、枹树、楢树穿插其间，最为高大的当属楠木，树梢上挂着一片被落日烧红的天宇。他见到一棵楠木树干上，缠着茑蔓。

（吉兵卫确实说过，是在这样一棵树附近的。）

他背后有沙沙之声响起。

（是小玲么？）

可待他转过头去，却见一个戴白色空也头巾出行的空也僧站在那里，是一位老人。这么想就错了，那是甲贺者望月六平太。不过伊右卫门当然不明所以。

“敢问僧人，在此处有没有见过一位姑娘？”

“嗯？”六平太扬起下颌，“姑娘？是施主的女人？”

“我只问了尊驾见过与否，其余的不用尊驾费心。”

“你倒是口齿伶俐。”空也僧六平太，在一个朽木桩上坐下身来，“老衲看人面相看了五十年。之所以问你，是因为你的面相让老衲不得不问。”

“面相？”伊右卫门想是遇到了一个不讨人喜欢的和尚。可一听这话，他难道还能若无其事拂袖而走？“我的面相有何不妥？”

“已经显出了死相。”

“啊哈哈，别想用这种招数唬人，不过是想诳人钱财的假和尚罢了。战场上的武士面带死相，倒不如说是一种赞誉。人的命运，岂是你这种将死的老糊涂能懂的？”

“能懂。”

“那你再算算别的。”

“你要找的人，名叫小玲。”

一听此言，伊右卫门一下子呆若木鸡。

“你是织田家的人，现在在掌控横山城的木下藤吉郎手下当差。尾张出身，姓山内，通称伊右卫门，名一丰。”

“你个混蛋！”伊右卫门旋即抽出祖上传下来的美浓千住

院[17]的一把刀，朝着空也僧砍去。铛的一声，空也僧取棒招架。

“你还太嫩。”他退了几步，举棒在前。对面前的伊右卫门，他已起了杀心。

“你到底是何人?”伊右卫门怒道。

六平太垂棒扫过青草地，直指伊右卫门下腹。伊右卫门赶紧避开，接着挥刀而上砍向长棒。六平太往右边轻盈一跳，下落时顺势反手持棒在空中翻了一个筋斗，“啊”地大叫一声打将过来。若是被打中，伊右卫门的头盖骨大概已经变作碎片。不过他是习惯了战场上长枪太刀嗖呼往来的伊右卫门。只见他侧面飞身而起，砍倒一棵幼龄枹树。树倒将下来，挡住了六平太的脚步。

伊右卫门这个人，绝非英雄亦非豪杰，不过令人称奇的是，每次遇险，总会变得聪明玲珑起来。

起风了，青草随风而动。六平太的长棒从对面逼来。他再一跳，就能打到伊右卫门的天灵盖了。

(来了!)

伊右卫门想的不是六平太来了，而是自己的心境到来了。每当有这种感觉时，都会跟在战场上所经历的一样，身子仿佛会浮起一般，肉体的意识消失了。在越前首坂体验过的心境，现在到访了。最后剩下的，只有功名的意识。而最后终将连这点意识也会消失，残存于虚空之中的，只剩伊右卫门手中的太刀。

(咦？怎么——)

甲贺乡士望月六平太心中生了些许怯意。

但六平太并不是好对付的。所谓甲贺乡士，大都是从幼年起便经历严格的训练成长起来的，放火、偷盗、混入城郭、乔装易容、投毒等等是家常便饭，还有对投石术、飞镖、刀术等伎俩的学习与格斗训练都是必不可少的。他们为武家所不齿，正是因为武家看到了其阴暗的一面。

山内伊右卫门一丰，却是武家正统的武士。成日里骑马战斗、指挥步卒，安身立命之后则能调度兵将运筹帷幄，他便是在这样的世界里生存着。

双方均瞧不起彼此。

(不就是个忍者么?)

伊右卫门思忖。

(战场上就不说了，眼下一对一的布衣，这类货色怎么可能赢得了我?)

六平太也对自己的技能信心颇足。然而，让六平太感到“不可大意”的，是对手的心境。本以为是个无足重轻的功名饿鬼，可似乎却不全是。伊右卫门的样子，就好似消了肉身一般，只一缕白色焰火熊熊燃烧。而正是这缕白焰，把意想不到的功名带给了平凡的伊右卫门。

“看棒!”六平太的长棒从天空轰然而落。

伊右卫门却不接。若是他接下此招，六平太便会有算计好的另一招袭来。可伊右卫门却连看都不看，趁势蜷作弹丸反弹而上，朝六平太飞身而去。仿佛他那把太刀是活物一般锐不可当。

“啊!”六平太收回长棒，架势走样。千钧一发之间，好容易避开了伊右卫门太刀的来袭。

“住手!”六平太退到十间之外，大声道，“虽说你是织田家的武士，老衲今日却很中意，此后定当登门拜访。现在暂且先把老衲的女人给你。”六平太从草丛里抓了小玲出来，冲他扔了过去。她的手被绑，嘴里塞了布。

六平太离去，留小玲一人在草地上。

“……”

伊右卫门愕然面对刚才所发生的一切。甲贺、伊贺的人，并非像传说或谣言里那样身怀奇术。但伊右卫门作为武士的一员，委实难以理解他们的道德与行为。

没有比自己无法理解的团伙更让人生畏的了。这些人，并不是正人君子伊右卫门这种武士所应该接近的。

“……”小玲在草丛上扭曲着身子，一双黑眸在倾诉，“伊右卫门先生，您在干什么呀？为何不替我解开绳索？”

“哦！”伊右卫门似乎有些胆寒地望了望这个甲贺出身的女子。

（不想再跟这个族群有任何瓜葛了。）

他怀了这样的心思。可被绑摔倒在地的小玲，是一种多么蛊惑人心的生物啊！伊右卫门在小玲身旁蹲下，抽出短刀。绳索已松，杂木林逐渐被暮色包围。

小玲自由了，却一动不动。在草地上曲腰侧卧，一如先前。

“怎么了？动不了吗？”伊右卫门担心地看过来。

“扶我。”小玲只一双眼睛在笑，仿佛在说，抱我。

（这是怎样的女子啊？）

完全不循常轨。世间普通女子的常轨，在她身上踪影全无。她双眸凝视着伊右卫门。牙齿也蕴了笑意，很白。暮色下的明眸皓齿，搅乱了伊右卫门的常轨。这个甲贺的女人，身上就有这种让男人逸出常轨的魔力。他掀开了小玲的裙裾。

“不要。”小玲道。暮色愈来愈浓，伊右卫门抱紧了她的纤腰，天地之间只剩了她血液里的温度。伊右卫门恼乱之至。

“不要啊。”小玲的声音低沉而湿润，身形扭动。她似乎天生就知道，自己越扭动，伊右卫门就会越恼乱。

终于，四周黑暗一片了。天边有细细的一弯月儿挂在那里。在这片黑暗之中，伊右卫门忘记了世俗的一切，变作一个纯粹的男人，与鬼斧神工般纤巧细致的小玲的身体一起，心无旁骛地融而为一。不知何时，本在楠木树梢上的月儿，已经挂到栗树枝叶的那边。

“好高兴！”小玲在虚脱倒地的伊右卫门耳旁窃语，“我要带伊右卫门先生逃离这个战场。”

“逃？”乍然听到这个词，伊右卫门回过神来。重新变回曾经的那个功名饿鬼。这也是这个男人璀璨的本性。

“你说要带俺逃离战场？”

“我来养你。你不如干脆离开像织田家那种高高在上的地方。伊右卫门先生有勇有谋也不缺才干，如果把这周围的浪荡子搜罗了来，你就是野武士的头头了。等合战一结束就出来，掠夺田野，剥下尸身上的盔甲，盗走刀枪什么的。偶尔受雇于某位大将，去放火、扫荡、借阵帮战等等也不错。”

“当野山贼？”

“是野武士！”

“不都一样吗？俺是高高在上的织田家的人，不会做那样的事情。”

“轻而易举的。”小玲道，“一样在世道上混，却不用跟人低头哈腰，可以随心所欲过自己的日子，想睡就睡，怒了就吼，而且还有钱进账。那个六平太也说，小谷城陷落了就当野武士的头头。”

“俺不愿意。”

“呵呵，那是因为你还不清楚这个世界的滋味。要说的话，其实就是跟我的身体一样的味道。”她用手挽过伊右卫门的脖子，一只红唇等着伊右卫门的浸润。

咕咚一下，伊右卫门的喉结上下移动，他吞了一口口水。

“无论甲贺还是伊贺，都是人多地少，所以大家都干着这样的事过日子。这可比穿着肩衣在城下走来走去要轻松多啦。刚才，我可是看见了的。”

“什么?”伊右卫门像是被说动心了似的问道。

小玲用她柔软的手指轻按伊右卫门的下颌：“你跟六平太的比试。望月六平太这个人，可是甲贺数一数二的棒术高手。那人的长棒，可是人称‘六尺处处是刀刃’的长棒。跟他对打的人，至今还没有人活着回来的。可伊右卫门先生却完好无缺，六平太反倒处于下风。所以你一定行的，一定可以组成近江最大最厉害的野武士集团。”

“那样就偏离世道正轨了。”

“那又怎样?”小玲笑道，“所以轻松嘛，刚才不是说过么？只有偏离正轨，才能过得像个人样儿。到时候，我就是野武士头头的老婆。”

“……”

“情人也行。只要伊右卫门先生当了野武士，我就能永永远远都跟你在一起了。”

“先把话说在前面，”伊右卫门仰望夜空，“俺并非强人，只是有天运眷顾罢了，是天运在保护俺。千代这样说过。”

“千代？”小玲坐起身来，“是你夫人的名字吧。这种时候别扯出来行不行啊，你要是再说一次，小玲就去一刀杀了千代这个女人。”

甲贺者的心绪，终究是无法查知的。

照旧是围城里百无聊赖的一天，伊右卫门牵了马出来，打算骑到远方。木下队所镇守的横山城外，西北二里、东三里、西三里、南数里，都属于警戒地域。他是准备出来自由地走动走动。

姉川北岸，有个叫宫部的部落，是宫部善祥房的出生地。此人曾是睿山最后的僧兵[18]，如今跟在木下藤吉郎身边，最终成为一代大名——这当然是后话。

这个宫部部落的街道旁边，有个茶店。伊右卫门在松树上拴好马匹，叫了一声“来碗泡饭”，便掀了苇帘往里走。

待他坐下，才发现旁边有个年轻的卖药郎君，肤色白皙，像是京城里人。

对方笑着开口道："我猜一定能在此处见到你，所以先你一步在此等候。那天还请多多包涵。"言语神态很是亲切熟稔。

"你是何人？"

"认不出来吗？望月六平太。"

一听此名，伊右卫门一瞬间脸色煞白，旋即又绯红如潮。那时的老行者空也僧，竟是个年轻人。

"还要打吗？"伊右卫门站起身来。

"不不，不用。那天我说过一定去拜访你，是因为对你很是中意。而且，咱都清楚小玲的身子，也不是外人。"此话从他嘴里轻轻巧巧就出来了，"言归正传，我有话要说。等你吃完泡饭，能否赏光到背面的桑田一聚？别担心，不是坏事，是让你高兴的好事。"

泡饭来了，伊右卫门却难以下咽。勉强灌入肠胃后，他搁下筷子。卖药郎君先起身出去。终于来到桑田地里，他躬身下蹲，然后叫伊右卫门也蹲下。

"咱们长话短说。伊右卫门，就当是你信赖的友人在跟你说话。"六平太用手帕擦了一下汗。手帕里面藏着毒针，若是伊右卫门起了异心，六平太便会用此毒针结果他的性命。“小谷城早晚都是死局。不过要强攻却并非易事，毕竟是首屈一指的浅井居城。要夺此城，只有一个办法。”

“……”

“内应。”甲贺者道，“城里有我们甲贺者共五十人之众。若是约好时日在城里放火，同时织田方从正门、后门同时进攻，定能夺得此城。怎样？只要你一点头，我就去办。到时候你就是大功臣了，加封两千石是绝对没问题的。”

“六平太，”伊右卫门看了看这个怪物，这种毫无品性可言的行为，也就只有卑鄙的忍者才干得出，武士是看不上眼的，“你要什么报酬？”

“我想要你的灵魂。”

“灵魂？”

“卖给我怎么样？我用浅井的小谷城来跟你换——”

“卖灵魂？”从未在世间听过如此诡异的话。灵魂是可以拿来做交易的么？

“卖了吧。”卖药的望月六平太道，“你很划算呀，浅井的居城——整个小谷城哦。换句话说，就是用近江浅井家三十六万石，来换你伊右卫门的灵魂。”

面对这般的甲贺者，真是自叹弗如。居然要烧了自己应该保护的城，还用它——来跟人做买卖。

“卖了灵魂会怎样？”伊右卫门仿佛是在跟恶魔交谈一般，心情压抑，手也微微颤抖。

“很简单。我们甲贺者在你们夺城后立刻离开。说句实话，因为还有其他的事等着要办。你也知道，中国的毛利已经跟大坂的本愿寺结成同盟了，目的是为了阻止织田家势力的进一步扩展，将其困在摄津（现今的大坂府与兵库县部分地区）。我们小谷城里的甲贺者，下一个主子，就是毛利。”

“哦？”

“伊右卫门，船在失火前，船上的老鼠总是会成群结队先人一步跳进海里，最后消失不见，这个故事你听过吗？”

“听过。”

“我们甲贺者，就是船上的老鼠。又不是历代侍奉浅井家的家臣，没必要陪着失火的城郭殉葬。所以，就去毛利那里。”

伊右卫门只听得愕然。

“到毛利那里以后，织田还是敌人。我会时常来看望你，你就把织田方的机密、军略、谣言、铁炮数量、部将之间关系的好坏，统统告诉我如何？比如木下藤吉郎跟明智光秀关系欠佳呀，柴田胜家和丹羽长秀之间又怎么样啦之类的。如何？”

“……”

“你要是跟我结成了这种关系，我明天就可以双手奉上小谷城。两千石的军功哦。”

“所谓卖灵魂，原来是这么一回事啊！”伊右卫门终于开口说了一句，嗓子干得要命。

“如何？”

“六平太，该轮到俺说——”伊右卫门口吃了一下，“——话了，你不妨听听。”

“好啊，你说。”

“俺这个人，正如你所言，可能就是个功名饿鬼。因此你才拿了这种话来攻俺弱点的吧。”

“也算是。”六平太扯下几片桑叶，放入口中大嚼特嚼起来，“听好了，甲贺者的嘴是很严的。你今后泄露织田家机密的事，永远都不会有第三个人知道。”

“可是六平太，俺还没说完。俺的确很想建功立业，很想安身立命。不过想归想，哎，那个……总之，俺是对天上掉馅儿饼这种事非常小心的人。”

“——？”

“俺没法儿演戏。抱歉！俺要在正午的太阳下功成名就，若做不到就不能安身立命。这是俺老婆大人说过的。”

“老婆大人？”对六平太而言，这句话好像太过意外。

“无论如何，恕难从命！不过六平太，这里的话俺决不外漏一字。后会有期。”

注释：

【1】桶狭间：即尾张桶狭间，今爱知县丰明市。

【2】敷台：也称式台，是武家住宅里送迎客人时说话的地方，位置在门口。

【3】能乐：日本中世舞台剧形式之一。

【4】袴：男式和服的下身装束，覆盖从腰到脚的部分。有裤子一样两脚分开的样式，也有裙裾样式。

【5】仲间：介于足轻与小者之间的杂兵。

【6】小者：武家下等杂兵，经常充当跑腿等。

【7】若党：武家身份低微的家臣。

【8】幸若舞：主要流行于室町时代的舞曲，是配合扇拍子、小鼓、笛子的节奏，边跳边说唱的舞蹈形式。

【9】聚乐第：丰臣秀吉在京都建造的城郭样式的邸宅，于1587年完成，极为庄严华丽，属桃山文化的代表性建筑物。但在外甥秀次死后被毁。

【10】阵羽织：武士出阵时经常穿在铠甲外面的无袖外罩，样子跟无袖无扣的小褂相似。

【11】袖印：在战场上为区分敌我，套于铠甲袖口上的标志。

【12】马帜：在战场上，武将为识别敌我或夸示自己的存在而使用的标志。有名的比如丰臣秀吉的金葫芦马帜、德川家康的金开扇马帜等。

【13】中国：日本的中国地方，包括本州西部、冈山、广岛、山口、岛根这五县所占的地域。

【14】七度浮浪人，始得一武士：若非反复七次成为浪人，经历七次换主家的历练，就难以成为一名真正的武士。浮浪人，即浪人，丧失主家的武士。

【15】游女：在宴席间跳舞陪酒，或者陪睡的女子。

【16】甲贺者：甲贺郡土著乡士。在战国时代，甲贺者同时也作为忍者活跃在各地。

【17】美浓千住院：日本中世刀剑工匠的流派之一。

【18】僧兵：古代以及中世的僧侣武装集团，在平安末期势力强大。

唐国千石

小谷城的浅井方亦是能战之辈。离木下藤吉郎的横山城仅仅三里之远的小谷城，一直未被攻破。自姊川决战至今，算来已经进入第四个年头了，如今已是天正元年（1573）。这个“三里”，仿佛比天涯海角更遥不可及。小谷城依然矗立于湖东的丘陵之上。

“浅井的近江武士很厉害。”

对此话感同身受的，正是镇守横山城的木下藤吉郎。藤吉郎后来对采用近江武士很是积极，虽然也有其他理由，但此时的感念与佩服却是最重要的。

说个题外话——

后来丰臣家的大名里，近江出身者极多。首屈一指的当属石田三成。另外还有长束正家、增田长盛、藤堂高虎、宫部善祥房、田中吉政、木村胜正、大野治长等等，不一而足。这些人里，有一点是共通的，极少有猛将型的。可以说不是谋将型，就是官吏型。

浅井、朝仓联军的小谷城防御战，实际上除了守城战士的勇猛以外，近江武士的外交之巧妙也发挥出了极大的力量。

正所谓上兵伐谋。为使敌方织田军疲于奔命，他们不仅请足利将军义昭，来沟通彼此促进讲和；还同时联络睿山的僧兵团、南近江的六角承祯（即佐佐木义贤）、大坂石山本愿寺、甲斐的武田信玄、河内的三好氏等，在各地挑起战事，分散织田军的兵力，使其各处起火进而无暇顾及小谷城。

小谷城的浅井久政、浅井长政父子俩，其外交策略其实是在搅动天下。因此织田信长的军团只得在四面八方应战。

可就算如此，信长也会偶尔想起似的，一年一度左右率大军兵临小谷城下。元龟二年八月、元龟三年七月，均是在夏日时分。尽管攻势如荼如火，可小谷城岿然不动。

——还不行啊！信长不容人多想，干干脆脆又撤了大军回去，之后又一如既往，将一切交给横山城的木下藤吉郎去打点。

信长就是这种打法，就好似拔虫牙的牙医一般，决不蛮横地去拔，先去麻痹神经，等疼痛退去后时不时用钳子拔一拔。

——还不成啊！这时就用止疼药缓着劲儿，等待下一个时机。这颗止疼药，就是横山城的木下守备队。

从横山城到小谷城，不过三里之遥。可就在这么短的一段路上死去的武士、杂兵，双方加起来竟达数千！当时在这持久战之中，两军的年轻武士们还相互“歌斗”来着。

横山城的木下队又唱又跳：

浅井的城呀小又小，

哎呀好吃的小茶点，

哎呀早餐的小茶点。

浅井方也不甘示弱：

浅井把城叫小茶点，

糯米红豆的小茶点，

顽强勇敢的小茶点。

之后浅井方还意犹未尽，更是又唱又跳：

信长大人是小土龟，

探头探脑又缩回去，

探头探脑又缩回去，

再敢探头我砍你头。

这支歌据说一直流传到近年，化作了滋贺县（近江）北部的割草歌。

伊右卫门在这满打满算的四年持久战里，立下了数桩战功，但一直未能回岐阜的家。千代频频写了书信过来，她的信写得极好。伊右卫门拿着美浓纸一个人“啊哈哈”傻笑的时候，大抵都是正在看千代家书的时候。

“吉兵卫、新右卫门，你们也念念这个。”他会把信拿去跟大家分享。新右卫门往往看了会大笑。吉兵卫不笑，只是瞪着双眼。他不识字。那个时代能念书写字的武士，为数甚少。待新右卫门大声为他念出来以后，他才张开大嘴哈哈笑起来。

千代的书信里没有什么大事，写法是所谓的描写主义，而非说明主义。

比如，踞洗池[1]旁，总会有三只麻雀来访。有一天，千代放了些米粒在踞洗池上，于是，来了四只。这第四只麻雀的脸，跟吉兵卫君一模一样。它可是个心急火燎的家伙，争先恐后去啄米的时候扑通一声摔倒了。

麻雀不可能会摔倒嘛。

“真的不骗你，千代可是看得清清楚楚的呢，那个滑稽相儿！”就这样千代认认真真地，用自己跟自己打趣似的文笔写好了寄过来。

吉兵卫、新右卫门的妻子、孩子们的一言一颦，也是通过千代的笔墨告知的。大家都过得有精有神的样子，比他们自己亲眼所见还要清楚。千代还亲自到访新任侍从们的老家，把老家的样子也写好了寄来。里面人物一个个都活灵活现，写得实在让人开心。

于是伊右卫门的手下人人都对千代的书信翘首以盼。

（她可真有趣啊。）

在远方战场上的伊右卫门这样思忖，像是对自己的妻子千代有了新发现一般。

不过，千代有她自己的心思在里面。她期待这些书信，可以团结丈夫伊右卫门的手下，让他们互亲互爱、步调一致。但在书信内容上，她却只字不提，让人完全感受不到那种意图。

“此信伊右卫门夫君亲启。”

这种家书也有。写的是夫妇之间的私房话，笔之所触娓娓道来，伊右卫门面前不禁浮现出千代的身影，弥漫着千代的味道，让他欲罢不能。有想念的话，有梦中相会的场景，就是没有“盼你归来”这种词语。偶尔也会有因家事而回到岐阜的围城士卒，但她从来不会写上哪怕一句让他请假的话。

相反，倒是这样的言语更多：“运气这种东西，总是在意想不到的时候悄然现身。只要夫君不离城就好。”

元龟二年（1571）十二月快到年底时，木下藤吉郎突然把伊右卫门叫到跟前。

守城大将木下藤吉郎道：“岐阜突然有急召，俺要离城一两日。你可愿跟俺一起走?”

(啊，可以见到千代啦!)

伊右卫门不禁高兴得要飘起来一般，可是忽然想起了千代的信。

——运气总是不辨时日便匆匆造访。夫君不要想着回岐阜，一时半刻都不要离开岗位才好。

他想起的就是这句话。伊右卫门对千代的话总是十分相信。莫非，藤吉郎走后会出事?

“这么好的机会，”他对藤吉郎道，“敌方一定会趁着大人离开而有所行动。武士的珍宝就在敌阵里，我不能丢下珍宝自己回岐阜去。”

“伊右卫门，你求取功名没错，但有时候也是需要轻松轻松的嘛。”藤吉郎一脸不悦。他好心好意让伊右卫门回趟家，可却拿热脸贴了冷屁股。

(他老婆可比他有人情味儿多了。)

于是藤吉郎想起了千代的样子。

(真是个好老婆啊。)

他切切实实地这样认为。难道不就是因为伊右卫门是千代的丈夫，他才肯这么费心照顾的么?

“那你自便吧。”

藤吉郎在年底二十九日这天，率轻骑五十人回了岐阜。

果然——可以说是果然不出所料，开年的元龟三年元旦，浅井方骤然大军来袭，把横山城围了个水泄不通。浅井方已经许久都未曾反击了。

横山城内的留守队长，是竹中半兵卫重治。半兵卫是美浓国菩提一地的一万石的小领主家的总领，很早就一直跟着信长。信长在命木下藤吉郎任横山城守备时，将竹中半兵卫放在了参谋长的位子上。

他是有“神机妙算”之称的人物，白皙、瘦削、沉默寡言，与同是美浓出身的明智光秀一样，是当时少有的读书人。只是身子羸弱，时时会迸出几声不合时宜的咳嗽。或许正因如此，他在城里都是穿的常服，不愿套上沉重的盔甲。

出城时，也是挑了温驯的马，静静地骑行。一把名叫“虎御前”的刀插在太刀鞘里；铠甲是用马皮做的，皮上涂了粗粗的一层漆；头盔是一谷冠[2]盔；最为别具一格的是，他不用阵羽织，披一件印着黑饼家纹的木棉披风，长长地飘在身后。或许是因身体虚弱，为避免着凉的缘故吧。

当他穿上这身装束骑于马背翩然而立时，全军上下立时肃然无声。有言道：“半兵卫，雷电落于左右亦纹丝不动!”

他这一生短短三十六载，虽然未曾有一次亲手斩杀敌人的功劳，但全军中像竹中半兵卫这样可以随心所欲运筹帷幄的名人，当时还无出其右者。这位半兵卫，现在是伊右卫门他们的队长代理。

伊右卫门极为喜欢这位安静的竹中半兵卫。

这日夜半，横山城周围骤然冒出一片火把的海洋。“哇——敌军来袭啦!”城内很多人跑来跑去。这是趁藤吉郎外出发动的偷袭，军中上下一时不免狼狈。伊右卫门从自己岗位上的箭孔处望见了城外大片敌火，不禁身体发颤。

“吉兵卫，这人数之多，怎么看都是敌军总将浅井长政亲自率军来了。”

“少主，咱们出城迎战吧。这次咱们要亲手取下敌将的首级!”吉兵卫喜欢战斗，凛然之声激励着伊右卫门。

(原来如此，要取的是长政的首级啊!)

现在他终于意识到了。千代总是说，人要朝着最大的目标奋进，小事不必斤斤计较。“那就冲进敌阵去!”他眉眼上扬。这是一个悲壮的决断。伊右卫门主从们要孤身冲进挤挤挨挨的大军里。“大家都来!”他噔噔噔下了哨所，猛然冲向大门。

——可是，大门开没开呢?

这种疑问在他脑里全然不见踪影。待走近了，只见大门内侧燃起了十来处篝火，篝火中央立有数人，均悄然无声。正中，就是竹中半兵卫重治。他坐于布凳之上，甲衣外的那件别具一格的长披风正翩然而动。

“噢，第一位是山内君啊。”半兵卫这样的人物，居然还记得他山内伊右卫门的名字。

“是，在下山内伊右卫门一丰。”

“我记得。”半兵卫一笑，“我收到过你夫人寄来的有趣的信。”

千代连半兵卫也写了信的呀。

“麻雀好像摔筋斗了嘛。”

“这个——”伊右卫门很是悚然。竟然连这个也写了，这是怎么一回事！

“山内君，等到天明大门就开，此时全军突击。但当撤军号令一响，立即归来。这一进一退，不得有误。”半兵卫的语气是极为亲切的。正是千代的书信，才令他对伊右卫门刮目相看的吧。“听明白了吗？”

“是！”

听了伊右卫门的回答，半兵卫笑眯眯道：“你去当先锋。紧靠大门内侧站好了！”伊右卫门主从闻言，即刻奔往门侧。少顷，城内的武士们也都陆陆续续汇集到大门内侧。

天明——

几乎与开门同一时间，半兵卫命城内的铁炮足轻组全员一齐射击。而后弓箭组射击。之后又是铁炮组。第四回合则命令武士一齐突击，伊右卫门第一个冲出去。

（敌人就是总将浅井长政！）

伊右卫门埋头前冲，只听见弹丸嗖嗖地掠过左右。敌军的铁炮组从竹制盾牌的空隙处，冲这边一顿狂射。眼前硝烟弥漫一片灰白。自己人一个个扑通扑通倒地而亡。

（武运——）

只有坚信自己的运气了。敌方弓箭组到位，这次轮到箭羽四下乱飞。伊右卫门终于冲进敌军的足轻组里。他撇下大小杂兵，径直往前冲。吉兵卫、新右卫门两骑一左一右，紧随其后。

最初的敌人，策马出现在伊右卫门面前。

“织田弹正忠手下，山内伊右卫门一丰。”伊右卫门自报家门。对方也报了“草野河内守义仲”的名号，悠然纵马骑圈。

纵马骑圈，是骑术的一种，尽可能地让马匹在原地转圈，转的圈越小骑术就越精湛。早在源平时代[3]，平家武士里会此种骑术者少之又少，而坂东武士[4]几乎人人都已习得，特别是熊谷次郎直实，堪称名手。平家败北的原因之一，就是在骑术上与坂东武士相比，纵马骑圈的技术低人一筹。

（噢，此敌不可小觑。）

骑术简直太精！他身长近六尺，身形矫健。胯下一匹寿星马亦是彪悍，头盔上有璀璨夺目的金鲷冠，身上一件白色阵羽织披在黑色铠甲外。无论怎么看，都是一万石以上的大将级别。另外，还有数量众多的骑士围在左右。

（没法儿近身呢。）

正想着，城墙上的总指挥竹中半兵卫重治所指挥的进攻鼓声，骤然急促了起来。鼓音节奏分明，实在奏得漂亮。织田方又有少数人马一齐奔杀过来，伊右卫门周围自己人多了些，顿时乱战一片。

“要是没法儿攻击长政，至少得解决了草野河内守。”伊右卫门驱马上前。可是敌方人数众多。织田方包括伊右卫门在内，实际上都在节节后退。浅井武士确实厉害。只见织田方的人马一个接一个倒了下去。

此时，从背后传来半兵卫命令撤退的鼓声。伊右卫门跟大伙一道，朝城门散逸而归。

紧接着，半兵卫命令铁炮足轻组就位，对紧追过来的敌军一顿猛扫。之后是弓箭组进攻，然后又是铁炮组。就这样不留间隙地周而复始。铁炮硝烟还未散尽——“骑兵突击”的鼓声又再次响起。可是，敌方是大军。这种轮番进攻，也就相当于在厚实的墙壁上赤手空拳打两下而已，敌军毫无痛痒。

有句谚语说，大军无战法。浅井方有明显的数量优势，只须逐步推进即可。事实上，在浅井军的逐步推进下，织田方的知名武士一个接一个倒了下去。

神机妙算的织田方指挥官竹中半兵卫见状，却毫不动摇，面带微笑道："就这样便好。"

这种周而复始的防御战看起来确实有些凄凉，只在不停地损耗、死亡。伊右卫门终于来到半兵卫的布凳前，鼓起勇气进言。

"竹中大人，也许我等小辈的意见实在不足挂齿，但能否请您赏光一听？"

"嗯？"半兵卫仰望松树梢，像是正在思索着什么，此时闻言才回过神来。"哦，"他还是一脸微笑，"这不是山内伊右卫门君吗？从今晨起你的努力，我都看在眼里，很是不错。你请讲。"

"我有一事不明，"伊右卫门道，"城门开，则兵将出；兵将退，则城门关。这样反复再三，周而复始。可敌方是大军，此种战法只能越战越疲，毫无战功可言。不如干脆像蝾螺那样盖上螺盖，紧闭城门，只用弓箭、铁炮防御。直到木下藤吉郎大人率队回城。这样，可少些伤亡，也可解围城之困。大人意下如何？"

“考虑得不错。其实我也数次考虑过这种方法，也不失为策略之一。”半兵卫脸上无半点怒气，“现在的战法看起来略显傻气，但傻有傻的道理。请坚持直至明晨，好么?”说罢很祥和地一笑。

伊右卫门不得不退下。

其实半兵卫在查知浅井方将要出战的第一时间里，就已经派了轻骑前往岐阜。他的作战策略是：主将藤吉郎在岐阜集聚一支大军，急行至战场后方，对敌军形成夹击之势，从而一举歼灭浅井方包括总将长政在内的大军。

藤吉郎对参谋半兵卫之策极为中意，现在一定正率军急速前行，大概已经接近北近江的战场了。但直至主将出现，城中的军队必须轮番出战。否则，若完全采取守势，闭门不出，敌方定会认为有蹊跷：

(莫不是有援军要从后面席卷过来?)

半兵卫算好主将藤吉郎会在次日凌晨归来。终于，在炮弹、鲜血与剑戟之中，元龟三年元旦的太阳落了下去。第二天拂晓，藤吉郎率亲兵二千，在战场南方出现。

此日晨，从琵琶湖到横山城的丘陵地带，一片浓雾深深。两军的攻守，调了个头。处于胜势的浅井军团，意想不到背后竟会出现木下藤吉郎的军队，不免军心动摇。

（被竹中半兵卫说中了！）

伊右卫门佩服得五体投地。所谓神机妙算，就是说的半兵卫这样的人吧。半兵卫令城门八字大开，手中金色采配[5]啪啦一挥。进击鼓按序、破、急的顺序敲得震天响，法螺号也在雾中此起彼伏地奏起。伊右卫门等守城将士们则立时心无旁骛地冲向浅井军。

乱战开始了。偶然，不，该说是有缘——乱军之中头戴金鲷冠盔的草野河内守义仲，再次出现在眼前。草野的动举非比寻常。他拿着在当时已属稀罕的大薙刀，如水车般挥动不停，每旋一圈都有织田方的人鲜血飞溅，马匹倒毙。

“吉兵卫、新右卫门，要砍的就是他了！”

（不可能！）

吉兵卫心里思忖。他策马靠近，大叫三声“少主、少主、少主”，并要引着伊右卫门的马匹调换方向。

“吉兵卫，你干什么？”伊右卫门的眉眼上挑。他血气上涌，已辨不清敌人的强弱，眼里仅有功名一词。“冲啊！豁出去啦！”他策马疾驰，奔向草野河内守。

“噢，怎么又是你。”草野对伊右卫门的出现亦略显吃惊。他露齿而笑，像在缅怀昨日的初次相识。当时的武士，敌我双方并非因为仇恨而战。对有名号的武士来说，战场不如说是一种竞技场，彼此间有种坦然的默契。

草野的马极其壮实。他就这样驾驭良马，居高临下地过来了。

说点题外话。草野河内守是位驯马高手，他此时的坐骑，据说是声名远播的奥州[6]悍马。草野曾把这匹马拴在马厩里，长时间不喂水和草。待到差不多了，就拿胡萝卜等马儿喜好的东西去亲自喂它，一边喂食一边抚摸。这样反复数次，几天之后马儿就跟小猫似的温驯下来。然而一旦出战，其狂野戾气便显现出来，与主人人马合一排山倒海而来。

“啊哈哈，真是无知者无畏。”草野将大薙刀回旋一周，要削了伊右卫门的马足。这是薙刀的常用刀术之一。

“哇——”伊右卫门立即垂下长枪护马。

“咔！”一声后，伊右卫门发现枪柄已经断成两截。

（哇！）

伊右卫门像是窥探到地狱之焰一般，全身被恐怖包围。枪柄只剩了两尺在手，其余的已掉落在地。怔怔之中，他只感觉草野河内守的大薙刀在空中盘旋一圈，旋即直指他的脖颈。

（死了！）

伊右卫门顿时万念俱灭，脚踩马镫，仰腰后倾，在薙刀迎面划过的一瞬，下意识地抽刀即刺。出鞘的同时，砍中对方握刀的手。

砍中了！他反应过来。并非是要了个花招，只是缘于一种九死一生中的彻悟。然后就是伊右卫门的运气，把他从死亡之渊拉回来。原本在马背上持太刀，与薙刀、长枪等长兵器对峙，可以说是绝对不利的。

此后（也就是十一年后）在贱岳之战里，出现了所谓“七长枪”“三太刀”的十位名手。这“七长枪”里，有后来大名鼎鼎的加藤清正、福岛正则等人，读者大概是早就知晓的吧。“三太刀”指的是手持太刀的三位武士，他们虽说也成就了一段功名，但因手伤，战后竟都过世了。

马上的太刀，就处于如此不利的境地。可以说唯一的办法，就是攻击持长枪、薙刀者的手指，这算是秘诀吧。伊右卫门在情急之下挥出的这一刀，就这么偶然地切断了草野河内守的右手拇指。

“哦啊——”随着草野一声怪叫，薙刀滑落。他迅速抓了刀柄，可拇指已不在，怎么都握不住。

（趁现在——）

伊右卫门抓紧缰绳，右手挥舞着太刀向草野的马匹靠近。“吭”的一声，他只手斩向对方头颅。不过刀刃撞上头盔的坚硬之处，被反弹了回来。正在这个当口儿，草野驱马近得身来，伸出左手迅捷地来抓伊右卫门的手。

在马背上对打，能先抓住对方的手并进行牵制者，大都可以立于不败之地。而伊右卫门的右手则在疏忽大意间被抓牢，并且连身子都不由自主被牵了去。对方的马匹彪悍，骑手技艺亦是妙不可言，伊右卫门的半个身子就这样浮在马鞍上了。

“喽啰，拿命来！”草野用他远超众人的神力，扣住伊右卫门的脖子往马鞍上摁。当他用受伤的右手抽出短刀的那一瞬，吉兵卫与新右卫门骑着木曾马[7]那样的小马赶了过来。

“少主！少主！您不能把命丢了！夫人会伤心痛哭的——”在战场上能说出这种蠢话的，除了伊右卫门的侍从，还找不到第二家。

脑袋被扣在对方马鞍上的伊右卫门，猛地一惊，脑子里顿时浮现出千代的面庞。

(啊，千代!)

——用短刀刺敌人的马，刺呀!

千代确实这样说了。于是伊右卫门拔出短刀，旋即刺向草野河内守义仲的马匹肋间。马儿吃痛，嘶叫着立起前蹄，两人都摔了下来。

这时草野的三个步卒跑过来，倒拿长枪，眼见着就要刺中伊右卫门。吉兵卫立即赶来挡开步卒，新右卫门更是抡起长枪，一杆击中草野的头盔。

“哇！”草野像被震晕了。伊右卫门趁机一纵，跳上马匹，右手拿刀刺向对方右肋下，此处没有铠甲的保护。

这一瞬间，草野的一个侍从对准伊右卫门的头盔，拿一把大太刀砍下来。当的一声，他一个眩晕，昏死了过去。

“新右卫门，别愣着！”吉兵卫他们使出了浑身解数。首先把步卒解决，抽枪回来护住伊右卫门，又同时朝着还未丧失战斗力的草野河内守的脸，直直刺入。枪尖从口部直灌后颈。

“得手！”吉兵卫飞身过去，把草野的首级割了下来。这之间新右卫门正跟草野的侍从打得不可开交。

可是，伊右卫门却做了个梦。虽然已经晕厥过去，说出来都没人信，他却梦到了在被子里与他缠绵的千代。人在拼死一战后的晕厥里，似乎是有这么一说。他的双腿之间已湿。

“少主！”吉兵卫摇醒了他。

伊右卫门睁开眼睛，缓缓站起身，道：“这……是哪儿？”他在战场中央，茫然四顾。晨雾开始散去，湖上已是晴朗一片，还剩了些雾霭流往东方的丘陵地带。战场上轰雷阵阵，数百名骑马武士在狂奔乱舞。这些武士的袖印几乎都是织田方的，而草地上、红土地上、水坑里散乱的无头尸身，几乎都是浅井方的。

“少主，我们赢了！少主可是取下了近江大名鼎鼎的草野河内守的人头呐！”

“千代，是这么说的？”脑子被震晕，伊右卫门至今还未能辨清真实与梦境。

“少主，这是战场啊。夫人怎么可能在呢？”

“哦？”

己方武士都追击敌军去了。此战役进行到一半之时，伊右卫门却由侍从们搀扶着回到横山城里。

天正元年（1573）八月，小谷城陷落，浅井久政、长政父子自刃，近江一国（南近江此前业已平定）都归于织田名下。

此番浅井讨伐战，自始至终都是木下藤吉郎的部队处于第一线，功劳最大。织田信长将小谷城赐予了这个曾给自己提过鞋子的部将（之后在长浜筑城），并将浅井氏旧领地里的二十二万石也给了他。

藤吉郎时年三十八岁，第一次加入了大名的行列，于是改了姓氏，称羽柴藤吉郎。不久，信长承认秀吉“筑前守”的称谓，同时赐予秀吉使用朱柄唐伞的资格。

这朱柄唐伞的伞柄极长，由侍者退一步为主人撑着。公卿、门跡[8]、大名以外是不被允许使用的。

(千代的眼力果真厉害！这个提鞋小斯，竟然成为领取二十二万石高禄的大人物，谁能预料得到啊？)

伊右卫门心里思忖。织田家中，秀吉位分卑微时的那些事总是传得满天飞，伊右卫门也多多少少听了一些。秀吉还在做信长的提鞋小厮时，经常被唤作“猴子”。

一天，他经过松木大城门时，从近处某个木板孔里突然射出一条水柱，浇在了猴子的脸上。此水尚且温热，带有臭气，原来是小便。

猴子大怒：“是谁？谁敢在俺脸上小便？”随后他往门内冲去，于是见到了还未褪顽童脾性的信长，正藏于松木后面。信长的袖子露了出来。

“看你往哪里跑！”他飞奔过去。

信长连忙道：“是我，三郎。”之后便闭口不言。三郎是信长的小名。

可是猴子却不屈服：“是幼主啊。但即便是幼主，也不该在男人脸上撒尿。出来！俺绝不饶你！”他真的发怒了。

猴子说怒就怒，虽不知真正有多怒，但总而言之是个演技超群的人。而且，演得超凡脱俗，演得信长这个常人对他怎么都摸不透。信长由此十分佩服，原来猴子并非像别人所说的是条哈巴狗——这个家伙，是条汉子！

在猴子咄咄逼人的口气下，信长捺不住了，道：“饶了我吧，我只是想试探你一下而已。”竟然用小便来试探自己，猴子听了更是恼怒。信长只好安慰道：“今后就多多抬举你好了，就把脸擦了忍耐一下吧。”

这个故事千代也是知道的。

就是这个被小便试探的猴子，得到了使用朱柄唐伞的资格，官至筑前守，成为二十二万石的大名。在战国乱世，这是何等惊天动地的大事啊。

随之水涨船高的，是山内伊右卫门一丰。他在近江唐国得到封地，俸禄升至一千石。跟以前一样，他直属于信长，但同时又是秀吉的与力。

伊右卫门终于回到阔别多年的岐阜。

“千代，久违了。”伊右卫门在仅有个样子的小小书院里落座后，就要来握千代的手。

“哎呀，有人会看到的。”千代笑道。

“有什么关系？我对我的守护神，要抱也好要拜也好，还需要考虑别人的目光么？”

“说什么守护神呢？千代可不是神仙。好了，恭喜夫君稳步高升！”

“一千石呢，千代！”伊右卫门像个少年似的笑着。近江唐国这一片封地，虽然还没亲眼见到，但一千石这个数字，可不是小打小闹。作为领主，实际上是不需要亲自去封地治理，也不需要去筹措年贡的。这些都由织田家的堺[9]市代官[10]松井有闲的衙门代为管理。

“可是，那片唐国的土地，还是挺想去亲眼见上一见呢。”千代目光里露出憧憬之色。她虽如此说，但并非真的这样想。说实话，千代是个不喜外出的人。到泉州这种原本无甚缘分的地方去，她并非十分乐意。不过她觉得这样能让伊右卫门心里涌起一股自豪之感。

“那好，就去一次吧。”伊右卫门单纯得可爱，又被千代的话牵了鼻子走。

“唐国这个地方，在泉州应属于泉北一地。”这个地名听来有些奇妙。据说古时，是韩国氏的移居地。仅仅百余户人家，可土壤却比美浓还要肥沃许多。

“还有，听说羽柴大人要在湖岸的今浜一地建筑新城呢。羽柴大人认为，比起小谷城来，今浜不仅背靠湖水，而且是中山道的要冲。”

“你知道得不少嘛。”对千代的顺风耳，伊右卫门早就甘拜下风了。

“那是当然。就住在离天下的织田家这么近的岐阜，各位将领的动向怎能不了如指掌呢？”

"……"

并非只是近的原因。岐阜的确是织田的策源地，可诸将的动向怎可能这么轻轻巧巧就传入了一个普通武士的老婆耳朵里？那还有必要防什么间谍吗？那些决不是简简单单就能知道的消息。

"千代，你可真有些奇妙的本事呐。"伊右卫门不禁对自己的妻子感到有些不可思议。

"哪里呀，千代什么都不懂的。"千代慌乱道。其实，千代家隔壁就是茶坊主[11]，每每不破娘家拿些好东西来时，她便带去孝敬茶坊主，于是自然就听到了些织田家的动向。可以说，千代是有情报源的。对这些消息，千代自己作了分类判断。

如果千代是男儿身，至少当得了五十万石以上举足轻重的大人物，可惜是个女儿身。千代认为，作为女人，哪怕有点儿少不经事，也必定得可爱才行。

"那，还有么？"

"那，之后呢？"

千代有把自己的聪慧隐藏起来的本领，道："今浜改名作长浜，羽柴大人就在此处建筑自己最初的城郭。我知道的就这些啦，其他的都还不太清楚。不过——"千代欲言又止。

“不过？”伊右卫门还想听下去，“不过什么嘛？”

“那个……可以提到千代过世的父亲么？”

“说什么呢！虽说令尊已不在世，可对俺来说一直是雷打不动的岳父大人呢。”

千代的父亲若宫喜助友兴，在千代还未曾记事时就已经过世，这在前面已经提到过吧。据说若宫喜助，曾在近江湖畔——也是纯属偶然——离长浜很近的地方住过。

“父亲是在长浜住过的呢。”

“哦，怪不得你对长浜这么热心，原来是思念长浜了呀。”

“……”千代未再言语，唇角带笑点了点头。其实这也不是她的本意。父亲曾住过的地方，对千代也并非有那么强烈的魅力。但是，她却央求道：“羽柴大人若是筑好了城郭，那么城外就肯定有城下町，当然也会有些土地赐给武士们建造房屋的吧？”

“那是肯定。”

但是伊右卫门是直属于织田家的武士，所以才领到这岐阜的一处房屋。对羽柴家来说，自己只是与力而已，长浜的屋宅本是得不到的。但若是去求，秀吉定然会把自己这个仰慕者当手下看待，会欣然允诺屋宅土地事宜。

“好想住在长浜啊。”千代的口气宛如小女孩一般。

“啊哈哈，你就这么思念长浜么?”伊右卫门觉得有趣极了。不过他可猜不透千代的心思。总而言之，千代的心思就是——

（要更加紧紧地跟着羽柴大人哦!）

在千代看来，织田家的各色人物中，不论身份贵贱，只有羽柴筑前守秀吉才是第一等的。只要丈夫跟着这个人走，就不会错到哪里去。所以，别为了“织田家直属武士”的身份只在岐阜安一个家，长浜也是可以有家的嘛。不过，她决不点破其中的奥秘。

“啊哈哈。”伊右卫门愉快地笑了，“千代总是这么小娘子气，也不用多费心想事儿。看你这么期期艾艾的，你是想在父亲故地近江长浜那里也要座房子么?”

“千代就想住那儿嘛。”

“真是个让人惊愕的孩子!”伊右卫门顿觉自己是名副其实的大人，“好，不为别的，就为千代这句话，俺就向羽柴大人求块屋宅地去。”

初更的钟声传来时，伊右卫门已经在被窝里了。他在等千代，脑子里在想：

（武士夫妇真是奇妙。）

一年之中，不是在战场就是住在占领地，夫妇彼此之间能够这样面对面说上话的日子，几个指头都能数得清。

（等到大人一统天下就好过了。）

到那时，夫妇间幸福和睦的日子就该来临了吧。织田家的所有武士，无论大小，都有着这同一个信念，那就是信长肯定会一统天下……

当然，这是信长灌输给家臣们的。这个信念已经成为织田家士风的一部分。原本在信长立国之本的尾张一地，武士孱弱是近邻皆知的事。然而邻国的三河（尾张、三河现今都在爱知县内）一地，家康麾下的武士却以强勇而闻名天下。可见，风土与人的关系是何等微妙。

信长此人，能率尾张的孱弱之兵（伊右卫门也是尾张出生尾张养育的武士之一）而一步步走近平定天下的最终目标，他天生的才能，连秀吉、家康等等都是远远不及的。

其实不如这样说，尾张武士是喘着大气好不容易才跟上信长蓦直前行的脚步。他们在苛刻暴烈的信长身后，感觉无奈烦腻，却不辟不易不四散逃窜，究其原因，正是因为有“只有大人才能夺取天下”的信念。

（以后一定能跟千代过上好日子。）

伊右卫门并非生来就有英雄豪杰的资质，他的梦想也就在于此了。（作为笔者，其实也是边写边感觉不可思议得很，这样的男人以后居然能成为土佐二十四万石的太守，这到底是为何呢？）

说点题外话。战国乱世里，兵力最强的要属甲斐的武田家。其次，是越后的上杉家。此二家并称战国时代二大强兵团。第三就是关东的北条，加上他，便是三大强兵团。另外，还有势力范围在山阴、山阳道的毛利军团。

在僻远之地，比如萨摩的岛津、奥州的伊达、土佐的长曾我部等也都极强。但因地理位置的关系，还无法远征天下权力中心的中原。

总之，无论哪家都是兵强马壮。就拿武田家来说吧，传言道，武田一武士对尾张五武士绰绰有余。

伊右卫门身上一直都不曾有战国武士的武者风范，那是因为尾张出身的性格使然。

这个孱弱兵团，就这样靠着“大人定能一统天下”的信念，跟随织田信长的脚步，最终在长筱之战一举战胜武田。所谓强势集团，真是让人敬畏。

千代终于寝妆完毕，坐到屏风后面来，吹灭了烛灯。

“……”

伊右卫门在等待：“千代，快点儿。”典型的尾张武士性情。

“知道啦。”千代在黑暗里小声答道。

伊右卫门在床上抱住了千代的丰腰。

（小玲……）

如伊右卫门这般的男子，此时都会思迁，可见男人的内里是多么奇妙。在伊右卫门的记忆里，小玲纤腰细腻，似乎抱一抱都会折断似的。而千代不一样，蛮腰丰满，肌肤也不似小玲般干爽，总有些润润的感觉。

（哪种女人更好呢？）

这种问题伊右卫门是不会考虑的，他本就没有多余的精力来考虑这种问题。这也可算作他的长处之一了。伊右卫门像在战场上面对敌人一样，心无旁骛地攻略千代的身体。

"完了？"千代微笑问道。

伊右卫门太忘我了些，以至于把千代晾在了一边。"嗯。"他少年般略带羞涩，"咱们说说话吧，说到天亮。"

"嗯，好。"千代把脸靠在伊右卫门胸前，忽地像是想起了什么似的，于是小声问道："咱们的约定，你没有忘记吧？"她指的是初夜那晚两人的约定。一丰不能在外拈花惹草，而千代则会尽心竭力辅助一丰成为一国一城之主。

"当然。"伊右卫门在黑暗里涨红了脸。

"真的？"

"绝对是真的。"撒谎的人谁都说过的这句台词，在伊右卫门的嘴里显得甚是笨拙。

"可是，人们不都说，战场上的男人要是不碰女人就会变得狂乱的吗?”

“俺也听说过。”

“听说过?那一丰夫君自己怎样?”千代很巧妙地步步诱导。

“俺自己?俺也不清楚到底有没有狂乱。不过平素不节制的人,拿了武器战斗时,总会在重要关头咔一声上不来气,造成不经意间的失败。可俺从没碰到过那种事。每次都能全身而退,不已经是很好的证明了么?”他弱声道。

他荏弱的语气反倒带来一种真实感,令千代很是满意。“那——”千代又强调了一遍,“就算夫君出人头地,当上城主、国主了,千代也不喜欢夫君身旁有妾室。”

“嗯。”

“一丰夫君,请你好好回答——”

“啊,好,听你的。千代是俺的守护神嘛。”伊右卫门再次抱紧了千代。但心底的某个角落,不免念起了小玲。

(妾室若都是那种感触,倒是很想要的啊。)

相对于五十石时就结婚的那个伊右卫门,他现在的眼界,算是多少开阔了些。

第二天早上,伊右卫门进城后,一个奇怪的僧人来到他的府邸。

此人是空也僧的模样，取下斗笠后，看似七十来岁的老人。因为没有牙齿，他话音外漏，很难让人听得清楚。

五藤吉兵卫前来应付，问：“尊驾可否告知名号？”

“名字嘛……”对方讪笑。他相貌奇特，两颊深陷，都陷得发黑。正是甲贺者望月六平太。“只要说‘好友空也僧’，你们当家的自然就明白了。”

“我们少主进城去了。”吉兵卫有些不快。

这时，刚拜过寺庙的千代回来，从大门旁望见了空也僧，问道：“吉兵卫，这位僧人如何称呼？”

“噢，想必这位就是夫人了吧。果真如传言所说，是织田家中数一数二的美人呐。”

千代秀眉微颦，这样一个脏兮兮的老空也僧，口气里竟把自己当熟人了！

“尊驾是谁？”

“哦，问名字啊？”他挠了挠脸，“老衲名号数不胜数，报也好不报也好，反正到头来却无甚区别。不如换个话题，你家主人得封千石，老衲恭贺来迟了。”

“你这——”吉兵卫对空也僧的嬉皮笑脸不免生出一肚子气。

“不看僧面看佛面。还请施主不要生出口舌是非啊。”

“……”望月六平太一句话堵得吉兵卫哑口无言。

“老衲过些时候再来。不过，请务必转告伊右卫门大人，既然加封必定会录用新人，还望大人考虑考虑可以留用老衲。”

伊右卫门下午三点出城归家。“什么？空也僧？”他反问之时只觉得冷到骨髓。他会不会把小玲的事情告诉千代呢？不过千代的脸色不像是已经知晓的模样。

“他说是你的朋友，问能否帮你做事。是什么人啊？”

“甲贺者。”伊右卫门吐出三个字。伊贺、甲贺的人都不为信长所喜爱。织田军自年初以来，已经多次进攻伊贺、甲贺二地了。这种情况下他可不想蹚什么浑水。

“是忍者么？”

“对，甲贺的忍者。他曾在浅井家栖息了一些时日，不过浅井落败后就没了可去的地方，这才找到我这里来。是在战场上偶然认识的。”

“听说忍者很是反复无常。最好别去接近那种易过容的人。”

“呵呵。”这笑出声来的，并不是伊右卫门。不知何时，檐下竟出现了一个背影，正是空也僧模样的望月六平太坐在那里。

“老天！”就算千代这次也是唬得厉害。

令千代吃惊的并非仅限于此，还有望月六平太转过头来的脸。早上那张老态龙钟的面孔已经全然不见踪影，牙齿白美，面颊丰满，连皮肤也有了光泽，怎么看都只有二十八九的年纪。

“尊驾何人？”

“今晨与夫人照过面的呀。那时在下易容扮作一个老头儿，现在的样子才是本尊。”

（果不其然，是易过容的！）

千代警惕地盯着望月六平太。

“夫人，何不收下一位忍者？若是真想让丈夫当上一国一城之主，放一个忍者在身边可是绝对必要的。”

“……”

“首先申明，在下不会让任何人发现在下的忍者身份。织田家中的各位自不用说，当家的祖父江新右卫门、五藤吉兵卫也当然不会知晓。怎么样？……买下老衲如何？”

“……”千代神色无惧地盯着他。

“顺便说一下，像老衲这般技艺高超的人，随便要归入哪个大名门下都可以说是易如反掌，立时就能实现。而此番千辛万苦偏要跟着区区千石的主儿，那是因为老衲已经看到了主人的将来。”他一副施恩的口气。

可是千代想到的是：

（养虎为患。）

于是厉声道：“出去。否则叫人了。”

“哎呀，夫人，”望月六平太还是不肯走，“别像赶一只小猫小狗似的行么？明日再登门拜访，请务必细细考量一番。”他说完便站了起来。

待千代走到檐下去看时，竟踪影全无。

“夫君怎么跟那样的人搅在一起了呢？”千代性情再好，此刻也不免焦躁。

“纯属偶然而已。”伊右卫门一脸苦相。是通过猿女【12】认识的——这种话怎么说得出口？

第二天伊右卫门一整天都闭门不出。

（六平太这个家伙，又要来啊？）

他只要想到此节便心气不畅，心里有种仿佛魔鬼来临的恐怖。

可夜幕降临了，六平太一直没有来。千代好像也松了口气，道：“那人，终究是没来啊。”不过千代此刻的想法已经有了变化。

（如果是个讲道理的忍者，善用之，则对战事是极有裨益的。）

就跟毒物一样，使用得当则是药；使用不当，反会夺命。

“夫君，那人怎么办呢？如果是个心地正直的人，留他为我所用也并无不可呀。”

“此言——”突然地面榻榻米被掀开，“实在受之有愧！”一个穿蓝色肩衣，同色长袴，头顶清清爽爽结好发髻的武士，从榻榻米下面蹦了出来。

不管怎样，从当夜开始，望月六平太就住下来了。连五藤吉兵卫也没有发现，这个新人就是那天的那个老空也僧。

“在下食客。”他与吉兵卫、新右卫门等大哥打招呼，“肥后国出身。”

第二天早上，他的武士肩衣已换，上身粗麻布服，下身伊贺长袴。这在当时是常见的浪人装束。侍从长屋正好空了一间，他就自己搬了进去。而且一早一晚的府邸扫除等等，他就混在小者里面，来来回回忙个不停。

“那是怎么回事？”祖父江新右卫门等人，未曾听伊右卫门说过与此相关的任何一个字，完全摸不着头脑。

“好像是希望当亲卫兵。”吉兵卫的回答也是想当然，“山内家已经是千石大户了，那样的浪人自然会慕名而来。新右卫门，回想当年，少主真是了不起啊。”

“可不是嘛。”

这是常有的事。一千石、两千石的府邸里，总会有各个地方战败后流离失所的浪人前来，作为食客求取温饱。那些长屋里的浪人，可以说是随处可见。起了战事，就会披挂上阵。如果武功、战功好，同样有机会被新主家留用。比如在织田家，要是被织田看中，直接升到其麾下都是有先例的。

“咱家里有食客了。”这成了吉兵卫与新右卫门得以自卖自夸的借口。

望月六平太也是应对得当。对老资格的这二位大哥，他是随叫随到，又听话又乖巧，从不有所违拗。他本就是个变幻莫测的人。数日后，吉兵卫与新右卫门对他可是喜爱有加。

“这位哥儿挺不错的嘛。”有时更是鼓励他道：“六平太，要是有战事，放开手忘我地去打就好。那样的话，少主就能得到加封，你也就能分到家禄了。”

“在下谨遵两位兄长教诲，定当赴汤蹈火在所不辞。请兄长多为挂心了。”望月六平太时时不忘取悦两位，话说得谦恭又圆满。

不过心底里觉得不是滋味的却是当家的山内伊右卫门。

（那家伙，什么时候开始住得这么舒心了？）

允诺留用等话，伊右卫门一字都未曾出口。可此人却以食客自居，自作主张搬了进来。“给我出去”这类话语，伊右卫门是无论如何没有勇气说出口的。更为意外的是，千代竟然对这个男人越来越中意了似的，道：“虽说是个甲贺者，不过看来性格人品倒是很不错的嘛。”

（早说过了不是，女人见识短浅啊！）

伊右卫门心里七上八下。六平太的厉害，除了伊右卫门以外谁都不清楚。

（他葫芦里到底卖的什么药啊？）

不久，又是出征的日子。

注释：

【1】踞洗池：庭院里，采取蹲踞的姿势舀水洗手的地方。踞洗池的外观大都一样，据说可以洗去身心的尘埃。

【2】一谷冠：一谷是位于现今神户的古战场之一，以长斜坡著名。一谷冠就是形似斜坡的冠。

【3】源平时代：平安末期，源氏与平氏争霸的时代。

【4】坂东武士：关东出身的武士。

【5】采配：武将指挥士兵所用的工具。

【6】奥州：今岩手县南部、北上川中流域一带。

【7】木曾马：日本原种马之一。饲养地以今长野县木曾地域为主，个头矮小。

【8】门跡：高规格的寺院。平安时代指继承祖师法统的寺院或僧侣；平安末期以后，指皇族、公家的子弟所住的特定寺院。

【9】堺：今大阪府中南部的一个市。

【10】代官：中世以后，代替主公官职进行管理的官吏总称。具体有守护代、地头代、目代等等。

【11】茶坊主：室町、江户幕府的职位名称之一。是经常出入武家城中、府邸供奉茶水的官，常做光头打扮。

【12】猿女：在祈神仪式里奉献神乐之舞的女人。

长筱合战

之后，伊右卫门一丰随着织田家的膨胀而四处征战，与千代相守的日子就更少了。

“是因为这个？”一天，从战场归家的伊右卫门歪着脖子这样说道。多年来，他们一直没有孩子。“真是奇怪。”说罢他很不可思议地看了看千代。

千代红了脸。碰到这种事，再聪明的千代也没有办法。

“这到底是怎么回事呢？”

“谁知道？”伊右卫门茫然看着庭院，面色好像在说：千代都不明白的事情，俺就更不明白了。

“难道，我是不孕之身？”

“俺不知道啊。”

“这不等于不回答嘛。说不定是一丰夫君不好呢。”千代说笑归说笑，仍然一次也没有提过让一丰迎娶侧室的话。

就武家的习惯来讲，这种情况下，由千代推荐侧室是很普通很正常的。甚至那样做的话，更能彰显忠贞。延续香火，与其说是武家的道德习惯，不如说是为了切身利益。在战场上出生入死打拼下来的俸禄，需要有下一代来继承。因此，要迎娶侧室。

侧室，也叫做“女奉公人[1]”，作为家臣住在同一宅邸内。即便是生儿育女，也因其女奉公人身份的原因，仍然隶属于正夫人，需要接受正夫人的监督。

续妾在当时是极为普遍的习惯，可伊右卫门却从未提过一句。他说不出口。在新婚那夜，千代对伊右卫门发誓道：“我一定尽心竭力辅佐夫君成为一国一城之主。作为交换，请夫君不要拈花惹草。”

另外还有一句：“要是无论如何都没有孩子，就领养一个吧。不必烦恼。”说完便不再言及此事。

久久没有孩子却不纳妾的伊右卫门，在织田家中仅凭此一事便得享盛名。

“他可真是固若金汤啊。连吃饭的时候，也只把筷子沾湿那么一点点。喝酒也是，三杯过后无论别人怎么劝，决不多呷一口。听说女色也是不碰的，对老婆大人的话唯命是从呐。”

织田家中还有一人没有子嗣，就是近江长浜的城主木下藤吉郎，现称羽柴筑前守秀吉。秀吉之妻宁宁也有一个让人侧目的丰满身子，可就是没有孩子。她也跟千代一样，不允许丈夫秀吉娶侧室。（不过秀吉原本就与伊右卫门不同，常常背着宁宁拈花惹草，闹出事来了就夫妻大吵，吵得惊天动地以至于不得不让信长来调停。）

总之，伊右卫门夫妇在当时算是世间少有了。

这天夜里，年里第二次出征的鼓声响了。日落后下起雨来，淅淅沥沥的雨点打在雨篷上砰砰作响，出征的鼓声起先听得并不分明。

（……？）

千代任由伊右卫门抱着，只凝神侧耳倾听。远远的如潮汐般的声响隐隐混杂在风雨声里。

（确实是太鼓……）

声音从城楼上传来，不久便混入了螺号声。覆于千代之上的伊右卫门，好像是听不见这些的。千代闭着眼睛，红唇半启，一副无关痛痒的神情。

——宛若观世音菩萨一般。

这是伊右卫门为博千代一笑，经常挂在嘴边的话。现在千代就用这副神情对鼓声充耳不闻。“——那个，该出征了”这样的语句被她深深咽在了肚子里，反而故意让一丰更加意乱情迷。

“千代，你今晚怎么了？”伊右卫门在耳旁轻言道。

“没怎么呀。”

“你跟平时不一样呐。”伊右卫门傻呵呵地乐了。

不过，千代的意乱情迷或许是她的本心。一面听着那一阵把丈夫从自己身边生生剥离的太鼓声，一面又担心着这或许是生命里最后一次的温存，心里不乱才怪。终于伊右卫门的耳朵里也似乎传入了太鼓声，于是他停了下来。

“千代，有没有听见什么？”

千代无言地摇了摇头。

“从城里传来的，不会是出征号令吧？”

“一丰夫君，”千代伸出素白的手臂摀住伊右卫门的两只耳朵，“看，这不什么都听不见了？”

“那倒也是。”伊右卫门继续爱抚着。

“还要，”千代轻声道，“一丰夫君，跟刚才一样嘛——”

“这样吗？”

太鼓声越来越大，已经差不多震耳欲聋了。

“千代——”

“不嘛，我不要放你走——”千代摇着头。

终于伊右卫门的种子在身体里种下了。然后她在床上迅速整理好裙裾，扑哧笑道：“好像该出征了呢。”

“啊！”伊右卫门跳将起来，直奔壁橱那口装有盔甲的箱子。

千代也到走廊上，一盏一盏把灯点了起来，当最后点亮厨房的烛台时念道：

（这次一定行。）

千代有一种预感，伊右卫门的种子会在身体里发出新芽。

雨，依然下个不停。

持续行军中。伊右卫门所属的羽柴队进入岐阜城下时，雨也下个不停。这是在天正三年（1575）五月初。

（这次的对手，是甲州武田吧。）

伊右卫门他们虽未被明确告知，但此时也能推断出来了。织田家终于迈出了独霸天下之路上极大的一步——长筱合战。不过如伊右卫门这般的小头目，是无法得知信长心中真实打算的。

武田家的一万三千人马，此刻已经由主将武田胜赖率领，侵入了德川家康的领地三河一地，把设乐郡的长筱城围了起来。当时的甲州武田家为一百三十三万石，共有三万三千人马。

武田信玄过世后，武田兵士的神勇迅捷仍然堪称天下第一，德川军已节节败退、多处受制。此时的家康三十四岁，因武田的攻击，领地已经损失九万石，仅剩四十八万石，兵力一万二千。

家康在国境处使出浑身解数抵住对方进攻，可无奈敌军太强。他已经多次急报信长，请求增援，信长却按兵不动。

岐阜城下各支军队也已经集结妥当，可许久都等不到出兵的命令。

“到底怎么一回事儿啊？”吉兵卫向伊右卫门问道。在岐阜的宿舍是借用的寺庙。主从数人每天就看着雨打发时日。

“不清楚。”伊右卫门也着恼地摇摇头。敌军若是武田武士，这次还真不知道能不能保住小命。

“织田大人这次，”望月六平太趴在地上，对五藤吉兵卫扬起下巴道，“好像遭遇大劫难啰。”

时至今日，织田家已经成长为一支大军。领地远超武田家，有四百多万石，兵力十万有余。可信长似乎仍然胆小怕事一般畏惧武田家的兵马，不愿与其正面对战。这种信长惧怕武田的心思，已经几乎在织田武士之间传遍。

“什么嘛，武田武士罢了，”吉兵卫铁青着脸道，“又不是鬼。”

“难说，兴许比鬼还厉害呢。据说，武田信玄亲手带大的猛将马场、小幡、穴山、山县、甘利等人，都一股脑儿把长筱城围了个水泄不通。”望月六平太道，脸上泛起一层甲贺者特有的微笑，如烟雾般。

“说什么呢！六平太！”祖父江新右卫门批评道，“战事中讨论敌我双方的强弱是不合法度的，你不知道吗？”

“我不过食客而已，有什么关系？”六平太笑了。

伊右卫门沉默着未吐一字，只装作在倾听窗外的雨声。

（武田武士又不是鬼。）

他虽也如此认为，可对于自己微微颤抖的身子却是爱莫能助。

家康军在前线长篠已经几乎溃不成军的当口儿，信长的出兵命令终于发出了。

至于信长一直按兵不动的原因，在此加一段笔者自身的题外话。我在跟作家海音寺潮五郎氏聊天时，他忽道：“是因为梅雨的关系吧。”笔者眼前突然一亮，感觉激动不已。事实上，关于长篠合战时信长出兵之晚的理由，历来是没有定论的。

有一种说法是信长打算消灭同盟军家康。因此故意利用长篠这个前线要塞，借武田之手来达到目的。家康盼信长的援军，可是盼得心急如焚火烧火燎。然而信长还是纹丝不动。有名的鸟居强右卫门事件[2]，便是在此时发生的。

家康等待信长援军，等得可谓是椎心泣血。实际上德川军也确实每分每秒都在流血。

可是，究其原因竟是“梅雨”的这种解释，从来就没有过。也就是说，信长是一直在等雨停。如此一来，所有的疑问便都可以迎刃而解了。

信长在这次战役里，准备了世界战史上最初的“万枪齐发”。他想用这个方式一举扫平武田的骑兵队。可若是遇到雨天，铁炮导火线则会濡湿无法点燃了。

以上是题外话，言归正传。

这些对区区一千石身价的小头目山内伊右卫门，怎样都无关紧要。此时的伊右卫门只有一个念头：“武田的骑兵队！”这个神话般令人战栗的敌人形象，已经占据了他的整个大脑。

天正三年（1575）五月中旬，信长对麾下诸队作了详细部署，命令诸队一一出发。出发前一天，伊右卫门给妻子千代写了一封信，大致内容如下：

“也不知道这次还能不能活着回来，要保得住这条命，那此番合战定是俺这一生之关隘。”因寄的是到长浜的飞脚便[3]，第二日便已送到了千代的手上。

(关隘——)

这个词在千代心头震撼良久。

(希望那夜合战的种子，也能在我体内开花结果。)

她这样祈祷。若是他们的孩子听着战鼓声孕育而出，那长筱合战对千代来说也将是尤为值得纪念的一战了。

千代看信的时候，伊右卫门正在三河之东冒雨前行。

织田军这次出兵二万。足轻组众人都扛着一种奇怪的东西，是直径五寸左右的圆木。另外还有一支未曾见过的新编部队。那是从织田家诸队的铁炮足轻组中挑选出来的三千精兵，名曰“炮队”，由佐佐成政、前田利家、野野村幸久、福富贞次、塙直政这五位旗本指挥。

长筱城所处地势，可谓绝妙。周围山岳环绕，西面泷川、东面大野川两条河在长筱合二为一，名曰丰川，此后再流经五十公里最终流入渥美湾。这三条河流在长筱形成一个“丫”字，流域平原也因此被一分为三。

离长筱城两公里远的下游处，有一块不大不小的平原，叫设乐原。作为织田、德川联军与武田军团的预定战场，大小正好合适，增一分反而嫌大。

信长的作战实在是精妙。他在山与山之间的这块平原上，再用大栅栏阻隔内外。大栅栏的前方有条小小的连子川正顺栅栏而下。这样便构筑了一个绝妙的野战阵地。或者更浅显地打个比方，构筑了一个鬼斧神工的牧场。

织田、德川军进入这个栅栏之中，抑或是牧场之中。炮队三千精兵分作三段，采取单膝跪坐的姿势，枪口一致朝向牧场之外。枪口方向，正是武田军的阵地。

伊右卫门所属的羽柴秀吉队部署于左翼，左邻丹羽长秀队，右邻泷川一益队，均已进入栅栏。他们都撇下战马，徒步而行。连羽柴秀吉也不例外。

关于秀吉，倒有件逸闻轶事值得一提。秀吉看到足轻兵们把栅栏的圆木纵横绑在一起的样子，道："尔等的手可真是慢呐。栅栏应该是这样绑的，看好了！"随后他脱了头盔，裸着上半身示范给大家看。不愧是从提鞋子开始摸爬滚打一步步爬上来的武士大将，绑得实在漂亮。

他像个木工匠一样爬上栅栏顶端，一边哼着歌儿一边兴致勃勃地绑着。伊右卫门见状佩服得不得了。织田家为数不多的武士大将里，能媲美木工匠的仅此一人，旧称藤吉郎的羽柴筑前守秀吉。而且他还轻松地哼着歌！足轻兵们就这一点便已经打心底里觉得暖暖的，一面叫喊着"咱的大将"，一面满脸溢笑仰望秀吉。

秀吉所在之处，便如阳光照射到了一般瞬时明亮起来。这自然是他天生的性情所致，但更是一种其他大将所不具备的独特的统率能力使然。

"伊右卫门，伊右卫门！"秀吉在头上笑道，"你也爬上来。敌人自己人都一览无余，风光甚好呢。"

"呃是！"伊右卫门被叫了名字，一时间感激万分，立刻嘴里衔了绳子就开始攀爬。

"真是傻瓜一个，有你这样空手就爬上来的吗？"秀吉张开大嘴笑了。

（原来如此，得背一根圆木上去才行啊！）

伊右卫门右肩上扛了圆木，靠左手与双足爬了上去。途中，因木材濡湿，他一个不小心踩滑了，于是跟圆木一起重重摔落在地。

这般的大合战，只写些伊右卫门的身边事未免有些可惜。这次提一提敌方大将武田胜赖的情况。

胜赖时年三十，绝非一位平庸的大将。他若非生于武田家，也定能凭着自己一杆长枪，爬到武士大将的位置。但是，他却没有超过武士大将的器量。这大概是胜赖最为不幸的一点。其次不幸的是，他是战国群雄之中已被奉为军神的武田信玄的儿子——你父亲可是厉害得紧哪！他总会被拿来跟父亲作比较。于是，信玄一辈的老将们会用看小舅子一般的眼神来看这个第二世。胜赖无论与谁为敌，首先就非得摆平这些眼神不可。

虽然他也知道，要超过父亲信玄是不可能的，但自认为可以做到信玄麾下最优秀的学生——“因为我是最了解父亲的”。信玄是在所有方面都有所独创的大家，不过因他心性更喜保守，对铁炮这种新兵器并未大胆采用。

父亲的这种对铁炮的消极态度，则被胜赖解释成了对铁炮自身的批判。胜赖做的是一个连他父亲想都未曾想过的新诠释："铁炮是飞弹暗器，卑鄙无耻。"

信玄若是地下有灵，听了也只能苦笑连连。长篠合战之前，武田军一直在围攻长篠城。得到织田信长出马的消息时，胜赖信心满满道："决战，求之不得！"

本来他围攻长篠城，目的在于逼出守在浜松居城的家康。他要把德川军主力逼到野外一举歼灭。然而家康对武田军甚为惧惮，并不敢轻易出来，只剖肝泣血地等待信长出兵。终于，被他等来了。

面对织田的这支蔚为壮观的大军，胜赖充满豪情壮志："真是求之不得的好机会！看我一举攻破你织田、德川联军！"

可是织田德川方有两倍的兵力。信玄一辈的马场、内藤、山县、原、小山田等数名老将，看到左右无法取胜，便一齐向胜赖谏言道："收兵回甲州吧，下次寻好时机再战不迟。"

这些老臣们无言的蔑笑，实在是让胜赖无法忍受，于是他道："战！"应战的理由，说起来也是毫无战国武将风范，且不甚合理："不能撤退。武田家从未有过不战而退的记录，撤退可耻！"这应该是一对一决斗时的武者美德，而非关系一国兴亡的大将的思维方法。

胜赖最终是置众老将的谏言于不顾，决意应战，并对诸队做好了部署。渡过泷川的那天，是天正三年五月二十日。二十一日凌晨，胜赖命全军突击。

伊右卫门在栅栏内。织田军所有将士，若非有其他任务，都决不允许离开栅栏半步。信长打算所有的战斗都由铁炮足轻队来完成。所以伊右卫门他们一众将士，都宛若圈养在栅栏里的家畜一般，无所事事。

“吉兵卫，咱就好像饭桶似的。”这样的玩笑话也蹦了出来。

不过要是连玩笑也不开的话，这身上的战栗该如何抵挡才是？看看栅栏外边吧。武田的骑兵队踩着震天响的太鼓声，黑压压地奔过来。大多数穿的都是人称“武田赤铠”的朱色盔甲。一浪又一浪的红色海啸，正朝着伊右卫门阵营方向袭来。

（那就是武田军啊！）

多么整齐划一的步伐！

步兵的密集队形与骑兵的狞猛突击，是信玄开创的祖法之一。一万五千的武田兵凝聚一起，好似一头红色怪兽渐渐逼近。

“真是蔚为壮观啊！”五藤吉兵卫不禁惊叹道。

“果然不愧是日本第一！”伊右卫门也不得不如此感慨。

战国百年来，几乎被称作艺术品的杰作诞生了，就是甲州武田军。自此以后，武田的战法、编队等，成为贯通德川三百年的兵学基础。

“不要开火！不要开火！”羽柴秀吉道，他的眼光左右横扫分作三段的足轻铁炮队列。这是信长的命令。铁炮的有效射程，是四十间。信长有令，若不是敌军充分地进入到这个射程之内，就不要发射。

（信长大人到底有没有把握啊？）

伊右卫门无法消除心底的疑惑。军队的主战力应该是骑马的长枪武士，铁炮足轻兵最多只是辅助部队而已——这种陈旧观念在他的脑子里怎么都挥之不去。不过有此观念的，并非他一人。敌将武田胜赖也是如此认为。这种战法在整个日本、抑或同时代的西洋，若非百年之后，是见不到的。

武田军终于逼近射程范围内了。只听见武田方的鼓声忽然变得急促，骑兵队的速度加快。待到已能看清敌方的容貌时，枪队队长终于发号施令：“开火！”

第一队列一齐发射，炮弹犹如雨滴般飞驰而去。想冲上来推倒栅栏对敌厮杀的一众骑马武士，一个个扑通扑通倒地而亡。

或许该用“凄惨万分”来形容吧。

武田军各部一波波冲上前来，寄希望于能冲散栅栏。但织田方的铁炮不间断地猛火射击，五十骑、六十骑，就那样一批一批次第倒了下去。

“啊！啊！”伊右卫门像个傻子似的叫着。这也难怪。本来发射铁炮这个过程，放弹、装火药一系列准备工作需要花三分钟时间。骑马武士们通常会趁着准备枪弹的间隙急冲而来。但信长却不允许这个间隙发生。第一列一齐射击完毕后即刻退后装弹，第二列则马上前进填补空缺继续开火，然后是第三列，如此这般循环往复。这就好比后世的机关枪，子弹会不停歇地朝着对方喷涌而出。

有一个成语叫飞蛾扑火，武田武者就正如飞蛾一般，一批冲到栅栏前便倒下，接着又一批冲上来，倒下。只短短一瞬，一百、两百个生命就彻底消失了。硝烟在设乐原的天地之间弥漫盘旋，偶尔一阵风后又淡了许多。薄烟之下的一片原野上，只见武田军朱色盔甲的尸体横七竖八重重叠叠。

天才胜，庸才亡。

天正三年（1575）五月二十一日的会战，充分地表述了这句话的内涵。武田的勇将们谁都未曾想到，这片原野竟成了自杀的场所。退却这一词，是不为他们的习性所认同的。

（武田家迟早要亡。为了留得英名永存，命有什么可惜，兵有什么可惜？视死如归，冲啊！）

这样的激愤冲昏了全军指挥官的大脑。他们对胜赖的愚蠢是心存憎恨的，他们认为从胜赖成为主帅的那天起，就已经走上了灭亡之路。悲戚之战继续进行着。手中长枪连敌人的影子都还未曾碰到，便在栅栏前凄凉地化作孤魂野鬼。

山县昌景、内藤昌丰、马场信春等天下闻名的将领，竟因无名小兵的铁炮而一个个殒命而去。二十一日清晨六时至午后二时左右的这段时间，设乐原化作一片修罗场。

——差不多了。

当太阳开始斜倾之时，信长做了这样的判断。茶磨山本营的太鼓敲起了进攻的节奏，号角也已奏响，突击开始。栅栏在一瞬间打开，完好无缺的织田、德川两军三万将士，洪水般澎湃涌出。

“吉兵卫、新右卫门，跟上去！”伊右卫门策马疾奔。

此时武田胜赖与数骑近卫武士一起正逃往甲州。伊右卫门他们如猎犬般对敌方穷追不舍。

（什么嘛，这就是天下第一的武田军？）

武田军像失了魂似的四下逃窜，简直一抓一个准，轻松之至。不过，在追击战里取得的战功，本就得不到多少奖赏。

待战事结束，回到近江长浜城下时，夏日已近尾声。白日里，湖边沙地依然灼热无比，不过湖北的天空，苍翠之色渐浓。

凯旋而归的羽柴队进入长浜城下时，徒士[4]、足轻兵的留守家人、农家男女等等在街道旁一字排开跪拜在地。武士府邸的门都大开着，其家人亦站在门口迎接。

千代穿了新草履，盛装立于门前。

先头部队过去后，中央的骑兵队举着金葫芦马帜过来。大将羽柴秀吉，骑着挂了朱色马鞍的山鸟栗毛马[5]，头上戴着风折乌帽子[6]，悠然自得地迈着小步。

秀吉驱马前行，一路跟沿道的男男女女亲切地开着玩笑。此时一个貌似农夫之子的两三岁孩童，蹒跚着晃到了马队中。秀吉见了立即下马将孩子抱住，高高举起，笑眯眯道：“好重啊，谁家的孩子？”

孩子猛地被抱，却不哭，睁着一双溜溜的黑眼睛望着四周。秀吉走近跪拜的人群，对一农妇说了句话。这农妇抬起头，一张脸吓得快变形了。

“是你的孩子呀。啊哈哈哈，幸好他跟你不同，是个蛮大方的孩子。到十岁了你就让他进城来，我给他差事做。”随后还了孩子给她，并留了一名手下打听其父的姓名。

回到马上的秀吉继续前行。千代远远地看到了一切，猜透了秀吉这个男人的心思。秀吉毕竟是从一个提鞋子的小厮爬上来的，并没有历代辅佐的嫡系家臣。而嫡系家臣在这个时代，就宛如自己的左膀右臂一般。有无此类家臣的帮助，对大将自身的作为是很有影响的。

所以，秀吉努力地希望找到能替代的东西。无论与力还是新来的家臣，抑或是其家人，都可以说是潜在对象。因此，对一个足轻兵的老婆他也会亲自下马去说上两句话。不仅如此，连对平常百姓，他也是平易地打着招呼。

这种大将绝无仅有。

无论怎样秀吉都是长浜二十二万石之主，虽说是新任，但也的确是位不折不扣的大名。与之前的浅井家主宰时不同，这片土地的主人已经换做一个极为平易近人的领主了。

像刚才那样，秀吉会抓住一个两三岁孩子，说“不错不错，我给你差事做”。其母作为一名普通农妇，实在难以理解到底发生了什么，所以脸上才露出了难色而非喜悦。

（怪人！）

说实话，在千代看来，秀吉比自己丈夫更有一种男性的魅力。

“呀，这不是伊右卫门的夫人么？”秀吉在山内家门口驻足而立。

“是。伊右卫门之妻千代。”她垂下头去。

“抬起头来。要看到你美丽的眼睛，俺！俺！俺才真的认为是回到了长浜。”秀吉用他众所皆知的大嗓门喊道。他的嗓门人称“天下三大声”之一，形容得夸张一点就是，他一说话全军都听得见。

“哎呀，您真会开玩笑——”这句话溜到千代嘴边，差点儿就说出口了。

“恭祝大人凯旋而归、武运昌达!”

“噢，谢谢。不过夫人，”秀吉在马上前倾半个身子道，“有一句悄悄话我得先说，这次的武田攻击战并非俺的战事。”

“哦？那大人说是谁的战事呢?”千代轻快地回了一句。

“绝对是主公（信长）一个人的战事。俺只不过去转了一圈回来，实在是轻松之至啊。”秀吉的意图，好像是要让全军都听到这个“悄悄话”。

武田一百三十万石，尽数归于织田家与德川家，诸位将士在这次战事后所得的封赏甚少。秀吉希望众人不要对此愤愤不平，所以就跟千代一唱一和地开玩笑，好让全军都知道是怎么一回事。

秀吉走过以后，伊右卫门终于骑着一匹又老又瘦的马经过家门。伊右卫门的十几位手下都在他身后排着队。不过，也不知什么缘故，这一众数人看起来竟是十分的穷酸落寞。

家主伊右卫门的马已经又老又瘦了，吉兵卫、新右卫门的马更是瘦骨嶙峋老弱不堪。而且，盔甲上的线都已磨断，胸甲也掉了漆还生了锈。一个新进的叫芳藏的年轻手下，胸甲竟是用绳子绑上去的，腰间挂的长刀一看就知是廉价货。

他们的贫穷，大概是因为伊右卫门所养手下人数太多，入不敷出，但或许也跟伊右卫门的性格有关。就算跟其他人穿着一样，可要是穿得久了自然就看出穷酸相了。千代对此也是爱莫能助。

这天傍晚，伊右卫门回到家中便道："千代，俺活着回来啦!"说罢，他露出珍珠般的牙齿灿烂地笑了。

"感谢上苍庇佑，夫君到底是有武运的。"千代应道。

伊右卫门让手下帮忙把盔甲卸下，并嘱咐将其一一风干。然后用热水洗去身上长时间在战场蒙上的尘埃，再稍稍用了些晚餐后，便拿了酒器来到寝屋，张罗着与千代两人的庆宴——是对生还的庆祝。

千代在伊右卫门的劝酒声中喝了一杯又一杯。但伊右卫门自己却只喝了两三杯，而且还花了一个小时慢条斯理一滴一滴地呷着。可就这样他还会醉。千代不醉，她要真喝起来，大概一升都不在话下。

伊右卫门在第三杯时醉意朦胧起来。酩酊之中，将长筱的枪炮攻击一事细细讲与千代听了。

“两个武士、五个杂兵，对俺来说战绩还算不错吧?”伊右卫门知道自己的斤两。

不只伊右卫门，织田信长麾下的尾张武士本来就不甚强。可以说尾张出身的豪杰是极其稀少的。织田家的武士后来变得强壮，那是因为信长把邻国的美浓合并了过来。美浓一地的武士很是强健。三河也是武士强健之国。所以在长筱的追击战中，家康的三河武士们可是杀得震天响。

据说，在合战时，信长从弹正山的本营处瞭望整个战况，对家康的家臣大久保七郎右卫门、大久保次右卫门兄弟的表现赞不绝口：“三河大人（家康）可真有福气，竟有这般杰出的家臣。我就没这么好运啰。你看他们就跟极好的膏药似的，只要粘住敌人，怎么甩都甩不掉。”

总之，就兵力强弱来说，信长的尾张武士，要比邻国三河、美浓、或者近江等要弱一个层次。尾张最后赢得天下，那是因为总指挥信长的天生才干吧。

“总之啊，这次的长筱合战，都是因为主公（信长）指示正确，所有的功劳都是主公一个人的。羽柴大人也说他只不过绑了几根栅栏而已。这样一个极大的胜利，却得不到什么封赏。”伊右卫门这样说时，千代笑着蜷起肩，道：“说什么封赏呢，应该对主公心存感激才对。织田军跟那么可怕的武田军作战，可是在长筱战死的将领中，却一个织田家的都没有，德川家也区区一人而已。正是因为有主公的智慧，所以才能捡回一条命的嘛。”

“有道理!”

“不过，人家千代也有功劳的呢。”

“你有功劳?什么功劳啊?”伊右卫门纳闷地望着千代的脸。

千代的面颊一片绯红。

“怎么了?”

“夫君不知道吗?不过也不是人家一个人的功劳，是跟一丰夫君两个人的功劳……”说到这个份儿上了，伊右卫门才醒悟过来，挂起了一张因狼狈而泛红的脸。

“千……千代，有了吗?”

“嗯。”千代点了点头。

伊右卫门掉了酒杯，双手持于胸前，脸上笑意愈来愈浓，浓得一张面孔差点开花。“是真的?”

“肯定是的。”

“千代的功劳啊!”

“也是一丰夫君的嘛。”

“对呀，也是俺的功劳呐。那……是出征那天夜晚?”

“嗯。”千代的俏脸越发红彤彤的。

“噢，这就是长筱合战的加封啊！无价之宝啊！”伊右卫门激动得站起身，来回走个不停。

第二年天正四年（1576）的初夏，伊右卫门参加石山本愿寺攻击战时，一个来自国内的辎重押送者说：“听说在长浜城下，您的孩子出生了呢。”

伊右卫门一直等着这个消息，赶紧问道：“夫人可平安无事？”

辎重押送者明白无误地点了点头：“嗯，听说恢复得很好呢。”

“那，是男孩儿女孩儿？”

“不清楚。”

“什么？你是怎么当差的呀？”

“抱歉，鄙人并非信差，只是途中听到消息来转告您一声。应该很快就有信差过来的。”

于是伊右卫门只好等待，等得坐立不安、心急火燎。

（那可是个听着长筱合战出征的太鼓才生下来的孩子呀，一定能将我们山内家发扬光大！）

他在这样的憧憬与期待中心潮澎湃了数日，从长浜来的飞脚[7]信差终于到了。

“祝贺大人喜得贵子——”

伊右卫门打断信差啰唆的开场白，迫不及待问道：“是男孩儿吧？”

“不，是一位小姐。”飞脚信差说的是别人家的事情，所以语气里并无喜乐。

伊右卫门听了不免有些失望，但终究抵不过心底的喜悦之感。他本以为不可能有孩子了，现在居然当上了父亲。千代的信写得极佳，寥寥几笔便清楚明了地报告了女儿出生的事，并附上嘱托，希望给起个名字。不过伊右卫门想了一个晚上也没能想出好名字来。

第二天，天王寺门口发生激战，直到日暮时分才结束。他仍苦苦思索着。终于，他想到一个平凡的名字：与祢。

在信纸上写好自己的想法后，他便命望月六平太跑一趟长浜。这年一直到年底，伊右卫门转战摄津、河内、和泉、纪州数地之间，完全无暇回长浜去看自己的女儿与祢。

第二年天正五年（1577）四月，大大小小的合战终于告一段落，他这才回到了长浜家里。

“千代，让我看看与祢！”他刚到就嚷嚷开了。

与祢还睡着，千代抱了她来到门口。这是一个眉目细长跟千代极为相像的女孩，黑黑的双眸正一眨不眨地望着伊右卫门。

伊右卫门抱过来高高举起，道：“千代，这个女孩儿能否被称作与祢小姐，就看俺的了！”

千代感觉甚为滑稽有趣。伊右卫门那神采四溢的样子，要比怀中幼儿的脸显得幼稚得多。

注释：

【1】奉公人：在他人家里劳作的人，佣人。

【2】鸟居强右卫门事件：长筱城被困后，鸟居强右卫门被派去向德川家康求救，回城时被武田军抓获。因他喊出“援军三天后到”的消息而当即被杀。

【3】飞脚便：相当于今日的特快专递信函。

【4】徒士：不允许骑马的下等武士。

【5】山鸟栗毛马：山鸟是锦鸡的一种，山鸟栗毛马是一种毛色以栗色为主，锦鸡色为辅的马匹。

【6】风折乌帽子：一种尖端部分折起来的袋状帽子。

【7】飞脚：传递紧急消息或信函物品的人。

乱世奉公人

石山合战之后，羽柴筑前守秀吉请求信长把他借给自己的那些与力，都归到自己麾下。“与力”也可写作“寄骑”，以前也曾写过，与江户时代奉行所里的“与力”不一样，相当于现在的外派公司职员。也就是说，本来是从总公司外派过来的将士，如今成了羽柴这家子公司的职员了。

伊右卫门也是其中之一，俸禄增至两千石。他这次加封可以说是不劳而获，因本是信长直属的旗本，现降格成为陪臣，作为补偿便增了些俸禄。

迄今为止都是叫秀吉为“筑前大人”的，现在得改口称“主公”了。对信长也得称“大主公”。从此与信长便不再有任何瓜葛，无论好坏都将与羽柴秀吉一起同浮沉共进退了。

在秀吉眼里，伊右卫门虽不是个不可或缺的人才，但也并非像家中其他人所揣度的那样平凡。甚至还说过这样一句：“山内伊右卫门是个奇人。”

所谓奇人，就是有奇才、奇骨、奇癖的人。当这句评语传至伊右卫门耳里时，他自己反倒觉得不可思议。

（俺是个奇人？）

没有比自己更平凡的男人了——这一直是伊右卫门的伤心处。终于他从同僚的口中得知了“奇人”的真意。

“人的武功就好似打猎，哪能次次都满载而归？”秀吉似乎这样说过，“连豪士上了战场有时也会被杂兵削了脑袋。可是山内伊右卫门却跟一个种田的农夫一样，准保每次都有收获。不管有没有大的战功，每次都能旱涝保收，这绝非寻常。”

换句话说，如果其他的大豪士是猎人型的，那伊右卫门就是农夫型的，这不是普普通通就能模仿得了的。

（俺被赞扬了么？）

伊右卫门听了并不是很高兴。回到长浜宅邸，他将此事告诉了千代，千代竟笑得直不起身。

“喂，笑什么呢？”

“没……没什么。”千代立时噤声，板起一副严肃的面孔，道，“我并没打算笑的。”

“没打算笑不也照样笑了？”

“可是筑前守大人的话简直就是一语中的嘛。”

“真是无礼的家伙。”伊右卫门用一张不痛不痒的木脸望着千代。

于是一瞬间，千代的脸上又绽开了花朵，怎么都停不下来。伊右卫门的面色愈加苦闷，千代的笑就愈加灿烂。正是如此！千代觉得丈夫正是那样的人。

天正五年（1577）秋，已经占领日本中央的织田王国，终于不得不开始面对最可怕的敌人——中国的毛利氏。

毛利主宰的是横跨山阴山阳十国的强大领国，兵强而智将勇将甚多。信长一直以来都在避免与这个大兵团对峙。而毛利同时亦惧怕织田，一直在暗地里给织田的敌方提供兵粮、弹药之类，但并未与之直接对战。

信长至此认为，时机已经成熟。这位司令官在自己的部将里挑选出了一名最为合适的将领，就是秀吉。对秀吉来说，这该是无上的荣誉了。

一直在四方各处战事连连的织田家，这次的毛利攻击战，算得上是最庞大的一次。稍有差池，多年来构筑起来的织田王国便有可能毁于一旦。

秀吉被任命为司令长，同时多位大名也被织田派往秀吉麾下，听从秀吉的指挥。秀吉时年四十二。能从一介浪荡子爬到今天这个位子，可以想象秀吉如今是多么的意气风发。

当然伊右卫门也必定是要追随主人，加入这个阵列的。

（能从那么多大将里选中羽柴大人跟随，真是幸运啊！）

千代这样思忖。

战国武士，是可以选择主人的。就跟现在的年轻人选择公司就业一样，武士们是有选择权的。得弄清楚主人的器量大小，辨明是否足以托付自己性命，这才能在战场上出生入死。秀吉选择了信长，伊右卫门选择了秀吉。

在出兵毛利一事定下的当晚，千代为伊右卫门准备了饯行酒。

“第一杯献予军神摩利支天[1]。”她在神龛点燃明灯，供上神酒。

“第二杯献予羽柴筑前守大人，祝武运亨通！”她将一个装满酒的朱漆大杯放于神龛上。

“好了，夫君也喝吧。”千代把神龛上献给秀吉的朱漆大酒杯拿了下来，递给伊右卫门。看着这个至少有半升左右的大杯子，伊右卫门唬了一跳。

“千代，这怎么喝啊？你帮帮我呀。”

千代要是想喝，多少都能喝得下。于是点点头应允下来。伊右卫门侧着酒杯稍稍尝了一口。

“不够不够，一丰夫君！”

“喂，俺会醉的！”

“怕醉的人是成不了大事的，古书上面都这么说啦！”千代笑容满面地说道。当然这种古书是不存在的。

“是么？”伊右卫门接着喝了三口，松了口气。

“再喝点儿，再喝点儿嘛！”

“你就饶了我吧。剩下的都是千代的了，你不是答应要帮忙的吗？”

（真是拿他没辙。）

千代接过酒杯，举至唇边。只见素白的喉颈不停地动，她竟一口气喝光了所有的酒。

在本次出征前一段时间，伊右卫门应食客望月六平太的邀请，一起去伊吹山麓用铁枪打猎来着。随从就六平太一人。

这人在伊右卫门府上跌跌滚滚已有数年，其间多是沉默寡言，说话的次数都能数得清。毫无疑问这是个怪人。让他当自己家臣，他却回答：“不用了，食客更轻松些。”

不过，他在战场上可是生龙活虎，特别是格斗术极佳，只要跟敌人对上了手，不到最后决不会放手。更不可思议的是，他常把功劳让给别人，比如杂兵让给吉兵卫、新右卫门他们，自己制服的武士就让给伊右卫门去削脑袋。

“这是为何？”吉兵卫与新右卫门这样问时，望月六平太回了一句极其难以理解的话：“我讨厌地狱。”

“地狱”对这个男人来说，好像就是“奉公武士”的意思。若是取了知名武士的头颅，自己的名字便会被记录在册，从此就安身立命了。可一旦安身立命，自己所属的那片社会就会越来越复杂，再也无法过上轻松简单的日子。仿佛是一种给人印象极其强烈的哲学。

有次吉兵卫问道："六平太，你所谓的轻松简单的日子，是什么样的?"

"就是猫一样的日子。"

吉兵卫他们听了实在不甚明白。六平太想要的日子，除了睡，就是睡，仅此而已。吃也只是果腹即可，决不多吃不必要的。睡也只是有个铺了草垫，足够五尺身长之人安寝之处便可。

"猫多好，我就有猫的品性。猫是不会多跟饲养自己的主子多亲近的，至多是不离开府邸这个睡觉的地方罢了。"

"狗怎么样?"

"你们就是狗啦。优秀的武士奉公人的品性都跟狗一样，一看就明白。狗跟猫不同，对主子那可是忠贞不贰的，只要为了主子什么都可以做。跟猫这种个性十足的动物不一样，狗是没有自我的。除了主子以外对谁都龇牙咧嘴，主子一受到威胁就狂扑上去。可那些家伙跟自己的狗伙伴儿们却关系糟糕得很，浅薄啊!"

"啊哈哈，这么说咱们府邸的全是狗，就你一只猫啰?"

望月六平太的"猫"用现代语言来说，大概就是"自由人”吧。在那个时代还没有这么方便的词汇，所以他才拿猫打了个比方。或者还可以形而上，唤作“猫性主义”。也就是说，他不愿失去猫的自由，因此拒绝做伊右卫门的家臣。

难道，还有别的什么理由么？

伊右卫门弄明白这个，就是在他们一起狩猎的伊吹山上。得知这个理由时，他心惊肉跳差点儿给吓瘫了。

伊吹山地处近江、美浓两地的边境之上，是一座直插云霄的山峰，高四千三百尺。北方有连峰座座，一直绵延至越前；南方则是如天堑般的峭壁，峭壁之下有条路，称中山道。

两人从西南山麓一个叫春照的山村出发。

“六平太，听说今年伊吹山上羚羊多了不少。皮毛用作马鞍相当不错。”伊右卫门这样一边说一边慢慢爬着，到一个叫上野的部落时便决定在此歇脚。

上野正如其名一样，是山上的原野。松树、柏树甚多，峡谷间多生药草。山上的人很多都到这里来采草药，然后拿去卖给从京城或堺市来的药商，仅此一项便可得到不菲的收入。

他们的住处是女一神庙的宿房，是个约二十间左右的大宿房。可六平太却不愿住，道：“上面还有一处三神参笼[2]堂。都走到这里了，索性今夜我就上去拜访拜访。”旋即在林间消失，甚至连让伊右卫门挽留一声的空隙都不留。

（怪人！）

此人看似与伊右卫门打成一片了，可仍免不了在某些地方让人有格格不入的感觉。

太阳业已西沉，伊右卫门困惑起来，还得去找人给自己解决吃饭问题。此时，隔壁的一个女音响起："让我帮您做饭吧。"

"太感谢了，拜托！"伊右卫门一边把灯放入烛台，一边这样回答。可忽然像是想起什么似的头颅微倾。

（这个声音仿佛在哪儿听过。）

"莫非……是小玲？"

"嗯。"隔壁的语音里像是带了笑意，"这么久了，亏您还记着。"

"怎么可能忘记？俺接触过的女人，除了老婆就只有你一个了。可是，你为何会在这穷乡僻壤？"

"特意的呀——"

"什么意思？"

"我是特意来的。听六平太说，先生会到这山里来。"

"吓俺一跳呢。"伊右卫门拉开隔壁的推门。灯一下灭了。"为何吹灯？"

"那之后，已经过了七年。我不想让您看到我年老色衰的模样。”

“这可不像你小玲做的事啊。”黑暗之中，他拾起小玲的手，拉了一下，整个人就过来了。他紧紧抱着她，顺势倒下。吻着她的唇，嗅着她的体香，七年的岁月仿佛在瞬间消失，他又回到了京城空也堂的那些日子。

“最后是在横山城下的树林里吧。那之后你在做什么？”

“我死了。”

“啊？”伊右卫门这一生虽说平凡，但还是有那么一两桩奇事发生。这个宿房的一夜便是其中之一。

小玲怕灯怕得厉害。无论伊右卫门如何请求，她就是不肯把灯点上。

（她在说什么浑话呢？）

他思忖片刻，却找不到反驳的由头，于是一切在黑暗中沉寂下来。小玲终于起身，消失在厨房里。片刻后她再次现身时，已经做好了膳食。

（这么黑灯瞎火的居然也能做得了饭。）

伊右卫门不由得钦佩万分。

小玲打开格子窗，半空的月儿透过格子照进来。伊右卫门拿起了筷子。他眼前的小玲，半个身子都笼罩在月光里，美丽得仿佛不属于这个尘世。

小玲给他斟满了酒。

“不了，俺喝不了。”

“是啊。”小玲好像很开心似的，“我记得您只要喝过三杯，脸就会红得不得了。伊右卫门先生的事，我是一星半点都不曾忘记呢。”

“多谢。”他这样回答了一句，但同时一股凉意爬上背心。他与小玲只不过是一时半刻的露水姻缘，可她却念得如此之深，不由得让人感觉窒息。

“不过，俺是个德行不好的人。这么一个德行不好的人，还是忘了的好啊。”

“怎么可能？”小玲眼角微眯，也不知是否是因为月光的缘故，看起来有一种凄艳之感。

“为何不能？”

“先生或许是一时兴致所至，可对女人来说，可能就是一生里最重要的东西了。”

“俺并非是要吓你，俺有千代这个最重要的老婆。”

“想必很幸福吧。”

“呃，是，孩子也出生了。”

“听说过了。”小玲沉默下来，过了一会儿又道，“您还住在岐阜时，我在您家府邸门前晃悠了好几次。可每次都被六平太叱责，终究是没能进得了门。”

“你……你真是懂事啊，要进了门就麻烦了。”

“真无情。”

“本来就是这样。俺有俺的世界，你要是来捣乱，就全毁了。”

“伊右卫门先生，女人是很可怕的。”

“小玲，你别吓唬人。俺又没对你做什么伤天害理的事情，不过一起取了下暖罢了。”

“这便是男人。”小玲的眼角眯得更细了些，“您是说您只是一时花心？女人可不这么想。”

“那你要怎样？”看着浮游于月光里的小玲，伊右卫门不禁害怕起来。

（报应啊！）

他额上浸出了汗水，是违背千代誓言所遭的报应啊。

（此后一生再也不对别的女人花心了。）

筷子已经放下，菜里的干鱼都硬了。

“快请用膳吧。这里面没有下毒。”

“你还会下毒？”

“——请，”小玲举起酒杯，“把这杯干了。”

“俺已经醉了。你就饶了俺吧。”

“才不饶呢。今夜我要把这些年的恨全都一一讲给您听，您得乖乖听话，让喝就喝。”

“小玲，俺觉得害怕了。”伊右卫门举起酒杯，可手却颤抖着，没法儿斟酒。

“真是耿直啊。”小玲靠了过来，捧住伊右卫门举着酒杯的颤抖的左手腕。“看，这不停下来了么？人家小玲又不会做坏事，只是，想今晚跟您喝点儿小酒，再好好温存一番罢了。”

“是真的？”他一脸轻松地望向小玲。

“真的。我住在遥远的地方，今后再也不会说要跟您温存了。”

“你在哪里？”

“很远很远的地方。”小玲靠在伊右卫门的膝上，仰望他道。

她的身子，暖乎乎的。

（嗯，不是亡灵。）

伊右卫门松了一口气。

“俺有精神了，喝酒吧。”

“太好了。这个杯子我也要用——不，我要喝您嘴里的。”

伊右卫门含了一口酒，抱过小玲，凑近她的唇，缓缓送了出去。

“真好喝。该我了。”小玲也含了一口酒，送到伊右卫门嘴里。当酒滑入肠胃后，伊右卫门感觉到一阵不可思议的酩酊醉意，仿佛踩着淡红的云彩飘飘欲仙。

“小玲，这不是普通的酒吧。”

“那自然。或许可以称作‘花心酒’？为了一时半会儿的快活，到头来却后悔不已。”

不久，两人来到就寝处。醉意仍然继续着，月至中天还未散尽。

“小玲，”伊右卫门道，“刚才你说你在哪里？”

“就在伊右卫门您的身旁呀。”

“我问的是你住在什么地方。”

“您可别吓坏了。”床上甚是温暖，“在极乐净土。”

伊右卫门想她定是在开玩笑，于是哈哈笑起来。

“这哪是吓人的话？”伊右卫门安安心心地继续笑着，“要是有你这么可爱的亡灵，倒是很希望能时不时见到呢。”

“又是这种话。那小玲就真的常常出来找您啰？”

“你说蠢话的嘴唇真可爱。”伊右卫门俯在小玲身上亲了一下她的唇。适才的恐怖已经淡去，浪荡子的情绪浮游上来。那杯酒渐渐引诱着伊右卫门进入一个让人陶醉沉迷的世界。

“真的是在极乐净土哦。”

“那肯定是个好地方吧，俺也想去看看呢。可是，你怎么会去那里？”

“实话告诉您吧。其实，就是为了告诉您，我这才千里迢迢到这伊吹山村里来的呢。”

“辛苦你了。”

“您还真是好心情啊。男人们只要自己安全，都会这样语调轻佻的。”

“哪里，这实属真心。”

“说什么真心？真心到底藏在这身皮囊的什么地方啊？”小玲在伊右卫门胸口挠起了痒痒。

“噗——好痒！”

“只有痒是真心。”小玲说罢竖起了指甲。

“痛——”伊右卫门身子一蜷，顺手想抱住卧在右侧的小玲。可是，却抱了个空。小玲已不见了踪影。

（……）

他似乎感觉不对劲儿，可醉醺醺地想不清楚。而后他发现小玲躺在自己左边。

“什么嘛，原来你在这里啊，看我都搞错了。”他一脸苦笑。

“我跟您说，”黑暗之中，小玲侧脸靠着枕头道，“我已经死了。”

“啊？”

"在横山城下的树林里与您相逢之后，我便回了甲贺老家。在那里，孩子——"

"孩子？谁的？"

"当然是伊右卫门您的。可惜，没能生下来。"也就是说是死产。

"俺都不知道啊。"

"不光是孩子，我的命也跟着孩子一起去了。"

"可是你在这里。"

"是啊。"她一直靠着枕头，凝望着伊右卫门。"我来是想告诉您，我有了伊右卫门您的孩子，还差点当上了他的母亲。可惜母子两人都死了。这些事您一概不知，却在长浜的府邸跟千代夫人快快乐乐恩恩爱爱，我实在气不过。"

"喂——"

"我不会让您再说什么只是花心的话了。"

"喂……"

这之后的事情他不记得了。待睁开眼时，已是清晨。

到底这种事在这个世上有可能吗？第二天清晨，伊右卫门睁眼时，发现是在自己的房间里，还盖着棉被。

(——这?)

他一跳而起，推开了隔壁的推门。隔壁没有丝毫人的气息。

（一股霉味儿！）

他又打开格子窗，阳光照了进来。枯叶在地面上散乱着，像是有数月都未曾有人踏足此处。

（难道，是遇到了狐仙？）

小玲确实来过，那些铺在地上泛青的榻榻米还鲜明地留在记忆里。终于，望月六平太回来了。

“怎么了？脸色不妙啊。”他在檐下问道。

“六平太，俺见到小玲了，就在这里。”

“这里？”六平太笑了起来，“怎么可能？小玲五年前就已经死了，难产死的。她说是您的种，不过，是我的也说不定。”

“已经死了？昨晚的那位？”

“定是您做梦梦见的。不过大人，狩猎的事先放放。”他在檐下坐了下来，“您不考虑考虑离开织田家另投明主？”

“什……什么？你冷不丁的这么突兀，到底在说什么啊？”

“啊哈哈，不过对鄙人来说并非突兀之事。自那日成为大人府邸上的食客起，这件事便一直在进行。”

“什么意思？”

“唉，大人愚钝啊！我的主子是中国的毛利家，任务就是把织田家的动向逐一禀报上去。”

“间谍?”一战战栗袭向伊右卫门。本以为他是个律己奉公的织田武士，可哪想到事实竟是如此!“你竟是间谍?”他取出刀来，就要一步迈出。六平太飞身上前，用一枚针抵住了他即将迈出的右脚腿肚儿。

“大人别动!此针涂有剧毒。请平心静气听完我的话。”六平太语速极快，“大人，现在织田家任命羽柴筑前守为大将，准备组军征伐毛利氏。之后就是战事。因此间谍也再无用武之地，我就回毛利家去了。也顺便建议大人另投明主，织田家怕是没有将来的，定会灭亡。”

“为何?”

“织田家现在虽已夺得北陆、甲斐、信浓数地，可今后恐怕就没这么好运了。以信长的实力，能攻破西部大国吗?中国方面有山阴山阳十国的毛利氏，四国方面有长曾我部氏。南九州方面有兵力甲天下的岛津氏在把关。他赢得了吗?”

“……”

“是时候另投明主了。织田家必定会因为信长的扩张减速而产生内部矛盾。一定会有反叛者出现。毛利家是这么认为的。那样的话，离四分五裂的日子就不远了。您还是转投毛利麾下吧，我自当为您引荐。”

原来，望月六平太一直与毛利家曾经的外交官，一位名叫安国寺惠琼的禅僧，有很密切的联系。

安国寺在给毛利的信件里，对信长这样评价道："现在宛若一片日出之势，不过终究只能是站得越高摔得越重。"这与六平太的观察是一致的。所以他才提议——离开织田家另投明主。

六平太对伊右卫门是一片好心，他脸上的真情表露无遗。

"六平太，你很聪明，俺很愚笨。千代说，对奉公人来说，愚笨者更幸福。俺觉得也对。"伊右卫门道，"千代认为，奉公武士里有一种叫做'无用之智'的东西，也就是把主家和他家用以比较的智慧。没有比这种智慧更能消磨奉公之心的了。六平太，你可算是这'无用之智'的证据了。无论你在这方面多么聪明，但终究不过是个甲贺者罢了。俺从一介浪人跌爬滚打，现在已得封两千石。"

"这两千石在人的一生之中算什么？对这个问题从来都没有过疑虑的人，有资格说这种话么？"

"俺也有过疑虑。"伊右卫门脸颊上浮起一丝不易觉察的笑，"不过，只是自寻烦恼而已。六平太，你走吧，俺不会要你命。"

六平太就此别过，他走出檐下，跳入庭中。伊右卫门追了上去，问："六平太，等等，小玲的事——"

"什么？"

"那位……她确实是死了吗？"

"谁知道呢？"说完，六平太意味深长地笑笑，"伊右卫门，多谢数年来的照拂。昨夜的小玲，就当是六平太的礼物吧。"

"礼物？"

"此事虽不通情理，我还是点破为好。小玲还活着。不过因为年老色衰，她才用那种方式陪你睡了一晚。不愧是小玲做的事。自此以后，她或许还会在梦中跟你相会，别忘了跟昨夜一样对她好点儿。只要你还活着，小玲就会在你梦中出现。"

"现……现在小玲在哪儿？"

"早该下山了吧，我们正打算一同去毛利家。"六平太踩着墙垣，纵身消失在杉木林那边。

第二天伊右卫门回到了长浜。"千代，没打到猎物。"

"哎呀，怎么脸色铁青？"

"是庭里的绿叶映衬的吧？不过，在伊吹山里，六平太跑了。"

"他是个间谍嘛。"

"啊？你知道？"

“嗯。我一直没跟一丰夫君说这事儿，那样的人养上一个也是挺有意思的。织田家的事、各国的事，各种各样的他都跟我说。千代足不出户就好像畅游在大世界里的十字路口上一样呢。终有一天，他还会回来的。”

“……你……你到底有多聪明啊?!”伊右卫门不禁觉得千代可怕起来。

注释：

【1】摩利支天：本是印度民间信仰之神，在日本被认为是守护武士的本尊。

【2】参笼：指的是在一定期间内，一直守在神社或寺庙里祈愿。

十两的马

羽柴秀吉作为信长的派遣司令官，于天正五年（1577）十月二十二日从安土城下出发，踏上讨伐毛利氏的征途。伊右卫门当然亦随其出征。

正如望月六平太所言，这次战役对织田家来说是最为艰难的一次。不过因是秀吉领军，他不会用兵将的性命做无谓的消耗，采取的是战事与外交相得益彰的策略，因此自然就化作了持久战。

无论如何都不得不承认，毛利氏实在是太强大了。秀吉还未曾踏入毛利氏领国一步，便被入口处播州（兵库县）三木一地二十万余石的领主——别所长治绊住了脚，为围攻三木城耗费了许多精力。

“何时才能得见毛利之兵啊？”有年轻武士这样无奈道。

这种心情很容易体会。他们进入播州时是天正五年（1577），天正六年（1578）就这么对峙着耗了过去，直到天正七年（1579）的正月仍在播州没有挪过一步。更何况正面敌人还并非毛利，只是作为毛利同盟军把守前哨的别所氏而已。

“这样下去，得打很久啊。”伊右卫门也这么想。更有同僚笑道，待到攻入毛利领土，他恐怕都变成老头儿了。

最伤脑筋的莫过于战马了。已经病死一匹，换乘的那匹也不幸中弹而亡。现在骑的是从敌方夺过来的，已老得不成样。伊右卫门跟侍从们抱怨道：“还跑不到一町远就气喘吁吁上气不接下气了。”

吉兵卫、新右卫门更是可怜，骑的竟是拉货的马。“大人，下次战斗杀敌的事先放放，抢匹好马才是真格儿的。”吉兵卫道。

就这样他们一直盼到天正七年（1579）。被困城里的人终于耐不住饥饿了。

三木城位处播州美囊郡的西部，城郭所在的山丘仿佛一只倒扣的碗，北方有条三木川流过，东方覆盖着繁茂的竹林。本丸、副城楼、新城楼，还有稍远处的鹰之尾、宫之上这些支城都连成一片，有七千五百的守军滞守于此。

二月六日凌晨，城门突然打开，对方发动了对围攻军的最后决战。

战斗在各处打响。伊右卫门此时正在平井山的秀吉本营附近驻扎，他一得知敌人来袭的消息，二话不说便上了马背，疾驰起来。吉兵卫等侍从慌忙紧跟其后。“大人、大人，比起杀敌，夺马才最为要紧啊。”

“早知道了。”伊右卫门冲进敌方的先锋队里，横穿过去，到田埂上调了个头，手里攥紧马缰，凝视着敌军动向。

伊右卫门一动不动，他已胜券在握。执念是一种可怕的力量，伊右卫门已经练就了一手独特的夺马技能。

（就看成功与否了。）

敌方有一骑发现了伊右卫门，于是举一根泛着寒光的长枪冲了过来。敌人一身黑色铠甲，戴着一顶金色半月冠盔，胯下一匹鹿毛马[1]皮厚肉多骨骼强壮。就这匹马咯噔咯噔跑了过来。

（不错嘛！）

伊右卫门“啪”的一鞭子抽在自家老马臀上，老马吃痛狂奔，速度却很慢。而对方举着长枪，宛如疾风般猛扑而来。将要错身而过之时，伊右卫门忽然斜身，左脚脱镫飞起，狠命踢中对方的马镫。这一脚踢得相当漂亮，对方一个失衡，从马鞍上滑落，跌了个仰面朝天。伊右卫门迅疾调头，追上空鞍之马，抓了缰绳翻身一跃，稳稳地坐了上去。

秀吉从平井山上把这一番情景尽收眼底，笑起来：“伊右卫门这小子！”

不久，秀吉视野里的伊右卫门开始纵马骑圈，以此化解落马男子的长枪攻击。最终伊右卫门不再理会对方，逃之夭夭了。或者应该说是他成功躲避了对手，转而冲入敌阵之中。

“看他那神气自大的样儿!”秀吉拍着铠甲下摆，大笑起来。他思忖，不回去对付那个落马的敌人，倒是很有伊右卫门自己的风格。若从敌人的角度来看，自己的马已经被抢走，若是连小命都保不住，那也太没有面子了。伊右卫门还不至于这样落井下石。

“不愧是伊右卫门啊。”秀吉心里满是对伊右卫门的赞许。不过这与实际情况是有很大出入的。伊右卫门其实并非那样高风亮节，只是那位落马的敌人持枪站起的模样，看起来实在是凶神恶煞，他不由得心底一哆嗦，决定走为上策。

不一会儿，他发现自己冲入的敌阵已开始有溃败迹象，而不幸的是，自己正处于敌阵中央。伊右卫门自己也吓了一跳，四面八方竟然都是袭来的长枪。

(糟了!)

他打算撤身，可路已被堵死。五六名步卒挥舞着丈余的长枪，朝伊右卫门的马匹刺了过来。

“走开，走开!”伊右卫门一面处处防备一面大吼数声，可敌人很是执拗。

“织田武士，报上名来！居然在战场上要滑抢马，真是有辱武士名号！快快报上名来让所有人看看到底是哪个孬种！”其中一个这样嚷道。大概是被抢武士的侍从吧。

伊右卫门的马蹄踢倒其中一人，他的长枪又解决了一人。可寡不敌众，从背后绕过来的一人竟一枪刺入马身。“哇——”马儿登时纵立而起，伊右卫门眼前所见竟是蓝天一片。身体仿佛飘了起来，而后重重摔倒在地。

敌人终于败走城门。

这日的战斗结束后，秀吉在平井山麓设帐论功。秀吉坐于中央的布凳之上，背后围了一道幔帐，正逐一评审武士们所持的敌将头颅。别所方在这次战斗里一共损失了三十五位知名武士。

“就这些了吗？”秀吉最后特意问了一句。

“是。就这些了。”

“山内伊右卫门怎么没来？今天早上从平井山上望去，见他很是勇猛嘛。”

秀吉这才知道，伊右卫门好不容易夺来的马立时便毙了，连自己也给摔折了腰椎，在地上爬都爬不起来。幸好有五藤吉兵卫、祖父江新右卫门他们前来驱敌，才保得他安全退回后方。

夜晚，秀吉到各队阵地巡视时，探访了伊右卫门借宿的民家。“怎样了？痛么？”他亲切问道。伊右卫门慌慌张张在草垫上坐起来行礼。“好不容易得来的鹿毛马又没了？”

“您都看到了？”

“俺什么都看得到。那匹鹿毛，虽在围城里瘦了些，可是挺好的一匹悍马啊。”

“最后连自己的老马都弄丢了，真是没脸见人哪！”

“这才是你的有趣之处嘛。没得什么战功也无妨，把这故事跟千代讲讲也挺不错。”

“真是不好意思。”

此后一旦有了战事，伊右卫门只好徒步往返于战场之上了。不过徒步移动只是多了些焦躁，根本没有机会让他去赢取那些醒目的功名。

三木城在不久后被攻破，之后又用了一个月左右清扫了一些地方武士盘踞的小城，整个播州便归于织田的名下了。秀吉在三木城留了一支守备队后，领着众将士朝信长的居城安土凯旋而归。对毛利的正式进攻，需要重做准备。

伊右卫门也回到了长浜的府邸。到下次出征之前，他有足够的时间来休养生息了吧。

“哎呀，千代，这次战役那个惨啊！”他一到家就说开了，“俺好像是被武神抛弃了似的，眼见着运气一个个从面前溜走。”

“怎么会呢？”千代笑着上下打量伊右卫门的身子，“貌似没什么被抛弃的迹象啊。”

“不骗你的。俺这次是无功而返。”

“不过，夫君还是把这条命好好地带回来了嘛。这难道不是最大的武运？”千代垂首思索了些好词出来，抬眼又道，“一定是武神想让一丰夫君博取更大的功名，所以这才让夫君先保住性命的。”

伊右卫门这个人，只要老婆千代这么一鼓励，自己也会觉得真是这么回事儿，于是就又精神起来。“真的么？”他的脸上明显很高兴的样子。

长浜以南十里的琵琶湖畔，信长新居城安土的城下町[2]正在建设中。

伊右卫门这天做了一件大事——自此以后，“山内一丰”这个名字便成了后世子女广为传颂的对象。之前数日，他都在安土城内的羽柴府邸逗留，为的是去城外逛马市，思忖着要是有合适的良马就买下来。于是这天一大早，他便从羽柴府邸出发了。他的背后是一座从未在这片国土上出现过的高达七丈的七层天守阁，耸立在湖畔云层前面，蔚为壮观。

（真是壮丽啊！）

天守阁——这个新词，也是因为这座巨楼的出现而得以普及的。连在城下的那些来传教的南蛮[3]人，也不得不啧啧称赞。织田家的领域虽然还未超过五百万石，但已经将京城、大坂尽收囊中，有了向天下发号施令的一番气势。而这巨城，便是这番气势的象征。

（咱们织田家，真是厉害啊!）

伊右卫门为自己运气之好，胸中再次澎湃起来。拥有这种澎湃心绪的，并非只有伊右卫门一个，织田家的所有武士都毫无例外。

（只要兢兢业业，以后成为大名也不是不可能啊!）

这个想法亦不再只是个不着边际的梦想，因为迄今为止，还有很多地方诸如奥州、关东、北越、中国、四国、九州等大片广袤领土，都还等着他们去征服。信长毫无疑问将会一个一个征服下去。而每次成功都会连带着一位或大或小的大名，从织田家的武士团里脱颖而出。

在织田家中，连足轻小者们都抱有大名的梦想，而支撑他们有勇气怀抱这种希望的，正是这座七层七丈的巨楼。

安土是水乡之地。天空广袤，田野辽阔，遍洒城郭与城下的阳光也自然是最明亮的。

（筑城之地，真是个好地方啊!）

伊右卫门在街路上缓缓而行。往返的行人熙熙攘攘。此城下町的武士多，商人更多。这是与其他诸位豪族的城下町所不同之处。因为信长制定了一个招揽商人的政策，使买卖变得更为便利。

若是在其他诸位豪族的城下，商人活动会很不自由。不是营业权被神社佛阁牢牢抓住；就是领主乱设关卡，到处收取过重的税金，从而使得物资流通变得艰难。然而信长却打破了所有这些妨碍，设立了一种自由商业，也就是所谓的“乐市乐座[4]”政策。

安土的马市这般繁荣，也是有这一层理由在里面的。马市就在城外的原野上。伊右卫门到达时，已经有五百匹以上的马儿聚集在此，到处都可以看到栅栏内外的伯乐与武士们，一个个兴高采烈的样子，嘈杂犹如战场。

“噢，伊右卫门大人，您也来买马啊！”一个壮汉冲他喊道。此人不过十六岁左右，却身高六尺，壮实的筋骨是伊右卫门等人远不能及的。他是秀吉之妻宁宁的远房亲戚，从十四五岁就开始跟着秀吉打杂，常被秀吉亲热地称作“阿虎”。数年后，他成为远超伊右卫门实力的大名，姓名正是加藤虎之助清正。

“这不是阿虎么？您也来了？”因是秀吉的亲戚，伊右卫门态度很是殷勤。

“听说今天马市从东国奥州运来了一批名驹，不过就我这般人物，怎么都是买不起的。我觉着反正看看也好，就来了，可哪里知道越看越窝心。”虎之助说道。

“俺也深有同感啊。”

“瞧您说的！伊右卫门大人可是两千石的主啊！”

“不不，俺家手下太多，修补盔甲的钱还犯愁呢。”

“原来养手下比养马匹重要啊，看来您是一心要当将校的啦！”虎之助对伊右卫门仿佛很有兴趣。他认为这样一个并非能力出众的老武士，却每次都能在战场上夺得不菲的功名，定是因为拥有众多优秀侍从的缘故。

“不过俺的马也实在鄙陋，根本拿不出手啊。”伊右卫门打心底里说。“阿虎，那匹栗毛怎样？”伊右卫门指着栅栏里的一匹问道。

“要黄金两枚呢。哎呀，不是像我这种单枪匹马的近卫可以买得下来的。”

“黄金两枚……”伊右卫门喃喃念道。

虎之助自己又不买，却把各种少见的名驹价格记得清清楚楚，带着伊右卫门看了一匹又一匹。“那匹鹿毛要黄金一枚。”“那边在挠脚的星鹿毛要白银七枚。”等，他都一一做了说明。

“原来如此。这么多名驹都到这里来了，说明东国商人们也知道织田家的隆盛兴旺了嘛。”

“岐阜那边如何？”虎之助似乎想听些过去的事情。

“信长主公刚刚进入岐阜城那会儿，东国来的马商一年也见不到几个。那时，东国的马匹几乎都被小田原的北条氏买走了。在北条城下卖剩的，又拿到甲州的武田、越后的上杉那些城下町去卖。记忆中，好像在岐阜城是很难有名驹出现的。”这样边说边走，伊右卫门锐利的眼光一直不停地在各种马上扫来扫去。

一晃已是午后。伊右卫门也实在看累了，便找了块儿石头坐下，取出饭团想填饱肚子。虎之助正好碰到他的朋友，便离开随朋友而去。

就在此时！有位迟来的马商，只身牵了匹马走了进来。伊右卫门惊得站起，手里的饭团都掉了。

（天哪，多俊美的马儿！）

这样暗自揣度的人可不止伊右卫门一个。原本喧嚣嘈杂的马市，因这一匹马的出现，瞬间变得鸦雀无声。

一片肃静之中，马儿悠然前行。

其毛色被称作“山鸟芦毛”，是一种较为复杂的毛色。身上有褐、赤、黄三色，偶尔夹杂些许白色；马鬃为暗褐；尾巴是鲜亮华美的黄色。马腿好似琵琶，有种强劲的张势；肩胛骨宽阔地张开；四条小腿宛如紧绷的麻绳，没有一丝赘肉。其行走的姿态，是俗称“鸡足”的那种轻快灵巧之态。说实话，伊右卫门还从未见过这般神骏的马儿。

武士们已经在马儿周围筑成一道厚厚实实的人墙。

“看哪，面上显现寿星之象了呢。”刚以为会有人来一通马相论，接着又有人说：“眼睛不错。初看柔和可亲，可眼底里藏的竟是极不寻常的光彩，而且，还会在不同的地方看出不同的颜色来。都说会变色的是最上等的，可我从来都没见过这样的眼睛。”

“是哪里的马呀？”有人问道。

马商是位矮个子老人，骄傲地回了一句：“奥州南部。”他从遥远的奥州南部，就带了这一匹骏马来，傲然立于武士群的中央，想是决不会对买主妥协了。

“老爷子，卖价多少？”一武士问道。

“卖价？您说呢？难道这就是所谓天下最强的织田家中各位豪士的眼力么？这般的骏马就这样站在诸位面前，难道不是应该一眼就能看出它的价值么？不然请诸位先估一估价？”

“黄金四枚。”一个颤抖的声音响起，说话者是伊右卫门的朋僚藤堂高虎。

“啊哈哈哈！”南部的马商高声笑了。高虎的估价就这样在笑声中被无视。

大家心底泛起一股凉意。能拿出更多黄金的武士，在织田家中并不多。这时，从人墙里挤出一人，名叫杉原治右卫门，是信长部将之一的明智日向守光秀的侍从，正奉了主人之命前来买马。

“黄金五枚。”

马商鼻孔朝天毫不理睬，仿佛没听见的样子。

杉原碰了一鼻子灰，只好再次藏进人墙之中。要是比这价还高，就会超出主人允许的预算了。

“老爷子，到底卖多少？”加藤虎之助出了人墙问道。

“你要买？”老爷子淡然地看着虎之助。

“呃不，就是想知道价钱。”

“啊哈哈哈，真是不好意思。鄙人也正在询问诸位的意见呢。鄙人做马匹生意做了五十年了，可这种名马不仅从未卖过，更是见都未曾见过。鄙人愿意走遍天下，让天下的慧眼之士给它估一估价，再为它相一位伯乐。”

织田家的武士，正在被这位老人试探。若是价格估得太少，定会被嘲笑一顿，说他们只有这点眼力。

一直盯着马看的伊右卫门只觉得气血上冲。他的脸颊赤红得厉害，像是立时便会从毛孔里喷出血来似的。

（想要！）

他都快想疯了。如果这才是真正的马，那自己所乘的那些马不过是大号的狗罢了。

“这不是马，是龙。”老爷子一脸得意的神情。

（原来如此，是龙啊！）

这样一说，倒还真是！几十万、几百万匹马驹里面，混了一条真龙的龙驹，这种事也无法肯定就是完全不可能的吧。正所谓世界之大，无奇不有嘛。

“老爷子……”伊右卫门竟出了人墙，“俺……俺来估一估价。”

“哦？那您是准备买啰？”

“……”伊右卫门胆怯了。倒是十分想买，可自己连一枚黄金都没有，拿什么去买？

老爷子看到伊右卫门涨红了脸一个字也不再多说，顿时神色和蔼下来。

“在此所拜见的织田家诸位武士当中，就您的眼神最合我意。您是懂这匹马的。您先等等，先别估价。”他这样说，是因为看到伊右卫门穿的粗布麻衣了吧。这个奥州的马商大概已经看出伊右卫门执意想要却又囊中羞涩，觉得可怜，这才给了他一个台阶下的吧。

伊右卫门这时已经再没勇气估价，两腿都在微颤。冲着伊右卫门微笑的老爷子，像是在告诉他“那回头见……”，然后就把眼光移向别处了。

“哎呀，这可真是的。正因为想到是天下的织田家，所以鄙人才千里迢迢从奥州过来，看样子得原封不动带回去啰。或者——”老爷子叫了一声马儿的名字，“咱们不如改道去安艺广岛的毛利大人城下看看。”他这句话像是在对马呢喃。这位老爷子想是很喜欢做戏的人。“那，咱们就在城下住上一晚，慢慢考虑考虑好了。”众人听了均是一脸茫然。被老爷子这样数落却没有一个人生气，那是因为这匹马实在是太出众了。

老爷子牵了马缓步离开。

伊右卫门不知怎么回事，像是着了魔一般，一直跟在马儿后面走。前方有棵老榛树。到了树荫底下，老爷子回头道：“这位武士小哥，您还真是执着啊。”他拴好马儿，露出一副跟刚才完全不同的表情，充满了善意的微笑。

“俺很想要，可是没有钱。”

“不好意思，敢问小哥是几石之身啊？”老爷子从穿着上揣测，至多不超过五六十石，因此问得都有些不忍心。

不过一听对方回答“两千石”，老爷子不由得身形一震。“这……这可是大户啊。鄙人真是有眼不识泰山！不过说句失礼的话，从您的穿着上看最多不过百石之身啊。”

“俺手下太多。”

“原来如此。定是这样了，您的侍从人数肯定远远超过了俸禄的范围。武士就得这样。战场上的功名靠的就是人。噢，只要织田大人家运不衰，您定有出人头地之日的。”

“您真的这么认为?”伊右卫门的声音听起来很是无力。怎么看他都不像是有足够的勇气和器量来养那么多手下的人。都是千代让他这么做的。武士的罗绮美服就是手下的人才，就是拥有好而多的侍从，而不是漂亮的服饰。这是千代的想法。

“所以，俺没钱。”

“这可太不幸了。这样吧，不管买不买，以您的眼光，您觉得这匹马值价多少?”

“不管买不买?”

“正是。多少?”

“黄金十枚。”

“噢！说得好！鄙人也正是这样认为的。不多不少正是十枚黄金。”

“老爷子，今晚是在安土歇脚吗?俺有一事相求。俺府邸离此地有十里远，在一个叫长浜的湖岸上。俺夫人正在家里，不管成与不成，俺想回去商量商量。您可以稍微等一等吗?”

“哦，一定等。鄙人住在城下一间叫美浓屋左兵卫的旅馆。”

“明白了。”伊右卫门立刻回到羽柴府邸，牵了马就往长浜赶。他的眼里只剩了那匹骏马，现在这只马鞍下的生物，就好似狗一般。

（黄金十枚……）

这是一笔无法想象的巨款。当时作为流通货币，黄金并非主流。直到秀吉即将夺取天下之前，黄金才大量从佐渡出产，日本才成为世界上为数不多的产金国，桃山的黄金文化才得以繁荣。而当时，连很多大名都是没有一枚黄金的。所有的一切都是以大米来计价。

因此，哪怕一枚，也是极为可观的了。伊右卫门的长浜府邸，只需要区区三枚就可以轻轻松松建好。

回到长浜府邸，已经入夜。千代寝妆完毕，正要去睡。当见到伊右卫门铁青的脸色时，她是不会说什么“哎呀，你到底怎么了”之类废话的。

（这定是有大事。）

她即刻便有了心理准备，打算在闲聊中不动声色地把话套出来。“千代正想喝点儿小酒。有附近的百姓说酿了些好酒，还送了一坛过来呢。”

“就你能喝。”伊右卫门并没有好脸色。

“那是，人家喜欢嘛。只要喝了就畅快，世上之事不论什么都一下子变作彩景一样漂亮起来，真是很不可思议呢。”

“你倒是悠闲。”

“是啊，人家就是很悠闲嘛。”

“就是。你眼前看到的都是一片风和日丽鲜花无数嘛。”

“嗯！一丰夫君脸上也是鲜花无数呢。”

千代备好了酒菜。她在伊右卫门面前也摆好酒杯。不过伊右卫门最多只会润润嘴唇意思意思。“来，请！”她在杯里斟好了酒。

“看样子酒很不错嘛。”下酒菜有醋拌墨鱼山芋，还有三条取自湖里的小鱼。

“千代，今天俺去看马了。”

“马？”

“嗯，看到一匹像龙一样的马。”伊右卫门把安土马市的情景一一道来。

“明智大人的侍从、丹羽大人的侍从，他们都奉了主人之命前来买马，可在那匹马面前都丢了颜面。还有加藤虎之助那孩子也在。”

“听说过。羽柴大人对他很是满意呢。”

“他一个子儿都没带，却大言不惭，结果被马商数落了一顿。”

“哎呀！”千代边听边笑，但心中已经大致明白了伊右卫门到底想说什么。总之，是有些意外，可因为并非什么坏事，所以渐渐安了心，变得开朗起来。

“那匹马，多少钱呢？”

“不要问！一问又勾起馋虫来了！”伊右卫门的一张脸因酒而变得通红。

“就告诉人家嘛。”

“你又没有一敲就出钱的小锤子，问了作甚？”

“呵呵呵……人家说不定有呢。”

“有一敲就出钱的小锤子？”伊右卫门的眼神一如少年。

千代这样一说，他才想起他的老婆是有些不可思议。总是不经意间露出些聪慧来，在最紧张的关头也似乎都是老婆在处理。这次，他虽知道绝无可能，却仍想着回家跟千代商量，仔细想来，难道不正是因为对千代的依赖么？

（或许她真有办法？）

千代喝得晕晕乎乎的。

“千代你可别吓蒙了，听好了，要黄金十枚！啊哈哈哈，小胆儿没破吧？”

“……”千代呛了一口酒。她蜷着身子，手背捂着嘴，频频咳了起来。好像是酒呛到气管里去了。还别说，她真的是唬了一大跳，以至于酒都入错了地方。

“你怎么啦？”

“啊，有点儿……”

咳嗽怎么都停不下来。伊右卫门觉得千代的样子实在不对劲儿，于是绕到她背后帮她捶背。“都怪我把你吓蒙了。哎呀，不过是痴人说梦而已，就当个笑话听听就好。”

“嗯，是很好笑。”

“这就对了。好些了么?”

千代终于抬起头来。她在呛酒的时候就考虑好了，一双眼眸澄澈明亮，闪着清辉。只听她道：“买了吧!”

伊右卫门都有些不耐烦了，渐渐着恼起来，怒叱她傻得厉害：“哪怕是一句玩笑，你也太过分了!”

“呃，是玩笑么?”千代一脸天真，自问自答一般斜倾着小脑瓜。

千代认为，大马并非都会在战场派上用场；最好的马，是适合骑手自己的马。然而，就常识来说，拥有骏马的武士，无论在追、逃，还是格斗等诸多方面都是有压倒性优势的。特别是在敌阵之中拿长枪作战的时候，起初总是会有杂兵在四周碍手碍脚，难以靠近敌方的骑马武士，而骏马则可以轻轻松松就把杂兵踢散。

不管这个骏马论是对是错，今日织田家中无人能买得到手的那匹神骏之马，此刻在城中与城下定是人气极旺，好评连连。要是在这个当下，伊右卫门出手买了下来，那就是在织田家五万石以上武士之中的一个大话题，也一定会传到信长的耳朵里去。

武士的功劳，又并非只能在战场上获取……千代这样思忖。

(是应该买呢!)

她在心底里这样对自己说道。

“真是胡闹!”伊右卫门回到自己座儿上，夹了条小鱼连头一起放进嘴里嚼起来。

千代也随之站起。你要去哪儿?——伊右卫门眼神里露出的这个疑问，被千代的微笑挡了回去。

她回到自己房间，拿出镜子。这个镜子是自己出嫁时，姨父不破市之丞送给自己的嫁妆。铁质的圆镜，下方有柄。镜子背面用行书刻着一句诗：“每傍玉台疑桂月，未开宝箱似藏雪”。就在这个镜子的镜匣里面，放着十枚黄金。正是当年姨父不破市之丞送给自己的。

——千代，不要轻易用。

不破市之丞曾这样告诫。不破家虽是美浓三大乡士之一的富豪之家，但黄金十枚这一大笔钱，也确实是他下了大决心才送给侄女的一片心意。

——一定要在你丈夫遇到紧要关头时才用。

姨父也这样说过。千代把黄金取出，用绢帛包好站了起来。

伊右卫门正低头把小刺丢在碟子里，见千代回来，满面狐疑地问道："去哪儿了呀?"

千代见伊右卫门两手都沾了小刺，眉头一拧："手上都一股腥味儿啦！快去洗了手来。"

"为何?"

"待会儿给你看样好东西。"

伊右卫门依言起身去洗了手回来，见膳桌旁放了个紫色的绢帛包。他不经意地翻开一看。"啊"的一声惊叹，一双眼神像是立刻便要啃噬了千代的脸似的。

"怎么回事？这不是黄金吗？还……还有……十枚!"

"没错。夫君大概会觉得奇怪，可这是有缘由的，能听我把话说完么?"

"能不听吗？说!"

于是千代把姨父不破市之丞的好意，与他定下的使用黄金的条件等事都告知了伊右卫门。可是，伊右卫门眼睛越瞪越大，眨的次数愈见稀少，最终怒道：

"真……真是不像话！咱俩一年四季都过着穷日子，可你倒好，悄悄藏了黄金！还一个字不透露给我！理由我算是明白了，可你也未免太可怕了吧？千代！你就是这么强势这么无情的女人么？”他第一次用这种陌生的眼神盯着自己的老婆。“你太聪明了，千代！一颗心七窍玲珑，里面分作好多房间，从门口完全看不到头！”

泪珠从千代眼里滚落而出。她十分清楚自己就是伊右卫门话里的那个女人，她自己也十分理解伊右卫门被蒙在鼓里的愤怒。自己要是个男人，也不喜欢有个这样聪慧过头且构造复杂的老婆。

（麻烦了。）

自己现在给伊右卫门留下的这种印象，该怎么消除好呢？

（只有哭啦！别问什么理由！）

这样在心底里决定以后，千代越想越伤心，眼泪不停地往下淌。而只要一哭起来，那简直就是悲从中来。她举袖掩面，肩膀也抽搐得厉害。

这下轮到伊右卫门手足无措了。“千代，是俺搞错了，是俺说过分了。哎呀事情太过意外，俺猛一听脑筋一下子没转过来嘛。本来是件大好事，该高兴的，俺却弄得让你伤心。哎呀，这可怎生是好啊，你这么老哭着！”

“是谁让人家哭的呀？”

“千代——”伊右卫门张皇失措，仿佛游泳似的夸张地站起，抱住千代的肩。“刚才都是俺心中的恶魔说的话啦，俺心中就住着这样一个恶魔。”他不惜故意夸大自己的缺点，来博取千代的回心转意。

(既然这样，那这次就先饶了他吧。)

她虽然这样想，不过在斜坡上滚落的悲伤，不到眼泪流尽的那一刻好像是停不下来的。她一头扑到他怀里。好不容易终于停了下来，这次是笑意涌将上来。她的后背在笑意中乱颤。

伊右卫门用黄金十枚买下骏马的消息，不仅在长浜传开，在安土城下也是传得沸沸扬扬。

“噢，山内伊右卫门竟是这么有器量的人啊!”

不管是认识的还是不认识的都对他另眼相看。织田家中的人对他的印象，本来除了平凡二字以外没有其他。可因为这个传言，人们心里的伊右卫门的形象，一下子便焕然一新。

人在看待他人时，总是有很尖锐的一面，可有时又会因为区区一个传闻而形成非比寻常的印象。千代似乎早就看透了这个道理。

先说明一下。人们并非是对他买下了一匹奥州的骏马这件事感到惊诧，而是对“黄金十枚”这个价格佩服得五体投地。

那个时代的人们，对黄金这种珍稀金属抱有一种梦幻般的憧憬。民间故事里的桃太郎，在打败魔鬼后，从鬼岛带回来的宝物就是金、银、珊瑚、锦绫这四样。这个故事在室町时代到战国初期这段时间广为流传，反映的就是当时的人们对这四种宝物的向往。

作为货币的黄金，是从江户时代才开始为武士所不齿的。战国时代的武士还没有这种精神风俗，甚至可以说只是一种纯粹的向往。黄金十枚这种传言一出，伊右卫门便仅仅凭此一项，就得以荣登织田家中的英雄宝座。

对了，还有一点也需要说明一下。在日本把黄金作为流通货币的，正是秀吉。秀吉发行了天正大判。家康模仿秀吉，发行了庆长大判、庆长小判。

因此，千代在镜匣里放着的这些黄金，并非正式通货。只是捶打得平整一些的金块，没有天正大判那样规则的锤印，也没有记录重量的字样，更没有辨别真伪的极印。不过其重量与后来的天正大判类似，都是一枚四十钱左右。千代那个时候便是如此，四十钱的金子俗称黄金一枚。

总而言之，是很了不得的一大笔钱。

“伊右卫门以两千石之身，养了相当于三千石的兵，而且另外还有那么多的财产啊！”他留给大家的印象就是：非比寻常！

而后，渐渐开始有人知道——好像是他夫人出的钱。于是，这个传言就在更深层次的意义上变得更让人感动：“伊右卫门大人娶了一房贤内助啊！”没有什么传言比这个更能让人感觉到山内家竟如此深奥。

织田家的战斗人员，共计五万。假定每一位均有三位家人，那就有十五万人对伊右卫门评头论足过。

在没有多少娱乐的年代，他人的传言便可以代替戏剧、小说的功能。山内一丰夫妻的故事，不光当时，就算现在也仍然广为传颂，在战前还登上了学校的教科书。以上这些都充分说明了这个小故事拥有多么顽强的生命力。

可以说，千代用黄金十枚买下的，与其说是骏马，不如说是这些传言。马终有死去的一天，而传言是永生的。

由此，伊右卫门成为织田家中的名士。

天正九年（1581）二月二十八日，信长的阅兵阅马大典在京城举行，伊右卫门一跃而成天下的名士。

这个留名史册的阅兵阅马大典，据说是因为当时的正亲町天皇对右大臣信长说：“听说武家有阅兵阅马这一说，我很想见一见。”大概这并非实情。这应该是信长自己提出的。或者是对仪式、规定等了解详尽的明智光秀所献的计策。信长此人，对光秀这个在战国武将里极为罕见的博学才子很是倚重，这样的提议定会应允。

总之，这是一次空前的阅兵阅马大典，直至明治都无出其右者。

此时的信长虽然还只是占据了中原这一片地，但官位已经超越了源赖朝——这位镰仓幕府的创设者兼右大将。

——天下终归是织田家的天下。

若是要这样对被征服大名示威，还要标榜织田有天下最强大的军容，有什么比让天皇亲临观摩的一次阅兵阅马大典更为有效的呢？

信长在此后的第二年，于本能寺被杀。这个阅兵阅马大典大概是他这一生之中最为得意的一个场面了。

——请诸位着意准备阅兵阅马大典。

离大典还有一个多月的正月二十三日，上述布告发往全军上下。

“千代，那匹马还真买对了！要举行阅马大典啦。”伊右卫门雀跃着对千代道。

“哎呀，真是好运呢。”阅兵阅马这种仪式，可以说绝少会碰到。连信长也是未曾举行过亦未曾见过的。

“嗯，还别说，咱夫妇运气真正不错。要是我还骑着以前那匹肋骨都凸得像旧伞骨架子的瘦马去参加的话，肯定会成为全天下的笑柄的。”

“能有这种机遇，正是因为夫君天生就是运势很强的人嘛。”

“千代，你老是这样说。”

“本来就是嘛。”

这是千代自结婚以后就一直在伊右卫门心底里种下的信念。千代觉得，人生本就是福祸相依相存的，就好比一根拧好的麻绳。可以认为自己运势很背，也可以认为自己运势不错。哪个都对，又哪个都不对。既然如此，那不如干脆就认为自己运势不错，这样的话不就可以更开朗快乐地度过一生了么？千代觉得不幸这种东西是很难缠上开朗之人的。

凑巧此时安土城中的信长，正跟御伽众[5]夕庵法印老人谈论伊右卫门的事。

“黄金十枚买下来的？”信长吃了一惊。

“是啊，这位山内伊右卫门做得不错。如果伊右卫门没买，那位奥州的马商肯定会去其他诸国行走，再吹嘘一些织田家武士不堪的话就麻烦了。功劳并非只有在战场上的刀枪之间才可以看到啊。”

说句实话，信长几乎完全忘记了山内伊右卫门的存在，此时也不禁叹道：“他竟是这般的人物啊！”还感念了一句：“那匹骏马，就盼着阅兵阅马大典那日，得以一睹芳容了。”

大典这天终于来临。京城里像是炸了锅似的，光从邻国过来长见识的人就有十万之众。

大典的会场，位处天皇宫殿的东方，是自南而北宽至八町的一个大广场。在四方边端立了数根高达八尺的柱子，且用毛毡包裹得漂漂亮亮。柱与柱之间也结了栅栏作为边界。

天子领着公卿、殿上人[6]所坐的观摩席，是在皇宫东大门外紧急搭建而成。亦是一处临时御殿。不过虽是临时的，但也决非粗制滥造。屋顶由桧木板搭建，栏杆、台阶上都缀有金银，很是富丽堂皇。

当日辰时，天子亲临御殿。即刻，在遥远的马场对面，宣告阅兵阅马大典开始的太鼓便"咚咚咚"地奏响了。

信长的诸位大名中，在第一阵列出场的是丹羽长秀。他骑着一匹漂亮的小鹿毛，"咯噔咯噔"不紧不慢地走了出来，金色马帜灿烂而夺目。随之而出的，是摄津、若州、山城等地众位小大名。

第二阵列的将领是明智日向守光秀。他骑着一匹极为出众的糟毛[7]马，领着大和等地众位小大名缓步出场。

第三阵列是村井作右卫门。待先驱队过去后，织田家的家门接着出场，有织田三位[8]中将、北畠[9]中将、织田上野介[10]、神户三七。随后又是诸位大名。

山内伊右卫门在羽柴秀吉之后十骑左右，才悠悠然骑了那匹山鸟芦毛马出场。对这匹马的神骏不凡诸位都是有目共识，连公卿的坐席上都传出阵阵感叹之声。

“噢，那就是吧？一看马就知道了嘛！”信长拍了一下腿，“在伊右卫门的山鸟芦毛面前，连各位大名的马都给比下去了啊。”

伊右卫门御马“咯噔咯噔”缓步而行。骑姿也与平素不同，很是飒爽出众。似乎只要马好，人的骑姿便会精进许多。

（千代，你看哪。这就是你的马呀！）

伊右卫门眼前铺开了一片浅绿莹莹的春日晨空。晨空之下，他悠然前行。

“今天可算是发现了一个好武士。给他加封两百石，就当是马匹钱。”信长心情大好。

轮到信长自己的马群上场了。在饲马官青地与右卫门的指挥下，许多身着素衣、白袴、赤脚穿草履的马夫们，牵着马匹一一上场。

首先通过的，是三千个黑漆金莳绘[11]的华丽饮马柄勺；接着又是一些人拿着工艺精美的草桶走过；然后是鬼芦毛马，仅跟在这一匹后面的就有多人拿着水桶、饮马柄勺、丝缎马鞍，还有遮泥用具等。

除了这匹鬼芦毛，信长还有小鹿毛、大芦毛、远江鹿毛、小云雀、河原毛等六匹。毫无疑问，这些都是压轴的绝品。

不过这六匹之外，在当日的评价中，则是既非大名亦非名将的伊右卫门所骑的山鸟芦毛最养眼了。

注释：

【1】鹿毛马：毛色整体上跟鹿一样是茶褐色的马，一般马鬃、尾、四肢下部是黑色。

【2】城下町：以封建领主的居城为中心，在周围形成的街市。

【3】南蛮：在日本，从室町时代到江户时代，南蛮是对暹罗（泰）、吕宋（菲律宾）、爪哇（印度尼西亚）等南方诸地的总称。另外还指代来到上述地域的葡萄牙、西班牙本国以及其殖民地。

【4】乐市乐座：是织田信长、丰臣秀吉推进的一种都市商业政策。主要内容有：废除贩卖特权，打破垄断，免除苛捐杂税等。

【5】御伽众：伺候在将军或大名身边的陪聊者。

【6】殿上人：指上皇、女院、东宫等可以上殿的人。

【7】糟毛：马毛色的一种，灰毛之中夹杂着白毛。

【8】三位：“三位”是日本律令制下的一种官阶，有正

三位、从三位之称。从三位以上便可称公卿，属上级贵族的位阶。

【9】北畠：公卿之一。北畠家出身于村上源氏，是武家名门。此处的北畠中将指过继给北畠家的织田信长次子织田信雄。

【10】上野介：律令制下的一种官阶。

【11】莳绘：漆工艺的一种。用漆描好纹样后，在其上撒一些金、银、锡等金属粉末的技法。

鸟毛长枪

征伐毛利之战势必长期化了。

阅兵阅马大典之后的第二年（天正十年，即 1582 年）春，信长给秀吉增兵三万，命他再攻毛利。伊右卫门自然是从军如旧。他在离开长浜前道：“千代，有你买给俺的这匹马，这次定会是此生的开运之战！”

真是有趣，就买了匹新马他竟如此兴高采烈。千代看着比以前出征的任何时候都神采奕奕气象一新的伊右卫门，心底无比愉悦。

秀吉的大军团途经山阳路到达姬路城的前线基地，是在三月中旬。四月，全军越过冈山县境的三石一地，进入备前平野，在冈山城这片地上形成一个新的前线基地。攻击目标就是备中高松城。

“伊右卫门，你去探探敌情如何？”羽柴秀吉对他提议道。

一听此话伊右卫门甚是高兴。秀吉在众多将校里能选中他，也是因买马一事而名声大震的缘故。

于是伊右卫门就带了二百五十人朝冈山城出发。往西三里远处，便是高松城。（高松这个地名在赞岐有，在安艺、加贺、骏河、羽前等地也有，所以极易混淆。这个备中高松，现在虽是冈山县里一处不起眼的乡下地方，但在当时却比赞岐高松更为有名。）此城三面环山，地处盆地中央，有城兵五千。守城将领是清水宗治。

伊右卫门在敌城边际立马而视。

“噢，这可是一处险地啊。”五藤吉兵卫骑马靠近他道。

的确是险要之地。此城虽建在平地之上，但其背靠连绵山脉，西面一条足守川（现称天井川）横贯南北，而且此城周围多有沼泽，只一条小道可直通城门。如若攻城，也仅此一条小道可走。

伊右卫门带了一位地图画师。只见他在山野里走来走去，不久便绘制完成。三天后他们打道回府。爱好土木的秀吉，凝视地图半晌，想到一个极其骇人的攻城法。

“下个月是梅雨季吧，伊右卫门？”秀吉问了个看似八竿子打不着的问题。

“正是梅雨季。”

“河水会涨起来吧？”

“应该会的。”

“在此处筑好河堤，在这里——”他指着地图上山脚处，“挖个沟，把足守川的河水引往城内，那高松城就浮起来啦。”

“呃，是要浮起来啊——”听到秀吉这番宏大构想，伊右卫门的嘴惊得合不拢来。

（靠蛮力进攻很玄。）

秀吉是这样考虑的。若是常规进攻，结果只能是损兵折将毫无益处。都说信长擅长火攻，秀吉擅长水攻。秀吉不愿伤及人命，可以说正是因为他的这种仁德之心才让他得了天下。总之，借水攻来迫使敌军降服，无论敌方还是己方的人员损失都可降至最小。

于是他们募集了劳工，共计数千人。一项大规模的土木工程开建了。

不过，挖渠筑堤并非战斗，秀吉为了查知守城士兵的士气，故意挑起了一次战事。伊右卫门也被选进去，组成一支两千人的部队。

“大人！大人！这一仗不好打啊，”五藤吉兵卫道，“几乎没什么胜算。要是莽撞前冲，丢了性命就太不值了。还是稳妥一些的好。”

攻击战打响了。一列纵队顺着沼泽中的那条小道朝着城门逼近。对守城士兵而言，这可是绝佳的射击目标。于是正面城壁之上聚集了大量铁炮、弓箭，只一个劲儿不断开火。命中率高得离谱。只一眨眼工夫，织田方就有十人、二十人被击中滚落沼泽。

“大人！大人！赶快下马！”吉兵卫都喊破了嘴皮，可伊右卫门却毫不在意，依然骑马而行。他的高头大马宛若鹤立鸡群，自然会成为城兵射击的头等目标。

（死了就死了！）

伊右卫门不愿下马。要是在此处下马，定会被人笑话孬种。

——名声是武士自己拼出来的。

千代曾这样说过。要拼出好的名声，武士自己必须与死神对赌。

伊右卫门终于来到城壁之下，此时城壁上飞下无数的岩石、木材、箭矢等等，根本没有丝毫喘息的机会。己方的伤亡越来越大，撤兵的钟声终于敲响。待己方人员如潮水般开始退却之时，敌方突然大开城门，数百人马猛然冲出，像是一直都在等待这个时机一般。

“吉兵卫，咱们不要撤！”

仅伊右卫门一队人马留守此处，在狭窄的一条小道上与敌方人马作战。伊右卫门在危境之中魄力横生。此时，一人挥枪纵马逼近，他头戴鬼面冠盔，身披绯红阵羽织，显而易见是敌军队长模样的能手。

“好手！幸会！”鬼面冠盔道，“本人行不改名坐不改姓，毛利家宍户修理良近是也。”说罢驱马过来。他头盔下的一双眼睛上下打量伊右卫门的坐骑，盘算着如何在解决伊右卫门之后，伺机夺了这匹骏马。

“呀！”对方一枪刺来。伊右卫门好不容易避开枪锋，可对方却毫不松懈步步紧逼。面对此番猛烈的长枪攻击，伊右卫门根本无法还击。

敌方武功高强，伊右卫门战马彪悍。当对方第二次挥枪过来时，伊右卫门还未曾引缰，马儿便踩地一跃，帮他避开了。

（啊！千代！得救了！）

他心底里感激一片。

伊右卫门给这匹马起了个名，叫“唐狮子”，因其面上有一圈宛如唐狮子一般的白色卷毛。骑在它身上才知道是匹名副其实的彪悍大马，真可谓“猛兽”一匹。一上战场，平素那双温驯的眼睛，会变作赤红，浑身怒气勃发，牵马的要是不小心都会被它狠咬一口，有时还会跳起来踩人。

伊右卫门的马术，与他的其他能力相比算是异常卓越的了。唐狮子的这股猛烈戾气，他操纵得游刃有余。

本来马这种动物是不会认为自己在战斗的。这便是与狗的不同之处。狗会在主人的教唆下朝自己的同类猛扑过去，而马却只是遵循主人的意思奔跑跳跃而已。不过，唐狮子身上显然有一股猛犬的性子，仿佛它自己也认为是载着伊右卫门在战斗一般。

“往哪里逃?”宍户修理一夹马腹，即刻追了上来。

“不要信口开河，俺怎会逃?”伊右卫门转个弯，噔噔噔一路小跑拿枪顺势刺了出去。

“看招!”对方一支枪缠上了伊右卫门的枪。伊右卫门一看不妙，正待收手回来，可枪却被对方反挑上去，冲向高空。

(糟了!)

他只好策马避开，顺手抽出腰间太刀。宍户修理骑马紧追不舍。少顷，伊右卫门一扯缰绳，转过马头。

“唐狮子，上!”他狠狠挥了一鞭子。只见唐狮子一蹬地，冲天而起。

宍户怯意顿生。准确地说，是宍户的马蔫了。

这时，伊右卫门手持寒光闪闪的太刀，一刀砸开长枪，并从枪缝中穿过，以唐狮子的巨大身躯猛地撞向对方的马。

哇——宍户的姿势凌乱了，右脚的马镫也被撞开。

对这只没有着落的右腿，伊右卫门狠命一踢。扑通一声，宍户落马坠地。接着他趁机骑了唐狮子冲过去，把宍户踢倒，待他将要爬起时又是一阵猛踢。第三次纵马过来时，冲着晕乎乎站起的宍户，他一把抓过头颅摁在马鞍上，随即切了下来。

“山内伊右卫门，解决了宍户修理!”他这样朝敌我双方大喊之时，忽然发现自己的枪不见了。

枪，不见了。

“吉兵卫、吉兵卫，俺的枪哪里去了?”伊右卫门在四周转来转去，想找到那根被宍户挑飞的长枪。这时数颗弹丸擦过伊右卫门耳际，多支箭矢也栽在足边不远处。

“还没找到?”

“没影儿呢。”伊右卫门哭的心情都有了。那支枪虽说枪杆都已磨秃，可毕竟是自己还在尾张羽栗郡的黑田居住时，父亲留给自己唯一的东西。换句话说，那是山内家祖传的长枪。

“啊!”吉兵卫看到沼泽深处，一支长枪宛若芦苇一般倒插在泥泞里，只剩了一节枪柄还在水面之上。这般踌躇了片刻，敌方城壁上又加强火力，箭矢仿佛雨滴般不停地飞落。

“实在是无可奈何了。就先拿了这个宍户修理的长枪凑数吧。”吉兵卫飞奔过去，取了一根一丈五尺的黑漆长枪来。之后，主从二百五十人避开箭雨，一齐退回。回到营中，待他们重新审视战利品时，才发现这柄长枪是多么名贵。

枪上铭文曰：来国俊。另外还有一字梵文与“三王大师”的纹样。

“来国俊，厉害啊。”

在织田家中，拥有此种名枪的，除却万石以上的将领，还真是凤毛麟角。而且拿在手上试过才知，无论是枪头长短、枪柄重量长短，还是握在手中的感触，都极为得心应手。

伊右卫门把此枪拿给秀吉看了。连秀吉也惊讶不已：“厉害！信长主公倒是有一把来国俊的太刀，不过没有长枪。听说主公也正在四处打听想要一支呢。”

“那么就献给大主公好了。”

“伊右卫门，”秀吉苦笑道，“你这要算阿谀奉承了。信长主公是不会高兴的。你自己拿好这枪，多立战功，这才是武士正道。”

“是！”

“不过真是一支好枪啊！”连对兵器并不讲究的秀吉，看了也是恋恋不舍的样子，“你可是得了天下的名马，又得了天下的名枪啊伊右卫门，真是难能可贵。而且你原本还有千代这个宝贝不是？”

此后，伊右卫门无论征战何处，都与这柄长枪一道。

多年后，他得封土佐二十四万石时，特意为此枪做了一个枪鞘。枪鞘的样式据说是喜欢奇思妙想的千代想出来的，好似南蛮人戴的大帽子，是采了无数长尾鸟的漆黑尾羽做成的。一提到“土佐的大鸟毛长枪”，那可是声名远播啊，在整个德川时代都是作为土佐大名的武器，排列在大名行列的先头。

这大鸟毛枪鞘，如今就收藏于四国高知城内，可以随时参观。长枪则成为国宝，应该还收藏在山内旧侯爵家里。

本能寺突发事变，信长殒命。但正参与备中高松城围攻战的伊右卫门当然是无法知晓此事的。而且此事将给他的一生带来莫大的幸运，这种事他更是无从知晓了。

“吉兵卫，你看那边!”这日早晨在阵营里，他一睁眼便指着眼前的高松城道。

水量比昨天又增多不少，城郭已明显浸在水中了。

秀吉为了这个人工湖，在高松城西北的门前村往东南方向筑了一道二十六町[1]的长堤，堤高亦达两丈四。门前村的大土垒挡住了足守川的河水。长堤一旦完工，便决开足守川左岸，河水就会朝着城郭奔涌而去。

不单是足守川，城郭东北山麓的长野川也用相同手法围堵起来，在朝向城郭的西南部决开河岸。如此一来，水量又增了不少。

最要紧的是时处梅雨之季。长堤刚刚完成，便天公作美连下三天倾盆大雨，可见秀吉的运势不是一般的好。

“羽柴大人真是运气好得出奇呢。”吉兵卫道。伊右卫门亦有同感，此前他还怀疑水攻到底能否奏效。

“那位爷好像真有上天庇佑似的。”

他这样一说，吉兵卫也点头赞同：“夫人就说过，自古以来无论日本、汉土还是天竺，得天下者所凭借的不仅是器量，而且还有不可思议的运势，无运势之人就不成其为英雄。”

“千代这样说过？”伊右卫门不禁哑然失笑，俨然是个军师的口吻嘛。

“夫人还说，武士应该选择跟随运势好的大将。”

“所以俺选择了羽柴大人。能在大人手下做事，说明俺的运气本来也是不错的。你们作为俺的家臣侍从，运气自然也是很好的啦。”

“……大人真是……”吉兵卫苦笑着摇了摇头。他是想说，您一个无甚大才的人，就是运气太好啦。

“吉兵卫，你看那边！”伊右卫门指着一半都浸在水中的敌方城郭，让吉兵卫看。就是这个早晨，信长在京都的本能寺殒命。

六月二日凌晨，信长部将之一的明智光秀，领兵一万余众，突然出现在京城，横闯信长下榻的本能寺，逼得信长自杀身亡。

三日后的夜晚，这个消息才传到备中阵营里的秀吉手中。伊右卫门也不知道。不，是秀吉麾下的所有将士都不知道。秀吉怕消息传到敌军毛利氏耳中，所以暂时扣住了飞脚信使，不让他与任何人接近。

毛利本军在数日前对秀吉提出了和睦共处的要求，此刻双方正在交涉各项事宜。

秀吉的外交官是黑田官兵卫，毛利方是安国寺惠琼。毛利方以“割让五国给织田氏”为条件，可秀吉并未同意。他觉得信长肯定不会满足于此等小打小闹的收获。但是，这位信长突然殒命而去。

秀吉收到密报，次晨却神色如旧，策马立于河堤视察战线，跟往日一般无二。他来到伊右卫门阵营小屋，好兴致地说了声：“伊右卫门，过来。”秀吉身旁有随从撑了朱柄唐伞，前后有百余骑服饰美观的马回役跟着，金葫芦马帜也在五月梅雨里发着钝光。

“伊右卫门，你那支来国俊的长枪，定会给你带来武运。”秀吉忽道。伊右卫门一时不知他是何用意。

秀吉瞥了瞥高松城背后的毛利大军，继而悠然前行。京城事变的消息，应该还未传到毛利那里吧。绝不能露出军心动摇之态。无论什么跟平常一样就好，这也是一种钳制敌方的心理压力。他甚至在马上狂歌了一曲，虽然唱得实在不敢恭维：

双川汇流一条，

毛利高松泡汤。

就是这样一首歌。“双川”语带双关，又指毛利本军的两位大将吉川、小早川。

“怎么样，伊右卫门，这歌写得还不错吧？”他得意地叫人写下来，即刻送到敌阵去。令毛利本营最感惊诧的莫过于歌曲实在是糟糕透顶。

这时黑田官兵卫与安国寺惠琼的和平交涉还在进行。黑田按照秀吉的旨意，很快答应了毛利方的条件，于是双方就在这个当口达成了和平协议。不过还有一条，高松城主清水宗治得切腹自尽，毛利方承认将其作为一项新条件加入协议。宗治全身缟素出了城去，在人工湖上浮着的一叶小舟里切腹。

和议达成后，秀吉便急忙率领将士，沿山阳道一路东上。这次调兵，是在天正十年（1582）六月六日下午两点过。

全军在雨中全速前进。这天夜里在备前沼城住了一宿，次日全军一口气走完二十里地，回到秀吉的居城姫路。七日这天，秀吉军冒着风雨整整一天马不停蹄，途中还有数处河川泛滥。

信长的死讯已经传遍全军，他们要去为信长报仇，去讨伐光秀。如若成功，则天下就是秀吉的了。这个时候就连杂兵也有机会登上历史的光辉舞台，只要成就功名，大名之位也并非遥不可及。因此全军上下任谁都在争先恐后狠命奔跑。

伊右卫门也不例外。他与家臣们心无旁骛狠命疾奔，仿佛前面就是命运之神。

秀吉用了一天一夜，从备中的阵营赶到姬路，时间是在八日的早晨。

他立即奔往澡堂，泡了个澡。入浴时下令道："明天出阵，诸位务必睡好。"随后，召了金奉行[2]前来。金奉行慌慌张张跑到澡堂的更衣室。

"请问大人有何事吩咐？"他很有些奇怪地问道。有战事时，当然首先应该召军师、武士大将等负责作战的前来才对。

秀吉光着身子，劈头盖脸问了一句："库里有多少钱？"

"回禀大人，有金子八百枚，银子七百五十贯。"

"把这些钱按职位高低全部分发给将士们，一分一厘都不要剩。"他要在战前把赏钱都分发出去。不过分发的对象只是有封地的将校。接着，他叫来了藏奉行[3]。

“参见大人!”藏奉行五体投地行了跪拜大礼。

“城里有多少米?”

“八万五千石左右。”

“全部拿去分给武士随从和足轻兵们。不守城就不需要那么些米了。拿去分了至少可以让足轻兵的老婆孩子轻轻松松喝上煎茶。”

另外，他还叫了出兵高松时的野战会计官来，问:“还剩多少钱?”

“银子倒是用了不少……”

“问的是还剩多少!”

“仅剩十贯左右。不过金子还有四百六十枚。”

“早说嘛。把金子装好全部带走，战场上谁立了功就奖赏谁，赏完为止。”

秀吉从浴室走了出来。待他穿好了衣服，与出征相关的所有指示也都传达完毕。此时，傻瓜来了。“傻瓜”是参谋黑田官兵卫在背地里对山伏[4]的称呼。军队里总是有这种人物存在，平素以占卜凶吉为本职。秀吉虽是厌恶此类迷信的人，不过作为军阵习俗之一，还是照常带了山伏出征。

“在下惶恐，请恕我直言。适才占卜了一下出征日期，发现明日似乎不是太妙……”

“为何?”

“按卦上所指，明日出征，怕是有去无回。”

“哦，是么?”秀吉大笑，“在你们的世界是有去无回，在俺的世界可是一等一的吉日呐。”

秀吉躺了下来，睡得又沉又香。

到了晚上十点，第一道法螺号响起，意味着“出征前的饭菜来了，大家要吃好”。在城内阵营里的伊右卫门一跃而起，很快吃完。

第二道法螺号是在夜里十二点，这是辎重先行的信号。

深夜两点，命令将士集合的第三道法螺号响起。

秀吉昼夜兼程到达摄津尼崎一地时，正是六月十一日上午八点。

说到尼崎，现今虽是大坂湾的一处整日里煤烟冲天的工业区，不过当时可是一片白沙青松美丽如画的海滨。也有海港，与对岸的堺港一起成为濑户内海的贸易基地。

“这附近没有禅寺吗?”秀吉向当地人打听，回答说有座栖贤寺，于是就在这栖贤寺歇息了下来。

尼崎这里也有日莲宗的本兴寺那样的大寺。虽是小城，可位于正中的尼崎城却在四面有一圈五町长的护城河。

至于秀吉为何要选如此小的一座禅寺来做宿营地，其实谁也不明就里。不过仔细想来，禅宗是佛教各个宗派里唯一饮食油腻的一派。此派传承了宋代习得的中华料理，直至现今仍被称为“云水料理”、“普茶料理”等，很受美食家的追捧。因此秀吉才选了此处下榻。

他一到寺内，开口便问：“有没有大蒜?”僧人们一听皆是面面相觑。

禅寺山门处立了一个石柱，上刻有一句汉文：“荤酒不许入山门”。所谓“荤”，也包括韭菜、大蒜等气味浓郁的蔬菜。僧侣们不仅不能沾肉、酒，连这些蔬菜亦属被禁之列。理由就是，若蔬菜气味太过浓郁，则会在体内生出无用的精气，以至于思慕女性，最终还可能犯了色戒，因此不得不防。所以作为惯例，除了荤酒被禁，连大蒜也是不许入山门的了。

可是，秀吉不光要大蒜，还毫无顾忌道：“兽肉、鸟肉也都摆上来。此后就是大战，咱是要去替主公复仇呢！可不能蔫了没力气。”

若是按常理，为主公服丧期间自是应该清心寡欲禁了荤腥才对。秀吉怕有人参他一本“既狂妄自大又不恪守本分”，索性在寺里剃了个和尚头。

“在下也剃了吧。”他身边的部将堀久太郎道。

“哎呀，你就没必要了。把脑门旁边的剃一些就好。”秀吉这样回答。

这个发型就这么在尼崎的阵营里流行了起来。伊右卫门也命吉兵卫到处去搜集大蒜来吃，而且也把鬓发剃了一些。

“吉兵卫，你也吃，叫新右卫门也吃。哦对了，多多益善，连小者、马夫们都要给我多吃大蒜。”伊右卫门命令道。此后的激战不知会折腾几个昼夜，只有体力是唯一的依靠。

当时在排水顺畅的沙地里多有农户种植大蒜。待到七月左右叶子枯黄，便采收起来挂于轩下。至于用途，既不像韩人那样当菜吃，也不似唐人一般用作调料，而是作为家庭常备药来使用的。除此以外还有个用途，因为大蒜气味强烈，据说有使妖魔鬼怪退避三舍的功效，所以自古以来常可以见到各家门口挂着大蒜的景象。

尼崎是沙地，很多农户门口都挂着驱魔降妖的大蒜。吉兵卫、新右卫门先下手为强，跑了多处附近的农户，收集了大量这种驱魔降妖的大蒜回来。大家都吃了——因此可以说，“功名定是手到擒来！”

总之，伊右卫门队吃的大蒜、鸟兽肉，要比秀吉麾下的其他将士都多得多。这得归功于吉兵卫。

“大人，这次战事并非只是替右大臣复仇这么简单，而是天下乾坤将定的大合战。”吉兵卫把此战的本质看得透彻异常。

“正是如此。”伊右卫门实际上对信长的过世并没有多少感伤。这便是战国武士。不是说战国武士就没有感伤，而是说比起感伤，自己的功名、荣耀、名誉则更为重要得多。

(世道要变!)

只要能让秀吉得了天下，那自己也离出头之日不远了。

(千代，俺真的是选对主了!)

本来是在千代的暗示下，他才从信长的马回役降了一级，心甘情愿做了秀吉的与力。不过伊右卫门总认为是自己选的主公，而且不偏不倚，叩开的竟是一个无比幸运的门扉。

秀吉在摄津尼崎栖贤寺歇息了一宿。不过他并非是为了让士兵们休息，而是为了联合摄津、河内、大和等各处分散的原织田家的大小名们。他们陆陆续续出现了。有池田信辉、中川清秀、高山右近……大家虽说俸禄都不如秀吉高，但作为织田家的部将，都属同一级别。

当时秀吉在织田家中，位列第三。第一是柴田胜家，第二是丹羽长秀。

总之，他不过是老三而已。不过，秀吉最大的运气，就是信长在多方作战的同时，把进攻毛利这个最大的战事让秀吉扛了下来。信长派给他的部将人数，有着压倒性的优势。虽说是借来的兵将，但无论怎样都比老大、老二实力大多了。更何况他离京都的叛将光秀最近，最有地理优势，可以迅捷地投入决战。

本来“复仇战”应是老大领头。但不幸的是柴田胜家远在北陆。如果老大不在，按理说应是同盟军的客将德川家康坐镇主位，召集诸将共商大事。可不巧当时家康只领了少量人马在堺市游玩。

更为幸运的是，秀吉军团刚刚与毛利军作战结束，还保持着作战队列。不需要重新动员将士，亦不需要重新准备弹药与兵粮，立刻就能奔赴决战场地。

这便是“运”。

人们总是习惯于随便地看待运气，说秀吉得到英雄之名只是他运气好的缘故。但“运”是成为英雄不可或缺的条件，只有运势强的人才成其为英雄，仅有才能和器量是当不了英雄的。

十二日，进发尼崎。二万六千五百人的秀吉军队挤挤挨挨行进在西国街道上。

先锋是高山右近，其后是中川清秀、池田信辉，最后由秀吉本军一万余人压轴。伊右卫门就在此行列之中。

山崎合战始于天正十年（1582）六月中旬，若是太阳历应是七月中旬，正当烈日酷暑。况且这个夏天雨水特别多。

秀吉先锋到达山崎站（宿营地）的十二日下午，便下了一场倾盆大雨。他下达军令："不许淋雨，就近在民家借宿避雨。"

这回行军是戒急戒躁。幸好沿路的民家农户不少，伊右卫门他们在借宿上并未碰到麻烦。

秀吉这样做并非是考虑到将士们的身体健康，而是怕足轻兵们携带的火药淋湿了。若是在雨中狂进，待到真正打起仗来却一个子儿都打不出来，那就得不偿失了。

然而明智光秀那边——豪雨滂沱的十二日也是在照常行军。

光秀是在十日夜里得到秀吉消息的，对他竟然能在征伐战中与毛利军讲和，而且能即刻领军东上感到异常震惊。

"这只猴子！原以为会被毛利绊住脚进退两难，没想到这么快就抽身出来了！"

光秀略显狼狈，但不愧是织田家最为有才的作战家，随即做好了各项准备。光秀那日因事离开京都南郊的下鸟羽，来到岭上，一得到消息就即刻回了下鸟羽，并下令修缮淀城。大战来临却不得不修缮城郭，光秀的心境想是十分悲戚的了。

可尽管如此，光秀掰着指头数了数日子，对秀吉的行军速度之快还是惊诧莫名。十二日，秀吉的先锋竟然到达了山崎，这早已超出了光秀的预料。于是他只好重新部署军队，下达了进击的命令。

豪雨连连。然而出师晚一步的光秀，管不了是风还是雨，只能全速前进。

因为若是把山城平野与摄津平野当做葫芦的两处隆起，那山崎的地形便是葫芦的细腰，只要在此处占得先机，便能取胜。这是战术的常识。

光秀在诸多行动上都尽显焦灼之态。不仅暴雨行军，而且还强渡水量激增的桂川——在无桥之境。光秀乘着小船过去，骑兵队随马游过，足轻队则是全身尽湿地蹚水而过。足轻兵们挂于腰际的火药，都因渡河而几乎全部濡湿。铁炮成为一无是处的摆设。

“这样是没法打仗的，不如丢了京城，撤军返回近江湖畔的坂本城，以图后计。”武士大将斋藤利三多次谏言，嘴皮都磨破了，可光秀只道：“不，打了再说。”

光秀于本能寺逼死信长后，在京都搭建了临时政府，这之间几乎是不眠不休。他已经累了。没有什么比劳累更能摧残人的心智。光秀在这个人生最紧要的关头，竟是落得心智枯竭，判断力丧失，果敢之心全无。更何况他的兵将们也都疲乏困顿，连火药都没了。

十二日，光秀本营总算到达了御坊塚，他让其他诸队在胜龙寺、西冈等地宿营，并下达命令：“明日拂晓进发山崎！”

“天王山”这个词现在也同样适用于形容一决胜负的重要场所。若是得了这个场所就能抢得先机，夺取胜利。而此刻的“天王山”就是山崎。此山冈位势较低，可以清楚地俯瞰作为预定战场的淀川河畔全境。

北面有光秀军，南面有秀吉军。而中间就是“天王山”。光秀很早就查知了小山冈的战略价值，于十二日深夜叫来队长之一的松田太郎左卫门。

“今夜务必要抢占那座山冈。”他这样命令道。于是队长领了七百兵，并携带三百铁炮弓箭开始进发。

不过人的智慧真是很奇妙的一种东西。同一时刻秀吉也叫了足轻大将堀尾茂助来，轻松扬了扬下颌道：“茂助，这山不错呀。”言下之意，是要他去夺下来。茂助立即会意，仅带三十个铁炮足轻从南面进发。

登山之路有南北两条，交汇于离山头一町远处。双方人员恰好在此交汇点碰面。

“上啊！小的们，不要手软！”茂助的声音犹如雷霆。他是秀吉的老家臣了，从藤吉郎时代起就一直跟随左右，现今是丹波黑江一地三千五百石之身（后来成为远州十二万石的大名）。与伊右卫门虽在俸禄多寡上有一些差别，但属同一等级。

他仅带去三十人。光秀方的松田太郎左卫门有兵力七百，人数虽多但所带火药都是哑的，铁炮形同虚设。

茂助的铁炮足轻兵架开三十挺铁炮，“乒乒乓乓”一阵扫射。毕竟是暗夜里的铁炮，而且是有的放矢。明智兵一听动静，以为大军来袭，不免军心动摇。更何况将领松田太郎左卫门被茂助最初的一枚弹药射穿了喉咙，一声未吭便倒地身亡。

明智方可谓是不幸，一筹莫展。秀吉方则正好相反。秀吉在山下听到铁炮声响起，道：“哦，开打啰!”而后命令堀久太郎秀政队前去增援。伊右卫门也去了。

“吉兵卫，打起精神。首功都让给茂助了，咱也得搞个体面点儿的。”

“大人更要打起精神。”

“拜托了，推一下屁股。”伊右卫门这样命令两个年轻的侍从。最近伊右卫门身体发福，千代曾笑他道：“夫君的屁股之大可真是有碍观瞻呢。”正当他接近山顶，要人“推屁股”的这个时候，激战大抵已宣告结束，明智方兵败如山倒。

“迟了么?”伊右卫门披荆斩棘，见缝插针似的穿过松根疾奔，可一切还是徒劳。敌军已经跌跌撞撞落荒而逃。

真正的大战是在十三日下午，待秀吉的本营也进驻山崎之后才打响。

那日虽有漫天的云翳，但下了一夜的大雨已经停了。淀川水量增多，上游的山土也溶入流水之中，染得河也红了。

下午四点，秀吉在山崎摆好阵势。上阵之前，他对挤挤挨挨沿道而坐的将士们言道："咱们这就去为主公复仇！忘记无用的功名，在这片荒野上誓死战斗到底！我秀吉与大家同在，誓死战斗到底！"他口气轻松，骑着马驹边说边走。此人就这样，阳光得很。

很奇怪，自古以来阴沉的大将得胜的例子实在不多见。

将士无一例外地仰望秀吉，有人大叫："筑前大人！俺就算只剩了一把骨头也要砍了光秀的头！"没有叫的人则是一脸光润的笑颜。

话语里虽然都是生生死死之类令人发怵的内容，但其含义归结起来只有一句——努力干，拼了命干，天下就是咱们的了！秀吉用清爽的语调，明白无误地把此番含义尽数传达给了诸位将士。

（豁出去了！）

伊右卫门神情激动，身形微颤。日本武士有数十万之众，自镰仓时代以来数百万的武士经历了种种荣枯盛衰，然而，能如伊右卫门一般将如此好的机遇紧抓在手的武士，到底又有多少？

——阶梯就在眼前！

冲上去！伊右卫门对自己大叫。只要冲上去便可以鲤鱼跃龙门了不是？

下午四点，秀吉在山崎布阵完毕之后立刻发出突击命令。先锋高山队、中川队开往山崎街道。第三队池田队进击淀川右岸的窄道（只能勉强通过一匹马），羽柴秀吉的先锋队从天王山附近开进，主力军由加藤光泰队做右翼，堀秀政队做中军，人数最为庞大的秀吉直属军则作为预备队排在尾翼。

伊右卫门属于天王山麓的先锋队。

法螺号鸣，太鼓大作，枪炮隆隆。摄津山城的大地上一时响声震天，其间还夹杂着武士的如雷吼声、马匹的嘶鸣叫唤，一场史无前例的大野战就此拉开序幕。

秀吉走在后尾，不停地叫着“冲啊！冲啊！”喊得唇干舌燥，声音嘶哑。他与马帜一直往前，不知何时竟已经来到最前线附近。对大将的挺身而出，战士们却犯愁了——秀吉在背后紧贴着追了上来，战士们很是担心刀枪不长眼睛会误伤了秀吉。

秀吉的身家性命全系于此战，若是败了，自是一个死字；若是胜了，就有了把日本攥在手心里的希望。

“冲啊！冲啊！”秀吉的声音在淀川河畔的芦苇草原上来回穿梭，一声又一声响彻武士们的耳畔，比任何太鼓声都更能激励他们奋力杀敌的勇气。

“大家的功名、功劳，俺都看得清清楚楚。加油啊！加油！”秀吉是“天下三大声”之一，他的每句话都响彻云霄。

光秀在御坊塚的本营。他在淀川上游把战况看得一清二楚，一直坐着，从未离开布凳一步。

难道是因为胆小？

此人原本并非胆小之人，只因实在疲乏困顿，又加上厄运连连。他所有的对策几乎都打了水漂。比如他以为大和的筒井顺庆定是站在自己一边的，可哪料到对方却迟迟不来，反倒给秀吉那边派去了密使。

（无所谓了……）

或许此种心态已经悄然袭上了他的心头。秀吉所做之事都是鸿运当头，而光秀却刚好相反。他仿佛是被赌神抛弃了一般。当他认识到这点时，气势便一落千丈。

“这个猴子，简直太狂妄了！”光秀遥望着秀吉飘扬在前锋的金葫芦马帜，自言自语道。

光秀部队也同样很努力。家老斋藤利三队、同盟军近江的阿闭贞征队等均在拼死奋战。战况如火如荼，直至下午四点半都难决胜负。可是，他们无法发射铁炮，因为火药都濡湿了。这点尤为致命。还有，天王山已被秀吉所占。秀吉的一个支队从山麓横扫过来。面对他们的射击，光秀军真是一筹莫展。

终于，决定战势的事件发生了。秀吉把预备队一支一支放了出来。

“紧要关头到了！紧要关头到了！”秀吉这样大吼大叫之时，忽然发现光秀的预备队竟然人手极少。于是立刻叫了传令官去给战斗中的加藤光泰报信：“渡过淀川河中的中洲，迂回绕到敌方背后进击！”

加藤队一接到命令便紧急出动。

光秀极为惊诧，虽着力作了防备，可无奈预备队几乎告罄，实在无兵可用。此时前线激战中的家老斋藤利三派了传令官来：“现在只能撤退了，若是继续耗下去，将是全军覆没的惨状。趁主力尚存，请下令尽快撤至近江坂本。”

少顷，部将御牧兼显也提出相同的意见：“撤退时就由在下来殿后，在下决心拼死一战！”光秀这才不得不敲响撤退的鼓声。军队瞬时没了战意，开始后退。可秀吉怎会错失良机？

“冲啊！功名就在眼前！”他这样吼道。于是秀吉军就好像一只猎犬一样，紧紧咬住敌人的后背。

气势一旦崩溃，军队这种东西还真是无可奈何，瞬时便四分五裂。连光秀身边也只剩了区区七百人，而且不久便只余数骑而已。光秀驱马北逃。他是想回到坂本城。

十三日也已夜深。光秀在左右数骑的保护下冲出重围，抄小路越过伏见北部的丘陵，在大龟谷至小栗栖的竹林小道上，遭到当地专门伏击败北武士的土民袭击，倒地身亡。

伊右卫门也一直在追击败北之敌。

“真傻得可笑。”伊右卫门回到长浜府邸对千代道。

女儿与祢刚学会走路，甚是可爱可心。千代抱着与祢问道：“什么事情啊？”

“没什么事儿。俺持枪心无旁骛地冲来冲去，可忽然发现战场上到处都是自己人，合战早已结束了。”

（他也就只能聪明到这个份儿上了。）

千代略感失望。伊右卫门并非愚钝之人，只是从来都未明确自己在全体中的位置所在。所以，在每个这样的一瞬间，他都不明白自己该如何去做。本来千分之九百九十九的人都属于这一类型。

（可是，这样是当不了一国一城之主的啊！）

千代恨得牙痒痒的。

“只一味跟着自己人冲啊杀啊的，也就只能埋没在自己人当中，无法挥枪战斗，自然也遇不到好敌手了。”

（本是如此千载难逢的好机会！）

千代觉得可惜之至。在山崎合战这种一战而定天下之势的历史舞台上，可以作为战胜方的一员登台，是何等难得的机遇，可伊右卫门倒好，只是去晃悠了一圈而已。

（我要是男儿身的话——）

千代一时悔愤难当。若是自己能跟在伊右卫门身旁，一定不会是这个结果。

她逐一问清了战况与地形，笑道：“哎，真可惜呀！”为何不早些穿过淀川的芦苇，去截击敌军薄弱的左翼呢？光秀军的崩溃肯定会来得更早些。伊右卫门也定会留名青史。

“不过千代，你说得倒是轻松，可当时俺在离淀川河畔很远的天王山，在一支从山麓横插过去阻击敌军的队伍里呢。”伊右卫门想要辨明的是，自己确实在一个无法随意调动的场所里。

“那就没办法了。”千代没有反驳，“不过，你在乱军之中，一定见到御坊塚的光秀大人的马帜了吧？”

“是见到了。俺们全军都冲着那个马帜围了过去。”

（都是傻瓜。）

千代实在是觉得自己身为女儿身太可惜了。那么多人都巴巴地朝着光秀的本营冲过去，不是傻瓜又是什么？

“要是败北，光秀大人会逃往何处?”

“这还用说，肯定是近江坂本或者丹波亀山，二城必取其一。”

“无论哪城都不经过京城。只要稍微想想就该知道必须取道小栗栖不是？为何不先去小栗栖守住那条小道呢？那样，敌军总领的首级就不会落在土民手里，而是攥在夫君手上了呀！战场上跟着大部队随波逐流同进共退，是无法立名的嘛。”

光秀总共只得了十几天的天下。而打败他的，就是秀吉。

秀吉实在是太幸运了。他率领的部下之中，自己麾下的仅占全军很少一部分，其余的几乎都是信长的旧部。而他自身也不过是信长旧部里位列第三的将领而已。不过，因为光秀得了天下，在山崎讨伐光秀的秀吉，也就有了夺取天下的资本。

山崎合战刚刚结束，山野里还硝烟弥漫，秀吉奔走于战场，慰问各位疲惫的将士。有一位鹿冠头盔的将领坐于路旁的岩石之上吃着东西。

那是摄津茨木城主中川濑兵卫清秀，是信长部将之一，原与秀吉属同一级别，这次是作为秀吉军的先锋首先冲锋陷阵去了。总而言之，他是秀吉的朋辈。可秀吉却从这一天起，便摆出了天下之主的架势。无论是否是演技，总之他能否摆出此种架势将主宰他以后的政治生涯。

秀吉在战场巡视并未骑马，而是乘轿，一如信长以往的派头。他从中川濑兵卫面前通过时，让人把窗稍微打开一条缝，只留下一句“濑兵卫，辛苦了”，随后便扬长而去。

濑兵卫气得掷下手中的筷子，道：“切，这个家伙，竟以为自己得了天下！”

这句话不幸被秀吉听见了。不过他仍是一脸心平气和的模样。这一场戏，是一场分道扬镳的重头戏——是要让人产生羽柴大人得了天下这种错觉，还是仅仅让人感怀他这位列第三的旧部将为原主公报了仇。

秀吉巡视之中，见了织田家的旧同僚，一律直呼其名，再加上一句“辛苦了”，或是“你的英勇，今古无双”之类，俨然一副主公的说辞与态度。大家都在心里嘀咕着“这个猴子”，一脸愤愤不平。连高山右近这个平素沉默寡言的人，据说都对身旁亲兵言道：“这家伙疯了吗？”

不过秀吉硬是厚着脸皮，把主公的派头撑了下去。

在信长时代，他对信长自不必说，对同僚也是卑谦有礼，动作轻盈。可一日之间竟变了个人。据说这也是参谋黑田官兵卫所献的计策。

伊右卫门把这些都讲给千代听了。千代妙目圆瞪：

（果然没有看错，此人定能夺取天下。）

见微知著的眼力，无与伦比的演技，这些秀吉一样不差。

总而言之，经历这么一个历史性的大合战，伊右卫门却与功名无缘。

秀吉论功行赏时，还特意问了左右一句："伊右卫门这次如何？"结果却是只得了区区几颗杂兵的首级。不过，秀吉此时想起一个关于伊右卫门的传闻，那还是在山崎合战之前征伐毛利的时候。

在东播州三木城的包围战中，有天夜里秀吉的直属部队驻扎在一大片萝卜田附近。当时兵粮运输出了一点问题，将士们饥肠辘辘很是犯愁。不过还好，旁边就有萝卜。

五藤吉兵卫在营中燃起篝火，做了一些烤萝卜。他拿起一根递给伊右卫门。可伊右卫门却一口否决："不吃。"

吉兵卫想到主人毕竟是战国武士里少有的举止端庄之人，吃饭也最多只沾湿一点儿筷子尖，于是道："大人或许会认为萝卜是不入流的东西，所以不愿碰。不过战场凶险，有时候连老鼠、黄鼠狼都不得不吃呢。"

"不是这个原因。"伊右卫门悄声道，"吃萝卜嘴里有味儿。要是在筑前主公（秀吉）面前露了口臭，那多不好意思啊。”

这样的武士在那个年代可谓凤毛麟角。无聊枯燥的包围战中，传闻可是极好的兴奋剂。这个萝卜事件在各个阵营里很快传开，不久就传到了秀吉的耳中。

（倒是可爱！）

秀吉这样想也属自然。在他眼里，伊右卫门虽不是孔武之人，可他亦自有可取之处。

秀吉在山崎合战后论功行赏之时想起此事，道：“伊右卫门虽然这次战利品不多，但他的铁炮足轻队，算是自天王山以来，攻击光秀先锋最为得力的一支。”他用这个模棱两可的理由褒扬了伊右卫门一番，并稍稍给他增了一点俸禄，达到三千石。另外，还把自己的居住地长浜赏给了他。

自此以往，伊右卫门与千代在长浜所拥有的并不仅仅是一处宅邸，他成了领主。

秀吉当初被信长封为大名时，还建了一座城郭。他让伊右卫门搬进去，身份并非城主，而是城郭管理人。不过，总算是能从石墙上远眺琵琶湖与近江平野，是居住于城郭的身份了。

“千代，俺终于当上一城之主啦！”伊右卫门笑容满面，欣喜而天真。

其实，只是三千石的城郭管理人罢了。换句话说，只不过是秀吉的管家。离最初的理想——一国一城之主还差着老长一段路。

(这个人若是不再替他铺好前程，看样子是无法梦想成真的。)

如果说山内一丰还算不辱英雄之名，那都是千代的功劳。这位千代，在山崎合战中，在秀吉的言行举止、诸将的动向上学到了很多东西。而这些将在今后的关原之战前夜派上极大的用处。不过千代自己也并非预言家，此时是做梦也想不到的了。

总之，战后论功行赏，伊右卫门得封长浜三千石。

秀吉因得了光秀的旧领地丹波，与近江合并之后，他的管辖范围可谓是飞跃性的增长。可作为中级将校的伊右卫门，所得就显得又少又可怜了。其实在山崎合战时，伊右卫门心里念的是：

(运气好的话，就是万石的大名了!)

但他并没有夺取万石的功勋，这是事实。

千代有一天面露忧虑，问伊右卫门："天下形势会如何演化呢?"千代的直觉可是远远超出伊右卫门等人的，这种对话形式也是千代想到的，已成了夫妇间的习惯。

"还很难说。"

谁也无法确定，秀吉是否很快就可坐拥天下。

信长还有几个儿子。如若按照足利幕府以前的泰平时代的继承法，信长所得的七成“天下”，该由他的儿子或孙子来继承。不过这是在战国时代。一切都是未定之数。

东海地方还有织田家的同盟军德川家康。北国有织田旧部排位第一的柴田胜家。另外还有极受信长信任，身居相当于关东总督一职的泷川一益，也回到自己的领地伊势，摆起了负隅顽抗的猛虎之势。

不过，位列第二，总领江州、若狭各半国的丹羽长秀，站在了秀吉一方。

织田家到底由谁来继续统领一事，最终还是摆到了会议桌上。在清洲城，诸位将领聚集一堂。秀吉拥戴信长之孙——叫三法师的一位幼童，而柴田胜家推荐了信长的第三子信孝。

另外，信长还有第二子信雄，亦是伊势一地的北畠氏继承人。但因为他现在姓北畠，不姓织田，被判失了资格。信长的长子已经在本能寺事变中战死，三法师是他的儿子。

经过激烈的辩论，秀吉的提案被采纳。

秀吉成为三法师小童的傅役[5]，另外还从近江领地里划出三十万石作为幼童的领地。不过这三十万石由秀吉代为保管，说是他自己的也无甚区别。其他织田家直属的领国，也都划分了出去，由各位将领“代为保管”。当然这句“代为保管”只是名义上说说而已，说被瓜分了更为合适。

这些领国瓜分的事也都是秀吉占了便宜，因此柴田胜家极为恼怒，差点就要使计谋杀秀吉。秀吉为了安抚胜家，把长浜一带与长浜城都献给胜家，作了胜家另一处不接壤的领地。

胜家的居城在越前，进出中央之地很是不便。这下在近江长浜有了落脚点，他是绝对不会不高兴的。

可伊右卫门却蒙了。刚刚到手的长浜城郭，这么快就不得不易手。

“伊右卫门，实在是没有办法。你搬到播州印南去吧。”秀吉这么跟他说。

伊右卫门茫茫然回到府邸，向千代告知了此事。

“要我们离开长浜，搬去播州。”

千代开朗地一点头，道：“这不是挺好么？”

“你老是这么一副悠闲的样子。”

若是居住于播州，一旦有了战事根本来不及赶过去。下次，大抵就是跟北国的柴田胜家之间的合战了。从北近江到北国的那条街道，便是预设战场。对秀吉来说，这是第二场决定性的重要战役。自己住在播州，想是根本来不及奔赴战场的了。

（分析得不错。）

千代其实也是这么想的。她觉得，伊右卫门最近确实是稍微有些时运不济，但自认时运不济的话，就是傻瓜一个了。幸运与不幸，只是“事”的表里两面，“里子”暂时露出来也没什么大不了，只要有办法及时把它翻过来就成。

“播州封地那边找个代官代为管理，咱们自己就去求一处京都的府邸住下不就行了么？”

啊！伊右卫门被一语道醒。

原来如此，这可真是个妙招啊。近段时期内，秀吉的策源地大概就是京都。只要能住在京都，也就能够随时听候差遣，不再受制于地理上的不便了。

可是，千代的这个妙招看起来却有些难办，因为在信长时代还从未有过先例。信长遇害前，居住在京都的时间很多，却一直未曾兴建武士宅邸。

“正因为没有先例，所以去求才更有意义不是？”千代道。

千代认定，秀吉一定会在京都建一批武士宅邸。若非如此，信长的本能寺事变还会有第二个版本，而这一次就可能轮到秀吉遭殃了。就算不会发生，他也能更为轻松快捷地召集军队，何乐而不为呢？

伊右卫门依言去求了。

秀吉当时忙得不可开交，针对宫廷的对策、与织田家旧部将间的外交等等每天恨不能再找个分身来用。他听过伊右卫门的提议，一巴掌拍了大腿道："妙棋一步啊！不过伊右卫门，你先等等，俺觉得大坂比京都更好，俺想在大坂建一座巨城，把大小名的府邸都集中起来。要不然你暂时在安土城下找处空房子住一段时间如何？"

千代所想，虽在场所上与秀吉有些出入，但整体构思却与秀吉异曲同工。秀吉正在考虑把大小名的府邸都集中到大坂城下，一听伊右卫门的提议，不禁佩服起他来。

（这是个大名之才啊。）

瞬间他脑子里闪过这样一个念头。

（不过，领军的能力就差了。）

这正是伊右卫门的缺点。到现在为止，他还只是个小部队的队长，原因就在于此。

千代搬到了安土城下。一旦安顿妥当，她又派人到美浓娘家去召了一些好小伙子来。于是，伊右卫门的队伍又壮大了一些。她很清楚不久就有战事发生，对方定是柴田大人。

秀吉的动作实在太大太快。在伊右卫门这个区区小部队队长看来，简直就是匪夷所思。比如，在天正十年（1582）十二月初，他们从长浜搬到安土城下还不满一个月，秀吉便下了军令：“夺取长浜！”

为安抚柴田胜家而让出的长浜城，这么快就打算用武力夺回来了。伊右卫门可是吃惊不小。

（长浜这片土地，跟俺的缘分可不浅呐。）

细细想来，千代父亲若宫喜助曾居住过的这片土地，亦是千代的出生地，与他们夫妇确实有缘。此后伊右卫门甚至还当了一段时间的长浜城主，缘分真是不可谓不深。

这次夺回战，伊右卫门自然是要参与的。秀吉也说：“伊右卫门对长浜熟悉得很，做先锋吧。”征伐柴田的第一步，就从长浜包围战拉开了序幕。

长浜城在琵琶湖东北，从此处再沿路北上，就可到达越前。而越前现在是一片冰天雪地，与长浜城相连的道路边卡，也都为积雪所阻，无论人马均寸步难行。

秀吉要利用的就是这个天时地利，所以才特意把进攻时间定在隆冬十二月。长浜城没有本国的救援，注定是座孤城。

守城的将领是柴田胜家的养子柴田胜丰（胜家没有亲生子嗣）。

秀吉做事实在奇怪。他亲自率领浩浩荡荡的大军来到这么个小城附近，布阵完毕后却一枪不发。而后，自己一个人去了长浜边儿上的佐和山城，成日里只顾品茶。

（只夺城，不夺命。）

他想要的是这个结果。贯彻此人一生的战略思想就是这六字箴言：只夺城，不夺命。如何更好更有效的做到这点，是考量人的关键。

——羽柴大人宅心仁厚。

这种评价在当时已经渐入人心，逐渐成为天下共识。

信长却是相反。无论是伊贺、睿山，还是伊势长岛，他夺下的城池无一例外都是积尸成山、血流成河，连一条活命都不留。

秀吉把这些都一一看在眼里记在心里。虽说他在很多方面也敬慕信长，但唯有这嗜血的杀戮，实在不合他的性格。

——秀吉不愿夺取敌人性命。他总是推崇上兵伐谋，通过外交来降服敌方。而投降的敌将，不仅能保全自身性命，而且很多时候仍能继续做旧领的领主。天下之士都是这么认为的。正因如此，秀吉才能在如此短的时间内大量地化敌为友，从而夺得天下。

某日早晨，秀吉去各个阵地视察，来到伊右卫门阵营里。

“您还不打算开战吗？”伊右卫门这么一问，秀吉却笑着回答了一句像是莫名其妙的话：“早开战了，在敌人心里。”

伊右卫门在这次长浜合战中，学到了重要的一课——不可思议的秀吉夺城法。

守城将领柴田伊贺守胜丰，对养父胜家抱有私怨。这点秀吉很是清楚。当时有件有名的轶事，不仅秀吉知道，织田家几乎所有人都知道。

有一年元旦，胜家一族接了重臣们的贺礼，摆了酒宴来款待。一个家仆捧了一只酒杯来，并斟满了酒。第一杯是胜家喝了，可之后他却轻巧地将空杯子递给了佐久间盛政（玄蕃）。他身旁的养子胜丰的脸色刷地变了。新年斟酒饮酒，是有顺序的。若按常规，自己是当之无愧喝这第二杯的，怎么忽地变作佐久间盛政？

胜丰对养父一直颇有怨言。因为养父对外甥佐久间盛政的爱明显比对自己要多。盛政不仅得到一座尾山城（即金泽城），还受封了加贺国的两个郡，这可是破格的优待。所以胜丰内心很是不忿，难道养父要撇开自己这个养子，让盛政来继承柴田家？

而此时又凑巧来了这么一出递杯的戏。胜丰见了自是气不打一处来，即刻起身，按住佐久间盛政就要接过酒杯的手，道："不该是你。这第二杯酒，除我之外还有谁敢喝？"说完硬是从养父胜家手里抢过了酒杯。

胜家一声不吭，神情不悦之至。一时间竟是满座唏嘘。自此以后，胜家与胜丰之间的父子关系僵冷了下来。

秀吉正是因为知情，所以才首先派人去劝降胜丰的家老，而后又派人去联络胜丰本人。开出的条件极好，长浜城的城主还是胜丰，并承认其领地。

“所以，开城绝对不亏。”秀吉的使者这么说道。总之，是要他投诚，成为自己人。

当然，秀吉开了一支大军过来，要攻陷这么个小城可是手到擒来。更何况秀吉比谁都清楚攻城的方法，因为他在成为姬路城主以前一直都是长浜城主，城郭的弱点可是知道得一清二楚。

不过秀吉的目的并不仅仅是攻城。他要让天下所有人都知道：“羽柴筑前守大人宅心仁厚。”而长浜城正好可以做一个极好的典范。

守城将领胜丰经过多次会议商榷，终于决定背叛养父，投诚到秀吉麾下。因为他知道，即使勉力应战，但胜家的援兵被积雪阻碍，也是绝对来不了的。与其兵败而死，不如以现在的身份继续活着。除了胜丰，这大概也是包括家老在内的所有人的心声了吧。

长浜城开城了。

(原来如此！竟然还有这种方法！)

伊右卫门简直惊呆了。他曾经侍奉了多年的信长是肯定不会这么做的。要是信长，一定会推倒城墙强攻硬闯，恨不得把包括守城将领在内的所有身居要职的人统统杀光。

政局、战局真是瞬息万变。

在北国积雪融化，柴田胜家挥师南下之前的这段时间里，秀吉决定击溃胜家同盟国里最大的一支力量。这支敌军在伊势。首领是信长旧部大将泷川一益，居城在伊势长岛。

天正十一年（1583）二月，秀吉统领七万五千兵力，进入伊势路，包围了龟山城。此城背靠铃鹿连峰，守城将领是泷川的部将佐治新助，是个运筹帷幄的好手。

伊右卫门被派往最前线。这天刚巧千代的三担鱿鱼干到了，伊右卫门撕开，给每人都分了一块。

他问千代派来的小者："没有信件？"小者说没有。

"那，叫你捎话了吗？"

"没有特别要说的。"

（奇怪。）

伊右卫门反而心绪不宁杂七杂八想了好多。

（这个千代，难道是见我在山崎合战战绩平平，这次要我拼死一搏？）

实际上，这次的泷川攻击战，还有下次的柴田攻击战若是打完，那决定天下之势的大合战也几乎都结束了。如果在这个濑户内海边的战役里还挣不到功名，或许以后自己就永远与一国一城之主无缘了。

（千代是想告诉俺这个？）

伊右卫门觉得自己分析得头头是道，可事实却并非如此。千代只不过是偶然碰到一个从若狭来的鱿鱼干商人，所以才买了送来。

“诸位，这次攻城战关系着我伊右卫门一生的运势，大家给我如火如荼地干！”伊右卫门道。

五藤吉兵卫代表所有部下回话：“您不说我们大伙儿也都心知肚明。我们一定众志成城誓死报效主人厚爱！”

“众志成城！誓死报效！”祖父江新右卫门重复道。

伊右卫门这支队伍里，没多少豪杰，也没什么智谋之士，只能说是一支相当平凡而普通的队伍。然而却能如此团结一致，道其原因，无非是因为伊右卫门会给人以奇妙的德高望重之感。

（咱一定得帮主人完成心愿。）

这种心思比其他武士队长的部下们更为明显。

到达阵地第二日便开始攻城，也没什么特别之事发生。敌方守城士兵撤退之后闭门不出。秀吉在阵营各处转了一圈回来，这天差不多就此落下帷幕。到处炊烟四起，等着吃饭的士兵们士气松懈下来。

然而伊右卫门这天却没让手下做饭，只叫他们吃了干粮，而且阵列井然，依旧做了伺机奔赴战场的准备。因为他左思右想，始终觉得不对劲儿：“守城将领佐治新助，是个战场上出生入死多年的老手。这个晚上肯定会有动作。”

果然不出所料，伊右卫门的预感灵验了。

敌方的守城士兵有五十骑并未回城，而是藏身在城外野地，此时趁着月黑风高，突袭过来。

“敌军来袭！”伊右卫门一跃上马，系紧了头盔的绳索。

幸运的是——或许这么说很不厚道——其他阵营的人都脱了头盔，卸了马鞍，铁炮的导火索也收了起来。只有伊右卫门的两百人是全副武装。

他第一个冲出阵营，相形下俨然是个粗犷悍勇的骁将，与平素的柔和谦恭大相径庭。

“诸位打起精神来，给我杀呀！”

“大人也要打起精神来！”吉兵卫与新右卫门两骑也吼着追了上来。随后是争先恐后奋力前奔的各类铁炮、弓箭、长枪足轻兵。

这日伊右卫门的指挥算是出类拔萃的。因思虑缜密预先做了准备，他的指挥得心应手，连声音都带了张力。

“吉兵卫，不要蛮冲，铁炮在前，弓箭其次，长枪组不得擅自出队，队伍不得漏出间隙。某某，你的马鞍松了。某某，你都冲到铁炮组那边儿去了，不得有碍。”

不久，伊右卫门的铁炮足轻兵排好一列长队，并摆好架势，一齐对敌军的骑兵队扫射，完毕后迅速后撤。因装填铁炮尚需耗费一些时间，不迅速后撤的话，恐会遭致骑兵马蹄的践踏。

“弓箭组，上前！射!”随着伊右卫门的凛凛之声，箭弦之声响起，两发之后也撤退下来。

敌人因遭遇出其不意的铁炮与弓箭攻击，乱了阵脚。伊右卫门的骑兵队与长枪足轻兵们趁机一齐攻了过去。

这幅光景，坐镇于山上的秀吉看得一清二楚。

“噢，伊右卫门这小子干得不错嘛。”他不由得拍手称好。

其他阵营还根本来不及披挂上阵，只乱糟糟一团。两翼与后方阵营的将士听到枪声却茫然无措，不明白到底是怎么回事。

伊右卫门挥舞长枪冲入敌阵。敌方毕竟有备而来，每位骑兵都是百里挑一的好手。伊右卫门却毫无畏惧，专注异常，如入忘我之境。枪尖挑，长柄砸，马足踢，他解决了一个又一个。一齐攻上来的敌方足轻也轻轻巧巧被马儿踢得七零八落，不愧是千代买下的好马!

(买对了!)

它的表现几乎要让他这样大声赞扬出来。

敌方惊惧于伊右卫门的进击，只能转攻为守，最终兵败撤逃。

“追！给我追！一骑都不得放归城内。”伊右卫门吼得声音都哑了，追着杀了一个又一个。

（千代，俺的运气来了。）

伊右卫门简直有了遥拜千代这尊命运之神的心绪。

山上，羽柴筑前守秀吉坐在布凳之上，关注着伊右卫门的一举一动，背后立着的金葫芦马帜很是显眼。

“干得漂亮！干得漂亮！”看到精彩处，秀吉站起身子，拍手笑道。他这一高兴，就又是抓脸，又是揉眼，又是吸鼻子，忙得很。

“快！伊右卫门，再给他一棒！”他的这些话，伊右卫门自然是听不见的。总之，秀吉看得极为开心。在出阵的第一天夜里，假使秀吉军被泷川军里的这种小部队打个措手不及，哪怕只在一瞬处于败势，也都是对整个战事颇有影响的。如果没有伊右卫门，松懈下来的秀吉军定有一角被毁。

这可是关乎整军士气的大事。难怪秀吉高兴得犹如癫狂了一般。

当伊右卫门队把敌方的突袭队逼至城门时，秀吉马上叫来传令官尾藤勘右卫门，道：“你赶快去，赶到伊右卫门阵营里，替我带句话……勘右卫门你怎么还不快走？”

“替您带句……什么话？”

“哦，俺还没说。”他正想重新坐下来，可哪料到自己会弄错地方，一屁股竟坐空，摔倒在芒草地上。

“就……就这么说好了。”

“就怎么说？”

这里就借古代记录的文字用用，秀吉是这样说的：

“听好了，就这么说：筑州（秀吉）高兴昏了，又蹦又跳，又蹦又跳，结果摔了个屁股蹲儿。”

这便是秀吉的优点了。他无论是写信还是说话，语言的表现形式决不拘泥一格。要传达愉悦之心，那就把自身的雀跃之感无所顾忌活灵活现地说出来。被这样的语言表扬过的人，无论是伊右卫门还是别人，都会感激万分，登时觉得就算为秀吉粉身碎骨也在所不惜。而且，他的表扬总是非常及时，不会耽搁。这样更有助于催生斗志，得到表扬的人在下一次的战斗中则会加倍努力，更为精进。

传令官尾藤勘右卫门快马加鞭来到伊右卫门队里，大声地传达了秀吉的那句活生生的话。这个尾藤，是有名的“大嗓门勘右卫门”。他的话连周围的阵营都听得清清楚楚。

伊右卫门手持沾血长枪，在马背上跟他打了招呼。而吉兵卫、新右卫门等人都双手举枪举炮，欢跳起来。

“大人、大人，俺为了筑州大人，就是死也值啊！”吉兵卫竟高兴得泣不成声。

“吉兵卫，说得好！”新右卫门与他拥抱在一起。战国的侍从们真是淳朴得可爱。

伊右卫门把兵士们集中起来，浩浩荡荡开了回去。

（千代，俺第一步算是成功啦！）

第二天，秀吉把城郭围了个水泄不通，并且命令各队在城墙、城门边上搭好云梯。这些云梯自然是用来攻城的工具，遍布于城郭周围。另外还建造了与城墙齐高的井楼，攻城之时，可以推至城墙边上，便于登墙入城。

伊右卫门在城郭东南角的箭楼底下堆土。

“大人，既然昨天筑州大人那般赞赏咱，那咱今天就好好干，不第一个冲进去誓不罢休！”

“对！”

“大人！您说话真是无趣。这种时候就该像筑州大人那样，说些让俺们血脉偾张情绪高涨的漂亮话嘛。那才是有水平的大将不是？——‘对！’干瘪瘪一个字，手下们听了才没有豁出性命的感觉呢。”

“那该怎么说？”

“吉兵卫，说得太对了——”吉兵卫一句句把伊右卫门该说的话教给他，“大人听好了，您该这么说——俺就先你而去了。俺与你虽是主从关系，可俺自小就由你照顾，实在是比亲人还亲。今天这次战役，关系到咱一家的荣辱。若是俺抛热血死在这濑户海边，后事就劳烦你了。吉兵卫，若是你死了，俺就生生世世供养你，照顾你的子子孙孙，重用他们，不让他们给你蒙尘——您就这么说。只要是个武士，他的主人对他这么掏心掏肺，定是连命都不会吝惜的了。”

“原来如此。”

“哎！您这回答简直可以把激情都浇灭了。大人实在太耿直，不会像大将们那样演戏。不过您至少该说句——吉兵卫，正是如此，来，抓牢俺的手咱携手共进！”

“吉兵卫，咱携手共进，拜托了！”伊右卫门说罢，伸出手去。

吉兵卫大笑不止：“大人真是耿直。您的直率就是您的财富啊，大人！”

其实，这天吉兵卫喝醉了。他决心要拿头功，却怕自己打退堂鼓，于是喝了两盅来壮胆。而且是一鼓作气喝光了的，那时的武士们常这么干。

“大人啊，大人耿直这没错，可光靠耿直是当不了一国之主的。如果俺吉兵卫万一这次战死沙场，请大人务必记住这句话：在外面不管发生什么事情，都要跟夫人讲。”

“一个妇道人家，外面的事情没必要件件都知道。”伊右卫门摆出大男人的派头。

“那是对寻常妇人来说。不过夫人很特别，也很有趣，她的意见很多男人都比不上。至今日为止，俺吉兵卫虽然笨嘴拙舌，可也尽可能地把世间的事、主公家中的事、天下的事等等都事无巨细告知了夫人。”

（啊哈哈，原来是你说的呀！）

难怪千代就算深居简出也对天下事了然于胸。

吉兵卫为了山内家的兴隆，已经打定主意，明日第一个冲锋陷阵，攻入城郭。

用土垒堆成的高高的“土云梯”，在夜色泛白的时候完成了。吉兵卫抛下一句“大人，抱歉”，一个人噌噌爬了上去。接着，祖父江新右卫门也跟上去后，伊右卫门的一百几十名手下都争先恐后往上爬起来。

伊右卫门也在爬，他一个劲儿嚷嚷：“屁股！快推俺的屁股！”无奈盔甲太重，他登土垒的时候很是吃力。好不容易爬到土垒顶端，吉兵卫已经在城壁上了。

“大人，千万别拖后腿啊！”吉兵卫回首大声喊道。

伊右卫门也开始爬城壁了。不知是否因为最近发胖的原因，他感觉身子不似以前那般灵便轻巧。

“吉兵卫，等等！”

“什么话呀？战场上还有等人这一说?”

正在攀缘城壁的，当然不只是伊右卫门队的人。各队都有人爬了上来。

守城的敌军又是投石，又是射箭，还从斜面开火，动用了各种手段来阻止秀吉军的进攻。弓箭也是对准下方“嗖”的一声，这个弦声越短力道越强，甚至可以射穿头盔。

伊右卫门眼见着他的年轻侍从们，从他左右一个个殒命而去。剩下的很多因为胆怯，故意摔倒跌落下去，躲在土垒的阴影里保得小命。

(这是俺一生之中的紧要关头!)

伊右卫门鼓起勇气，把手巾缠在枪柄上，再插入石墙缝隙，一步步踩稳了才往上攀。他的牙在打颤，岩石有好几块都与他擦肩而过；箭打在头盔上“咚”的一声弹开。可真正的恐怖却是在登上城墙之后。因为城墙上密密麻麻都是敌兵，一上去就等于打开了死神的家门。

(可是，若不在此取得头功，俺这一生都休想住进城郭。)

这个执念激励着伊右卫门拖着沉重的身躯一寸寸往上挪。

吉兵卫爬在最顶端，接着是祖父江新右卫门，到底是情深义重的老臣。伊右卫门只想着让他们夺取头功，但却忽略了他们的生死。

终于，吉兵卫登上城墙，举起山内家的旗帜大吼道：

“山内伊右卫门一丰的家臣五藤吉兵卫第一个登上城墙！”旋即，大量敌兵用长枪将他围得滴水不漏。吉兵卫拼命挥动武器，奋力求生。

接着，祖父江新右卫门也登了上去，并垂下枪柄来拉伊右卫门。很快，伊右卫门抓牢枪柄也登上了城墙。

哇！这下仿佛是坠入芒草丛中似的，四面八方都是一丛一丛的枪尖。

伊右卫门忘我地挥舞长枪。这么一说，听似极为英勇，可实情是仅能在东南哨所的白墙周围逃来窜去，只为求得枪雨中的自保。

“大人，小心哪！”祖父江新右卫门一刻不停地挡开那些朝伊右卫门刺过来的近在咫尺的长枪。五藤吉兵卫则在十步之外。

“吉兵卫，过来，别离那么远！”伊右卫门大叫道。吉兵卫自是很想靠近，可无奈身旁的敌兵却丝毫不给他机会。他周围十人左右在不间断地对他发起攻击。

“新右卫门，去救吉兵卫！”

“明白！”新右卫门终于喘了口气。

不过，他们所在的地方与吉兵卫之间有一道厚厚的敌兵人墙。要穿过此墙，可谓九死一生。

“大人，在下去了！”

“俺也去。”

“您不能冒险。”新右卫门猛地推了他一下。伊右卫门晃悠几步一屁股坐在地上。

“新右卫门，把俺也带过去！”他再次起身时，只觉得热泪盈眶，终而哇的一声哭了出来。他边哭边跑，根本无暇顾及自己的前后左右，甚至连自己在放声大哭都没有意识到。这正是一种发狂的状态。

有敌兵长枪攻来。伊右卫门一发狂便有如神助。他机敏地跳跃避开，将对方一棒打倒，再一枪夺了命去。于是又哭着跑起来。

吉兵卫被敌兵包围着。此刻的他面相狰狞，手持枪柄，身子转得仿佛螺旋一般。突然，包围圈的一角被打破，有个武士哭吼着闯了进来。吉兵卫定睛一看，不是自家主人又是谁？

“大人！大人！”吉兵卫眼眶一润，也哭吼着挥起长枪。连新右卫门都被哭号声传染，棒打敌兵的吼声里也带了哭腔。

实在是奇妙的主从三人众。如此一来，三人竟功力大增，连围攻的敌兵也显得有些束手无策。可无论怎样，他们毕竟只有区区三人。

“把这三个哭闹的家伙隔开，各个击破！”敌兵中一个久经沙场的武士扯着喉咙嚷道。很快，一直杂乱无章的敌方攻击，竟由此赢得了机动性。主从三人之间被众敌兵分割开来，再也无法互帮互助。

吉兵卫已经筋疲力尽。这种场合之下，疲乏才是最大的敌人。眼见着他的动作缓慢了下来。一支长枪刺过，他好不容易才挡开，就在此时，左臂弯底下失了防备，支支长枪像是被吸引过来一般刺中他的腰际。

“啊——”吉兵卫惨叫一声，瘫倒在地。

吉兵卫的悲鸣听得真真切切，可伊右卫门却无法抽身去救。于是他的哭吼声更加激昂了。伊右卫门已经意识到自己是越哭越有劲儿，此番是故意为之。为的是打破包围圈，去营救吉兵卫。

此时，爬上城墙的自己人也逐渐增多，十人、二十人，都已跳入城墙内侧。敌军开始溃败逃窜。

“吉兵卫！吉兵卫！”伊右卫门哭号着跑过去，扶起吉兵卫。枪伤共有三处，鲜血在汩汩流出。

“大人，我不行了。”吉兵卫长满胡楂的嘴里好不容易才吐出这几个字。

“吉兵卫，只要山内家一息尚存，就决不会亏待你的妻儿，决不会亏待你的子子孙孙。”

“您一定要当上一国之主。我吉兵卫就是为了达成您的这个心愿，才要第一个冲上城墙的。”

“好！一定！俺当了国主，就让你的子孙做俺的家老。”

这是很自然的事情。那个时代，劳作最大的目的便是振兴家业。就跟百姓们为了子孙而辛勤劳动开荒垦地一样，武士们为了子孙而奋力夺取功名，就算为此丢了性命也在所不惜。

吉兵卫是个无名无姓的小人物。但他的子孙却成为土佐二十四万石的家老，直至明治维新。当然，这个家系与封建时代的其他家系一样，总会过分渲染家祖吉兵卫的创业功绩，只靠着这个名号坐享了三百年的福，实际上并未培养出多少人才。但吉兵卫在龟山城头的死，带给他的子孙三百年的长期安泰，却是不争的事实。

这日，龟山城被攻陷。

夜里，吉兵卫的遗骸在营里被火化，遗骨由祖父江新右卫门暂为保管。

“真是太不幸了！”新右卫门哭泣着。他的悲叹在古代记录上是这样描述的：

“我与吉兵卫的情谊，已经超越了亲情。他总是不怒不嗔不藏私，每每与他在战场上同力共勉，我总是不如他。(中略）如今我痛失挚友，在战场上感觉空空落落，在酒宴上亦只能借酒消愁，一提到他便忍不住老泪纵横。”

平凡的伊右卫门也是个动不动就流泪的人。他很快就遣人把吉兵卫的遗骨、遗物从战场送到千代的手里，让她去安慰他的家属。

千代马上找来供养僧，整日里念经，替他祈求冥福。她也失了平日里的镇定，一连数天都是嘤嘤凄凄的模样。“再也不要看到武士了”，这种话她反复说了好多次。

注释：

【1】二十六町：约近三公里。

【2】金奉行：掌管金库会计与出纳的职位名。

【3】藏奉行：掌管米谷收支的职位名。

【4】山伏：在山野中起居修行的僧侣。据说山伏可以通过山野修行来获得神灵感应。

【5】傅役：相当于监护人。

贱岳

笔者实在是无法不提及这个时期秀吉与柴田胜家之间的对弈。这可比山内伊右卫门一丰这个秀吉军里区区少佐级别的小官之事有趣得多。

我们的伊右卫门正处身于日本历史上最波澜壮阔的数月之间。不过他只是身子动了几下而已，秀吉却是头脑与身子连动，改写了一段日本的历史。笔者的兴趣被秀吉吸引过去，也是人之常情。

更何况，秀吉的成功同时也为故事主人公伊右卫门开拓命运铺好了路。由此看来，在秀吉身上多费些笔墨，也就毋庸担心是无用之功了。正因为有了秀吉，加入秀吉阵营的原织田家旧将们，包括伊右卫门在内，才能挣得自己的一片天。

原织田家大将排位第一的柴田胜家，领国有近二百万石。北陆一地是他的势力范围，居城在越前北庄（即福井市）。积雪阻碍他南下，此事前面已有提及。

这段时间，秀吉一直在讨伐柴田胜家的同盟军泷川一益。眼见秀吉在中央的势力一天天膨胀，柴田胜家却只能咬着手指干着急。大概是实在耐不住性子了，就在伊势龟山城即将被攻陷之前，他动员了数千劳工："把沿道的积雪扫净！"

扫雪作业的时间是二月二十八日至三月二日。一结束，胜家便即刻率领五万大军南下。

"动身了？"听到这个密报时，秀吉很是欣喜。于是马上从伊势调回兵力，一路北上，直至北部近江的山岳地带。

此处叫做"柳濑"，南北两支军队都在附近驻足停留，地形险峻——"山谷深幽，道路细疏，进退不便。无论于敌于己均不是交战的好地方。"因此，两军只能对峙着耗费时日。接连彼此的小道就在悬崖边上，狭窄陡峭，仅容一个人勉强通过。根本不用费神去考虑大部队会战的可能性。

"看样子，是持久战啊。"伊右卫门叹道。

柴田胜家按兵不动。两军在这山那山之间筑了无数的小要塞，你瞪我我瞪你。从地形上看，先出兵的一方将会陷入对方的要塞网中，必败无疑。

"胜家相当老练，是不会出手的。咱们也不许出手，就当是比赛忍耐力。"秀吉对各个要塞叮嘱一番后，自己带着游击军攻入美浓一地。为的是柴田同盟军织田信孝的项上人头。

伊右卫门也跟着去了。然而——

对于柴田胜家来说，最大的不幸就是有佐久间盛政这位过于优秀的猛将。

柴田对这个堪比猛兽的年轻人甚为喜爱，让他做了义子。正因如此，他的养子即长浜城主柴田胜丰，才与养父起了间隙，最终开城投诚归附了秀吉麾下。这事之前也提过，可以说是因于佐久间的不幸之一。

另外，如今在北近江的这场持久战中，主将柴田胜家对全军下令“不许动”，可佐久间盛政就是想动。他率领了柴田军中最强的部队，在最前线布阵。仔细勘察过秀吉军的要塞地带之后，他意外发现了对方的弱点。

秀吉阵地的中央地带里，有中川濑兵卫与高山右近两处堡垒，而且有条小路正好通往这两处。佐久间认为，如果途经此路来个夜袭，一定可以把两处堡垒一锅端了。

“请允许我出兵。”他让手下去本营的胜家处传达了自己的想法。

胜家很是惊诧，立刻回绝道：“不行。不许擅自出兵！”可佐久间仍不罢休。他再三派了手下去当说客。

“一定会成功的！”

“是会成功。不过不许去！”胜家还是不让步。就算能把两个堡垒一锅端，可毕竟地处敌阵中央，若是行动稍有延迟，对方各个要塞一动就可以瓮中捉鳖，将佐久间套在袋子里猛打。而佐久间的溃败必定导致全军的溃败，这是显而易见的。

“不许去！”这次是胜家自己派了传令官去佐久间盛政的阵营，再次明言禁止。可佐久间却傲然一笑：“往年被称作‘鬼柴田’的义父也老啦，连这么点儿事也看不明白。如今敌将秀吉正在十三里之外攻打美浓岐阜城。他就算得到急报，要赶过来也一定耗时不少。这就是天意啊！趁主将不在，吃掉他右边两个堡垒，再击溃各个阵地，不是比捏碎鸡蛋还容易吗？”胜家派去的最后一位传令官甚至吃了佐久间盛政的闭门羹。那时他已经出兵夜袭去了。

正如佐久间所预料的那样，中川、高山两个堡垒很快就得手了。中川濑兵卫战死，高山右近不战而败。

“你看！”佐久间让人把战胜之事告知本营的胜家，可胜家非但不喜，反而沉重叹息道：“臭小子，终究还是误了我的大事！”

同一时间，正在大垣阵中的秀吉，听到“己方中川、高山阵地溃败”的急报，简直欣喜若狂。

“我方大胜，已近在咫尺！”秀吉命令全军快速行军，立即反攻，“战死的濑兵卫真是可怜。不过天下从此就是咱们的了。只要还有口气，就给我玩儿命地跑！时间就是胜负的关键，一旦去得迟了，就等于失了天下啊！”

伊右卫门等人也是满心欢喜。这条中山道或许就是秀吉军六万将士通往荣达之路。

秀吉在大垣城紧张地调度出阵事宜时，叫来各将领、各奉行，道：“筑前（秀吉）我现在就准备出发了。走得慢的人，只要马还喘气就拼了命赶上来。”

在小事上决不马虎是信长的一贯作风，而秀吉更是青出于蓝。他选了五十名身强力壮的将士先行，出发前他亲自大着嗓门下达命令：“给我听好了，你们沿路召集各地的村长、富农，叫他们开仓献米煮好饭。饭煮好了就把米俵[1]切成两半，都装满饭，再洒上点儿盐水。告诉他们米饭钱以后一定十倍奉还。马料就用米糠吧。或许有人会手忙脚乱把米糠当米饭，要先贴上木板或纸做个记号。来吃饭的人可能会贪多要双份儿，睁一只眼闭一只眼就好。米饭让他们用手巾或者衣服包起来。”

总之，秀吉是扬鞭长奔，马不停蹄。下午两点从大垣出发，日暮时分已经回到北近江的本营了。

敌将佐久间盛政闻言惊诧莫名。他认为“秀吉再怎么快也得在明日下午才能回营”，所以所有作战计划均是按照这个时间表来制定的。他起先对侦察兵所述内容一点儿也不相信，道：“秀吉是鬼还是神？决不可能的事。”然后又换了一批侦察兵再去查看。结果所有的侦察兵都惊恐地奔跑回来。

“美浓街道上都是西进的火把，好像万灯会一样。近江木之本附近一带人马混杂，四处的火把、篝火照得跟白昼一般。”

盛政这才明白主将柴田胜家的担心并非无中生有——那家伙（秀吉）的动作比猴子爬树还快——为了警告盛政的冒进，他曾这样评价往年同僚的长处。

盛政终于开始收拢沉陷敌军的一支孤军，可要撤退谈何容易？一万数千名将士零零散散分驻在各处峰谷，更何况时处深夜。但若不及时撤退，定会成为秀吉大军的瓮中鳖、俎上肉。

撤退途中，贸然失足落入谷渊者，草木皆兵同室操戈者，被遗忘在敌阵之中仍不知撤兵命令者，简直层出不穷。一瞬间，军队组织便好似分崩离析了一般。

二十日夜半，细细的月牙儿升了起来。秀吉在山中疾行：“逮住佐久间逃窜的尾巴，直接冲击胜家本营。凌晨便是决战！”不久，马匹已派不上用场，秀吉徒步穿行于北上的山路。他在青苔上滑倒，脸也被丫桠划伤，就跟一个泥泞满身的杂兵没什么两样。

凌晨三点，两军终于在高耸于余吴湖畔的贱岳开始激战起来。秀吉对面的敌军是盛政的殿军——即柴田胜政的部队。

月儿躲进云层，四周一片黑暗，只双方铁炮闪烁的火光，稍稍给这片地添了一些色彩。

伊右卫门也在一片暗黑里满身泥泞。

“新，新——”他大声呼叫着祖父江新右卫门。

“在！在这里。”

“哦，在就好。这山野间黑灯瞎火的，连脸都看不清楚。你有绳子么？越长越好。咱手下都抓牢了绳子，不要擅自离开。”此种情形之下，还提什么战斗？能不迷路就谢天谢地了。

待天色放亮，四周都泛白时，终于可以看清敌我双方的情势，秀吉不拘一格的指挥开始了。其实，当时敌队里夹杂着自己人，自己人队伍里也混入了敌人，很快就惨烈地打成一片。

伊右卫门的小部队处于谷底，周围没有自己人也见不到敌军，一双双手只抓了一根绳索，茫然不知所措。

“这样干等可不是办法。”伊右卫门仰望悬崖上方的饭浦坂，彼处已是刀光剑影，斗得正酣。

“大家给我上！”伊右卫门抓着草往上爬。若是不到有战斗的地方，还谈什么功名？

这时敌将佐久间盛政在西北的山顶眺望战况，大概是觉得再打下去亦是徒劳，所以奏响了撤军之鼓。于是佐久间队边打边退，不过虽是撤军，但战斗力仍然很强，竟毫无溃败之象。

可秀吉却清楚，佐久间的撤军之鼓是个绝好的机会。这种情形之下，若是能够如针刺般对撤撤停停的敌军来个小范围的痛击，这股疼痛便会顷刻传遍全军，导致整军的颓然崩溃。也就是此时，秀吉对自己的亲卫队下达了全力出击的命令。

“领命！”加藤虎之助清正、福岛市松正则、片桐助作且元、平野权平长泰、胁坂甚内安治、糟屋助右卫门武则、石川兵助一光，这七人手持长枪即刻冲锋陷阵，在此次合战中谱写了为后人所称道的“贱岳七枪”的故事。

伊右卫门好歹爬到了路上。秀吉的亲卫队早已从他头顶飞驰而过。“新啊，新——咱们来晚了。”

新右卫门摔了好几次，现在还在谷底。

（这次怕是要无功而返了。）

伊右卫门只觉得眼前发黑。不过，还是拿起了长枪。

（俺一个人冲上去！）

他噌噌地往坡上跑。侍从祖父江新右卫门好不容易才爬上来，正朝坡上猛奔时，却发现伊右卫门已被敌方压在了身下。

“大人？是大人么？”

“噢，新右卫门，救我！”敌方的刀刃就快刺到他的喉咙了。

新右卫门一下子刺透对方，很快便取下首级。那是个武士。

“大人，武运不错呢。”

“走！”正说话间，侧面响起枪炮声，手下数人应声而倒。伊右卫门也顾不了那么多了，一头闯进乱军之中。

千代的丈夫，并非豪杰，但却仿佛笃实的农夫在农田耕作一般，总能在战场上留下战绩。这次的贱岳饭浦坂一战，也如往昔一样勤勤恳恳。对方是揣了逃跑的心思，与迎面而来的对手不同，手上半分力道都没有，所以这次取得的首级数量可观。

柴田军接二连三地溃败，佐久间盛政被抓获，总大将柴田胜家逃往越前北庄的居城。秀吉仍不放弃追击。

天正十一年（1583）四月二十日，越前北庄城被攻陷，柴田胜家与夫人市[2]一起，放火烧城自刃于室内。

之后，秀吉乘胜进击，降服了柴田的同盟军佐佐成政，并与越后的上杉景胜达成军事同盟，于五月七日回到近江安土城，十一日又马不停蹄进入了同国的坂本城。

如此一来，整个中央地带几乎都归于秀吉帐下了。所剩的强敌，只有东海的德川家康一人。

秀吉开始对将士论功行赏。当伊右卫门从秀吉的奉行那里听到“加封五百石”这几个字时，不由得脸色一变。

(只有区区五百石?)

全部加起来才三千五百石。

(羽柴大人得了天下，俺就只这区区三千五百石么?)

他只觉得心脏都快停止跳动了。茫茫然中，他仰头望见在坂本城顶上飘动的朵朵白云。吉兵卫的脸好似在白云上浮现出来，不过，脸颊却是扭着的，像是在痛哭。

吉兵卫在龟山城第一个爬上城头，还为此丧了命。此功就值这点儿么？一想到这里，伊右卫门的身体不由自主颤抖起来。

龟山城包围战时，在日暮时分己方人员都懵然大意，遭了敌军奇袭队的侵扰。正是他伊右卫门队只身突击，这才击退敌军。秀吉从山上本营将这一切看得一清二楚，还特意派了传令官说——筑州（秀吉）高兴昏了，又蹦又跳，又蹦又跳，结果摔了个屁股蹲儿、屁股蹲儿。赞人的话说得这么漂亮，可战功又是怎么算的？

（羽柴大人也太精了。正因为被他赞得激情满满，俺才决定第二天的攻城战一定要抢得头功，还把吉兵卫的命都搭进去了。可羽柴大人只不过动了动嘴皮子，露了张笑脸儿罢了。）

伊右卫门还以为自己能当上大名。从信长的旗本转为秀吉麾下的一员小将，而后又成为秀吉的家臣，伊右卫门的资历可谓极老了，是名副其实的老将。秀吉夺得中央一大片天下，加上北国柴田的旧领，至少有近五百万石的领地。而身经百战的伊右卫门就算得一万石，当个小大名，也是无可厚非的。

（就这么点儿啊？）

伊右卫门从帷幔中走出，找了片草地坐下，茫然中竟起了不想再当武士的念头。

此时帷幔之中响起一阵嗓音极大的争执声。原来还有别的人对论功行赏抱有怨言。伊右卫门觉得声音很是熟悉。

正是加藤虎之助清正的声音。

“混蛋！”他嚷道。虎之助一肚子气也是在所难免。因为“贱岳七枪”立了功，秀吉便给他们一齐加封。虎之助本是秀吉手下杂役，俸禄二百石，仅这一次便增至三千石。

（那个小毛孩儿？）

伊右卫门等人拿他与自己微薄的加封相比，实在是气不打一处来。二十来岁的虎之助，一下子就得到了十倍的加封。要说功绩，也就是杀了个敌军拜乡五左卫门的铁炮足轻头——户波隼人而已。

（他或许是比俺早那么一点点夺了先机，可俺是久经沙场的武将，已经在数不清的战场上来来往往出生入死，就区区三千五百石。）

可虎之助也有他自己不满意的地方。贱岳七枪几乎都是同一时间夺取的战功，所以他认为七人都该同封共赏，每人得三千石。可后来他发现有一人得了五千石，是同僚杂役福岛市松正则。就他一人多得了两千石。

虎之助道："欺负人也要有个限度。市松与俺战功一样，原本的俸禄也一样，而且都是秀吉亲戚这点也一样，可为何俺只得三千石，他市松却有五千石？这种加封，不要也罢。"说完，他把秀吉赐予加封的朱印状纸扔到奉行杉原伯耆守家次的面前。

（真是吃饱了撑的。俺才冤呢。）

伊右卫门苦笑一下。

其实虎之助也有他自己生气的充分理由。同样的战功却在加封上与市松有出入，只能说明秀吉更为看重市松的武勇。“只要公平，一百石的加封俺也不会皱一下眉头。可本该平等对待的却搞出你高我低来，这不是明摆着说俺的武勇不如人吗？”这便是他不满的根源。

奉行杉原伯耆守家次只好铁青着脸去秀吉那里报告。

“虎之助真是蠢蛋一个！伯耆，这张朱印你先保管好，今后总会让他拿到五千石。”

这件事就这样摆平了。不过秀吉为何在虎之助与市松之间弄出两千石的差来，这点已无从考证。总之，不久秀吉回到姬路城时，虎之助就顺利得到了跟市松同样的五千石加封。

（那俺的呢？）

伊右卫门很是不悦。福岛市松是秀吉的表弟，加藤虎之助是秀吉老婆的表弟。血缘亲疏关系从来就是武将论功的条件之一。秀吉得力的手下本就不多，他是想早些把两人推到心腹大名的位置上去。

（这俺懂。可就因为不是血亲，俺这个最卖力的老将就该区区三千五百石么？）

伊右卫门实在是咽不下这口气。

（干脆告假，去投奔德川家康好了。）

这个想法不知不觉冒了出来。返家后，他跟千代倾诉了心中所想。

千代在伊右卫门额头上，发现了从未有过的一片阴影。

“俺想当浪人。”他对千代说。

千代一边沏茶一边微笑着抬眼看他。

（他这是怎样一种心境？）

“可能沏得不好。”千代把茶端到伊右卫门膝前。

“千代，没听见么？”

“听见了呀，夫君先喝口茶。”

“俺想当浪人。”他更大声地重复了一遍。本以为千代会吓一跳，可她只是抿着嘴，俏脸微微带笑。

“有什么好笑的？”

“千代高兴着呢。”

“高兴？你变了，”伊右卫门一听，反而有些无措，“你为何高兴？”

“人家早就腻了。”

“什么腻了？”伊右卫门听得一头雾水。

说实话，千代也开始觉得夫妇间的那个目标追得真的很累。新婚时，说要辅助夫君当上一国一城之主，那或许是少年不识愁滋味的一番异想天开罢了。如今千代已经二十七岁，伊右卫门早就过了三十的坎儿。

（傻乎乎的。）

她现在确实是这么想的。这十几年来，只是为了功名辗转起伏，安稳日子都没过几天。可人生难道就只能如此？

（自然不是，一定还有别的活法。）

千代这么想着。伊右卫门想的也一定跟她一样。

“当个浪人，享受风月，安安稳稳无牵无挂地生活，多好！把马匹、盔甲、太刀、长枪这些都变卖了，去买些田产，再请人来耕种，钱应该足够了。俺要耕田，千代就割草。要是碰到连歌[3]僧人，就招待他们住下，一起咏唱连歌。再从附近平民瓷窑里找些茶碗来沏茶。那样的生活多好！春天到了，千代就去采些嫩叶，俺就去河边钓鱼，咱们一起做菜，一起开心地享用晚餐。那样的生活多好！”

“真好！”千代打心底里是这么想的。她都能想象自己牵了孩子的手去摘采嫩叶的模样了，多么真切的一幅美景。

“怎么样？”

“全凭一丰夫君做主。哪怕一丰夫君说要去乞讨，千代也会跟着去的。”

“千代，你真这么想？”伊右卫门抓住了千代的手。他其实一直觉得千代听了不可能高兴。结婚后，正是千代让伊右卫门踏上了寻访荣达之路。他觉得，自己要这么轻易地放弃，她定然不悦。可这个沉重的包袱——就是包袱——他已经背负了十几年，如今竟可以这么轻巧地放下。

“千代，感激之情无以言表！”

“别肉麻啦。”

“俺以为你一定不会高兴。”

“我？”千代愕然，“我……会不高兴？”

她脑中晃过万般光景，自己竟是那种女人么？强求丈夫的功名与荣达，让丈夫背负枷锁般的重荷，自己竟成了那种女人？

“浪人，真……真的就能让夫君那么开心么？”千代不禁失了内心的平稳，潸然泪下。

这却让伊右卫门不知所措了：“千……千代，你刚才还说要过要以风月为友，要轻松地过日子，怎……怎么就哭了呢？”

“没有啊。我是真心想过那样的生活。现在落泪，完全是因为别的事情。”

“什么事？”

“是我觉得自己好傻。少女时代的梦想就是要辅助将来的夫君成为一国一城之主，就这样一个不着边际的梦想。”

“俺少年时也一样。”

“可是，这种孩子气的梦想，却在成年后还一直坚持着，想来真是滑稽可笑。现在才知道，这才是不幸。唉，还说什么滑稽什么不幸，那明显就是最糟糕的生活方式嘛。”

“所以才悔不当初，哭了？”

“不，哭不是因为后悔，而是因为现在才明白，我这个没有怜悯的枯燥梦想，竟让一丰夫君这么苦恼，我好难过……都是我不好！”

“千代，不是你的错。俺少年时代的梦想，也是一直没能舍弃。咱们俩还都是孩子啊。”

“嗯。”千代点了点头，终于破涕为笑。

真是这样，他们俩都成了儿时梦想的奴隶，还差点儿让自己一生都被这梦想牵了鼻子走。

“别哭啦。”伊右卫门擦了擦千代的眼泪，“俺可是苦恼极了，还想着要是会喝酒的话该多好。不过千代一下子就让俺的心情一片晴朗了。”

“都怪我结婚后一直都没让夫君放松过。”

“都说了不是你的错啊，是俺太孩子气的缘故。刚才都说过好多遍了。”伊右卫门开朗笑道，一副笑颜从来没有现在这般澄澈如水。

“夫君真的很开心嘛。”千代指了指伊右卫门的笑颜。可她心底深处还是不由得感觉失落。

（他到底是个平庸之人。）

她心底的某处泛起了这个念头。如今这个时代，只要有志气，连将军都能当上。而伊右卫门刚从这种野心中解放出来，就感觉一身轻松。

（而且相当平庸。）

她一面这么想，一面用手指着伊右卫门的笑脸，自己也跟着笑了。当然，她的笑并无嘲弄的意味。

夜里，千代熄灯后，见透过雨窗的月光洒在了伊右卫门的枕边。于是凑过去轻声问道："睡着了么？"

"……"伊右卫门一脸平静，只轻轻呼吸着却不作答。

千代忽然对丈夫的脸庞起了兴趣，于是持一盏烛灯过来。

（这样做不太好吧？）

她负疚之感顿生，可不意涌出的那股兴趣却无法遏制。直至今日这么长一段岁月，她一直陪伴夫君左右，可这样仔仔细细凝视丈夫毫无防备的脸，竟是破天荒第一次。

千代很是热衷于此种研究，烛灯也点亮了。她在烛灯上围了一圈纸，缓缓靠近伊右卫门的面庞。黑暗中，一张娃娃脸浮现出来。

（好平庸的脸！）

双眉好似远山般淡淡的，丝毫不像武士。还有一张唇形十分漂亮的嘴，都让人不禁可惜它竟是长在男人脸上。横看竖看都不是武士的脸，不过，也不是农民的脸，不是僧侣、学者的脸。而是一张个性还未显露的少年的脸。

（没有才气！）

更没有胸襟和博弈之能。

伊右卫门似乎完全感受不到晃来晃去的灯影，睡得极为香甜。

（是真的安下心来了？）

这也难怪。他抛却出世主义的想法一旦为千代所认同，便什么都彻底地放下了，所以才有这张香甜如孩童的睡颜。

——我从少女时代起就不认为，那些不能开拓自我命运的男人有任何的魅力。

千代忽然念及自己的真心。

（能绝地逢生的男人才是最美的。）

可伊右卫门却在与命运争斗中打了退堂鼓。而且这番逃遁，竟逃得如此没有气势没有风度。

《平家物语》里的远藤武者盛远，因错杀自己所恋之人——袈裟御前，为世人所弃，于是出家当了文觉上人。他经历过各种各样艰苦卓绝的修行，好几次都徘徊在生死边缘。歌人西行法师，在抛弃北面武士[4]身份的同时，也抛弃了整个世间。他为斩断世俗恩怨，一把将缠在身旁的孩子扔到檐下。

可伊右卫门却不一样——只想与风月为友。说白了，不过是怯怯地从争斗中逃遁出来罢了。

想到这里，千代不禁觉得有气。

(不可饶恕!)

若是厌弃了尘世，为何不狠心抛下她和孩子与祢，去当一名僧侣？千代凝视着他的脸，脑子忽然被另一种“教育欲望”所占满。

(对了，让他当和尚。)

不过他有没有当和尚的觉悟呢，这倒是个问题。这样的想象让千代很是开心，就好似女孩子给洋娃娃换衣服打扮时的心境一般。

第二天，一位奇妙的云水[5]禅僧来化缘。千代在门前看了一眼，道："正好是中午，大师不如到厨房用斋。"

云水僧摘了斗笠，大约三十二三的年纪，眉粗唇厚，是个大汉。

"那就有劳施主费心了。"说罢，他便依言进了厨房。

幸好那日是丈夫父亲的忌日，所以千代做的是素斋。

"味道不错。"云水僧添了好几次饭，吃饱后还大大咧咧问了句，"施主，能否化几个钱？多多益善。"

千进走进室内，用饭碗盛了冒尖的一碗永乐钱[6]出来，端到云水僧面前。

“这可珍贵。”云水僧说罢，便接过来全部倒入他的麻袋之中。

“请问这些钱到底可以派上些什么用场呢？”

“我的寺庙破了，需要翻新。”

“哪座寺庙？”

“不远处的法源寺。”

“法源寺——不是有位上了年纪的住持么？”

“那人刚被放逐。”

这位云水禅僧是从京城的妙心寺僧堂过来的，法号笑严。他说今日一大早就赶到法源寺，与原住持争执之后得胜，于是便让对方只背了一把唐伞离开。

“真是可怜。那位原住持就那么不济么？”

“他呀，跟一只老狐狸似的。”

“可人家那么大年纪了，却只能露宿山野，也怪可怜的。”千代不免起了恻隐之心。

不过笑严却忿然道：“我们宗门修行的就是居无定所，行事如行云流水。那是他该尽的责。”

“这么严格啊！”千代口里这么说着，忽然发现一个奇怪的事实。如此看来，禅家不也跟争夺领国的武家一样了么？

“而且，那座寺庙远眺的风光很好。做个落脚点倒是非常合适。”他这么一说，就更像武家了。

千代忽然想向这位云水禅僧询问一下丈夫的心境。只要大师愿意，她很想让丈夫拜他为师，先做个居士也可以。于是千代道出缘由，云水僧听得很是严肃，还时不时点头附和，最后留下一句话："那就让他明天到寺院来找我。"

傍晚，伊右卫门回来了。

"明天早上，夫君愿意去一趟法源寺，去拜访一下新来的住持么?"

"禅宗?"伊右卫门一直在等待可以参禅的机会，正想一试。

这天夜里，他们就先睡下了。

"没开玩笑吧?"第二天早晨，伊右卫门盯着千代的嘴巴，表情极为生硬，"你的意思是，要抛弃主家去做浪人，还不如彻彻底底抛弃世间去做和尚，是不是?"

"不错。反正要抛弃，干脆抛弃得彻底一些，这样才更有男子气嘛。"

"你要俺当远藤武者盛远?"伊右卫门的僵硬表情都快让自己窒息了一般，"要俺把千代、与祢都抛弃?"

"是啊。不这么做的话，就对不起从追逐功名的地狱里抽身出来的意义啦。"

"千代也愿意?"他咬牙切齿道。

千代微笑着不为所动："没问题啊。"

"那俺出家后，你怎么办？"

"我当尼姑。"

"哦，你也出家啊！"伊右卫门松了口气。那不就跟现在一样，只不过剃了光头罢了。"那俺就放心了。"

"不过，千代既然要入佛道，就不会只做个小沙弥，我一定要坚持五戒，遵守所有清规戒律。所以与祢就只有拜托美浓的不破家代为照看了。我要去大和的尼姑庵做徒弟。"

"啊？"伊右卫门一张嘴巴合不拢来，"那不就做不成夫妻了吗？"

"呵呵呵……一对光头夫妻，亏你想得出！"

"哦，也是。"

这可不是闹着玩儿的，伊右卫门不禁心里一沉。千代说得很有道理，要消极遁世就该遁得彻底一些，斩断所有尘缘，光念着那风流旖旎算怎么回事儿？

"总之，请夫君现在就起身去拜访法源寺的笑严大师好么？"在伊右卫门手足无措之时，千代很快就替他准备妥当，把他推出了家门。

伊右卫门终于拜访了那座破庙。

"来了？"从木格子拉门里面的住持房中传来一个声音。

待木格子拉门打开后，只见笑严正在厨房吃饭。大概是化缘化来的吧，碗里糙米、白米、稗子、粟米混在一起，看起来脏兮兮的。

“我食量很大，只要一有空就会吃饭。你要不要?”

“不必了。”

“那你先等等，马上就好。不过，这会儿你准备一下也好，剃刀和盥洗盆就在那个架子上。再用那口锅烧一锅热水出来。”

“是大师要用?”

“开什么玩笑？我今天早晨才刚剃过。是要剃你的头。”

“这就要剃?”伊右卫门吃惊不小。他本想听过大师的一番话后再决定是否要出家。

“越早越好。”笑严在饭上浇了菜汁。

热水烧好，剃发的准备就完成了。

“来，开剃啦。”笑严若无其事地拿起剃刀站起身来，伊右卫门却慌了神。

“大……大师，先……不如先让俺听听大师的教诲。”

“什么教诲？就剃个头要什么教诲？多余。”

“那……那在下的话还请大师听一听。”

“哦，好吧。”笑严点点头，把伊右卫门带到一个光线充足的檐下长廊上，让他坐下。檐外，南天竹在明媚的日光下一片姣好。只有笑严自己有座儿。不过，这座位也只是一块破旧不堪的榻榻米而已，细看之下，上面竟还有蜈蚣在穿行，实在恶心。

“好，你说吧。”

“事情是这样的。”伊右卫门讲起了他的故事。从织田时代起，他就往返于各个战场，出生入死兢兢业业，获得的战功亦是数不胜数。可新主家秀吉却对他的忠心与战功视而不见，给的赏赐少得可怜，而同僚乃至后辈们却在诛灭柴田后得了二倍、三倍的加封云云。

“就这事儿?”

“正是此事让俺耿耿于怀。”

“牢骚而已。”

“啊?”

“你说要摒弃尘世，还以为是多大的惨事呢。我都做好了点化你修行成佛的准备了。什么事儿嘛，不就是发了点儿牢骚而已嘛。”

“你嘲弄俺?”

“算不上。嘲弄你作甚?你满肚子牢骚，想抛弃主家决意当浪人，后来又想不如干脆剃了头当和尚，很是特立独行嘛。可是，一切缘起只不过几句牢骚，唉。”

“只不过几句牢骚?就当事人来说，怎会是几句牢骚那么简单？”

“所以你就要出家？”

“反正，不如干脆出家，忽然就是这个念头。”

“忽然？”笑严抓住他话中的两个字，微一沉思，“那，这样如何？既然你已经决意要当光头，咱们不如一步到位。”

“一步到位？”

“是啊，这可是比剃头还更能得到解脱。”

“怎么做？”

“剃下脑袋就好啦。”

啊？伊右卫门惊得一退。

“把你的刀借来一用，我来帮你把脑袋剃下来。同样是逃离浮世，这个方法可是又省时又省事。”

“不，等等！”

“等什么？就让我来超度了你。”笑严冲了过来。

真是力大如牛的蛮人。他左手来抓伊右卫门的脖子，右手就要去拔他的腰刀。而伊右卫门则拼尽力气不让他得逞。于是，两人扭打在一起，很快掉下了长廊。

“觉悟吧！”笑严得胜，他唰地抽出伊右卫门的腰刀，架在他的脖子上。

这位笑严云水禅师，大概也是精于格斗术的。伊右卫门的反手招数全派不上用场，身子被擒拿得死死的。

“杀了我吧”这种话伊右卫门是不会说的。那种自暴自弃的台词，是太平盛世里的小混混们用的，战国武士对生的执念，是一股可怕而强大的力量。

伊右卫门扭过头来，对着笑严和尚的左手腕一口咬下去。

“啊！这家伙！”笑严不得不松手。伊右卫门趁机就要翻身摆脱笑严的控制。

“没办法，只好开杀戒了。”

“你……你敢！”伊右卫门吼道。笑严逆手而握的腰刀刀刃，抵住了伊右卫门的脖子，有针刺的疼痛。每痛一下，便有血液渗出皮肤。

“别动！再动就刺进去了。”

“悉听尊便！”

“伊右卫门大人哪，就你这点儿本事居然能有三千五百石的身价？”

“俺输了，俺愿赌服输。”这次伊右卫门露出一脸媚笑，可是对笑严和尚却丝毫没有杀伤力。

“伊右卫门，你是打算逃离浮世的火海，才想要当和尚的吧？唐朝的古书上也有‘五十步笑百步’的故事，败下阵来的逃兵，无论是逃五十步还是一百步，逃跑就是逃跑。你那么想逃，索性把这条命也扔了得了，一了百了。”

“命……命是不能扔的。”

“想保住小命？这不合理嘛。你不是要摈弃尘世吗？难道是闹着玩儿的？”

“不，俺真想遁世。”

“那我就帮帮你。”说罢，笑严拿腰刀的手又使了一些劲儿。

伊右卫门沉默半晌，忽然大吼一声：“不遁了。”他这么一吼，顿感一切都明了起来，仿佛峰回路转一般。身体里紧绷的那根弦松懈下来。“大师，俺……俺决意继续留在浮世。被大师用刀刃这么一逼，俺终于想通了，原来世间就是一个活着就不得不战斗的地方。”

“想通了？”笑严笑起来，“这就是‘悟’。不遁世，要做世间的主人，首先要做自我的主人。禅家有云，随处做主，立处皆真。”

正说话间，伊右卫门猛地一下子撞翻笑严。只见笑严晃晃悠悠仰面摔倒，伊右卫门伺机扑了上去。

“笑严，看清楚了！”说罢，他掐住了笑严的脖子。要是不这么做，他窝了一肚子的火怎么都散不开。

笑严挣扎了半晌，终于昏了过去。伊右卫门站起身来，朝他脑袋踢了一脚，吐口唾沫，这才慢条斯理地扬长而去。

正所谓“随处做主”，他就是这样实践禅师教诲的。

注释：

【1】米俵：装米用的草袋子，呈圆柱状，容量有四斗和六斗的。

【2】市：织田信长之妹（1547—1583），以美貌著称。初嫁小谷城主浅井长政，育有二男三女，包括秀吉的侧室淀君。浅井氏灭亡后，改嫁柴田胜家，后因秀吉的攻击，与胜家一起于室内自刃。

【3】连歌：古典诗歌的一种，是一唱一和的长短句对答式诗歌。

【4】北面武士：在院御所北侧担任警卫的武士，属院司。白河上皇时代创设，直接听命于上皇，是支撑院政的重要军事力量。

【5】云水：特指行踪不定如行云流水的禅宗僧人。

【6】永乐钱：明代 1411 年铸造发行的永乐通宝。在日本流通于室町时代至江户初期。

天狗文庫

司马辽太郎

1923—1996

毕业于大阪外国语学校，原名福田定一，笔名取自「远不及司马迁」之意，代表作包括《龙马奔走》《燃烧吧！剑》《新选组血风录》《国盗物语》《丰臣家的人们》《坂上之云》等。司马辽太郎曾以《枭之城》夺得第42届直木奖，此后更有多部作品获奖，是当今日本大众类文学巨匠，也是日本最受欢迎的国民级作家。

司马辽太郎作品集

SHIBA RYOTARO WORKS

功名十字路

[中]

[日]司马辽太郎——著

欧凌——译

しばりょうたろう

SHIBA RYOTARO WORKS

功名が辻

重庆出版集团 重庆出版社

家康

天下仍然躁动不安。

秀吉剿灭了最大的敌人柴田胜家，但在东海还有人保持着异常的沉默——就是德川家康。这位织田家曾经的同盟伙伴，就算继信长成为天下之主，也丝毫不足为奇。或许，他比秀吉这个织田曾经的手下大将，更能担此重任，更能为人所信服。

千代也问过一句："德川大人呢?"

"慢了半拍，可惜时不待人哪。"伊右卫门回答。

伊右卫门听说，本能寺事变时，家康只带了随从数人，身着常服在堺市观光。可以说那就是命运的分歧点。因为当时秀吉已经进入战斗态势，正领着大军与毛利军抗衡，他可以轻而易举调转矛头去解决光秀。而织田家再没有别的部将有这么好的机会了。

家康好歹保住性命回到三河。可等他做好战事准备，要讨伐光秀时，却得知秀吉已在山崎取了光秀的性命。

——罢了罢了，家康只好不去掺和。

之后，秀吉立刻入住京城，继而与柴田对峙，其势冉冉如旭日东升。家康一直保持着沉默。为何沉默？因他已经知道，自己从此以后便是一个地方军阀了。将来即便是有与秀吉争锋天下的那一日，以现在的兵力是绝对讨不到好处的。

——得增加领国数了。

家康就仿佛是对中央之地漠不关心一般，只默默地将周围邻国一一收入囊中。如今，他的势力范围已经包括三河、远江、骏河三国，而且还在思忖着如何夺下邻近的信州与甲州。

他马不停蹄地四处征战，想把日本阿尔卑斯山脉[1]以南的中部地区全部收归伞下。无论与秀吉是战是争，首要的一点就是养足实力。而且，他很快就达成所愿。正当秀吉与柴田斗得正酣之时，家康已经成为参、远、骏、甲、信五国一百三十八万石的大领主了。

不过，秀吉的势力范围膨胀得更快。各方各地的大名都经他劝降，归于他的统领之下。当时在日本六十四州之中，已经有二十四州六百二十八万石是他的领地。一一列举出来便是：山城、大和、河内、和泉、摄津、志摩、近江、美浓、若狭、越前、加贺、能登、丹波、丹后、但马、因幡、播磨、美作、备前、淡路的二十国，还有伊势、伊贺、伯耆、备中的一部分。

家康无论怎样都没有胜算，他能动员的兵力仅有秀吉的六分之一。不过，家康的军团素质是日本最强的，这算是有利条件之一。首先，他麾下的三河武士，性格笃实，英勇善战，而且比其他武士更服从指挥。另外，新并入的甲州武士，是经旧主武田家训练出来的精兵；信州武士又以小部队战斗之巧妙而闻名天下。

秀吉与家康终于不得不战了。天正十一年（1583）春天，当秀吉还处于与柴田胜家的交战状态时，双方战事已现端倪。家康的冈崎城里忽然来了一位隐秘的客人，是信长之子信雄。此人智力、能力、气质均属中下，可称之为鲁钝，而且鲁钝得让人很难相信他竟是信长之子。

这位信雄道："我想灭掉秀吉，咱们结盟吧。"

秀吉进攻柴田时，这位信雄曾做过秀吉的后援。也就是说，他曾是站在秀吉一方的。然而，信雄发现秀吉有抛开织田家遗孤、大权独揽、君临天下的企图，而且还听到这样一句沸沸扬扬的传言——秀吉要灭了自己。于是他惴惴不安起来——这样下去便是找死。

家康自身也有同样的顾虑。秀吉看似很怕家康，对他一直示以怀柔政策，但其真意实在暧昧难辨。

（这样下去只能是坐以待毙。）

因他也这么想，所以跟信雄一拍即合，结成了同盟。

家康决意与秀吉一战。最大的理由，是信雄带过来的兵力。信雄的势力范围包括尾张一国、伊贺与伊势的大部分，略估已经超过一百万石，兵力亦有两万五千人。再加上家康的一百三十八万石，以及可以动员的兵力三万四千人，只要战术战策运用得当，取胜也是有可能的。

（如若战败了呢？）

那就只有灭亡一条路可走，家康已经做好了心理准备。如若战胜又会怎样？对手强大至极，在战斗中取胜并不代表可以取而代之夺得天下。不过只要取胜，要寻一条活路应该轻而易举。

秀吉下达了军令。伊右卫门等人在大坂集结完毕，等待进发。

（到底谁会是赢家？）

若论兵强，当属家康；若论兵众，当属秀吉，是家康的三倍左右。

伊右卫门就是在此时，对德川家康这个人物感兴趣起来的，以至于后来成为他的家臣。

一直以来秀吉为获取家康的欢心，是如何煞费苦心如何上下周旋，这些伊右卫门都看在眼里。已经坐拥宫廷内外的秀吉，可以自在地调度诸将的官职，他特意为家康求得了

“从三位参议”这个职位，而自己却只是“从四位下参议”，故意将自己身份压得低家康一等。

对伊右卫门来说，没有比这次的战事更让他牵挂的了。因为就此一战，不光能够揭晓东海第一的武家家康的实力，还能明了秀吉的真正手腕。

秀吉时年四十九岁；家康四十三岁。

天正十二年（1584）三月十九日，大坂是一片浓雾。这天从美浓前线传来的消息让秀吉与其兵团大吃一惊。

——战败!

(情况属实?)

伊右卫门身体颤抖起来。常胜之师的秀吉军队，竟然战败？当然并非全军溃败，大军还在大坂。虽说是局部战败，但这毕竟是最初的野战，其溃败带来的冲击力可想而知。

队长是外号“鬼武藏”的美浓金山城主森武藏守长可。他率领三千兵力，侵入尾张的敌领内，夜里在丹羽郡羽黑村的八幡林里野营。

家康的斥候官酒井忠次见状，立即回营告知家康，道：“敌方有支孤军深入我境，队长是人称‘鬼武藏’的能人。如若能在秀吉大军到来之前就将其击溃，敌军士气便可受大挫。”

“好，只许成功!”家康命令酒井忠次担任先锋队长，奥平信昌、榊原康政等担任大将，率五千精兵，于十七日凌晨奇袭敌军，旭日东升时已作战完毕。

“家康厉害!”这个印象如刀刻般印在伊右卫门心里。

最受打击的是秀吉。

“这就输了吗?”秀吉咬牙切齿道。两天之后，他率领号称十二万五千，实数六万的大军从大坂出发。当然伊右卫门也在军中。

可不管怎样秀吉总是慢了一步。迄今为止，秀吉都是立于军队先头，灵活机敏地指挥着战斗，这样的失败从未有过。他知道这次的对手实在强大，因此才在大坂耽搁数日，考虑战略战术。他不仅派人去与北国的同盟军丹羽氏沟通，让越后的上杉氏给予必要的协助，而且还安抚了京城的宫廷舆论，整个儿给家康来了个大包围战，可战斗却交给了现场指挥官。

结果失策了。无论森武藏守魔鬼的名号多么响亮，终究不敌家康。

秀吉进入犬山城，随后立即亲自带了轻骑队，外出侦察敌情，并制订歼灭家康的作战计划。秀吉很聪明。他坐拥数倍于家康的兵力，却舍弃了与之一决雌雄的大会战形式，采取的是构筑长而大的野战要塞，使敌军疲于奔命的战术。

（原来如此，真是可怕的人哪。）

伊右卫门也这么想。利用要塞群来包围敌军的理由之一，是因为秀吉考虑到家康是野战的名将。理由之二，站在坐拥天下的立场上，一味地蛮斗毕竟有失身份，不如以逸待劳。第三，万一不小心派出的小部队战败，这种消息要是在天下以讹传讹，将是很可怕的一件事。

秀吉数日后在乐田建了个战斗指挥所，正好与家康本营的小牧山遥相对峙。两者的距离只有一里。

秀吉寸步不动，只从山上望着家康的阵营。这时秀吉的装束可是璀璨夺目之极，头戴唐冠头盔，身披孔雀尾羽织就的阵羽织，哪怕在家康的小牧山上也能轻松辨明。

“家康小贼，有种出来呀！”这种言语激将法，秀吉每日里用了无数遍。

“吃俺一屁！”有时他竟掀起阵羽织下摆，朝家康的阵营挑衅，其粗陋鄙俗的姿态甚至让亲随们都觉得难堪。

家康却对此视而不见。他筑了一条与秀吉阵地平行，且同样长而大的野战阵地，还在阵地与阵地之间修好了联络用的军用道路。

不过，双方都按兵不动——只要对方一出来，就迎头痛击。双方都是猫捉老鼠一般，等待对方发起轻率的突击。可是，哪方都不动。

数年后秀吉与家康夜话家常，他想起此时的事情，于是问家康：“那时，你为何不出来？”家康回答：“只要您出马，在下就出马，那时就是这么决定的。”秀吉苦笑：“俺也一样啊，在山上一直下围棋来着。”这段插话，就好似围棋高手对局的佳话一般，在武将之间广为流传。

言归正传。

秀吉军之中，寄希望于马上建功立业的人开始渐渐厌倦起这种相持不下的局面。代表之一，便是备前冈山的池田家家祖池田胜入斋。

他来到秀吉面前，道：“家康的小牧山阵地上，人数看似一日比一日多，其本国三河必定已经空空落落了无人烟。如果从小路偷偷攻入，夺取家康居城——冈崎城，那家康不就是无家可归的丧家之犬了吗？在下请求领兵建功。”

对他几次三番的谏言，秀吉都以“深入腹中，极其危险”为由，予以拒绝。“深入腹中”是当时的战术用语之一，指在与敌军对阵时，派一部分兵力绕到敌军后方，攻击敌军本营。

就纸上谈兵来说，这种方法看似很有道理，实际执行起来却很难奏效。稍不注意，这支奇袭部队便会成为瓮中鳖，被对方关门打狗，由此而导致全军溃败的例子数不胜数。就在去年，柴田胜家的大将佐久间盛政就是不顾胜家的反对，固执己见，从而导致敌方秀吉军的大胜。

“太危险了。”秀吉这样判断道，但池田胜入斋听不进去。最后，秀吉经不住软磨硬泡终于答应下来。

“既然要去，就带大军去。”秀吉派外甥秀次任总大将，池田胜入斋作先锋，森武藏守长可任第二队长，堀久太郎秀政任第三队长，编成一支二万人马的大奇袭兵团。伊右卫门也在里面。

这个兵团于四月六日夜半，踏上了宿命的行程。

秀吉他们相信，只要这二万奇袭兵团坚持夜间行军，就能躲过家康的眼睛。可是，家康竟知道了。最初是两位当地的百姓前来密报。

“怎么会?”家康不信，还认为是敌军使诈，故意派人前来虚报。

可服部平六这位伊贺的忍者也回来禀报：“这消息绝对可靠。”家康听了这才相信。于是即刻行动起来，派部队去追敌军的尾巴。

夜间，家康亲自率领主力部队，离开小牧山的前线基地。而对他的离开，秀吉方的斥候官们谁也不曾注意到。家康命令大军保持行踪隐秘，小心翼翼跟在秀吉的骑兵团后面。

九日，即将天明之时。家康的先锋部队水野忠重等终于咬住了对方的尾巴。战场上还是昏暗一片。不幸的是，以羽柴秀次为总大将的这支奇袭兵团，竟无一人觉察到对方已经来到自己的眼皮底下。

天亮之时。“吃饭啦！”伊右卫门等将士们开始在山林田地里炊饭早餐，很是悠闲的模样。秀吉的军队被家康麾下的三河、信州、甲州武士们戏谑为“上方军”。因是得了天下的军队，很是骄横跋扈。这次竟连警戒都未设置。

家康的大须贺队三千人就这样突然现身，一齐攻来，弓箭、铁炮等一阵乱射。羽柴秀次的本营即刻便分崩离析，逃跑者、胡乱放炮者、脑袋被割者，简直乱作一团，情形惨不忍睹。

德川军一气猛攻。家康麾下勇将榊原康政带手下袭击了辎重队，秀吉军全盘溃败已成定局。

总领羽柴秀次便是后来被称作“杀生关白[2]”的年轻人，此时竟撇下大军徒步逃亡，连马都来不及牵。他偶然见到掠过身旁的一人一骑，发现马上之人是当时被赞作豪勇之士的美浓武士可儿才藏，于是大声叫道：“才藏，才藏，把马借我。”

可儿在马背上冷然一笑，回首道：“雨天的伞，怎好借人？”说罢一溜烟跑了。对溃逃之人来说，马匹就如同雨天的伞一般，旁人是不予借的。

伊右卫门也开始逃跑，且也是徒步。千代买给他的十两黄金的大马，在乱军之中也不知去向。他也曾想过回身去找，可再找就没命了。

（唉，就当丢了。）

伊右卫门把头盔扔掉，铠甲也扯烂扔掉，只一味逃跑。

总之，秀吉这次奇袭兵团的溃败惨象，在战史上算是绝无仅有的。总领羽柴秀次带头逃离，根本无人敢恋战。

不过话说回来，“逃”也算是战国武士的能力之一，正所谓“留得青山在，不怕没柴烧”。若是一个不小心丢了小命，就算有功名有战绩，主家对其家里人也不会有任何承诺。

奇袭兵团长羽柴秀次的大部队如蒸发一般溃败逃窜后，最前线的“鬼武藏”森长可与池田胜入斋的队伍依旧按原计划持续行军。他们丝毫不知大部队退却的消息。家康率主力对这支队伍进行了剿灭。

鬼武藏这时二十七岁，对此前自己的败北十分羞愧，这次出征竟在盔甲下穿了白色寿衣，是打算战死方休。他成了家康队伍的射击目标，终于乱箭穿心，落马而死。池田胜入斋奋起反抗，终因疲劳不敌，把自己的脑袋交给了家康的旗本永井传八郎。

待家康成为天下之主后，胜入斋之子池田辉政（后成为播磨、备前二地八十三万石之主）曾与家康谈起往事，问道："那位打败了在下之父胜入斋的永井传八郎还健在吗？"家康回答还在，并差人去叫了这位永井传八郎前来伺候。

辉政这样问并无他意，只是想知道一些父亲过世时的详情。永井传八郎详细告知了经过。辉政流泪听完后，问道："这位旗本永井传八郎身家多少？"家康回答，记得应该是五千石。

"取了在下父亲性命之人，若只是五千石的身份，恐怕有辱在下家门名声。还请给予加封。"他这样恳请道。家康也认为说得在理，于是就将永井封作一万石的大名。后来又加封至常陆国笠间一地三万两千石，其子孙亦是枝繁叶茂，作为德川的谱代大名一直繁荣到幕府末期。

言归正传，当秀吉得知秀次的奇袭兵团遭遇惨败的消息时，心中的震惊非同小可，于是发起大军赶去救援。

他一面叱责"秀次这个呆子"，一面计划着趁此机会对偷跑出要塞的家康给予迎头痛击，所以争分夺秒疾行而去。

可当他行至龙泉寺这里时，有家康军的消息来报："德川大人已经抽身回到小幡城，锁上了城门。"家康痛打了一顿秀次的部队，然后就跟蝾螺盖上盖子一般躲进城中闭门不出。

秀吉在马背上听到这个消息的瞬间，席卷全身的挫败感无以复加。可若是一味失望后悔，就等于是清楚告知部下自己深感挫败。于是秀吉一击掌，道："妙啊妙！真是又开花又结果啊，不愧是狡兔三窟的名将。除了家康，恐怕以日本之大也难以找出第二人来。你们等着瞧，我秀吉就要让这种人才今后穿了正装上京来，臣服于我。"

秀吉对家康，成了持久战。两军数万将士都困在各自的要塞堡垒里，任谁都不肯先现身一步。

山内伊右卫门一丰奉秀吉之命，去修复废羽黑村的废城，并与其他将士一起守在城内。

有一天，他对侍从祖父江新右卫门道："新右卫门，看来战事得拖很久了。"

"正是如此。这次对阵实在是精彩。"新右卫门道。其实，敌我双方都在屏息凝神关注着秀吉与家康的下一步棋。

"毕竟他们两位都是罕有的大器量之人哪。"伊右卫门也想从这次合战之中学到各种各样的智慧。这次可以说是名家对局。无论哪方都不是平凡武将，对这次合战的考虑并不仅停留在战事层面上，还从政治层面加以考虑。双方均是一面在要塞线上怒目相向，一面又派人到处展开全国性的外交。

家康已经与四国地区之霸——长曾我部元亲取得联系，准备让他登陆大坂，突袭秀吉的居城，来个措手不及。而纪州平野所率之军，称得上是大坂的后方军队，已经转投了家康麾下。纪州平野的乡士团“杂贺党”已率领三万人马揭竿而起，打出了反秀吉的名号。另外，家康还联络北陆的佐佐成政，让其进攻北陆秀吉同盟军的前田利家、丹羽长秀；更与北关东的豪族佐竹氏结成同盟，充分显露了他细致周到的外交手腕。

秀吉更是外交名家。

秀吉对家康的新同盟佐竹氏，采用怀柔政策加以拉拢；对北陆的佐佐成政，则利用越后的上杉景胜加以牵制；对四国地区的长曾我部氏的渡海攻击，则用毛利的水军与淡路的仙石秀久来加以抗衡；对纪州杂贺党的大坂攻击，则派遣部将中村一氏、黑田官兵卫、蜂须贺家政去予以拦截。由此，家康的外交策略被一一封死。

另外，为了缓和家康的紧张，秀吉还常对亲随说“俺可不愿把那样的名将置于死地，俺想让他当俺的大将”之类的话，并故意让家康派来的间谍几次三番地听了去。

秀吉外交最大的杰作，就是对家康同盟织田信雄采取的策略。在对信雄提出讲和建议，并列出极富吸引力的条件之后，信雄满面欢喜，竟没跟家康商量便独自签署了和约。本来家康决定参战最重大的理由就是因为信雄跑过来哭诉“秀吉要剿灭织田一族，只有仰仗您了”，可如今当事人却轻率地撇下家康要跟敌人媾和，或许只能归咎于这位不知世道艰辛的公子哥本人的愚钝了。

如此一来，家康便瞬间失掉了一支强大的同盟军，甚至连对战秀吉的理由都失掉了。

家康在听到这个消息时，对信雄的两面三刀与秀吉的老奸巨猾自是深感愤怒，但他仍然礼节周到地让使者把祝福带给秀吉与信雄：“真是可喜可贺！二位的和睦可谓天下万民之福——”可以说他做到了外交的极致。

秀吉与家康终于停战。不过也只是暂时处于休战状态而已，问题还未圆满解决。因为家康并未臣服于秀吉，反而强化了国境的戒备。

这段时期伊右卫门回到了秀吉的新城大坂。千代从近江长浜来到大坂观光，是天正十三年（1585）早春的事情了。在大坂城下，有关家康的议论满天飞，这自然也成了伊右卫门与千代之间主要的对话内容。

“德川大人真让人意外啊！”千代饶有兴致地触碰到这个话题。千代的“意外”一词，是指本以为会轻易臣服于秀吉的家康，结果只把儿子小义丸（后来的结城秀康）作为人质送至大坂，自己却在东海寸步不动这种奇妙的形势。

——家康是个怪人。

这种评价已经存在。虽说秀吉大军的极少一部分，在小牧、长久手两地为家康所败，可那也不能证明秀吉下次就一定会败。无论怎样秀吉都是天下之主，而家康只不过是地方大名。

“所谓英雄，指的就是那位吧？”千代道。在她眼里，家康大概有着无比的魅力。面对主宰天下七成的霸主秀吉，竟毅然决然独善其身，千代对家康的钦慕有些类似于恋爱般的感觉。

而且不仅如此，她还觉得家康的疑虑里藏着一个了不起的政治家的影子。可谓怀柔名家的秀吉，使了各种手段尽心竭力想要把家康拉到自己的阵营里。但家康就是不为所动。他认为轻易顺从最终会遭致杀身之祸。

“可如今，德川大人到底是怎么打算的呀？”

“大人一定是——”千代说，“经过全盘考虑的。即便有臣服于羽柴大人的那一天，也总要想尽办法使之焦虑，其间再多占领地，羽柴军若是攻来就给予痛击，最终让自己有与之对等的本钱之后，才会真正臣服吧。”

可家康所想的并非臣服，而是合并。

“是要抬高自己的价值？”

“呵呵，夫君一语中的。就跟马商一样，要先把马儿养得肥美以后才能卖得好价钱嘛。”

“有看头！”

“本来若是从织田家来考虑，由德川大人来继承天下，可比羽柴大人更为合理呢。怎么说德川大人都是信长大人的拜把兄弟啊。”

“千代你怎么老是替德川大人说好话？”

“我哪里有替谁说好话啦？”

“啊哈哈，难道是喜欢？”伊右卫门敏感地察觉了千代的感情变化。

千代摇头道：“又不是只有千代一人这么认为。天下的武士大概现在都屏息凝神关注着德川大人的一举一动呢。一丰夫君也关心一下嘛。”

千代滞留大坂的这段时间，伊右卫门加封至七千石，这不得不说是个好消息。新受封的领地在若狭国西悬郡。

“千代，让你高兴高兴。”这天伊右卫门回来就这么嚷道。

千代显得比伊右卫门所期待的更为开心。千代本是一有喜事便格外开心的性格，可算是她的美德之一吧。

“怎么样？俺也并非泛泛之辈嘛。虽说离大名还远了点儿——”伊右卫门有些得意忘形。不过千代内心里其实并没有脸上的笑颜这般开心。

（真是迟到的荣升啊！）

这才是她的心里话。有个叫石田三成的年轻人，在秀吉还是长浜城主时便以少年之身被看中，之后因才气横溢很快便安身立命，现在年仅二十六岁就已经是近江水口一地四万石的身份了。

伊右卫门这个秀吉麾下最年长的下属，如今已近不惑之年，才好不容易得到这区区七千石。跟石田三成比起来，真是一个天上，一个地下。

“祝贺夫君！看来又得去招募手下了。”

七月，羽柴秀吉因内大臣的推荐，官位又升一级，成了关白。

不过秀吉自己原本想当的是征夷大将军。因他是武将出身，而且有源赖朝、足利尊氏的先例可以遵循。可征夷大将军迄今为止几乎都是源氏一族包揽了的，就算曾有过先例，但在宫廷之中不是说想当就能当的。

所幸，前将军足利义昭带着落魄之身，正亡命于中国地区的毛利家。秀吉便差了使者，说愿意成为将军的养子，想取得源氏的姓。可哪知这位没落贵族倒是清高，不乐意出卖家门，弄得秀吉困惑不已。

将一切都看在眼里的是以前就一直支持秀吉的公卿菊亭

晴季。

——还有关白这条路。

菊亭晴季如此提议道。的确，从官位上来说，关白是位于征夷大将军之上的。不过任命关白的惯例，是只授予公卿之中家格最为尊贵的五摄家。因此，秀吉就成了前任关白近卫前久的犹子[3]，这才当上了关白。

关白手下应有诸位大夫，于是秀吉就任命自己亲自培养的十二位部将为大夫。这之中也包括石田三成，官位治部少辅，而且兼任五奉行之一。

“三成这小子可是一步登天啦。”伊右卫门对千代说。

不过，就在三成升任之后不久，多年来备受冷遇的老将们也被逐一提拔了上来。伊右卫门也得到通知。他兴高采烈地回到府邸：“大名！千代，大名！”说罢一把抱住了坐在里屋的千代。千代好容易才相信确有此事——近江北部，二万石；赐长浜城。

伊右卫门终于得偿所愿，成为一城之主。

伊右卫门成为近江长浜的二万石城主之时，去大坂城向秀吉答礼谢恩。同一日，秀吉夫人特意叫了千代进城内叙话，这实属特例。

秀吉之妻宁宁，在七月里秀吉荣登关白之位时，亦从朝廷得了“北政所”的封号。她本是织田家下级武士杉原（木下）助左卫门的次女，在秀吉二十六岁时，借了宁宁妹夫家浅野氏的长屋，在木板上铺了稻草，再盖一层薄垫，就当是榻榻米，然后坐上去喝了结婚祝酒并互赠祝言。

宁宁是个美人，身子丰腴，肤色白皙，再加之因为没有生育，看起来比实际年龄年轻。她为人亲近洒脱，聪慧机敏，又善言谈，在织田时代的将校夫人之中，显得英气勃勃，十分出众。

“北政所”是从三位官阶，她却跟从前一样毫无分别，在侍臣面前也常常毫无顾忌地跟关白秀吉大吵大闹。两人都是快嘴，而且用的是尾张方言，弄得在座侍臣一愣一愣的，不明白他们到底吵到了何等地步。

有天在观看能乐舞[4]时，夫妇俩又吵了起来。秀吉忽然转头问能乐师：“这个吵架该怎么表现?”

敲鼓乐师随即回答道：“夫妇吵架，就好似敲鼓敲到了边儿上。”而后吹笛乐师又道：“不知谁是又谁非哦。”

这一句形象的即兴创作惹得夫妇俩捧腹大笑。真可谓是剪不断理还乱的夫妇关系。

秀吉初当大名之时，与别的女人有染，宁宁十分嫉妒恼火。那时信长给她写了一封信。开头一段是答谢宁宁呈上的礼品。“夫人所赠之礼实在精美，感谢之情难以言表。本想找些东西作为回礼，可还是放弃了。”接着写的是宁宁最近愈加美貌出众。“夫人的眉目容姿，是越来越让人惊叹。如果原来是十成的美貌，现在就是二十成（加倍漂亮了）。藤吉郎竟然还不知足，简直难以理喻，太不像话了。不过话说回来，那只秃头老鼠（藤吉郎外号）还是相当优秀的。这样的丈夫普天之下恐难再找。夫人是他当之无愧的正妻，有时候还是要大度宽容一些，别气坏了身子才好。”

她就是这样一位女性。

当两家还在岐阜之时，千代与她多少还有点儿交往，但之后就一直未曾见过。这次她特意叫了自己前来，因身份实在悬殊，千代的身子不禁因激动而微微颤抖。

这位北政所在大坂城再次见到千代时，口无遮拦便道：“哎呀，你可胖了！”弄得跪拜在地的千代尴尬不已。

千代却惊异于上座的从三位北政所宁宁，相貌身材竟与原来一般无二。千代毕竟聪颖，于是转瞬微笑道：“北政所夫人您也丰腴了些呢。”

当时妇人是以胖为美，所以说人胖了也并不一定就是坏话。

“千代还是老样子啊。与祢小姐长大了不少吧？”

啊！千代小小地吃了一惊。北政所竟知道自己十岁的女儿与祢的存在。

（是在此前探查过吧。）

千代虽这样想，但还是不得不折服于她捕捉人心的技巧之精。这点可以说是他们秀吉夫妇的特殊技巧了。

“是的，已经十岁。”千代爽快地回答道。宁宁的这番心思，大概是因为她洒脱的性格，绝难让人认为是要故意收买人心。

“我有时候老是会想起千代。在岐阜时，我总是唉声叹气，悲叹自己没有孩子。可每次都想到，千代也一样啊，这才好受一些。不过现在还是输给你了。”

“不不，怎么会——”

“别谦虚了。因天运庇佑，我现在是坐在根本未曾想过的位置上，可对一个女人来说，这些又有什么意义呢？孩子才是一个女人的所有幸福啊。”

“北政所夫人，”千代笑眯眯地说，“您这么一说，让如我一般的人实在无法回话了呢。”

“倒也是。”北政所对千代滴水不漏的回答很是满意。这位夫人极为喜欢这种聪颖机敏的同性。

千代先以“还礼来迟，还请原谅”为开场白，对伊右卫门受封长浜二万石从此踏入诸侯行列一事，表达了感谢。

“听说当了对马守，是吧？”北政所道。

这次还有诸侯的正式任命仪式。伊右卫门被奉行叫去，要他从但马守、志摩守、对马守三者之间取一个自己喜欢的。他也不知道哪个更好，最终选了对马守。

“山内对马守，听起来不错，而且字面上也漂亮。”北政所的这句话，好像没什么说服力。

（为何要叫我来？）

千代原本完全猜测不到原因。无论是秀吉还是北政所，对自己的丈夫一直都并非十分关爱。

“千代，到长浜城后，能否答应每个季度都来看看我？”

“好的……”

“西城郭处，有棵很大的山桃树。告诉我一下那树长得好不好呀，还有城下摠持寺里的那只猴子最近怎样了呀，就这些就好。”

“噢！”千代终于发现自己是多么粗心大意。她明白北政所为何要叫她来了。

北政所是在怀念近江长浜。

丈夫秀吉最初成为信长的大名时，所赐之城就是长浜。长浜对北政所来说就是旧居。当然秀吉一下子就是十八万石的大名，是伊右卫门的两万石所无法比拟的。但在同为长浜城主这点上，却是一样。

总之，千代的新居长浜城，对秀吉夫妇来说是值得纪念的一座城郭。

“就那座城，我是很不愿让生人入住的。听说伊右卫门大人就要乔迁，真没有比这更高兴的事情了。”

“……”千代垂首之间，忽然想到，莫非，伊右卫门的长浜二万石是北政所的提议？

“我与伊右卫门大人都是尾张出身，所以感觉就跟亲属一样。”

“真是不胜荣幸。”千代稍一低头，更为确信自己的直感无误。早就听闻北政所有时候会对人事变动发表自己的意见。

——让那个谁谁当大名。

只要她这么一开口，有时当天就有准信。

就千代的推测，既没有从祖辈就侍奉左右的家臣，也没有多少血亲与亲属的秀吉夫妇，在培养心腹大名、旗本上可是相当努力。自然，与他们夫妇同属尾张出身的人，则属于近似于亲戚的一类，有更易受提拔的倾向。

但最近秀吉喜欢上了茶茶（后来的淀姬），她是被信长所灭的近江小谷城主浅井长政的女儿。而且，因爱屋及乌，近段时间对侧室一派的近江武士大量录用，之中还成就了数位大名。石田三成就是其中之一。就任关白时提拔上来的十二位大夫也是一看便知，与尾张出身的北政所关系疏远的近江人士为数不少，五奉行里的人们也是近江色彩极重。

北政所定是对秀吉这样警告过：“若是疏远轻视尾张出身的人，就等于失掉了自己的手足！”如果有所谓的尾张派，那北政所就是这派的首领。千代对北政所的尾张情结也略有耳闻。

（这么说来，眼前之人才是恩人。）

想到这里，千代重新抬头看了看上座的中年女人那张美艳的面庞。

“城主对马守，”千代对丈夫这个新称呼还有些不习惯，“当然会拼了命去保护这座城郭。千代也自当拼命保全北政所夫人这座重要城郭里的一草一木。”

“还有西城郭的山桃树。”北政所的语调特别亲切，“一定要好好照顾啊。”

千代夫妇从这一天起就不知不觉被归于北政所一派了。千代自是不知，这将会带给自己怎样一种意想不到的命运。

伊右卫门与千代搬到矗立在琵琶湖北畔的长浜城里了。

（好大！）

千代对“住宅”的规模之大不得不感到瞠目结舌。西面的石墙经受着琵琶湖水的涤荡，城下有畅通无阻的北国街道，城里有三方的窗口都可以眺望北近江的田园美景。

千代显得有些疲惫。因为以前住惯了小块儿的府邸，她的身体还未适应这个巨大的住所。可纷至沓来的工作却不饶人，压得她喘不过气来。首先，得募集与二万石身份数量相当的武士下属。找人、选人这些事情都是伊右卫门不太擅长的，所以一直都是千代代为操劳。

“将来说不定夫君就是百万石的身家了。一定得找一批出类拔萃的才行。”千代道。千代去娘家美浓，以美浓为主挑选了一批人才回来。

顺便说一下，在此前后所招募的武士大将之中，首先有乾彦作，一千五百石，是美浓池田郡东野村出身。这位乾彦作的手下里有位被赐予乾姓的武士，其子孙中出了一位幕府末年的名人乾（板垣）退助。

其次有福冈市右卫门。他本是大和国添上郡狭河的人，在流离美浓期间，被千代看中，后来成为家老之一。从这个家系里出了一位幕末维新的福冈孝弟（子爵）。

还有深尾汤右卫门，美浓山县郡出身，有一层与千代娘家不破家联姻的关系。他后来成为家老之一，伊右卫门入主土佐国后，领一万石。这个家系里也出了一位幕末维新的深尾鼎。

更有一位后来代代都是土佐藩家老的安东家出身的祖太郎左卫门佐，也是这个时期招募进来的。

千代在人事担当上忙得不可开交。

伊右卫门担当的是军事，也是忙碌非常。因为，自伊右卫门入主长浜后，秀吉便很快发动了对北国佐佐成政的征伐战。而且长浜城在地理上是征伐北国的重要后方阵地。伊右卫门奉秀吉之命去收集这次征伐战所需的兵粮弹药，也就是所谓后勤负责人。

另外，每天都有秀吉的军队经过长浜城下。士兵们的食宿安排也都是伊右卫门负责的，也就相当于食宿总监督。

“千代，俺经历了无数次合战，这种工作还是头一次。”他这样说道。其实，伊右卫门在这种工作上可算是十分有才了。

要让伊右卫门拿着刀枪战斗，也算是合格的武士；但若要让他指挥大军进退，主宰一国命运，让他发挥军事才干决胜于战场，便很不合格。说实话，能当上城主都让人觉得不可思议。当伊右卫门被赐予长浜城时，很多人都不屑一顾：“就那人？”

总之，中规中矩的伊右卫门的性子，很是适合这些兵站事务。他过去的武功并未让他变得有名，可繁琐的兵站事务却被他搞得头头是道，因此，旁人的评价忽地高了起来。

这段秀吉的北国征伐战时期，是千代与伊右卫门最快乐的时期。因是第一次过城主的生活，而且伊右卫门的长浜城成为了兵站基地，所以每天都有大量的工作，日子过得紧张而充实。

“哎呀，还从没有过这么忙的时候呢。”千代从一大早就开始气喘吁吁。

虽说是城主夫人，可也不过是二万石的身份罢了，千代得亲自忙上忙下帮丈夫里外打点。

比如，高山右近大人带兵五百到达的话，就得把食宿计划表斟酌再三后提交给右近的奉行，另外再命令自己手下带领他们就餐住宿。若是他们兵粮不足，就从自己仓库里取些出来，弹药也会按对方要求给予提供。

总之，人马是来了一批又一批。当然也有不在城下住宿，直接经过的部队。对这样的部队，她通常都会命令沿道的村长、富农备好茶汤接待；若是需要兵粮、马粮，就让富农们先垫着，随后就从城里仓库取出同样数量给予兑现。

千代在此事上完全不计较金钱财物的得失，于是在途经城下的武将之间渐渐传开了一句话：长浜是最好的，山内对马守大人最是出手阔绰。

结婚后，伊右卫门是第一次见到千代这么大手大脚，唬了一跳，道：“千代，你没发烧吧？这么毫不吝啬地开仓放粮，万一咱这里出了战事怎么办？会输的。”说罢，眉毛都拧到了一块儿。

可千代只是微笑着看他。

“什么那么好笑?”

“这里大概很久都不会有战事了。就算有，还有大坂的关白殿下顶着呢，差一粒米都可以请求支援的嘛。”

“战不战是另一回事，咱们总得为将来存上一些吧。”

“我说，难道一丰夫君打算今后一直就这么两万石?”

“那自然不是——”

“那不就得了？将来夫君肯定是一国之主的嘛。”千代语气很是开朗。伊右卫门听了却只能苦笑。

说到开朗，这本是千代性格的优点之一。可自从当上城主夫人之后，有时候会让人觉得好像开朗得稍微有些过分。

或许就是这个原因，她不是在这里摔倒就是在那里磕碰到。比如，在城郭内的陡梯上，两三步踩滑跌落了下来；还有，把伊右卫门白小袖的领子跟后背缝在了一起，平素她的女红可是很值得夸耀的。总之，有些不同于往常。

“千代，你怎么回事儿啊?”伊右卫门每天都会苦着脸这样问她一次。

“没什么呀，很正常嘛。人家镇定得很呢。”

“还镇定？你会这么大张旗鼓说出口，就已经很可疑啦。以前的你从不多说一句废话的。”

不管千代自以为多么镇定，这都是她第一次当城主夫人，这种经历让她多少起了些变化。伊右卫门倒好，仿佛已经做了百年城主似的，不事张扬，不动声色。

总之，千代很幸福。

——长浜的春天到秋天是最愉快的。

千代在晚年时这样回忆道。

然而，一场可怕的天灾完全改变了千代的长浜时代。那是秀吉的北国征伐结束后冬日里发生的事情。

后来听人说，这场天灾发生前，出现了许多不可思议的现象。据说，数日前城中的老鼠竟没了踪影。自然，猫也不见了。千代后来想起，好像那时老鼠真的是消失了。还有，一连几个晚上，鸟儿都叫唤个不停，城下的犬吠声亦是此起彼伏。千代记得自己当时也曾觉得“好奇怪”。最为鲜明的记忆莫过于城内树林里的雉鸡，事发前数小时，直叫得让人心烦。

“恐怕是有狐狸来了吧。”女儿与祢的乳娘初野这样说道。初野是足轻头大石主马的妻子，与祢出生时起就是她的乳娘了。

“今天我好寂寞，与祢跟初野都过来陪我一起睡好吗？”千代道。伊右卫门出远门了，正在京都侍奉秀吉。

可是，十岁的与祢却不愿意调换睡觉的地方，道："还是母亲过来跟我们一起睡吧。"

"那好吧。"

与祢听了很开心。对孩子来说，些许的变化就能带来欢愉。要在自己房间里迎接母亲这位客人前来住宿，是平素求也求不来的特别之事。

"那母亲早点儿来啊，我们等您。"说罢，与祢就由初野领着出了房间。

与祢住的地方与伊右卫门夫妇的寝室之间，连着一条回廊，属另一座建筑。千代备好点心，去见女儿时稍微晚了一点儿。她故意不走回廊，而是绕过庭院，装作旅人的模样，特意戴上斗笠，杵了竹杖。

"与祢小姐，请问，这里是与祢小姐的闺房吗？"

"是啊，您是哪位？"纸格门里面传来稚嫩的童声。

"请恕在下冒昧。今日跋山涉水，可怎奈暮色将晚，请问小姐能否行个方便借宿一晚？"

"阁下哪里人？"

"回小姐，在下美浓人。"

"哎呀，原来是从美浓远道而来的客人啊！"

"正是。"说到这里，千代再也忍不住笑了起来。

与祢对这个游戏很是中意，反反复复说来说去，就是不舍得让千代进门。外面很冷。城内林间，有雉鸡嘈杂的鸣叫声。

之后三十分钟左右，千代给与祢念了《伽草子》，又讲了些自己儿时的事情。

“对啊，母亲像与祢这么大的时候，已经没有父亲了，是在战场战死的。跟母亲比起来，与祢很幸福呢。”千代说着这些话的时候，总觉得极为心神不宁。却不知道原因。林间的雉鸡还是叫唤个不停。或许是这些叫声扰乱了心神，让她不安的吧。

“初野，有没有觉得心里躁动得厉害？”

“没有啊，一点儿也不呢。”初野跟平时一样慢条斯理地回答道。

“与祢呢？”今夜的千代很是奇怪。这种问题，仅十岁的女儿是无论如何都无法圆满回答的。

“什么呀母亲？”与祢偏了偏小脑瓜。

“没事儿……”千代只有苦笑。

“夫人——”见到千代如此模样，初野笑出了声，道，“是夫人多疑了。肯定是因为大人今日不在家，所以才这么疑神疑鬼的吧。”

千代想起伊右卫门走前说的一句话：“啊，小心火烛。”

城郭的戒备是由各幢楼内的家老们担任的。千代只须负责最内层便好。她把夜间侍奉的侍女们叫过来，道："三人一组，去各地查看有无火患。快!"随后千代自己也坐不住了，自己不亲自去各地走走，不亲眼看个明白，便无法安下心来。

今夜的千代很是奇怪。

"把薙刀带来。"她命人拿好武器。女性巡夜之时，按常规是应该配备薙刀。

她手持烛台就要离开。与祢道："母亲，母亲就不用亲自去了吧?"

"与祢该就寝啦。母亲去去就回。"

千代沿着回廊返回。待走到另外一栋檐下之时，突然感觉一晃，身子一沉。与此同时，周围响起巨大的轰隆声，柱子随即折断，整个建筑都飞了起来。就在这一瞬之间，城郭尽裂。千代一失神，但立刻意识到发生了什么。可无奈身子动不了，千代的身子已被房顶盖住。

惨烈的震荡还在继续。这便是有名的"天正地震"，发生在天正十三年（1585）十一月二十九日的夜晚。亦是伊右卫门受封长浜两万石仅四个月之后的事。

(与祢——)

千代跟世间所有的母亲一样，只苦苦念着女儿的安危，于是奋力地想要站起来。幸好，移开右肩上的方木后，她自由了些。

终于，千代爬了起来。大地仍在颤抖，千代在倒塌的废墟上行走，摔倒了好几次。还有两次踩到旧铁钉，浸出好多血她都浑然不顾。

“与祢——”她撕心裂肺地叫着，却无任何回应。

不久，好些人都跑过来，举着火把围在千代身旁。

“夫人安然无恙！真是谢天谢地啊！”

“与祢——”千代嗓子干涸得厉害。

周围人这才发现小姐不见了。“赶快去找！”

千代跑了起来，可十步不到便一个趔趄摔倒在地。刚才还在黑暗里高高耸立着的与祢的寝楼，如今竟成了一堆废墟。人们聚拢过来，七手八脚挪开那些瓦片、木材之类，一个劲儿地呼唤着与祢小姐。

作业进行了近一个小时，终于——找到了。

与祢的身躯已变得冰凉。她旁边还有乳母初野的尸身。两人好像都是在建筑倒塌的那一瞬间便撒手人寰了。

（死了——）

得知女儿不幸的千代，与所有丧子的普通母亲一样，悲恸失声。

“与祢——”千代不住地摇晃着女儿幼小的躯体，声嘶力竭想要唤回她已经飘逝的魂魄。

也不知喊了多久唤了多少遍，她终于回过神来。身旁趴着一个中年武士，是初野的丈夫大石主马。千代这才猛地发现初野的尸身，一直孤零零地躺在那里。周围的人都因与祢小姐的惨死与千代的悲恸束缚了手脚，都未能顾得上初野。

可千代不能一味地被悲恸所淹没。

其实她根本无暇为初野的死而伤怀，这种情形之下，作为战国时代的城主夫人，她也不得不想办法赢得手下的尊重与心服口服。

“大石主马，”叫来趴着的初野丈夫后，千代放下怀抱里的与祢，走近初野道，“一起抬起来吧，请帮个忙。”

千代扶起初野的身子，让主马抬起她的脚。

“怎……怎可劳烦夫人?”不只主马这么说，很多人都这么认为，可千代充耳不闻，只叫主马“快点”。两人把初野搬到五六丈外的草席之上，让她静静地躺了下来。

这之间，有人拿来一件锦缎小袖，盖在与祢的身上。

夜色褪去之后，僧人到访。

第二天伊右卫门从京城赶了回来，得知消息后他整个人都陷入了呆滞的状态。这个男人，整整诵了三天经，而后便再不开口。这个打击实在太大。

与祢逝世后的一个月，这对夫妻简直形同废人。两人第一次有模有样的对话，已是将近年关之时。

“真所谓祸兮福之所倚，福兮祸之所伏啊。咱们受封大名，不意间得到无比的幸福，可哪知老天竟夺走了与祢。”伊右卫门说话间，仍止不住泪流。

家里的顶梁柱竟一直哭哭啼啼，这让千代反倒觉得意外。

“俺想出家。”伊右卫门如此说道。丈夫的悲叹痛楚丝毫不见缓和，渐渐地，千代意识到自己不能跟着他再一味痛苦下去了。

“一丰夫君，打起精神来，好么？”她不得不这么劝慰。不能再沉沦下去了。她还用嗔怪孩子的口吻道：“如果一直这样痛苦不能自拔的话，据说死者便不能入土为安，会阻碍他们往生的呢。就别再这么悲叹下去了好么？”

“可是，千代啊，与祢被老天夺走，咱们这一生就再也没有孩子了。今后，咱要为谁活着，为谁努力啊？”

“夫君别这么说——”千代一时语塞，无力争辩。

这对夫妻为了吊唁与祢，改变平素信仰的日莲宗，皈依了禅宗。第二年，在京城花园之地、临济禅宗的妙心寺里搭了一个塔头，并迎来当时德高望重的南化禅师做住持，以超度与祢。

然而，与此同时，时代正经历着巨变，不能这样一直把心思花在佛事上。

家康还坐镇东海地区，仍是丰臣天下的敌国之一。这之间秀吉为了投其所好，不惜采用各种手段。其中最为绝妙的一手，便是联姻政策。

秀吉有一个异父妹妹，叫朝日，是平庸武士佐治日向守的妻子。她并非美女，且年纪不小，都四十四岁了。为了让这个妹妹跟家康匹配，秀吉叫她的丈夫佐治——为了天下太平——跟发妻离了婚。佐治终因受辱不过，切腹自尽。

家康虽对这桩婚事并不高兴，但最终还是应承了下来，只是对秀吉的使者说希望增加一个附带条件："我们家已经有了后继者（即德川幕府二代将军秀忠），如果今后与朝日夫人有了儿子，也不会让他继承家业。"

秀吉应允此事后，天正十四年（1586）五月，婚礼的列队洋洋洒洒，朝东海而去。

可尽管如此，家康还是怀疑秀吉的真意，不愿离开自己的居城，更不上京去拜访秀吉。

"家康还真倔强呢。"千代实在佩服。

家康的倔强的确很出人意料，可竭尽所能要收服家康的秀吉，心思亦是十分有趣。

伊右卫门夫妇正坐于观众席上，观看秀吉与家康虚虚实实的大戏。如此一来，或许还能忘记些许失去与祢的悲苦。

秀吉为劝家康上京磨破了嘴皮。家康总是卑谦有礼，却决不答应。若是上京，就意味着臣服。家康过去连与信长都是同盟关系，处于对等的位置之上，难道对这位信长曾经的足轻小卒秀吉，他还应该臣服不成？

这是绝对不可能的。可以这么说，上京便是死，或许被包围残杀的可能性更大。

“三河大人可真是倔强啊！”千代感叹道。对这样的家康，千代感到了一种比秀吉更强的男性魅力。

秀吉虽说还没有把九州、关东、东北尽数收归囊中，但已经占据了京城，且位及关白一职，是远超信长的中央三十余国的主宰。而家康仅是区区五国之主，却一再拒绝秀吉的恳求。

终于，秀吉采取了一个众人皆惊的计策——将自己的亲生母亲大政所作为人质送往家康处，以此来换取家康的信任，让他相信上京后的生命安全是有保障的。

秀吉的重臣们对秀吉的这个计策均是极其惊骇，联名反对计策的实施，同母异父的弟弟秀长竟流泪阻止此事：“要母亲大人做人质以换得对方的好脸色，简直为人所不齿。为何不派出大军，堂堂正正出兵讨伐家康？叫越后上杉景胜抄到家康背后，形成围攻之势不是轻而易举吗？总之，如此行为，根本没有先例可循！”

秀吉皱着眉头笑道：“俺做的一切都是在日本没有先例的事，又不是仅此一件。俺就是先例。你看着好了，俺就要不费任何武力把这位在小牧、长久手不可一世的大将收拾得服服帖帖的。”

于是，秀吉的亲生母亲到了三河冈崎。家康让她住在城内，并妥善款待，这才下定了上京的决心。天正十四年（1586）十月二十日，家康带领酒井忠次、本多忠胜、榊原康政及一万大军出发西进。

双方会面的地点并非京城，而是大坂城内。家康于二十六日抵达大坂，在羽柴秀长的府邸下榻。第二天即二十七日便是正式会面之日。正当家康在秀长府邸休息时，一位贵客却趁着月色秘密到访。

那便是秀吉。

“三河大人已经歇息了么？”秀吉只带了两三个杂用小厮，来到府邸的居室。

家康惊骇之余，要行礼作答，秀吉却一摆手，道：“不用不用，礼数明天再遵不迟，今夜俺就是以前的藤吉郎，是来求德川大人一个事儿的。怎样，能否答应俺一个小小的请求？”

“真是折煞在下了。只要是家康能做到的，大人但说无妨。”家康对秀吉的想法实在摸不着头脑。就现在，若是自己起了杀心，解决面前这个毫无防备的秀吉是轻而易举之事。可秀吉本人却仿佛毫不在意。

秀吉上前一步握住家康的手，道：“这次多亏大人赏光，不远万里来到此地，这才让俺秀吉可以做个名副其实的天下之主，呃不，是大人让俺做的天下之主。”

不能不佩服秀吉，演技真是到位。随后，秀吉把带来的便当打开，为了表示没有下毒，酒和菜都亲自尝过后再让家康品尝。吃到酣处，只见他压低声音道：“其实，今夜俺单身前来，是为了明日会面一事。”之后，他又俯在家康耳旁窃窃道：“大人是知道的，俺秀吉本是一介草莽。如今虽然贵为人臣，手握天下兵权，四海之内的英雄豪杰近半数都是俺的家臣，但里面多是织田大人的旧臣，亦是俺曾经的同僚朋辈，说实话，很少有人真正打心底里认同俺秀吉的。”

“……”家康思忖，他到底想说什么?

“所以，俺有个不情之请。明日会面，诸位大名会登城列席。到时候，请德川大人务必庄重地给俺行一个礼，可以吗?”

“定不负嘱托，因为在下就是为此而来。”

“那真是太感谢了。那个时候的秀吉，态度会很倨傲，回话也很轻慢，还请大人不要在意。待诸位大名见到德川大人都对秀吉态度卑谦恭敬有加，而秀吉只是像对待一个普通的家臣一样答礼，那诸位自然就会在心里想——看来还是应该尊重秀吉啊——”

“啊哈哈——”家康听到此处实在忍不住笑了起来。

秀吉拍了拍家康的背，又道：“这事儿就拜托啦。秀吉就是专门为了这事儿来跟大人商量的。看在维护天下安定与和平的分儿上，务必请大人帮帮忙。”

“大人太客气了，请放心，家康定不负嘱托。”这可以说是家康第一次对秀吉有了好感，“不管怎样，在下已是大人的妹夫，况且如今既然来到这里，就决定一切唯命是从，决不会让关白殿下为难。”

“那俺就安心啦。”秀吉离开时大为高兴。

第二日，大坂城的大厅之内，家康与秀吉正式会面了。

家康跪伏在地。那毕恭毕敬的样子，怎么看都是屈服于秀吉的雄威，要发誓效忠秀吉的模样。秀吉正如昨日所言，神态倨傲言语轻慢。随后，新庄骏河守念了家康的贺礼目录：太刀一柄、骏马十匹、黄金百枚等等。

会面之后就是酒宴。秀吉那时穿着一件桐叶蔓草图案的红色阵羽织，家康随口求他能否把这件阵羽织赐给自己。秀吉却道："这可是俺的战袍，怎可给了他人？"谁知家康的演技更是炉火纯青，道："有在下在大人帐下效犬马之劳，大人今后想是用不着亲自披挂上阵了。"

秀吉一听喜笑颜开，立时便脱了阵羽织当场赐予家康。

注释：

【1】日本阿尔卑斯山脉：日本中部飞驒山脉、木曾山脉、赤石山脉的总称。

【2】杀生关白：关白是辅佐天皇的一个重要职位，丰臣秀吉、丰臣秀次都曾担任关白一职。杀生关白特指丰臣秀次，因其粗暴的行动极多。

【3】犹子：语出《礼记·檀公上》，指如同儿子，或指侄子。

【4】能乐舞："能"是日本中世艺能的一种，含有舞、剧的要素。

秀吉

秀吉准备修建一座华丽雄伟的聚乐第，已是千代失去与祢后的第二年，即天正十四年（1586）四月的事了。

秀吉极为喜好建筑，这点跟家康不同。

家康不同于信长与秀吉，是重实利而务实之人，不喜艺术。正是鉴于此种性格，相对于信长、秀吉来说，人们对家康的印象很是单薄。就好似一个村野里笃实的庄稼汉似的。

不得不说家康虽美德极多，可都是如节俭、谨慎、耿直等个人美德，是属于自发自卫式的，并不能在世间造成某种流行的效应。这是此人的有趣之处，也正是他在当时以至后世里都没什么人气的理由。

总之，说到家康在建筑上留下的遗产，就只有冈崎城、浜松城这种实用的乡下小城，另外还有一座江户城，其规模之小与如今的千代田城大相径庭。

闲谈之余再闲谈一句。家康作为秀吉的大名入住江户时，那座江户城还只是一座茅屋小城，用作房顶的甚至不是薄桧板，而只是一些日光[1]、甲州的茅草，再在茅草上涂了一些防火的泥，因此湿气很重，室内的榻榻米都腐坏不堪，入门处铺的木板只是重叠起来的两块旧船板而已。

家康对此做了一些改建，不过只是加修了一座西城，连天守阁都没建。

待他夺得天下以后，城郭规模势必要扩大，他命西国诸位大名帮忙筹措，而自己却到骏府（静冈市）隐居去了。第二代将军秀忠成为工事主宰。后来第三代将军家光又对江户城进行了扩建，其规模威容终才配得上将军居城的地位。

由此看来，江户城实在算不得是家康的作品。

可秀吉不一样。他是一个为了侧室都会大兴土木修建淀城的建筑迷。

秀吉在山崎之野剿灭明智光秀时，已经有了修建大坂城的计划。这座大坂城是按当时的世界级规模来营造的。一竣工，他便亲自带着南蛮人进城参观。若不是极为喜好建筑的人，是做不到这点的。他一人的建筑作品，除去信长时代的长浜城不算，就有大坂城、聚乐第、伏见城、淀城、肥前名护屋城等等。而且只有大坂城是实用的防守型城郭，其余四座都不是。可以说是想建便建的游乐之城。

秀吉是个喜好游玩之人。或许他的这些华丽的浪费，正是比没有浪费的家康更能博得后世人气的原因吧。

好了，来看看聚乐第。天正十四年（1586）四月十三日，这座聚乐第便在旧皇宫内院遗址上动工。千代也有所耳闻，有传言称："好像是要建一座极乐之城呢！"

伊右卫门这段时间多在京城、大坂做事。每当回到长浜，就把京城、大坂的见闻等详详细细告知千代。千代是个善听之人，对家臣都终日沉默寡言的旁听者伊右卫门，只有在千代面前才像个超出世间水准的饶舌家。

"聚乐第修得怎样了？"

"花钱如流水啊，工事是夜以继日不停不歇呢。人人都说可以活着亲眼拜访这个世上的极乐净土了，京城里从公卿到庶民，无不翘首企盼哪！"

"可是，秀吉大人已经有一座大坂城了，为何还要在京城修建聚乐第呀？"

"就是啊，大人真是奢侈。"伊右卫门只有这种感想。

可千代却想，建筑是天下之物。秀吉大兴土木，不仅肥了京城的土地；而且只要竣工，数百年来都过着贫瘠生活的公卿们，曾在战场出生入死的天下的英雄豪杰们，都能身着华美的礼服，洗去戾气，出入流连于聚乐第这座社交场所了。而这定是秀吉所祈愿的。虽属游乐，但秀吉这样做一定有他自己的政治深意。

"要是修好了，咱们也能去拜访一下么？"

“好像正是这么打算的。听说北政所（秀吉夫人）要招待所有的大名夫人，自然千代也是可以去的。”

在聚乐第工事正常进行期间，秀吉开始进攻九州，以完成他的统一大业。九州虽大，但真要征伐的只有一个萨摩的岛津。岛津氏在战国的风云变幻中崛起，从南部的萨摩逐渐往北延伸势力，最后几乎囊括了整个九州。而且，岛津氏不愿屈从秀吉。

九州的历代名门大友氏，一直遭受岛津的威胁，于是请求秀吉给予救援。秀吉当然应允，可九州对他而言还是一片从未触及之地。为了这次大远征，他必须动员麾下几乎所有的兵力。

秀吉到最近都一直未能有所行动，正是因为东海的家康。若是自己离开大坂，家康或许会直捣黄龙。秀吉以关白之位尊，对东海区区五国的领主家康不惜屈身求和，其原因之一，也有九州的因素在里面。

如今家康的威胁都尽数卸去。秀吉一面营造聚乐第，一面筹备着这次史上最大规模的攻伐战。诸位大名都受领了军令状，部署也已确定。

“千代，千代！”伊右卫门回来告知千代，自己并非被派往参与战斗，而是留守京都。

（这也挺好。）

千代思忖，比起在前线战斗，伊右卫门更适合于留守的工作。

千代对秀吉喜好建筑一事很感兴趣，原因之一或许是因为山内家自身也不得不跟建筑打交道的缘故吧。

长浜城的修葺、大坂新居的营造，都是需要花很多精力的。而且，还有传言说诸位大名都得在京城聚乐第的周围修建京都府邸，山内家也不得不建。

（真是花费不少啊！）

千代叹息。若是万石以下的身份，就没有这些烦恼了。小大名的家计真是紧巴巴的没有任何富余呀。

原本山内家成为大名之后，家计就不由千代操心，改为勘定奉行[2]的职责了。可掌控勘定奉行的，是伊右卫门，即山内对马守一丰，而伊右卫门是事无巨细均要跟千代商量的，因此，千代才是事实上的长浜城主。

府邸营造所需的费用，确实让人头痛万分。

“千代，咱们既然留守京都，那就得早些把府邸造好才行啊。”令伊右卫门苦恼的缘由，便是现在已无钱可用。

“先修修城墙等边缘配套吧，钱总会有的。”

“千代，可能相当长一段时间都不会有加封了。”这次出征没有他的份儿，所以根本没有战功可以期待。

“关白殿下总是吉人天相。这次平定了九州，还会继续平定关东、奥州之地的。一丰夫君总不会就一直这么一点儿领地的嘛。”

“你老这么说。”伊右卫门对千代的乐观很是不以为然。

“京都的府邸，要建就建一座豪华大气的。”

“喂！刚还说没钱来着，你这是什么话？”

“关白殿下是个喜好大气之人，他见了一定会认为山内对马守还有更大的期盼，那以后说不定就让夫君担任更大的官职了呢。”

千代这时，总是觉得节俭持家，做个殷实的小户，不如千金散尽以博更大的期盼。

“咱家无论什么时候都过得火烧眉毛似的。”

“总比火星都灭了，一盘死灰的好嘛。”

“千代总是有理。”伊右卫门苦笑道。

千代虽然并非是为了迎合秀吉，但多少也是受了一些他热气腾腾的建筑热情的影响。

千代还听伊右卫门说，秀吉在今年正月里造了一间纯金的屋子，献给了正亲町天皇的大皇子诚仁亲王。那并非玩具，而是一间真正的茶屋。房顶、地板、房门格子全都是纯金。还可以在里面沏茶饮茶。

秀吉拥有一座佐渡金山。佐渡岛上的黄金正与他夺取天下的步伐一致，滚雪球似的越产越多。虽说没有人能比他的运气更好，可要造一间纯金的屋子，到底也只有秀吉想得出来。

伊右卫门在京都的府邸，已经选好室町附近的一块地，动工了。当时诸国的工匠都集中到京城一地，各处都有土木工事正在展开。所有大名都在争先恐后营造自己的府邸。

工事进行到一半时，千代去了京都。而后又改道去了大坂的府邸。两处都在施工之中，此行的目的也有监工的意味。

这时出征九州的各位诸侯都已陆续踏上征途。

秀吉带领亲卫队出发时，简直就是一场华丽的演出。马匹三千，人数二万五千。喜好黄金的秀吉，挑了十二匹骏马打扮得花枝招展，并把黄金驮在马背之上。武士们盔甲的簇新靓丽自不必说，连他们妻子都出得阵来，其步轿、服饰，无一不绚烂夺目多彩多姿。

秀吉自己戴了一顶唐冠头盔，身穿绯红底色的铠甲，内衬一件红锦官衣，利利落落坐于一匹白马之上。

千代在大坂城内目送一行人远去，数日之后回到了京都。

秀吉出征的这段时间，由外甥秀次担任总大将。留守大名里，有加贺国主前田利家，另外还有中村一氏、一柳直末、堀尾吉晴、山内一丰等，兵力共三万。他们都驻留在京都。

“千代，真是无聊啊。”伊右卫门道。每天除了去秀次那里伺候，其他便无事可做。

不过，对千代来说，这段时间却甚为有趣。自结婚以来，除了战乱还是战乱，伊右卫门每次都会出征，只留千代在家。千代每次都为他的安危操碎了心，可这次却不同。

“人家倒很开心呢。”她像变了个人似的天天外出。

“千代，莫非京城的生活把你宠坏了？”伊右卫门很有些担心。

千代去拜访了京都各处的名胜。她找门路去门跡寺院等地，请求参观保存下来的宝物，特别是对古代的服饰最感兴趣。当然，她对新潮的丝织品也很感兴趣，比如舶来品的唐锦，真是极为喜欢。

“千代净喜欢些奇妙的东西。”伊右卫门道。他以前就知道自己的妻子喜欢衣料，却没想到竟喜欢到了如此地步。

可惜千代没有那么多闲钱，可以见到喜欢的就买。她喜欢看，也喜欢缝纫。而且，不只喜欢这么简单，她选择花色、质地的眼力，缝纫的功力，都不是泛泛之辈。可以说，千代在这点上有着万里挑一的天分。

她开始收集各色各样的唐锦碎片。

“你到底想干吗呢？”伊右卫门很是无奈地问。

“玩玩儿而已。”千代含笑道，可看得出来，她定是有什么打算的。只要一有空，她便在这些布料上忙活。

有一天，不经意间走进千代房间的伊右卫门“啊”了一声，定格在门口。目之所及，有一尊衣架。衣架上挂了一件小袖，美丽得仿佛不属于这个世上一般。

“千代，这是你做的？”

“嗯。”千代一边给伊右卫门沏茶，一边点头答道。

（这难道竟是——？）

竟是那些零零碎碎的唐锦布片做出来的？

有一种叫“千代纸”的，是一些各种颜色的四四方方的小纸片，这成为后世女孩儿们的折纸道具。或许，千代纸正是起源于千代的这件小袖。

当然这件小袖不是纸的，而是唐锦碎片织就的。虽是些碎片，但形状与后世的千代纸一样都打整得四四方方，再一针一线精细地缝纫起来。颜色的搭配亦是妙不可言，整体呈现出一种仅从材料上是完全想象不出的一种极有韵味的色调。

“你的才能可真是奇妙啊。”伊右卫门看得恍恍惚惚的，吞了好几次口水。面前的妻子，就好像换做了别人似的，让他感觉新鲜不已。

“我也是觉得无聊嘛。”这并非谦逊的话。千代已与过去拿方斗当菜板的时候不同了，怎么说都是名副其实的大名夫人，已经从家务上解脱出来。或许千代就是利用这些闲暇，开拓了一条新的人生之路。

“这……这你是要穿的吧?”想象着千代彩衣着身时的美丽，伊右卫门的喜悦很是纯粹，引得千代也微微笑了。

可随后千代却说：“我是不穿的。”

伊右卫门吃了一惊，忙问：“又不穿，那做来干吗?”

“兴趣使然罢了。”千代笑道。

伊右卫门又发现了千代的新的一面。

“那……你是打算送人么？送给谁?”

“适合穿它的人。”

千代真是变了。从第二天起，她说要去寺庙拜神，于是带了数名侍女，开始走访京都的大街小巷。走遍了清水寺、北野天神、誓愿寺、东寺、祇园社、三条往还等等地方，就为了找一位适合这件小袖的年轻姑娘。

在三条往还，出现了一位让人眼前一亮的美丽姑娘。她穿着粗麻衣，仿佛是住在附近。

“姑娘留步。”千代掀开市女笠[3]的纱帘，叫住了那位姑娘。当这位姑娘得知这位夫人竟要送一件小袖给自己，惊诧之至。

千代确实是变了。为了送小袖给那些京城里不知名的年轻姑娘们，忙得不可开交。她设计好了以后，便动员侍女们一针一线缝制起来。一天能做一件。

“这件适合肤色白皙的圆脸姑娘。”她这样说着，就来到街上去寻找这样的女孩儿。

“那位姑娘可惜眼睛太大了。”

“不行，那位穿了这件会显得太胖。”

等等，总之，找人是最难的。

（千代为何要这么做呢？）

伊右卫门百思不得其解。难道是为了艺术的追求？或许可以这么说吧。辛辛苦苦做出来的衣服自己不穿，就难以满足艺术的表现欲望。所以才让许许多多的姑娘穿在身上，走在街上，让所有人都来看，来评价。

（这或许是个原因。）

莫非，她是为了慰藉女儿与祢的在天之灵？

细细想来，在与祢还活着的时候，千代总说——与祢长大了肯定很配这种色调的小袖。还有——出嫁的衣裳，千代都要一件一件亲自做。

（难道是为了祭奠与祢？）

若是，那这个想法不是很风雅么？这种形式的祭奠虽然没听说过，但无疑是千代自己所独创的，有着千代的神韵。

（真是与众不同啊！）

伊右卫门不得不对自己的妻子称赞有加。他并未感到丝毫的不快，在成为从五位下品的对马守以后，仍以妻子为荣。世间的一般看法亦是如此。还有人在背地里说："夫人配对州大人甚是可惜啊！"可伊右卫门对这样的流言也并不生气。

千代亲手缝制的第二件作品是件紫色调的小袖。紫色是很难穿出彩的。

（这次给谁穿好呢？）

千代又戴上市女笠，行走在京城街道上了。她去了聚乐第的工地，其位置正处在一条南面与二条北面之间。向东以大宫为界，向西则一直延伸到朱雀街（即现今的千本街）。

迄今为止，已经完成七成左右。殿阁内到处都放着七宝，还有各地的名木奇石，都说是不亚于秦朝阿房宫、西汉未央宫的宝阁。工匠都忙碌个不停。有搬运工、削木工、组建工，还有很多女子穿插其间替人端茶送水，多是工匠的妻女。

千代见到了一位姑娘。她在一张大布凳上铺了绯红的毛毡，旁边烧着一个大茶壶，有累了的工匠前来，便用茶勺舀了茶递过去。她的肤色白得透明一般，脸颊稍长，但紧闭的樱唇弥补了这个小小的缺陷。特别是一双手，堪称奢华。而这种手，是最适合紫色小袖的。

（不错。）

千代心情激动。

“请问——”

姑娘转过脸来，表情就如同在问——什么？一种可爱的惊诧，藏在明眸之中。大概是她已经从千代的行装上判断出对方的尊贵身份了，所以脱下草履，双膝着地跪了下来。

千代故意做出一副困惑的神情。

（此刻最难办。）

她思忖道。若是太唐突，定会被人当做怪人，或许还会使人不快。她可不愿意被人当做是无聊的施予者。千代觉得自己是请求者，因为是自己想让人家穿上自己的作品。

“我有个不情之请。”千代道，“能否听我说一下？”

“您请说……”幸好这位姑娘不显得十分卑怯，言语态度很是得体。

“请放心，不是让你感觉为难的事情。如果方便，可否请你借一步说话？到那边尼姑庵的师太居室去可好？”

姑娘不知如何作答。

“能来么？”千代的语调很是轻快。现在这种简洁明了的话语最好。因为千代知道，若是弯来绕去说一大堆，反倒让人觉得可疑。

“虽然不清楚夫人的用意，但如果能帮上您什么忙的话，小女子深感荣幸。”姑娘好似对千代有了好感。

那附近有一座名叫千住院的尼姑庵。进门后，只见白色的茶花开得正艳。秀吉喜欢茶花，所以当年处处都流行种茶花。

师太领着两人来到居室，千代拿出小袖展开。这位姑娘见了，像是被其无比的美丽夺去了魂魄似的怔怔不语。甚至把适才满腹的疑惑与不安都忘得干干净净。

“送给你。”

“啊？”姑娘不解地望着千代。

千代为了打消她的疑虑，不得不语调干脆而轻快，实在是费神的一件事。

“这是我做的。为的是能找到一位适合穿它的人。”

“嗯？”姑娘更是不解了。这下千代有些着慌，该不会被她认作疯子吧？于是，她从头到尾把事情讲了个清楚。

“我是不是太好事了？”千代高声地自嘲道，“这件小袖可是非常适合你穿的。”

她给姑娘换了衣裳，于是一个全新的仙子诞生了。姑娘从数面小镜子里看到自己的姿容，自己都觉得恍恍惚惚的。

得到千代这件紫色小袖的姑娘，是京都一位有名的御用工匠石川承云的女儿，名叫加乃。加乃很快便将此事告知了父亲。

“是谁家的夫人？”石川承云素以脾气古怪闻名。他曾经在信长修复皇宫时，被选为栋梁之一，还被允许称作日向守。总之，是心高气傲的人。

“不会是疯婆子吧？”

“不，不会是那种人。”

“不管怎样，你是受了人的施舍。石川承云的女儿竟然受人施舍，这不是有辱为父的名号吗？”当时，任栋梁一职的工匠都是很有见识的人，根本不把小大名放在眼里。

“拿去还了。”承云道。

加乃听了很是困惑：“都不知道人家是谁，更不知住在哪里。”

“见到家纹了吗？”

“要是有侍童帮忙拿道具什么的，倒是见得到。”

“这都不知道吗？”

“可是——”

“可是什么？”

“人家不是您想象的那种人。”加乃把跟千代会面时的情形细细说了出来。承云则好像慢慢明白了似的。

“世上还真有些不可思议的人哪！”这位栋梁道。在他手下干活的工人有一百多号，他的好友工匠亦是不少。这些人都经常出入各位诸侯府邸，对内情很是清楚。

一位出入山内家的栋梁山田喜右卫门道：“怕是对马守大人的夫人吧？”再经他详细调查一番后，终于确定是她没错。

承云通过山田喜右卫门的关系，跟山内家提出想要拜见夫人。他很容易就得到了许可。这个时代的诸侯夫人，与德川幕府时代不同，行事随意，没有多少与世间隔离的不食烟火态。

不过，毕竟身份悬殊，无法在府邸内见面。于是，又借了一条的那间尼姑庵。千代前来拜佛，偶然间碰到石川承云，于是稍微聊了几句——以这种形式会面。

承云见到千代第一眼时便跪拜下来。

（这……这也恁——）

很美，而且她眼角蕴藏的笑意，是别人模仿不来的。只这一眼，其他的解释都是多余的了。他只一个劲儿地感谢千代赠与的小袖。

“该我谢谢您才对。加乃妹子还喜欢穿么？”

“那……那是当然。”承云不愧是工匠出身，对千代的艺术创作心思简直感同身受。经他之口，千代小袖的故事就这么传开了。后来竟传至九州征伐战中的秀吉耳里，由此可见，传言是多么可怕。

笔者必须为千代辩护一句。她在京都这样特立独行，并非为了炒作名声。可谁知结果还是传入了北政所的耳朵里。千代被召往大坂。

“啊，你终于来了。”北政所道，“我想跟你要样东西呢。”

宁宁哪怕成为关白正室这般的贵妇人，她的尾张方言还是一点儿没变。尤其是对千代这样，从信长的岐阜时代便有交往的妇人说话时，是决不会用京城女官腔的。这亦是北政所的魅力之一，在尾张出身的部将中有着绝对的人气。

“请问是什么样的东西呢?”

“唐锦碎片织就的小袖，我也挺想要一件的。”

“哦，这样啊。”千代稍稍面露难色。

北政所已经超过三十五岁。说实话，千代不大有兴趣来做适合这个年龄段的小袖。千代的创作欲望，是那些犹如新萌生的嫩芽般的少女所驱动，是为了那些美丽而神秘的生命，她才会在街上上演那种“奇怪的举动”。

(被要求做而做，不就跟裁缝一样了么?)

就千代来说，艺术是按自己的创作意愿而创作出来的。

所以即便作品的亮相方法甚是奇特，在京城内外仍然赢得好评如潮。

“或许有难处?”北政所不会妄自尊大，她是个聪明人，“那我也只好放弃啦。”

她这么一说，千代反倒不好拒绝了：“我的作品或许不能尽如北政所夫人所愿，如若夫人不介意的话——”

“当然不介意，太高兴了!”北政所击掌言欢，“你真愿意给我做一件?”她的性情跟以前没有半分变化，还是多以物喜的心性。

千代也受了感染，高兴起来：“我就试试吧。”说罢，这才退下。

退下之后千代才察觉到北政所的胸怀之大。那个时候千代自然应该回答——真是无上荣幸之事！——这是作为一个小大名的妻子应有的礼仪。可北政所的热情与友善，实在不容人说出那种千篇一律的套词来。她的身上完全没有那种贵妇人的冰冷、高高在上之感。说得更正确一点儿，是北政所在求千代，因此千代这才好不容易——我就试试吧——用这样施恩的态度结束了会话。

(我真是不懂事啊!)

尽管千代后来很后悔，但她知道这正是北政所的魅力所在，于是也就释怀了。经此一事，千代比以前更为喜欢这位同性了。这将为他们夫妇带来怎样命运，她现在当然还无从知晓。

完成了！好一件美丽的小袖！

“简直不是这个世间能有的嘛！”千代侍女们的话语里完全没有客套的成分。唐锦的华丽与千代独特的匠心做出的这件色、姿和谐的小袖，真可谓美得让人心醉。

现代人可能不知道，当时，从中国明朝舶来的绫、罗、绸、缎这些丝绸织品，在日本还制作不出来。室町幕府时代，开始了对明贸易之后，这些锦缎便随之舶来日本，从将军到富裕贵族们，都一掷万金想要一睹为快。特别是在斜纹软缎上用各种金线、银线、彩线所织就的蜀锦，那更是炒成了天价。就算那些唐锦碎片，在很多人家里都被当成了传家宝。

到了千代这段时期，多少有些日本产的唐锦上市，但都是明朝的织工为了躲避内乱逃至堺市，由收留他们的堺市手艺人让其织就出来的，生产量极少。生产量逐渐增多，是在此后秀吉将堺市的技术传至京城，开辟了所谓西阵机织地以后的事情了。

总而言之，那是个对唐锦十分仰慕的时代。北政所亦是不得不因此而感动。

千代把做好的小袖呈献给北政所后，北政所将其挂在衣架上，看了整整一天。数日后，北政所请来千代，作为还礼赐予了她很多东西。

“说不定千代是天上的织女星下凡呢。”

千代一听，不由得微微一笑，道：“我才不愿当织女呢，一年只能跟丈夫牛郎见一次面，怪可怜的。”

听她这么一说，北政所又拍手笑道：“哎呀，看来我才是织女啊。”秀吉自出征九州以后，便一直在外没有回来。

这之后不久，天正十五年（1587）七月二十五日，秀吉平定九州凯旋归京。两个月之后，便住进了聚乐第。

秀吉还去恳请后阳成天皇移驾聚乐第，而且得了应允。于是，他便开始着手准备，想办成史上最为华丽壮观的盛典。秀吉想借天皇出行聚乐第的规模之大，来彰显自己平定天下（还剩了关东以东）的伟业。不仅如此，他还要借此以证明自己地位仅次于天子，让麾下的诸位大名，乃至天下普通臣民都能亲眼见证。

秀吉喜欢游园，但没有任何庭园能比得过聚乐第的规模，而且对秀吉来说也没有任何庭园能比得过聚乐第的政治意义。

伊右卫门也掌管了这次准备事宜的一小部分，正全力以赴。

——千代呢？

接下来的一大段，将会讲述千代的事情。

没有人比秀吉更没有架子的了。为了这次空前的盛典，他就像是个礼仪组长似的亲自召集各位奉行前来，并一一做了详细指示。连盛典当天也是兢兢业业。

后阳成天皇在盛典当天穿了山鸠色[4]束带御衣，首先从皇宫南殿出行。只见御驾亲临的一条路上，南殿到长桥，均铺了一色毛毡，这自然是喜好奢华的秀吉想出的点子。天皇出了南殿，在毛毡御道上踱步而行时，秀吉躬身上前，拾起天皇衣裾跟随在后。之后天皇坐上了凤辇。凤辇这种车驾，怕是好几代天子都没坐过了。

只见凤辇启动，出了皇宫的四角门往北，再经正亲町街往西，离目的地聚乐第还有十几町的距离。路口、沿道上有秀吉麾下六千名武士整装列队。

首先经过的是天皇的队伍。

队伍前列是带官帽的武士；其次是太后新上东门院以及女御、女官之列，仅此一列便有至少三十抬轿子，轿子旁跟着百余个侍女；然后是亲王、公卿、殿上人的一支漫长队列，他们的随从、武士、杂役等数百人亦跟随在侧；终于，四十五人的乐队奏响“安城乐”走过后，凤辇姗姗来迟。

之后是左大臣近卫信辅、内大臣织田信雄，还有公卿乌丸光宣、日野辉资、久我敦道，然后是武家德川家康。

家康之后，是秀吉的异父胞弟秀长，之后是大纳言[5]、中纳言。

秀吉的队伍便在其后。前列大名有增田长盛、石田三成等七十余人，均骑马缓步而行，山内对马守一丰亦穿了官衣戴了官帽走在里面。关白秀吉坐在轿子里，前后经过的武士至少有一千以上。

凤辇终于到达聚乐第了。繁复的仪式，丰盛的酒宴，尽善尽美的言辞都不足以表达它的好。战国百年来，过惯了贫穷日子的天皇与公卿们，定是从没参与过如此开心惬意的游园活动。

本来预计是停留三天，可公卿们实在玩得开心，便恳请天皇去询问秀吉："五天如何?"秀吉自是大为高兴，又多加了好些玩乐的点子。雅乐、酒宴、诗歌，还有晚间的夜游之宴。

同一时间里，在聚乐第的某个房间里，还展示着一件小袖。正是千代为北政所做的那件。秀吉领着天皇来到小袖前，道："这是在下一位家臣的妻子想办法做出来的。"

年轻的天皇惊叹此衣之美，问："能做得如此美丽衣裳，到底是怎样的女性?"

正是北政所对秀吉提议，要在聚乐第展示千代的小袖。或者可以说相当于今天的“个人作品展”，这很可能就是美术、工艺品等作品展览的鼻祖呢！

天皇、公卿都意外地给予了极高的评价，这可把秀吉乐坏了。在聚乐第盛典结束后，秀吉特意对北政所道：“宁宁啊，展出太成功了！”

“京城看衣裳的眼光很高呢。”北政所这么说，多少有些言外之意。

秀吉毕竟曾经地位低贱，说白了，就是尾张的乡下人。而他的诸侯大名们也多属此列。虽说此次盛典里大家都衣冠束带礼数有加，可追根溯底不过是尾张、三河、美浓等地的一些当地武士、野武士、农夫的出身罢了，即所谓沐猴而冠之列。

（俺也出人头地了！）

大家心里这么想，可与京城公卿们一对比，那股莫名的劣等感总是挥之不去。尤其秀吉更甚。这种心理也驱使他不得不办一场风风光光的聚乐第盛典。因此，才需要把千代缝制的衣裳拿给天皇、公卿看，用以证明——咱也不是野蛮人！咱也有高品位高手艺的人！更何况，千代的小袖不负众望，载誉而归，正所谓事实胜于雄辩。

“真是个好妻子啊！”秀吉道，“她丈夫一丰，论吏才远不及石田三成，论武功连加藤清正一根手指都比不上，可哪知他却娶了日本第一贤妻！”

“日本第一？”

“呃不，”秀吉大笑，“除了夫人您以外。”

“这么说来，”北政所改换了话题，“山内对马守一丰大人也算是咱的老家臣了，可怎么就没见多少出息呢？”

“好像他是长浜城主吧？”秀吉仿佛极力在脑中思索伊右卫门的影子，“有多少封地来着？”

“二万石多点儿。”北政所对大小名的封地、俸禄均记得一清二楚。

因她对行政上的人事很是关心，所以常常插手秀吉的人事安排。当然她并非是为了满足私心或凭一己所好，而只是对秀吉无法想得周全的一些细微处做些调整与补充罢了。因此，她虽“常常”插手，却不至于产生弊害。

“少得可怜呢！”她不经意吐露一句。

“的确。”就在此时，秀吉的脑子里才存了伊右卫门的待遇问题。这都是托了千代小袖的福。

注释：

【1】日光：地名，在今枥木县。

【2】勘定奉行：大名家中，掌管年贡收支等的官职。

【3】市女笠：从平安时代到镰仓时代，妇人外出时所戴的带纱帘的斗笠。

【4】山鸠色：是一种不鲜明的黄绿色，是日本皇族服饰所用色调，属禁色。

【5】大纳言：官职的一种。律令制中，相当于仅次于左右大臣的太政官的次官。

春日迟迟

盛典后不久的一日清晨，在京都的山内府邸发生了一件事。门卫跟平素一样出门打扫，却在地上发现一个婴孩儿。

“莫非是弃婴?”门卫上前定睛一看，才发现包裹得很仔细。婴儿被一件母衣包裹起来，一看便知是有相当身份的武士所弃，并非寻常百姓。

所谓母衣，是用鲸须撑开的披风，常披于铠甲之外，有防流矢的功效。不过归根结底，大抵是装饰性大于实用性。而且与其说是装饰，不如说是武士身份的象征更为确切。那些大将特别应允可以着此披风的一众上级武士们，甚至被称作“母衣众”。

此事很快掀起一番波澜，消息从门卫一层一层往上传，终于传到了伊右卫门与千代的耳朵里。已经当上重臣的祖父江新右卫门道：

“还是个婴孩儿，虽不知是聪明还是愚钝，但一双眼睛滑溜溜的。更奇怪的是，竟不哭不闹。”

千代听了甚感兴趣，命人即刻带来。

只见婴儿娇嫩的躯体由一件红色披风裹住，而且上面还有一枚织金唐锦所制的石清水八幡宫的护身符。打开包裹，一把短刀便掉了出来。那是美浓的关刀[1]，并非泛泛之辈的短刀。

“看来，是个相当有身份的武士的孩子呢。”千代对伊右卫门道。

（千代你也太好事了吧。）

伊右卫门脸上的神情暴露了自己心中所想。

可婴孩儿依然不哭，甚至，还对千代嘴角微翘笑了笑。千代不禁想起女儿与祢，道：“这个孩子，咱们收留下来吧。”

“咱们家？”

千代这话所包含的意义非比寻常。因为山内家没有子嗣，所以就算是捡来的孤儿，如果在山内家抚养长大，便有继承家业的可能。

“千代，你竟也会说些不合时宜的话，咱们家已经是大名了啊！”

“是大名啊。”千代的表情仿佛在说：那又如何？

“若是开了先例，那些弃儿都跑咱家来了怎么办？都要捡回来抚养？”

“我没说过都要捡啊，只是说想收留这位‘拾君’罢了。”

“拾君？”伊右卫门没想到千代连爱称都想好了，“你疯了？连姓氏都搞不清的弃婴——”

“呵呵呵……姓氏搞不清又怎么了？这个孩子若是聪颖勇敢，哪怕把整个山内家都给他不也挺好么？”

当时这件事在京城上下传得沸沸扬扬，人们都叹“这孩子真好运”。山内对马守更是贤名远播，连庶民百姓都知道了。

这个孩子通常被称作“拾儿”。正如千代所预感的那样，后来成长为一名德才兼备的少年。

当时，伊右卫门收留他做了义子，正好家臣之一五月藏右卫门的妻子生了男孩儿，有奶，于是就让她做了乳娘。这个孩子极受大家的喜爱，可最终还是未能从义子变作养子，也就未能继承山内家。

武门是以血统为尊的。拾儿是捡来的孩子，这是事实，以后家臣们能否恭恭敬敬尊其为主人，这事儿实在很难断定。

拾儿长到九岁时，千代打算将他的身份变作山内家养子，于是去跟伊右卫门商量，伊右卫门又跟重臣们商讨。

“这可使不得。”重臣们一致反对道，“请大人从血亲之中挑选养子吧，若非如此，下属们实在难以誓死效忠啊！”

伊右卫门还有一个亲弟弟，即以后的山内修理亮康丰。捡到拾君时，他还只是个少年。后来，康丰的长子“国松”被迎为养子，成为山内家第二代，即土佐守忠义。

讨论拾儿能否成为养子一事，已是距现今八九年之后的事情了，那时夫妇两人所构筑的山内家又大了一圈，家臣亦多，对此种问题仅夫妇两人也是不能自由决断的。

“拾儿真是可怜。”千代一生之中都这么说。

拾儿十岁时剃度出家，以山内家连枝的身份皈依佛门，所住寺院便是伊右卫门夫妻的女儿与祢的埋骨之地——京都妙心寺大本山。他在此拜南化国师为师，长大后成为一代学僧，世称湘南和尚，尔后更以山崎暗斋的师尊而著称。湘南和尚与千代的母子情维系了一生。

还是书归正传，回到故事的现在吧。

秀吉的天下还未完成最后的统一，“异国”存在于关东，即北条氏。北条一族从战国初期的英雄北条早云到如今已经历五代，前后长达一百年。领国占据了关八州的大部分，二百八十万石左右。北条傍依箱根一地的天险，在小田原建了一座巨城，其城下的繁荣之态仅次于京都与大坂。

秀吉先是行外交之术，想令其臣服，可不料遭遇挫折，于是只能开战。

“千代，有战事了，高兴吧？”在秀吉发出军令的天正十七年（1589）十一月，伊右卫门一回到长浜城便这么说道。许久都与功名无缘了，这次机会难得。

天正十七年（1589），秀吉的势力范围已经囊括天下六十四州之中的五十八州，一千六百五十万石，能动员的兵力高达四十一万二千人。以此武力去攻击关八州的北条氏，胜败显而易见。可秀吉还是十分用心。因为这是一个英雄的时代，秀吉麾下的诸位大名之中，说不定也会有不满足于现状的野心家存在，愿意与北条里应外合，将丰臣的天下掀个底朝天。

为防万一，秀吉命令麾下诸位大名妻儿均要搬到京都。这便成了人质。

“关白殿下定是怕德川大人吧。”千代又开始了对伊右卫门的政治教育。

丰臣家最强大的大名便是德川家康。家康领地所在的东海一地，正与领国在箱根以东的北条氏相邻，地理上很近。若是两者一拍即合，则可构建一支五百万石以上的联合军，其实力足以逐鹿天下。更何况，家康与北条之间已经联姻，缘分极深。

千代认为：“定是因为不能只扣留德川大人的家眷，所以这才对其他大名也一视同仁的。”

她搬去了京都。

天下诸侯的妻儿都集中到了京城，这里每日都像下了黄金雨一般一派繁盛景象，成就了京都市的一次空前盛世。还有各国前来的商人、手工艺者、劳力等也都一齐涌了过来，人口几乎一下子翻了番儿。

京城亦是舆论中心，从公卿到庶民大家都一致赞扬道："丰臣关白殿下真是福神哪！"秀吉生前的人气，此刻已达顶点。此番京城的繁荣一直为后世所称道，难怪秀吉会成为史上最受欢迎的人。

可是，千代猜测错了。

秀吉比她更为聪明。家康送来的人质，秀吉原封不动送还了回去。那是一个叫长松的十二岁少年，后来成为德川幕府第二代将军秀忠。

长松在家康麾下数人——井伊直政、酒井忠世、内藤正成、青山忠诚这些后来成为德川幕府亲信大名——的护送下，来到聚乐第拜见秀吉。

"好孩子！真是好孩子！"秀吉拉着长松的手，还去内庭见了北政所。

北政所是个热心肠的人，也道："真是好可爱啊！"说罢，亲自用梳子给长松梳头，重新打了个京城式样的发髻，给他换了一身新衣裳。秀吉还送了他一把黄金太刀嘱他带好。总之是照顾得十分周到。

“回你父亲身边去吧。”秀吉不久后便让孩子回了浜松。

秀吉这样做，自然是希望赢得家康的真心臣服。他的这番心思，只听到一些传言的千代很快便明白了。可是，这次北条征伐战的主战部队，秀吉选的就是家康的德川军。他肯定是做好了最大损失的准备，这也正是秀吉虚实难辨的政治手腕。

关东八州之王北条氏，是延续五代且历经百年的老资格大国，这个在前文已有提及。他是在逆时势而行。

秀吉得了天下——这点北条心知肚明。可他却太自不量力，而且不辨时势。他对以秀吉为中心的社会新秩序完全无法理解。“臣服了吧”——这样的谏言几次三番磨得他的耳朵都起了老茧，可他就是不愿静心考虑。终于，只剩了“战”这一种手段。

对秀吉来说，战比不战更划算。北条氏的领地大大小小加起来，毕竟有二百八十五万石左右。若战，这些都可以分给丰臣麾下的诸位将士。

在决战定下之时，北条方面也有人豪言不断：“兵是关东的强，咱们只要有关东的强兵在手，京城来的那些就跟木偶一般没什么两样了。”

还有人道："咱们还有箱根。"的确，箱根天险可谓战术上最强力的后盾。

说句题外话，后来在德川幕府的江户防卫中，也是凭借了此处天险。德川幕府自创设以来的假想敌，有地处防长的毛利与地处萨摩的岛津。如若毛利、岛津从西部举兵东进，首先就会在姬路进行阻击，不幸失陷的话就退至大坂城，第三道防线是名古屋城。此三城是德川时代最大的城郭，这样布局也是理所当然。可是，若是三城均不幸失陷，最后就在箱根借天险以御敌。

可是，看幕府末期维新战争的结果，箱根很容易就被击溃，江户城毫无阻碍地迎来了维新官军。只凭借名声响亮的坚城、天险而得享太平的例子，历史上实属少见。

再举一个例子，大坂城。秀吉造城之时确实是当时世界上一流的大要塞，日本史上如此大规模的城郭，可谓前无古人后无来者。

秀吉过世后，丰臣的遗老们豪言壮志："只要有大坂城在手，天下无论有多少大军，均不在话下。"正因为对大坂城的防御功能做了过高的评价，大坂方面只用了十万浪人来镇守。结果在夏之阵被攻陷。

还有，幕府末期最后一位将军庆喜进驻大坂城，率领幕军进发京都，却不料在鸟羽伏见一地战败。然而，鸟羽伏见之战只不过是一次单一战斗的失利，幕军并未遭受到毁灭性的打击。如果退回大坂城，死守抗衡，或许历史便会改写了。可是，谁知将军庆喜竟然弃城而逃。

以易守难攻著称的箱根与大坂城，均有两次大战经历，而这两次都被对方轻易攻破。由此可见，防卫战真不是靠天险或要塞便能取胜的。

北条方在小田原城做好了守城准备，兵力达七万余。

北条的小田原城，可不是今天的小田原城遗址那般狭小。怎么说也都是历经五代百年时间而筑就的一座巨城。曾经想攻破此城的武田信玄、上杉谦信，最后也都铩羽而归。

“不败之城”——这种自信，在城中上下均可感受得到。

而且，不只本城，还有另外八座支城，遍布于箱根山脉的山腰与山麓，分别是新庄城、足柄城、浜居场城、山中城、鹰巢城、韭山城、德仓城、泉头城。小田原本城周围还有许多军营：宫城野、汤本、片浦，均可驻守相当的兵力。骏河、伊豆这些海岸之地，作为海滨防守，建了无数的小营垒，还有狮子浜、重须、安良里、田子、下田这五处城垒。

以上是东海道方面。中山道上有松井田城与西牧城把关。防卫甲州街道与武州方面最大的城郭，是钵形城。

“如果一丰夫君——”千代问伊右卫门道，“是关白殿下的话，会怎么进攻呢？”这亦可算作千代对伊右卫门的教育。

“俺呀，”伊右卫门一脸愠气，“不过秀次大人手里捏着的一只小大名罢了，多想无益。”

“哎呀，怎么跟个小孩子似的。”千代扑哧一笑。

“你总是拿俺当笨蛋。”

“哪里呀？”千代可不愿承认，“人家才没有把夫君当什么笨蛋呢。正因为不把夫君当笨蛋，所以这才问夫君如果是关白殿下会怎么做的嘛。”

“你总是有理。”伊右卫门只有苦笑。

千代希望伊右卫门对大局形势开窍。只一味出阵、战斗的人，只能是个寻常武士，要想成长要想坐大，须对天下政治、天下军事了然于心，再去完成上级分配下来的任务。

“要是俺哪，就先放着小田原不动，其他支城先一个个解决了，剩那一座孤城让它慢慢耗着。”正是如此，秀吉大概也是这样打算的。可具体该如何行动呢？伊右卫门是不甚清楚的。

“若是天下之兵都围住小田原城，战场上无法筹集足够的粮食，最后关白军只有饿着肚子撤退这一条路吧？”

“是这样。”

“关白殿下肯定有一个运输兵粮的万全之策。一丰夫君认为该怎么办呢？”

"不知道。"伊右卫门不耐烦了。

待到帷幕拉开后谜底最后才揭晓。连千代也不得不惊诧于秀吉的作战计划之缜密、壮大!

伊右卫门朝战场进发了。另外还有六个丰臣秀次麾下的大名军团，在近江八幡集结完毕后，于二月十七日往小田原的战场开去。

诸军的第一集结地，是东海道黄濑川的平野之上。来到此地时，伊右卫门实在是被整个壮观的景象给镇住了。

(这……这……)

田原山野河原之上，人、马、旌旗密布，挤挤挨挨望不到边。陆陆续续还有更多前来的军团，可眼下至少已有十万余到达了。简直可以说是武士的大游行。这次作战就像一个庆祝大会，秀吉想借此完全确立自己的政权，以夸耀内外。

海上有水军。承载将士与物资的巨船首尾相接，绵延不断。这些水军多由濑户内海沿岸、志摩半岛、四国的太平洋沿岸的大名所负责。

历史上最早的水军大名，当属自源平时代便与熊野海贼颇有渊源的九鬼嘉隆（志摩国鸟羽城主）与同为村上海贼后裔的来岛通总（伊予来岛列岛岛主），另外还有淡路志知城主加藤嘉明，同洲本城主胁坂安治，土佐国守长曾我部元亲，和泉、纪伊、大和国主羽柴秀长，备前、备中国守宇喜多秀家，还要加上毛利水军。

秀吉比伊右卫门等人晚几日到达箱根山脉西方，从沼津进入三岛。

“走，瞧瞧敌情去。”秀吉开始爬山。沿着箱根山道攀爬四里，有一个芦之湖。可秀吉只走了一里。因为前方就是“北条王国”的最前线——山中城。

秀吉视察完周遭的地形，下山回到己方的长久保城。家康一直随行左右。

“大纳言，”到了城郭处，秀吉脸上浮起讨好的微笑，对家康道，“敌军最前线有山中城、韭山城两座。躲在后面的后面的那座小田原本城，看样子是指望着前线支城的防护，自己是不打算出来作战的。内府[2]大人可有什么作战计划？”

“是这样的，”家康也是个巧言令色之人，肉墩墩的脸上堆满微笑，察言观色道，“山中、韭山二城，可用强攻破其中之一。这样趁势夺了山中间道即刻往小田原城东部进发，便可阻断本城与支城的联络。在下愿担当先锋前去东部。之后大人率大军进逼城郭西口，则包围阵势便完成了。”

听此一言，秀吉乐了：“德川大人为先锋，俺率大军，明韩（中国、朝鲜）百万之师亦不在话下呀！”这正是秀吉会说的那种奉承话。而且，他完完全全采用了家康的作战计划，亦可算作对家康的怀柔之策。

秀吉与家康之间，有着微妙而奇特的关系，古今之中怕是少有他例吧。阵营里开始谣言四起。

所谓谣言，便是家康会背叛秀吉，进而与小田原联手，要将丰臣的天下搅得天翻地覆这种话。

“好像是真的呢。”谣言也传入了伊右卫门耳朵里。他们知道得已算晚了，同僚敦贺城主大谷吉继对他们说：“你们还不知道？阵营里连一般武士、足轻兵都听说了呀。”

“的确属实?”

“啊哈哈！谁知道呢！这世上本来就真假难辨。任何事实都有真假两面，是真亦是假，是假亦是真哪！真正的智者，得从事情的真假两面上去判断。”一位满腹哲学的武将说了这样一句仿佛很在理，却又让人摸不着头脑的话。

伊右卫门在战后终于得知好像是事实，总之，印证了“无风不起浪”的老话。

起因是织田信雄，即信长的儿子。秀吉对他很是照顾，还给了他内大臣的官位，让他做尾张清洲城主，是秀吉幕下仅次于家康的大名之一。但信雄对秀吉夺了自己父亲的天下一事耿耿于怀，始终心存芥蒂，还曾经唆使家康与自己联盟，有过小牧、长久手之战。

“三介（织田信雄小名）真是愚钝！”当时在与父亲信长比较之下，很多人都这么说，事实上也的确不过是个普通人。而且不仅平庸，更不知道自己的斤两，不明时势，只一味憎恨秀吉。这次，他率了一万五千人出征。

这位织田信雄，在某个夜晚突然造访了家康的阵营。

“噢，这不是内府大人（信雄）吗？深夜来此，可有要事？”家康语言柔和，态度恭谦。

“德川大人，”信雄环视了一下周围的将士，“请屏退左右。”

家康觉得甚是难办。自己与信雄本就遭人怀疑，毕竟两人曾联合武力反对秀吉夺取天下。

“这里都是与鄙人情同手足的人，就没有必要退下了。来，正好今日浜松送来好酒，咱们就喝点儿小酒，不说那些沉闷不快之事。”家康是在暗示他不要涉及政治，可信雄听不懂。

“没必要屏退？那好吧。真不愧是德川大人，有这么明理的手下。那我就在这里说了。”

“……”家康无语。

“我有一个妙计。”

“何种妙计？”

“秀吉在沼津。德川大人有三万兵马，我有一万五千，只要这两支军队以迅雷不及掩耳之势包围秀吉阵营，再突击猛攻，便可取下秀吉首级，夺回我织田家从前的天下。”

“哦，从前的天下——”如今可不比从前，家康对此最清楚不过。

“你是要伺机杀了关白殿下？”家康微笑道。

“现在就是个好机会。”织田信雄道。

“不可。”家康为了撇清嫌疑，声音陡然大了一倍，“人要以信义为重。正因为关白殿下对家康深信不疑，家康才能安稳地经过自己领地三河、远江、骏河三州，到达此地。若家康有叛逆之心，早就在那时改旗易帜了。一个武士怎可做出如此背信弃义之事？”

家康此人大道理一箩筐，到底是否真心无从知晓。他从年少时便以仗义守信而著称。“仗义守信的三河大人”指的就是家康。在与信长同盟的时代，有好几次都被信长所背弃，尽管如此还是不离不弃信守与信长的承诺。这已成为他的看板之一。

“德川大人坚守承诺。”

“德川大人只要点了头，便没有办不到的事，也决不会被出卖。”

这些都是家康的财产。家康的强大就在于他在世间的信用，与一直追随他的三河武士兵团。

后来，在秀吉病危前后，此人像是变了个人似的，使出数不尽的权谋，最终夺了秀吉的天下。此番人格变化，又是怎么回事？总之，当信长这个天才强盛之时，他便顺从信长；秀吉强盛时，他连一丁点儿谣言都会害怕。

奸恶——这或许就是后世对家康奇怪性格的印象。只要感觉斗不过，便跟贞女一般显得贤淑惠德；一旦时机来临，便跟老婆子一样唧唧歪歪想方设法不达目的决不罢休。用人间妖怪来比喻家康，兴许更为恰当。

“是吗?”笨蛋信雄像蔫了气儿一般沮丧地走了出去。

这便成了谣言的火种。

家康协同秀吉去箱根山上勘察敌情时，因孤军深入，有一瞬间秀吉身边只剩了十三四人左右。

“大人，就是现在了。”家康幕将之一的井伊直政拉了拉他的衣袖。可家康却不动声色。

回到阵营后直政问道：“那时，咱们兵马有两百，远超对方。完全可以简简单单地取了关白的命。在下拉大人衣袖时，为何大人不动声色?”

“关白殿下是信得过咱们，才让咱们跟随在侧。我可不愿意斩杀一只笼中之鸟。”他继续说道，“能否夺取天下，除了人力以外，还有天运。若是违逆天意仅靠人力去抢夺，是得不到天下的。明智光秀就是一个绝好的例子。”

可是，家中有关家康谋反的谣言却依然不得消停。

终于，家康谋反的谣言传到了秀吉耳朵里。那是在沼津的阵营之中。

都说是石田三成告知秀吉的，但事实上不是三成。进入德川时代以后，御用史家们把所有坏事都推到了石田三成身上。

“怎么会?”秀吉大笑。他只教训了一句便再不言及此事。

第二天一早他吩咐左右：“走，去德川大人的阵营玩玩儿。”说罢即刻出发。可是，他没带任何武士，只五个小杂役跟着，身上也没穿铠衣，只一件颜色鲜艳的小袖，外套绯色锦缎的褂子，用现在的话说就是夏威夷休闲装。腰间倒是插了把短剑，但刀是让随从拿着的。

一路上，他一如既往大声说笑，正午来到家康阵营。

“这……这不是关白殿下么?”家康对秀吉这种随意到访感到极为震惊。

“俺来玩玩儿。”他让人拿了酒出来，与家康共饮。

“真是不尽兴啊。德川大人阵中就没有可以跳舞助兴的风流人物么?”他又问。

“倒是有几人会，不过都是乡下人自娱自乐的玩意儿。”于是叫了人来跳舞。

秀吉玩得甚是开心，一直到日暮。

“还不过瘾呢！德川大人，咱这下去哪里玩儿好？啊对了对了，内府（信雄）那里如何？叫他拿酒出来招待咱们。”

家康闻言，无从拒绝，只好陪同前往。又因秀吉只带了几个小杂役，家康也没敢带上武士，只叫了一个小杂役跟着。

到了信雄的阵营，秀吉一进门就朗声道：“咱们讨酒喝来啦！”

信雄被吓得不轻。

秀吉又道：“只一些爷们儿晃来晃去的多无聊。去找些当地的姑娘来，眉清目秀的，会跳舞的，会打鼓的，咱三人快快乐乐喝到天明如何？”

“遵命。”信雄只能服从。

年轻女子二十来人找齐后，酒宴便开始了。秀吉并非善饮之人，可这种游乐最为拿手。只要他在场，无论手下随从还是姑娘们都会跟着他飘飘然起来。

一夜尽兴后，第二天旭日东升时，他才摇摇晃晃打道回府。

如此一来，不吉利的谣言自然就不攻自破销声匿迹了。

当然，这正是秀吉要消除谣言稳定人心的策略。在此事上，信雄与家康完全被秀吉的政治手腕压制得服服帖帖的。

秀吉军在小田原城的战事里，首先打算攻击前哨阵地——箱根的山中城。

在今天的箱根山中新田的西北方，还有一处此城的遗址。北面是本丸、西面、南面有两个副城楼。在遗址里还可看到很少一部分空壕遗迹。

北条方挑选了家中猛将松田康长、北条氏胜、间宫康俊、朝仓景澄等人屯驻于此，守城将士共计四千人。

而其对手秀吉，动员了总计六万七千八百人来攻城。部署之中，右翼有池田辉政、木村重兹、长谷川秀一、堀秀政、丹羽长重；中央有羽柴秀次、羽柴秀胜；左翼是德川家康。

山内伊右卫门一丰在中央军的秀次麾下，且是先锋。先锋第一队是中村一氏队，紧接着是堀尾吉晴队、一柳直末队、山内一丰队、田中吉政队。伊右卫门这时第一次将异父弟修理亮康丰加入战阵中。

“怕么?”伊右卫门徒步攀缘在山路之上时，这样问弟弟康丰。

康丰年仅十八。或许是年纪太小的缘故，脸颊尽显苍白之色。

“这很正常。”伊右卫门劝慰道，“见到敌人后，只管一个劲儿挥枪往前就好。人的勇敢怯懦是没有多大区别的，敌人也怕咱们怕得要命呢。真正的区别就在于能否忘掉死亡，达到忘我的境界。”

伊右卫门麾下的各小队队长，有深尾兴右卫门重良、林传左卫门一吉、市川山城等，都是千代亲手挑选栽培出来的好手猛将。

攻击军首先到了山中城前沿——岱崎城。

先锋队长中村一氏命令手下小队队长渡边勘兵卫前去侦察。勘兵卫后来转入增田长盛麾下，而后成为藤堂高虎的手下，以能征善战为天下所知。

勘兵卫来到岱崎城城垒处，仔细查明了从城头发射出来的铁炮数量，再小心回城禀报：“从硝烟的状况来看，铁炮足轻只有五六十人。由此推算武士与步兵，可知大约有百数十人。城郭正面也仅有十八丈宽，并非牢不可破。只要稳扎稳打步步进逼，要夺城并不费事。”

结果确如勘兵卫所言。

伊右卫门队里没有这样的能征善战之才，不过伊右卫门心想：“中村一氏队中有渡边勘兵卫这般在战场上游刃有余的能人，那只要跟着中村队走，必不会错。”于是，此次的作战方针便这样定了下来。

中村队急行前往，已逼近岱崎城仅十町之远。伊右卫门队也跟随前往。

那时秀吉只带了手下几骑武士，跟着先锋来到前线，大吼道："上啊，去给俺夺下来！"

秀吉是战国时期首屈一指的攻城名将。他不顾关白的地位之尊，亲自前往最前线视察。当士卒们眼望城头，心里自然而然生出怯意时，他便抓准时机在那里大吼两声，又能重新夺回士气。

士兵们犹如脱弦之箭，一下子逼至城边。诸队成群涌入空壕，在箭林弹雨之中横越壕底，再攀上石墙，鼓起勇气跃出空壕。

之后出现了一幕惨剧。

伊右卫门在攀缘石墙之时，突然一股血溅到自己头上。那是中村一氏手下的一位年轻人中村才次郎的血，年仅十八岁。才次郎是首次出阵，因太急于求成，犯下了致命的错误。

昨夜，他对阵中长辈们说道："明日是俺开运之日，俺定要第一个登上城楼！"为了行动方便，他脱了头盔、铠甲，只在白色小袖上套了一个红色胸甲。

这位少年虽是中村一氏的手下，但因与伊右卫门同是尾张出身，所以伊右卫门对他很熟悉。还在道上休息时，伊右卫门走过去见到才次郎身着轻装，便问：“你就这么参战?”

“是！对马守大人。”才次郎单膝跪地，礼仪周到，“这样可以更加轻便灵活。”他稚嫩的脸上扬起微笑。

“穿上盔甲！你这叫做胡搅蛮干!”伊右卫门急道。

可才次郎听不进去，他脸上的笑里隐隐藏了对伊右卫门谨慎态度的轻蔑，道：“用以博取功名的筹码就是性命。若是吝惜这条命，又怎能成为人上人?”

“至少把这红色胸甲换了吧，很容易成为敌军目标的。”

“容易成为敌军目标，也就意味着更容易让自己人看到。不管俺在本队名声如何，在其他地方俺还只是个无名之辈，俺要让大家都看见俺的行动，让大家知道俺就是中村才次郎。”

伊右卫门的山内队还在空壕底部躲避敌军的箭矢炮弹之时，这位才次郎说了声“抱歉”，便开始攀缘石墙，很快爬了上去。待终于爬至墙头，双手抓住城墙边缘一撑，想要纵身而出时，守城敌兵蜂拥而至，其中一人拿一把大薙刀将他探出一半的身子连腰截断。两手还紧抓着城壁，只下半身掉了下来。

“啧!”连观战的秀吉都不忍直视。

（是个汉子！）

位处正下方的伊右卫门想：

（男人都是功名饿鬼！看他对功名的执念，还血淋淋挂在城壁上哪！）

“给俺上啊——”一瞬间，伊右卫门也化作了魔鬼。有功名在城上等着。

攀缘城壁的损失最为惨重。

伊右卫门眼见着周围一个个攀爬的身影，遭了箭矢枪弹的攻击，像树上跌落的虫子般掉往壕底。

南无阿弥陀佛！

南无阿弥陀佛！

南无阿弥陀佛！

伊右卫门扯着喉咙大叫大嚷。其他人也是。日莲宗信徒，念叨着南无妙法莲华经；观音信徒，则嚷嚷着“念彼观音力”；般若心经信徒大吼“般若波罗蜜”。若非如此，实在难以登城。

有一位叫一柳直末的武将，是美浓轻海西部五万石的城主，官阶从五位下品伊豆守，亦是伊右卫门同僚。他是美浓厚见郡出身，从秀吉藤吉郎时代便追随左右，是秀吉麾下少见的老将之一。他以刚强无比著称，在秀吉的长浜时代曾被选为“母衣武者”（即主将亲自挑选的勇士团。战国武士以能入此团为最高荣誉），之后与伊右卫门相继晋升。

正因有如此渊源，两人关系极好。他常在大殿里对伊右卫门说：“对州（伊右卫门）啊，俺就是个粗人，规规矩矩坐在榻榻米上这一套简直搞不懂。殿中各种事宜，俺跟着你做便是，兄弟可要教我！”

意外的是，他还作得一手好和歌，与另一位歌人学者即武将细川幽斋，也是关系亲密。在秀吉的诸位大小名里，大家对他的评价是“有趣之人”。没有奇怪言行举动，是个很招人喜欢的粗人。

这位一柳直末，跟伊右卫门的攻击方位不同，是穿过右面山谷从敌城后门进攻。可是途中，手下士兵们怯懦起来，不愿前行。因为侧面箭楼上枪弹、箭矢正雨点般飞来。

“怕啥呀？看俺的。”说罢，他便朝着箭楼往上攀。突然一发枪弹射中头盔护额的下方，直末跌落城头，再也醒不过来了。

“怕啥？”直末的弟弟直盛这个缺了门牙的汉子挺身而出，继续指挥，战斗这才持续了下去。

大名战死了。消息即刻传到秀吉本营。秀吉正在吃饭，参谋长黑田官兵卫走进帷幕之中，斟词酌句道：“一柳伊豆守遭遇不测。”

秀吉猛地吐出嘴中之食，忙问："遭遇不测？是受伤了，还是战死了？"

"不幸战死。"

听官兵卫如此一说，秀吉的泪禁不住滴落膳食之中，喃喃道："这就死了么？……小田原就算得来，又有何益？那可是个关东八州也换不来的汉子啊！"

若是伊右卫门战死，或许秀吉就不觉如此可惜了，因他不像一柳那样是秀吉亲手培养出来的。一柳家后来由弟弟直盛继承，大名的地位身份一直维系到幕末。

这时，伊右卫门已经飞身跃入城内。

伊右卫门的成就应该归功于他的运气。他半生以来，经历了无数的战场，负过伤，也有危笃之时，但总能留得一命平安归来。他没有超群的功劳，没有出类拔萃的武勇，也没有运筹帷幄的才能。但不可思议的是，他总能夺得中庸之功。

这次的岱崎城攻城战也是如此，他领着二百五十骑武士，两千五百名足轻兵，跟着别队横冲直撞。接着山中城攻城战里，伊右卫门麾下将士亦是奋战不已，所得人头并不输于别队。

伊右卫门队攻入的是山中城的第三座城楼。此城楼守将是间宫康俊。防守战只撑了三十分，士兵大都丧命。间宫康俊退回内室，与儿子一同切腹自杀。伊右卫门踏入内室时，间宫康俊的头颅已经不见。

“惨哪！”伊右卫门思忖。

（这个世间，只有运气最可靠。）

信长、秀吉总能乘着时运鲤鱼跃龙门，而伊右卫门跟着这样的大将，从来没打过什么防卫战。他总是处于攻击的一方，且常胜不败。间宫康俊的不幸，是因为他只能跟着老国北条，运数已尽。

“主家一定要选好。”这便是伊右卫门的深切感受。

山中城在三之丸陷落后，二之丸、本丸也都相继陷落。与此同时，鹰巢城也落于德川家康之手。秀吉军已将箱根山脉打通。从山上望去，小田原本城一目了然。

小田原城已经失去箱根的防备，就好似裸城一般。但毕竟是关八州的首府，这座巨城并不容易拿下。此城城域宽阔，能把与富士山相连的小岭山整个儿装进去。周围五里见方，城壁极长，东西长五十町，南北长七十町。

“不必强攻。”秀吉在小田原城周围加紧造出一圈没有间隙的野战城垒，命诸将守备在此。包围阵势完工后，秀吉便率领大军从箱根撤回了汤本的早云寺。海上之路则由水军封锁完毕。这下要往小田原城内运输兵粮，可比登天还难。

总之，作战方针就是一个“困”字，秀吉有时间陪着耗下去，可敌军守城将士却不能做无米之炊。

秀吉攻城的特点就是不愿多伤人命，无论是敌方还是己方。所以在他的攻城史中，从没有过蛮攻的例子。

信长部将时代的鸟取城、播州三木城，是劫走兵粮令对方折服；备中高松城是用水攻；夺取天下之后的攻城战里，纪州太田城也是水攻。只有一个例外，就是对柴田胜家北庄攻击战。总之，他是尽可能用自己的方式来攻城。

这次小田原攻城战，可以说是秀吉式攻城的集大成。

伊右卫门在城北荻洼山的一角，与羽柴秀次军一万余人一起筑好城垒，做好了长期滞守的准备。

城郭其实用外部武力是很难被攻陷的，大多数都是因为内部分裂，或是兵粮被劫，抑或遭受水攻，这才败北。更何况小田原城是与秀吉的大坂城齐名的巨城。

守城将士也骁勇善战，是自源平时代以来，被誉为日本第一的关东武士。而且，北条家这百年来的家史，已把将士们紧紧地团结在了一起。

“这些个上方军崽子——”他们的言语里藏不住对京城军的轻蔑。

北条家的当主氏政就说过：“关东武士一百骑则可敌京

城一千骑。早在源平时代就有过先例，京城的平家率了十多万骑进入由比、蒲原一带，可因为害怕关东武士，搞得草木皆兵，连一群水鸟振翅起飞的声音都将他们吓得屁滚尿流。他们不就是连一仗都不敢打，便忙不迭从富士川逃回去了吗?”京城军就是这般华而不实。看总大将秀吉的滑稽扮相，就知道是明显的外强中干。

秀吉本没有胡子，却为了威严在唇边垂了几绺假胡须，还因为关白这个位分最尊的公卿身份，去染了个御齿黑[3]，看起来简直不伦不类。

他的盔甲也是绚烂华美之至。头戴唐冠头盔；身穿绯红革线串接起来的黄金鳞片甲衣；腰里松松垮垮挂了一柄太刀，明显是还未拆封的赠品；纯金的箭囊里只插了一支金箭，弓是朱漆缠藤弓；胯下坐骑也披了金铠衣，马尾上挂了一重红得像要燃烧起来的丝线。毫无疑问，是史上用以炫耀的最为奢侈的装备了。

攻城方式也非关东式。山中城一战，打得还算轰轰烈烈，可之后便再没有像样儿的战斗了。着眼之处都是运输大队，除了兵粮、弹药，其他各种物资也是源源不断从海上运送过来。正可谓运输大战。

“有这么打仗的吗?”小田原城内七万关东武士个个恨得咬牙切齿。武家的战法战术上，从未有过秀吉这样的打法。

更何况远不止运输这么简单。小田原城外，一座该称之为“丰臣市”的城市正在显露雏形。

秀吉命令诸位大臣道：“攻城是个长期战，所以不如在这里修一座城市，俺叫淀姬过来，你们也叫上妻妾，在城里修房子住进去。要修就修好的大的华丽的，别省钱。喜欢喝茶的，不妨在府邸里修个茶亭建个庭园什么的。”于是，大小名们便争先恐后从各国各地找来各类工匠，紧锣密鼓开工了。

秀吉东南西北走来走去，筹划城市布局。商家、旅店、茶屋、集市、青楼等都配备齐全了。

伊右卫门叫来了千代。千代从近江长浜城来，看到眼前景象实在惊诧，问：“这是在打仗么？关白殿下住在哪里？”

“现在在早云寺。好像是要在一个可以俯瞰小田原城的地方，筑一座极大的城郭。”

正是如此，秀吉的秘密城郭正在修建之中。

秀吉为了攻下小田原城，竟顺便建了一座城郭，可见此人的确有趣。

这座城郭并非临时搭建的用于野战的建筑物，而是一座真正的城郭，还有天守阁。地点在小田原城西南方的高地石垣山上，可将敌城一举一动尽收眼底。其规模之大，可谓

“不比大坂城、聚乐第差”，仅本丸周围便有近一百四十四丈长。

工事正在秘密进行。前方树木繁茂，从小田原城看不见任何动静。工事进行到一半时，便在木材上贴了格子纸，远处看来就像是墙壁。待全部竣工后，才把前面的树木尽数砍去。

一夜之间，竟凭空冒出一座城郭。下面小田原城内的人见了无不惊慌失措。

千代也吃了一惊。

（真是不可思议的奇才啊！）

另外，更让千代吃惊的是物价。

在这箱根山脉之中忽地来了十几万秀吉军，大米等其他的食材理所当然应该水涨船高，于是千代建议伊右卫门：“兵粮与其在当地买，不如从近江运过来划算。”所以起初一段时间都是让兵粮奉行想办法从近江运米过来的。可奇怪的是，这里的米价却一直不见涨起来。与其千里迢迢运米，还不如在当地买米。

“到底怎么回事呢？”千代向伊右卫门打听原委。

“不知道。”伊右卫门一副傻样。

“一丰夫君哪，你这样可怎么当得好大名呢？为何会这样，你该找人去问问才对呀。”千代又开始了对伊右卫门的教育。

最后调查才知道，这是因为秀吉从中调剂了米价的缘故。在开战前，秀吉任命长束正家为兵粮奉行，事前给他一万枚黄金，道：“用这些黄金去东海六国（伊势、美浓、尾张、三河、远江、骏河）买米，全部运送到战场附近来。”

长束正家的武功不过尔尔，这种事情却甚是拿手，与石田三成不相上下。很快，骏河的清水港里便建起了好几个巨型仓库，买好的米源源不断地通过船只运送过来，越积越多，竟达二十万石。这些米，正好起到了安定米价的作用，据说连一文都没涨。

（源平时代以来，连这种事都能办得滴水不漏的大将，仅此一人啊！）

千代简直钦佩之至。

六月二十六日，石垣山城——别名“一夜城”竣工，秀吉搬了过去。与此同时，石垣山城上的铁炮、箭矢朝着小田原城内齐发，围在外面的各个军团也开始对小田原城真正开始进攻。

据说秀吉是“撒谎”的名手，亦是替自己编织逸事的名手。千代也在这次小田原阵中，听到了各色各样的有趣之事。比如奥州的伊达政宗竟不远千里专程来降，好多人都乐此不疲地谈论此事。不过千代更感兴趣的是秀吉对德川家康的态度。

一天，伊右卫门去秀吉居城——石垣山城伺候，回来之后对千代道："有件有意思的事儿呢。"伊右卫门知道千代对秀吉与家康之间的关系极感兴趣，所以总是尽可能地去注意这方面的消息，久而久之竟成了习惯。

那天家康也在石垣山城伺候，秀吉带了他在城内散步。

"德川大人，咱一起去看看敌情吧。"秀吉道。

于是两人就走到城郭东北的箭楼附近，来到石墙边上。秀吉俯瞰敌城，笑道："啊哈哈，北条也不甘示弱，经营着自己的集市呢。"

小田原城内也叫来了很多商人，每天都有集市开办。有的阵营狂歌乱舞热闹非凡，有的则大摆酒宴觥筹交错。

"是在跟咱比耐性吧。"

"想必如此。"家康附和道。

"可是德川大人，俺这样天天看着，却发现去城内集市的商人越来越少了呢。真不愧是商人逐利，眼见城里的东西少了便拍屁股走人。不过不管怎样，这城以后就是俺的了。"

"大人高见。"

"关八州是日本最宽广的原野，自源赖朝以来，一直是首屈一指的养兵要地。"

“正是。”家康温文尔雅点了点头。他的那张脸，倒是很像隐居的富商，圆眼睛，宽下颌，皮肤纹理细密。若是温文尔雅地笑起来，就像一个绝对的好人。但若是独处一室心有所思，却又像极了深不可测的狡诈之人。

“德川大人，”秀吉问道，“北条这关八州共有多少石？”

“据说是二百八十五万石。”

“大国呀！”秀吉突然有了尿意，“哎，俺要撒泡尿。怎么样德川大人，要不咱一起撒？”

“啊？”家康不得已只好撩起衣角。正要尿时，秀吉却大叫等等，要他“朝敌方尿过去”。于是两人站在石墙边上，朝着小田原城的方向痛快地尿起来。

秀吉一边尿一边说：“怎么样，这座城郭，加上北条关八州，成事后都送给你如何？”

家康进入关东一事，就是此时定下来的。

注释：

【1】关刀：美浓国有名的刀剑制作工房——关刀冶炼，所制作出来的刀。

【2】内府：即内大臣的别名。

【3】御齿黑：即把牙齿染黑。日本古代贵族有染黑牙齿的风俗。

挂川六万石

北条氏在被包围三个月后终于开城投降，当主氏政被命自裁。关东二百八十五万石的领国全被秀吉没收。

开城后第七天，秀吉率领麾下全军进入小田原城。秀吉在本丸大厅内落座，即日便对将士们论功行赏。对于赏罚之事，秀吉向来很迅速。他尚在围城之时就已有过深思熟虑。

首先是家康。北条旧领经过少量增减后，总计关东二百五十五万七千石，尽数给了家康。可与此同时，家康故乡的三河，以及以三河为中心经过多年努力经营的东海一地，却被要求放弃。若以农夫作比，就跟抛弃自己亲手开垦、施肥、照料、耕种过的田地一样。

“回绝了吧。”几乎所有重臣都持反对意见。家康与重臣们都是东海地方出身，祖祖代代的墓地也都在那里。从个人感情上来说，也是极不情愿的。而最大的弊端则是政略上的损失。

“如若将来想在京城改旗易帜，以箱根以东的这片基地，想是怎么都来不及的。”

家康知道得很清楚。虽然表面上是领地增多，风光无限；可夺取天下的地理条件则远远不如从前，或许将最终失去夺取天下的机会。

“关白殿下显然很是惧怕大人您哪，所以这才把您逼到那样一个偏僻之地。”榊原康政等人都这么说。

家康就跟一个乡下富翁一般，下颌圆厚的一张脸上露出温和的微笑，走到秀吉跟前，跪拜道：“承蒙厚爱，在下荣幸之至。”

（折运了。）

这才是家康心中所想吧。在他的思维方式里，没有产生任何的跳跃。比如“终归要夺取天下”这样的想法，就是一种叛离现在的跳跃，他无法切实认真地思考下去。

总之，家康是个农夫型的人，而非猎人、渔夫。农夫没有跳跃性的思维，要想增加财产，就指望多开垦一块地，多种植些东西。而猎人、渔夫就与之相反。有的日子打不到一条鱼，有的日子却可以满实满载。所以猎人、渔夫们都是梦想着能满载而归，才愿意在海里、山里冒险，并乐此不疲。

（那就在关八州播种耕耘好了。就在这片耕地上生根发芽。现实是不容反抗的。）

农夫家康只要这样一想，也就很快释然了。他知道无谓的抱怨是得不到任何好处的。秀吉是在示恩，当然其真意是藏了起来。家康明知秀吉的用意，却装出了欣喜受封的模样。而且搬迁速度让秀吉都大为惊异。

搬迁命令是在七月十三日发出的，而八月一日，家康就已经亲自到了今后将要经营的新城江户，同月九日家臣团的所有成员也都搬迁完毕，三河旧领也都尽数移交给了新领主。

(嗯?)

伊右卫门简直不敢相信自己的耳朵。自己竟得了大赏——远州挂川六万石。比起旧领几乎翻了一番。

“这下得忙活好一阵子了。”伊右卫门一回来就嚷嚷开了。千代跟其他诸侯夫人一样还留在阵中。

“是加封了吧?”

“你怎么知道?”

“这个嘛……”千代笑起来。伊右卫门那张兴高采烈的脸任谁看了都明白。“是哪里?”

“远州挂川城。”

“多少?”

“六万石。”伊右卫门伸出两只手，立了六根手指。

“这可真是恭喜夫君啦。”千代低头祝贺，可眼眸中却另有深思萌动。

“怎么了?”

“其他大人们呢?”

“啊哈哈!”伊右卫门笑得很是满足,“你也跟别的女人家一样操心这些?有了封赏自个儿高兴高兴不就得了?当然也有加封更多的人了。可比来比去,自己的快乐不就少了吗?多不划算!难道不是吗千代?”

伊右卫门今日可是心情出奇的好,好得竟教育起老婆来了。

“俺说的没错吧,千代?”

“夫君的话也在理。”千代事前已经听闻家康受封关八州的事了,因此对其他诸位大名的安置状况更为关心。秀吉今后对家康的态度,从大名安置上便可看出端倪。

“可是人家——”她像是哄伊右卫门似的,道,“就是想知道嘛。”

“哦?那俺就只好勉为其难了。”伊右卫门把受封的具体事宜告知了千代。

这次论功行赏,还只封了一小部分,大都是有关家康旧领东海一地的分封。千代越听越吃惊,因为全部都是秀吉的心腹大名。

秀吉在行政部署上,将家康封死在箱根山脉以东,并且在箱根以西的东海道上各个关卡都排满了监视家康的大名,而这些大名都是“绝对不会背叛秀吉”的人。伊右卫门也在里面。伊右卫门的笃实性格，如今看来也不算太糟。

这些新受封的大名，自东往西有：

骏府（静冈县）城，中村一氏

挂川（静冈县）城，山内一丰

浜松（静冈县）城，堀尾吉晴

吉田（现丰桥，爱知县）城，池田辉政

冈崎（爱知县）城，田中吉政

最后是外甥秀次，从尾张到伊势的大片领土。

如果家康生出野心想要夺取天下，要从关东出来，就得先灭了东海道上的一座座关隘，否则实难到达京城。

这是夫妇两人的房间，所以天下之事说得露骨些也无妨。

“连关白殿下自己，心也是无法自由自在的啊。”千代说了句深奥的话。

“什么意思？”伊右卫门不明白。

千代也不能很好地解释清楚。但话题焦点就在于秀吉对家康的态度上。

秀吉把家康封作关东的大领主，若是换个角度看问题，可以认为日本被分作了东西两半。用一句更直白的话，就是秀吉承认了东部的家康政权。

日本列岛形状狭长，正因为狭长，从来没有一个政权将日本完全统一过，总是分西部政权与东部政权两个大部分。曾经有朝廷的大和政权也是如此，其统治的地方仅仅是近畿周边。平家政治也是，无法顾及到箱根以东之地，源赖朝才舒舒服服在坂东一地生根开花。京都的足利政权背后的足利幕府也一样，关东的统治只能让关东公方来治理。

在京城、大坂的秀吉政权，能够统治从濑户内海沿岸到九州的“西国”，可是箱根以东则同样鞭长莫及。所以他才把这片地给了家康。

或许说得更直白一点儿，叫放虎归山。

关东是武勇豪杰之地，自古以来日本西部政权掌握着财力，东部政权攥着武力。此番结局会不会也是秀吉掌财，家康握武？而将来，秀吉的丰臣政权会不会被关东的德川政权颠覆？

“关白殿下为何对家康大人这么在意呢？”

“不懂。”伊右卫门道。于是千代开始分析。

秀吉的天下夺得很急速。他并不像信长那样用武力把势力集团逐个铲除，而是尽量与之妥协，尽量握手言和，这才能在短时间内取得如此成就。他对德川家康也是这样。家康不过是东海一百几十万石的大名而已，秀吉却不愿铲除，反而处处讨好家康。

理由之一，是关东有北条氏盘踞。若是家康成为敌人，又与北条联手，继而与奥州诸位豪士结盟，那就会出现三河以东的整个东部与秀吉交手的场面，搞不好九州、四国还会趁机作乱，那秀吉就会陷入东西两股势力的夹击之中，苦不堪言。

秀吉有着敏锐的政治嗅觉。正是因为他能预见此种后果，所以才对家康如此以礼相待。可现在北条已经成为过去，九州、四国也安定如常。也就是说，用不着继续对家康示好，换一副面孔把家康灭掉应是轻而易举之事。可秀吉天生是个好人，他不忍杀掉家康。

千代把以上的这番秀吉家康论分析得一清二楚。

“你观察得真仔细啊！”伊右卫门甘拜下风。

“人家是女人嘛。况且大人们的举动也实在有趣。”千代笑着打哈哈。其实这是一堂极为重要的伊右卫门教育课。

山内对马守一丰这位武将，只是战国的一名小小的官，倘若要保身、保家，则必须搞懂上级们的所有行动与心思。

“关白殿下的魅力就在于他是一个开心果、大好人，对人总是两分束缚，八分信任。这才能跟天下的英雄豪杰打成一片。”

“原来如此，打成一片了啊！”

“不是靠武力征伐打成一片啦！”

“哦。”伊右卫门像个学生似的点点头。

“连对德川大人也是这样，所以将来才会酿出大事来。”

“什么大事？”

“关白殿下过世以后，德川大人会夺取天下王座，简直就跟明火一样清清楚楚的嘛。”

“瞧你说得这么轻松！”伊右卫门望了望唐纸[1]格子窗外，该没有人偷听吧？

“一丰夫君这次的挂川城主，是监视德川大人的城主之一呢。”

“的确。”他点头称是，言罢忽地恍然大悟过来，原来千代想说的是——家康方面，该讨好时还须讨好。

“说白了，”千代继续道，“家康大人是被关进了关八州这个华丽的大牢房里。”

“有道理。”伊右卫门没有异议。

“一丰夫君呢，跟堀尾吉晴大人、中村一氏大人、田中吉政大人、池田辉政大人一道，都是看守这个大牢房的狱卒。”

“啊哈哈，很形象啊。”伊右卫门对千代的比喻之妙实在佩服。

千代也轻掩嘴唇“呵呵呵”笑得愉快：“可是，夫君要当好这个狱卒，可不是那么简单的事！”

“肯定。”

“终归是因关白殿下的信任才能手握这把钥匙，对关白殿下可不能马虎。”

“是啊，不能马虎。”

“然而牢里的人却是将来得天下的人。可不能当个让他讨厌的狱卒。”

“那自然。”伊右卫门只得点头，继而抱双臂于前胸，继续道，“千代，俺明白了。挂川六万石的城主，是天下大名之中最难当的！”

“差点儿忘了。为庆祝夫君当上狱卒，咱俩好好喝上一杯。”说罢，千代便起身准备菜肴美酒去了。

大坂是秀吉的本城。所以，千代只能常住于大坂的府邸。“大名的妻儿是人质。”这个习惯大致也是在这段时间里形成的。

不过伊右卫门时常往返于领国远州挂川与大坂之间，因此夫妇也算是有不少日子可以同处一片屋檐下。

“正月俺回大坂过，高兴吧？”天正十八年（1590）十二月中，这样内容的一封信，从挂川的伊右卫门那里寄到了大坂的千代手里。

“夫人都高兴死了呢。”侍女们在笑话千代。

“说什么闲话!”千代想要以正视听，可嘴角上浮起的笑意竟是忍不下去。

——他们夫妻关系真好。

此番评论并不只在大名之间有人提及，连大坂的平民百姓也是家喻户晓。

当时一位杂役出身的伊予今治十万石的大名福岛正则，毫不客气讥笑道：“对州（伊右卫门）真是可怜哪，有这么一位宝贝老婆，竟是连侍女都不敢下手。”这位正则跟丰臣家其他大名一样，一旦爬上高位，侧室、中意的侍女们断不会少，后院里总是莺歌燕舞一片。

相形之下，伊右卫门就显得可怜兮兮了，他在当时可谓是特立独行的人物。不过，这并非千代刻意阻止的。千代知道，这种事是无论如何也阻止不了的。

(或许在领国挂川他会——)

千代也曾半嗔半笑怀疑过，不过她怀疑错了。他在挂川也没有女人。

(他就是胆儿小。)

身在福中的千代有时候还是或多或少会把伊右卫门当傻子。有一天她直截了当地问了伊右卫门一句：“除我之外，夫君可有中意之人?”

“这个嘛——”也不知伊右卫门是否心不在焉，他对此事不太热心。少顷又道：“可是千代，咱们第一天晚上不是说好了的吗？”

原来他还记着那句誓言：“千代一定尽心竭力辅佐夫君成为一国一城之主。作为交换，一丰不能拈花惹草。”伊右卫门真的还把这句话当做金科玉律么？

（或许——）

千代想到一件事。

（——或许正是因为他如此克己律己，所以才得到关白殿下的赏识，成为监视德川的挂川城主。）

大年三十那天，伊右卫门回到大坂，天正十九年（1591）正月二日，终于跟千代再次重逢。

“夫君娶一房妾如何？”千代突然冒出一句。

“妾？”伊右卫门正准备跟千代亲热，一听，愣了半晌，“为何？”

“千代不能再替夫君生儿育女了。如此一来，山内家的香火会因我而断。”

“那又怎样？”伊右卫门轻松道，“这六万石是跟你一起得到的。咱夫妇要是归西，那这六万石不要也罢；若是弟弟康丰有了孩子，能抱来当养子，给这孩子也罢。”

（好淡泊——）

千代思忖。说到俸禄，也正是因为伊右卫门淡泊无争，这才年纪一大把，俸禄只一小把。比伊右卫门年纪小得多的加藤清正，都已经是肥后熊本一地二十五万石的大领主了。

“千代，你怎么突然想起这个？”

“因为我想到了关白殿下的鹤松公子，很是羡慕啊。”

“千代终究是女人哪，也会说些不着边际的话。”伊右卫门笑出声来。

秀吉这人身边总是不乏女人，可不仅正室北政所无所出，其他侧室也无子嗣。不过一年前，即天正十七年（1589）五月二十七日，侧室浅井氏（淀姬）诞下一个男婴。秀吉五十四岁老来得子，简直欣喜若狂。孩子起名鹤松，正是为求得福寿延年的好兆头。

这位鹤松公子出生时，连天子都赠了衣裳。前来贺喜的公卿、大名、富商络绎不绝，大坂城内一时间熙熙攘攘好不热闹。

而且，除了秀吉之外，正室北政所也欣喜万分，就好像是照顾自己的孩子一般无微不至。按那时的习惯，鹤松的生母是淀姬，正母是北政所。秀吉还曾给咿呀学语的鹤松写过一封信。信里用了“两位娘亲”这样的话，指的是“鹤松的两位母亲”。

“所以呀，”千代道，“要是侧室能有孩子，我肯定也能做一位好母亲。”

“首先，不会有侧室。而且，千代你也别这么早放弃希望啊。”伊右卫门抱住了千代。

……

第二天，令诸位大名震惊的是，有关鹤松公子在淀城突然生病的事，被传得沸沸扬扬。诸位大名即刻前往大坂城内探望秀吉。秀吉自然是心痛得茶饭不思。为了祈求早日痊愈，他给神社佛阁捐赠了不少土地。

那之后，病是轻了，但健康状况却一直不佳。

后来，因为秀吉进攻大明国的计划成了众人的讨论中心，还有京都东山山麓竖起了一尊大佛又夺去了人们的注意力，鹤松的健康问题便少有人过问了。

可这年的八月二日，再次传来这位幼小的天下继承人重病的消息。

（真是奇怪的女人。）

伊右卫门偶尔会用这种眼光来看自己的妻子。

千代每天都在专心致志地缝制东西。一旦找到舶来的美丽唐锦，就会拿来做成各种小袖。山内对马守一丰夫人这个名号，再怎么也算个贵妇人，可千代每天却跟个裁缝没什么两样。若是硬要找出两者的区别，一是她的小袖从不收钱，是专门白给人穿的；二是每件作品都会在袖口形状、衣襟花色等等方面有出人意料的崭新匠心。

有天伊右卫门进入千代的房间，千代正在缝制一件花锦质地的小袖，上面有金丝银丝绣好的唐船，异常漂亮。只不过尺寸极小。

“给谁做的?”伊右卫门这样问道。

“给幼主大人的。”千代答道。幼主大人，就是秀吉的幼子鹤松。

“希望幼主大人能早日痊愈。”千代继续说道。据说鹤松的病情一时很是严重，不过还好，又缓过劲儿来了。千代听说后就打算给鹤松缝制一件合适的小袖，方方面面费了不少功夫。

“可今天在殿中听说，病情又反复了。恐怕不是送小袖的时候啊。”

就这样鹤松的病情时好时坏，八月四日病危，次日就撒手离开了这个世界。秀吉的悲痛真是难以名状。

鹤松过世第二天早上，秀吉先去了京城南郊的东福寺，替爱子吊唁。可因他实在过于悲痛，竟猛地一刀割下了发髻。

(啊!)

众诸侯们惊得半晌无语。加藤清正见状，即刻取出短剑也将自己发髻割下，抛到脚边的瓦砾旁。其他诸侯不能无动于衷，一个个都割掉了自己的发髻。伊右卫门也不例外。他一边割一边望向对面站着的德川家康，只见家康低下头，一把短剑举过头顶缓缓割下发髻，一脸深切的悲戚之态。

（他真的那么悲戚？）

伊右卫门心里有些疑惑。跟秀吉的悲痛不同，他或许只是在此上演了一出剧。

发髻渐渐堆成了小山。出了寺庙，秀吉与三百诸侯一道，都成了大孩子的发型。

听说此事后，千代道："这个世道很快就要有暴风骤雨了。"她有这样一种感觉，秀吉的精神状态已属异常。

在割下发髻后一天，八月七日，秀吉来到清水寺，在那里发了半天呆。八日，他既不在京都也不在大坂，而是去了有马温泉，为了治愈自己的悲痛。可是温泉也未能奏效。

（肯定有大事。）

千代的感觉没错。

鹤松过世十几天，八月二十日，秀吉突然宣布："进攻大明国。"而且命令诸位奉行让沿海各国备好船舰。这用当时的话来说就是"入唐"。"入唐"一词，是秀吉当年做织田家部将时说出来的话，没人当真过。可如今却真真切切提上了日程。

千代在大坂府邸得知此种令人惊异的事态时，凭直觉认为——

（定是因为鹤松大人归西的缘故。）

秀吉的悲痛怎么都无法治愈。割掉发髻无用，入寺拜佛无用，有马温泉无用。最终，他采取的是进攻大明国这个可谓天方夜谭的行动。

（只能是这一个原因。）

秀吉精神错乱了。

诸位大名之中没有一人对此次外征感到高兴。所有人都经历了战国的混乱，疲乏非常。以诸大名为首的全天下的臣民，都希望休养生息。也正因为大家都想休养生息，秀吉的天下统一才能进行得这么顺利。无论哪位大名现在都在致力于领内的治安与生产，都很满足于现状。

（秀吉大人这般的人物怎会——）

千代不明白了，像秀吉这样一个能抓住时代的脉动，能洞察人心所向的大人物，怎么会连大家希望休养生息的心思都不懂？

（定是发狂了。）

只能这样想。

丰臣家的衰落的确是从这个时候开始的。千代则从她女性的视角，很早就通过鹤松的死，察知到了。

“殿中没了笑声。”伊右卫门道。他开始以为是鹤松丧事的缘故，可千代不这么想。造访大坂城的诸侯们心里所烦的，肯定不是鹤松的死，而是筹集军费等事宜。绝大多数都是新的领国，若是压榨得太厉害，那些侍奉过旧时代领主们的当地武士，说不定会怂恿农民揭竿而起。

后来，这个时期家康的情形也辗转传入人们耳中，千代是晚年才知晓的。

家康那时已经回到江户城。在秀吉的正式传信使到来之前，从家康大坂府邸来了急报。谋将本多正信来到家康跟前，上报了一遍急报有关入唐的内容后，家康沉默不语，只闭着眼安静地坐着。

（也不知德川大人听见没有？）

于是本多正信又报了一遍。他还是闭着眼，面露苦涩之态。

听见第三次上报，家康终于睁开眼睛，怒道：“闭嘴！都听见了！入唐入唐嚷嚷得那么厉害，谁来守护箱根？”

（原来大人没有动的意思。）

正信安心退了下来。家康以守护箱根为由，决意不参战。入唐只会消耗国力疲敝军民，这点他是看得相当清楚的。

“有意思。”

对包括伊右卫门在内的男人们所操纵的“政治”这种东西，千代不由得感觉奇妙而有趣。当入唐令昭告天下时，日本最大的大名德川家康的名字却未被记载进秀吉所立的出征朝鲜的大名名簿里。

家康曾对秀吉说过：“有在下在大人帐下尽犬马之劳，大人今后想是用不着亲自披挂上阵了。”言下之意就是，秀吉的战事全都由家康来效力。可这次家康却不愿出征。理由只一句话，于自家繁荣有碍。江户的府城建设才刚刚开始，关东八州这片广袤的领地数十日前还属于北条氏，若不下番功夫安抚当地武士与农民，都不知道会生出什么乱子来。

总而言之，家康在内部治理上甚忙。

(还去得了什么朝鲜、大明吗?)

通常英雄都会有些冒失之处，可在家康身上却完全见不到冒失的地方。若是寻常人，此种情形下定会拍胸脯保证：“请让在下领兵去夺了朝鲜、大明，献给大人。”可是家康无论是在感情上还是理性上都不允许自己这样做。他实际上是个看似侠肝义胆，但内里却只考虑利益的人，而且藏得极深，还有精彩的表演作掩护。

他让部将们去秀吉的诸位奉行那里说：“如若在下外出征战，关八州的旧势力肯定会死灰复燃，从而陷丰臣的天下于危难之中。倒不如让在下为了天下安泰，专心致志镇守关东。可是，如若前线告急，实在有用得着在下的地方，在下则会立即前往助大人一臂之力。”

秀吉已经习惯了对家康过分地客气。当他察知家康不是很乐意，还未等家康亲自说出口便下令道：“德川大人暂作预备队。”

家康成功留了下来，自己的军队、军资也不必白白消耗在外征上了。后来，出征朝鲜的诸位大名在经济上疲惫不堪，家康却反而在财政上相当滋润。

（所以，一丰夫君也会留下来。）

千代又猜对了。这也属当然，远州挂川城主伊右卫门是关东家康的“狱卒”，秀吉对德川有戒心，自然会留下伊右卫门。千代就是从这个时候开始觉得“政治”相当有趣。

“哎呀千代，”伊右卫门这天回来，一脸愁容，“留守京都的总大将，是秀次大人，俺可不喜欢这个主子。干脆俺也申请渡海出征如何？”

伊右卫门无论多不愿意，最后还是得去伺候京都的秀次。千代也搬去了京都。这个夏天就这么过去了。

“千代，都说衙门的差事不好当，曾经在战场厮杀的武士如今也得穿上长袴当差了，看样子，还得多培养培养公卿的那份儿闲心哪!”

据伊右卫门所言，在秀吉手下做事是他自己的选择，可他却不记得自己选过秀次这般嘴上无毛的愚劣之人做主公。所以，他想说的大概是，要去侍奉一个自己明明讨厌的家伙，这心中境地该何等凄凉。

“那个臭小子!”这是从伊右卫门嘴里说出的话。这个一板一眼的沉稳男子，在千代面前能这么说，想是真的太厌恶秀次了。

“千代你认为呢?”

千代倒是想顺着他的心情，也说句“那人讨厌死了”，但千代明白，夫妇之间有一种微妙的同化作用，总是互相影响着彼此的爱憎，所以她微笑着不置可否，道:“我又不认识他。”

“真的是个讨厌的家伙。这么讨厌的家伙这个世上也不多见呢。”

“就是……就那么讨厌么?”千代差点儿被伊右卫门同化，腹部使了好大一股劲儿这才缓过来。

“千代你口是心非。”伊右卫门一根手指数落千代，“其实你跟我一样是讨厌这人的。”

“怎么会?”千代忙道，“都没有见过，怎么会凭空讨厌一个人呢?”

“有传闻的嘛。听了传闻自然就该有喜欢有讨厌的嘛。赶快承认说讨厌！”

“可是——”

“否则俺今后还能跟谁诉苦去？你好歹体谅体谅俺好吗？”

“可是——”千代踌躇起来。若是在此刻便遂了他的意说自己也讨厌，那伊右卫门对秀次的厌恶之情则会增倍。而厌恶之情总是很容易让对方察知，将来会有怎样的不幸可是谁都预料不到的。

“好啦，忍一忍就过去啦。”她如此安慰道。这是没有办法的事。

冬天来临。这年的十二月二十八日，秀吉把关白的职位让给了养子秀次。鹤松过世后，秀吉大概是觉得再无生子的可能了，于是起了把天下传给秀次的心思。秀次便是“下一任天下之主”。

公布此事的那天，伊右卫门回来甚至说了句：“俺想出家。”

让伊右卫门如此讨厌的秀次，到底是怎样一个“臭小子”呢？千代很想弄个明白。

（总得去拜见一下。）

千代心里一旦有了这个想法，就会想方设法多去了解一些关白秀次的事。

秀吉的血亲很少，这对战国武士来说很不划算。战国之世，亲人便是手足心腹。可秀吉没有那么多亲人，只能从妻子的家系中挑选心腹，得了天下之后让其中好几人都做了大名。

可是一直没有子嗣的秀吉总是想从血亲之中找一位养子来栽培，百年之后便将天下传与他。怎奈秀吉的血亲不但人数少，而且除了弟弟大和大纳言秀长以外，几乎都不是有能之人。实在是没有办法，他只能把姐姐瑞龙院日秀与三好一路的孩子抱来做养子，这就是后来的关白秀次。其早先的名字叫次兵卫，其后叫孙七郎，总之不是有能之人。

曾经在长久手之战中，秀次败北，竟抛下大军独自逃了回来，前线因他而枉死的将士何其之多。秀吉怒极而斥，在指责状中说“如此不识大体，苟且偷生，简直是我一门的耻辱”，还说“你至今为止都挺乖巧，有点儿小聪明，俺都想把姓赐予你了，可如今才知你真正的心性。大概是上天不愿俺留下姓氏吧，实在可惜！从今以后你要是不洗心革面，俺就亲自解决了你”。

乖巧，有点儿小聪明，就是这个“臭小子”的长处。

秀次的形象跟着那篇指责状被到处传得人尽皆知，千代也知道。总之，就是哪个村子哪条街上都可以找到一大把的那种脑筋不好，却喜欢要点儿小聪明的年轻人。

（这样的人——）

千代想，这样的人竟成了天下之主丰臣秀次，无论是对秀次自己还是整个天下来说，都只能是不幸之事。

他的领地包括尾张、北伊势等共百万石之多。官阶在小田原征伐战时已经高居权中纳言，之后一路攀升成为权大纳言，今年又在鹤松死后成为秀吉的养子，进而登上内大臣、关白之位。

把关白之位传给秀次后，秀吉便被敬称为“太阁”。

又是年关。天正十九年（1592，即文禄元年）正月，按秀吉即位关白之时的惯例，秀次也请了后阳成天皇来聚乐第庆贺。跟随的大名虽然只有守护内地的伊右卫门等人，但终究是秀次这一代最大的盛典。

盛典后数日，千代前往拜见秀次夫人，第一次见到了“臭小子”的模样。

千代前往聚乐第内室伺候，先见到的是关白秀次的妻子。

还在行跪拜礼时，千代听到一声“把脸抬起来”，可按常规是不允许抬头的，于是只好为了不失礼数稍稍抬头一瞥。

（哎呀。）

没想到竟是个稚气未脱的少女，正坐在关白之妻的位子上。这位尊称“一之台夫人”的少女，是菊亭大纳言的女儿，年纪只有十六七岁。

不久便听见走廊处传来数人的脚步声，接着门开了。关白秀次与身后数名侍女一起走进室内。这般在内室相见，已属特例。

“是山内对马守的妻子吗？”秀次一坐下来便开口道，“你的名字我知道，据说是才貌双全，很受好评哪。”

“……”千代清瘦的双臂仍伏在地上，她只听见头顶有高亢的声音飘过。

“马的事情我听过。你为了山内对马守，把藏在梳妆镜里的十枚黄金拿给他买马了是吧？”

以前的那些被人传过的风言风语，千代并不愿多提及。因为听到那些就像看到自己是一个恃才而骄、精明过头的女人一样，很不自在。

“陈年旧事，愧不敢当。”

“那时对马守还是浪人？”

“已在织田家做事了。太阁殿下任长浜城主时，曾以与力的身份替大人效力。”

“身份还挺低啊。”

“是。”

“现在看来，长进了不少啊。”

秀次这么说，其实也并没有轻视侮辱之意，他只是喜欢这种说话的口吻罢了。可是听者不免生气。伊右卫门那么讨厌此人，大概也是源于此。

（唉，同样一句话，说的方式不同便可能伤人于无形。）

“我还年轻，但总想多知道些过去的事情。学问嘛，也不是只是一些文字。”

“是。”

“加藤清正的事我也听说了。他还在近江长浜的时候，才只有一百石左右，可如今都成了肥后半国二十五万石的大名。”

他这么一比，伊右卫门这区区六万石，岂不是该自认丢人？

可秀次好像并没有恶意，只高声笑着：“人的命运还真是奇妙啊。”这句话也没有别的意思，不过既然说到此处就顺便感叹了一下。

“你很漂亮嘛。”他装出很磊落的样子。

“承蒙谬赞。”

“有学问吗？”他突然一问。

“算不得有。”

“我喜欢学问。”

好像他就是想说这句话。说到学问，可以说秀次对学问的追求实属异常。

（唉，这人会喜欢学问……）

千代压制着想笑的冲动继续跪伏在地。

关白秀次的脸初见时觉得很像狐狸，可又没有狐狸那般密实。不知是否是因为年轻的缘故，有种看起来欲望横流的感觉。而且，一双眼睛老是乱瞟。这个人居然说喜欢学问，纯粹矫情嘛。难道是有什么苦衷，他不得不这么炫耀自己？

“我跟诸位大名也说过，叫他们好好研究学问。你丈夫对马守，读过书吗？”

“没有。”千代这样回答时不由得好笑，她实在难以想象伊右卫门拿着一本书念的模样。

“那可不行。下次对马守来了我得好好教训他。”

“拜托大人严加管教。”千代顺势应承了一句。

其实千代早就知道关白秀次既无学问也无教养。只因他的舅父秀吉在马背上得了天下，这位秀次还是个黄口小儿时便已是从四位下品的右近卫中将，位及公卿。之后一路飙升，权中纳言、权大纳言、内大臣、关白。

说句题外话，这些官位与之后的德川时代的官位不同，是作为公卿的官位，所以必然要在宫廷之中作为公卿与其他世袭公卿交往。而真正的公卿们身上是有学问有才艺的。

据说秀次在皇宫曾出过好几次洋相。千代大概不知，当时有位公卿近卫信尹作过一篇手记，名曰《三藐院记》，里面用了这样一个过分的词：“无知轻狂的秀次卿”。

当时在朝廷之中，学问热情空前高涨。作为朝廷中心的后阳成天皇极为爱好学问，《孝经》、《职原钞》、《弘安礼节》、《论语》、《孟子》、《大学》、《中庸》等都印刷了多次。

身为关白的秀次自然也不得不加把劲儿。可无奈实在胸无点墨，且才气欠缺。因此，为了担得上“学问之父”这个关白的名号，他把下野足利学校的藏书搬至京都，印刷并呈献给朝廷多种书籍，包括《日本纪》、《续日本纪》、《日本后纪》、《续日本后纪》、《文德实录》、《三代实录》、《实了记》、《百炼抄》、《女院号》、《类聚三代格》等，另外还召集过大和诸寺的僧人十七名抄写《源氏物语》，做的都是些出版业者的工作。

“千代，《源氏物语》这类的你不妨读一读。”

千代没有看过。

“读过后，就懂得温柔优雅了。”

“大人——”千代再也忍不住，“您是在说千代不懂得温柔优雅么？”

“啊哈哈，你看，这就是你武家出身的粗野之处。读了源氏，你就知道‘怜爱’是怎么一回事了。”大概这便是所谓公卿酸气吧。

这位关白秀次还学公卿涂了御齿黑，脸上薄薄施了一层脂粉。

千代出了聚乐第，回到府邸。

(那便是第二代啊!)

这么一想，她心里顿时暗淡下来。实在不愉快，就好似见到一条恶心的长虫一般。

“把茶室准备好。”她吩咐侍女，心情无法平复。

府邸深处有一处小小的茶亭，可以说是他们夫妇促膝长谈之地。按千代的喜好，周围用篱笆隔开，自成一处十坪[2]左右的庭院。茶亭下种了一株茶花。

本来茶花是武家所忌讳的一种花，因花落的模样正像是头颅落地一般。然而秀吉却极为喜好此花，这才风靡一时，成为家家都有的园艺之花。

经过回廊踱步入亭的千代，见到一朵即将绽放的花骨朵。“这花儿，竟是白色?”她驻足喃喃道，“我还以为是红色呢。”说罢不由得为此番错觉笑出了声，一提到茶花便认为是红色，这种固定思维的确可笑。

(太阁殿下这条枝蔓上，开了一朵“奇葩”，我一个人在这里不平不忿有用么?)

千代在炉前坐定。忽然她想到，对秀次最不满意的人，应该是秀吉自己。千代听说，秀吉把关白之位传给秀次时，对秀次提出的训诫，一条条看来就好似教训的是个愚劣之童似的。

第一条："尽武臣之本职，专注于武备。"

第二条："为政须公，不可营私。"

第三条："爱护臣子。"这条理所当然，却被作为训诫写了进去，对一个二十好几的人来说本身就是不体面的事儿。

第四条很有意思。秀吉知道自己喜欢玩乐喜欢女人，而且也十分清楚秀次的这种性格很容易就会被声色所吞没。所以这样写道："茶道、狩猎、贪恋女色等秀吉的癖好均不得模仿。但以下情况可酌情考虑：茶道用于招待客人；狩猎目标是小鸟或斑鸠；府邸内侧室五人、十人均可，但不可过分，不可淫乱。"

侧室的人数是有限制的。

（难怪——）

千代抱着茶碗想。

（难怪一丰夫君会那么讨厌此人。这么烦人的主子，确实少见。）

秀吉死后，这个世界会变成何种模样？千代想到此处，不禁打了个寒战。

一年过去了。很多事情都在静悄悄地发生。秀吉的那张加盖朱印的训诫，终于还是被关白秀次在女色上给破了。

“侧室有三十人呢!”这句话传遍京城。

(下流!)

千代思忖。作为这个时代的女性，千代对男人的好色并无多少厌恶之感，但也会因人而异，只要想到那个年轻人，她心里就会不舒服。那个四脚蛇一样无知轻狂的年轻人，那个在脸上施了脂粉画了眉毛染黑牙齿的人，竟然有妻妾三十余人，实在可怕。

“秀次大人真的好讨厌啊。”这种话千代只会对伊右卫门说。

然而，此时的伊右卫门已经不那么深恶痛绝了。

“俺都习惯啰。”他最近说道。

有一天千代为此事跟伊右卫门小小地争执了一回。

“所以说男人最是靠不住了。”千代斩钉截铁道。

“说什么呢?俺又没有花天酒地过。”

“人家不是说的这个。一丰夫君起先不是那么讨厌关白秀次大人么?怎么变啦?”

“俺说过，都习惯了。”

“这些天才没听你说过呢。你一直在说聚乐第这样好那样好。喜欢就是喜欢，讨厌就是讨厌，你为何要欺骗自己的感情呢?”

“喂——”伊右卫门无可奈何，“那位怎么说都是俺的准主公啊。”

“这我知道。可你也不能因为这个骗自己啊?男人就是喜欢在这种事情上拖泥带水，喜欢对自己妥协，简直讨厌死了。”

伊右卫门一时怔住，千代竟变得如此感情用事，实属不寻常。

“不光我，”伊右卫门道，“天下诸侯都一样。正因为大家都明白关白秀次是第二代主公，所以任谁都不愿忤逆于他。奥州的伊达政宗大人、出羽的最上义光大人、丹后的细川忠兴大人等等，更是巴巴地拿了本地的奇珍异品敬献上去，殷勤得什么似的。”

“一丰夫君是有节有义，对得起自己的武士，自然不会跟那帮人一般见识。”

“可是千代，俺也很难办哪。”

伊右卫门这次是真的很难办。秀吉已经把他编至秀次麾下，听从秀次的调遣，也就是秀次的家臣了。不过今年春却从京城、大坂城内传出消息，说秀吉第二夫人淀姬怀上了第二胎。诸位大名都面面相觑，若这胎是男孩儿，关白秀次的命运将会生出怎样的变故?

千代对这个胎儿如此关心，并非因为她也是女人。实际上全天下的臣民都十分关切这个孩子。

秀吉当时正在肥前名护屋城。当这位五十八岁的老人得知淀姬怀孕时，简直欣喜若狂，很快便给正室北政所写了封信，内容怪诞："这孩子不是俺的，是淀姬的。"

这番莫名其妙的话，既不是要顾虑正室的感受委婉道出第二夫人怀孕的事实，也不是说淀姬是跟人私通得子。秀吉其实是想把这次生的孩子当做"捡来的"，而非亲生的。因为都说捡来的孩子容易养活。有种迷信说捡来的孩子是神佛之子，而神佛是不会让自己的孩子无辜死去的。

八月三日，淀姬顺利产下一名男婴。秀吉先让人把这孩子丢到街上，再让家臣松浦赞岐守去捡过来，起小名"拾儿"，而且禁止在名字前添加任何敬称。

秀吉匆匆从肥前名护屋赶回大坂城，父子团聚后，便开始思索——这个孩子的将来。

（糟糕！）

秀吉大概很是懊恼，他以为再也不可能有孩子了，所以才一个不小心说要将天下传给秀次，更糟糕的是此事已天下皆知。

（这可如何是好？）

一年前鹤松过世，如今秀赖出生，这段时期里的秀吉似乎变成了傻子。功成名就之后的英雄们晚年多有痴愚的倾向，秀吉也不例外。

(殿下的下一步呢?)

这是千代关心的事情。可以说，世间所有人都时刻注视着秀吉的一举手一投足。

秀吉在秀赖出生时就在想，要把自己最重要的东西留给这个孩子。而秀吉最重要的东西，便是天下大权。可是，中间有关白秀次碍事。于是他便对这个襁褓婴儿道：“俺就把大坂城给你。”

他有言必行，大坂城给了秀赖，那他自己就得另起一座隐居的城郭。待去各处勘察了方向、地点后，先觉得大和的信贵山不错，想在那里建一座巨城，可因与京都往来不便只好作罢。最后选中京都南郊伏见一地的丘陵地带，决定修一座伏见城。

这是秀赖出生后第六个月里的事情。

注释：

【1】唐纸：由中国传入的厚纸。中世以后常用于贴窗。

【2】坪：土地、建筑面积单位。1 坪相当于 3.306 平方米。

伏见桃山

自文禄三年（1594）正月，秀吉宣称要修建伏见城以后，伊右卫门的公务便繁忙起来。

“不止俺一人，其他大名也一样，都得奔走于关白秀次、大坂的拾儿幼主、伏见的太阁殿下之间，还得在各处讨好赔笑，忙得很哪！”伊右卫门对千代抱怨道。

千代对秀吉将要筑城的那片地——伏见桃山，起了兴趣。她总是这样好奇心重，求丈夫道：“我也想去看看。”伊右卫门别无他法，只好带了她去。

当时伏见是通往大坂的水路起点，晚上登船，早上便可达大坂的天满。而且距离京都也只有三里。对于想要隐居的秀吉，这样便利的地方很难找到第二处。

城郭准备建在通称“桃山”的丘陵地带，可遗憾的是，此城无论在战术上还是国内政治上，均无裨益。秀吉建此城只是非常个人的原因。

（劳民伤财！）

千代思忖。秀吉的失败就在于远征朝鲜浪费国财，从而使得诸位大名与臣民们陷于疲敝劳顿之中，这个巨大的浪费主义政权终于丧失了原有的魅力。而且秀吉的浪费完全无法遏制。此时正值外征军在朝鲜战斗的当口，在伏见桃山雕琢出一座金殿玉楼，于战术于政治都毫无裨益。

站立在此处的千代只能这样想：

（定是疯了。）

天下大名、臣民们将如何看待这次修筑城郭一事？

说句题外话，千代的这种感慨大概需要笔者稍作说明。当时秀吉是日本最大的富豪，或者可以说是日本史上前无古人的巨富。他是在浪费自己的钱吗？答案是否定的。

以当时的经济构造来看，若有了战事需要派兵出征，所有经费、战费均由大名自己筹措，秀吉自身的财产不会有一厘一毫的损失。修筑伏见城也一样，天下的诸侯都得“帮忙”，而费用则是按人头均摊。秀吉金库里的金子也好兵粮库里的粮食也好，都不会有丝毫的损耗。如此一来，诸大名因个人的钱粮损耗而越来越穷，反之秀吉在相较之下则越来越富。

（可不要逼人太甚！）

诸侯之间的这种感情愈见强烈。他们开始对这种铺张浪费的政权起了厌倦之感。可他们中的大多数都是秀吉一手提拔上来的，仍对秀吉十分忠诚，有舍命陪君子的义气。不过，这番忠诚义气说到底，都是对秀吉个人而言，而非“对此政权”。这种奢侈铺张若是再持续三十年，大多数的大名大概都会破产。此种悲观情绪在天下蔓延，而伏见城却逆势而为，非要实现它的奢靡。

（难道是因为太过担心子嗣，发狂了么？）

千代这样想也是情有可原的。

“桃山”是个很美的名字，正是将要筑城的伏见山的别名。

秀吉这一代的繁荣，便是以这座伏见城的华丽奢豪为象征。文化史上有“安土桃山时代”这一称呼，但“桃山”并非是当时就有的名字。

家康在大坂战役里打败丰臣氏后数年，便将这座伏见城废弃了。因为这是一处可逐鹿中原的绝佳之地，若是有谋反之心的大名占据此城，北可进京城，南可攻大坂。更何况，只要这座华丽城郭还耸立在淀川上游一天，臣民们便忘不了太阁在世的荣华，还说不定会因此而厌弃德川之世。

“拆掉。”家康下令。拆了之后将城郭构架捐给了京都与其周遭的社庙（比如今天的西本院寺唐门、同飞云阁、浪之间、客殿、丰国神社唐门、琵琶湖竹生岛观音堂、同神社拜殿、大德寺唐门等等），而此山便因此而荒废。大约是在丰臣灭亡后不久，不知为何，附近的人在山上种植了三万株红桃。

这些红桃日渐繁茂，每当春暖花开，漫山遍野一片云蒸霞蔚。京城的人们想是要倚着这片红霞来祭奠太阁的豪奢。不久，“桃山”便成了这片城郭遗址的代名词。

——桃山里那座城郭还在的那个时代，多好啊。

大概京城的人们都是这么想的吧。那个时代，因太阁的巨额浪费，京城、大坂就如同下了黄金雨似的热闹繁荣。而当政权中心移至江户后，这些地方便冷清下来。特别是京城，夜里连灯光都消逝了一般。

千代是这个时代最能洞察先机的人之一。当伏见丘陵的巨城即将竣工之时，她早已发现京城聚乐第的样子变得奇怪。此时聚乐第之主，是关白秀次。

“关白殿下最近怎样？”每当丈夫伊右卫门从聚乐第拜访归来，千代都会这样问道。今天也不例外。

“有些萎靡不振的样子。”伊右卫门只知道这些，“或许是近女色太多吧。”

“毕竟还年轻啊。”千代在意的不是这些。

“呵呵，千代还真是宽宏大量。”伊右卫门嘲弄了一句。在他看来，女人本该讨厌这种事情。

其实千代也觉得“很讨厌”，但她认为喜欢女色是一个人的性格与体质决定的，不应从道德层面来追究罪责。就如同喜欢节俭，或是喜欢浪费一样，只要没有影响到他人，就不该在道德范围内加以批判。

“在我看来，关白殿下的色心不可怕，可怕的是藏在色心下的东西。”千代在传言中听到的关白秀次所做的那些匪夷所思的暴行，简直难以置信。

（那些都是真的么？）

比如去年正月五日，正亲町上皇以七十七岁高龄辞世，京城里下至庶民都在服丧。公卿近臣们自然更是需要吃斋戒欲。可秀次倒好，上皇驾崩不过十日，便杀了鹤当晚饭吃，这种毫无忌惮的行径大概便是当时最为人所诟病的暴行了。

而且远不止于此。国丧中，最忌杀生，而秀次却多次外出狩鸟猎兽。这便是京城中的男女老幼开始窃窃私语，称他为“杀生关白”的起源。

——这也难怪，毕竟出身低贱啊。

公卿们亦交头接耳，露出不屑的神情。这些话，对义父太阁秀吉来说，难道不是如针刺，如鞭抽么？因事无巨细均有近臣来报，秀吉对秀次的所有“事迹”都了如指掌。

据说有一天秀次登上聚乐第的箭楼，俯瞰街市熙熙攘攘的人流，道：“跟蝼蚁一样嘛，有趣。”这定是他心中所感了。而他之后的行动让人愕然。“用铁炮射一射肯定更有趣。”他竟叫人拿铁炮过来，大概以为只不过是捏死几只蚂蚁的小事。他身旁之人怕忤逆秀次会遭致祸端，便依言拿来铁炮并点燃了导火线。

秀次摆好架势，扣动扳手。“砰”一声，枪弹飞至数十丈之外，命中一位在路上卖东西的小贩。小贩仰面倒下。“好玩儿！”秀次像是找到了久违的刺激一般。

后来他又玩了好几次这种“在箭楼狩猎”的游戏，被当做猎物的百姓从此再也不敢走近聚乐第半步。

另外还有更骇人听闻的。有人说他为了看胎儿的样子而把孕妇的肚子剖开，千代怎么都不敢相信。

（若是真的，那不就是个疯子么？）

千代思忖。不过，秀次情绪异常，这点可以肯定。

“我的武功好得很呢。”他会自吹自擂，跟一个自诩美貌的女人一样。千代认为有这种不必要的自满心态的男人，肯定有某种精神缺陷。

秀次其实根本就没有武勇，正因为没有，所以才打肿脸充胖子，找些道具来夸耀。比如秀吉的好对手——柴田胜家的金缠衣，日根野备中守的素以豪华壮观著称的唐冠头盔，家老木村常陆介的鸟毛阵羽织等等都收集过来，一个人洋洋自得乐此不疲。

（正因内心软弱才感觉不安的吧。）

千代是这样认为的。当听闻京城街市里传出的那些秀次的暴虐之态时，千代恨不能立时堵住耳朵。有天侍女回来禀报过后，千代开始无法相信，问："此事当真？"

据说关白秀次经常带了近臣，在夜深人静的京城街市找人试刀。而这次发生在光天化日之下的北野天神境内。秀次跟数人同行，一位盲人杵了拐杖从对面走来。自古以来，暴君这种精神病患，似乎都对盲人、孕妇、美女等有异于常人的特殊类型极感兴趣。

"这位阿弥——"秀次开口叫住对方。"阿弥"，是室町时代之后对佛教时宗流派信仰者的称呼，这些信仰者大都一面在家生活，一面改了"阿弥号"修行。比如相阿弥、本阿弥、木阿弥等。而剃过头的盲人之中，"阿弥号"者众，所以秀次要这么称呼。

"是有人在叫我吗？敢问尊驾何人？"

"这边，是我。"

"哦，敢问何事？"

"我想请你喝酒。喜欢喝酒吗？"

"喜欢。"

"那就跟我来。"秀次走近，牵了盲人的手，盲人便高兴地跟着去了。五六步后，秀次突然抽出长剑，斩断盲人手腕。

"啊！"盲人摔落在地，哀嚎着——有没有人哪，杀人啦！有没有人哪，有没有人哪，救命啊！一时间骚动四起。

秀次走上石阶，兴致盎然地看着眼前的一切。

侍从里有个叫熊谷大膳亮直之的愚笨之人，是个一万石左右的小领主，其近亲之中侍奉丰臣家的人很多。可以说是秀吉、秀次幕下官僚派里的人物之一。

“瞎子，”这个熊谷道，“现在你眼又瞎手又残，还要人救？真是胆小。”

遭受如此屈辱嘲弄，盲人终于知晓对面这个无法无天之人就是在京城恶名远扬的杀生关白，于是叫道：“杀了我！事到如今，这条命还有什么可惜的？我最大的不幸就是遇到你这个暴虐的恶魔，我认命！可是你给我记着，你嚣张不了几天了，你们肯定会遭报应的。”

盲人被砍得七零八碎，气绝身亡，实在惨不忍睹。

“怎么可能？”千代对侍女道。石阶上流淌的鲜血，仿佛就在她眼前晃来晃去，她再也听不下去了。

这天千代对伊右卫门说：“以后不管有什么事，夫君都不要再去关白殿下那里了。”语气甚是庄严凝重。

千代觉得关白秀次也并非全然不让人同情。

若是舅父秀吉没有夺得天下，秀次便会跟农村里的普通年轻人没什么不同。他的不幸在于德薄而位尊。人臣最高职位关白，不是那么好当的。他的心理平衡被打破，是早晚的事情。

据说秀次有神经衰弱症。不知是他自己想去，还是医生推荐的，他曾去东国热海温泉等地疗养过。这么想来，其实他也是有可怜之处的。千代听说秀次本是个气质温驯的年轻人，少年时很有同情心，只是性情软弱，爱发牢骚。

“那人的不幸就是被摆在了与身份能力不相称的高位之上。”千代对伊右卫门道。

“也许是吧。”伊右卫门望着千代的红唇。千代正微倾脑瓜思索着什么，每当这副表情时，她总是会发表一些异于常人的高见。伊右卫门期待着。

“况且，”千代道，“虽说是升至关白之位，可也只加了二十万石吧？”

“没错。”

秀次的领地本来就是以尾张为中心的一百万石，至今仍未改变。以这点家底，想要跟秀吉的关白时代一样在朝廷社交上出手阔绰，实在有些为难。而且，虽然他已经登上了关白之位，但天下的军事权、行政权、大名的人事权、丰臣家的财政权这四大权限，依然紧紧攥在“隐居”的秀吉手中。

这对秀吉来说是理所当然。如今在外征战，国家权力需要集中在自己之手。至于庸才秀次，秀吉怕是做梦都没有想过要让权于他吧。可秀次的想法就不同了，他已认定自己就是国家的继承人，而认识不到那只是镜花水月，自己手上所持的权限，只有京都的社交权与寺院神社的诉讼权。仅有这点可怜巴巴的权力，他当然会认为“舅父不守信”，从而愤恨难当了。更何况关白一职，支出数目庞大，区区一百二十万石大概是入不敷出的。为财政所迫，他自然就会想“我要整个国家”了。

秀次身边，有秀吉任命的家老木村常陆介重兹，经常会为秀次出谋划策。木村常陆介是秀吉曾经任近江长浜城主时的一名当地武士，之后机缘巧合加之自身也还有些武勇，现在已经成为山城淀城之主，是十八万石以上的大名。若是将来秀次得了天下，他将是最为显赫的功臣。

(木村常陆介大人是个聪明人。)

千代思忖。

“但有时聪明反被聪明误，有什么好?”千代道。她的意思是，为人臣子，聪明过头反而是坏事。

“说得不错，”伊右卫门登时面颊生辉，道，“像俺这样的，正好。”

“对!”千代扑哧一笑，“一丰夫君的财产就是耿直仗义。你时刻谨言慎行，决不搬弄口舌；人家有求于你，你必定赴汤蹈火；人家生病，自己竟也担心得吃不下饭呢。”

（都是些小优点而已。）

千代可不这么想。对他这些小小的优点，千代感到很欣慰很满足。

“可有一类人哪，”千代又道，“明明才思敏捷，却美中不足缺少诚信。”——千代说的正是所谓“俊才”。

“有，有！”伊右卫门道。这类俊才们，都趁着丰臣家手握军权进而执掌行政权的这个不可错失的良机，争着出人头地，比伊右卫门等一介武夫可机灵乖巧得多。

“首先就是石田治部少辅三成。”伊右卫门又道。石田三成如今已是秀吉政权的行政“官房长官”。秀吉的内政、人事等尽皆通过石田三成来打点，诸位大名若是没有石田三成从中斡旋，哪怕想求秀吉一丁点儿小事也是枉然。

“然后是木村常陆介。”伊右卫门掰了第二根手指。

正是如此，木村常陆介是关白秀次的“官房长官”。也就是说，此时的日本有两大官僚，一是秀吉身边的石田三成，二是秀次身旁的木村常陆介。

“如此一来，”伊右卫门思考着，“关白秀次大人若是得了天下，木村常陆介便是日本第一大有权有势的人。那石田三成说不定就会被木村一脚踢开。”

“嗯。”千代微笑颔首。伊右卫门的脑子，看样子是灵光起来了。

“那么千代，”伊右卫门仰头望天，道，“石田三成说不定会在秀次大人与木村还未成气候之时，便使出各种计策将其击溃。”若以围棋作比，这就相当于体察先机。如果不能察得先机，恐将难以胜任大名之身份。

“一定是这样。那么千代啊，那时俺该怎么做才好？”

“呵呵呵……一丰夫君还是原封原样，守好本分就对了，千万别卷进这些俊才们的是非争执。缺乏诚信的俊才，同样缺少人望，就算其中一方凭才智取胜，到头来还是被众人所憎，终会自取灭亡。一丰夫君就做自己该做之事，如此便好。”

“就跟个木头人一样？”伊右卫门说罢，自己也觉得实在好笑，呵呵了两声。

其实，秀吉在此地修建伏见城之前，还修过另外一座城。

数年前的天正末年，在向岛一地的指月山上修了本丸，面朝宇治川。这座城郭并非所谓秀吉式建筑，只相当于一个水寨。大概是因为秀吉经常往返于京都与大坂之间，所以才有必要在伏见这个河港特别修筑一处可供夜泊的地方。

这座向岛城，在两年后的文禄五年（1596，即庆长元年），毁于闰七月十三日的京都地震。

现在正在成型之中的伏见城，坐落在伏见山与北方木幡山一带。天守阁（现在的桃山御陵）海拔一百米，北面隔着大龟谷与深草山相望，南面有宇治川环绕流淌，还可将湖泊般大的巨椋池尽收眼底。

好奇心重的千代，来见过好几次工事中的伏见城。而且她还得修建一处自己的府邸。主城郭周围一带已经划分给了二百多个大小名，都有建府邸的打算。千代丈夫在城西的内护城河旁，拜领了一千坪的土地。千代频频来访，正是为了察看工事进展状况。这年三月初，她又来了。

“千代，看来你对这次的府邸是最上心的嘛。”伊右卫门一天前这样问道，“是何缘由？”

“也说不上有什么理由。”

“看你笑得这么奇怪。你就这么喜欢伏见这里？”

“喜欢倒是喜欢。”

“倒是？”伊右卫门重复了一下。

“我不想再在京城住下去了。”

“不住京城了？”

“人家是想早些搬到伏见来嘛。”

“真是个孩子。有了新地儿就巴巴地想来体验体验。”伊右卫门一脸得意之色。

“才不是呢。”千代差点儿说出真正理由来，可想想还是作罢。

千代担心京城的关白秀次最终会谋反。若此事真的发生，那伏见的秀吉与京城之间便会起摩擦。秀次当然会想方设法为自己赢得筹码。包括大名，与他们京都府邸里被当做人质的妻儿。到时候，秀次旗下大名的妻儿们定会被遣往聚乐第之中，不得自由。若是千代被束缚，伊右卫门便只能站在秀次一方。

(无论怎样都得早一步到伏见去。)

千代加快了伏见府邸建造的进度。

秀吉亲生儿子出生后，十分后悔认秀次作了养子，心底里可谓苦不堪言。这事连千代都听说了。

“就把秀次的女儿嫁给拾儿（秀赖）好了。”秀吉道。秀赖还未满周岁，他的老父亲就忙不迭地给他点鸳鸯谱了。而且他还对亲信道：“把日本分割成四五块，一块给秀次，一块给秀赖如何?”

他这样想也属自然，如今他是骑虎难下，所有一切“都是养子秀次的”，而自己的亲生儿子——真正的天下继承者秀赖，将来却是一无所有。

秀吉无疑是苦恼不堪的。而作为养子的秀次，自然应该体察父亲的这种苦恼。

（要是我，就立马把关白的职位还回去。）

千代思忖。

可秀次在这点上简直迟钝得让人生厌，一副事不关己的模样。他竟然对秀吉的苦恼一点儿反应都没有。

（他真是厚脸皮，贪婪！）

千代这个判断其实是不准确的，他本就是个心思迟钝之人。

（这个还长着青春痘的年轻人，难道就不明白太阁殿下爱子心切么？）

千代对秀次是恨铁不成钢。世上没有谁比这种搭错神经的家伙更让人无可奈何的了。

（现在，太阁殿下心思苦闷。而这种苦闷，若是不能传递到秀次那里，或者传递到了却得不到应有的反应，那太阁殿下兴许会憎恶秀次，就如同憎恶仇人一般。）

千代思忖，这亦是人之常情。

——俺一个人这么苦闷，秀次却装作事不关己的模样。如此一来，心绪便很容易化作强烈的憎恶。

这些时日，秀次倒也在种种小事上做出了讨好秀吉的姿态。大概是家老木村常陆介等人出的主意吧。

（白搭！）

千代思忖。如今除了将关白职位乖乖奉还以外，难道还能有其他方法可以讨好养父秀吉？在此事上，秀吉竟是处于弱势，而秀次占据了强势。他就好像是面目可憎地昭告天下——只要我在，你亲生儿子就什么都别想得到！

而且更可悲可叹的是，秀次不明白自己已经拥有既得权力，是处于绝对的强势，还一味地认为自己是弱者。

（养父说不定什么时候就会派兵攻来，夺走我的关白职位。）

这种受害妄想已在他脑子里生了根。大概也是秀次的亲信们促成了他妄想症的产生，肯定有人在他耳旁说“请务必小心”之类的话。因此秀次在狩猎之时，也会让家臣们悄悄带好盔甲，以备不时之需。而当这些都传至秀吉耳中时，一切都变了味儿——“他想谋反吗？”

进入五月，千代真正开始担心起来。

（兴许会被扣作人质。）

“再也不想留在京都了。虽说伏见府邸的墙还没干，可也顾不了那么多了，我要搬过去。”千代对伊右卫门急道。

不过伊右卫门却没有那么强烈的危机感，道：“千代啊，德川大人的继承人不也在京都吗？”

不错，家康嗣子——中纳言秀忠，眼下也在秀次的聚乐第伺候，也住在京都。

千代与伊右卫门数年之后才知，这个时期的德川家，对时势变幻是相当敏感的。家康有事不得不回领国关东，于是去伏见城向秀吉告假。五月三日在京都府邸，叫来中纳言秀忠，道："我不在时，太阁殿下与关白秀次之间说不定会发生冲突。到时候你要站在太阁殿下一方，不要犹豫，即刻离开京城，前往大坂城，去守护好北政所。"

家康与北政所交好。比起秀吉，他更重视秀吉夫人的喜怒哀乐，从此处也可看出此人非同寻常的政治感觉。理由之一，秀吉亦十分尊重夫人北政所的意见，待北政所极好。理由之二，北政所也是秀次的养母，万一秀次取胜，对德川家也并无不利之处。这实在是很有家康风格的一步棋。

就在这时，伏见城的秀吉带话给秀次："汝等使人疑矣。"命他亲自过来一一解释清楚。然而秀次却不动声色。他是害怕有去无回，觉得自己这条小命或许会丢在伏见城。而且似乎私下里更热心地秘密备战起来。

同一时期，秀次还送给朝廷数量极为庞大的一笔钱，这大概也是家老木村常陆介的智慧吧。朝廷白银三千枚，第一皇子五百枚，准三宫藤原晴子五百枚，女御藤原前子五百枚，氏部卿智仁亲王三百枚，准三宫圣护院道澄五百枚。这样，万一自己与养父之间出了什么事，还可以请求朝廷的庇护。若是到了非要诛灭养父秀吉的地步，还可向朝廷求得大义名分。

有关此番献金的臆测，很快便在京城街市里传开。

千代一听，便即刻以“去伏见疗养”之意给聚乐第修书一封，也不等批准，便在夜间秘密出了京城。

到伏见有三里路，过境之时，千代的轿子被大佛旁边的守卫兵叫住：“什么人？”只见对方手握闪闪长枪，靠拢过来。

大佛前的守兵头目，对最前面的一行人问道：“你们多少人？要往何处去？”前排有一位化过妆的侍女，落落大方回答道：“敢问众位将士，是在哪位大人手下当差？”

守兵头目回答说“是关白秀次大人旗下奉行熊谷大膳亮的家臣某某”之后，侍女点点头，回了句“知道了”，便不再开口，径直继续前行。

守兵一看急道：“正问话呢！如不据实回答，勿怪我们秉公处事，当你们是乱贼。”

“难道你没看见轿上家纹？”轿子上有个很明显的金三叶柏纹。

“哦，是山内对马守大人的家纹啊，这么说来，轿子里的就是对马守夫人了？为防万一，还请夫人打开窗子露个脸，以配合在下的盘查。”

“不必了。”侍女毫无怯意。

“小姐!”

“何事?”

“什么叫做不必?你们可是接受盘查的对象!小姐刚才的回答、态度也恁地无礼嚣张!”

“我只是说不必打开窗子露脸了，并非无礼嚣张。”

“你是何人?报上名来。”守兵头目大声怒道。

“山内对马守之妻——”侍女微笑，“千代。”

本以为只是侍女，却没想到竟是千代下了轿在徒步行走。

(啊!)

守兵内里泛出一层怯意。

“你们——”千代凛然道，“连女眷之列都要这般盘查，而且还如此出言不逊，难道是想羞辱山内家的武勇么?若还不好生改过，休怪山内家不饶你们。”

守兵撞上这番意外，全没了还嘴的余地，只怯怯伸了手让队列通过。

行了二町远后，千代钻进轿子，命令:“快走!”大家都对千代的机智与勇气佩服得五体投地。夜半，千代终于回到伏见府邸，与丈夫伊右卫门团聚。

“没磕没碰的，太好了。”伊右卫门像是自己过了关一样大声吁了口气。

“真是有趣极了。”千代莞尔一笑，“若是实在不行，人家还打算让手下的武士、侍女们冲杀过去呢。”

“开什么玩笑，你冲得过去吗？”

这倒也是，千代气力甚小，薙刀拿来舞十个圈儿就会气喘吁吁。

千代的预感对了。她逃离京城回到伏见不多久，京城德川家府邸里来了一位关白秀次的使者。是凌晨时分，天空还一片阴暗，就仿佛是专门挑这样的时间来了个突然袭击似的，使人感觉异样。

“请问有何贵干？”京都府邸的年寄土井利胜（后来成为下总古河十六万石之身）出来应对道。

“关白殿下有令。”听使者在门口这样一说，土井利胜便跪拜在地。“请你们当家的中纳言秀忠大人即刻前往聚乐第。”

据使者所言，他们已经在聚乐第备好房间，要悉心款待秀忠，希望秀忠能跟关白秀次好好叙话。总之，无非是“人质”而已。

（来了！看来关白秀次大人的确企图谋反。）

土井利胜机敏地查知到，关白秀次为了在合战中拉拢家康，势必要将家康嫡子秀忠当做人质。

（不过手段太孩子气，任谁都能一眼看穿。）

老练的德川家怎会轻易上当？利胜道：“好的。只是现在天还没亮，中纳言（秀忠）少主还未曾起身。等日出后，在下便即刻让少主赴约，还请先回府复命如何？”

“也好。”聚乐第的使者也不好使强，便回去了。

之后利胜马上与府邸长老大久保忠邻商量。

“逃离京城吧。”大久保忽道。只能走这一步棋了，若是犹豫不决，说不定还会陷入被兵围困的险境。京都府邸里人数甚少，根本无法参与防卫战。而且对方是关白，又怎敢与关白兵刃相见？

“毋庸再议，现在只应该考虑怎样护得秀忠少主周全，离开京城前往伏见。”府邸里此刻已闹得天翻地覆。

“是取道伏见小路？还是直接走大路？”大久保听了土井利胜的分析后问道。

土井利胜似乎已经下定决心，回答：“大路。”伏见小路虽说比较隐秘，不易被人发现，可万一被敌人追击，免不了落下“德川大人嫡子从小路逃走，在途中被截杀”的话柄，实在是有碍体面。若是只剩了被截杀的命，何不堂堂正正死在大路上？德川家名誉犹可保住。

如此商定妥当之后，土井利胜等七人不等天明，便保护秀忠离开府邸，好歹回到了伏见城下。

千代、德川秀忠的离去，使得笼罩关白秀次的紧张空气，更加厚重浓郁起来。

“干得漂亮！”伏见城的太阁秀吉褒扬了千代与德川秀忠一顿，“山内对马守夫人真不愧是名声在外的才女啊。还有德川大人的儿子中纳言，也是虎父无犬子，轻轻巧巧便金蝉脱壳了。”

秀吉是在赞两人识时务者为俊杰。这也就意味着秀吉眼里的养子秀次，俨然已成了自己的敌人，“聚乐第亦是敌城”。京城与伏见之间很快就要起战事的传言，竟连寻常百姓都知道了，其中已经装好家财随时准备出逃的人，亦不在少数。

情势恶化到这个地步，究其罪责，最首要的原因就是关白秀次的愚笨无能。

“他真是个笨蛋哪！”平素不善言语的伊右卫门对千代道，“太阁都已经有亲生儿子了，亲儿子越大也自然就会越疼爱，反过来对养子秀次就会越疏远越讨厌。人之常情嘛。俺要是秀次大人，就立马将继承人资格奉还。”

“不过，秀次大人其实也是个可怜人。”千代毕竟是女子，这段时间里对当局者迷的秀次起了同情心。千代觉得，秀次的确是个暴虐无道荒淫无度之徒，可让他踏上如此不归路的，大抵就是养父秀吉的冷淡薄情吧。

“可惜时机太不凑巧。如今不是正与朝鲜作战吗？太阁殿下亲自到肥前的名护屋城坐镇指挥，而多数诸侯、将士都过得十分艰难。这种时候他一个人在京都饱暖思淫，不合时宜啊。”伊右卫门道。这也是伏见城内众人的一致看法。

秀吉也有相同的看法，因此厌恶秀次的情绪又加深了一层。

（傻子啊。）

千代觉得秀次真是愚笨，他就好像是特意去找了一些理由来，好让太阁秀吉杀掉自己似的。对秀吉而言，只要有让天下信服的理由，就非得废了秀次不可。只有废了秀次，襁褓之中的秀赖才有稳固的将来。

（秀次大人真不会察言观色。）

不仅不会察言观色，还自掘坟墓。秀次竟在这样的风言风语中狩猎去了，而且还让随行的人在行李之中备好盔甲。秀次大概只是为了防范被秀吉偷袭，可旁人看来，这就是明目张胆的“谋反”铁证。

其间，秀吉派了石田三成、增田长盛的诘问使，前往秀次之处诘问调停。可事态并不见好转。于是秀吉终于下定决心，打算让人把这番旨意传达给秀次：“即刻到伏见城来见我，有话面谈。”

而传达旨意的使者里面，也有伊右卫门的名字。

诘问使团由远州浜松十二万石的堀尾吉晴担任团长，之后是五奉行之一的前田玄以、与五大家老地位相当的宫部继润、骏府十七万五千石的中村一氏，最后是山内对马守一丰即伊右卫门，共五人。

“这个差事不好当。”伊右卫门思忖，此番说不定连命都保不住。

他们五人的任务，说白了，就是去跟杀生关白秀次说一句“请务必到伏见城来”。秀次当然会想：

（要是去了肯定被杀，要是不去又会被抓了把柄弄得个兵临城下。进退都没有出路。）

如此一来，对秀次来说还不如彻底反了，与伏见城的太阁兵刃相见，拼个你死我活。

（若是走到这一步——）

伊右卫门思忖：

（诘问使十之八九都会被斩，以血祭军阵。）

当伊右卫门接到伏见城秀吉的此番命令时，极度紧张。也难怪，下达命令的秀吉自己亦是表情可怖。待五人一同退出不久，秀吉又让前田玄以将堀尾吉晴叫回来。

“茂助，”秀吉道，“如果秀次拒绝前来怎么办？”秀吉无疑是心绪不宁的。英雄时代的秀吉身影已经消失，留在那里的，只是一位心神不定的老人。

“请大人放心。若是那样，在下便见机行事。”堀尾吉晴跪拜回话道。所谓“见机行事”，就是见机刺杀秀次的意思。当然刺杀过后，自己亦会被秀次的家臣所杀。

秀吉弄清此节之后，老泪纵横道：“你曾经救过我两次，这次是第三次了。”

伊右卫门回家便道：“俺要去聚乐第，千代，帮俺准备一下。”

千代惊骇之余，听闻缘由后，只说了一句：“荣幸之至。”千代只能这样说。秀吉是看中了伊右卫门唯一的优点：律己、耿直、仗义。

“千代，俺经历无数战事，有幸活到今天，也成了远州挂川六万石的大名。不过，看来一切都是过眼云烟。”

“夫君……”千代一个不小心眼泪都快掉下来了，却仍努力微笑着，“可千万别这么说。一丰夫君万一遭遇不测，千代亦不会独活。夫君不需要有任何顾念，只要堂堂正正不为后世所耻笑就好。”

“明白了。”

千代送走了伊右卫门。看着丈夫与众人同去，渐行渐远，总觉得他的身影最是单薄暗淡。

五位诘问使一同进入聚乐第，被领往书院。然而，秀次许久都未现身。

“咱们作为特使，”堀尾吉晴对身旁的伊右卫门低声道，“等同于太阁殿下亲访。关白殿下竟让咱们如此久候，说不定已经下了谋反的决心。”

“嗯。”伊右卫门点头，面上毫无表情。可他内心里并非风平浪静，如此一来，只剩了血溅当场一条路。

堀尾其实猜得也大致不差。秀次当时身处私室，正接见紧急来访的家臣吉田修理亮好宽。

吉田曾是德川家康的手下，离开德川后曾侍奉过秀吉一段时间，现在是秀次旗下家臣。他是一员颇有武勇的武士大将，不过容易情绪激动，而且一旦激动起来就有些不分轻重。后来秀次灭亡后他离开了丰臣家，回到德川家的结成秀康麾下，得一万四千石。大坂之阵时他属于东军的一员，可在夏之阵时因违反军令被训斥，之后下落不明。第二天，满川上浮起一具死尸。有人说他是跳河自杀，也有人说是追击败寇不慎跌落河中，连战马也一同殒命。

这位吉田修理亮，此时正在摄津的芥川监督筑堤工事，听闻从伏见来了五位诘问使，于是从工地上骑马飞奔回来，进了京城的聚乐第后请求即刻面见秀次。

“请勿前往伏见城。”吉田满面赤红阻止道，“去了只有死路一条。”

“是么？”秀次六神无主，“他们说不会的。”

“受骗上当的人，被称作愚笨之人。到底是当个世人皆知的愚笨之人好，还是当个谋反的枭雄留名百世好，大人意下如何？”

“不知道。”

“笨哪。在过去镰仓时代，连忠臣畠山重忠都被认作谋反的枭雄，而他却以此为荣。大人虽说已位居关白，但仍然是武士不是？若是武士，那就只剩一条路——谋反。在下来此别无他意，只求大人能够决意谋反。”吉田步步紧逼，“只要大人一声令下，在下便可立即调动聚乐第、京都府邸的人马，凑齐一万大军，以迅风不及掩耳之势冲往伏见城，将太阁殿下的首级带来见您。”

“呃，不。”

“真是麻烦！那此番行动稍后再定。在下这就去书院，把那五个等候的大名抓来砍头。”他起身即刻就要出发。

秀次脸色铁青，忙叫住他，道：“修理，等等。”他身子抖得厉害。这个幸运儿估计做梦也不曾想过，有一天自己会被逼到这个份儿上。

关白秀次最终还是放弃了吉田修理亮“即刻谋反”的计策。当时一部分人已经窃窃私语，说他孬种，没有骨气。这种时候，不管善恶即刻挥刀行动的人，在当时才是被称作汉子的人。

秀次终于跟五位诘问使面对面坐下，道：“让诸位久等了。”他在上座，伊右卫门五人跪拜在地。

堀尾吉晴作为代表，扼要讲明了秀吉的要求。秀次听得一脸苍白。堀尾已抱了决死的信念，所用言辞自是铿锵有力、迫力十足，目光也火辣辣直视秀次，一刻也不曾离开。

“知道了。”秀次嘶哑地吐出一句，“我去。不过，还想请各位宽限几天，让我准备一下。”

“不行。这样反而会使太阁殿下更加着恼。既然答应去，就该爽快地即刻启程去，不要拖泥带水。”

“即刻?”秀次仰起头，双目空洞无神，视线散漫，俨然一张没有骨气的轻浮面庞。

“即刻?”他又重复了一遍。

“正是，这样最好。”

“即刻?”

“正是!”

“……”秀次顿时萎靡不振。

“有我们五人与您同往。眼看天色将晚，还请即刻动身，不要误了时辰。”

“即刻?”

听到他呆滞的喃喃之声，伊右卫门不禁可怜起这个年轻人来。

(千代说得对，这个年轻人倘若不是太阁殿下的亲戚，只是个村野农夫，守着一小片田地过活，这一生本可以安安稳稳波澜不惊的。)

想到此处，伊右卫门实在是觉得没有什么比权力社会更让人寒心的了，心境一时竟老了许多，不由得开口道：“大人——”他仰起头来，话语哽在喉咙，却不知从何说起。

“是对马守吧?”

“是。我们跟大人同往，请慢慢准备。”

“对州!”堀尾吉晴低声道，“有鄙人一人发言就好。对马守大人就不必多话了。”

堀尾这样说也有他的道理。若是秀次依言真的慢慢地去准备，说不定又会改变主意，其家臣也不知会闹出多少事端来。

(这个糊里糊涂的呆子!)

大概堀尾吉晴心里直犯嘀咕吧。若是平时，在关系复杂的权力社会之中，伊右卫门的魅力正是他的糊涂。可此一时彼一时啊。

“请大人即刻动身。”堀尾催促秀次。秀次终于决定去伏见。

而此刻的伏见城却是一片喧嚣。

那个夜晚，伏见城下流言四起：“关白殿下要谋反了！”普通百姓也都听得戚戚然，四下张望着：“真要打仗了？”甚至不少打算避难的人早就准备妥当，满街满路都是装满行李的车马，一时间竟喧嚣尘上。

山内家的伏见府邸里，千代一个人坐在佛堂里。只这一处房间还静谧如初。

(还没回来么？)

她一直等着伊右卫门的归来。街巷所传的关白殿下谋反的流言她也听说了，但她不信。可仍不免担心，不免无措。

(难道街巷的消息，更为迅捷灵通？)

若是京城的秀次已经谋反，那诘问使伊右卫门就永远也回不到千代身边了。

(到底是什么状况？)

千代细细思索着。此时，有从城下望风的侍女回来，转告了街巷里的一片混乱。

“所有人都惊慌失措的样子，听说还有人在逃离的慌乱之中，把孩子倒着背在身上呢。”

“是么?”千代爽声笑了笑。因她觉得若是不笑，岂不辜负了侍女外出望风的一番努力?

此时，秀次与诘问使一行人正往伏见赶来。秀次带着三个男孩儿，与数位杂役一起，只有十来人左右，加上五位诘问使与各自家臣，则达到百人以上。这一行人拿着火把往南疾行，也难怪沿路的百姓们都认为是“军队”。

夜半时分，一行人抵达伏见，秀次在城里来人的指引下，进入木下大膳大夫的府邸休息。

伊右卫门等五位诘问使，不顾夜深直接入城将事情经过报告给秀吉。秀吉只说了一句“是么”，便不再开口，与平素多言善辩时判若两人。

“大人打算如何处置?”堀尾吉晴问道。

“以后的事，俺要再考虑考虑。你们先退下歇息去吧。”秀吉道。或许是因为灯影的缘故，他看上去十分憔悴。

伊右卫门回到府邸。当他与千代独处时，这个举止文雅的男子竟双手抱膝蜷成一团。“好累!”他不愿抬起头来。无论谁见了都不会认为这是位六万石的大名。

“千代，俺好累!”

“我去温点儿酒来吧?”

“不要，不想喝。关白殿下这次可能有难了。是俺将他带到伏见来的，恐怕俺是当了一回地狱的喽啰。”

“……”

夫妇两人都沉默不语。千代与伊右卫门虽然都很讨厌秀次的为人，但这个结果却是始料不及的。千代啜泣起来。实在是造化弄人啊！

千代也知道木下大膳大夫吉隆的府邸，也就是现今关白秀次在伏见城下所居之地，出了名的狭窄，而且低洼潮湿，南面还有大片杂木林挡住阳光。

（为何要让他住那样阴气湿重的房间？）

千代想想都觉得寒冷起来。

木下大膳亮是丰后一地三万石的大名，因与秀次交好，之后很快就得了个“唆使秀次谋反”的罪名，在萨摩岛津家被命切腹自尽了。

第二天早上，秀次正准备入城，秀吉派使者前来传令道：“请直接去高野山，面壁思过。”秀次一听很是意外。是秀吉说“有很多话想当面细谈”，他才答应来伏见城见秀吉的。

“墨染的僧衣也准备好了。”使者又道。大概是要给自己剃度吧。

听到这句话，秀次反倒松了一口气。他就怕被赐死，所以来伏见这一路上都心绪不宁。他想，如果是要自己剃度出家，这条命总算是保住了。

“请告知殿下，在下领命。”秀次叫来僧人给自己剃度，数名手下也都一齐落了发换做僧人打扮。这天他们就离开伏见城，上了高野山，依照命令进了青岩寺。他们前脚刚到，福岛正则为首的秀吉使者们，就跟着上了山。为的是向他们传达“赐切腹自尽”的口令。

秀吉的这番处置，给高野山的所有僧侣、行人带来了极为强烈的冲击。“太不人道了！”他们不懂政治，也不需要懂，只要按人之常情去考虑就好。很快，会议在金堂里召开。

“本山寺庙拒绝俗世权力的干涉，就以此为盾牌，向太阁殿下请愿如何？请他看在一山众僧的分儿上高抬贵手。”这样的论调起先很有声势，可最后还是长老木食上人的政治性意见成了定论：“若是违反太阁殿下的意思，与殿下对着干，到时或许就多了一山的冤魂。”这位上人是靠了秀吉才当上一山的长老，作为僧人的政治嗅觉是极为灵敏的。

秀次最终被命自裁。近臣山本主殿、山田三十郎、不破万作率先切腹，由秀次亲自给他们送终。一直跟随秀次的一介僧侣——东福寺隆西堂，亦随后切腹。第五人便是秀次自己。

福岛正则带了秀次的首级下山，回到伏见拜见秀吉时，秀吉老泪纵横，喃喃道：“木食上人最终还是让他切腹自尽了吗?”这是秀吉自己的命令，可如今人去楼空却又不免暗自落泪。晚年的秀吉，感情起伏甚大。

晚年秀吉的凉薄可怖，并不只有将秀次逼至高野山自裁这一桩事迹。他接下来所干的事，是千代极力捂住耳朵也免不了大声呼叫的事。秀吉逮捕了秀次妻妾三十余人，并监禁在德永寿昌的京都府邸里。

“女人又没有罪。”伊右卫门表情苍凉的这一声嘀咕，印在千代心里万般沉重。

秀吉把这些女眷在前田玄以的居城丹波龟山城关了一小段时间，之后很快又带回了京都的德永府邸。这段时间里，一句流言在京都卷起千层浪——这些人都会被杀的。

(怎么可能?)

千代思忖。然而，秀次切腹约十日之后，千代听说京城三条一地的河原处正在修一个异样的工事，感到极为震惊，于是去询问丈夫伊右卫门。

“是真的，”伊右卫门苦着一张脸，“千代，这话虽然说来惶恐，但俺还是觉得太阁殿下的天下不会长久了。”

当时的鸭川比现在要宽阔得多，特别是在三条一地，河原就好似原野一般辽阔。此处挖了一个十二丈见方的坑，边上围了一道柴墙，还在靠近大桥的南侧堆了一个极大的土塚。

秀次的妻妾几乎都出身高贵。第一夫人是池田胜入斋的女儿，池田家的当主辉政有侍从的官位，是十五万二千石之身。与她同为正室的是公卿菊亭大纳言晴季的女儿一之台夫人。侧室里有一位一姬夫人，出身于被称作“出羽侍从”的奥州名门——最上家。另外还有多位大名、小名的女儿。

（她们何罪之有？）

千代不禁愤愤然。秀次的确是天下罕见的暴虐无道荒淫无度之徒，就算加上一个谋反的罪名，那也是他一人死足矣。若是担心他的孩子们长大成人后会危及秀赖的政权，那也该遵循武家旧习，只取男孩儿的性命。

（太阁殿下难道疯了么？）

行刑的日期定在八月二日。之前一天，千代让十个侍女扮作平民百姓，去京城探访事件经纬。

“虽是个很难受的工作，”千代对她们叮咛道，“但还是请你们仔细看清楚，包括普通百姓们的窃窃私语、所谈话题、脸上神色等等。”千代要通过这些判断将来的走势。

“夫人何不亲自去看看？”有年长侍女开玩笑道。可任凭千代好奇心多么旺盛，这种场面是绝对不想掺和的。

“我光想想就已经气血凝固了。”千代回答道。她听说前一日已经有数百个伏见的百姓成群结队地上京城观看行刑。

（或许人们都乐于看到他人的不幸吧。）

这便是人性的残酷，千代思忖。

那天早晨，秀次的妻妾与孩子三十余人从德永府邸出来，坐上板车。每辆只能载两三人，于是只见京都大路上十余辆板车咯吱咯吱摇曳往东。

“跪拜秀次首级！”有官吏腔的喊声响起。不过拉板车的并非武士，只是一些穿了杂兵盔甲的刽子手，每人手中都握有长柄武器、棍棒之类。

据说妻妾之中有二十九人在前一日已经写过辞世的诗篇，她们是知道自己会死的。沿途来观看的人群筑起了人墙。或许是觉得可怜的人更多，只听见念佛之声此起彼伏。

到三条河原了，在大桥南侧的那个新堆的小山之上，秀次朝西的首级被阴森森搁在上面。

“看，那便是你父亲。”被称作辰方的侧室对女儿说的这句烈铮铮的话语，传入人们耳中。

刽子手把妇孺们一个个从板车上赶下来，再赶至首级前面，让其一同跪了下来。屠杀从此时开始。首先是孩子，死拽着母亲衣袖的手被强行拉开，随后就是两刀，接着被扔进土坑。

辰方的女儿只有三岁，看着眼前的惨状问母亲道：“他们也要那样杀我么?”

听到这稚嫩的询问声，辰方抚摸着她的发丝，道：“只管念佛就好，咱们马上就可以见到你父亲了。”

话音未落，就见一刽子手走来呵斥道：“唉声叹气有什么用?”接着拉了幼女就刺，母亲辰方的首级也很快落到了河原的砂石之上。

鲜血肆无忌惮地流淌着，染红了河水。京城众人战栗着，地狱就是这般模样么?屠杀结束后，刑吏开始填坑。很快一座新塚被堆了起来，顶上有正午的艳阳灼烧。适才那一片妇孺的哭泣悲鸣，仿佛就是一阵臆想似的，那么不真实。

新塚，悄无声息。秀次在另一座土塚上凄然地望着它。旁边有鸭川怅然流过，泛着粼粼波光。

“太惨了。”周围只剩一片念佛之声。

这座新塚也不知是否是秀吉的命令，被称作“畜生塚”。一群无辜的妇孺，连死后都还得受尽侮辱被称作畜生，这到底是为何?

“这病怏怏的世道，还是灭了的好。”大概，发出这种感叹之声的京城人士占多数吧。

是夜，各个路口都立了罪牌，上面写道：“天下乃天下之天下。”意思是，天下不是秀吉你一人的私有物。中间有一段话：“关白家之罪，亦应遵循关白家惯例处置才是常理。”明白无误道出对关白的处罚也应该依据法理。“就跟平常人家的妻儿一样。今日的一片狼藉，纯属肆意妄为，绝非为政之道。呜呼，天网恢恢，因果报应，请拭目以待。”

最后末尾处还留有一行诗：“世间因果如车行，善恶轮回终不昧。”字里行间透露着对丰臣政权的诅咒，终会有因果报应来惩罚恶者。

此罪牌作者不详，可只要是见过那番屠杀光景的人，百分之百都有同感。

从京城回来的侍女在讲述经过时，千代气血直往上冲，愤怒不已。

(这算政道么?)

她抑制不住想要大喊大叫的冲动。

这天夜里，她嗓音颤抖，对伊右卫门道：“丰臣家离灭亡不远了。”

这边秀次与妻儿们死后也被称作“畜生”，那面亲生儿子秀赖却在万般奢豪中成长，其生母淀姬更是呼风唤雨，作威作福。

(老天真的允许这样么?)

千代的血沸腾得厉害。“这样”所指的是秀吉的暴虐傲慢。一个独裁者对亲生儿子的溺爱，已经到了人所共愤的地步。是这种溺爱，导致了他对无辜者畜生不如的行为。

（行将落寞。）

千代想要吼出的话语，与罪牌作者一样。

秀吉确曾是英雄。千代很是怀念还是长浜城主时的那个秀吉。本能寺事变后，秀吉迅疾调兵，在山崎大败明智光秀，那时他是多么英姿飒爽，满身都透着清凉之气。

可当他夺得天下，在位子上坐稳了，坐久了，从天子到庶民，世间已无人敢忤逆秀吉的意愿。难道这就是让人变得痴愚的理由么？千代想不通。

“或许，”千代道，“现在的幼主长大成人之时，天下早已易主。天下并非一个人单枪匹马夺来的，是众人与时势造就的。这位幼主等不到继承天下的那天了。”

“的确是啊。”伊右卫门亦深有感触，重重一点头。对这种独尊亲子的奇妙政权，与其说他是在批判，不如说是讨厌。

“不久的将来，世道会变啊。”他说话时表情干涸。此事件以后，至少一大半的大名心里，对丰臣家第二代秀赖的那些关爱都淡漠了。

家康可谓十分狡猾。他是有大智慧之人，很早就明白“关白殿下做不长久”。

在秀次升任关白之后，诸位大名都争先恐后去巴结这位

“未来的天下之主”，使得秀次那儿整日里门庭若市。可家康却超然于外。虽然家康内心的真实世界无从查知，但他无疑是一直都在凝视着秀吉的寿命，盘算着只要他一死便横刀夺权。

就算秀次大难不死，在秀吉过世后继承了秀吉的大权，这位愚笨之人也终有一天会死在家康的手上。

家康是演戏的高手。

秀次死后，“丰臣政界”一片混乱不堪，因为曾经讨好过秀次，与秀次结过缘的大名不在少数。可如今秀次成了反贼，连妻妾孩子都无一幸免，更何况秀次曾经的重臣们。他们大都因“唆使谋反”的罪名被判处死刑，而那些与秀次结缘的大名们也因“参与谋反”的嫌疑而胆战心惊。

比如，秀次为了拉拢大名，经常借一些钱给他们。其中就有细川忠兴，借了秀次的两百枚黄金。忠兴听到秀次被赐死的消息时，大惊失色。他明白若不早些还上这笔黄金，秀吉想怎么处置自己都是可能的。于是他为了这笔黄金到处奔波。可是京都、伏见的大名之中没有任何人有这样一笔大钱。黯然神伤之下，他忽然想起家康，于是赶到家康处说明缘由。

家康一听，说是小事一桩，接着命令侍从：“去把某个铠甲箱打开。”家康平素节俭，随时都备有大量金钱。“什么时候还都可以。”家康说罢，慷慨地把钱给了忠兴。

忠兴感动异常，低首道：“您的大恩大德在下没齿难忘。在下愿为大人肝脑涂地！”后来，在关原大战前夜，忠兴为报家康的大恩，只身在丰臣宠将之间周旋，最终助家康夺得天下。

另外还有最上义光，他曾将自己女儿嫁给秀次，因此有传言说他将被命切腹，领国也将全被没收。他也因家康仗义相助而幸免于难。浅野幸长也担了莫须有的罪名，靠家康才得以脱身。

家康虽然看似超然于外，实际却巧妙地施恩于诸将之间。那场让他赢得天下的关原大战，或许应该说从这时起就打响了。

山内家这次因千代的先见之明而幸免于难。

“千代，多亏了你啊！”伊右卫门道，一脸虎口脱险之后的安详之态。

“哪里，都是托了一丰夫君的福才对，谁让夫君曾那般讨厌关白殿下呀？”

“看你说的。”伊右卫门从未觉得千代竟如此得力。

卖虫小贩

千代有时会带上一两位侍女去东山的各寺或北野天神、东寺等地拜佛祈愿。若说是因为虔诚，则显得太过夸张，其实说白了无非是借拜佛祈愿之名去各处走走罢了。

在这年秋的某一日，她去了清水寺。出来后，不经意间望见道上有一位小贩坐在苫席之上，地面立着三根粗大的枫树枝。

“卖什么的呀？”千代悄声问道，侍女回答说是卖虫子的。果然，枫树枝上挂了好些小笼子，里面装有金琵琶、蛐蛐儿之类。

“去买两个过来吧。”她叫侍女去看看。

侍女走过去拿出青铜钱正要买，只见卖虫小贩戴着一张像是茶叶水浸泡过的旧头巾，微微一低头，道：“多谢！那边那位是山内对马守家夫人吧？”

“你是何人？”侍女唬了一跳。也难怪她吃惊，这日千代出行，头顶有市女笠的纱帘遮面，容貌是看不真切的。而这位卖虫小贩竟透过纱帘猜出了夫人的真实身份。

“在下并非可疑之人，请告知夫人在下六平太。”

千代听侍女如此一说，也是惊诧不已，眯着眼睛望了望那位卖虫小贩。想当初伊右卫门还在织田家里当差，受封唐国一千石的那段时间里，经常出入府邸的，不就是这位甲贺者六平太么？

“望月六平太吧？”千代微笑着走近。

六平太也不行礼，只一副笑眯眯的神态。也许是年纪长了的缘故吧，看起来竟是慈眉善眼的模样，跟原先判若两人。

“你在做什么？”

“正如夫人所见，卖虫子。”

“可是，忍者——”千代如此一说，六平太手指贴唇，“嘘”的一声做了个夸张的手势，“往事不可忆！”

“那你现在就是个卖虫小贩？”

“算是吧。”他脸露暧昧的微笑，好像在暗示怎么可能这么简单？“夫人买了两笼小虫，大概是送给拾君与国松幼主的吧？”六平太漫不经心猜测道。

以前提过一次，拾君是在长浜府邸门口捡来的孩子，十岁时在花园一地的临济宗本山妙心寺剃度出家，之后成为临济宗本山大名鼎鼎的年轻禅僧。国松则是一直留守在远州挂川城的伊右卫门弟弟修理亮康丰的儿子，虚岁刚满五岁。伊右卫门、千代收了他当养子，如今住在伏见。

六平太自是从没见过这两个孩子，可他竟能一听“两笼”便猜中，只能说他宝刀未老，锋芒不减当年。

（果然不只是个卖虫小贩这么简单。）

千代思忖，随后请他务必来府邸一叙。

清水寺一遇之后第二日，六平太便来伏见府邸拜访。老臣深尾汤右卫门前来禀告千代，于是千代问道：“他是个什么模样？”

“看样子倒像个五百石身家的武士，长枪由年轻侍从拿着，一匹马有马夫牵着，手下小者等共五人左右。”

（呵呵，不愧是六平太，又弄了个新鲜花样儿出来。）

千代觉得实在好笑。待被引荐至书院，才发现的确像个不赖的武士，于是千代屏退其余的侍女，语带嘲讽道：“六平太，你这一身打扮又是唱的哪一出啊？”他带来的那些人也是跟他志同道合的甲贺者无疑。

六平太讪讪笑道：“不过乱世里讨口饭吃罢了。”

“这番乱世也真是有趣，有你六平太这样的浮生子，还有供浮生子吃好喝好的人呢。”千代并未追问后者到底是谁，先问了问往事，“一别经年，你都做了些什么？”

“在下侍奉西国的某大名，一直与京城的大人物周旋至今。”

“某大名？”

“毛利家。”六平太小声说过后，忽然忙不迭捂住嘴巴，“哎呀，不小心说漏了嘴。在夫人面前，我六平太就是藏不住话。”六平太好像从以前就一直倾慕千代，所以才在山内家家道还很卑微时，便主动告知了许多各国情势给她。那段时期，此人频频出入山内家，可实际上是在替织田家的敌方浅井家做事。

“在下有时候也曾暗自拜会过夫人。”

“怎么我一点儿也不知道？”

“那是自然。要是被夫人都察知了去，我们这些人还瞎折腾什么？”六平太沉默半晌，面上微笑如涟漪拂过，“对了，小虫还活着吗？”

“叫得很好听呢。每次见你都换了一层新的画皮，唯有这小虫子倒是真的。”

“承蒙夸奖，”六平太习惯性地摸了一把脸，“顺便问一下，夫人有用得着在下的地方吗？”

“没有没有。”千代笑道。看样子，六平太是想一面替毛利家做事，一面又为了千代而乐意替当家的帮点儿忙。

“世道快变啦，”六平太脸露兴奋状，“好像又到了在下这种人发挥作用的时候了。数年之间说不定就会天翻地覆啊。”

这日伊右卫门从城郭回来，刚安稳落座，千代就告知了六平太的事情。

“什么？六平太？”伊右卫门怕那人像是怕鬼似的，因为只有那人知道小玲的事情，知道曾经发生在空也堂的那段孽缘。这可以说是伊右卫门唯一的一次外遇。

（那次在伊吹山与六平太道别时，他好像说过小玲后来的一些事啊。）

想到此处，不意间小玲的音容笑貌，身姿秀发统统从脑子里冒了出来，脸颊上竟是潮红一片。

“怎么了？”千代注视着伊右卫门的神情变化，很是奇怪。

“呃，没什么。”

“那就好。”

“那个……六平太怎么说的？”伊右卫门慌里慌张回到正题。

“听他说，世道就快乱了，数年以内就会闹得天翻地覆呢。”

“他就是靠乱世吃饭的嘛。放些流言出来，窥视别人家的样子，有时还在城里搞点儿火灾，越乱他越是高兴。这种人的话能信吗？”

“可是，”千代曾对六平太有过评判，现在又一次说道，

“那类人也是能派上用场的。不如跟从前一样，允许他可以出入府邸如何？”

“还有什么允许不允许的？那人只要想来，随时都可以从榻榻米下面钻出来。”

“反正又没有损失。”

“千代就是太轻信。若是他半夜要来割我项上人头怎么办？”

“呵呵……”夫君的脑袋在丰臣政权里还不至于贵重得要让人半夜来取，这位耿直、律己、死心眼儿的对马守大人啊，在殿中可是被当做半个傻瓜的主。

“只要对方诚心以待，哪怕恶人也大都会善待对方的。”

“若是被出卖了呢？”

“那便是自己本身就心存歹念的缘故啦，只好认命。六平太或许是个毒物，可若不是毒物的话，也成不了好药材的嘛。”

“倒是有理。”伊右卫门老实地点点头，“那六平太看起来忙吗？”

“听他话里的意思，好像有段时间一直在毛利的中国地区，从去年开始又重新回到了京城、大坂。那人有时会扮作卖虫小贩，有时又会打扮成手持长枪的武士，还有马夫牵马跟随。如此看来，这伏见城下其实也是暗流涌动，早就不安宁了。”

“莫非是太阁殿下的身子有不妥之处?”

“御用医生那里据说也派了人去秘密打探，他们对太阁殿下的病情几乎了如指掌。”

“还有多久的寿命?”

“说是还有几年而已。也不怕忌讳，万一——”

“就是！如果万一——”每位大名其实都忧心忡忡，万一太阁殿下归天，丰臣政权会怎样？连京城的小孩儿都明白，会分崩离析的。

这年闰七月十三日，也就是阳历的九月五日，千代所在的伏见一地发生了一次大地震。也是因缘巧合，正是六平太拜访山内家，说了些“世道要变”的话之后第二日。地震发生在深夜两点，千代还在睡梦里。

“啊!”当她惊慌起身时，伊右卫门抓牢了她的手腕。

“千代!”伊右卫门嚷着翻了个滚，千代便俯在了他的身上。

只听见房屋各处传来支离破碎的声音，继而轰的一声，仿佛地底有无尽的吸引力在拉扯身体，而后忽地一钝，像被抬了起来，接着便又坠得更深。这一瞬之间，天地都坍塌了似的，两人就此被埋在建筑底下，所幸未曾受伤。

千代哭起来："一丰夫君，地震了。"

"俺知道。"

"可是……地震了！"

"千代，别犯迷糊。"千代失措得厉害，弄得伊右卫门也不知如何是好。自从长浜地震夺走了女儿与祢，千代怕极了地震。大地还在不停地摇晃着。

"国松——国松——"千代一面叫着养子国松的名字，一面努力地想要爬出。作为世子的国松还是个五岁的孩子，正与乳母等人住在别屋。

"别哭千代。"

"可是……我好怕。"千代好似变作了小女孩儿。

伊右卫门不愧是在无数个战场上出生入死过的人，遭遇地震也能处变不惊。

(没想到啊。)

看着千代柔弱的模样，伊右卫门没想到自己的妻子还能如此我见犹怜。他此刻竟有了闲情观察千代的慌张样儿。

"千代，有俺呢。"

"长浜那次，夫君就不在。"千代的恨意似乎更盛了。

"那时俺有事去了京城，可现在就在你身边。"

"就咱俩呢。"千代语气像在撒娇一般，弄得伊右卫门一愣一愣的。

“对，就咱俩。”

“没有旁人。”千代忽然缓过劲儿来了似的，一如既往笑起来。

“怎么，说笑就笑啦?”

“现在这样没有随从也没有侍女，感觉像是回到以前就只有咱俩的时候了似的。”

“是啊，没错。富贵权势之类，只要大地一颤就都归于泡影了。太阁殿下如今也在同一片大地上摇晃着呢。所有人都一样，毫无防备。”

“紧紧抓着我的手，好吗?”又一波剧烈的震动来袭，大地仿佛浪涛中的一叶扁舟起伏得厉害。

这次伏见大地震，与幕府末期弘化四年（1847）三月二十四日在信州善光寺平一地发生的地震，被称作日本史上至明治时代最大的两次地震。这次地震的震源在伏见鸟羽附近，受灾地包括京都府南郊与大坂府等，京城方广寺刚建不久的大佛殿也倒塌了。

据说后来，秀吉听说这六丈五尺的大佛竟如此脆弱不堪，极为震怒，道：“建汝等大佛是为了镇国守家，没想到汝等连自身都保不住，还谈什么镇国守家?”于是命人朝大佛放箭。再后来，德川家康以这尊大佛的钟铭“国家安康”

为借口，挑起了大坂战役，所以就更有名了。

德川初期，宽文二年（1662）又发生一次地震，方广寺大佛又是“连自身都保不住”，被震毁。德川幕府断定“这佛毫无用处”，便拿来铸成许多一文的铜钱，流通到市面上去了。

闲话少说。这次的伏见地震里，伏见、京城几乎所有寺庙神社、府邸、民家都被震毁，被压死者不计其数。最大的毁损莫过于秀吉的伏见城。不光只有城门、箭楼、殿堂几处，连天守阁也在一瞬之间化为废墟。

在世间颇为有名的“地震加藤”的故事便是发生在此夜。

这一夜加藤清正的伏见府邸也是毁损不轻，大书院倒塌，火灾从马厩处燃起。加藤清正猛一起身，迅速系好护腹铠甲，拿一根柿子黄的棉手巾缠在额头，再穿一件白绫阵羽织，上有一溜儿朱红文字：南无妙法莲华经，腰上挂好大小双刀，肋下夹一根八尺余长的铁棒，大叫了一声“跟我走”，便脚踏颤抖的大地朝着伏见城出发了。

跟他一路的，有森本义太夫、木村又藏、井上大九郎、加藤传藏、大木土佐等三十位头领，另外还有足轻兵两百人。头领们手持长枪，足轻兵们则拿着些杠子、六尺长棒等。

清正上次在朝鲜八道很是威风了一把，可不巧惹恼了秀吉，如今正小心谨慎地闭门思过。他这样兴师动众，大概心里想的是：

（今夜正是洗脱嫌隙，求得大人原谅的好机会。）

伏见城正门已经毁坏，入城后只见楼阁殿堂大都化作了废墟，底下不时有悲鸣传出。清正加快脚步，却发现主城的天守阁已经没了。

（糟糕，难道大人已经在大梁底下了？）

他到处寻访，偶然推开了一道中门，里面是个庭园。假山处挂了一个大灯笼，四周施了屏风，有二十来位贵妇人围在那里，中间便是化了女妆的太阁。太阁扮作女人，大概是因为怕有人为了夺取政权，趁乱来害自己的缘故吧。在秀吉旁边，坐了北政所与松丸夫人。

“虎之助，你来得可真快！”北政所的声音里充满了欢愉，她本来就很赏识清正。秀吉也终于松了口气。

这便是千代与伊右卫门被压在梁下时，城内发生的一段插话。

总而言之，那是一场剧烈的地震，余震在之后竟持续了五个月，伏见一直在不停地摇晃，可想而知百姓们该何等的不安。

伏见府邸被震毁后一月余，望月六平太又扮作卖虫小贩的样子来访。千代吩咐过，只要他在大门口说句“在下小六，请问深尾大人在府上吗”，便可在山内府邸自由出入了。府邸是临时修整过的几间屋子。

千代命他去庭前，自己到了檐下去与之对话。

“地震时你怎样?”

“嘿，就穿着这身儿衣服在城下逃窜呢。”他也不避讳，卖虫小贩似的笑起来。对此人来说，地震也没什么，反正孑然一身又无甚可损失的。“敢问一句，您买走的那两笼小虫还好吗?”

千代告知，国松所持的那只金琵琶，笼子一坏就逃走了。妙心寺的殿堂佛塔都无损，所以拾君所持的那只还好。

“那就换一笼去吧。”六平太拿出一笼新的放在千代旁边，里面装了两只金琵琶。

“这都是六平太自己去捉来的么?”

“嗯，是从宇治山捉来的。养了这么久还真觉得可爱，都不舍得送走。”

“没想到你还挺有爱心嘛。”

就这么说了些不痛不痒的话，六平太忽地神色凝重道：“如今百姓们是民不聊生啊。”

“是么?”千代微微一斜首。千代知道得很清楚，百姓的确民不聊生。秀吉年老后英雄气概不再，取而代之的是顽固的浪费癖。如今不仅出兵朝鲜，还不厌其烦地筑城。费用当然都是诸位大名分摊，他自己的是一点儿没动。诸大名为了这笔费用，也只有压榨自己领地的百姓。毫无疑问，现在民力极度羸弱。

当时伏见城下有个叫姜沆的朝鲜俘虏，是个学者，与伏见城下的木下长啸子，以及僧侣身份的藤原惺窝有交往。惺窝是当时首屈一指的大学者，后来还曾受禄于家康。他对姜沆所言的时势批评，被姜沆收录在《看羊录》里。

惺窝言道："日本的民生还从未像今日这般窘迫，如若朝鲜联合大明军合攻日本，如今是最好的机会。只要登陆日本时，让日本降兵用日文写好统治者的罪状，说他们是来拯救日本于水火之中，而且做到登陆军队对百姓秋毫无犯、严于律己，那日本人定会高兴地参军助威，很快便可平定大部江山，直至奥州白河。"

这时连学者都说了这样的话。

特别是地震之后，秀吉政权已经岌岌可危，这点千代也看得很清楚。

这年快到年末时，处于休战状态的朝鲜局势再一次紧张起来。年关一过，庆长二年（1597）二月二十日，秀吉部署了再次远征朝鲜的部队。先锋与原来一样，还是加藤清正与小西行长。

“俺又是留守京都。”伊右卫门回府后道。理由并非因为伊右卫门是个不合格的军人，在东海道有居城的大名都被命留守，为的是内地警备。当然不是对朝鲜的警备，而是对关东德川家康的警备。千代曾经说过——夫君是监视德川大人的狱卒。伊右卫门在丰臣家的作用，被这一句比喻解释得清清楚楚。

“俺上次——”他继续说道，“没被选为入唐大名，还颇为不满，以为太阁看不起俺的武勇。这次没选上啊，简直感觉太幸运了。”

正如伊右卫门所言，渡海作战的诸位将士都是满心晦暗，根本不知为何而战。他们自己完全没有去拼命厮杀的理由。这个时代的武将们，虽说是经历了战国无数的血雨腥风，可他们毕竟不是战斗机器。

十几年前，诸位武将拥戴被称作羽柴筑前守的秀吉，在山崎讨伐明智光秀，在近江贱岳、越前北庄消灭柴田胜家，而后又西征九州打败岛津氏，长途行军剿灭四国的长曾我部氏，再往东取了北条氏的性命，势力范围最远达到奥州。这一切都是因为拥戴秀吉可以为自身带来功名地位，为的是自家的繁荣，并无其他目的。可朝鲜、大明之战，到底能为自己带来什么利益？没有！完全是一无所有。

在最初入唐时，也有武将打心底里相信，秀吉的野心真的能瓜分大明帝国的领土。可如今他们总算明白了，野心就是野心，痴人说梦罢了。但秀吉一片豪情壮志，他们又不得不硬着头皮上。更何况战争所需军费，都只能是出征大名自己负担，而且对立功的家臣又不得不自己掏钱一一犒赏。

（简直没法儿弄。）

这种厌战情绪从一开始就十分明显，正是一种对丰臣政权的无言的强烈批判，可惜只秀吉自己还未察觉到。

十三万出征大军，在数月之内就占领了朝鲜南部沿岸各城，却被困住，无法远攻都城汉城，只能像一只只牡蛎一样挂在沿岸，采取守势。因为从半岛南岸到汉城几乎没有像样儿的道路，汉城附近的农村荒凉贫瘠，连当地农民都快饿死了，就算占领了汉城也根本没有足够的粮食来养活这么多兵马。

不管怎样，千代对丈夫有幸远离那般愚笨的远征，感到很是幸福。

（世道会变成什么样儿啊？）

千代每每想到此节都会黯然神伤。

这段时期，在伏见各位大小名的府邸里，几乎没有一天的话题不提及秀赖——那位将来的天下继承者。

秀赖如今虚岁五岁，所谓话题，并不是说这孩子自身聪明可爱或者才智过人。对于秀赖聪不聪明，其实千代是不甚清楚的。大概其他人也不甚清楚。

千代也问过伊右卫门："秀赖幼主是个怎样的孩子呢？"

可跟众位大名一同去大坂城拜见过多次的伊右卫门也是不甚清楚，只偏着脑袋回一句："这个嘛……"

秀赖在城殿深处，从没经历风吹日晒，每日里锦衣玉食，简直就是真丝与金银堆出来的。他大抵是从未有过"像个孩子一样的生活"。

秀赖后来长成一个皮肤白皙、身形修长的美男子，不幸二十三岁时在大坂夏之阵中过世。他这短短一生里唯一一次外地游玩，是在众多的侍女簇拥下，到住吉的海边拾贝壳。所以，实在难以弄清他到底是聪明还是愚笨。当时众说纷纭，有人说他是傻子，也有人说不是。

在大坂夏之阵前，据说家康在二条城第一次见到长大成人后的秀赖，很是吃了一惊。

（如此看来——）

家康下定决心，还是早些诛灭丰臣的好。家康认为对方并非世间所传的那般不济。不过，无论秀赖天生是怎样的一位英才，成日里在那种环境下生活，大概英才也会变得不济吧。

秀吉极尽天下之权势与富贵，对秀赖溺爱万分。秀赖三岁时，官阶从五位上品，五岁则从四位下左近卫少将，仅数日后又升至左近卫中将。

去年秀赖四岁时上京拜谒天皇，千代还记得那一支华美夸张的队列，连宠物狗都穿着唐锦的华服，在队列里昂首挺胸地行走。因秀赖年幼，便从全国个头最小的土佐马里挑了三匹出来作为秀赖的坐骑，披着朱丝、金丝做成的流苏。还因孩子喜欢小鸟，便找来十五岁以下的捉鸟少年身着华服，五十人一队浩浩荡荡地走着。当然还有诸位大名、旗本也骑着马儿伴随左右。

秀赖自己则由乳母抱着，坐在华丽的敞篷彩舆内，后面跟了三十一位随行女官的彩舆。让秀赖坐这种敞篷彩舆，当然是为了让围观的人亲睹一番秀赖的高贵颜容。秀吉定是要让京城内外之人铭记："丰臣家还有继承人，不光只有一代"。

这支队列与史上其他队列的不同之处，在于红白家纹的帷幔。从伏见城到中宿的京都前田玄以府邸这段路，二里半的沿道左右，全都拉起了这种红白帷幔。恐怕只能用豪奢二字来形容。

继续说说秀赖的话题。

四岁幼儿的上京队列之中，随行大名的头领是关东王——内大臣德川家康。下颌宽阔，一张光滑的脸上有着细细的皱纹，眼大，唇口紧闭，而且身子肥硕，手短足短，无论怎么看都是一只老狐狸。在秀赖旁边行走的，就是他。

这个时期秀吉的衰老非常明显，而这位早就拿定主意要横刀夺权的五十岁男子，此刻会是怎样的心境？家康若是正经起来就像个好人，那张严肃的脸上溢满了谨慎、律己、仗义。这天，他穿着一件有黄色家纹的染青道服[1]，一条赤绢长袴。大名之中只有他按内大臣的礼数坐了席棚车。

太阁秀吉并不在队列中，而是在宫门。采取的是从宫门出发去迎接秀赖队列的这种形式，所以他此刻乘了马前往三条。秀吉头上松松地系了一张没有染过色的头巾，身穿一件广袖羽织，衣襟上有金箔闪耀，于不经意间展露出秀吉式的奢华。

双方刚在三条碰面，秀吉说了句“噢，来啦？”便下马疾步上前，从彩舆上抱起了秀赖。秀赖不哭也不笑，一张颇像母亲浅井家的小脸只定定地望着远方。伊右卫门回来后曾把这番景象告知千代。

（远方的景色可不好。）

当时千代这样思忖。一个父亲溺爱儿子，这谁也管不了。可离秀吉抱起儿子的地方仅仅几町之外便是河原，正是去年秀次的妻妾孩子被残杀的地方。

（又不是只有太阁殿下知道疼儿子。）

千代继续思忖，精神健全的父母疼爱孩子，决不会强加于别人。可秀吉却耗费庞大，把疼爱强加于天下，以显示自我的尊荣。

（丰淫无度！）

千代想到了这个词。秀吉的这种肆无忌惮、唯我独尊的样子，除了“丰淫无度”一词，她想不到更恰当的表达。

在长浜地震里千代丧失了唯一的孩子与祢。为了祭祀亡灵，她在妙心寺建了一座塔头子院，只要身在京城或伏见，每月的忌日里都会去扫墓。她还想晚年时便住在里面，整日里陪伴与祢，免得孩子寂寞。对儿女的爱，她自是比旁人更加懂得。所以，她才对秀吉这种倾天下之财丰淫无度的溺爱，感到无比的愤懑。而且这种愤懑，不只千代，大多数诸侯们也都有。

前年，秀吉在伏见城召来诸位大名，要他们每人都对秀赖宣誓效忠，并写了熊野誓纸[2]。誓纸形式倒是寻常，只是在末尾处添了这样一句：“我宣誓效忠，遵守右记条款。若是违背右记条款，则遭天谴。活则身不能动，子孙家运七世而殆；死则坠入地狱，万世永劫，永不超生为人。”

伊右卫门当然也不得不宣。

秀赖住在大坂城。秀吉道："上京拜谒不方便吧？"于是便要为这个五岁的幼童，于年春（庆长二年，1597）建一座规模壮观的京都府邸。

秀吉曾修过一座日本史上最为奢豪的府邸聚乐第，后来赠与秀次。但在秀次死后，秀吉觉得这座府邸"不干净"，于是命人将其拆毁。如今又要在京城大兴土木了。当然秀吉是不用自己掏钱的。

这次由家康带领关东诸位大名打点与建筑相关的一切事宜。家康等关东大名们，因为没有参与朝鲜之战，不用负担战费，相较之下经济上略显宽裕。因此这种行政处置，是为了彰显秀吉的公正、不偏不倚。可摊派到最终，还是农民吃亏。日本国中，如今在外战事连连耗资巨大，在内大兴土木劳民伤财，臣民们是怨声载道疲惫不堪。

——只要民力一弱，诸大名的财力也就自然告罄。而没有财力是无法发动战争的，所以自己一旦升天，秀赖的天下也可保得安泰——这便是秀吉的如意算盘，一切都源于对秀赖的溺爱。估计从没有过像秀赖这般让天下众人困惑惶恐的孩子吧。

秀赖的京都新府邸，地处皇宫之东。东面从三条坊门至四条坊门四町；西面从东洞院往东四町，面积极广。现今，此地被称作仙洞御所。

工事从六月开始。而且在秀赖新府邸周围，诸位大名亦均被命另建府邸。

“千代，又得造房子了。”伊右卫门很是不悦的模样。

“没有办法的事情嘛。”千代尽量开朗答道。她知道，若是非做不可，苦着一张脸也是于事无补啊。

“可咱真的没什么钱了呀。”伊右卫门道，他只有挂川六万石而已。上次地震，伏见城倒塌需要重修，他也是出钱又出力；自己的伏见府邸的修整也所费不少。如今只因为留守内地，还得帮忙给一个五岁幼儿建一座京都豪城。

“除此之外，两百名诸侯都得在这座豪城周围另建一座京都府邸！”

——这样的政权，还是早早滚蛋去吧！

这诅咒虽说不出口，但无疑在伊右卫门心里的某个角落生根发芽了。其他诸侯也大抵如此。

“明天俺派人去领国。这么多次的摊派，领国那边的金库、米仓大概也都见底了吧。”

“夫君别这么说。”千代想尽量开朗一些，可实在是笑不出来。

（就为了这么一个孩子——）

太阁殿下成了暴君。这便是千代打心底里的感受。

六平太再次来访。

现已是春天，六平太也总不能一直是卖虫小贩的模样。这日，他像是个隐居市井的贤士，早早把身家交与下一代打点，而自己则乐得清闲，可吟诗品茶。

“夫人安康！”六平太在书院行跪拜礼。

“你也精神抖擞的样子，甚好。”千代很喜欢见到六平太。大概没有谁比他更自由无羁的了。他自在惬意地出入各个阶层，活得有趣又好笑。

“六平太可真潇洒自在啊。”

“哪里哪里。”六平太苦笑，“在下也有在下的烦恼啊。”

“是么？看不出来嘛。所谓烦恼，莫非是为了恋情？”

六平太意外地红了脸：“夫人好眼力。”

“是游女？或是歌女？最近有京城的游女们在河原搭起了小屋，跳一些有意思的诵经舞之类。听说还可以共枕席呢。”

“夫人厉害，什么事儿都知道。”

“莫非恋人就在里面？”

“不不，绝对不是。不过就算在下禀明，夫人也是不知道的。”

随后六平太巧妙地换了话题，给千代讲了些世道上的事情，然后又提到了秀吉的健康：“太阁殿下有一阵子好像很憔悴，不过最近又跟原来一样精神起来了。”

“好像是呢。”千代说罢，忽然想起一件不相干的事，不由得笑起来。

“……”六平太不明所以。

“没事儿，跟你无关。请继续。”

“夫人为何发笑?”

“没什么。”千代微笑着摇头。其实她忽然想起的，是伊右卫门曾告诉她的一件事。据说秀吉对千代很是思慕。

——什么嘛!

千代听闻时是一笑了之。以前也有过这样的传闻，伊右卫门也听说过。

“昨日在殿中，俺被叫去问了话。问什么你夫人还好吗，还是那么美丽迷人吧？千代你得小心了。”

“不就是问了两句而已嘛，没事的。”

“现在是没事，可——”伊右卫门不再继续说下去的理由，千代清楚得很。秀吉一旦对别人的妻子起了兴趣，有时候就会说些这样的话。可以说，是个明显的危险信号。更何况，伊右卫门再过几天就得远赴远州挂川，只千代留守在伏见的山内府邸。

秀吉有这种恶癖。特别是晚年的秀吉，是非观念相当模糊，有种错觉认为家臣的老婆也就是自己的老婆。

细川忠兴的妻子阿玉夫人，因笃信天主，平素被称作伽拉莎夫人。据说秀吉有段时间对她很有兴趣。且不说阿玉夫人自己，忠兴对此事极为戒备，时常告诫阿玉夫人道：“殿下就是那样的人，你要千般小心万般谨慎，不要着了他的道儿。”忠兴文武双全，不仅文事精通，而且战功赫赫，对夫人也是痴情一片，可就是醋味太浓。

(殿下对俺老婆感兴趣……)

只要一想到此节，他就不由自主感觉一阵寒气袭背，胸中满是不快与愤懑。

后来在关原之战前，伽拉莎夫人在房间里放火自焚，但因她是天主教徒，不能自杀，于是就命家老之一的小笠原少斋用眉尖刀刺向自己心脏。不过不是在同一房间内，而是让少斋在隔壁穿墙而刺。忠兴的嫉妒心让她不得不在这种事上都小心谨慎。

所以当他见到秀吉对自己妻子的暧昧态度，内心的不快之感定是高于常人了。而他在秀吉生前就秘密与家康交好，或许这也的确起到了些许推波助澜的作用。

千代听说，秀吉还思慕过以美貌著称的本愿寺上人显如的第二任夫人，甚至专程拜访，与之同眠共枕。正因秀吉对她倾慕，其子本为次子，却轻而易举继承了本愿寺，称准如上人。而第一任夫人的长子教如上人，则被勒令隐居埋名。家康得天下后，曾推出一个宗教政策，把本愿寺所管辖的两万寺院一分为二，让教如上人建了另外一座本山，就是东本愿寺。

另外，还有传言说秀吉在九州征战中冒犯过立花宗茂的妻子。总之，是德行堪忧。这点他自己也很清楚，所以才在给秀次的四条劝诫文里写道："茶道、狩猎、贪恋女色等秀吉的癖好均不得模仿。"

秀吉很有自知之明，而且遇事开朗，人情味儿浓，因此他虽贪恋女色，可并不让人感觉多么丑恶肮脏。除却细川忠兴等个别例子，大部分家臣对秀吉喜好女色一事都不以为意。

有这样一段插话。殿中火钵旁闲坐了一众侍臣，讨论的话题是："殿下好像只好女色，不喜男色呀。"正好有位美少年在那儿，于是大家商量一番后偷偷让秀吉见到了这位少年。不料秀吉很快就带他去了居室。等美少年出来，大家忙围上前问："怎样了？"少年回答："殿下问了我一句，你有没有姐姐啊？"听者莫不是苦笑连连。不小心当了戏谑对象的秀吉，总是这般开朗不介怀。

伊右卫门离开伏见奔赴远州挂川的日子终于来临。前日夜里，伊右卫门神色凝重，对千代道："不会有事吧？"

"什么事啊？"

"别傻了，是太阁殿下的事啊。若是殿下趁我不在偷偷来访，你可千万不要着了他的道儿。"伊右卫门的语气粗暴起来。

"如若——"千代半开玩笑道，"不许的话，太阁一怒之下要夫君切腹可怎么办？"

"说什么胡话！太阁殿下好就好在不会下那种命令。就算不从，当时或许尴尬，可也不会留有什么怨恨。所以只要你坚决一些就没事了。"

"明白了。"千代顺从地回答道，"可是，我倒是另有一重担心。"

"担心什么？"

"如果——我是说如果——太阁殿下偷偷来访，见到千代，却发现跟以前的千代大不一样，连一句玩笑话都不乐意说，那千代可要失望透顶了。"

伊右卫门扬起拳头："你这家伙！乱七八糟瞎说什么！"不过，她说得也倒是在理。这边的人儿一门心思坚决不从，那边的秀吉却"什么呀"，显得毫无兴趣，此番景象也够滑稽的。

（可是千代看起来比以前更加光润了呀。）

伊右卫门重新上上下下打量了一番千代的脸、胸、腰。

“夫君看什么呢?”

“大人见了你定会食指大动的。俺是男人，明白得很。”

“什么?”

“如你这般年纪，又活得清静悠闲的女人，身上的色香是小姑娘所无法比拟的。”

“瞧你说的!”千代笑起来。伊右卫门竟然会说这种话，还以为他是个木头人呢，这可差得太远了。“倒是油腔滑调的一丰夫君更让人担心呢。也不知道在人家见不到的远州挂川会如何折腾。”

“这你不用担心，俺没问题。”伊右卫门一脸郑重其事的样子。

第二天伊右卫门出发了。千代留守伏见，偶尔去京城的寺庙拜拜佛，日子过得很是轻松自在。

有天早上，大门前突然喧嚣起来，有人飞奔来报：“太阁殿下驾到。”

“小声点儿。”千代命人很快做好准备，包括年长侍女。随后她立刻来到白洲庭，素足换上草履，快步走起来。

从城内过来的秀吉是微服出行，只带了十来名小厮。他刚一进山内家门，家老们便按千代的指示率众出迎。

“夫人在吗？忽然想聊聊以前的事儿了。”秀吉在家老的带领下来到书院，可秀吉坐也不坐，道，“这么硬邦邦的地方还怎么说话儿？没有茶亭吗？”

“那就这边请。”家老即刻领着秀吉移步。千代早就料到秀吉不乐意留在书院，于是吩咐家老可直接领至茶亭。在前往茶亭的途中，这位家老对千代的料事如神很是吃了一惊，不由得啧啧称奇：

（真不愧是我家夫人！）

只见他们来到府内一扇木栓门前，推开便是庭院，一条小石径像是早就在等候客人的到来似的，早已洒上清水。

“噢，还以为山内对州（对马守，伊右卫门）只是一介武夫呢，没想到府邸竟这么曲径通幽。”喜欢品茶的秀吉很是中意。

不久，秀吉来到修葺完好的候茶间，在凳上坐定后，闲适地观赏起周遭的风景来。周围放着矮松盆栽，茶亭背面影影绰绰是些翠绿的孟宗竹。“今天可有眼福啦。”秀吉思忖间，见千代沿着庭中石径走来，以主人的口吻行了见面礼。

“我家主人对马守不巧远赴挂川，今日只好由千代来奉茶说话了。”

“哦，千代，好久不见哪！”秀吉笑道。从他脸上丝毫看不出任何的盘算。

“香茗正在准备，还请殿下稍等片刻。”

“哦，好好。对俺这种不速之客，千代你都能即刻备好茶亭，想是利休[3]、织部[4]也不及啊。”

“殿下说笑了。”千代宠辱不惊地笑笑，“只是，正客另有其人。”

“哦？俺不是正客？”秀吉吃了一惊。自己以天下之主之尊，竟不是正客，这是怎么回事？

“以前就说好要招待邻家堀侍从的高堂，恰巧就是今日，想是不久就该过来了。殿下屈尊，做个伴客如何？”

“啊哈哈，有趣。”秀吉反倒来了兴致。

邻家堀侍从，就是以前跟随伊右卫门攻打小田原城时的堀久太郎秀政。久太郎在数年前已过世，如今是第二代堀秀治子承父业。千代早就料到会有今天，于是就跟堀家商量，请堀久太郎的母亲在这种时候出面做正客。如此一来，秀吉见有他人在场，定不会乱来。

可是，千代的计划落空了。就在让秀吉等待之时，邻家遣人来急报，说老夫人病了。估计是堀家见到如今这情形，实在不敢妄为，怕拂了太阁殿下的意。于是千代只好单独一人面对秀吉。

（麻烦了，一丰夫君！）

千代在心中念道。她就要独自面对秀吉，那位当代首屈一指的好色之徒。

（不怕！）

千代潜心静气。不久，只见秀吉跪着从茶室躏门[5]进来。此刻，已有茶香飘逸。

“好香！”秀吉一副心旷神怡的满足模样。

亭主千代微笑着，只稍稍低了低头。

开始品茶了。“千代，真是好久不见！”秀吉捧着茶碗，脸上神情像是想起往事了一般，“北政所也常常说起你的事。”

“多谢挂怀！”

“别见外。可是千代，是不是感念往事的人——就老了？”

“殿下多虑了，您还不到年纪呢。”千代露出开朗的笑颜，望了望秀吉的脸。可那张脸远比六十岁显得苍老得多。脸颊消瘦，皮肤张弛无力。

（究其因，与其说是因为年轻时太过操劳，不如说是因为得天下后荒淫无度。）

“你可是越来越美了，是不是喝过什么龙宫的仙药啊？”

“若有那种仙药，定是要第一个献予殿下的。”

“说起这事儿——”秀吉曾听说虎肉可以强精，于是就让出兵朝鲜的诸位将士捎点儿回来。可没想到众人竟争着猎虎，用盐腌了就装桶送来，结果弄得储藏室里全是腌制虎肉。

“吃是吃了，那可叫一个难吃。”

“还是有些滋养的效果吧？”

“不清楚。”秀吉显出寂寥的神色。

想当初秀吉锐气勃发之时，听说信长在本能寺被明智光秀所害，便即刻调转大军，取道山阳，来到摄津尼崎，并在此地做好了会战准备。那段时间因为要为信长服丧，所以不进鱼肉只吃素斋，但为了强精健体，他们都吃了大蒜。千代曾听伊右卫门说起过此事，于是便提了一句。

“对了对了，是有这么回事。那时俺可是天下第一精神饱满的人啊，可如今虎肉、大蒜之类都没用啦。”

“殿下就爱开玩笑。”千代只好笑着搪塞过去。

“如今哪，”秀吉捶了捶肩，“是到处筋骨疼痛，还没来由地发烧。不过今天倒还神清气爽。大概是喝了你亲手沏的茶的缘故吧。”

“呵呵……殿下真会夸人。”

“千代，俺有一事相求。”秀吉起身。

纸格窗上的阳光暗淡了。千代在主位上抬起头来，微笑的双目显得更长：“请问何事？”

“敢问何事相求？”千代再次问道。

秀吉脸上发红：“也不是什么大不了的事，俺就想借你的主位坐坐。”

“那千代呢？”

“你是客。”秀吉站起身道。

“那就互换座位吧。”

“你陪着就好。”秀吉笑道。千代单膝撑起了身子，正要起来，却见秀吉的手伸了过来。忽地，右手被他握住。千代的表情好像在说——这可麻烦了。

“千代，俺很喜欢你。”

“承蒙厚爱——”千代顺口答道，脸上的微笑里没有丝毫阴翳。

“你可真傻，这种时候怎能露出这样无情的笑？”

“那该怎么办？”

“一垂首一低眼就好。就像雨天庭院角落里的一朵花，微带雨露。”

“一朵花……”重复这句话只是因为千代已经穷于应付。若直截了当拒绝，则对方下不了台；若稍不留心，对方难免会趁虚而入。

“看，花湿了。”不意间，秀吉的手伸向了千代裙裾。

“不要——”千代宛若小姑娘一般叫起来，声音亮得连自己都吓了一跳。

“声音挺高嘛。”秀吉饶有兴致地取笑道，“千代，你不知道俺是拥有整个天下的秀吉吗？”

“可是女人并不由您支配。”

“什么？”

“女人属于她们所心爱的人。千代是属于山内伊右卫门一丰的，不属于任何其他人。女人在任何时代都不是天下之主一个人的。”

“看你，说得这么可怕。”

“可怕的是殿下。殿下……”千代抓住了裙裾上面的秀吉的手，“殿下在马上开拓天下，成为世上男人们的支配者。可是女人，自太古以来，自混沌初开以来，除了所心爱之人，是不属于任何别人的，殿下！”

“说什么呢！”秀吉抱住千代的肩。

“殿下的伏见城，若是有百万大军大概也能被攻破城门的吧？可是，哪怕是天下之主的手，也不能强行掀开一位女性的裙裾。”

“你就那么喜欢那个伊右卫门？”秀吉顿觉扫兴。

“不是喜欢或者讨厌，是心爱。”

“不都一样吗？”

“不，当然不一样。年轻时或许可以说喜欢或者讨厌。可如今，我看夫君，是以一种悲切的宿命的爱慕来看的。大人难道不明白这种男女之情么?”

“自然明白。”秀吉只能如此回答。

“那就请高抬贵手。”

“千代，你的手……很柔软。”秀吉的声音不自觉地颤抖起来。丝绢之下的千代，成熟得如此诱人。“千代，俺要你，是天下之主在求你。俺会跟伊右卫门低头赔罪的，只一次就好，俺要你的心你的身子。”

“不，不行！”为摆脱秀吉，千代挣扎起来。可秀吉不让。

近来秀吉已瘦得皮包骨头一般，也不知是哪里来的劲道使得千代无法动弹。他右臂扣住千代腰身，左手径自伸入裙裾下摆，触到了千代的身子。

“千代，感觉如何?”

“不要！不要！”千代怒极而泣，可秀吉的手还在往里走。

“不要！都说不要了！”这时，千代的脚触到茶壶，壶身倾斜，里面的沸水洒落炭火之上。只一瞬的工夫，茶室里已是炭灰弥漫。秀吉见状，只好放开千代，任她逃进旁边的水屋[6]。

当她拿了抹布再次出现在炉前时，炭灰已经沉寂下来。秀吉只呆呆坐着，一脸难堪。千代不由得怜悯起眼前的人来，对他“哇”地扮了个鬼脸。秀吉猛地吓一跳，接着又笑又乐道：“千代，千代是名将啊。”大概是赞许千代能洞察人的内心，而且能自由驾驭别人的心理吧。秀吉自身也大有被拯救的感觉。

“名将啊！可惜没射中，让她跑了。”

“是呢，眼见着都走到马鞍旁了。”千代也顺他的话继续玩笑道。

“对，都对打起来了。”

“可惜还是让人家跑了。”

“真是个滑头！”

“才不是呢，人家是被茶壶救了一命。要是没有茶壶，千代怕是早被殿下一枪击毙了。”

“找借口！现在还是让茶壶替咱们泡上一杯吧。”

千代应了一声，明快而丝毫不含阴郁。她知道这种时候决不能使气氛变得沉重。

很快，秀吉面前放好了茶碗，他端起来，徐徐轻啜几口，道：“好香！虽然刚才闹得不成样，可千代的茶还是这么澄澈入心。”

“呵呵，是殿下口渴了的缘故。”千代微笑回道。而她内心里是巴不得能早一刻用清水洗刷掉身上那些被秀吉的手玷污的痕迹。

这日夜，千代进了浴间。浴间有三套设备。左端是桧木制成的小馆，内侧有蒸气漫出。进去后让蒸气浸润肌肤，待脂质溶了，便出来让侍女洗去肌肤上的污垢。用拧干的毛巾仔细擦拭后，再用米糠包让肌肤变得细腻滑润，最后用热水冲洗干净。

千代在想秀吉的事。

(恨不起来。)

大概很少有像秀吉那般一直为世人所爱的人物吧。千代遭遇如此惊险，却不可思议地恨不起来。不过，稍微肮脏了些。

(总之——)

他是个占得到便宜的人，千代思忖。就算是调戏，都有一种顽童对母亲撒娇似的感觉，总让人不由自主着了道儿。

(定是这样了。)

千代想到这里，不免暗自好笑，喉头深处咯咯笑了两声。

“夫人怎么了?”正替她擦背的侍女一惊，停了下来。

“没什么，挠得有些痒痒罢了。”千代觉得侍女很是可怜。

“这样还痒痒吗？”

“不了，怎么挠都不会痒痒了。”

“……”

侍女开始冲洗。

千代喜欢秀吉的阳光之气。如今的天下，是因为有秀吉的开朗，才勉强维持下来的。她想起一件事，是早在文禄二年（1593）秀吉还在朝鲜渡海战的大本营肥前名护屋城里的事情。

那年六月二十八日，正值盛夏，天气炎热，又因长期驻扎的无聊，名护屋的将士们都有些士气低沉。秀吉对这种情绪十分敏感，很快便察知到了。可他并不会为了提升士气而板着脸训人，于是转念一想，道：“大家知道有什么好玩的吗？最好是能让城内所有人拍手言欢的那种。”他问的是御伽众与内庭的女官们。于是一时间众说纷纭，可秀吉没有一个中意的，道：“不行，都是已存于世的东西了。”他不愿意去搞已有先例的事，想做的是“奇绝”之事，能让人眼前一亮拍手跳将起来的那种。

终于，被他想到了——化装游园会。他让武将们个个奇装异服，相互取笑游乐。而且还专门为此设立一处奉行，全权准备相关事宜。这便是日本最初的化装游园会。此会不仅想法奇绝，而且化装登场的人物也是日本史上最为绚烂多彩的一次。包括德川家康在内，经历战国混战而幸存于世的各位英雄豪杰们，便随心所欲化装登场了。

总之，秀吉在肥前名护屋城所举行的化装游园会（当时倒是没有这么正式的名字）极受欢迎，连在京城的千代都一五一十知无不尽。千代听说时都笑弯了腰。

（真是个玩乐的天才啊！）

名护屋城外有一片广袤的瓜田，一直延伸到海岸。会场就设在这片瓜田里。丰臣家的红白家纹帷幔在四周挂起，参加者不管是大名、旗本还是内庭女官，均不分尊卑礼仪。另外还有临时搭建的茶店、旅馆等，瓜田俨然变作了初具规模的“市街”。而市街的住民们便是游园会的参与者。

家康等只觉得秀吉的这番玩乐傻乎乎的。

（真是蠢到家了。）

他悄悄对随从吐露了心声。这位实用主义至上的男人，恐怕实在难以理解秀吉脑子里的这些怪主意。

（没办法，俺也找个什么来扮一扮吧。）

他终于不情不愿地准备起来。

游园会开张了。某个茶店门口放了个极大的茶壶，茶店主人是秀吉的旗本三上与三郎，因化装的缘故，乍一眼是看不出来的。店主还有老婆，是内庭女官常夏所扮，她上身穿着艳丽的单层和服，下面一条绢质的宽筒裤，头上还戴了南蛮头巾，在不停地嚷嚷着招呼客人："来喝茶咧！来喝茶咧！那位远道的客人，过来坐坐喝杯茶吧？"

隔壁旅店也是一对夫妇在经营，店主是茶博士莳田权佐，老婆是素有美女之称的内庭女官藤壶，也在一个劲儿招揽客人。

不久从街道那边来了一个卖土筐的老汉。所谓土筐，就是搬运土石用的筐。老汉用一根扁担前后挂了好多个土筐，腰身矫健，脚步沉稳。

此人眼大体胖，正是家康。秀吉把家康搞成这番尊容，也不知家康心里作何感想。大概在秀吉的有生之年，他是打算像一只温驯的猫般规规矩矩的吧。

家康中气十足地边走边叫卖："土筐买否！土筐买否！"意思是"买不买土筐？"

一群人正在莳田店里喝茶，只听有人道："那不是江户大纳言吗？"于是，众人大笑，同时又佩服万分："简直跟卖土筐的一模一样啊！"可家康却不笑，只挑着扁担一晃一晃吆喝着"土筐买否"走了过去。

随后有个年轻人晃荡着货兜过来："脆生生的泡瓜，脆生生的泡瓜！买瓜啰买瓜啰！”原来是卖泡菜的。可是这位小哥跟刚才的家康相比，不免让人感觉演技拙劣。

“嗨，那不是大和中纳言（丰臣秀保）吗?”一群人顿时没了兴致。

“到底是年轻了些，什么事儿都做不踏实。”也有人这样评价道。不过，对家康而言倒不单单是年纪的问题，这人的表演才华是天生的。

化装游园会仍在进行。茶店里的一拨人看见对面田埂道上走来一位僧人。

“那不是织田常真入道吗?”一人问道。不错，这位僧人又名织田信雄，是信长的次子。他曾仇视秀吉夺了父亲信长的天下，与家康结盟对战秀吉，而后独自跟秀吉讲和又做上了内大臣。可在小田原之阵时，因传言他私自外通敌军北条氏，官位在战后被罢免，领地亦被没收。如今他已经削发为僧，改名常真，成了秀吉的一名御伽众，食俸仅一万七千石。

这是个与其父迥异的平庸男子，也不知是否是其性格拖泥带水的缘故，内庭的女官们也都极为讨厌此人。只见这位常真穿着一件肮脏的黑衣，护手与绑腿也都脏兮兮的，旁边跟着一个贼眉鼠眼背着书籍的随从，仿佛正在修行途中。

人人面面相觑，道："就是条穿衣服的蛇嘛。"这是在讽刺他明明笨得出奇，却还蛮横无理。

随后前田利家走来。前田是个清瘦的老人，此刻扮作一名被称为"高野圣[7]"的行乞僧人，背着信匣，一副老态龙钟疲惫不堪的模样。前田利家颇受爱戴，在丰臣家是与家康并列的两大势力。

只见这位利家在茶店前驻足，左顾右盼，满面哀戚，一声声叫着"借宿，借宿"，就像是在哭诉一般。此番情景不禁让人想起歌谣里所唱的最明寺入道时赖[8]的故事，"佐野雪原已入暮，驹乏人疲何处留？"茶店的一位看客不由得叫住他，道："和尚，借与你住了。"

接着来了一个卖弓弦的，穿了一件红色短单衣，戴着头巾。他大声吆喝着："卖弦咧，卖弦咧，其他的也有求必应！"

而后经过的是摄津有马一地的领主——有马中务卿法印，即后来久留米藩主的祖先。这位扮的竟然就是有马温泉的店小二，一个劲儿地念叨着"汤文"，内容都是些有马温泉的功效等等。一众看客们听了简直佩服之至："这是在吸引游人入境呢！真是半点机会都不浪费啊。"

这天最为荒诞绝伦的是奉行前田玄以，他竟扮作个老尼姑蹒跚而来。身形臃肿，面目可憎，怎么看都像是久经历练、洞穿尘世的老尼。这位尼姑板起面孔，对聚拢在身旁的众人说教道："常念经，必成佛。倘若经难念，昼寝亦犹可。精气一焕然，修心成正果。"

再看看当时的秀吉。

秀吉在这个游园会上可是彻彻底底乐了一回。他开了一家瓜店，头顶规规矩矩戴了一张黑头巾，身穿一件柿子黄单衣，背上还背了一个菅草斗笠，腰上缠了一件短蓑衣，无论怎么看都像是个卖瓜老汉。

只见他坐在铺好的筵席之上，双手抱膝，大声吆喝道："又香又甜的瓜咧，来一个尝尝吧！"秀吉老汉的瓜，堆成两座小山，都是熟透了的样子。站在远处观望着的一众女官们，听得如此地道的吆喝声，均想：

（听说大人小时候卖过绣花针，保不定还卖过瓜呢。）

化了装的诸位大名可不会放过如此好的机会，"今天大人也只是个卖瓜的，可得好好捉弄他一番"，于是走过瓜店，各逞口舌之能要砍价买瓜。秀吉狠命大叫："不讲价不讲价！"可人家却道："老爷子，真不巧，俺只带了这点儿钱。"说罢，拿起瓜来就啃。秀吉老汉茫然无助望着他们一个个离去，怅然叹道："这还让人怎么做生意啊？"

远处的女官们见了实在乐不可支，互相打打笑笑个不停。

过不久，一个三十多岁满脸苦涩的卖茶小贩担着茶水过来。女官们霎时噤了声，那位就是在内庭妇人之间人气最高的会津宰相蒲生氏乡。

蒲生氏乡是利休的七位高足之一，素养颇高。大军的指挥才能亦是出类拔萃，除了秀吉、家康，就当属此人了。而且他性格豪爽颇有人缘，可谓这个时代的完美男子。

“喂，忠三郎，”卖瓜的秀吉老汉叫了一声他的小名，“你来得正好，俺口渴了，来一杯给俺尝尝!”

“谢谢惠顾！这么热的天儿，老爷子也挺卖力嘛。”蒲生微笑着放下担子，拿出茶具熟练地点起抹茶来。

“点得漂亮！不愧是利休和尚的高徒啊。”秀吉喝光抹茶，把茶碗递还给蒲生，接着问道，“这多少钱?”

“黄金一两。”

“多……多少?”秀吉双目圆瞪，“太贵啦！区区一碗茶要黄金一两？你信口开河哪!”

“哪里！忠三郎点的茶就值这个价，并非信口开河。若是不愿意，把茶还回来便是。”

“都喝到肚子里了，怎么还?”秀吉挠了挠头，从钱袋里取出一两黄金递给对方。

“多谢!”蒲生氏乡收了金子，重新担起茶具，悠然自得走远了。女官们望着他远去的背影，还有秀吉垂头丧气的样子，再次乐得花枝乱颤。

后面又来了一位行乞僧人，是织田有乐斋所扮。这位是织田信长之弟，信长过世后便跟着家臣秀吉，无怨无悔，是位颇为脱俗的老人。现在他拿着一万五千石食禄，是秀吉的御伽众之一。而且，这位有乐斋跟刚才的氏乡一样，亦是利休的七位高足之一。

有乐斋踽踽独行而来，在秀吉的瓜店前站定，望了半晌却欲说还休。终于他手握念珠，颤颤地道了一声："老人家——"

"哎呀这位旅途中的行者，可是要光顾本店买个瓜去？"

"唉，"有乐斋黯然神伤道，"俺一介行乞僧，身上可没有买得起瓜的钱。您就行行好，赠我一瓜，就当是与佛结缘了如何？"

"哎呀！天可怜见！"秀吉好像真的可怜起眼前的老人来。也难怪，他就是这样的性子，见不得别人苦。于是立时拿了两只瓜给他："给！拿着！"

有乐斋却不伸手，只摇了摇头。

"和尚，怎的？"

"这两只又小又涩，那边的好像熟透了。"最后他硬是让秀吉换了两只又大又熟的，乐颠颠抱了去。

围观的女官们又是一阵哄笑。卖瓜的秀吉老汉这下真怒了：“这还怎么做生意!”于是气呼呼扔了瓜店走到街上，彷徨之中，来到最先的那个茶店门口。扮作店主夫人的常夏见状道：“这不是瓜店主么？来喝一杯茶吧？还有刚蒸好的点心呢。”

“噢！甚好甚好!”他被拉着坐到茶店里，美美地喝了杯茶吃了些点心后，一出门又被对面旅馆夫人藤壶拉了过去。“客官可要用餐？咱这儿刚好有甜酒，还有面条呢。”

秀吉对美人的拉拉扯扯很是中意，轻飘飘地任由她们拉来拉去。此番情景，之后有位作者小濑甫庵在《太阁记》里这样描述道：“……竟是异常喜悦，笑得跟布袋和尚[9]一般没了眼睛和嘴巴。”

喜欢玩乐的秀吉一旦玩乐起来，便忘了自身与周遭，完全沉浸在玩乐之中。人们就是喜欢这样的秀吉。他是这个时代绝对的领导者，虽然因为外征让大名与庶民们颇有怨言，但他高涨的人气仍然丝毫未减，究其因，无疑是因为他彻彻底底的开朗性格。

当秀吉被女官们围着拉来拉去之时，“卖土筐”的家康正坐在茶店里，默然注视着这一切。他化的装比秀吉还要惟妙惟肖，怎么看都是一个“卖土筐的”，但正因如此，才更让人不可小觑。

千代觉得这次游园会将群雄的性格一一暴露无遗。

总之，千代在浴房想起了这桩游园会的事情，觉得很是有趣，不由得一个人笑了起来。

（这种化装会，倒真是想亲眼见见呢。）

拭干身上的水滴，她出了浴房，来到擦得很干净的木地板房间。小窗外有翠绿的南天竹，刚洒过水，很显娇嫩。上了三段台阶，便是化妆间。

千代进去后在镜前坐下，化妆这种事，除非特别情况，她几乎从不让侍女们帮忙。她觉得如此有趣之事，怎能被人夺了去？与制作小袖一样，化妆也是她所钟爱的。不光自己给自己化，有时候还会把年轻的侍女拖过来，“什么也别说，坐着就好”，然后也不管人家乐不乐意，将人家一张脸化妆成另一种模样。

不可思议的是，经千代的手后，年轻的女孩子们都像变了个人似的娇美可人。说到秘诀，曾有侍女说：“这都因为夫人身份尊贵，能从堺市买到最上等的脂粉和口红。”千代听闻后即刻否定道：“浑话！有一百个人，就有一百张不同的脸不是？化妆也须得千变万化各不相同才行。抓住每个人的特征，再把好的特征夸张地表现出来就好。”

不多久，她化妆完毕回到起居间，在灯下看了会儿书，忽又觉得无聊起来。

（唉，一丰夫君不在，这一天的时间就像破了个窟窿似的，填也填不满。）

现在就寝还嫌太早，她一面思忖着如何打发时光，一面用手指轻轻敲击书案，忽然发现背后的门被拉开。

“谁啊？”她转过身来，却惊奇地发现一个穿着帅气的武士站在那里，正是六平太。

“夫人很无聊吧。”他一语猜中千代的心思。

“六平太无礼！我是说过你想来就可以来，却没有说过你想来我的房间就可以来！更何况是一丰大人远在异地的此刻！”

“是吗？”六平太仿佛全不在意，径自在千代的背后坐下。

不过千代对六平太的到访也不全是怒意，还有些许钦佩。她转过身子对他道：“你简直跟夜里的凉气儿一样嘛，都不知道是什么时候给吹进来的！莫非是有十万火急的事？”

“不是。倒是今天在茶室，太阁殿下仿佛很惨哪。”

“你，竟知道？”千代诧异，不会是侍女们传出去的。

“在下那个时候就藏身在房顶之上，打算万一夫人陷入危难便出手相救。”

“你撒谎!”千代笑出声来。这种事怎么可能？茶室房顶的设计，根本无法让人藏身其上。“六平太，不可撒谎!”

“哪里，在下没有撒谎。”六平太苦笑道，却一眼瞧见千代脸红到脖子根，一个劲儿摇头。

“肯定是撒谎，绝对是撒谎!”若非如此，那可太难堪了。千代在茶室遭受了秀吉的调戏，虽说未酿成大错，但若是那种光景被六平太看了去，怎么都是出羞丢脸的。

“六平太，你撒谎有何好处？那间茶室的房顶之上装的是细梁，横横竖竖像是蛛网一般，无论是谁都无法藏身。你却偏要说自己在那儿，真是傻得出奇。”千代显然是急了。

“那，就当是在下胡说。”六平太觉得若是一再否认，千代也太可怜了些，“那幅光景，或许是在下的一个梦。”

“肯定是梦!”

“不过，倒是个十分有趣的梦。”

“你又想说什么?”千代斜睨他一眼。

“不不，只是——太阁殿下触到夫人隐秘处时，在下也在想，要是夺了天下就能那样，在下倒也想夺了试试。如今一想起那幅光景，胸中就不免悸动得厉害。”说罢，这个男子也是面红耳赤。

“今天你是为何而来?”

“只是为了把这个梦亲口告诉夫人。不好意思，冒汗了——”他拿出手绢擦了擦脖子上的汗，而后又卷起手绢，不经意望了望门口，“老鼠——”

他短促叫一声，马上回头看千代的脸。走廊上的确有老鼠爬过的声音响起。而且不知为何，这只老鼠竟钻进房间，四处穿行，在榻榻米上蹦了几下，眼见着就要爬到千代的膝盖上了。

“啊！六平太！”千代惊得一跳。老鼠一下子逃开，在房间里到处乱窜，不多久又冲着千代猛奔过来。千代甚是讨厌老鼠，惊得差点哭出来：“六平太！老鼠——”

这只老鼠其实只是六平太用手绢制成的幻象，此时的千代是怎么也想不到的。

“六平太——”千代又是一跳，六平太说了一声“在下明白”，便一把抱住她。被抱的瞬间，千代的身子也不知怎么回事，竟一下子失了神，只静静躺在六平太怀里。

幻术完成！

不过六平太并非是要对千代无礼，这个男子一直对千代心存暗恋，或者用“钦慕”一词更为合适，他很敬重千代。可是，自从在茶室房顶上看到秀吉的狂态，不巧又看到了千代受难的肢体，有些耐不住性子了。

（一次就好。）

六平太只想这样好好抱一抱千代。秀吉想利用手中的天下之权达到目的，而六平太，可以用自己的幻术。

六平太的怀里躺着千代。她的手腕低垂，双目紧闭，除了还在呼吸之外，什么反应都没有。她红唇微启，露出又小又白的门牙。

“千代夫人！”六平太凑到千代耳旁小声叫道。只见她的眼睑微动，不是即将醒来，而是转入了另一个梦境，在浓郁的蓝色天宇下，她的心微微一荡。

“老鼠呢？”千代问道，没有出声，只是嘴唇在动。

“已经赶走了。在下六平太。”

“这是哪里？”

“天上。”六平太道，“六平太陪着千代夫人乘云飞了上来。咱们现在飞在高高的天宇之上。”

“啊！”千代微笑着，原来是飞了起来。只见下界如过眼云烟般逝去，千代的心飞得比光还要快。千代听说天有九重，他们一重重飞过之后，来到一个金黄与朱丹构筑的龙宫般的楼门前。

“这是哪里？”千代停住飞翔的脚步，茫然望向四周。天宇是异样的紫金色，一道道光线不停地回旋往复。有风吹过时，便有音乐轻轻响起。道路上有穿着天衣的男女来来往往。

“这里是弥勒净土。”六平太道。六平太不知何时，已穿了一件白净的天衣在身上。千代也是，而且她耳朵、脖子、手腕上还有闪亮的各色宝石在熠熠生辉。

弥勒净土的国王是弥勒菩萨。千代从前就很仰慕弥勒佛，而且不光是她，在战国时代有知识的人中，很多都认为弥勒佛是人类未来的救世主。据说，释迦牟尼过世后，经五十六亿七千万年又将重新降临大地，会成为普度众生的弥勒佛。这之间，便一直在弥勒净土日日夜夜替众生念经祈福。

这片弥勒净土有个别名，叫兜率天[10]。处于海拔三十二万由旬[11]的虚空密云之上，有八万由旬之宽。在这片国度里，一昼夜就相当于人世间的四百年；所住之民的寿命，长达四千年。

这些是千代脑子里的记忆，她问：“六平太，这里真是极乐净土么？”

“夫人若是怀疑，请尽管伸出手来。”

“这样么？”千代朝六平太伸过手去。六平太双掌合起，捧住了千代的手。

“啊！”千代叫了一声，身子竟软了下去，就仿佛是要在琉璃光中溶化了一般，一股异样的感觉油然而生，很是受用。

千代顿时醒悟过来，她知道自己在干什么了。原来在这弥勒之国，“男女握手即淫事”。

忽地，千代醒了。她双膝弯曲，矜持地横卧于榻榻米之上。

（我这是怎么了？）

千代想坐起身来，可身上还留有欢悦的麻痹之感，竟无法起身。

“夫人可是醒了？”

“啊，六平太！”千代发现了这个近身而来的男子，“你还在？”

“不只在，还陪夫人去过三十二万由旬之上的虚空密云。”

“六平太！”千代渐渐红了脸。在弥勒之国，男女间握手便是淫事，那千代的手被六平太握住，不就是痴痴地做了一回淫事么？

“六平太，”千代甚是难堪，“我做了个梦。”

“是吗？”六平太脸上很是少见地露出一层透明的微笑，显得近乎神圣而庄严。千代感觉轻松了些。

“在我——”千代并未意识到自己是被施了幻术，“失神的这段时间……”

“嗯？”

“你……什么都没做吧？”

“没做什么？”

“比如……冒犯什么的。”说罢，千代再次红了脸，手无意识地伸向裙裾，想要确认没有异常。可是，她心底里却“啊”的一声吃惊不小，因为她发现裙裾凌乱，而且某处好像还湿了。

“六平太！”千代一双就要落泪的眼眸望向这个男子，“你……有没有冒犯？”

“绝对没有。”六平太伸手替千代抚平凌乱的裙裾，千代想拒绝，可无奈身子动不了。

“在下不会做如此无礼的事情。”六平太仍是一脸微笑，“不过，在下倒是握过夫人的手，而且并非在地面，是在三十二万由旬之上的弥勒之国。或许是这个原因，令夫人的身体受惊了。”

“退下！”千代生气了。一生气，她的身子便从麻痹之感中苏醒过来，能正坐如初了。

六平太顺从地后退数步，并拜倒在地，道：“在下要感谢夫人，成全了六平太近年来的恋情。”

“又在撒谎。”千代从容笑道。若是显得慌乱，倒真是成全他六平太的恋情了。千代甚至以玩笑的口吻道：“好了六平太，退下吧。我拍十下，十下之后你就得消失了。”

六平太起身作舞，千代拍手数数，十声之后六平太真的消失了。

注释：

【1】道服：室町时代起，公卿、大纳言以上身份的人所穿的家常上衣，腰身以下有褶子。不是指的道士服装。

【2】熊野誓纸：即熊野牛王符，可作护符，也可作宣誓书。据说若是宣誓者不守誓约，则会吐血而亡，坠入地狱。

【3】利休：即千利休，日本千家茶道的鼻祖。千家茶道以简素、清净为特点。

【4】织部：即古田织部重然，日本古田织部茶道的鼻祖。武人尤为喜好此茶道流派。

【5】躏门：日本茶室的客人出入口，高 65 厘米，宽 60 厘米。因为狭窄，只能跪着出入茶室。

【6】水屋：是茶室里用以清洗茶道用具的地方，备有收拾储存茶道用具的柜台。

【7】高野圣：在高野山上隐遁修行的僧人，近世多指以行乞为生的僧人。

【8】最明寺入道时赖：即镰仓时代的北条时赖，镰仓幕府第五代执掌人，后于最明寺出家，又称最明寺入道。

【9】布袋和尚：布袋和尚是唐末后梁的禅僧，名契此。

因肚皮肥硕，又常背一个大布袋，生前常被誉为弥勒佛祖化身。在日本被尊为七位福神之一。

【10】兜率天：梵语音译，亦称“兜术天”。佛教谓天分许多层，第四层叫兜率天。它的内院是弥勒菩萨的净土，外院是天上众生所居之处。

【11】由旬：梵语音译，古印度计程单位。一由旬的长度，在中国古代有八十里、六十里、四十里等说法。

淀姬

伊右卫门从远州挂川回来不久，有一天提起了淀姬的事，他称淀姬为“幼主的母亲大人”。

“千代，听说幼主的母亲大人想跟你谈谈小袖的事儿，你去吗?”

“是哪位告诉一丰夫君的?”

“大藏卿。”伊右卫门说罢，略显忧虑。大藏卿、飨庭局、正荣尼等几位都是淀姬的年长侍女，虽是侍女之身，却掌握着异常的权势。

在殿中，大藏卿对伊右卫门道：“对马守大人，您家太太可是盛名远播啊，我家淀夫人也听说了，希望能见上一面。”

“贱内何德何能……”伊右卫门警惕地低下头来。

“等着召见吧。这对府上来说，难道不是好事一桩?”大藏卿一副高高在上的模样，全无一丝笑颜。

(说什么呢！狐假虎威！)

伊右卫门愤懑不已。他很讨厌这种长着一张狐狸脸的老女人。此人是丹后的当地武士大野某的妻子，淀姬出生时便被召为乳母，之后其子大野治长、大野治房双双当了丰臣家的旗本，从此一路青云。

（不过是个乳母而已。）

伊右卫门等人开始都这么以为，可最近却发现远不是那么回事。她的主人淀姬，自从生了秀赖幼主之后，便在丰臣家要风得风要雨得雨。而侍奉淀姬的这群女官自然也掌了极大的权势，有些大名还特意赠送礼品来巴结大藏卿。

大藏卿之所以对伊右卫门摆出这副“你得感恩戴德”的姿态，是因为她平常几乎都不会跟伊右卫门这种低级别的大名说话。

“千代，怎么办？”

“一丰夫君觉得呢？与淀夫人还是不要过于亲近才好，对不对？”

“是啊，毕竟北政所夫人对咱们照顾有加。”

北政所是正妻，这段时期丰臣家的后宫形成了两个派别：北政所派、淀姬派。而两个派别都在各自笼络大名。

属于北政所派的，有浅野长政父子、黑田长政、加藤清正、福岛正则等，与北政所是尾张同乡的人占大多数，自然也包括伊右卫门。若是要说此派的特征，可以说大都是身经百战的武将。

淀姬是近江出身，所以笼络的大名也大多是近江出身，以石田三成为首，包括增田长盛、长束正家等。与北政所派相比，此派则大多类似于文官。

“那样会对不起北政所的。”千代道。

可是，一旦淀姬明言召见，就难以拒绝了。

“只能去了，没办法。”伊右卫门道，“就算北政所夫人知道千代去见淀夫人，以北政所夫人的器量，断不会怪罪下来的。”

“真是这样么？其实北政所夫人只是不愿把嫉妒心表现出来罢了，她毕竟不是神佛，若是后来听说这事，定不会感到高兴的。”

“难办哪！”

丰臣家的家坊事，总是剪不断理还乱。秀吉作为大权在握者，却有着过度丰富的情感，这是他的魅力，也是他的缺点。他没有家康那般冷峻的意志力，也根本无意去统御后宫化解纷争。北政所陪他甘苦与共，从织田家的下士一路走来，他自然也对她怀有十分以上的敬爱。而对淀姬的情爱，同样也是倾注得满满的。

曾在小田原征战时，秀吉给北政所写过一封信，有一句这样写道：“合我意者，汝（北政所）之下，当属淀姬。”

秀吉除了淀姬外还有其他侧室，包括京极长门守高吉之女松之丸夫人、蒲生氏乡之妹三之丸夫人、前田利家之女加贺夫人这三位。另外还有些侍女，但从未给过她们侧室的名分。

总之，五位妻妾之中秀吉对北政所说“汝乃第一，淀姬第二”，等于是对宠爱定了格。而秀吉宠爱的深浅，同时又是丈量权势高低的凭证。实际上淀姬以外的三名侧室全无权势，大名们无须去巴结讨好。需要巴结讨好的，是淀姬。淀姬敬称有二，有人称她淀夫人，有人称淀君。秀吉曾在“淀”这个地方造了一座淀城供她居住，由此她便被称作淀姬。之后，她移居过大坂城，伏见城建成后又移至伏见，现在正在伏见城内。

“能集太阁殿下万千宠爱于一身的淀夫人，是位怎样的女性？”

“此话还真难以启齿，”伊右卫门压低嗓音，“是个无聊的女人。”他毕竟是心向着北政所的。“跟北政所夫人比起来，那脑瓜简直一个在天一个在地。更何况，人品也没什么格调。”

曾有传言说淀姬与大藏卿的儿子大野修理（大野治长）私通。

“俺是认为不太可能，”伊右卫门倒没信这样的传闻，

“可无风不起浪啊。”伊右卫门所指的是，淀姬一见到俊俏的武士总会变得有些骚气。

“那可是没办法的事，”千代咯咯笑出声来，“要是有见到清爽的年轻男子却不喜欢的妇人，千代跟她也是话不投机啊。”

不久，大藏卿派人来给千代传话——明日登城拜谒。

那天千代天未亮就起身，点着烛火化妆，太阳初升便进城去了。进城后，先在三之丸的大野府邸休息。然后由大藏卿领着去了淀姬所在的西之丸。

“你是明白人，”大藏卿道，“没问的话请不要多嘴。”

“是。”千代在等候间点了点头。许久后，才被带到书院，又是等待。庭院里有非应季的黄鹂在婉转鸣叫。起先还在树间跳跃飞翔，可后来不知是否因为啼得倦了，叫声竟忽地断了。

等了很久很久，千代想如厕，便对大藏卿提出了请求。可大藏卿正眼也没瞧她一下，只当做没听见。

（真是个讨厌的人呢！）

千代思忖。大藏卿或许也在暗自生怒——这个不知礼节的女人！到这个份儿上，千代反倒想笑话这个大藏卿一番了。

“大藏卿，我说我想去如厕来着。”她又大声重复了一遍。

“不行。”大藏卿一声否决道，“千代夫人，这是在殿中，那样的无礼之事有损您家对马守大人的名誉。”

“是。”千代顺从地点头，但心底里却笑开了。因为点头之后就该不失时机畅所欲言了。“大藏卿——”

“什么事？”

“我从没在城里做过事，想请问一下，若是大藏卿内急，那怎么办？”

“忍住。”

“要是忍不住呢？”

“那也得忍。”说罢，上下打量了千代一番，“千代夫人与传言里的大相径庭啊。”

“是么？”千代红了脸，“传言里，说千代内急时忍耐力强？”

“你——你是在找茬呢？”

“哪里哪里。要是有那样的传言，千代要羞死了。”

“千代夫人在传言里是位贤淑有德的贵妇人。我以为不会是在书院等了片刻就吵着要如厕的粗俗之人。”

“可是——”千代的脸越发红了，“内急也是没有办法的事。若是让我如厕，千代宁愿把贤淑妇人的名衔还回去。”

“这——”大藏卿拿她没有办法。

对这位太过质朴天真的千代，大藏卿似乎也开始有了好感，道：“你大概是太不经事了，你好好想想，万一淀夫人现在就大驾光临了怎么办？”

“可是——”千代不免愁容满面。

大藏卿见了笑道：“那你快去吧，快去快回知道了吧？”

“是，明白。”千代连忙退出房间，小跑至走廊，进了厕所。

（其实，要忍也不是不可以。）

她不免觉得自己太孩子气。为这点小事大动干戈，是因为她看不惯这种夸张的官僚主义，无意识地便想要反抗。

（人都变成那样了——）

千代想起的是大藏卿的模样。连女官们都变得趾高气扬的这种世道，千代觉得很是窝心。丈夫伊右卫门是身经百战的武士，千代作为丈夫的贤内助也是经历了不少的风雨。丰臣家的天下，不正是像伊右卫门这样的武将们驰骋沙场换来的么？可一旦天下平定，却是这种不知从哪里钻出来的大藏卿之类的女官们作威作福，实在窝心。

（我才该作威作福呢。）

千代很想给她们一点颜色瞧瞧。

回到书院，千代见到上座是灿烂一片。淀姬已经领着众多侍女，还有她的管家石河扫部头、木下周防守等来到书院，正襟危坐着等候千代。所见事实便是，千代以臣下之身，却迟到了。她只能跪着一步步挪到大藏卿所指定的地方，拜伏在地。

拜伏了很久，终于听到大藏卿出声了："淀夫人宽宏大量，让你抬起头来。"

于是千代稍稍抬眼，望了望淀姬。只见她将外层金银线织就的唐锦小袖脱下一半来缠在腰际，里面是一件纯白质地的小袖，上面绣有大朵的金丝红梅。实在花哨张扬得让人瞠目结舌。

"你是千代?"淀姬的声音细如蚊虫。

千代又一次拜伏在地。

"听说你做小袖很是能干，且说来听听。"

"这个……"千代没法儿说下去。让她"说来听听"，可说什么呢?淀姬想听什么?有这么问问题的么?

(是个脑筋不好的。)

千代忽地发现了这一秘密。

"说些什么好呢?"

"说小袖。"

"在下知道是说小袖……"

“那就说好了。”淀姬催促道。千代没有办法，只好静默。

旁边的大藏卿见状，似乎生起气来，敬称也不用，急道：“喂，千代！”

“什么事？”千代对大藏卿道。大藏卿对千代愣头愣脑的无礼反问，与其说是恼怒，不如说是拿她全无办法，心里大概在想：

（这位山内夫人虽说也是大名夫人，可毕竟只是下级武士出身。但就算如此，也太不知礼节了！）

不过对千代来说，这位淀姬也好，大藏卿也好，现在这种因时运而得势的女流当权者们油里油气的模样才是最让人受不了的。而且，这种感情实在难以掩饰。

“千代，你看我适合什么样的小袖？”淀姬问道。这是位平凡而无甚才气的女人，却美艳得惊人。皮肤白皙，体态丰满。唯一不足之处，是圆润的脸上嘴唇略显太小。

“若像淀夫人一般的美女，什么样的小袖穿起来都是漂亮的。”

“什么样的都漂亮？”

“是的。比如，仅用树叶儿撺掇而成的衣服，您穿起来也会很漂亮。”

“说什么呢！太无礼了！”大藏卿恼得眉眼都竖立起来，“你要让淀夫人穿树叶儿？”

“哪里，”千代不耐烦了，“那只是一种比喻。若是美人，就算什么都不穿，只拿一枝南天竹，那南天竹看起来都会跟玉似的。不过比喻而已。”

“千代夫人！”大藏卿口气变得刁钻。当然，她是想趁此机会把千代好好羞辱一番。丰臣家大名现在俨然已分作两派，北政所派与淀姬派。大藏卿早就听说千代与她丈夫山内对马守都是跟北政所亲近。虽说大藏卿曾想今日借小袖的话题把千代与伊右卫门拉入淀姬派，可眼下这般情形，令她不得不丢掉幻想。大藏卿口气刁钻，其实只是她本来的性格使然。

（这人反正是北政所派的，今天就给她点儿颜色看看。）

不过，千代也不是省油的灯，她早就察知到了。其实，可以说是千代挑起了大藏卿的怒气，甚或是故意挑起的。

（我才不愿意被拉进淀姬一派呢。）

千代思忖。而最行之有效的方法莫过于惹怒对方了。

“女人的姿容天生多少总有些缺陷，比如黑皮肤，平肩……”千代一一列举，并着意打量了一番大藏卿。没错，她就是黑皮肤、平肩啊。

大藏卿气得面色酱紫，道：“千代夫人，那又怎样？”

“不怎么样，不过举例而已。人家又没有说大藏卿您。”

“太无礼了——”大藏卿险些气得站起来。

这时上座的淀姬道：“大藏卿，你嚷嚷什么呢？冷静些。”大藏卿听见被嗔怪，这才收敛不语。

“这些缺陷，不要去掩饰。”千代继续道。掩饰无用，只需凸出自己漂亮的地方，在小袖花色、穿法方面下功夫才是正道。千代道出了她的正统小袖论。

“那么，什么样的袖子好呢？”淀姬又问。

“袖子是形状美艳的好。”

“美艳？”

“袖子是灵动的，一件小袖上下只有袖子能动。所以一定要美艳、柔和、风情万种才好，才能更加缱绻惹人怜。”

“那是什么样的？”

“长袖比短袖好。”

“这个听说过。千代的小袖袖子总是很长。”淀姬道。

“在下喜欢长袖。长袖翩翩，则看起来又美又年轻。”一直以来，小袖的袖子都是又窄又短。就是从这时起，袖子逐渐变长变宽，成为德川时代振袖[1]的原型。

谈话结束后，上来一盘点心。通常这种场合所上的点心都是礼节性的，是让客人带回家享用的。可是千代偏头对大藏卿道：“这点心现在可以尝尝么？”

“不行。”大藏卿脸色可怖。

“哎呀，真可惜。看起来那么诱人，人家口水都要流出来了。”

“千代，”淀姬仿佛听见了，“吃也无妨。”

“太感谢了！可是大藏卿在旁边瞪着，在下还是忍一忍为妙。”

“大藏卿，你在瞪人家吗？”

“没有，绝对没有。这位对马守夫人，实在胆大妄为，最好小心看着。”

“怎么胆大妄为了？”

“如厕、吃点心……”

“哦，这些啊，我也常做呀。”淀姬很是不解的模样。这位在近江大名浅井家长大，又受织田家抚养的淀姬，就跟画儿里的公主一样，对人的心机全无概念。“大藏卿难道不做么？”

“呃，在下当然也做，但得分时间与场合，这才叫知礼。不知礼者不是人，是禽兽。”

“我是禽兽？”千代一下子把大藏卿看扁了。

“你，”大藏卿道，“出殿以后好生候着，我有话讲。听明白了吗？”

出殿经过走廊，千代发现庭院湿了。

（下过雨么？）

千代驻足而立，只见房檐很低，直逼栏杆，勾画出曼妙而轻快的斜线。檐角上挂着一盏春日[2]灯笼，正于风中摇曳。

“千代夫人，这边。”大藏卿催促道，她早就不耐烦了。

“知道了，这就去。”千代都说去了，大藏卿仍是抓住了千代的衣袖，那眼神仿佛在说：“想干什么？才不会放你逃走呢！”千代微笑不语。

随着大藏卿的脚步，千代经过了好几个走廊。她以为会被带到某个书院或者茶室这样的地方，可到了才知道，竟是个三面是墙的杂物间模样的小屋子。没有窗户，没有推拉门，只有贴满金箔的墙壁，不像是普通的杂物间。而且金箔墙壁上没有任何图案与饰物。

“这是什么地方？”千代感觉阴森森的，望了望房顶、墙壁，还有大藏卿的脸。

“验尸间，”大藏卿平静道，“或者叫切腹间。不过至今为止，还没用过一次，平时一直空着。”

“是要让千代在这里切腹自尽？”

“哪里。”大藏卿似乎心情好了些，“要是让丰臣家栋梁之一的山内对马守夫人切腹自尽，那还得了？”总之，大藏卿是个开不起玩笑的人，她又道：“现在有要事相谈，又找不到合适的房间，所以才来这里的。”

“什么要事？”

“千代夫人，你深得北政所夫人喜爱，这自是不错。但你却对秀赖幼主似乎很不忠诚啊。”

“此话怎讲？”

“别装了。你若是对秀赖幼主忠诚，定会想方设法讨淀夫人的欢心，因为淀夫人是秀赖幼主生母。可你倒好，就跟陌生人似的躲在一旁，完全不来参见，这就叫不忠。”

“这话可唬人不浅啊！”千代直盯着大藏卿道，“这就叫不忠么？千代与大藏卿可不一样，我又不是女官。若是女官，每日不侍奉左右便是怠工。可千代不过是一介武人的内室，千代要侍奉的只有夫君一人。难道不是么？”

“还强词夺理！？”大藏卿横着一张脸道。

千代内心很是吃惊，原来北政所与淀姬之间的矛盾竟已如此之深。大藏卿要说的无非只有一句：“转到淀姬一派来！”千代在诸侯夫人之中享有贤淑的盛名，若是能说服千代入派，可是大功一件。不过，却反倒让千代察知了“现状”——

（很是激烈！）

现状指的是北政所派与淀姬派的对立。

"怎样?"大藏卿问道。

以千代之所见，北政所是位豪爽的女性，从她的言行上本就看不出对淀姬的嫉妒之心，更何况她那么深爱秀赖。因此，派别并不是她生造出来的。而淀姬也一样，虽然才气平庸，远不如北政所，但对北政所也没有出格的言行，更谈不上什么制造派别争风吃醋。

(总之，是下人的错。她们为了保护自己，为了自己的繁荣而不惜生造派别煽风点火。)

而且，比起北政所周围的人，淀姬周围的人更坏，就是她们为了延伸势力而擅自妄为、拉帮结派。后来的关原之战，无疑就是内庭派阀之争的结果，而导火线就是淀姬身边的女官们。可以说，毁灭丰臣家的正是大藏卿、正荣尼这一群人。

言归正传，千代被逼择主，实在为难。只听对方道："这有什么难的?就是偶尔上殿来，跟淀夫人聊聊小袖之类的事情罢了。"

——是，如若只是小袖的事的话。

可一旦点头，便会一发不可收拾。淀姬一派定会闹得北政所知晓——山内对马守的内室跟淀姬打成一片了。到那时，可真是有口难辩。

"大藏卿，"千代道，"实在是非常抱歉，千代最近一想到小袖就觉得烦不胜烦，这种心境想是帮不了淀夫人什么忙。”

“哦，是吗？那就换个话题，上殿来也不一定非聊小袖不可。”

“恐怕难以胜任呢，千代本来就非常讨厌外出。”

“这么说，”大藏卿眉毛一扬，“你讨厌淀夫人啰？”

“哪里。世上之人我都喜欢，连大藏卿也不例外。”

“嗯？连——？”

“是啊，大藏卿。女人一进入权力社会就会很不如意，您看看您自己就明白了，脸上写得清清楚楚的嘛。”

“你！”

“呵呵……鬼婆子似的。”千代终于吐出这样一句。要想摆脱这种反应迟钝的邀请，一般的稳妥手段是无法奏效的，该吵架时还须吵。

“千代，你真敢说啊！”伊右卫门脸色都青了，“真说大藏卿是鬼婆子了?!”

“可是，她就像个鬼婆子嘛，有什么办法？”

“拿你没辙。早就说你不通人情世故，不料竟闯了这么大的祸事。那大藏卿跟石田三成是人称双璧的当代权贵，俺的领地说不定会被没收的啊！”

“不是说不定，是肯定会被没收的。”

“那如何是好？”

“跟以前一样，做个浪人好了。无妨，反正咱们本就出身贫贱。千代给人做小袖换钱养家好了。”

“开什么玩笑？”伊右卫门额上青筋浮现，“到时候是死是活还不知道呢。”

“一丰夫君。”千代伸手靠了近来。

“做……做什么？”

“让我摸摸夫君心脏。”她手掌捂在伊右卫门胸前，脑瓜微倾，“有些偏小呢。”说罢笑出声来。“重新变回浪人有什么不好？男人若是纠结于富贵，就什么都干不成了。一定要有随时被打回原形的觉悟，这才最重要。况且，还有聪慧又可靠的千代陪着呢。”

“你哪里聪慧哪里可靠了？就是你自己惹的祸！”

“也是。可怜啊，受罪的却是一丰夫君。”

“喂，看你说得这么薄情寡义！女人就喜欢自以为聪明！”

“对对！聪明反被聪明误，是吧？”

“就是！女人就该老老实实的，出什么风头！”

“可是，太阁殿下的天下现在就悬于两个女人之手呢。”

“想想就憋气。丰臣家就要被那两个女人毁了。”

“不包括北政所夫人的，她例外。”这位秀吉正室，是千代现今最为喜欢的女性，“难道不是？”

“俺也这么认为。”

“那么对讨厌的女官，叫她鬼婆子又何妨呢？”

“傻瓜！妇人之见！她们是掌实权的，惹恼了可没什么好处。对大藏卿来说，俺这种小大名的脑袋瓜，要削起来毫不费力。”

“我说——”千代作深思状，“我知道一丰夫君是双方都不愿得罪，可今非昔比，那种态度已经不合时宜了。必须得抓牢一方才能活下去。”

“喂——”

“夫君你听我说，那时若是不撕破脸叫声鬼婆子，她会抓着我不放的。也幸亏如此，才让我坚定了立场。”

“叫声鬼婆子，挂川六万石就泡汤了。好昂贵的一声鬼婆子！”

“可是，也说不定正是这声鬼婆子救了挂川六万石呢。”

第二天伊右卫门回家道：“千代，这可奇了，北政所夫人也让你去一趟。你人气够旺啊。”

“又是小袖么？”

“不。北政所夫人说是要请你喝茶。后天能去吗？”

“就后天吧。”千代回答道。与淀姬的邀请不同，她感觉轻松得像是回老家一般。

“还有啊千代，你那声鬼婆子的事，在殿中评价甚高啊。”

“都知道啦？”

“传言总是跑得最快的。”

今日大名们聚集在伊右卫门所在的一个殿头偏房内，有人用扇子捂着嘴道：“真是最近一大快事啊！哈哈哈……在殿中直呼鬼婆子，也只有尊夫人办得到。真是爽快！一定要代我向尊夫人问好啊！”除了些看热闹瞎起哄的以外，还有人无不担心地告诫他道：“鬼婆子睚眦必报，你们可得小心点儿。”跟伊右卫门关系不错的远州浜松城主堀尾吉晴也是响当当的北政所派，道：“怕什么？！要是淀夫人那边有人要找茬，北政所夫人一定会为咱们出头的。”而此时，北政所的传信使恰好来到伊右卫门跟前，跟他说：“北政所夫人请您夫人过去叙话。”

这日来临了。千代穿了件朴素的衣服，只带一个侍女就进伏见城了。

北政所本来是住在大坂城的，近日遵从秀吉的意思搬到了伏见城内。她跟秀吉的关系极好。或许对秀吉来说，北政所不仅是妻子，也是盟友。在移爱淀姬以后，秀吉也常给她写信，用“淀姬排在你后面”这些话，来表明她在自己心中所占的地位与爱，无论怎样永远都是第一位。

进城后，前来接待的是一位女尼——北政所的年长管家孝藏主。这位孝藏主人很胖，性格稳重谦和，与大藏卿刚好相反。

“在下与千代夫人，这是第二次相见了。”老尼一面走在山里廓的石阶上，一面说道。

“是啊，是在两年前见过一次吧。”

“那个……千代夫人——”老尼在石阶中段停下脚步，满脸严肃道。

千代以为又是派别相争的话题，心里咯噔一下，问道：“什么事?”

可老尼忽又换了张有福气的笑脸，十分认真地问：“跟那时比，我胖了多少?”说罢自己也禁不住笑出声来。“虽已非尘世之身，可毕竟是女人，女人都在意自己姿容的嘛。”

“嗯，可能稍微胖了一点点吧。”

“真是一点点?”老尼踩着石阶，已经气喘吁吁了。

山里廓里有座被称为“学问所”的独立茶庄。千代听说那是秀吉用来与近臣们相聚的私人性质的招待所，布置得极为奢华。

“北政所夫人在学问所等候大驾呢。”孝藏主嘴角带笑道。

千代深吸一口气，回答道：“那是我做梦都想一睹为快的地方，真高兴！”

“说起来，北政所夫人其实也是第一次去学问所呢。”

“当真么？”

“那可是太阁殿下喝茶的地方。孝藏主今天也是第一次进呢，肯定会延寿的。这都是托了千代夫人的洪福啊。”

“为何？”

“哎呀抱歉，我竟忘了先告诉夫人了。北政所夫人向太阁殿下禀明要见千代夫人，于是太阁殿下就说，哦，千代啊，那就带她去学问所吧，那可是个有品位的女人。而且太阁殿下还亲自指派了学问所的茶坊主来为夫人沏茶呢。”

“这——”千代只有惊诧。

“在下说句不合身份的话，太阁殿下与北政所夫人可是很中意千代夫人呢。”北政所的这位老管家仿佛不经意言道，全然没有丝毫使人不快的感觉，反倒让人的心都变得暖暖的。

（与淀姬周遭的气氛完全不一样啊！）

若是说得夸张点儿，这让千代感觉活着真是一件幸福的事，连心都会雀跃起来。

“真让人受宠若惊，开心得都快落泪了。”

“都是因为夫人贤德。”孝藏主努力登着石阶道。

“怎么会呢，像我这般不入流的……”千代心底里很是高兴。人世间的幸福虽然有很多种，但受到如此这般体贴入微的热情照顾，感觉如春风拂面的客人的幸福，无疑是极为特别的。而把这种热情艺术化的，就是茶道。因此，这种热情倘若是伪善的，那茶道的真髓也就跟着变了味儿。北政所与孝藏主这两位，或许是因为与生俱来的人品的缘故，她们无须做作便自然地将千代引入天下第一的茶道氛围里。

“孝藏主，千代现在开心得有些害怕呢。”无意间，千代把这种幸福的感动用“害怕”来表现，大概她说的是实话。被对方热情招待的确开心，而正因为太开心了，所以就不自觉地愿意把自己所有的一切都交给对方。千代所说的就是这种可怕的感动。人世间这种故事自古就有很多。

登完石阶，便是本丸。天守阁顶的瓦片上都贴了金箔家纹，熠熠生辉的华丽景象全然不似这个世界的东西。不过千代更感兴趣的是天守阁后方的一片自然林，闲静而恣意，正与天守阁的奢豪相得益彰。

孝藏主领着千代踏入这片树林，走在一条蜿蜒逶迤的林荫小道上。途中，周遭景色换做一片翠绿竹林，一个人影在林中显现。

竹林的绿荫道上，伫立着一位乡姑模样的女性，千代细看之下，发现竟然就是北政所。

“千代夫人，好久不见!”随着一声问候，天下最高贵的女性就这样朝她走了过来。千代即刻就要行跪拜礼，却被北政所伸手拦住。“这样就好，不要拘束。今日咱们只是主人与客人，没有身份的区别。”

“是。”千代顿时涨红了脸，“可是北政所夫人，您为何会在此处?”

“在等你啊。就按乡下规矩，千代好不容易还乡归来，这草深人稀之处，总得有人接应嘛。”北政所是快五十的人了，因肤色白皙身材圆润，看上去要年轻五六岁。千代忽然注意到，身居从一位的北政所特意穿了件乡姑似的粗布小袖，脚上是双露出脚后跟的“半挂草履[3]”。

“您这一身打扮——”千代吃惊不小。虽早有严令嘱咐千代要穿平常服饰，但北政所也实在太过朴素，朴素得让千代都感觉不自在。

“喜好罢了。”北政所咯咯一笑，“这样感觉更轻松。我本来就是乡里长大的嘛。”

不久后，千代便坐进茶室，成为品茶客人。茶室不大，仅有四叠[4]半与两叠的两间，看起来十分简约朴素。可是所用材料却是单价比黄金都昂贵的沉香木。千代坐于室内，只觉得有暗香涌动，仿佛空气都澄净了许多。茶炉的炉缘也是沉香木所制，每每加火时，便又是一阵芬芳。

“我啊，”北政所甚为腼腆，“点茶并不拿手，所以就请了茶坊主来，还望见谅。”

“您太客气了！”千代咧嘴笑道，是北政所无邪的借口诱发了千代的笑，“太阁殿下不就是天下最棒的茶人么？”

“那是，棒得没话说——”北政所没再说下去，自己的丈夫毕竟是天下之主，不便背后置喙评判，于是笑了笑。

秀吉总喜欢邀请近臣光顾他的这间学问所，并亲自为其沏茶点茶，大讲茶道的学问。

“信长主公曾应允他涉足茶道，他现在还常提起那段时光，说那是他最开心的日子。”

北政所说的大概是秀吉得到唐伞，并成为征伐毛利的司令官那段时日吧。那时，他得到应允可以亲自主宰茶事。信长不仅喜好茶道，而且对茶道器皿都十分讲究，家臣们常因“不够格”而无缘茶事。当秀吉知道自己可以主宰茶事，那就等于平步青云了，他自然十分开心。

“这可不好，要是只顾着讲过去的事儿，人就老啦。”北政所接过茶坊主点好的茶，放到千代面前。

闲聊片刻后，北政所像是想起什么似的，道：“真好笑。刚才还因为好强，不愿多说过去的事情，怕自己显得老了。可跟千代这般尾张的昔日好友相聚，我却感觉特别开心。难道是年纪的缘故？”

开什么玩笑？千代一直认为自己才二十多岁而已，北政所为何一口一个年纪？“您别总是年纪、年纪的嘛，您不是连五十都还不到么？”

“千代你看起来还是跟以前一般年轻，而我的心境似乎却比年纪更老，我也知道不能老是念念不忘过去的那些事。”

“过去那些事情的快乐，并非卑下得不可提及。能这样回望自己所走过的路，玩味其中的点点滴滴，不就跟经历了两次人生一样么？”

“你可真会说话。”

“千代要是老了，就在京城市中结一个小庵，招呼一些摆摊儿的女孩子，整天给她们讲那些陈谷子烂芝麻的事。”

“不错啊，有意思！千代真是会过日子的人！”

“您过奖了。”

“看你无论什么时候总是无忧无虑，开开朗朗。千代夫人——”

“是！”

“以后可以常来吗？想跟你聊聊尾张呀长浜什么的。”北政所提及长浜，是因为她们两人都曾做过长浜城主夫人。

就这样，北政所好像只顾闲聊了，可她却以自己的方式在政治上着力。她虽然没有明确目的，但却达到了笼络旧知的诸侯及夫人的效果。当然，她是不会说什么“别去淀姬那里”的话的。本来北政所对淀姬就没有敌意，至少在表面上看不出来。她是从一位的官阶，是女性的最高位，作为丰臣家的夫人，她有资本有能力统率后宫，连淀姬也得听从她的指挥。所以，她完全无需争风吃醋。但是美中不足，她没有孩子。

不过她也是淀姬所生的秀赖的母亲，秀赖为了区分这两位母亲，叫北政所为“政妈妈”。北政所对这位丰臣家的幼主秀赖关爱备至，这种爱直到丰臣家灭亡也未曾改变。

总之，她是位了不起的女性。不过，在保护丰臣家方面，她过于接近德川家康，对德川家康十分信任，这与淀姬有着不同的政治色彩。

千代与北政所交好，同时也意味着加入了丰臣家地位特殊的大诸侯德川家康的阵营。

注释：

【1】振袖：即袖子宽而长的和服类型。现今，振袖和服多是未婚女子的礼服。婚后女子的和服衣袖是窄而短的。

【2】春日：是对奈良市春日神社一带的称呼；或是对奈良市及其附近的称呼。

【3】半挂草履：一种长度只有一般草履一半的草履。脚后跟通常是裸露在外，直接着地而行。

【4】叠：榻榻米的数量单位。一张榻榻米即一叠大小，约 1.65 平方米左右。

醍醐赏花

秀吉的健康状况堪忧。与其说体弱多病，不如说是生命力衰竭之象。他还只有六十三岁，这个年纪很多人都还生龙活虎，可在千代等人看来，他已经是老态龙钟了。少年时代的辛酸，一直以来的攻城野战、喜好女色等等已将此人的精力过早地耗光了。

他让侍医们研究养生与长生不老，并尝试了很多。有个侍医说“虎肉不错”，理由是，虎乃百兽之王，与狮子不分伯仲，很是强悍。于是秀吉就命在朝鲜的将士送一些盐渍虎肉回来。这盐渍虎肉味道实在不敢恭维，秀吉勉强吃下，且尝试了好多次，不但丝毫不见效果，还腹泻起来。最后不得不放弃。

去年在京极高次的府邸做客时，秀吉因为茶喝得太多，很快便不舒服起来，称“筋痛”。马上回到伏见城后，整整一日没能吃东西，第二天也是一粒米都未曾下肚。就这样过了月余才渐渐好转。这段时间，他的衰老之色愈加明显，看上去犹似八旬老翁。

“为一扫阴郁，得做点儿快乐的事。赏花如何?”秀吉在这年正月里萌生了这个点子，并计划让其成为史上最大的赏花会，即醍醐赏花会。这是秀吉最后的一次游乐。秀吉本人是希望丰臣家族成员都到场欢娱一堂，于是让北政所领着诸侯着意准备。

孝藏主作为使者去大坂城淀姬处禀明此事时，道：“赏花会定在三月十五日左右，请好好准备。”淀姬却一口回绝了。她与大多妇人一样有忧郁的倾向，并且十分严重，平素也不喜欢参加类似的活动。因此，淀姬、秀赖打算缺席。

秀吉很是喜好这种盛事，连计划都想亲自拟订。天气还很寒冷的时候，他就跑到赏花会的中心——醍醐三宝院去视察，把正堂、宴席间、厨房都看了个遍，说“人数极多，厨房的灶台得增至三倍”，另外还指出建筑物的老旧不足之处，吩咐着意修葺。

可是当他回城之后，对赏花会的构想又大了一圈，于是七天后再次光临醍醐，道：“建筑物太小气。要办就要办好，干脆建一座有鲜花装饰的地上极乐殿。”他命令新建一座壮丽的殿堂，造围墙、建金堂；“索性庭院也一同翻新”，又命在庭中之岛上设置了护摩堂；假设是乘船摇橹而去，于是让人弄出两条瀑布来，俨然是个建筑家兼园艺师，兴奋地跑上跑下。

这天终于来临。当然千代也属被招待之列。秀吉是前无古人的园游大家，此会规模之大，设计之巧，实在让人叹为观止。

千代去了醍醐赏花会后，真切地认识到，玩乐也是需要“企划能力”的。

（难怪此人得了天下！）

如果把秀吉的构想能力比作月亮，那家康连鳖都算不上，只能算土鳖。夺取天下其实靠的也是构想能力。把梦与现实穿插交织进去，那边压一压，这边抬一抬，摧毁右边，再养育左边，就这样一步步向成功迈进，时机成熟时再摧枯拉朽一气呵成。实现这一切的基础，就是构想能力。

千代丈夫伊右卫门缺少这种构想力，只是一名耿直仗义的武官。丰臣家的诸位其他大名也一样，都是在战场上跌打滚爬过的粗人。若让其领军，必定比任何时代的武将都出色，可就算加藤清正、福岛正则、藤堂高虎、池田辉政、浅野长政、黑田长政等，有足够的构想能力烹饪天下吗？

没有——他们能爬上大名之位，已属不易。

家康呢？在信长死后，与秀吉对峙的那段时期，家康迅速夺得东海、信州、甲州，扩大了自己的势力范围。可后来却因性格太过谨慎，只盯着自己脚下的那片地，并没有大的作为。若以对赌打比方，家康至多拿出自己财产的一成做赌注，决不会赌上身家性命。所以，便没有大的作为。这也是缺乏创造力的原因。

家康的天下是继承来的，而不是凭借自己的力量打拼下来的。不过，在丰臣家其他普通大名的眼里，家康就算远不如秀吉，也是超凡脱俗的存在。

（看来，以后是家康的天下了。）

千代思忖。她正带着一位侍女在道上的樱花树下走着，天气晴朗。最近这段时日绵绵细雨不停，今日的天气本也十分让人担心，还好天公作美，风住雨停，天地间祥和一片，是绝好的赏花天。

醍醐分作上醍醐与下醍醐两地，方圆五十町，山地占二十三町。里面挤挤挨挨种植了无数的樱花树，山上樱花开了八分，平地开了九分。远望去，只见翠绿的松林里飘过一袭粉霞，殿舍、堂塔、茶屋等等都淹没在花团锦簇之间。

从伏见到醍醐的街道两旁用竹席作围墙，众旗本们正全副武装列队站岗执勤。秀吉的家人们就坐着轿子一一经过此街。千代与其他小大名的家人一道，属于陪观客，远远跟在后面徒步行走。

女性队伍的最前端，是正室北政所，轿旁有她的手下大名——小出播磨守、田中兵部大辅跟随。随后是当时被称作“西之丸夫人”的淀姬。淀姬起先不愿参加，结果还是来了。

轿旁有木下周防守、石河扫部头等大名跟随。后面接着是三位侧室。众人行装比花朵还要艳丽。

下醍醐到上醍醐这一段路是上坡路。经过三宝院御殿门前时，千代发现在这一带执勤的是丈夫手下。

(正好!)

她走近队长福冈市右卫门，道："市右卫门，辛苦了!"

"是!"市右卫门全然没有料到千代会出现在面前，有些慌乱。

"你为何拿着断弓?"

"用来指挥下属。"

"赏花会这样拿着可不雅呢。"千代笑道，她让市右卫门干脆把断弓借给她，好当拐杖拄着上坡。

"可是夫人，若是女人拿着，别说不雅了，会被指责彪悍的。"这个时代的武士说话没什么顾忌。

"那，这样可好?"千代取出怀中短剑，从披衣的边缘割下一条细长的红布，随后在断弓上打了个蝴蝶结。本来弓上就缠绕着一段段黄色、黑色的弦，如今新添了一个红色蝴蝶结，顿时显得华丽起来，哪里还看得出来是断弓?

武士们都笑了。这些山内家的武士们都对千代充满好感，对美丽聪颖的千代夫人或许比对伊右卫门还要恭谨顺从。

千代拄着新拐杖，从门前离去，不久见到路旁有座“一茶屋”。秀吉近臣——大名益田少将，为此次赏花会锦上添花，特意修筑了这座茶屋。少将自己当亭主，为前来的客人提供酒、茶、点心、菜肴等。

“呵呵，对马守夫人，您的手杖相当别致啊！”少将的声音从里面传来。

过了一茶屋，是条溪流。千代从拱桥走过后，便是陡峭的斜坡，逐渐深入山腹之中。

“好累！”正觉疲乏时，二茶屋出现了，亭主是大津城主新庄骏河守。这位骏河守最近息影，隐居不出，自号“杂斋”，以茶为乐。

“挺不错啊！”千代对茶屋的氛围大加赞赏。茶屋前只种了三棵树：松、杉、米槠，旁边的岩渊水池里养了些鲫鱼鲤鱼，十分简单朴素。饮茶在某种意义上，饮的是一种感觉。客人们上得坡来，大都汗涔涔口干舌燥，所以才特意将茶室布置得如此清爽。

三茶屋在南面当风口处放置着茶具台子，还挂了一幅缰马图。此处到四茶屋有十五町远的山路，之后还有五茶屋、六茶屋，都是由好茶的大名们担当亭主，均是匠心独运，各领风骚。

这样的茶屋共有八座，可以说简直就是一次展览会。每位好茶的大名都用看得见的形式将自己深刻的人生观、自然观一一呈现。

（太阁殿下的主意实在妙趣横生！）

在这段艺术斑斓多样的桃山时代，大概也只有秀吉堪任主宰啊！

离山顶不远处，有座柴庵，上了旁边的阶梯，可见到一座大茶屋。

茶屋前，朝道路方向搭起了大棚子，正贩卖各种物品。当然这只是模拟贩卖，无需用钱。千代凑过去，见台子上摆满了布偶人、纸老虎、梳子、针、叠纸、丝线、麻线、扇子、播磨纸、杉原纸、美浓纸等等，大都是女孩子喜欢的东西。

旁边，茶屋檐下，有烤年糕、蒸笼等卖。女官们扮作茶屋女，吆喝着："来尝尝吧，来尝尝这个！"

"去坐会儿吧。"千代对侍女道，随后坐上一个铺好绯色毛毡的长凳。前方是山谷，景色极好。右手边是一条小道，一直通往远方的樱花林。樱花林中有座大殿，还有秀吉。他与北政所、淀姬以及百余位盛装的妇人一道，只围着一个幼童欢笑着。这个幼童又跑又笑，时而拍手跳舞，正是秀赖，虚岁六岁。虽然年幼却已是中将之位，众侍女称其"中将大人"。

“真是好快乐的样子啊!”千代将串在两根竹签上的烤年糕送入口中。这是丰臣家的大团聚，从千代这里望去，是一片令人叹为观止的欢愉之象。

“中将大人好可爱!”千代的侍女语音哽咽。

“怎么了?”千代吃惊地看了看侍女的面庞，她眼里浸满泪水。

“看起来实在是太快乐了……”所以就忍不住掉了泪，侍女不好意思地含泪笑笑。这个时代的中心就是丰臣家族，任谁看着这番美好的团圆景象，都难免会一时感慨万千。

千代也被感动了，也泪眼婆娑起来，不过她的泪要比侍女复杂得多。

(这种团聚的欢愉，能持续到何时呢?)

此念头久久萦绕于她的脑海之中。秀吉的衰老已经十分明显，连远处都能看得真切。这段生命，想是离结束不远了。

——在他过世以后，这位中将大人会怎样?

秀吉曾经在征服天下的过程中，逼死了故主信长的遗孤之一，让其他几位成了自己的家臣。有这种先例。秀吉亡后，执掌天下之人大概不会允许那个家族像现在一般欢愉吧。

千代不祥的预感应验了，这场赏花会成了秀吉的最后一次盛会。这年秋，他的肉体消亡了，这是千代赏花时所不曾预见到的。

赏花时节的阴天持续了好多日。醍醐的赏花会圆满结束。可结束之后，总感觉剩了一抹淡淡的哀愁与寂寞。

(难道只是我自己?)

千代歪头思忖自己的感觉。她问丈夫伊右卫门，他回答“是吗”，全然不明白她的心思。

“太阁殿下——”千代开口言道，可就算是关系再好的夫妻，下面的话还是说不出口。

“什么事?”

“没什么。”千代的面庞写满忧郁。她只觉得太阁是为了世上最后的快乐而举办了这场赏花大会，她预感太阁离去的日子近了。

“最近，太阁殿下怎么样?”

“哦，太阁殿下啊，”伊右卫门表情寻常，“很是健康呢。前段时间说是身体欠佳，不过又好起来了。”

秀吉如今不在伏见。他去了京都，在京都府邸待了一段时间。又或许是想起了什么，前天他忽然说要去江户大人的府邸玩儿，于是在附近的家康府邸跟家康下了一整天的围棋。这绝非常事，他到底是想起什么了呢?

据说，秀吉一进大门便嚷道：“内府大人（家康），你可想死俺了，俺好想看看你的样子！”他让家康准备了一间看得见庭园的房间，问一起下围棋如何。可秀吉自己并非围棋高手，也不甚喜欢围棋，而家康也一样。不过要长时间相处，又没什么话题，大概没有比围棋更方便的道具了。

（正如他本人所言，太阁是想看家康的样子才去的。）

千代思忖。她是女人，直觉要比男人强烈，更何况千代从年轻时起就有仿佛巫女般的预感，有时连自己都困扰不已。

（据说人死之前总会去各位旧知家里转转，莫非这就是？）

太阁访问家康是在四月十日。八天后的十八日，他带着秀赖去拜谒天皇。此时的天子是后阳成帝，喜好学问且心性纯朴。他十分敬爱秀吉，一直当秀吉是伯父。而秀吉也深爱这位天子，每次拜谒都不会只流于礼仪形式。这次他道：“俺好想听听陛下的声音！不听就寂寞得发慌。”这样一对尊崇对方长处，互敬互爱，和睦无争的君臣，恐怕古今少有吧。

说句题外话，后来的家康就不一样，他只是利用京都朝廷，对其余的采取彻底的镇压政策。这大概是性情不同的缘故。

“也不知怎么回事——”千代头颅微倾。

“什么？”

“我总觉得大乱将起……”

之后一段时日，都是相安无事。

若说有事，也只是伊右卫门的鬓角白发被发现，小小地闹了一场。那时千代真的吓了一跳。伊右卫门的头发本来发质极好，她以为就算年老也不会有什么变化。可没想到岁月不饶人。

“白发而已，谁都会有的。”伊右卫门很是无奈，他困惑地看了看千代，心中感慨：

(这家伙怎么老是这么年轻?)

千代皮肤光鲜，嘴唇润泽，哪怕假称二十八九，也会有人深信不疑的。

“咱们也老了呀!”

“或许吧。”伊右卫门懒倦答道。

“可是，我年少时可从来没想象过长了白发的夫君啊!”

“说什么蠢话，你以为自己就不会老？真是自命不凡。”

“可是——”千代靠近伊右卫门，仔细查看起他的头发来，“好吓人！还不止一根两根呢！表面的还算黑，可里面的好多都白啦!”

“千代，俺身上的毛还是黑的呢。”伊右卫门意外地嘟囔了一句，而且是一脸耿直的模样。

“身上的毛?”千代不由得重复了一遍，随后变得满脸通红。这一红脸，反倒把她的顽皮劲儿勾了出来。

“怎么可能？夫君连头发都这么白了，身上——”千代瞟了一眼伊右卫门的腰带下方，“肯定已经雪白啦。”

“浑话！你难道还不清楚？”

“哪里啊，”千代顿时慌了，“人家才不清楚呢。”这也并非假话，千代的确不清楚，因为每次都是在暗淡灯火下或者黑暗之中。

好想一探究竟！此念头一起，千代不由得拍手一乐——对了，就在这般白昼里，在夕阳照亮窗格子的此刻，真真切切看个明白。

“快，把腰带解开。”

“喂——”伊右卫门困惑不已，“你要作甚？”

“看看就好。快，还是乖乖解开好了。”说罢，千代凑到伊右卫门跟前，帮他把腰带、小袖一圈圈解了下来，最后只剩了兜裆布。

伊右卫门在屋中逃来窜去，千代则笑声朗朗不愿放弃。终于再次被她抓住，兜裆布也被一圈圈解开。

“真是呢！”千代恍惚地看着伊右卫门壮硕的身体，的确见不到白的。

“怎么样？俺没骗你吧。”伊右卫门仍是满脸较真的模样。

说到伊右卫门的耿直较真，还有一件轶事需要提及。

伊右卫门虽然从年少时起便在战场拼命，可他自知自己并没有超人一等的武艺，也没有经纶济世的才华，之所以能当上大名，他一直认为是天运庇佑。

“这才是一丰夫君最可爱的地方。”千代心里明白，伊右卫门从不认为是自己的能力造就了现在的一切。

想想那些过往的同伴朋辈，很多都比伊右卫门战功卓越，也比他更懂调兵遣将。可他们却未能当上大名，如今都还只是大名家臣而已。伊右卫门把自己的幸运归功于千代与天恩。

（是托了千代的福！）

（是天恩！）

他是位谦虚到骨子里的人。因此，他若是在伏见城下碰见昔日朋辈，定会郑重其事下马招呼，决不会摆大名的架子。不过对方终究是陪臣的身份，有大名给自己下马行礼，总会觉得过意不去。

“当了一城之主，却跟原来一样谦虚。”这是旧相识们佩服伊右卫门之处。可每次都这样，却弄得他们十分为难。所以后来他们在城下街上一见到伊右卫门的队伍，就早早躲开了。

“对那位只能甘拜下风啊。”这种评价千代也常听说。

现在千代看着伊右卫门耿直较真的面容和他没穿衣服的身子，竟怪怪的忍不住想要流泪。是这怪怪的感触让她想起了这段轶事。

“知道了，快穿上吧。”她又帮他重新穿上衣服。其间，她开玩笑似的提及路上下马行礼一事。可伊右卫门却不笑，道：“当然得下马了。”

“夫君当然做得对，不过世间其他人会觉得为难的。所以他们才远远躲开的嘛。”

“哦，原来他们是躲开了！”

“是啊，为了避开你的下马礼，他们一见到你的影子，就躲到武士家门角，或者百姓家门后，闹得鸡飞狗跳的呢。”

“看你说得这么夸张！”

“真的！”千代咯咯笑道。伊右卫门让人感觉害怕的，也只有这种事了。

“千代，俺这样是否不对？”伊右卫门极其认真地问道。

“也是，毕竟让人家难堪了。”

“俺是问对与错的问题。”

“那自然是没错的，只是——”

“只是什么？”

“若是太阁殿下见到过去织田家的同僚，比如细川幽斋大人、江户内府大人他们，也这样每次下马行礼，那世间的秩序不就乱套了么?”

“千代是反对这样做?”

“哪里。千代很喜欢呢，这种一丰夫君奇怪的地方。”

“说什么呢!”伊右卫门对千代这一开口就没完没了的玩笑话全然招架不住，道，“俺可不愿跟你多费口舌。”

“好了好了，你赶快把腰带系上吧。”

千代夫妇的养子国松，这段时间并不在京城与伏见，而是在远州挂川城。这座城如今由伊右卫门弟弟修理亮康丰在把守，而国松是他的亲生儿子。千代觉得孩子还是应在亲生父母身边长大才好。

“真有些对不住国松这孩子，”暮春的一日，千代忽道，“不在一块儿住，还是难以培养感情啊。”

“的确。”伊右卫门道。他虽对物对事都很诚挚正直，可却有些健忘，如今连国松的样子都想不起来了。

“真拿你没办法。”

“有什么难的，见一面不就想起来了?”

“那当然！要是见面都认不出来是国松，那你还算是父亲么?”

“千代，”忽然伊右卫门郑重其事道，“你还能生孩子吗?”

“不知道。”一聊到这个话题，千代就有说不出的悲哀。

“常听人说，上天不予二物。若是从你肚子里生出的孩子，或许是个绝世的智将呢，可惜了。”

“对不起。”

“等等，俺又不是在指责你，说不定是俺没有种子。又或许是上天不喜欢咱们夫妇有孩子吧。”

“试试如何？”千代这样说，是因为她最近一直都在考虑这个问题。

“试什么？”

“试试一丰夫君有没有种子——跟我之外的女子。”

“喂——”耿直的伊右卫门慌了神，“说什么蠢话？难道你忘了新婚之夜的事了吗？”

“什么事？”

“是你发誓说要努力让俺当上一国一城之主，而俺则只能对你一人好。你的确这样说过的不是？”伊右卫门面露愠容道。

真是个怪人，这个时代的大名大都是荒淫的，就算不荒淫的大名，为了子嗣也总会多娶几房侧室。而伊右卫门却全然不碰，所以被称为——怪异的对马守大人。不光诸侯们知道，连伏见城内庭的女官们都没有不知道的。

“你是说要娶侧室？”

“是。”千代干脆地回答道。若是丈夫自己不娶侧室，由妻子建议迎娶在这个时代是很正常的事情。“千代夫人也太爱吃醋了”——这种在殿中与城下的谣传，千代自己也多多少少知道一些。

“千代会继续守约，会辅佐夫君当好一国一城之主。不过一丰夫君可以不必遵守后半段誓言了，夫君可以解脱了。”

“千代，你确定是真心话?”

“当然是真心话。”千代尽量开朗回答道，可内心难免苦楚。无论当时的社会风气如何，人情应是万古不变的。

可是，伊右卫门却耷拉着一张脸，道：“不要。俺不要其他的女人。千代，此事休要再次提及。”

“是夫君没有兴趣?”

“俺对千代以外的女人——”他脑子里忽然浮现出小玲的容颜，于是连忙转了念头，断然道，“没有兴趣。”

“一丰夫君!”千代忽而正色道，“你还算是男人吗?是男人就会追求新人，这种例子我已经知道得够多了。”山内家的家老、上士等也是，或是与女官有染，或是娶了侧室，唯一没这样做的大概只有家主伊右卫门一人。

“都说男人有两种类型，猎人型与农夫型。在上古时代国土还未成形之时，男人们上山去追野猪、野兔，为了多猎取一些收获，竭尽全力在山野之中奔跑往复，又绞尽脑汁想出各种各样的方法，这才使得世间不断进步。农夫型的也一样，很久很久以前，他们为了多获取一片田地而披荆斩棘，开垦荒原，还从众多的杂草里甄选出新的农作物，并苦心养育，这才使得国土愈来愈富足。这都是男人们的进取心带来的结果。”

“这跟女人有什么关系？”

“欲望并非只限于野猪或者田地不是？见到新人，男人的本能会促使他们去想方设法得到她。”

“你是说，见一个要一个才像男人？”

“这说得也太极端了点儿，不过大致应该是的。”

“那千代，”伊右卫门怒气勃发，“你是在说俺不像个男人？”

“没有啊，一丰夫君是——”

“闭嘴，千代！”伊右卫门眉梢倒立，“俺年少时便各处去攻城野战，踏过无数战场，总是手持长枪冲入敌阵之中，或在枪林雨弹中攀爬敌军城墙，或与强敌对打把生死置之度外，从未害怕过，从未有过一次临阵脱逃。”的确，这种经历不是是个男人就能有的。“可你，千代，却说俺不像个男人？”

说话间，伊右卫门伸手“啪”的一声打在千代的脸庞上，千代应声而倒。

“千代你再说一遍，是不是玩儿女人的像男人，纵横战场的俺就不像个男人!?”伊右卫门抓住千代衣襟，并拖过来按倒在膝下。

“原……原谅我！”千代哭了起来，“我道歉！请夫君原谅!”

“是俺在问你，回答!”

“千代想要一个山内家的嫡子，实在太想要了，所以才那样说的。”

“傻瓜!”伊右卫门又抡起了拳头。

千代自结婚以来，这还是第一次被伊右卫门打，而且还源于这么个窝囊的理由——身为妻子的千代劝说自己的夫君跟其他的女人睡吧，娶一房侧室吧，结果还被自己夫君揍，这也太不划算了。

（不过——）

千代的心底里可是高兴的，只要想到伊右卫门竟这么在意自己——

（可是，山内家的家系可怎么办?）

让挂川城的养子国松继承也没什么不好，但总不如夫君亲生的孩子。这不仅要对得起山内家的祖先，还应对得起子孙后代。千代想到此节，想到自己所身负的使命，不禁很是感动。而这种感动只有这个时代的千代能懂。数百年后的读者们就算能都理解这种义务与风俗，但对着手义务的这种感动，定然是陌生的。

（只要是——）

千代思忖。

（我想做的，就一定会做好。）

千代开始在自己身边物色人选，她要替丈夫挑选侧室。不过这个时代，一个普通女人要想成为侧室也并非易事，如果一直没有孩子，就只能是位女奉公人。而无论是女奉公人，还是侧室，都是家臣的身份，必须听从正妻的指挥。家主伊右卫门如若总是不愿意，那么寻找特殊“家臣”的义务就得由千代来完成了。

阿里。

对了，有阿里这样一位侍女。她是徒士山田四郎五郎的女儿，去年成为奉公人，在千代身边当差。年方十八，且有一张男人喜欢的漂亮面孔，她通晓文字，脑子也不笨，而且很健康。综合考量之下，可以判断出她能生出个好孩子来。

（阿里不错。）

千代思忖。第二夜，她叫来阿里问道：“如果有位主人那样的徒士，年纪也跟阿里相当，阿里愿意嫁么？”

“阿里怕是配不上。”阿里仿佛有所顾虑，不愿多说。在千代半开玩笑地追问下，她终于回答道：“若是如此，阿里会很开心。”当然，这兴许只是一时的玩笑话，她的真心还无从查知。不过，她对伊右卫门这位“异性”没有负面的情感这点，已经可以肯定了。

接下来便是穿针引线。千代突然对伊右卫门提出“要去京都的寺庙拜访”。京都寺庙极多，她说要仔仔细细一一拜访，所以自己得搬到京都府邸去住。“一个月就够了”，她这样请求，而伊右卫门也并没当回事儿，准了她的假。

说点儿题外话，笔者想起一段相似的故事。

德川幕府末年，伊右卫门的土佐山内家，与萨州、长州两藩国一起，并称萨长土三藩，都出现了许多勤王的志士，成为明治维新的原动力。

幕末土佐藩勤王党的总指挥，是威名远播的坂本龙马。而在藩内活动的领袖，是武市半平太。这位严谨律己的武市半平太，也是独爱妻子富子一人，两人没有孩子，却也从不添侧室。

因此，武市的友人与学生十分担忧武市家绝后。若是没有孩子，无论大名还是家士，死后其家禄都只能上缴，这是当时绝对的法律。大家一同替他物色人选，可他却总是一笑了之。大家不甘心，老想替他出谋划策，于是他怒道：“此类无稽之谈休得再提!”他这点与山内伊右卫门一丰十分相似。

被斥责的学生们说服了富子，照藩祖夫人千代所做的那样先斩后奏来了一手。结果亦与千代一样，这里暂且不提。

言归正传。

千代临时搬去了京都的府邸，在离去前，她对阿里叮咛了一句：“只要你愿意，请务必求得种子种下。”阿里把夫人的话牢记在心，认为这是对山内家最大的贡献。千代让她去伊右卫门的寝屋铺被褥，其他事宜也都一一交代清楚了。

对此事，阿里自己到底是怎么想的呢？虽说是“奉公”，可她毕竟是姑娘家。那夜来临之前的一段时日，她明显瘦了。也正因为瘦了，反而看起来更成熟更有女人味儿了。薄唇、单眼皮、眉眼细长，面颊上有少许惹人爱怜的雀斑，整体看来有种淡然的美。不错，她是个美人。

阿里在寝屋走廊前跪下行礼道：“在下阿里，前来伺候主人更衣。”伊右卫门仍然跟平素一样，只淡淡应了一声，哦，是吗，换人了吗。

阿里进屋来，快手快脚熟练地帮伊右卫门铺好被褥，却不离去。她坐了下来。

“你下去吧。”伊右卫门道，可只听见她说“是”，却不见她起身离开。于是就问：“怎么了？”

“夫人命我伺候主人一个晚上。”

“不用，值夜勤的有其他武者。难道你也会使薙刀？”

“……”

“也不用回答了，”伊右卫门婉言道，“反正如果真有坏人来，女人的薙刀也没什么用。你下去吧，休息去。”

“夫人说，如果被勒令退下，就去死。”

这不过是千代的一句玩笑，可伊右卫门当了真，他惊道：“啊？！”

伊右卫门不是木头。在铺好被褥的房间里，跟年轻姑娘共处一室，实在难为情。而且，姑娘的神情又非比寻常。

“夫人真那么说了？”

“是的，夫人说若是被勒令退下，就静悄悄回房间去自杀。”

“愚蠢透顶！”伊右卫门犯愁了。事情到这个份儿上，再无动于衷的男子也该明白千代打的是什么主意了。

（要俺跟这个女孩子睡？）

他频频打量着阿里，的确是个秀色可餐的姑娘。身姿实在惹人怜，拉拢来抱抱就仿佛会融化了似的。

“阿里，”伊右卫门道，“好好说说夫人到底是怎么跟你说的。”

“这……”阿里神情羞赧。

“说，这是命令。”

“嗯……夫人说，务必求得主人的种子。”

“种子……”伊右卫门仰望房顶，他简直想对千代这位老婆砰砰叩几个响头，承认自己彻底败了。老婆连求种子的女孩儿也亲自调教送过来，这叫什么事儿啊?!

“阿里，俺从来就不会打自家奉公人的主意。”

“那，您是要打别家女孩子的主意么?”阿里大概是已经习惯了伊右卫门的温文尔雅，说话也调皮起来。亦或许她纤弱的外表下藏着的本来就是个活泼的姑娘。

“不，不会。俺心目中只有千代是女人，现在要让俺看别的女孩儿的肌肤，太可怕了。”

“可怕？您是说怕千代夫人么？刚才也说过，是夫人要我来侍奉主人的呢。”

“俺说的可怕——”伊右卫门像顿悟了一般，道，“是对一般的女人而言。”

“您指的是——?”

“比如说，俺也怕阿里。”

“啊?”阿里吃了一惊，“我怎么会让——可是，阿里什么地方可怕呢?”

“肌肤。”

要说伊右卫门怪，也的确是怪。若不是熟悉的身子，哪怕欲求与常人无异，可自己却合不上拍。可以说是对未知事物的恐惧。如果说好色的男子是对未知肌肤有过强的冒险心理，那伊右卫门就正好相反，他这种人很是少见。

“阿里，不如来给俺揉揉腰。”伊右卫门道。他还是有寻常男子的一面，愿意跟年轻女子接触。

“给俺揉一揉。”就是此等程度的接触。

“是!”阿里跪拜下去，等着伊右卫门的命令。

“没关系的，过来吧。”伊右卫门说罢，趴在了铺上。

阿里开始揉腰。她的按摩术让伊右卫门吃了一惊，实在高超。

伊右卫门睁开眼睛问道：“阿里，你什么时候学过按摩治疗?”

“没学过呢。我这是第一次给人按摩。”

“奇怪。”她的按摩拿捏很准，感觉实在舒服极了。

“不过，我学过灸，听说下灸的穴道与按摩穴道是相通的。”

“怪不得。”伊右卫门感觉很是受用，阿里的手指恰到好处地把腰间的瘀血散开。“阿里多大了?”

“十八岁。”

“那你是天正九年出生的吧。正好是太阁殿下受信长公之命，远攻毛利氏，并修了居城姬路城的那一年。俺也随军出征，攻打鸟取城来着。”

“哦。”年轻的阿里就像是听一个遥远国度的故事一般，全无实感。

“攻打播州等等，还以为刚过去不久，没想到时间过得这么快。当年出生的婴孩儿都长成这么个大姑娘了。”

“人生苦短，总是匆匆而逝。”阿里老成地咏叹了一句。在这个时代，极乐净土的庄严安乐，比现世的愉悦更让人向往，而此种流派的思想更是枝繁叶茂，形成一种唯美厌世观，成为男女老少的思想基调。

“信长公在本能寺被明智光秀所害的那年，你刚好两岁。秀吉主公一得到消息便从毛利处撤军回来，在山崎战胜光秀，为信长公报了仇。那时天下的骚动，你还记得吗?”

“不记得了。”

“你自然是不记得的。恐怕当时你还喝着娘亲的奶，咿呀学语吧。”

当时阿里的父亲在四国岛的伊予，是镰仓时代以来的名门河野氏的家臣。此地毕竟离中央甚远，阿里就算那时已经长大成人，恐怕也只能在本能寺事变、山崎合战等结束数日之后，隐隐约约听个大概而已。

“听说伊予一地多有肌肤润泽的美人，看来果真如此啊。”

“哪里啊。”阿里羞赧道，“旧主河野家灭亡之后，父母便离开伊予去了京城。我对先祖故国几乎一无所知。主人知道伊予么？”

“很可惜，我不甚清楚。听说是个风光旖旎人情厚重的地方，特别是道后那片地儿，有玉石溶化了一般的温泉涌出呢。”

“您知道得真多！”

“这算什么，天下周知的一点儿事儿罢了。”

“还未曾记事时见过的那片伊予河山，阿里有时候会在梦里梦到。”

“梦里？”伊右卫门突然说了句不搭边的话，“你好像有颗极其温柔的心啊。”

“那个——”渐渐地，阿里仿佛不再显得拘束。这个时代的主从关系，与德川时代那种被非人的阶级制度割裂的主从关系不同，更为轻松随意一些。

“你要问什么？”

“那个——我想问伊予的事。”

“伊予的什么事？”

“能否更详细地给我讲一讲？”

“阿里真是傻啊，俺没去过伊予，刚才不是说了吗？”伊右卫门笑起来。阿里说在还未曾记事时便离开了伊予，可那片不在记忆里的遥远河山却偶尔会于梦里出现。她大概是想用现实的故事来印证梦境吧。

“可是，难道主人不是什么都知道的么?”阿里的确把伊右卫门当神仙似的，认为没有他不知道的事。

伊右卫门又笑了，阿里的天真无邪实在可爱。伊予的知识他多少知晓一点儿。当时武将的第一大素养便是通晓诸国各地的自然地理与人文地理。

“千代曾给俺念过《源氏物语》，记得《空蝉篇》里有这样一句话：‘伊予汤桁[1]多犹能数。’在伊予的道后那片土地上，到处都有温泉涌出。在涌出的温泉上架起汤桁，再踩着桁板进入温泉之中。平安时代的宫廷女官们连这个都清清楚楚，还写进了文章里，由此可见她们对伊予温泉是极为熟悉的。道后温泉所在的汤筑谷，建了一座汤筑城，也称道后城，那便是北伊予十郡的名门——大御所[2]河野氏的居城。河野氏的旧臣，你的父亲、祖父、曾祖父他们应该都在这座城里住过。”

“是。”阿里听得明眸生辉。

据说此城的规模极大，外设两条护城河，还筑有长一千多丈的土垒，本丸高达九十丈，东西设有两处出入口，东部边界上是佛教真言宗的名刹——石手寺。本来河野氏是在遥远处的高绳城这个要害之地，后来势力安定下来后才开始在平野里筑城。要说筑城的目的，并非单纯为了攻防战，而更多考虑的是居住。

“河野家原本就是尚武之家，元寇来袭时更是出了一位河野通有，他砍了小船的帆柱，朝着对方的楼船冲去，英勇过人。不过代代名门之后，血也淡了，野性气味都没了，如今都成了京都公卿那样儿的。而且，城里有温泉涌出，泡温泉泡得久了，肌肤也白了，肉也软了，气性都变了，诗歌、管弦什么的倒是拿手。你父亲旧主伊予守通直等人是不是就是那样？不幸的是，还有南方蛮族攻来。”

“蛮族？”

“就是土佐的长曾我部元亲。现在此人在伏见城下的长曾我部府邸养老，壮年时可是日本屈指可数的英雄，就是他率领不要命的土佐兵进攻伊予的。河野氏就此灭亡啦。”

河野氏败北灭亡后，阿里的父亲浪迹各国，最后来到山内家。

“若是没有土佐长曾我部元亲这号可怕的人物，伊予的河野氏就不会灭亡，那你父亲就不会成为浪人，也不会来俺山内家了。你自然也不会在这儿给俺这个尾张人揉腰啦。人世间真是变幻莫测啊。”

说着说着，阿里的手触及伊右卫门大腿，让他痒痒得紧。

“阿里，好痒！”伊右卫门感觉不妥，可阿里却只管揉捏，于是一股异样的情愫渐渐萌生。

“阿里，不用再揉了。”

“您痛么？”

“呃不，是有了点儿想女人的感觉。”

他这样一说，阿里不再言语，手却不愿停。此时若是普通男子，一把将阿里抱在怀中也未尝不可，可伊右卫门却不知是太聪明还是太笨，竟岔开话题聊起了别的。

“太阁殿下建立了很多前无古人的丰功伟绩，其中之一就是平定天下，使人们可以去各国自由走动。你说是吧——阿里？”

“是。”

“自古以来，尾张人在尾张，伊予人在伊予，就这么代代住了下来。可是天下统一之后，大名可以易国而守，志士可以异地而仕。有堺市的人去了大坂，有京城的人去了伏见，也有博多的人去了大坂。大名也一样，从北部奥州到南部萨摩的岛津都有大名赶来京城。这都是前所未有的事情啊。”

“是。”阿里只有点头。

“你也一样，生在伊予，又将在伏见嫁给一个他国出身的男子，以后还会生下混血的孩子，这都是拜太阁所赐啊。”

“是。”阿里答道，她觉得简直无聊得很。

终于，伊右卫门困极了，道：“阿里，俺困得厉害，你下去吧。”接着马上就睡着了，并打起了与颜面极不相称的呼噜。阿里没有办法，只好退下。

第二天，阿里又来寝屋伺候，道：“是夫人的命令。”伊右卫门只好又让她揉腰。一夜相安无事。

第十日夜，伊右卫门嘟囔道：“阿里，俺也是男人。”的确，连姑娘家阿里都能明显看出他身上与平时不一样的地方。

“看样子，不给你种子都不成了。”

“阿里明白。”

“不过，还是忍一忍。”

一听此话，阿里哀伤道：“主人，是阿里不够让您喜欢么？”

“不是不是。不过俺从来就是个克己律己的人，心很沉重罢了。”

“啊？”

“这是俺唯一的优点。可是阿里，俺的身子不听话啊。”

“您就随心所欲一次吧，禅家不是说需要‘放下’么？”阿里似乎还有这方面的素养。

“对。这句禅语俺想起来了。明天妙心寺的南化国师会来俺这里玩儿，俺去问问国师，若是国师说可以，就劳烦阿里把身子借来一用。”

平凡之至的伊右卫门在色事上却是奇怪之极。

伊右卫门极信禅。

此事说来话长。当他还是长浜城主之时，天正十三年（1585）的地震夺走了他的女儿与祢。之后数年，山内家在府邸门口附近捡到了一个弃婴，并起了个小名“拾儿”抱回府中养育，后经妙心寺的南化国师点化，成为国师的弟子。以前也提到过，这孩子便是后来的湘南禅师，是土佐第一名刹——五台山吸江寺的中兴开山祖师，最终成为本山第一高僧，披上了天皇赐予的紫法衣。其师尊南化国师，亦是居士伊右卫门的禅门之师。

翌日，南化国师到访府邸。伊右卫门一大早便按平素惯例，亲自拿起竹扫把清扫了一遍庭院，又在茶室里准备好茶壶，在露地上洒好水，专候国师来访。

在茶室里，听完禅家箴言后，伊右卫门把自己没有亲生孩子的事与千代的恳求，还有阿里都一一说与国师听了，询问道：“俺该如何是好？”

南化国师吐出一句“傻乎乎的”，而后又笑着反问：“这种事，是一个大人应该拿来与人商量的吗?”

“对州大人,”南化国师这样称呼伊右卫门道，“您喜欢阿里吗?”

“呃，谈不上喜欢，就是——”

“老衲明白，不是您喜欢阿里，是您的男根喜欢。世间男女之爱，若是说穿了，其实也都一样，不是喜欢对方，而是喜欢对方的那一部分。”

“国师,”伊右卫门困惑道，“俺想问的不是喜不喜欢，而是应不应该在千代以外的女人肚子里生孩子的事。”

“不要拿诡辩来搪塞。要生孩子必然要跟女子卿卿我我，而喜欢不喜欢的情愫也自然会萌生。”

“这样的话，可能是喜欢。”

“那就不要顾虑了,”南化国师道，“无须束缚自己。老衲是出家之身，就算见到喜欢的女子也是爱莫能助，您是俗世之人，无须顾虑。”

“可是国师——”

“还有难处？对州大人，您有男根吗?”

“有。”

“若有就用。这又不是非跟老衲商谈不可之事。”

“原来如此。”

看到伊右卫门心悦诚服的样子，南化国师笑道：“对州大人，芝麻大的事儿您也这般心悦诚服，您这大名到底是怎么当上的啊？”

这天夜里，阿里来到寝屋。

“那个，阿里，到这边来睡。”伊右卫门站在房间中央，把阿里唬了一跳。只听他又道：“俺给你种子。”

“我说主人，您说话能否再温柔一点儿呢？那样阿里才欢喜。”

“吹灯。”他竟让阿里吹熄了烛灯。而后脱掉衣服抱过来，忽道：“千代——”

阿里虽是奉公人身份，一听此言也不免伤怀。

数日后，千代从京都府邸回来了。傍晚，她透过庭院草木，瞧见了刚刚下城归来的伊右卫门。

（嗯？）

千代心里像打翻了五味瓶，她看到的是丈夫的那张朝气蓬勃的脸。

（这——）

千代明知是自己促成的，明知不该有嫉妒，她也一直以为自己能把控此类情感。可如今，堤防崩溃了。大概是气血骤然下沉的缘故吧，她只觉得眼前一黑，手足也麻木起来。此刻虽然艳阳高照，她却如坠冰窖。

这种体验还是第一次。千代在庭中石阶上颓然屈身。

侍女见到吓了一跳，即刻跑来问道："夫人怎么了？"

千代双膝已经触到了石阶上的青苔，却没有作答。她无法发声。

"夫人！"侍女惊叫道。三四位侍女听见动静，从檐下木台上一个个跳下来，飞奔而至。千代仿佛身上筋骨都冻僵了似的，全不能动。她很想朝侍女们微笑，可惜无法抬头。

"叫医生！"年长侍女命道。一位侍女急速离开。之后又有几人过来，七手八脚把千代抬回了寝屋。

（丢人！）

千代苦恼极了。她的自尊心比常人强上一倍，如此没有颜面的事情即便是让侍女看见，也是相当难为情的。

（这种事，以前从未有过的呀！）

这样一想，她更觉窝心，只眼泪扑簌簌而落。

医生来了，摸了摸脉息，偏了偏头。

（咦？）

脉搏正常，也没有发烧，没有病象啊。

医生叫来年长侍女，问了一下餐饮，侍女也一一如实作答。医生再次偏了偏头，面上一副极为困惑的神情，道："在下想请问夫人，您自己觉得有什么地方不舒服的吗？"

"没有，没什么地方不舒服。"千代勉强答道，"只是手脚酥麻，感觉很冷。想是很快就会好起来的。”

“感觉冷吗？”医生第三次偏头——可是没发烧啊。随后他仿佛想起什么了似的，点了点头。他知道了，是癔病，用现在的话说就是“歇斯底里症”。

（不过这位夫人，不像是会得此病之人啊。）

他是山内家的家医，对千代是极为熟悉的。

“啊哈哈，在下明白了。”医生开了些镇静药剂，勉强让千代喝了下去。

医生也是这个时代的人，对家主也没有那么多客套，笑道：“夫人是跟家主吵架了吧。”千代一听连忙摇头。她替自己辩明，说伊右卫门今天才从京城回来，如今还没见过一面呢，怎么可能吵架？

这天夜里，千代进了伊右卫门的房间，见自己的丈夫跟不久前朝气蓬勃的样子判若两人，脸上是一种极其严肃郑重的神情。

“千代，俺决定了。”他像是在宣告。

千代才只听了这一句就已经受不了了。

（……他终于要宣布立阿里为侧室了……）

“是咱们家后嗣的事。”

“明白。”兹事体大，在武家，特别是大名家，后嗣的问题往往是最大的问题。

“俺决定了，俺的血脉就在俺这一代断绝。千代你要承受得住。”

“啊？”

“还是遵从原来的计划，等远州的养子国松长大成人，继承山内家业。”

“为何要这样？”她这样问，并非是问选择国松的理由，而是想知道伊右卫门特意宣告的理由。

“那本来就是既定方针。咱家是你和俺俩一起打拼出来的，要俺跟另外的女人生孩子，让那个孩子继承家业，俺办不到，是无法办到。”

“怎么办不到？”

“千代，实在抱歉，俺抱过阿里。也只是抱过而已，最要紧的事怎么都没法做。”

“？”

“习惯真是可怕。阿里是个好女孩儿，不过就一个地方跟你不一样。”所谓一个地方，仿佛所指便是女性私处。

——不一样。

男人对女人来说也有猎人型与农夫型两种。

猎人型男人可以称之为好色之徒，总是不停地物色新人，总是认为“下一个猎物更大”，憧憬心与冒险心相辅相成，促使他们跋山涉水永不知疲倦。喜欢女人其实也并非道德败坏，他们只不过是比普通人有更为强烈的未知探求心，有更为出格的冒险行动。

而农夫型则不同。他们十年如一日地在自己的田地里耕种，熟悉自己田地里泥沙的粗细、气味。对这种千篇一律的生活，他们没有丝毫怀疑，若是让其迁徙至别处村落，反而还会红了眼睛跟人急。

从整体上看，农夫型男子很少，不过其余的也并非都是猎人型。

伊右卫门毫无疑问是农夫型。当他发现阿里这片田地的风貌并非自己所熟悉的，于是大吃一惊——

（这……这不一样！）

如若夸张点儿，可以说是感觉恐怖。虽然也觉得阿里很可爱，可无论怎样都难以踏足这片不同的田地。

“不一样？怎么会不一样？”千代甚觉不可思议，而伊右卫门自己也觉得蹊跷。

“反正不一样。”他有个铁定的标准，就是千代的那片田地。若是别样的风景，他怎么都觉得不如意。以一知万，他就是这样的人。

五月五日端午节这天，诸位大名得一齐登城向秀吉拜贺。上午八点，随着伏见主城太鼓楼上传来的太鼓声，各诸侯顺次登城。

那天，伊右卫门一大早便带了侍从出门，可不知为何到了夜里也没见回来。

(出事了?)

千代不由得担心。日落后，家老之一的乾彦作跑回来，对千代的年长侍女道："急报，需面见夫人。"

说点儿题外话。这位乾彦作，是美浓池田郡东野村出身，与千代是同乡。先祖土岐氏、父亲作兵卫都曾是织田信长麾下勇士，后来在信长的越前金崎退却战中不幸殒命。那是伊右卫门在首坂斩杀勇士三须崎勘右卫门之后的事。千代慧眼识才，在长浜时代招来其子乾彦作。而后者也不负众望，骁勇善战，逐渐升至一千三百石的家老。

在后来的关原之战时，一位自称"武田家武将板垣骏河守信形的遗孤板垣正信"的年轻人来到阵营里拜访乾彦作。武田家虽然已经灭亡多时，但其麾下武将板垣骏河守可是天下响当当的名将，一直为人所敬仰。那位自称遗孤的正信，也是器宇不凡，虽是浪人之身，却率了旧臣三十人前来，观其言谈举止，怎么都不像是冒名。

正信是想"借阵"。每当有战事之时，浪人便寻访大名，求得暂时加入大名阵营的许可，这便是借阵——"借"大名的“阵营”来夺取功名。

乾彦作出来接见，道：“我会另寻适当的时机与家主商议，你暂时就以‘乾’为姓，认作鄙人亲戚如何?”

就这样正信加入乾彦作麾下，夺得了优异的战功。伊右卫门对他大加褒奖，一下子就给了他一千二百石。之后，乾正信便没再改姓，归入乾家一族。乾彦作一系是本宗，乾正信是旁宗。这旁宗一系后来因事被减了三百石，从正信这代开始延续十代，到了幕末。

幕末时期豪杰云涌，乾家旁宗出了一位乾退助。在官军的关东征伐战时，他是东山道镇抚军的总指挥，率领土佐、萨摩、长州的将士进击中山道。

正当要从京都出发时，一位公卿岩仓具视提议道：“甲州城是幕府直辖之城，拥有一百万石以上。甲州人都有极强的叛逆心，很难屈从于官军。可是，据我所知，您虽姓乾，但先祖是甲州武田信玄的麾下名将板垣骏河守。甲州人至今崇拜信玄，您若是在甲州宣扬此事，那甲州人定会觉得亲近，事情就好办了。”

于是，乾退助舍去乾姓，称板垣退助。他连番战斗，夺取了甲州、关东诸城，还进入奥州，成为攻击会津若松城的总指挥。明治维新后，参与过自由民权运动，还得了伯爵之位。

言归正传。

家老乾彦作面见千代，报告称："太阁殿下病危。"

"病危？"千代一下子脸色变得苍白。最近数年来，秀吉年老体衰，总是小病连绵，可从来没有病危过。

"家主一直在城里候着，看样子今夜是回不来了。"

"真的？"千代若有所思，该来的总会来，后世将会变成何种模样？

他们正说着，只听见道上喧嚣起来。无论大路小路都有奔来跑去的人，踏得地面直哆嗦。

"病情如何？"

"具体情况不甚了解。据说太阁殿下在见过诸侯以后，正要回后庭时倒下了。"

"脉象呢？"她是问由哪位医生主治。

"曲直濑法印[3]即刻登城拜见，不过，因这次非比寻常，病情与平素迥异，法印也不敢擅自切脉诊断，于是使人去京城请施药院大人、竹田法印、通仙院大人一同前来。据说他们正在前来伏见的路上。"

"这么说来，具体情况清晨就可以知晓了吧。"

"应该是的。"

乾彦作正要退出，千代问道："彦作你困吗？"

“不。这种时候最易生变。为以防万一，在下去叫人在府邸门前、院中点燃篝火，再增加一批执勤的人。”

“多亏你想得周到。”说罢千代回到寝房，一个人点起香来闻。她打算这样一直等到天亮。

天刚亮，伊右卫门便下城归来。也不知是否因为昨夜彻夜未眠的缘故，还是由于伤心，这一夜之间他的脸颊掉了不少肉。

“怎样了？”千代问道。

可伊右卫门睁了眼却不立即作答，片刻后才道：“先是曲直濑法印煎了一碗药送去，可并不见好转。后来夜半时分京城的三位医家到场，商议之后竹田法印又煎了一碗别的药送上，可结果仿佛更糟了。”

“然后呢？”千代身子微颤。这不单是一个老人的生死问题，它引发了天下存亡的危机。丰臣家的后嗣秀赖，实在太年幼。世道必乱。

“千代，若是太阁殿下万一有什么不测，会天下大乱重回战国时代吗？”

“不知道。”说实话，千代的确不甚清楚。没有比政治更难以让人琢磨的东西了。

“糟糕的是，朝鲜还有很多大名仍在战场。戾气未消的他们若是回国，再碰上一些闹心事的话，很可能轻易出兵以武力来一争高下。一丰夫君——”

“什么?”

“战事随时可能爆发，请夫君做好随时出征的准备。”

“现在太阁殿下的病情最重要。”

“病情是一回事，天下形势是另一回事。夫君是大名，得同时顾及这两方面。”

人的命运是无法预知的。秀吉的春日醍醐赏花会才刚刚过去，结束时他还高兴地说：“明年春天把后阳成帝请来，再好好热闹热闹。”可明年的樱花，秀吉究竟还能不能亲眼看到?

一时间，城下流言四起，有人说秀吉在高烧中梦见了旧主信长。

梦里的信长面目狰狞：“藤吉郎，是时候回归冥土了。”说罢还上前来抓秀吉的手。秀吉不愿，高声嚷了出来：“等一等，等一等！看在俺杀了光秀，为主公报了仇的分儿上，让俺再多活几日吧！”可信长却不让步，道：“你虽然有功，但为何后来却夺了我的天下？把我的孩子们杀的杀，驯服的驯服？我绝不轻饶你！走！快跟我走！”他使劲儿拉秀吉的手。“啊！”据说秀吉醒时，身子已在被褥的两丈之外。

这在城下大名的府邸之间很快便传开了，也或许是家康的家臣们故意散布出来的。不过当时连滞留国内的宣教师，也因秀吉病危而明显感受到了天下情势的不稳定，留有一书道：“秀吉担心这片原本就是夺来的天下，终将有一天又被他人夺去，因此在子嗣继承上煞费苦心。”

由此可见，一旦知道秀吉已离死期不远，总会有人对这第一代的功勋说三道四，这或许也是人之常情。

秀吉是个活得痛快淋漓的人，可说是日本男儿的代表，与沉默寡言的家康全然不同。然而秀吉却晚节不保，犯了功成名就者常在晚年犯的错。其中第一大错便是徒劳的外征，让大名们挥霍了极为庞大的一笔军费。第二大错是到处修建奢豪的城郭，使民力疲敝，物价攀升。

(这世道能早点儿变一变吗?)

这种悄然的怨叹声已经充斥街头巷尾。

千代山内家的家计也是苦不堪言。虽然他们不必出兵朝鲜，但秀吉为了显得公平，让留守国内的大名分担伏见城、秀赖的京都府邸等费用。那可是一大笔支出。为了筹措这笔费用，只能压榨封地远州挂川的百姓。压榨使得民心不安，而大名最担心的便是统辖地区的民心躁动。

(到底什么时候才能真正安顿下来?)

千代这样自问，各位诸侯的心思亦是相同。

如今秀吉危在旦夕。臣下百姓们无疑是爱戴秀吉的，愿丰臣家流芳；而另一方面却又不得不生出另一种情愫：

（大人什么时候才过世？）

这年的五月、六月间，数日里便有一次“病危”的传闻，而每次夜里的城下都是一片骚乱。

伊右卫门几乎一直在城内守候，他总是勤勉而守义。

世间多有奇妙事，咱们来点儿杂谈。

笔者写上篇之时正在土佐的高知市。那日在高知城内的酒亭饮酒，相伴的酒友之中有一位名叫乾常美的中年绅士。他是县里的观光部课长。

我无意间问道：“乾先生，您是乾彦作的什么人？”

“后代子孙。”

听了先生的回答，我反倒吓了一跳，没想到竟蒙对了。而数日前我才刚提过乾彦作的故事。乾彦作家族作为山内家家臣，一直兴旺到明治维新。乾退助，即后来的板垣退助，其祖先也借了他家的姓同为山内家家臣。这些我都是刚刚写完。我哪能想到数日之后我就能与其子孙同坐一席，同饮共乐？

（活在这世上当真趣味无穷啊。）

我看了看乾先生的脸，很有几分岩上垂钓者的风骨。

“其实，给千代——”乾观光课长另外还提到了一件意外的事，“——塑一座铜像的计划正在进行呢。”

“噢——”千代也有铜像了啊。

高知城下在二战前似乎有一座伊右卫门一丰的铜像，不过现在城内那尊穿着长大衣的铜像是板垣退助。他曾在岐阜游说中被右翼刺客袭击，留下一句名言：“板垣虽死，自由不死！”而此铜像则正好诠释了那份昂然的姿态。还有一座坂本龙马的铜像，一直立在桂浜岸上，远眺太平洋的怒涛。这两人都是千代振兴了山内家后数百年，在后世的藩士团中脱颖而出的人才。

“无论怎样，就千代没有铜像也太不公道了。”乾先生很是感慨道。

“那就丰满点儿漂亮点儿，”我提了个要求，“塑一个才华横溢的女性艺术家出来。”

随后我又言及前篇所述的聚乐第小袖展一事，道：“那个展览不就是最初的展览会吗？仔细想来，千代就是最初的服装设计师啊！”

这时在一旁的老学者平尾道雄说话了，他是山内家家史编撰员，日本维新史研究员：“啊，的确！这么一想确实是啊。”他的眼神仿佛是在遥思千代。

同席的高知市中央公民馆馆长武田次郎道：“我的祖先说曾在远州挂川时代侍奉过千代。他是医生，说不定千代患感冒时，还给她煎过药呢。”

“为千代干杯!”同席的另一位道。

“为咱们永远的恋人干杯!”

听大家这么说，另一人又道：“也为让千代牵着鼻子走了一辈子的伊右卫门干杯!”说罢，庄重地一口喝干。

七月的一天上午，一位园艺师来访山内府邸，对门卫道：“在下想拜访家老深尾汤右卫门。”汤右卫门一见，发现是化了装的望月六平太。

“还以为谁呢，是你啊!”汤右卫门对这个甲贺者几乎没什么好感。不过六平太却全不在意。在意别人对自己有无好感的人，不过是世间平常人；像六平太这种走在世间暗道上的人，可没心思去在意这些，也没有必要。

“在下想面见夫人。”这是他被赋予的自由权利。

“那你先等等。”

“不了，在下直接去庭院，我也忙得很。”六平太说罢便径直去了。

千代走到檐下，见六平太正猫腰蹲着，于是打趣道：“请问您是今日的园艺师么?”

六平太却丝毫不理会，单刀直入道：“太阁殿下的身子恐怕拖不长久了。”

“你从哪儿来？”

“最近，”他做了个拿勺子盛药的手势，“在下常在城下施药院、竹田法印下榻之地，与曲直濑法印的府邸之间走动。”

“潜伏进去的么？”

“那也是在下的忍术之一，请自由想象。看情况，能不能再撑一个月都成问题。”

“是么……”千代神色伤感。

六平太好像是专程为了告知此事而来。随后便是杂谈：“有好多风言风语，还有的相当怪诞。”

“什么样的？”

“据说在太阁殿下梦枕边出现了好多白衣人。”

“别……我不要听。”千代连忙摆手，她极讨厌这类可怕的故事。六平太一见，反倒觉得有趣。

“那些白衣人啊——”他继续把故事讲了下去。

白衣人齐声说：“我们是伊势大神宫的使者，殿下十年前从大神宫拿走了黄金一百枚，是也不是？请速速还回！”不过梦里的秀吉记不起来还有这回事，困惑道：“俺不记得了。”于是白衣人顷刻间全部消失。

秀吉醒来后，叫来五奉行[4]，让他们逐一查询记录。果然，伊势神宫的神官曾经因为犯了某罪，被罚黄金百枚。

据说秀吉勒令即刻归还："赶快给俺还回去！"

（大人竟做了这样的梦……）

千代听得害怕，中途一直没有开口。原来秀吉竟衰弱至此，她不禁黯然。

"夫人，"六平太正色道，"如果太阁殿下归天……而且——"

"而且什么？"

"而且德川大人举兵灭丰臣，夫人打算站在哪边？"

千代心底里"咦"了一声，看来六平太的确不是省油的灯。作为毛利家的间谍，望月六平太一面透露一些情报给千代，另一面也想从千代这里得到回报。

这是个难题。在秀吉死后，家康若要夺取天下，那丰臣家的各位大名该如何站边？这事是他们彼此关心却彼此心照不宣的事。特别是位居德川家之后的大大名——中国地区的毛利家，更是需要全面把握其他大名的动向。

"这事儿难啊。"千代虽然很想据实告知六平太，但实际上她自己也并不很明白。"我是女人嘛。"千代摇摇头，表示不清楚。

六平太脸上是一副"你开什么玩笑"的表情，道："在这伏见城下，听说没有人的脑瓜比得过夫人。请夫人放心，消息绝不外泄。所以还望告知。”

“丰臣家如今一分为二，这两派就好似猴子与狗一般，关系极坏不是？”

“正是如此。石田三成一派，还有加藤、福岛这些出身杂役的武将一派。”

“可是啊，”千代微妙一笑，“我们家只有远州挂川六万石，何况也没有奉行的名号，所以在哪边都不受待见呢。”

“那又怎样？”

“就是说，我也不清楚。”

“夫人！”六平太对千代的微笑极是犯怵。他琢磨不透，那笑容的后面到底藏着什么？“请夫人回答是或不是。您喜欢石田治部少辅三成吗？”

“不。”

“那夫人是喜欢德川家康啰？”

“还行吧。”

看到千代点头，六平太留下一句谢谢，这已经足够，便告辞回去。

（他这样子能当好间谍么？）

千代无奈摇摇头。政治是纷繁复杂的，怎能凭一时的喜好来确定将来的走向？那样往往会事与愿违。六平太虽然知晓许多世间之事，消息也灵通，但毕竟不过是一名间谍，对毛利氏的大国来说倒是不可或缺的人才。毕竟丰臣家的内幕、诸位大名的心思等尽可能多的情报都是毛利所需要的。但如若都是按这种方式得来的消息，一旦左右了藩国的方针，后果可是很严重的。

（自古以来的名将都会对得来的情报作一番选择取舍，毛利家有这样的人才么?）

毛利家当主毛利辉元，是个凡庸之辈。而在他左右辅佐的人，也并无大器量的人才。

（太阁殿下一旦归西，大部分大名其实都不知道如何自处，这才是实情啊。）

就这样，大约一个月时间过去了。

注释：

【1】汤桁：温泉或浴缸周围所铺设的横木。

【2】大御所：对亲王的尊称；对摄政、关白父亲的尊称；对退位将军的尊称。

【3】法印：中、近世里，赠与法师、画师、连歌师、医师等的称号。

【4】五奉行：丰臣秀吉为分担政务，设置了五位奉行，分别是浅野长政、石田三成、长束正家、前田玄以、增田长盛。

疑风暗云

庆长三年（1598）八月十八日秀吉过世。死讯一直秘而不宣，或许是为了避免冲击过强，引起天下骚乱。

千代与伊右卫门也不知道。他们后来才知，秀吉是在凌晨两点咽的气。遗体由高野山的木食上人与五奉行之一的前田玄以两人秘密抬到京都，葬在阿弥陀峰。葬后第二日，一群木匠被召集到阿弥陀峰，而他们也只是被告知要在此处建造一座“大佛堂”。

此消息兹事体大，连大老[1]德川家康、前田利家也是在第二天早晨登城，列队城下之时，由石田三成前来秘密告知的。家康得知后，中途放弃登城，打道回府。前田利家依旧进了城去，见到城内五奉行之一的浅野长政，问道：“太阁殿下情况如何？”浅野长政回答：“还行，今晨还吃了碗碎米粥。”

城内自然也同样是大多数人都不清楚。可随着时日的流逝，城下的百姓们却渐渐知晓。千代是在第三天从六平太口中得知的。其实连六平太也不敢断定，只说：“好像是真的。”

守密竟守得如此严。最大的理由之一，是考虑到对出征朝鲜的将士可能波及的影响，若是被对方察知，必将陷入不利的情势中。

“城内跟往常一般无二呢。”伊右卫门对千代道。他依旧每日登城，被告知后一两日仍是半信半疑。

秀吉临死前，曾好几次召集五大老、五奉行来到枕边，反反复复叮嘱道：“秀赖就全部托付给你们了。”还让他们写了多张誓纸，宣誓效忠。

可世事不会随誓纸而动。千代得知秀吉死讯的那天夜里，问伊右卫门道：“今后的世道会怎样啊？”

“不知道。”伊右卫门疲乏得很，“俺不去多想。”

“这样最好。现在在这片云雾缭绕的时势之下，早早定下方向，箍死自己的想法，并不见得是好事。”

“正如南化和尚所告诫的‘随处做主’，俺就打算这样。”伊右卫门最近热衷于参禅，会时不时迸出一两句禅语。“随处做主”一句，可以说是禅的精髓。无论何时、何地、哪个时期、哪个瞬间，自己始终是自己客观状态的主人，而不是奴隶。做到随处做主，才能真正得到内心的自在。也就是说，要拥有不为任何人任何事所束缚的智慧与心魄。

千代觉得这段时期在丈夫面前最好不要多嘴多舌，若是让伊右卫门有了某种怪异的先入之见，反倒麻烦。

奇怪得很，山内家虽小，毕竟也是大名之一，消息却反倒不灵通。或许是“不识庐山真面目，只缘身在此山中”的缘故吧。秀吉过世这些事，城下的百姓都比他知道得更早些。

千代准备打探消息，于是命负责资材的手下们多去街市各处打听打听，尽量做个善听者。千代自己也请来学者、禅僧等，以“听讲”的名义，从他们那里探听消息。之中，有位叫藤原惺窝的人，眼睛略有些斜视，是位有趣之才。

千代称呼他“先生”，并给与厚待。他虽是个民间学者，不过日本之中恐怕没人比他更有智慧了。

他出生于播州三木郡细川村，父亲是冷泉为纯。冷泉家本是公卿，战国时代为避乱回到自家领地播州细川村，并在此长居，成为拥有“参议侍从”官阶的一方土豪。不过，战国中期以后，三木城主别所氏在播州作威作福。冷泉家受其压迫，结果在别所长治这一代家破人亡。

在冷泉家破亡前，当时已经遁入空门的惺窝为挽救家业四处奔走，找到织田家的秀吉，祈求援助。秀吉是征伐毛利氏的司令官，拒绝他道：“现在为时尚早。”于是冷泉家就此灭亡。惺窝讨厌秀吉，或许跟此事有关。

后来惺窝还俗，成为一代儒学家。他与懂学问的公卿、僧侣交好，其学问连五山[2]的学僧都自愧不如。

数年前，他曾受到自称“喜好学问”的丰臣秀次招待，列席了诗酒之宴。秀次知道惺窝的学识名满天下，于是命他“常来”，大概是想借这位“知识分子”列席酒宴，来装扮自家门面吧。未曾提及“留用”，是因为这时的大名还没有留用儒学家的习惯。说到底，惺窝也不过是个秀次的高级艺人罢了。

当他得知秀次的家臣之间出现了派阀之争，预感到“会近火烧身”，于是无论秀次怎么请，他都不再去。

后来惺窝受到家康与石田三成的喜爱，并可自由出入京都、伏见各位大名的府邸。

“当时秀次的家中，简直一派乱象，”惺窝一语中的，“就好似派阀的老巢。说不定，家臣拉帮结派互掐互斗，是丰臣家的家风啊。”他说话简单明快，从不拐弯抹角，三言两语便将秀吉过世后，派阀间的复杂状况说了个清楚。“可派阀相争，非死即伤，终归是要陨灭的。”

千代十分惊异于此人的大胆。这种话若是被谁听了去，难保不招来杀身之祸，可他却轻轻巧巧便说出了口。

“惺窝先生，您说这样的话，合适么？”倒是千代更为担心。

“鄙人会看人说话。”藤原惺窝微笑答道。意思是，他知道千代不会嚼舌根。

“太阁殿下——”惺窝平心静气道，“原不该出兵朝鲜。发动那种师出无名的战争，想去攻占文教之国，结果只能是自取灭亡。”

惺窝是学者，比起日本，他更尊崇朝鲜，比起朝鲜，他更尊崇大明，把大明奉为自己学问的故乡。所以，他才去接近身为朝鲜战俘的学者姜沆，对他说——日本的庶民因无用的外征而生活窘迫。如若朝鲜联合大明军反攻日本，庶民们定会高兴，很快便可平定大部江山，直至奥州白河。

他十分讨厌丰臣的天下，原因就在于丰臣秀吉不尊重学者，所有学者在秀吉那里都不受待见。而大明与朝鲜则不同，有“科举”制度，即选拔官吏的国考。只要有才便可参加考试，只要考试及第，自有发挥才干的一番天地，当大官亦有可能。

他有次还对姜沆说——遗憾啊！我为何不生在朝鲜或是大明？为何是生在这无聊的日本？他也尝试过渡海远去他国，可上船后便病倒了，最后只得作罢。

惺窝就是这样一位评论家，他连日本都不认同，更莫说丰臣的天下了。不过他对家康是另眼相待的。

“在众多的诸侯之中，只有江户内大臣不同。”

“怎么不同呢?”

“把学者当学者看待。”

家康数年前曾邀请惺窝前去江户，为其讲解《贞观政要》。惺窝对那时家康所给与的礼遇厚待至今感激不已。

“那位大人高禄聘请了学者林罗山，这是其他诸侯绝对无法模仿的。若是那位大人治理天下，一定会多兴文教之事。”

“先生觉得太阁殿下如何?”

“太阁殿下马背上得天下的心态始终改不过来。”

秀吉晚年在醍醐赏花会上，有事要给醍醐寺下令，于是叫来文书官。可文书官忽然忘了“醍”字是如何书写的，提笔在手却久久不敢落笔。

“哦，这个字啊，”秀吉拿过笔来，一挥而就，写了个“大”字，笑道:“这不就好了?”在他看来，只要这两字发音一样就行了，这种小事何必犯愁?仍是战国豪爽莽夫的做派。

“可是，这样治理天下是难以长久的。因为这种主公身边的诸侯，会一直改不了战国的杀伐之气，一旦起了争执，不会想办法从文的层面去解决，而只想以兵马决胜负。他们那些派阀之间，终归会有一场大乱的。”

藤原惺窝多用“党”字来称呼那些派阀。如以淀姬、石田三成为首的党，还有北政所、加藤清正、福岛正则为主轴的武将党。这两大派阀之外，另有两位超然于上的大老——德川家康、前田利家。

秀吉过世前，曾叫来两人，拜托他们“好好照顾秀赖”。他还为了均衡势力，同时升了两位的官阶。可以说，他们两人是丰臣家的摄政左右臣。

前田利家是个很有人气的老人。他是身经百战的武将，又是秀吉过去的朋辈。一旦秀吉把秀赖交给自己，他便会尽忠竭力辅佐幼主，哪怕家破身亡也在所不惜。他的人气是超越派阀的，石田三成跟他交好，武将派也当他是顶梁柱。

“只要那位老人，”惺窝道，“还健在，丰臣家尚可保得安泰。不过啊——”他停顿片刻，是因为想到这位老人已经卧病在床的事实，于是又轻巧吐出一句：“怕是保不得长久啰。”

如此一来，剩下的只有德川家康。

“诸将如今都争着抢着敲开德川家的大门呢。”其中最积极的莫过于秀吉一手提拔起来的藤堂高虎等人，秀吉尚在病中，他们便常来家康这边，就好似家康家臣一般殷勤。其次便是黑田长政。

“太阁殿下刚过世，可看样子诸侯们是顾不上对丰臣家的忠义啰，只盘算着自家利益。”惺窝一张白净的脸上露出嘲讽的笑，继而话锋一转，问道，“对了，夫人您家属于哪个派阀？”

“跟先生一样，”千代微笑答道，“不属于任何派别。”

“啊哈哈！是了，没听说对马守（伊右卫门）大人拜访过德川家康府邸或是前田家啊。”

“真是什么都瞒不过先生。咱家只不过是个小大名罢了，无足轻重。虽然一丰对两位大老都是尊敬有加，但无奈身份低微，实在不配。”千代淡淡一句话避开了话题。因为她从惺窝的话语中隐隐察知了一件事，这位惺窝虽然自诩无党派民间学者，但实际上是偏向德川家康的。所以她又添了一句，道：“武士嘛，总是敬畏日本第一的勇士。太阁殿下隐去之后，要说日本第一，也只有德川大人了。同为武士的一丰，是把德川大人当做八幡大菩萨[3]呢。”

政情不安，或许是因为大家都焦灼紧张的缘故。

千代感觉秀吉去世后的这段时日，过得实在太快。秀吉是在中秋节的三日后归西的，之后也不知忙乎什么，转瞬却发现红叶凋零，已然是冬季。

耿直的伊右卫门还是每天早晨都带领侍从去登城。哪怕秋去冬来，在外界眼里太阁依然活着。临近除夕的一个晚上，千代跟伊右卫门夫妇俩饮茶闲聊。

千代问道："太阁过世的消息什么时候才公布呢？"

"若是让大明、朝鲜知道就麻烦了。得等外征将士都回国之后吧。"

"殿上的医生还是那么多吗？"

"毕竟对外宣称的是病重啊。"

"所以夫君也得每日探病？"

"是啊，每日登城探病。"

千代觉得实在好笑。不过细想来也对，如若秀吉的死讯漂洋过海，敌方便会发动总攻击，那远征的将士们就难有退路了。

德永寿昌、宫木丰盛两人已于秀吉归西的七日后，从伏见出发经堺市出海，到达朝鲜并把消息传达给了诸将。后又经历了一些战情，或战或和，诸军各路于十一月上旬南下至釜山浦，并依次渡海归国，十二月上旬在九州博多集合。从伏见远赴博多出迎远征军的大名有毛利秀元、石田三成、浅野长政等。

"这些将士总会回到大坂、伏见的。他们一直身处战场，身上戾气重，而且认为石田三成等五奉行总喜欢到太阁那里打他们的小报告。加藤清正就是他们的头儿。他们若是回到这里来，派阀之争就更激烈了。有本唐土的书，叫《战国策》，”伊右卫门最近与学者、僧侣相交甚多，言语间偶尔会学他们掉书袋，“书里有个鹬蚌相争的故事。岸边的鹤与蚌斗得你死我活，然后来了个渔翁，不费吹灰之力就捡了两个猎物。”

“夫君认为这渔翁是谁呢？”

“德川大人吧。”伊右卫门的所见还是精准的。德川家康是位处第一的大老，对下面的派阀之争从来不参与，但却跟从前一样总是巧妙地对伤者给予安抚。

“一丰夫君——”千代又问，“你是鹤呢？还是蚌？”

“哪个都不是。”伊右卫门的这句话是事实。作为“狱卒”看守关八州家康的伊右卫门等东海道一地的诸位大名，既没有参加外征，与以五奉行为中心的丰臣官僚团之间又无甚亲交，完全就是中立派。“这个立场不错。”伊右卫门虽说得轻巧，但实际上中立的立场是最难维持的。

“终有一天中立派也会消亡的吧。”

“是吗？”

“不得不选边站的时候总会到来。”

新年伊始，庆长四年（1599）正月的一天，秀赖遵从父亲秀吉的遗言，离开伏见，移居大坂城。秀吉在过世前便预见到有可能发生的政变，所以早早地把秀赖的居城大坂城做了一次全面的改建。

“咱们也得搬去大坂府邸吧?”千代问。

“诸大名也应移驻大坂，家人自然也跟着搬过去。”

“伏见城呢?”

“德川大人会进驻伏见城，作为秀赖的代官，处理天下政务。”这些都是秀吉遗言里所明示的内容。秀吉之后的天下，由德川家康与前田利家两位牵头打理，家康守伏见，利家守大坂，各自分驻值守。

秀赖是正月十日出发的，其余大名也都紧跟其后。前田利家撑着病体做了总指挥。伏见城的家康给各位送行，一直送到大坂。千代等诸侯的家人都于前一日去了大坂，分别回到了各自的府邸。

伏见至大坂，也就是说，政治中心转移了。

千代回到久别的大坂府邸，彻底把里里外外打扫了一遍。等伊右卫门也回到大坂安顿下来后，下了一场久违的雨。

“雨夜真是安宁啊。”伊右卫门来到千代的化妆间刚坐下，便听到外面忽然骚乱起来，侧耳倾听之下，发现动静非比寻常。“千代，打仗了!”

“一丰夫君，快做好准备!”千代这样说时，乾、福冈、五藤、深尾等家老们已经着手指挥，在门前门内燃起篝火，并让士兵们武装起来。

这时，突然一个影子像狗一样从外面一跃而入。

“什么人?”乾彦作叱道。

“六平太。”此人一副武士装束，道，“乾君，劳烦通传夫人一声。”

“家主也在的!”乾彦作对此人从来就无视家主的存在很是恼火。

“不用，夫人最好。重要之事还是让明白人来听最为妥当。请火速通传夫人，此事分秒必争。”

随后不久，六平太被带到千代居室的外间。

“六平太，有何事?”

“大事不妙了。据情报称，石田治部少辅（三成）等数位奉行，打算夜袭德川大人府邸。如今德川大人正紧张备战，情势刻不容缓。”

“那道上嘈杂的人马呢?”

“那是前去支援德川大人的诸位大名的兵马。夫人家呢?”六平太为山内家带来情报，同时也想向自己家主毛利氏报告山内家的动向。

“你指什么?”

“山内家也会前往支援德川大人吗?”

“不会。”千代摇了摇头，山内家不会这么轻率。

这一事便可明了当时政情到底有多紧张。那天夜里家康的大坂府邸是全员武装，连铁炮的火绳都点燃了，家康与众人是一宿未眠。第二天早上，天刚亮便见一个纵队簇拥着中间的轿子，离开大坂府邸朝伏见进发。

可是家康并不在轿子里，里面坐的是个替身。家康自己骑着马，混杂于诸位将士之间，急急忙忙离开大坂，经过枚方之后，更是加快脚程，一口气回到伏见城。

千代听到过各种各样的谣传。依她的判断，原因大抵就在于家康旁若无人的举动。

这位老人家康就好像盼着秀吉死似的，这边刚一断气，他就频繁出入各诸侯的府邸。而病中的秀吉曾让他两次写下誓言，与其他诸侯一样，“不可在诸侯间拉帮结派”。家康很随意便撕毁了这句誓言，常常有事无事便窜访岛津义久、增田长盛、长曾我部盛亲、新庄直赖、细川幽斋、有马则赖等的府邸。

很明显，他这是在为将来做准备。

而且，秀吉还曾明言禁止“私婚”。“大名间联姻，应秉承上意而行”，这条法令是以家康、利家之名昭告天下的。可家康却全不当回事儿，把自己外甥松平康元的女儿收作养女，嫁给了福岛正则的儿子福岛正之；又让自己第六子忠辉娶了伊达政宗的女儿；还把应是外曾孙女的小笠原秀政之女收作养女，答应嫁给蜂须贺至镇。

这也是很明显的经营私党的举动。

“太不像话！”石田三成等人群情激昂，而正是这群情激昂造就了那番“夜袭”的谣传，并致使家康远走伏见。

千代终于知晓，原来是场闹剧。她对伊右卫门道：“江户内大臣可真不好当啊。”她想象着白发家康匆匆逃往伏见的样子，既觉得好笑，又心存不忍。千代也是女人，她很欣赏家康这种男人的沉着稳重，可正因为他总是一副沉着稳重的样子，碰到此种情形才更让人觉得怪诞。

“他原本那么耿直沉稳，可这太阁刚一隐去，怎么就仿佛变了个人似的呢？着急这些地下工作干吗呀？”

“或是年纪大了的缘故吧。”

“怎么说？”

“错过了如今这个机会，将来想夺取天下就难了。想到他自己也终有一天会老去，所以这才变得有些急了吧。不过，只一个夜袭的谣传就逃走，确实有失稳妥。”

“那，若是一丰夫君，你会怎么做？”

“俺是不会逃走的。为了武家名誉，俺会加强府邸周边戒备，若是不敌，也要堂堂正正撤退。”

“可是，或许智者本来就是胆小的。”千代转念一想，有志于得天下的人，无须如武士那般单打独斗，英雄们总会为了雄心壮志而珍惜性命。于是，千代转而又佩服起家康来。

二月间了。

庭院老梅树上的花苞今晨大了许多，六平太剃了光头，扮作医生前来。

“咦——”千代笑出声来。这回剃光头容易，但下回要扮作有头发的可怎么办才好？“六平太，光头很适合你嘛。”

“在下在大坂一直是这身打扮。进出诸侯府邸也方便些。”

“是街坊医生？”

“是，住在天满的街市上。在下稍通汉方内科，夫人要不要诊诊？”

“讨厌。”千代轻声笑道。

“夫人好像哪里都没病啊。”

“是啊，除了偶尔外感风寒，倒真没怎么病过。”

“可是美中不足缺了孩子。”

“六平太先生连这个都擅长？”

“呃不，不过仅限于夫人，倒是可以破例细细诊断斟酌一番。”

“真是个让人头疼的医生。”

之后又说了些不打紧的话，六平太话锋一转，提到德川大人。

“他好像是变了个人。上个月有马府邸的那件事夫人可有耳闻？”

“稍微听说过一些。”

那是正月十七日的事情。家康在十二日逃回了伏见，十七日到有马则赖的府邸去玩儿。迎接家康的有马家，叫来幸阿弥等人表演乱舞[4]，好吃好喝招待了一天。两天之后的十九日，有马家请来交好的大小名，想欢聚一堂看看杂耍。

可是未被邀请的家康却又再次不请自来，道：“噢——好热闹的样子啊！我也是非常喜欢杂耍，不请自来，还望恕罪啊！”其实家康本来对这些杂耍根本不可能感兴趣，他就是个只中意武艺的人。

有马家诚惶诚恐，只好慌忙添了席位，让家康坐下。

这事确实可算作大事一件，大名之间不可私交的太阁遗训，就这么轻轻巧巧给废了。

“大坂城里都是愤慨一片，说太不像话了。”

大坂城，长老前田利家，其余各位大老、中老、奉行等顾问官、执政官聚在一起商讨对策。其中心势力是石田三成。

伏见的中心是家康。也不知是何缘故，深得秀吉喜爱的大名加藤清正、福岛正则、黑田长政、池田辉政、加藤嘉明、藤堂高虎等人却不去大坂，仍然住在伏见府邸，把家康视作主公一般。

这样伏见与大坂自然就对立起来了。

在大坂“无法饶恕家康”的三成，说服前田利家及他人，准备拿着把柄弹劾家康。而伏见的加藤清正等人则做好了家康方面的战备。

“伏见街上百姓们已经称呼德川大人为天下之主了呢。”六平太道。千代不由得对世间的薄情而怅然。

事态恶化了——也不知恶化一词到底正确与否，总之，除了家康的其余四位大老、中老，以及五奉行在大坂召开了紧急会议，他们“无法饶恕家康”。促成此番弹劾会的中心人物是石田三成。

其实，除他以外的丰臣家干部，都以保存自家为第一要务，一想到家康的实力便都畏首畏尾。只有卧病在床的前田利家，因秀吉托孤的重任在身，责任心已是强到了顽固的程度，他赞同三成的弹劾案，道：“若再纵容内府（家康），则家业将倾。”

据三成查明，家康“违反”了十三条法令。他们将逐条审判家康，“如果他无法自圆其说，就当问责。”也就是说，要罢去家康的大老职位。

使者是三位中老：生驹亲正、堀尾吉晴、中村一氏。他们前往伏见，与家康会面，并手持十三条罪状，一条一条质问家康。

家康傲然而立。“我的确有些大意了。”他承认在联姻上有些疏忽，但话锋一转，“但就凭这一点，说我在政道上有私心，讲得通吗？而且你们还要借此逼我卸职，真是吓了我一大跳啊！辅佐秀赖幼主的差事，本就是太阁殿下的遗命，我是依嘱行事。你们却要逼我卸职，这不是明摆着无视太阁殿下的遗命吗？”

千代最近听说，三位中老辩不过家康，灰溜溜回了大坂。而且在伏见向岛的府邸，家康让人修了箭楼，门前结好竹栅栏，夜里燃起篝火，已经是一派战时状态般的异常戒备。

大坂城也是。为了以防万一，也是集结好士兵，整备好铁炮，在戒备上丝毫不懈怠。双方之间流淌着一条淀川，密探们不停地往返两地，频繁报告且夸大其词。于是双方都认为——看来对方要动手了——进而又着意备战。

这天夜里，也就是六平太来访后的这天日暮之后，伊右卫门下城回家，对千代道：“千代，俺听了件唬人的事儿。当然只是谣传——”伏见的家康让世子中纳言秀忠去了江户。大抵是家康为了跟大坂决战，命秀忠去江户着意准备。

“战事临近了啊，千代。”

“该来的总会来，只是早晚的区别罢了。”

“你可真是悠闲啊！”

也不知为何，伊右卫门从年轻时起就觉得千代是个——悠闲自在的人。无论怎样十万火急的事情发生，千代都是一副笑眯眯的模样，一点儿也不紧张。而且一经千代的口，无论什么事听起来都不那么紧张了，有时甚至会变成个笑话。

“俺说，要打仗了！”这天夜里，伊右卫门像是威胁似的加重了语气。

“是啊，好像是大坂的诸位要攻打伏见的家康吧？”

“不错。”

“不过，有胆量开战的大概只有石田治部少辅一人吧？所以，应该没事儿。”

“看你一副悠闲的模样！”伊右卫门苦笑道。

千代的本意是不愿伊右卫门在这种时候轻举妄动。她听到过一个谣传，是有关最近从海外归来的加藤清正的事。这位加藤清正，在远征时因勇猛异常而威名远播，是个出类拔萃的武将。虽然也有一定的行政能力，不过可惜的是看不清天下大势，缺少点儿政治觉悟，也不能收服诸位将士之心为我所用。如果他在政治领导上再多些魅力，完全可以在朝鲜外征之中动员诸位将士，掌握主动权，那样便有足够的实力起兵讨伐家康。

清正认为——太阁过后，就是家康。只能依靠家康来保护秀赖幼主。

清正的政治敏感度怎么看都只有小儿程度。他挑了这么个紧张时期，前往家康府邸探访。家康跟他叙旧，这样那样说了很多，然后命令侍臣：“去把那个抬过来，让武家的肥后守（清正）大人瞧瞧。”片刻后，侍臣们抬来一副年代稍久的盔甲。

“这是过去，我跟太阁殿下在长久手合战之时所穿的盔甲，我穿着打了胜仗。最近听说有人胆敢向我挑战，那我也就不客气了，我会再次穿上这副盔甲打他个落花流水。”家康淡淡道。

清正忙道：“还请大人把盔甲收好。如今决不会有人这么胆大包天想跟大人您作对。”

家康好好地威吓了一番，而清正好好地恭维了一番。

听过此事后千代就明白，不能让伊右卫门早早去攀附，人家根本不待见你啊。清正是肥后国二十五万石的大大名，伊右卫门只有挂川六万石。连清正去攀附都这样了，伊右卫门就算去阿谀奉承，人家也不一定给你好脸色看。

（只能等待时机。）

千代思忖。在时机成熟之前，就不要碰“政治”，只需行得正坐得直。伊右卫门应该在最需要的时候闪亮登场。她的直觉告诉她，时机将会来临。所以现在千代还是伊右卫门眼里的悠闲之人。不过千代也不知道这种态度究竟能维持多久，全凭情势的变化。

最近，伊右卫门的样子很奇怪，仿佛是心中忧郁，很是怅然的模样。

（夫君怎么了？）

千代悄悄观察着，却看不出头绪来。一天夜里夫妇俩少见地吃起了夜宵，伊右卫门喝着薯蓣粥，忽然筷子掉了。

“怎么了？”千代偏头问道。

“没什么。”伊右卫门捡起筷子，伸脖子去喝碗里的粥，这可把千代吓了一跳：“哎呀！”

“什么？”

“你的碗早就空啦！”

“哦，是吗？”伊右卫门面无表情放下筷子和碗。

“一丰夫君最近神不守舍呢。”

“你一个女人家不会懂的。”

“人家是不懂——只要不是神佛，无论男女，都不会懂别人心里藏着的事情的。”

“也是啊。”伊右卫门认真点头道。眼神虚无缥缈，像是在想着什么，又像是在心疼着什么。

千代寥寥数语便叩开了他的心扉——原来这段时间，他去秀赖幼主处拜访过好几次，看着幼主一天天成长，觉得他越发水灵可爱熠熠生辉。而且还不自主地泛起这样的感情：

（得好好保护他！）

他还承认自己在梦里都会见到秀赖的模样，梦里的秀赖穿着红色锦缎的衣裳，十分可爱乖巧。

（夫君是累了。）

千代思忖。梦里出现色彩，便是疲劳的证据。千代觉得伊右卫门与当时其他武将们唯一不同的地方，就是他的道德观念。

秀吉过世前，考虑到遗孤秀赖，反反复复要家康等五大老、三中老、五奉行等丰臣家高官都写下誓言。可是，九成九的诸侯都只知道顾全自家，对前代主公的忠诚心什么的，可谓少之又少。

秀吉自己也是秉承实力替代织田氏，从而夺得天下。故而诸侯们都一致认为，之后该是家康了——咱得讨好德川大人才行。因此，任谁对家康都是毕恭毕敬，拜访家康府邸的人也很多，特别是曾经颇受秀吉眷顾的武士大名。或许是因为他们骨子里天生就是崇尚强者的俗物吧。

千代道：“福岛正则小时候被太阁殿下叫做市松，一直是殿下照顾他提拔他。可他如今不一样违背遗训，跟家康大人联姻了么？听说从大坂来人诘问，他回答说，正是为了丰臣家才答应联姻的，还反问有什么错？夫君你跟福岛大人这般深得太阁殿下重用的大名不同，本身就是个丰臣家的局外汉嘛。”意思就是说，所以啊夫君，你得更加自由地考虑事情。千代安慰他，一个区区六万石的大名在这个世间是人微言轻，多想无益。

“这个世道上的事情，夫君还是暂时忘却的好。”千代很是担心他郁结的心绪。

初夏，家康夺取政权的动作越来越露骨了。

反家康的唯一强硬派石田三成，已被削去奉行之职，左迁江州佐和山城。而与家康同时位列大老之职，一直牵制家康权力的加贺大纳言前田利家，已于这年的闰三月过世。

因此，家康势力独大。他从伏见前往大坂去政敌前田利家处探病时，竟没有去拜见秀赖。伊右卫门听闻此事时，极为震惊。

（看来家康大人是打算撇下秀赖幼主了。）

大名们任谁都是这么认为的。

大坂城内有位豪放之士，叫中岛式部少辅氏种，任直属丰臣家的七手组组头，领两千石（后于大坂夏之阵时，城破自杀）。他跟同僚夜话时曾叹道："天正时代，在信长公的本能寺事变后，织田家重臣丹羽长秀、池田信辉等许多大名小名都转而投入了秀吉公麾下。而信长公的公子三介少主、三七少主，还有排名第一的大名柴田胜家，以及泷川一益、佐佐成政等人，选择跟秀吉公兵戎相见，但无奈最终都是或死或降。造成这般结果的，都是因为他们不知道秀吉公是智谋无双之才。如今形势也是一样，秀吉公隐去后，无论是年龄还是官禄，无一能超内府（家康）大人，大家的心思似乎也都朝向了内府大人。就跟秀吉公并未把天下呈交给岐阜中纳言（信长嫡孙秀信）一样，内府大概也不会认秀赖幼主为主公吧。"

中岛式部少辅偶然间所说的这段时势分析，以及对家康真意的揣测，任谁都赞同，连伊右卫门的见解亦是一样。他们等人都曾在织田麾下做事，后来才转投丰臣家的。之所以他们的俸禄均不甚高，是因为他们并不像浅野长政、加藤清正、福岛正则等人一样是秀吉的亲戚，而且在颇喜俊才的秀吉眼里，伊右卫门等人只是木讷愚钝之人，定然"不可委以大任"。

无论怎样，伊右卫门是见过两度主家更迭与治乱兴亡的。虽然经验丰富，但在信长时代并未受过重用，秀吉时代的待遇也只是勉强与实力相当。

（连曾为秀吉所重视钟爱的那些人，如今都只考虑保全自家，常拜访讨好家康。他们都这样了，像俺这般并不怎么受重用的人，还替秀赖幼主瞎操什么心呢？）

他虽也这么劝慰自己，可因性格使然，怎么都无法释怀。

“从这种政局里抽身出来，出一次远门如何？回挂川城看看吧，那边需要处理的事情应该不少。”千代提出了一个不错的疗养方法，伊右卫门也觉得是个好办法。

更幸运的是，因秀吉患病的缘故很多诸侯都长时间未能回故里了，所以很快便传来一道命令：“允许归国。”

其实，在这道允许归国的政令中，藏着家康的深谋远虑。

家康在初夏的某日，把丰臣家五位奉行里的浅野长政、增田长盛、长束正家三位，从大坂召至伏见，道：“作为秀赖代官在处理天下政务之中，我意识到一件事。诸位大名在太阁殿下病重期间一直未曾归国，远征朝鲜的大名也大多是回了伏见却未回故里。因此，特许诸位回领国看看，直至明年秋冬。”

这道政令可谓深得人心，因为各地大名的本地事务都是堆积如山，急需处理。

“在下代诸位谢大老隆恩！”三奉行道谢退出。可是家康腹中却藏有别的主意——得趁诸侯缺位的好时机，妥善做好一切接管天下的准备。

总之，此令颁布后，伊右卫门也提出归国的申请并拿到了许可函。

“千代，加贺的前田利长大人、会津的上杉景胜大人、中国的毛利辉元大人、备前的宇喜多秀家大人他们都要回去呢！”

“哎呀，他们不都是大老职位的么？”大老里，只有家康自己留下。毫无疑问，他在筹划着什么。

“不止四位大老，还有三位中老（生驹、中村、堀尾）也一样。这些大人物都归国回乡了，俺们这些小大名更是几乎一个不剩，伏见、大坂都空了！”

“简直真——”是太明目张胆了！千代后半句批判家康的话眼看就要脱出口，忽然想到此话可能在伊右卫门思想观念中先入为主，于是转口道：“简直真是安静啊，大坂。”

“是啊，原先大坂城下诸位大名挤挤挨挨，这才起了不少纷争，今后大概会平静很多吧。”伊右卫门所说的，大抵是政治休战这层意思。

“对啊！”千代并不反驳，虽然她心里清楚所谓政治休战实际上造就了一大段政治空白期，难保家康不会预先埋下大战的种子。

“俺不在，这里的一切都拜托了。”伊右卫门七月初出了大坂府邸，踏上了远赴挂川的旅程，只千代留守大坂。

这段留守期间千代可吃了不少苦。山内家重臣大都跟伊右卫门一样，朴素而多少有些木讷，都不喜政治。每次从大坂城来了使者，家臣们都事无巨细拿来跟千代商量：“夫人，这您看如何办才好？”千代也不厌其烦，一一作答处理。可长此以往，她竟有了“山内家女大名”的头衔。

偶尔来访的望月六平太有次提起这个头衔时，千代听了不由得叫道：“什么呀?！讨厌！”的确是个讨厌的头衔。这样一宣传，就好比把千代推到了看板上，而家主伊右卫门反倒被衬作了无能之辈，对他们夫妇来说，简直是件尴尬异常之事。

“六平太，是你这样到处去乱说的？”

“怎么可能！”

“去把这头衔给灭了！”千代的口气很是严厉。

九月九日重阳节。这之前数日，家康像是想起什么似的，忽然派使者前去大坂城，说“要在重阳佳节拜贺秀赖幼主”。上次去大坂都不屑去拜访秀赖的家康，这次竟要去拜贺——实在出人意料。

千代毕竟是女人，她感动得泪眼婆娑：

（内府大人毕竟是位心地善良之人！）

老臣护幼主的模样，任谁看了都会大为感动。不过后来千代才发现，家康是为了某个目的才走的这一步棋。

家康进入大坂，九月七日那天借宿在石田三成的旧邸。可这天一个谣传在大坂闹得沸沸扬扬——有人要趁着德川大人拜贺之机，在殿中刺杀大人。这些居心叵测者就是受加贺前田利长指示的浅野长政等人。

当然无论是已经归国的前田利长，还是尚留大坂的浅野长政，都十分畏惧家康，想巴结投靠还来不及呢，刺杀之类简直是做梦都未曾想过。

（谣传可疑啊，难不成是德川大人自己放出的烟雾弹？）

千代思忖。她叫来乾彦作等家老，吩咐道："殿中若是出了事，城下便是战场。咱们山内家不帮衬任何一方，只需要部署好人马，保得秀赖幼主的安全便可。铁炮的火绳，千万别弄湿了。"

家康于九日辰时，带领麾下直属大名井伊、榊原等十二人做好严密防范措施后，登城拜贺秀赖。待面见结束后正要退出——这才是最不安全之时——他们并未从殿堂正门出去，而是选择经走廊大厨房的那条路。

殿中的各位正面面相觑不知所措之时，家康已来到厨房，立于中央，道："看那个！"他对部将榊原康政示意。

当时在厨房正中有一个天下闻名的大行灯，是一丈余长的方形灯塔模样，家康命道："关东人很少见到这种东西，也让手下们来瞧个新鲜。"于是榊原等人点头受命，连忙奔出，把在本丸外待机的人都领到了中门来。于是为数众多的兵将们鱼贯而入，都朝厨房涌去，到处都给围得水泄不通。刺杀什么的，决不可能。

趁着这片混乱，家康迅速撤离，下城去了。

回到伏见之后，他即刻召来五位奉行中的增田长盛与长束正家，道："大坂城内出现了很多不可不防的谣传，前几天的那件事便是明证。我受太阁托孤的遗命，一定要保得秀赖幼主的安全。万一有人在大坂暗中使坏搞乱，我一直身在伏见也是鞭长莫及啊。若是搬到大坂，那处理政务就会更加得心应手了。我想搬至城内的西之丸。"

无论背地里的心思如何，表面上是无可厚非的，于是两位奉行答道："如此甚好，我等这就去准备。"

九月二十八日，家康搬到了大坂城西之丸。在西之丸面见诸侯的规格形式，也都一一按秀赖所居的本丸做了改变。从此，他成为实实在在的"天下之主"。

千代留守大坂府邸这段时期发生了各种各样的事情。其中最大的事件便是家康入主大坂城西之丸。秀吉的遗言是命家康在伏见替秀赖打理天下政务，可家康以“身居伏见，诸事不自由”为理由，搬到了大坂。听到这个消息时，千代也不由得脸色一变。

（德川大人想要夺取丰臣天下的心思，渐渐表露出来了。）

这时其他这样那样的消息也都传到了千代耳中。有传言说丰臣家的官僚集团依然对家康心存疑虑，以滞守江州佐和山城的石田三成为中心的一派，很快就要举兵了。

——德川大人是如何处理此事的？他竟硬生生带着德川家诸将入主了大坂城西之丸。毫无疑问是家康占得了先机，因为丰臣家的大坂城是天下第一的坚城，反家康势力也是奈何此城不得。

（真是让人战栗的高招啊！）

千代亦是佩服之至。不过给人的感觉，不似秀吉打江山时的那种明快，而是一种森森阴冷。

其实这里还有一段插话。千代听说“德川大人入主西之丸”时，脑子里第一个想起的是北政所。北政所在秀吉过世后，落发为尼，法号高台院，就住在西之丸。半月前，千代还受邀前往，跟高台院絮叨了许久。

看到高台院的女尼身姿，千代的心中像是被堵住了似的。

（天哪！）

不过她的容貌依旧，更衬得这女尼的装束是多么刺眼残酷。

“千代，世道又一天天变得不安宁了啊。”身居从一位的高台院语气落寞，“做梦都未曾想到，自己竟会这样度过晚年。”这一句道尽了千言万语。她在女性中官阶最高，而且是太阁的正妻。可大坂本丸住的是秀赖、淀姬母子，自己偏居西之丸。更何况城内的侍臣们都是以秀赖为中心，自然都流露出一种心态，尊秀赖之母淀姬为事实上的大坂城主。

“来看您的诸侯们，”年长侍女孝藏主在一旁言道，“眼见着越来越少了呢。真是人走茶凉啊。”

可家康却风雨无阻经常派人前来问寒问暖，奉上一些时令之物。他依旧对曾经的北政所照顾有加，或许是想利用高台院潜在的政治号召力。可对孤独的高台院来说，无论他的心思究竟如何，有这番照顾的情谊已是最大的安慰。

“千代，太阁不在了，你要多帮衬一下德川大人啊。”高台院清清楚楚说了这样一句。

还有一事千代后来才知，高台院在听说家康要来大坂后，很快就搬离西之丸，住到京都的三本木去了。看样子高台院是想给家康留出一个可以尽量施展的舞台。

（不能辜负了高台院大人的期待！）

千代现在终于下定决心，要把高台院的话当做山内家的行动准则。千代其实早就看清楚了，今后是德川家康的天下。丰臣的诸将自然有各自帮衬与否的自由，但丰臣家正妻高台院都这样积极援助家康，情势就又不一般了。

淀姬那边千代是绝对不想交往的。或许这也是女性的正常心理。千代对仅作为性工具的侧室这种存在，其实一直是恨得咬牙切齿。淀姬身边有丰臣家执政官帮衬，包括奉行在内的文治派大名，主要有：长束正家、增田长盛，还有佐和山的石田三成。伊右卫门跟他们中的无论谁都无甚交情。而北政所所掌握的加藤清正、福岛正则等武将派大名，跟他不仅是故里乡亲，而且交往也更多。

千代明白家康拉高台院作后盾，是为了赢得武将派诸将的拥护。但如今高台院都明言叫她“万一若有不测，请站在德川大人一边”。也就是说，山内家这样的小大名从此便有了大义名分，她能安心了。

年末伊右卫门回到大坂，千代把这些林林总总种报告给他听时，尽量疏导他的情感，以引出他跟自己相同的结论。

“俺决定了！”千代话音刚落，伊右卫门便大声道。

“决定什么了？”

“丰臣家如果有一天闹得两派内斗，俺一定站在德川大人一边。千代你也要做好心理准备。”

“明白了！”千代可爱地点点头。

“其实啊，根本就无需多虑，武士自镰仓时代起就一直是站在能够保全自己身家的一方。”伊右卫门道。

有个成语叫做“一所悬命”，“一所”指的是自家的领土，为了自家领土而舍命相护，便是这个成语的原意。这是古代武士们的行为准则，无论天下之主是谁，他们只拥护能帮自己保全领土的主人。平家兴起跟着平家，源氏兴起便跟着源氏，武士们的行为准则的基础就是求得土地的保全。

“俺竟把这个给忘了。对秀赖幼主的事这样那样想了很多，但凭一个七岁幼童，是保不了俺挂川六万石的，还得跟随德川大人才行。决定了就要有行动，你说是吧？”伊右卫门跟千代说着这些话，脑子也逐渐清晰起来。

“今后如何帮秀赖幼主自处，这是另外一回事情。若是混淆了这两宗事，就不免会内心动摇，大信念无法筑成，而行动也不干脆利落。”伊右卫门继续言道，“待秀赖幼主成人了，德川大人会把他收作自家大名的吧，就像太阁曾经把信长公的嫡孙秀信大人收作岐阜十三万三千石的一方诸侯一样。”

庆长五年（1600）元旦来临。

跟秀吉生前一样，诸侯一齐登上大坂城，拜贺本丸的秀赖，并奉上新年贺词。而后诸侯又一齐转身往西之丸去拜贺家康并奉上新年贺词，那番情景是人来人往熙熙攘攘，好不热闹。对诸侯来说，或许拜贺秀赖只是附带的，拜贺西之丸的家康才是真正目的。

家康接待诸侯贺喜的态度，已经俨然是天下之主的架势了。他还专门请来杂耍等，让来访的诸侯们大饱眼福。诸侯们好吃好玩，好不快活。

（人心是会变的啊！）

看着杂耍，伊右卫门不由得思忖。

（真是时势造人。如今哪个大名都希望靠拥护德川来开拓自家命运。就像曾经秀吉公与明智光秀在山崎大战，大多数织田家诸将都站在秀吉一边，靠秀吉来开拓自家命运一样。）

不过，来贺的席位上，有个叫藤田信吉的，是上杉景胜之家臣，这次大老远专程从会津赶来。

（呵呵！）

不光是伊右卫门，不管谁都对这个会津上杉的使者很是好奇，好多双眼睛都在他身上扫来扫去。这是因为有这样一个传言：

（听说上杉景胜为了打倒家康，不惜拿百万石身家做赌注，正暗自备战呢！）

还有一种说法是，他与三成遥相呼应，准备从东西双方举兵夹击家康。

使者是从叛乱之地而来，自然是备受关注。

“而且啊千代，”伊右卫门回家后对千代说起时，声调里有藏不住的惊讶，“德川大人对那个使者藤田信吉，不但没有丝毫冷淡，而且还好吃好喝招待得妥妥帖帖，就跟对待自己家臣一样呢！”

“真是不可思议！”千代笑起来。她觉得自秀吉过世后，人都好像变作了狐狸或是狸猫一般。

“俺不懂这是怎么回事啊，千代？”

“会津上杉景胜的这位使者藤田信吉，是什么样的人呢？”

“以前好像听人提起过这个名字来着……”伊右卫门想不起来。不过也不打紧，日暮时分忍者六平太来访。他说他只是前来拜贺新年而已。

千代觉得正好，便问了问他上杉家的藤田信吉是怎样的人。不愧是六平太，他对此人所知甚多。

“是经常叛主的小人。”六平太道。

此人最先是甲州武田家的家臣，受命守护上野沼田的金刚院城。后来转而投入上杉家，中间还有一段时期与信州真田氏暗通往来。之后他又回到上杉家中，居越后一地，当长岛城主，率主家之兵征服佐渡氏；待上杉家转居会津之后，他成了大森城主。也就是说，此人很有能力，但不定什么时候就会出卖主家，具有一定的危险性。

（德川大人明知此人经常叛主，定会小心斟酌。看来是准备利用他一下了。）

千代判断道。而且她还隐隐约约意识到，这个经常叛主的人，说不定会在如今这番暗云密布的政局里，起到意外的作用，成为搅动政局的导火索。

数日后六平太再次来访，给千代报告政情："好像有趣的事发生了呢。"

原来那位会津上杉家的使者藤田信吉，果然如德川家康所料，跑来卖主乞怜说"上杉景胜正在预谋逆反作乱"。

"总之上杉家——"按六平太所说，上杉家已经做好了大部分谋反的准备。在领地里到处建设堡垒城，修整军事道路，还到处招兵买马，笼络了大量有名无名的浪人。

家康对藤田信吉的反叛极为高兴，给了此人无数的太刀、衣装、银子等等，甚至还为他提供了将来的保障，给他解了后顾之忧："回到你主家上杉那里以后，如果有人揭露你，走投无路之时，你随时都可以到江户来。"

"真是人心不古啊！"千代叹道，她觉得信吉此人极是讨厌。

家康能这么顺利招揽信吉，是因为德川家的家臣之中，也有很多原是武田家的遗臣，与信吉的旧知也不少。正是这些老朋友们，带着家康的旨意前去说服他的。

“总之，”六平太道，“德川大人好像是一直在等上杉氏谋反。上杉氏一举起打倒德川的旗帜，德川便立马请示秀赖公，要带领丰臣家的大名们讨伐上杉。”

不过，讨伐上杉并非真实的目的。家康最怕的是风平浪静，是和平。若是就此安安稳稳过下去，实际上就是稳固了丰臣体制，而家康自己，将在如今的位置上永不得翻身。得制造动乱。所以家康这才旁若无人般违背秀吉的遗训与法度，去刺激一些大名的反叛之心。

“反正，德川大人要的就是动乱。”六平太一语中的。只要有动乱，便可以征伐之名展开军事行动，从而一举夺得天下。这才是家康的方针。

“加贺前田家的那件事，想来也是一样吧。”千代怔怔言道。所谓前田家的那件事，是指在前田利家死后，其子利长当家，却不料无中生有出现谣传，背了个谋反的罪名。如今家康摆出绝不饶恕的姿态，要“讨伐前田家”。这还是去年重阳刚发生的事。

前田利长十分惊诧，任用巧舌如簧的家臣来家康这里好说歹说，这才渐渐平息了家康的怒气，未能酿成大祸。家康定是觉得这个机会丢得可惜。

可是，不管对方是上杉也好，前田也好，对家康来说都一样。反正，只要能率领丰臣军团展开军事行动，在军事行动中抢得先机夺取政权，这才是真正要紧之事。

“如果德川大人开始行动，您家准备站在哪一边？”

“我们家主对马守有保护六万石领地与整个家族的责任，一定要站在能帮我们保家护院的一方。”千代明言道。她不认为石田三成或上杉景胜有如此能耐。

不久，伊右卫门因领国事务不得不再次离开大坂前往远方的挂川城。千代也再次接手大坂山内家的外交与各项事宜。可是如今的政局十分紧张，全都维系在东北地区的上杉家身上。千代花了大力气去收集情报，包括上杉家动向、家康意向、诸侯反应、世间舆论等等。

上杉问题愈加严重起来。

上杉家使者藤田信吉返程归国时，家康让他带去一句话：“上杉景胜大人是丰臣家的大老之一，我极想跟大人畅谈天下政治，若大人下次来丰国庙（秀吉之庙，后来被家康销毁。明治时期，在原址上建成了官币社）进香，还请顺道来一趟大坂。”

不过上杉景胜没有去见家康。他觉得若去，定是凶多吉少。只要一踏入大坂，家康可以随便拿个反叛的污名就把他给抓去杀掉了。另一方面，他正紧锣密鼓地筹备战事，在若松城下西部，临近佐野川的神指原上大张旗鼓修建新城，而且连大坂人都知道，他为建此城郭，招募了足足八万名劳力。

三月十三日，正值上杉家亡父谦信的第二十三回忌日，上杉家以大追悼会法事的名义把领国内的大小城主都聚拢到若松城，实际上是要详细研讨攻防战的作战计划。可是这个消息却被家康知道了，告密之人是藤田信吉。

上杉家察觉很多领国内的情报都已经泄露，怀疑就是从大坂回来的藤田信吉做的好事——杀了他——领国内的此种声音不在少数。于是藤田再也无法独善其身，三月十三日法事当天便逃离会津奔往江户。

因此，大坂的家康对上杉家的动向了如指掌，他很积极地将这些情报披露给各大诸侯，并邀来毛利辉元、宇多喜秀家等大老，增田长盛等奉行，提出了“讨伐上杉”的主张。大老与奉行们十分惊愕，纷纷以常识论来反驳家康：“太阁离去时日尚浅，更何况秀赖幼主还年幼无知，这种时候挑起战乱恐怕不合时宜吧？上杉家谋反之事也不过是捕风捉影，并非既定事实。要不然先派人前去探个究竟如何？”

这些意见听来都很正统，家康也无法反驳，于是只好依照他们所说派人前往。

上杉景胜冷淡回函道："说我要反叛秀赖幼主？真是蠢啊！我有什么理由反叛？还说我在打造兵器？武士之家当然要打造兵器。看得出来，此事从头到尾定是有个谗言小人（家康）在从中作梗。不如把这位谗言小人揪出来对质一回，事实就清楚了。我虽是大老，但要我此刻跟德川大人共理政事，实在情非所愿。"

上杉景胜的这番回函可以说是无礼之至，甚至可以看作对家康公然的挑衅。

（好了不起！）

千代听说此事时，不由得叹息。

（真不愧是名将谦信公的血脉，会津中将大人实在了不起。）

千代眼前浮现出上杉景胜筋骨强健的样子。

（男人就该如此潇洒！）

千代看待男性美的基准就在于此。这位会津百万石的家主，哪怕明知自己不敌，也打算抡出铁锤砸向家康脑袋。此番情景完全可以写成一首诗。而那些无法成诗的男子，很可惜，均不在千代的美男子基准之内。

（我要是男儿身，就要像景胜大人一般有傲骨。）

她在心底里思忖。不过千代毕竟不是男子，而且还是完全不带一丝潇洒的伊右卫门的妻子。

（所以我只能选择其他的活法了。）

她不得不对自己的活法另作打算，另选一种明哲保身、踏实可靠的活法。

（我只能这样做，只能辅助夫君，把他的能力发挥到极限……）

上杉景胜的家老之一，直江山城守兼续，写了一封更让人惊愕的信函，通过丰光寺承兑交送到了家康手中。家康在看这封信时，喃喃道："我到了这把年纪，还从未收到过如此无礼之信！"这是封极长的信函，大意如下：

"说我家主人景胜反叛丰臣家，这简直就是蠢不可言。家康表里不一，说一套做一套。到底是景胜有异心，还是家康表里不一，世间自有公平论断。"

另外，"说我们收罗武器也很可笑。或许那些大坂京城的惫懒武士们喜欢收集茶具等唬人的玩意儿，可我们是乡下武士，长枪铁炮弓箭才对胃口。风俗习惯不同罢了。总之，天下知名的那位（家康），说的话掉价得很。"

文中还用"可笑之至"一词来嘲弄家康。家康曾经要上杉景胜"即刻前来大坂"，理由之一是"因为有提议说不得不再度出兵朝鲜"。他回信中称，那很显然是无中生有骗孩子的玩意儿，"出兵高丽云云，不过骗人的伎俩而已，可笑之至”。

总之，景胜是打算发起“义战”来对付准备盗取丰臣天下的家康。这种信，只谈利害关系是无法写出来的。在他们心中，大概正义之火正熊熊燃烧。

这篇“挑战信”递到家康手中时，举世骚然。

“我要替秀赖幼主讨伐上杉！”家康如此言道。丰臣家中老、奉行们异口同声劝家康不要亲征奥州，可家康不听，只道：“若非亲征，公仪（丰臣政权）之威何在？”对家康而言，这可是等待已久的良机。

这日渐紧迫的局势，千代每天都详细记录下来，并令飞脚紧急送往挂川的伊右卫门处。

六月二日，家康以丰臣家大老之尊，命令自己领国内诸将：“七月下旬前往奥州征伐上杉，诸位务必做好出征准备。”他同时也给大坂的诸将下达命令：“请急速返回各自领国，并做好出征准备。”

“战事临近了！”千代对家老乾彦作道，说时身子不免战栗。

“不过——”乾彦作却好像并不当回事儿，“算不上什么大事儿，只是个会津百万石的大名犯上作乱而已。以天下之兵征讨，定然稳操胜券。”

“彦作君，并非你想象的那么简单。这个事件是导火索，会引起天下动乱的。”

不久，挂川的伊右卫门来信写道：“这边毫不懈怠，已准备完毕。特别是兵粮储备，足够守城三年之用。”

不愧是伊右卫门，做事小心谨慎，面面俱到。一般来说，城内粮仓的兵粮若有两年的储备足矣。而且远州之地不会成为战场，守城的设定也太过牵强。

他还在信末写了一句：“若有提议，请告知。”于是千代当天夜里就提笔回信，道：“内府大人所率之军都将从东海道挂川通过。三年的兵粮全都用来接待他们吧。诸将的宿舍，也要在各个村落里事前安置好。挂川城自然是用以接待内府大人下榻，不妨把本丸全部让出来交与大人。还有德川家旗本们，也要好好招待，设法让他们都在城内安顿妥当。”

把本丸全部让出，是明显有悖武将常识之事。千代的理由是：“既然抱定决心跟随德川大人，那就万事都做得彻彻底底一些。”千代认为做事不可半途而废，要有把整个城郭都让与家康的觉悟才最为重要。

“此番战乱无论结局如何，其性质始终是个决定天下大势的分水岭。”千代写道。乱世之局，若是不能走一步看数步，终将会祸及自身。

“此番战事，主宰着山内家的沉浮。”千代继续写道，

“既然把宝都押在了家康大人身上，那就全身心投入下注的一方好好干。”

迄今为止，明确表态站在家康一方的诸位大名，大都是受过秀吉眷顾的武将派。东海道上的各城大名，包括山内家，大都是持中立的态度。千代想说的，就是丢弃这种中立态度，明确站在家康一方。

放眼当今，即便不舍得抛弃中立，大概这天下形势也是容不得中立者存在的。

注释：

【1】大老：丰臣秀吉所设置的职位名。为辅佐年幼的丰臣秀赖，秀吉任命德川家康、前田利家、毛利辉元、小早川隆景（卒后由上杉景胜代替）、宇喜多秀家为五大老。

【2】五山：禅家寺庙的最高等级。

【3】八幡大菩萨：即八幡神。是最早的神佛习合神，原本是大分县的宇佐地区所信仰的农业神，781年被当做护佛教、护国之神，并加赠了大菩萨的称号，此后多被各个寺院请去做镇守之神。平安末期以后，更被赋予了武神、军神的内涵。

【4】乱舞：中世以后，在表演能乐时的跳的舞称作乱舞。

天狗文庫

司马辽太郎

1923—1996

毕业于大阪外国语学校，原名福田定一，笔名取自「远不及司马迁」之意，代表作包括《龙马奔走》《燃烧吧！剑》《新选组血风录》《国盗物语》《丰臣家的人们》《坂上之云》等。司马辽太郎曾以《枭之城》夺得第42届直木奖，此后更有多部作品获奖，是当今日本大众类文学巨匠，也是日本最受欢迎的国民级作家。

司马辽太郎作品集
SHIBA RYOTARO WORKS

功名十字路【下】

[日]司马辽太郎——著
欧凌——译

しばりょうたろう
SHIBA RYOTARO WORKS
功名が辻

重庆出版集团 重庆出版社

东征

六月六日，家康在大坂城西之丸召集暂留大坂的诸将们，开了一次作战会议。会上，有位名叫堀监物的大名发言道：“内府大人要攻克会津，尚有各种各样的困难。特别是白河至会津的这段路途中，有个叫背炙势至堂的地方极为险峻，打先锋的诸位务必要小心谨慎。”

“谬论！”家康脸色一变，“就算有那些险峻之地，可敌人有一柄长枪，我们同样有一柄长枪，难道我们还会不敌上杉？”家康是恨铁不成钢，诸将们看样子还摆脱不了上杉家是日本最强兵团这个传言的影响。

作战会议确定了从五方面攻克会津的计划。家康、秀忠父子率领箱根至西部的诸位大名，负责白河口，伊右卫门也编排在内。另外，佐竹义宣负责仙道口；伊达政宗负责信夫口；最上义光负责米泽口；前田利长、堀秀治负责津川口。他们都各自带领诸侯们奔赴战地。

家康在数日前已经去拜见过秀赖和淀姬，向他们告假出征。

山内家是乾彦作等人前往城内参与作战会议的。回到府邸后便把所有内容都报告给千代，最后道：“总之，是要在江户集合。”

“你辛苦了，还请命令飞脚把消息急速传至挂川城。另外，大坂府邸也不需要这么多人了，十来人足够。彦作你就率领众人回领国去吧。”

“可是，若碰上万一，十人左右怕是不能保得夫人安全啊。”

“彦作，你还是武士不是？是就不要婆婆妈妈，赶快把人领走把屋子空出来！”

“夫人——”乾彦作考虑到全部人马都回领国后，大坂空荡荡的不安全。“听闻石田治部少辅（三成）见诸侯们都各自回了领国，于是离开佐和山进入大坂城。他要跟上杉东西呼应举兵抗衡呢，夫人！若此言属实，那么治部少辅少不了会拿大坂诸侯的妻子作人质的。”

“那时，我便以女流之身应战。”

“可十来个人也太少了。”

“彦作你可真傻啊，”千代笑道，“就算留下两百人，被重兵包围也只有死路一条。所以，两百人也好，十人也罢，结果是一样的。既然结果一样，那又为何不选择伤亡少的方法呢？”

"这——"乾彦作抬头怯然望向千代，千代脸上故意露出一脸笑容。

"没有这不这的。你快马加鞭，回挂川后就跟家主说，就当千代已经身亡，无论大坂发生什么事，都不要瞻前顾后，要当断则断。"

"是！在下定当传达。"

"那彦作你何时动身？"

"准备完毕之后吧。"

"哪能那么悠闲？现在已进入战时状态，不如定在明天。"

为准备出征而回归领国江户的家康，一行共三千人，沿途是小心又小心。士兵们全都盔甲在身，长枪在手，铁炮的火绳也是保存完好，随时都可应战。家康是穿的便服，头上戴着一个叫"越前户口笠"的菅草斗笠，身穿浅黄的麻质小袖，外套一件宽袖的黑色阵羽织，只有胯下坐骑是称作岛津驳的名驹，配了黑色马鞍，看来颇有气势。

途中，忽有传闻说，石田三成的谋臣岛左近会在近江一带突袭家康，于是他们又急忙改道而行，二十日那天到达伊势四日市。此后直至箱根，一路上是一连串的重要关卡之城，均由秀吉所恩顾的大名们镇守，决不可掉以轻心。

四日市附近有位桑名城主，叫氏家行广，邀请家康道："请容鄙人为各位接风洗尘，好好款待大家，尽一番地主之谊。"家康先答应下来，后又派人前去查访——氏家行广的举动看来很可疑——于是便撤销前去的计划，从四日市乘船到了三河的佐久岛，三河的冈崎城主田中吉政出迎。这位田中吉政也请求"提供丰足的美食犒劳大家"，家康口头答允，回头又让人暗中查访，发现并没有可疑之处后，前去美餐了一顿。

二十二日经过三河吉田（即丰桥），吉田城主池田辉政招待了一顿。二十三日到达浜松，让城主堀尾忠氏也好好招待了一顿。不过他们从不在城内借宿，而是借的寺庙。二十四日到了伊右卫门的居城远州挂川。

"德川大人还未到吗？"伊右卫门备好宴席，从早上便开始念叨。

他是被称作"劳苦命"的人，对这种接应招待是下了十足的功夫，体贴周到，绝不马虎。为了消除嫌疑，他让人把城门作八字大开，守兵们手持木棒代替长枪，而且宴席地都设在城下的武士府邸和寺院，全都光明正大，毫不遮遮掩掩。

不仅如此，他还将城内粮仓的米大量拿出，提供给家康作行军用粮。另外还准备了一万双草鞋。

家康的队伍在午前到达。伊右卫门的家臣们殷勤地将各位带去各个休息之地；伊右卫门自己一个人去迎接家康，领其至寺院。

“哎呀对马守大人啊，你总是这么客气，想得面面俱到。佩服！”家康极为高兴，美美地享用了一顿伊右卫门备好的午餐。伊右卫门一直在下座相伴，用餐饮汤的动作怎么看都是小心谨慎、笃实可靠、值得信赖的样子。家康忍不住夸了一句与自己身份不相称的奉承话：“有幸得见对马守大人的这番风貌，更加感觉值得信赖啊！”

“大人过奖了！”伊右卫门脸色稍微泛红，不过态度厚重，见不到丝毫轻薄之色。

“真不愧是太阁青眼有加的人物！”家康的话听来反倒轻浮了些，可伊右卫门不为所动，还是稳重作答。

餐饮完毕，正要离席之时，家康的谋臣井伊直政一脸严肃地进屋来。

（是有密报吗？）

伊右卫门起身正要避讳离开，家康伸手制止，道：“不用，对马守大人跟咱们是同道上人。没有什么话是不能让对马守大人听的。”这种场合，不如说是家康在打消伊右卫门的疑虑，努力想要拉拢伊右卫门。

“可是——”伊右卫门有些尴尬。

“不用走。直政你说，什么事？”

“是。”井伊直政所说的也无非一些行程计划。今夜在岛田歇息，明日正午要经过骏府（即静冈市）城下，不过骏府城主中村一氏遣使者来报“因病不能出迎”。

“病情那么重？”家康脸色一变。在离开大坂前，家康曾接到中村一氏使者来报，“因病不能从军”。中村拒绝从军，究竟是什么理由？

（难道他存有异心？）

家康一旦往这个方面想，便会越想越觉得可疑，更何况现在对方又再次重复。

中村一氏，亦称孙平次，很早就随秀吉征战天下，最初任泉州岸和田城主，接着是近江水口城主，如今是十二万二千二百石的骏府城主。入主骏府城后，官至式部少辅，是秀吉特别信赖的丰臣家中老之一。

秀吉把关东八州交与家康，即将家康从东海一地移封至箱根以东时，为了监视家康，曾在东海特别安置了数名以正直著称的诸侯，由西至东有：

伊势桑名城的氏家行广

尾张清洲城的福岛正则

三河冈崎城的田中吉政

三河吉田城的池田辉政

远州浜松城的堀尾吉晴

远州挂川城的山内一丰

骏河府中城的中村一氏

这之中的中村一氏，无论是俸禄，还是官位，抑或丰臣家中官职，都是东海诸侯之中的一号人物，当时接受秀吉任命时，还曾说过这样的话："只要有在下镇守骏河府一天，关东诸事决不劳大人操心。"他还训诫家臣道："如若关东事起（家康要是敢犯上作乱的话），就尽快调兵前往箱根，等候关白殿下（秀吉）亲征。这是咱家需尽的责任。"

"请问对马守大人，这位式部少辅（中村一氏）果真病重？"家康问伊右卫门道。

"在下不甚清楚。"伊右卫门诚实回答。他确实不知中村一氏是否患病。那个时代，便是真的卧床不起，作为城主也决不愿意把此等消息泄露给别人。这是武家的习惯，难怪伊右卫门不知。

"那就派人前去探明究竟。"家康命直政道。

为探明中村一氏究竟是否病重，前往骏府拜访的是家康使臣村越茂助。这位茂助过了小半日回来时，家康正坐在轿中，晃晃悠悠行走在山坡之上。

"哦，茂助！怎样？"

“式部少辅果真病了。”茂助报告。

“不假?”家康松了口气，但又考虑到自己此番疑虑所带来的政治上的坏影响，于是又道，“我一直认为不会有假。那位正直的式部少辅绝无可能要花招作假称病。”

家康二十五日到了骏府城下。那时伊右卫门已经领了二千人马跟随家康准备前往江户。

(到底中村大人是否有异心?)

此事伊右卫门心里也没底。这种时期的人心向背，估计是最难以揣测的。

一到骏府城下，中村家的第一大家老——横田内膳便出来迎接。

“你辛苦了!”家康情致大好地赞赏了横田内膳一番，然后跟他来到二之丸内他自己的府邸，在此休息整顿并享用午膳。

就在此时，只见门被推开，病怏怏的中村一氏由侍臣们扶着出现在家康面前。家康也是大吃一惊：“这不是式部少辅大人吗?”眼前这位怎么看都是将死的病人。“快，这边来!”

“是!”中村一氏要跪下行礼。

“免了，免了，我不知道你竟病得如此之重啊!”家康连忙上前扶住他的手，因感动而半晌说不出话来。令他高兴的是，原来中村一氏的病情的确属实。如若在这箱根之地出现反叛者，那这场战事究竟会如何演化就不得而知了，或许家康连自己性命都难以保全。

中村一氏老了，病了，气力虚脱。他流泪道："在下怕是命不久矣。若是在下归西，这一家上下就全拜托大人了。这次出征，弟弟一荣（三枚桥城主）将代替在下冲锋陷阵。另外，请收留家臣新村嘉兵卫、大薮新八郎、小仓忠左卫门三人，让他们替大人打杂吧。"他这样做，实际上是送这三位家老去家康那里做人质，以表明对家康确无二心。

家康非常高兴："定不负所托。你就好好养病，争取早日康复。"说罢，赠了一把备前长光的刀给他。那一晚，家康出了骏府城，夜里住宿在清见寺。

进入关东领地后，或许是因为松了口气的缘故，家康途中竟有了狩猎的兴趣，弄得比伊右卫门还晚一天到达江户。

伊右卫门是七月一日进入江户的，并遵从德川家的食宿计划，安排了宿营。当时集聚江户城下的各路诸侯已有五十余人，到处都是人喊马嘶。那时——石田三成将在大坂举兵——这种倾向愈发明朗。若果真如此，各位诸侯留守大坂的妻儿将成为石田三成的人质。

（千代危险！）

伊右卫门心中七上八下，很是牵挂。

大坂城下，如今是一片骚乱。一直蛰居江州佐和山城的石田三成公然宣称“征讨逆贼德川家康”，并入主大坂城。

（跟传言一模一样。）

千代强作镇定，可身心都免不了因紧张而微颤。她即将面对的是从未经历过的大战。

不久，排名仅次于德川家的大名——毛利辉元，率领大军从广岛城出发，进入大坂。石田三成游说毛利辉元成功，让他担任西军旗头，入主大坂城西之丸。另外，石田三成还作了一篇被称作“内府罪状”的檄文，列举十三条罪状弹劾家康。此文被分发到各诸侯处，并附宣誓文一句——鉴于此，我愿尽忠报效太阁大恩，助秀赖公诛灭家康！

手持此宣誓文的城内使者也来至山内家。留守的服部喜左卫门、冈文左卫门等与使者会面，并收下文书。服部急忙持文书去见千代。

“使者怎么说？”千代故意不去触碰文书。

“使者让咱们送去关东的家主处。要即刻派人前往关东吗？”

“不错。”千代点点头。

“那文书就请夫人先过目。”

“上面写什么了？”千代头颅微倾。

“啊！那在下就——”服部喜左卫门缓缓拾起文书，很是惶恐的模样。服部以为是千代不愿自己看，要他替自己念出来。“那在下就念了。”

“喜左卫门，你真识字？”千代轻笑道。这个时代的武士，三人中有一人识字就不错了。

“这个……假名尚可，真名（汉字）就难说了。哈哈……夫人是取笑在下呢！”

“怎么会？”

“夫人定是想看在下念不出来的挠头样儿。”

“哪里会？我都没叫你念。这封文书的内容，使者已说了大概，已经没有必要再看了。”

“啊？”

“文书的封印不要拆，就这样送到关东的家主手中。”千代道。后世均认为是这句话替伊右卫门赢得了辽阔的封地。

对千代来说，反正已经决定跟随家康了。方针既定，就不能三心二意半途而废，需要彻底为己方着想，所以石田方发来的文书也不必看。

“不用看，送至关东后，嘱咐家主也不可拆阅。就这样封印完好地交到家康大人手中，做好咱们的分内之事。若是拆阅后再送交过去，则意义大不一样。”

“原来如此。里面竟有这么大学问。”

“算不上，这叫天然艺术。你们今后也会懂的。”

一位叫田中孙作的结实小个儿，被选中成为前往关东伊右卫门处的密使。

（他真能走那么快？）

千代觉得不可思议，这位孙作据说一天能走二十里。不过，田中孙作被选为密使，倒不是因为故事里常有的超人的脚力这个原因，而是因为他的出身。孙作是近江国坂田郡高沟村出身，伊右卫门时任近江长浜城主时成为山内家的一员。所以，他懂近江方言。

石田方因担心大坂诸侯的留守人员与关东从军中的诸侯之间有情报交换，所以在近江的大津一地设置了一个巨大的关卡，同时在同国的水口、佐和山也设置了关卡，以达到阻断东西交通的目的。也就是说，只要能顺利通过近江一国，就能到达关东。

因此千代对年老的服部喜左卫门划定了人选范围，道："要以近江百姓自称，说是到京城刚参加完亲人的葬礼回来，这样才能顺利通过。所以，能说近江方言，最好是老家在近江的，有吗？"

服部回答道："这样的话，田中孙作应该能胜任。"而且他还介绍说，恰巧孙作就是个脚力极佳之人，能日行二十里。

千代叫来孙作："把头抬起来吧。"孙作三十五岁，在战场冲锋陷阵年纪稍嫌大了点儿。而且他从来都武运不佳，功夫也不甚高，这次他决意圆满完成此番大任，以开拓武运。

“孙作有两个孩子吧？”

“是！老大是男孩儿。”

“你不在的这段时间，我会替你好好照看他们的。”

“不用不用。”孙作受宠若惊，道，“实在不敢当！身为武士理所当然应该前往战场，不敢劳驾夫人照顾家小。否则反倒促生了娇气，于家中士风不利。”

“你要做的并非是去战场厮杀，而是比战场厮杀还要凶险得多，难得多的事。”

“明白！在下视死如归。”

“不，你必须得活着，无论遭受怎样的奇耻大辱，遭受怎样的痛楚，你都得坚强地活下去。”

千代让孙作先等会儿，她写了一封给伊右卫门的信：“西军要挟持留守诸将的妻儿作为人质。不过请不要担心我的安危，实在不行我就自戮，决不活着落入敌人手中。请夫君不要乱了心神，仍旧如同平素所说的一样，恪守本分，好好扶持德川大人。”

这封短信一共有八行，千代把它搓成细绳，与孙作戴的百姓斗笠上的绳索缠在一起。后来，赖山阳写诗赞咏此事，道：“笠绳一条字八行”。

孙作趁着夜色离开大坂。

第二天，五奉行之一的增田长盛派来使者，以高压的口吻道："秀赖大人有令，命贵府妻小移步至城内。"也就是说要把诸侯的妻儿强制收容到城内。使者毕竟是以秀赖的口吻传达的命令，家臣们全然不知该如何回话，于是只能在使者与千代之间踌躇无措。

（这种时候，没有气魄的男人可真是指望不上啊！）

千代此番有了切身的体会。

"那就请使者到书院小坐片刻，我直接与他面谈。"说罢，她修饰了一下妆容。

使者在书院里落座。千代迈着轻巧的步伐踱过走廊，穿过两道门，进入书院，在正面上座坐下，道："我就是山内对马守内人。"

"哦！鄙人福原玄蕃。"使者微微抬头道。此人看模样大约四十出头，前额已秃。

（这头型倒方便，都不用再剃了。）

千代心里觉得有些好笑。这位福原玄蕃身材不错，可惜面目惹人生厌。

（待会儿让他好吃好喝一顿罢了。）

千代看了此人面相后，即便他身份是使者，也尊敬不起来了。

“久仰夫人盛名，今日得见实在三生有幸啊。还请夫人明断。”福原玄蕃一双眼睛盯着千代不放。

（的确是又美又可爱啊，就看你有多聪明了。）

“您辛苦了。”千代道，“刚才听下人说什么我不能在自己家里住了？怎么回事儿？”

“没错。请移居大坂城。”

“我？”

“正是如此。”福原玄蕃点点头，语调黏黏糊糊的。

“是谁的指示啊？”

“是中纳言大人（秀赖）的指示。”

千代一听，扑哧笑出声来。

“为何发笑？”

“我笑福原大人撒谎不打草稿呢。福原大人定是觉得日子过得太枯燥，所以才到我这里说笑话来了。”

“这……这岂有此理。”

“难道不是么？请问福原大人现在坐的是哪儿？”

“就这儿！”

“您看清了，那里可是下座。秀赖大人的使者对我家来说应该是上使，我家又怎会让上使坐下座？”

“夫人怎么就不明白呢？是奉行增田右卫门尉大人听到秀赖大人这么说，就命鄙人前来传达的。”

“哦，这么回事儿啊。那就不是秀赖的指示了，是增田大人的指示。”

“不不，是增田大人听到秀赖大人这么说——”

“闭嘴，”千代说时，眼里依然含笑，“拿着秀赖大人的名讳到处乱用可不好。总而言之，不就是增田大人这么说的么?”秀赖才虚岁八岁，怎会说什么把千代当人质的话?

“日本的所有诸侯，”使者福原玄蕃道，“都一视同仁。所有诸侯的妻儿都得移居大坂城内。绝不允许夫人一家这么推三阻四。”

“我去不了。”千代又道，“因为我是对马守的妻子。”

“那又怎样?”

“我只遵从对马守一人的指示。对我来说，只有丈夫一人是天地间的施令者。”

“好感人啊!”福原玄蕃险些忘了自己的使者身份，就要开些轻浮的玩笑话了，好歹忍住，威胁道，“可惜行不通，这可是奉行的命令。”奉行是丰臣家的执政官，对大名来说是最可怕的一种存在。

“不去。我只有丈夫一人最重要，奉行什么的跟我毫不相干。”

“夫人竟敢目无……”说福原玄蕃怒了，不如说他是因千代的沉着而慌乱。“鄙人面前这么放肆倒也罢了，要是传至奉行的耳朵里，贵当家的可没有好果子吃。”

“可是福原大人，您家的奉行陪我睡觉吗？能陪我睡觉的，这个世上除了我家夫君不会有其他人了。那我只听丈夫的话不是理所当然么？可有何不妥？”

“这……”福原顿时哑了，思忖半晌无法作答。

“反正，只能派人去关东问过我夫君对马守之后，我才能决定去还是留。”

“那可不成，飞脚往返耗时太多，等不及了。明天城内自会派人前来迎接夫人。”福原留下这样一句便告辞离开山内家。

这段时间伊右卫门在关东也听到了各种各样的传闻。

(莫非石田方——)

他有了不祥的预感。

(石田方若是举兵，诸侯的妻儿岂非都成了人质？那千代一定会自寻短见的！)

他的这个念头一转，便心急火燎起来，马上叫来一个队长，名市川山城，吩咐道：“你很会随机应变，这是你的优点。俺有一事相求，你能回大坂一趟吗？”伊右卫门要他回千代身边保护她，若遇到万一要奋力保她安全离开大坂。“不能让夫人死了！拜托！”

不过市川山城也是武士。眼见着一场从未有过的大战即将爆发，家主却要自己离开战场到后方去，心里确实不是滋味，他道："大人，我怕有负重托，还是请别人去为好。"

"不不，只有你才能完成这个艰巨的任务。不能让千代死了！"

"可是——"

"拜托了！你就答应了吧！"伊右卫门明明是一名大将，却对自己的一个手下小兵合十而拜。

市川山城见家主都说到这个份儿上了，只好放弃在战场立功的想法，答应下来："那我就听从大人调遣。"

这位市川山城，是山内家有名的勇士，甚至在别家也享有盛名。他另外还有个小名叫石见，是若狭的能登野村出身。父亲是当地武士，叫市川定照，好像是位曾经侍奉过若狭武田家的刚毅人物。

市川山城也是在近江长浜时代来到伊右卫门家的。那时伊右卫门刚在长浜当上大名，招了大量侍从，他也是其中之一。

"市川山城，你什么武器最拿手？"伊右卫门问道。

"火箭。"他的回答很特别。火箭是攻城时所用的特殊武器，在源平时代只不过是燃起箭头发射的简单玩意儿，到了战国末期，用上了火药。在大型竹箭的箭尾灌入火药，点燃后再如火箭炮一般发射出去。每支火箭有三片侧羽，尖端有火炎燃烧。发射时并非用弓，而是徒手掷出，手掷之力与火药喷射之力相辅相成，可以射得很远。在攻城时，用竹盾防身，边躲边攻，一有机会就发一支出去。火焰四散，若是点燃了敌城的某处易燃的所在，引起敌城火灾，就大功告成了。

总之，火箭操作简单，可是要在战场用得得心应手，须懂得不少火药知识。所以，市川山城是伊右卫门所倚重的人才之一。

（哦，此人竟懂火术啊！俺也当了大名，这种人才也是需要的。）

如此这般，伊右卫门便收了他做事。

市川山城确实是个能人。天正十八年（1590）的小田原城攻城战中，他曾往城中射了好些火箭，搞得敌人胆战心惊。连秀吉也不由得侧目，问近臣——谁在空中放的烟花啊？从哪个阵中射出的？当他得知是从山内对马守的阵中射出时，还对伊右卫门大加赞赏——伊右卫门很会打仗嘛。

攻克小田原城后，伊右卫门被封远州挂川六万石。市川山城也因战功赫赫，加封千石。

就是这个市川，如今要作为单身密使，前往保护千代。

途中西军的关卡甚多，到底能否安全到达，他心里也没底。

“化装比较好。”有人这样建议，市川也考虑了一下，决定化装成热田神宫的神官。他脱掉头盔，戴上乌帽子；丢掉盔甲，套上神官衣装。无论是胡须长短还是走路姿势，都像极了一个真正的神官。

他就这般模样西驰而去。可是进入近江后，到处都有军事性的关卡，市川山城凭着自己一张嘴，好歹过了几处关卡，这日在近江水口却被人叫住：“那个神官，等一下。”

水口一地是西军大将长束正家的十二万石之地，关卡处武士众多，对所有稍有可疑之人都严加盘查，连一只蚂蚁都不会轻易放过，警戒态势不可谓不严。

关卡的守兵道：“等一下！”还用长枪指着市川山城。于是神官模样的市川只好慢慢停下脚步。

“大人有何贵干?”

“你很可疑，跟我们去岗哨。”十来个小兵押着市川来到岗哨。只见里面有数名队长模样的武士，坐下盘问他。

“你可真无能啊，”武士之一戏谑道，“密使们大都化装成僧人或神官，这是任谁都知道的事。你要化也化个新鲜点儿的出来呀，也好让我们乐呵乐呵嘛。”

“您这话从何说起啊?”市川山城很是胆怯的模样，“鄙人是尾张热田明神的神官。这可是千真万确的呀!”

“看你额上都没毛了。这个秃头的模样就是你经常戴头盔的证据。”

“瞧您说的。我这叫‘神官秃’，一年四季都戴着乌帽子，额上的头发都闷得掉光了，这才成了这番模样。”

“撒谎！我们有证人!”对方叫来刚才在关卡执勤的小队长。

这个小队长道：“我可认识你。你就是山内对马守家中的市川山城吧，使得一手好火箭不是?”

(啊!)

市川吃了一惊，他不记得对方的面孔。大概是在某个战场上，因自己声名远播而被对方记住的吧。

“怎么会？不过长得像罢了。”他苦笑道。

“对了，市川山城不是若狭的人吗？在若狭武田家干过吧?”大家都对市川山城的履历很是熟悉。

“那就去把大庭弥卫兵叫来，大庭也是若狭人，听说也在武田家干过。”队长大声道。

一听大庭弥卫兵的名字，市川山城不由得焦急起来。因为他们从年少时就相识。而且不仅相识，武田家灭亡后他们还一起走遍天下，共同寻找寄身之所。后来市川山城到了山内家，弥兵卫去了长束家。也就是说，他们其实是患难与共的铁哥们儿。

（大庭一来，就暴露了。）

市川山城坐到一棵松树根上，擦了擦头上的汗。

“那个……神官先生，干巴巴等着也不是事儿，干脆你唱一段祝词如何？你不是神官吗？祝词应该会唱吧？”

“祝词？”市川不耐烦地站起来，“祝词鄙人当然会。鄙人是神官怎么可能不会？不过祝词是奉给神灵的，若是随便乱唱，说不定会遭天谴呢。”

“说得这么神乎！那怎么办？”

“你们坐下来，让鄙人替诸位祈福武运如何？”

“呵呵，这倒新鲜。”这些武士们都听话地坐了下来。

市川山城来了一段，唱得铿锵有致极为熟练，大家听了都佩服极了。不过他唱的并非祝词，而是市川家祖传的山伏鸣弦文，因节奏相似，听来有点儿祝词的味道。

大庭终于来了。

这位大庭身材高挑，手脚极长，长得跟个长脚蜘蛛似的。

“什么？市川山城被抓到岗哨了？”他不由得对传令兵反问了一句，“确实是市川山城？”

“就因为不知道到底是不是，才让大庭您去辨认的嘛。”

“那马上走。”他拿起带鞘的太刀，掀开帷幔就往外走。

（放他走！）

他心底里这样决定下来。这个时代的武士充满了个人主义精神。武功也好，名誉也好，都是个人所有，而自己所属的集团利益却并不怎么多去考虑。而且不去考虑也并非不道德之事。所以，大庭弥兵卫放走市川山城可能给“西军”带来的损失，在他心中不如个人的侠义心肠重要。

（山城，久违了，我一定帮你！）

这便是所谓“武人相惜”。借用德川时代的哲学用语，便是武士道。

（此时若是把山城给出卖了，我就是蔫的！）

大庭弥兵卫一步步沉稳走去。这个时代的武士道还仅仅停留在个人美德气节之上。到了岗哨，他急问队长：“那个市川山城在哪里？在哪里？真没想到还能碰上他！”

队长用手一指：“在那棵松树下。”

“哪个哪个？在哪里？”大庭弥兵卫眼睛转来转去，终于发现松树下有个神官模样的人，“那个吗？是那个神官？哎呀，真是很像呢，啊哈哈，太像啦！”

“大庭，难道不是他？”

“不是不是。市川山城没有那个神官那么高的颧骨，眉毛也要粗些。最不一样的是身材，他比我还要高呢。”

“是吗？确实比你高？”

“我老早就认识他了，不会错。一般人找朋友，总喜欢找跟自己身材差不多的吧？市川比我要高一点点，肯定不是那个熊样儿啦。”

“可是——”说认识市川的那人道，“他那张脸非常特别，世上怎会有两张？”

“那，你们查查那人右肋下，若是市川山城，一定会有个铁炮疤。他曾被铁炮炸开过，不过现在看来应该不是那么恶心了。你们查查，若有，就是真正的若狭能登野出身，如今是山内对马守家臣的市川山城了。”

“噢，这个法子好。”他们一齐朝市川冲去，把他的神官衣服脱了个精光，却发现他全身上下都是好好的，一个疤痕都没有。

“难怪，看来认错了。”一群人终于信服。当然，市川本来就没有疤痕，那是大庭使的好计策。

（多谢了！）

市川从岗哨出来时，朝大庭远远投来感激的一瞥，大庭却看向别处，作无知状。

后来关原之战结束后，千代求伊右卫门——那位大庭弥兵卫是咱家的恩人，让他过来做事吧——然后让市川专程去请了他来并授予高禄。

就这样，经历了此番种种危难，市川山城到达大坂千代处时，已经夏日将尽。千代看着市川山城那风尘仆仆的神官模样，不由得泪眼婆娑："你总算回来了！"

"是……"或许是一下子放松下来，这位豪杰也是双目噙泪，半晌才抬起头来，"只要在下来了，就决不会把夫人交给那些敌人！"

（伊右卫门真是善良体贴。）

千代大为感动。没有哪个诸侯能够像他那样，因挂念大坂的妻子，特意从阵中抽调出一名高级将领，专程来护她。

"我虽已将生死置之度外，可如今有你的机智助我一臂之力，我就更安心了。"

"夫人，无论发生什么事，都不许自戮——呃，这是家主的话。"

（若是我死了，伊右卫门会怎样啊？）

思忖间，千代暗暗觉得好笑，他肯定会愁得焦头烂额的。

"夫人，"市川山城道，"若是您有什么万一，那山内家将是一片黑暗啊。"

"胡说！"千代好歹忍住没笑出来。

"是真的。无论家中还是坊间，都这么说的。"

“山城你好傻，连这种谣传也信。”

“……”

“说得我好像是个坏女人似的，尽干些雌鸡报晓、矫枉过正、吃力不讨好的事儿。”

“怎么会呢？家中也好坊间也好，从没有人这样说过夫人啊。”

市川山城退出后，换了衣服，整好头发，变回了原本的武士模样，从留守家臣服部喜左卫门那里听来了大坂的近况。他越听越心惊，看来大坂城一方是非要把诸侯的妻儿们掳去城内不可了。

“附近府邸的情况如何？其他各府也都不情愿进入城内吗？”

“好像哪里都不情愿去，但具体情况不甚清楚。”

“去打听！”

“这不成，山城君。你不知道，大坂方在各个角落都设置了岗哨，站岗的人很多，晚上还燃起篝火。他们不光要严厉打击外逃，连彼此间串门都严禁。”

“真的不成？”

“正是，所以我们才愁得不知如何是好啊，大家的情形都不清楚。”

“那好，天黑后我发射信箭去问。”

待到夜幕降临，这位火箭名手架了个云梯，身手敏捷地爬上大房顶，双腿跨在兽面瓦上坐好，拿大弓朝着四面八方的大名府邸发射信箭。箭上附有一封信函，准确落入了各个府邸的院落。可惜的是，其他大名府邸里这般神勇的强弓手都去了战场，竟没有一家能给个回话。

第二天，大坂城下传出一个令人十分震撼的消息——细川越中守忠兴的夫人，放火烧屋，自杀身亡。

（该如何是好？）

千代嘴唇紧闭，不禁紧张起来，下一个被包围的就是自己家了。

七月十七日夜里九时许，吞没细川府邸的熊熊火焰，在城下南边冲天而起。这天夜里，市川山城在千代房间外大喊“着火了”，千代先没意识到会是这等惨事，问了一句：“哪个方位？”然后只命他们好生防火。

可不久后，市川回话：“在城南玉造口的方位。从火势上看，不会是寻常百姓家。寺院那块地本身就少，也不太可能。大概是大名府邸吧。”

“快拿防火衣来。”千代命道。很快一件妇人用的红黄相间的毛毡防火衣被搬了出来，千代麻利地穿上，道：“家主在外，就由我来发号施令。”她让人在正门背后、正屋前面的前庭里摆好布凳，自己坐了上去，然后下令所有侍女都拿好薙刀。

“把所有门都打开。”

“夫人这是为何？奉行方的西军人数众多，就在街角呢。若是把门都打开，夫人被那些人掳了去可怎么办？”

“就按平常防火的步骤一步步做好就行。”

“可是——”现在已是战前剑拔弩张的局势。如果奉行方的人哗啦啦涌进来，千代会怎样？

“没关系。奉行方若是敢来，那我就奉陪到底。决不给对马守大人的武勇抹黑。”千代虽口中逞强，可膝盖却免不了打颤。

不久门都开了，每处都有人把守，并燃起了篝火。又过了会儿，只听见一些百姓嚷嚷着从门前经过：“着火啦！是细川越中守大人府邸！”

一听细川的名字，千代不由得一惊：

（难道奉行方包围了细川府邸，要强行带走细川夫人，所以双方打斗了起来？）

“山城，快把门关上！”她慌乱道。

“啊哈哈，夫人也有失策的时候嘛。这次确定是要关门？”

“嗯，关门。”千代抢过侍女的薙刀，咚一声倒插在地，站起身来，“怎么样？功夫还不错吧？”

“啊？”市川山城苦笑。

“不过，我膝盖都打颤了。看来战斗呀策略什么的还是留给男人最好。”

“啊哈哈！幸好只是失火。如果是兵戎交接的战斗，那夫人大概得心惊肠子跳了。”

“真的？”千代捂了捂肚子，“还没跳。山城，我看那并非是普通火灾，而是战火。那些官兵，不久后就会来咱们这里的。”

忽然，府邸来了不速之客。山内家后门附近的墙上忽现一个矮小的影子，嗖呼一声落入府邸内侧。

“有贼！”警卫们呼喊着一拥而上。

只见那人打扮得像个连歌宗匠，道：“等等！鄙人虽不请自到，却不会为难贵府。带我去见贵府夫人便可知晓。”

“还以为是谁呢？这不是六平太吗？”疾步赶到的市川山城苦笑着带他去了千代处。千代也不怕夜露清寒，仍在正门前的布凳上坐着。

“是六平太么？”千代语调有久违的欣慰，只要这位前来，城下的样子也就清楚了。

“哎呀，在下也是忙得不可开交啊。夫人心忧的可是玉造那边的火？呃——呵呵。”

“有什么好笑的？”

“夫人这一身防火衣很合身嘛。”他说了句风凉话后便告知，果然是细川越中守忠兴的府邸起火了。

“据传闻说细川夫人玉姬自杀了，是让自己家老——小笠原少斋拿了薙刀刺胸而亡的。”

“奉行一方的人包围了细川府邸？”

“是。”

“那位夫人，好像确实是天主教徒吧？”

“正是，人称伽拉莎夫人。就跟夫人您一样，那位伽拉莎夫人也是诸侯夫人中数一数二的美女。”

“是明智光秀的——”

“夫人真是无所不知啊，她正是逆臣明智光秀的女儿。在嫁与细川家不久，其父光秀就挑起了本能寺之变，于是遭到秀吉讨伐，死于山崎。后来细川家为了避嫌，把这位逆臣之女送至丹后国味土野一地的尼庵关了一段时间，待风平浪静之后才接了回来。可谓命运多舛啊。”

“她自杀的情形如何？”

“具体情况还不甚清楚，在下一旦得了消息一定转告夫人。总之，奉行一方的人既然包围了细川家，估计贵府也危险了，不是明日便是后日，请夫人千万小心。六平太所来正是为此。”说罢，六平太再次跳上围墙，消失在暗黑之间。

后来千代听闻了详情。

……

细川家主忠兴极爱妻子阿玉，并由爱生妒，有着近乎病态的嫉妒心。

忠兴作为东征军的一员大将离开大坂时，已经预感到人质事件的发生，对留守老臣小笠原少斋这样说道：“我与石田三成关系很糟。石田要是起事，首先便会找我们家的茬儿，会包围府邸，叫嚣着把夫人交出来。少斋，你会怎么做?”

少斋踌躇着不知如何作答，忠兴又道：“这时，要杀了夫人。”

他的嫉妒心实属异常。传言从前有一个手下只因为跟阿玉说了句话，就被他杀掉。想着阿玉可能被敌方男人推推搡搡，估计他是怎么都咽不下这口气的。那还不如干脆——忠兴想到此节——不如让阿玉自杀来得更干脆。

当日奉行一方抓住细川家不放。因为忠兴对妻子超乎寻常的爱以及病态的嫉妒心，在大名中是人尽皆知的事——如果能抓了伽拉莎夫人，那从军中的忠兴定会急火攻心，最终便可能背弃关东——这是奉行一方所打的算盘。

最开始是极为柔和的交涉方式，奉行一方用了一个经常出入细川家的老尼去说服阿玉："如果夫人不愿意进大坂城，那就不进好了，搬到邻近的府邸去住如何？"所谓邻近的府邸，是宇喜多秀家的府邸，而宇喜多家与细川家有一层联姻关系，这成了老尼说服她的理由。

不过，虽说是亲戚，可宇喜多家如今是奉行方（西军）的人。宇喜多家若是收容了伽拉莎，今后对她怎么裁决那都全凭宇喜多家自己的喜好了。所以，细川家拒绝了这个提议。

于是奉行方只好在七月十七日中午差了正式使者前来，厉声道："为表明对幼主秀赖公的忠诚顺从，请贵府夫人移步城中。如果胆敢抗令不遵，休怪我们使用兵力。"

留守老臣小笠原少斋道："还请高抬贵手。家主不在，老臣是决不敢把夫人交到城中的。若是强逼，我们留守之人就算自尽也不会交出来，请明鉴。"

之后小笠原少斋面见夫人，询问夫人意思。伽拉莎道："我已有心理准备。"她让自己七十余岁的姑母与长子忠隆之妻——加贺前田家来的媳妇去了宇多喜家；接着又叫来名叫"小侍从"的侍女（洗礼名玛丽），命她"把两位小姐带到大坂教会的奥尔冈蒂诺神父处避难"。她的两个女儿一个十三岁，名多良，一个三岁，名万。

另外，伽拉莎还叫来服侍自己二十年、来自娘家的阿霜，道：“我给忠兴家主、忠隆少主写封遗书。阿霜一定要好好活下去，把遗书带到阵中交与家主。”

处理完这些，她便自己穿好寿衣，进入安置了十字架的房间里，祈求天主原谅自己一生的罪孽。她在这个礼拜室里待了很久，还有一大群侍女们也跟随在后。她的侍女们也大都皈依了天主十字，祈祷着哭作一团——请夫人让我们也随了您去。可伽拉莎坚定拒绝道：“天主不允许殉葬。”

伽拉莎想让自己死得更加庄严一些，命女儿与侍女们全都退出礼拜室，把这里当成自己死的归宿，只留了老臣小笠原少斋一人。

夜里八点，府邸外人声嘈杂起来，包围的人越来越多。

“好像来人已经密密麻麻围了个水泄不通。”少斋语声冷静。拍门的声音震耳欲聋，传入了府邸深处的房间。

“少斋，我死后，你怎么办？”

“切腹随夫人同去。”

“你也皈依天主吧。”

“啊？”

“若是皈依天主，则得神庇佑，不可自杀。你就不用死了。”夫人这样劝道。可少斋苦笑一声，称如今已经没有时间去皈依天主了，哪怕死后坠入地狱，他少斋也是响当当的一名武士，决不会辱没了武士的德义之名。

“少斋，时辰到了吧。”夫人催促道。少斋拿起薙刀，单膝跪立。两人之间有道隔层，夫人在礼拜室，少斋在隔壁。

夫人洁白的双臂将长长的秀发一圈圈盘起，露出脖子。少斋摇头道：“抱歉夫人，不是这样。”意思是不会取首级。

“那这样可好？”夫人挺胸。少斋半蹲着，举刀齐眉，刃上凛冽的寒光一现——可是，隔层碍事，未能刺到夫人。

“抱歉！”少斋道。若是进入夫人房间倒是好办，可他想到家主忠兴的嫉妒心，只好求夫人道：“在下不能踏入夫人房间，可否请夫人靠近一点？”

“这样？”夫人缓步移近隔层，口里念叨着耶稣、玛利亚、约瑟夫的圣名。

“对不住了！”随着少斋的一声叫喊，薙刀刀刃刺向了她跳动的心脏。

他迅速拿来备好的绢被盖在夫人遗骸上，周围撒上火药，并取下格子窗、纸门板类堆积在遗骸旁，然后点燃了火。火焰迅疾上窜，蔓延到了整个房间。

少斋脱身而出，与同僚河喜多石见一起奔向前庭，打开门，朝着一拥而入的敌兵们道：“你们来迟啦！用你们的脑子想想，日本第一美人、越中守忠兴的妻子，怎会让你们这帮人掳了去？夫人刚刚归天啦！”说罢，两人坐定在门前，扯开胸前衣服，切腹而亡。这时，火势已经窜过一间又一间，黑烟滚滚破顶而出，冲向天际。

据说奉行一方的人被眼前景象惊呆，像潮水一般退回了城内。

千代听闻此事后，对老臣们道："咱家也学细川家的样子，把硝石、稻草等都搬到府邸里堆起来。"也不知她到底是如何打算的，反正这一手让奉行方进退两难。他们不得不考虑到，若是用强，人质们会个个步了伽拉莎的后尘，所以不得不消停一段时间。

话题回到关东的伊右卫门身上。

征伐上杉的诸军们一队队开出江户，经奥州街道逐渐北上。总人数五万八千的大军，宿宿停停，走得很慢。家康于七月二十一日从江户城出发。当日在鸠谷宿营，二十二日在岩槻城、二十三日在古河。

家康在古河宿营的这日，伊右卫门则在离此地三里之外叫"诸川"的一个村子里宿营。日落不久，只见伊右卫门本营的寺庙山门处站了一个人。看样子是位小个子农夫，戴着个破斗笠，蓬头垢面的模样，与乞丐不相上下。

门前守卫叫他："走开！"可此人却没听见似的，只顾悠然地解下斗篷的绳索。"天哪，这不是田中孙作君吗？"守卫仔细一看，吓了一大跳。

“对。专程从大坂追过来的，赶快通报家主。”

武士们闻讯都赶到门口，孙作被大家簇拥着走进门内，一时间热闹非凡。

“孙作，大坂可有什么动静？”

“不知道。”这个男人的嘴巴很紧。

“哥们儿这么说也不怕伤了情分！都听说大坂的石田治部少辅已经起事，后来怎样了？”

“不清楚。”孙作在屋前洗了脚，没换衣服就进去了。“家主呢？”

“不巧被附近的堀尾大人请去喝茶了，而且刚刚才走，估计一时半会儿是回不来的。”

“赶紧叫回来。”孙作面色郑重，不带一丝笑。

“孙作，你可真让人着恼啊！”

“我是紧急特使。”孙作道。

“哦，原来是留守府邸派来的飞脚啊！”

“不，是夫人的专使。”

“啊？”大家都惊得一跳。武将福冈、祖父江等人连忙亲自赶去堀尾阵营处，把伊右卫门叫了回来。大家都很仰慕夫人千代的才情，而伊右卫门自身更是极为重视千代，所以大家都紧张了一回。

伊右卫门回来之前，孙作大概实在是太累，竟趴在了地上。

“你睡会儿如何？”

“不！”他只顾摇头，并告知了老臣这样一段经历。

他这一路来一直跑个不停，还遭遇过凶险。其实在近江与美浓交界处的伊吹山中，他碰到了二十多个山贼。出发前千代曾说——不管碰到什么人，都不可起争执。所以孙作装作害怕的样子，自己把衣服脱了，钱撒了一地，连腰刀都丢给了对方。他在山贼们哄抢钱物之时趁乱逃了出来，头上戴了斗笠手上拿了文书盒，而身上什么都没穿。跑出来后，碰巧遇到一个看似富人家的老头子，于是就抢了老头子的衣服、腰刀、钱包，边跑边穿，这样才好不容易找到了大家。

“什么？千代的专使？”伊右卫门惊愕道，于是连忙赶回自己阵营。脚步刚踏入山门，境内松下一个黑影便飞身而来，拜伏在伊右卫门面前。

“在下田中孙作。”

“哎呀，你这一路辛苦了，没事就好。”伊右卫门很想早点儿打听千代的安危，可还是强忍着慰问了一遍孙作的苦劳。“途中可遇到什么凶险了吗？”

“遇到了，其实就在伊吹山中……”这个男人也是个不开窍的，见他又要重复一遍刚才的话，福冈等老臣道：“孙作，这事不用提。”使者就该先说正事，这些路途中的旁枝末节以后有时间再聊也不迟。

可是孙作却不依了，他不愧是那个时代的人，一梗脖子道：“这事福冈君你也是不知道的，为何不用提？真让人不痛快！”

温和的伊右卫门这下既得安抚孙作，又得顾及福冈的情绪了。

“详细情况请到方丈室内慢慢说，夫人可安好？”

“嗯。夫人到在下出发时一直安好，之后的情况就不清楚了。”

“之后的情况？”

“是的。在下出发后，夫人所遇情形，在下无从得知。”

“是吗？”伊右卫门露出一张苦瓜脸。

（此人真是个不开窍又不会说话的主啊。）

伊右卫门思忖。说什么之后的情况无从得知，就说一句——是的，一直安好——不就得了吗？后面再加一句——大家的家人，包括足轻兵们的家里人都安好——这样凛凛一句，会提升多少士气，这个傻子怕是从不会考虑的。

（真是个莽汉！人的器量大小就表现在能否体贴入微上，能或不能则人的品性差别就大了。）

伊右卫门甚至又想：

（孙作虽然功劳不小，可加封多少得好好斟酌一番了。）

不过，梗着脖子的孙作此刻却有另一番情绪。

（这个笨蛋大将！）

孙作本来就觉得伊右卫门对自己老婆的态度，实在是有损男人的尊严。更何况他这么千辛万苦突破敌阵来到这里，被问的却是“千代可安好？”作为一军大将，这种问题也太掉价了！

（大半的将士都把妻儿留在了大坂，大家虽然嘴上不说，心里都一样牵挂。最高将领的妻子谁都明白很重要，可有他这么劈头盖脸就问的吗？也不怕影响士气！）

总之是各自肚肠。

“就先去方丈室吧。”老臣福冈催促孙作道。

在方丈室内，伊右卫门为阅读千代来信，首先取过了文书盒。

“哎呀，不可，”在侧屋的孙作赶忙摆手制止，“大人，不可啊。”

“为何？”

“文书的事待会儿再说，大人请按顺序来，先看——”孙作靠近伊右卫门，递来一个脏兮兮的斗笠，“先看这个，斗笠!”

“啊?先看斗笠?”伊右卫门拿过来,照孙作所说解开绳索,果然见一封信被编了进去。

(千代还真是心细如针,“花招”繁多哪。)

伊右卫门边想边展开信纸,正是千代的笔迹。上面简洁地记述了石田三成举兵之事与大坂的情况。

(这——三成果真如传闻所说,举兵了啊。)

伊右卫门的表情一瞬间凝固。此事在其他大名阵营里也略有耳闻,但像千代这样有诸侯夫人地位的人来报信还是头一回,而且还附有书信。

(千代,干得漂亮!)

他边想边看,目之所及的一句是:“……请不要担心我的安危,实在不行我就自戮,决不活着落入敌人手中。请夫君不要乱了心神……”

等伊右卫门读完,孙作道:“启禀大人——”

“说。”伊右卫门点头示意,接着又去开文书盒。

“是夫人的吩咐,那个文书盒不可开启。”

“莫名其妙!千代是这样说的?”

“夫人反复嘱咐,就这一点需要口头传达。不可开启文书盒。里面装着一封相同的信件。”

“啊?一样的?”

“是！另外还有城中奉行一方送至各个大名府邸的文书一封。”

“什么样的文书？”

“正如在下刚刚所述，是城中奉行一方送至各个大名府邸的文书。是让各个大名们发誓效忠大坂奉行方。夫人说，大人已是德川方的人，所以不看也罢。”

“然后呢？”

“夫人吩咐，就这样原封不动转交到家康大人手上。”

“哦！”伊右卫门终于弄清楚了千代的“花招”，是个看透了人心以至让人生憎的花招。若是把这文书盒原封不动地交与家康，那家康定然会赞赏伊右卫门的仗义、诚实，感激他全力支持自己。如果看过奉行一方的文书再转交家康，说不定还会被怀疑是经过一番权衡思量才最终下的决定。反正已经决定要跟随家康，那何不原封不动地交与家康呢？这便是千代的攻心术。

而且千代还把讲述自己心境的私信放入文书盒，又把相同的一封编入斗笠绳索。她定是知道，耿直的伊右卫门也只有这些花招可以用了。她什么都替伊右卫门想到了。伊右卫门点点头，立即让人备好马匹，准备前往家康阵中。

在古河宿营的家康，这夜或许是因为太累，很早就用餐就寝了。伊右卫门拿着千代送来的文书盒出现在阵中时，家康已经就寝了一阵子。

“伊右卫门特来拜访!”伊右卫门与平常不同，态度强硬不肯回去。

“别固执了。大人跟咱不同，年纪大了。若是现在去叫醒他，之后一夜说不定就再也睡不着了。”家康手下诸将这样说道。

一听对方这样的劝言，伊右卫门也很是彷徨：“这可怎么办哪!”

诸将见他一副无可奈何的茫然神色，以为他放弃了拜见家康的念头，安下心来，道：“那就这样吧。对马守大人，您的事我们自会转告，就请等到明天早上吧。”

“那时就晚了!”他故意喃喃了一句，“这可是天下第一等的大事。”

“啊?”

“晚一刻，咱们这边就多一刻的不利。若到了明早，说不定一切都迟了。你们可担当得起?”

“那——请稍等。”一人飞奔而去，是去告知家康的谋臣本多佐渡守正信。还好，这位老谋臣还未睡，正用手指蘸着味噌酱，享受睡前美酒。

“噢，是对马守?”正信念叨了一句。他现在左思右想的都是大坂的情势，而伊右卫门此时来访，他凭直觉感到相当重要，于是道："对马守不是别人，他的品性摆在那儿，这么晚了却固执来拜，定是有什么特别重要的事。我——"正信起身，"去叫醒大人。"

正信是唯一一位可以自由出入家康寝室的人。他经过走廊，来到寝室的侧屋，命令执勤门卫道："拉铃。"

所幸，家康也并未睡着，因为思虑过多。他跟正信一样，在担心大坂的情势。若是三成以秀赖之名起事，大概可以号召很多西部大名，总人数或许会多过家康。

（今夜，伏见的鸟居元忠会不会来报三成举兵之事？）

德川家历代老臣鸟居元忠一直守在伏见城，家康曾命他一得到三成举兵的消息便派使者急速来报。可是如今还没有人来。最好是家康得知了大坂的确切消息之后，对诸侯们说"大坂如何如何"，而不是诸侯们都从大坂府邸各自得知了消息，家康才说，那在统率上是极为失策的一件事。

就这样辗转反侧之间，铃声响了。不一会儿本多正信进来。

"山内对马守要来见我？"家康觉得甚是意外。对马守不是一个在半夜怎么都不听劝，吵嚷着硬要来见的那种人。"弥八郎（正信的通称），看来三成已经举兵了啊。"家康即刻言道。

寺里有个小小的书院。家康脱下睡衣换上常服来到此处，伊右卫门拜伏在地。

“噢，对州大人（伊右卫门），夜里辛苦了。”本来该伊右卫门说的话，让家康说了。这位老人眼下最重要的就是抓住大名的心。

“内人刚从大坂送来一个文书盒，”伊右卫门递上那个文书盒，“可以详细了解大坂的情势，还请大人亲自过目。”

“还没开封过?”家康一脸不可思议的神色。里面肯定有他夫人写的信，说不定还写了些不愿让旁人得知的怨言之类，可这做丈夫的竟这么愣头愣脑转交了过来。

(真是名副其实的耿直啊!)

家康不由得暗暗赞叹。

“对州大人，我曾从织田大人那里听说过你妻子的一些传闻。在还贫寒之际，用黄金十枚买名马的轶事，我还记忆犹新哪。还有，太阁在世时，在聚乐第恭迎天子，你妻子所制的那件华美小袖连天子都十分中意。当时我也陪观过，那种美到现在都忘不了。可是，即便是对州的妻子，也该是有秘密的吧，让我这个旁人先看，怎么过意得去?”

“不不，请大人亲自过目。”伊右卫门只一味地固执己见，神色可怕。

家康见了他的神情，终于答应下来，接过文书盒大声道："你是决定要站在我这一方了是吧？"家康很是感动，而且不自主地要大声把这种感动说出来。现在跟他一起讨伐上杉的诸位大名，名义上都是从丰臣家借过来的。一旦东西合战，他们究竟是跟随大老家康，还是跟随奉行三成，如今明确表态过的只有藤堂高虎、黑田长政、细川忠兴、池田辉政、浅野幸长，还有一位不在这里的加藤清正，如此而已。其余大名对家康来说都是未知数，他们到底会站在哪边家康也是毫无头绪。而这位旗帜并不鲜明的山内对马守一丰竟让家康来开启自己的家书——以此来表明立场，等于是宣誓。

（这在政治上是大事一件啊！）

家康既是紧张又是感激。

"对州大人的一片好意，我就恭敬不如从命了。"家康略施一礼，"你总是这样耿直仗义。我已经明了你的心意，这文书盒就请你打开，再念与我听如何？"家康是打算在政治上利用一下这个文书盒。

伊右卫门念了出来："……即便听闻了奉行一方的反逆行为，也请夫君不要乱了心神。夫君平素心底已有决断，我决不多言。就请夫君顾全对德川大人的忠义节气，好好辅佐大人。"当念至此段时，在座的均是鸦雀无声，感动异常。

伊右卫门退出时，家康还招手叫住他，沉声道："对马守大人的心，天月可鉴。只要有我德川家在，子子孙孙永不忘怀！”伊右卫门根本没有想到，千代所做的这件事竟有着这么重大的政治意义。

在伊右卫门走后，家康谋臣本多佐渡守正信得了家康的许可，召集了多名使臣，道：“既然对马守的使者都已经到达，那其他诸侯的紧急信使也不远了，引起人心的动摇也在所难免。”

这是自然的。诸侯们的妻儿家小都在大坂，大家都在担心他们的安危——若是就这样跟随德川大人，也许妻子会被杀，一家会绝后的。要是可能，谁都想早日回大坂看看。

带领这群惶惶然的将士去乾坤一掷一争高下，实在是让人顾虑重重。此时，必须要促使他们下定决心。

“那你们就到各个阵营去，告知大坂方面的详情，一切照实说。另外，把山内对马守未开封的文书盒一事也详细告知。如果大家知道连耿直的对马守都死心塌地跟随咱家大人，便会争着来表明忠诚。这种时候人心的躁动不安，其实是很容易凭这些小事一举稳定下来。还有对马守夫人所写的以自杀明志的那段话也要给大家看，这样大部分人都会收敛对妻儿的思念之情了吧。”

“得令！”夜里使者们各自分头跑向四面八方。

就在这之后，另一个重大情报由细川忠兴带到了家康的阵营之中。

“我家内人，”忠兴暗淡的目光在地上游移，“为摆脱石田之手，在府邸放火自杀了。”

家康想到忠兴心中的悲恸，竟是未发一言。许久后，才低头叹道：“还请节哀顺变！”

“内人早就知晓在下心中之意，她一定是为了免除在下辅佐德川大人的后顾之忧，这才取下策自杀而亡的。”

这个消息很快便传遍各阵——细川越中守若是能做到——那从军中的诸位大名也只好斩断对大坂妻儿的愁思了。

后来世间有人评论道：“关原之战得胜的首要原因，在于山内对马守夫人与细川越中守夫人深明大义。”

这天夜里，诸阵营也逐渐得知了确切情报。黑田如水夫人与其子长政的夫人，在家臣的护佑下逃离了大坂；加藤清正夫人藏在水桶的夹层内，被搬运到安治川河口，乘船逃离。这些事也在各阵里传开。

（可是千代那之后怎样了？）

伊右卫门极是挂念。

（不过以千代的聪慧，她肯定有办法逃出来，不会自杀的。）

细川府邸燃尽后的数日之间，大坂城下出现了各式各样的传闻。“这次是黑田大人的府邸”，“据说奉行方的人已经赶往浅野大人的府邸了”等等不一而足。甚至还有传闻道：“前田大人的府邸被城里的百名铁炮足轻兵包围，从傍晚到夜间一直不停地遭到扫射。”连千代都信了。

留守家臣市川山城听了这些也不得不担心，道：“大坂看来是待不下去了。在下在奈良有知交，怎么着也得把夫人救出去。夫人能扮作小贩吗？”

“途中一定会败露的。”

“败露就没有办法了。但存了千分之一、万分之一的可能，就要赌一把。”

“男人可真喜欢赌啊。”千代笑道，“我是女人，可不太喜欢这些只有千分之一、万分之一可能性的赌博，我只考虑有把握的事儿。”

“可是——”不就是因为没有把握才这么苦心竭虑的吗？市川山城气鼓鼓的不再多劝，“那夫人是打算坐在这里迎敌？”

“不。”

“那夫人准备怎么办？”

“我考虑了一下。你能帮忙把府邸里的柴薪、稻草都集中起来吗？”

“这是要干什么？”

“把那些全部堆在大门、正门旁、书院檐下，还有地板下面也塞满。”

“哦，敢情是要借在下的手把府邸烧了?”

“正是。”

“那在下现在就去点火。”

“山城!”千代一脸认真地制止道，“就这么烧了那今晚睡哪儿?”

“那夫人是要——”

“只是堆在那里而已。”千代催促他赶快去。

市川传令下去后，大家连忙在府邸里上上下下窜来窜去，很快就按千代说的办好了。千代巡视了一圈，道:“还不够，要堆得高高的。最好重新堆作井字状，要一点就着，能冲成火柱的那种。”

“夫人，已经没有柴薪啦!”

“那边有松树。庭院里的树也砍了来，不管是荻蒿还是南天竹，全都砍了来。呃不，还是只砍树就好。一定要堆得比府邸还高。”

“明白!”市川山城好像兴趣盎然起来，他在庭院里一面指挥，一面挥舞攻城用的钺斧把树砍倒。接着就有人来把树锯断、砍碎，其他人就专心地堆高。

日暮时分，一切都收拾妥当。新堆砌的柴薪之山成为府邸一大景观。

“已经按吩咐竣工了。”市川山城报告道。千代说了声辛苦以示感谢。

“可是夫人，您这是打算做什么？”

“什么都不做。”千代跟没事儿人似的。

第二天，奉行方又再次派了使者来，是五千石身份的福原佐渡守。这次他带了百余人来，目的自然还是人质一事——要千代“离开府邸移居大坂城内”。

可是这位福原进了门后，眼见着就脸色瘀青起来，连脚都动不了了似的。他见到了柴薪之山。“这是要干什么？”他问山内家的引路人。

“不清楚。是夫人命令这样做的。”

“难道是打算据守抗击？你们府邸有多少人？”

“二十人，而且半数是夫人侍女。所以据守抗击是不太可能的。”山内家的引路人语气不痛不痒，像是在说别人家的事情一般。

福原佐渡守决定这次说什么也要带走千代。他跟着引路人进了正门，穿过走廊，来到小书院。从这里可以看见庭院，所有的树都被砍伐了个干净，变作柴薪堆得高高的。而且连小书院的地板下也好像塞满了柴火。若是有硝石引火，这小书院毫无疑问会在瞬间变作一片红莲火海。

“山城，”福原佐渡守叫了一声市川山城的名字，“这是什么？”

“回大人，这是柴薪。”

“我知道！问的是要干什么？”

“不清楚。是夫人的命令。您也知道，我家夫人喜欢新奇的东西，可这到底是要做什么……”

“我们上次的那封文书——”福原换了个话题，“关东的对马守大人还没有回信吗？”

“这事儿我们也是——”市川山城妙语连珠，“望穿秋水，盼一日如隔三秋啊！要让我们说，总是希望家主对马守能与奉行一方同心协力的。”

“噢，是吗？”福原的紧张情绪像是稍稍缓解了一下，“那正好。城里都派了好多次使者前来劝说贵府夫人移居城内了，这事儿该办了吧？”

“我们也回过好多次话了，若是没有关东家主对马守的指示，我们也不好办哪。”

“这可是秀赖大人的要求！”

“是——”市川山城行了个礼，“可是这事儿的确不好办哪。我家夫人已经多次申明，如果没有丈夫的允许，哪怕是京都天子的命令，她也是不会移居别处的。”

“我要见贵府夫人。”福原道。

市川山城前去报了千代，于是千代爽快地来到书院。福原佐渡守再度传达了要求，而千代也再度以相同的理由拒绝。

“福原大人，你还要我说多少次？若是再敢强求，我就只有以死明志了。府邸里一旦起火，相信你也只有陪葬的命了，福原大人！”

一听这话福原佐渡守可吓得不轻，慌里慌张就要告辞，很快就从府邸消失了。

家康二十日宿营在下野小山。这夜，伏见城的历代老臣鸟居元忠派的紧急特使，扮作行脚商人到达家康处。使者名叫浜岛无手右卫门。或许是行程中遭遇了数次磨难的缘故吧，一身衣服破破烂烂，都不成人样儿了。

家康即刻接见，道：“说！”

浜岛无手右卫门拜伏在地，调匀呼吸后说：“大坂诸将，以毛利辉元大人领头，很快就达成阵线。而且奉行一方强行逼迫咱们交出伏见城，被伏见城留守鸟居元忠大人一口回绝了。今后奉行方很可能会领军攻入伏见，料想将有一次激烈的攻防战。”

“伏见城情形如何？”

“因为城中所有人，”无手右卫门转述了城将鸟居元忠的话，“包括足轻兵在内，都决心誓死保卫伏见。请大人无须担心。”

“是吗？”家康点点头。伏见城被夺、鸟居元忠等人的战死，本是预料之中。家康在离开时曾暗中对元忠讲明利害关系，元忠道：“我这个行将入土的老人若是还能发挥余热，替大人带来运气，那也算是死得其所了。大人无须有后顾之忧。”

家康让浜岛无手右卫门回去后，招近臣本多正信、井伊直政前来促膝长谈，互相交换了意见。

“德川夺取天下就在此一举了。”年轻的井伊直政道，“三成举兵可谓天赐良机。古书上有云，天予之而不取反受其咎。如今应该即刻调转方向，挥军西进，统一天下。”

“你还太年轻。”本多正信道，“会津百万石的上杉景胜，已经备好五万大军来应付咱们的攻击。咱们虽有十万，但倘若调转方向挥军西进，上杉的五万大军毫无疑问将从后方追击我方。到时候，我方将面临严峻的夹击之势，前有大坂石田，后有会津上杉，进退两难啊。”

他咽了一口唾液：“更何况，如今跟随大人的诸位大名，受丰臣家恩顾者众多，心底里究竟作何打算并不明朗。就算平素殷勤来访的人，一旦卷入此种事态，变数仍然很大。”他继而又道：“诸位大名的妻儿都在大坂，石田一方要是挟持了她们，并得知关东从军的诸侯铁定站在大人一方，那肯定会毫不留情取了她们性命。诸侯们其实都在担心这个，人心向背说不定会在一夜之间改变。如若率领这样一批随时可能倒戈的诸侯去孤注一掷，实在风险太大。”

“那您认为该如何？”井伊直政问道。

“当下，只有让诸侯先各自回府，以咱家自身的军力守住箱根，抵御大坂军的来袭。除此以外别无他法。只有在箱根战胜大坂军后，才能在天下打出德川的旗帜，并乘胜追击。”

家康听闻，并未言语。

这天夜里，一位使臣从家康处出发前往先锋诸将的阵营。这是一位叫镇目彦右卫门的马术名人。

只见夜幕中他左手举起火把，右手持鞭，奔往诸将各个阵营门口。他收缰站定，在马上朗声道：“德川大人有令——使臣镇目彦右卫门来报——明日二十五日——清晨卯时——在小山的德川阵营中召开军事会议，请务必参加——”说罢，旋即御马离开，火把的火焰犹如流星飘逸而去。

“大人，明早卯时，在小山阵营召开军事会议。”跑到伊右卫门跟前来报的是乾彦作。

“是吗？”伊右卫门还未入睡。其他阵营的将领们能在今夜入睡的估计不多。“队长以上职位的全部集合!”伊右卫门命道。

很快，大家都聚拢了来，铠甲的摩擦声噌噌作响。伊右卫门在上座。福冈、乾两位首先说明了大坂情势，然后讲出了此次集合的目的——“咱家到底应该如何做，请大家畅所欲言，不要顾忌。”

“不过有一点要申明，”福冈道，“大人已经下定决心，咱家无论碰到什么艰难险阻，都与德川大人同命运共甘苦。各位请畅所欲言，咱们该怎么办好。”

大家都沉默着，不过并非恶意，而是均不知道该说什么才好。众人心里也有不安，到底跟随德川是对是错？能取胜吗？其实，不只伊右卫门的阵营，其他阵营也是一样，级别越低越觉得不安——奉行方兴许强多了——这种心绪或多或少都存在着。

奉行方毕竟掌握着一座坚固的大坂城，而且有幼主秀赖这面旗帜，能够以秀赖的名义发出各种军令。据说大坂城已经招揽了很多大名，人数、规模都远远超过德川方。

更何况，包括足轻兵在内，大多数将士的妻儿都身在大坂——还是加入奉行一方更妥当——有这种想法也是人之常情。

另外还有一重担心，就是会津的上杉。

（现在咱们是受前后夹击的态势。东部的上杉与西部的奉行之间飘来荡去的，不就是咱们十万余人吗？）

“我来说一句。”后排座位上响起一个声音，是一位名叫渡边笑右卫门的武士，“刚才听福冈大人说，家主的意思是要靠德川大人来开拓家运，可试问德川大人的胜算有几成呢？”

“你是笑右卫门吧？”伊右卫门坐直身子问道。

“是，在下笑右卫门。”

“笑右卫门，你是在担心什么？”伊右卫门亲切问道。伊右卫门此人很有自知之明，知道自己并无超群的才智，所以以善听来达到高人一等的能力。他对部下所说的话连毫无用处的都会点头致意，因此部下们也少有怯场的人。

“前方的敌人，是百万石的上杉。上杉家自谦信公以来，一直以兵马强悍名扬天下，主将景胜、家老直江山城守都是赫赫有名的猛将。大坂方面又有石田三成，恰与会津的上杉景胜形成前后夹击之势。德川大人虽然老练，但前有狼后有虎，谁都无法保证有十成的把握赢得胜利。大人若是押错了宝，家运可就尽了。”

这番话长了他人志气灭了自己威风，却也情有可原。上杉家是正面之敌，关于上杉家动静的情报、流言甚多，因此自然容易过度考虑这些情报，来对事物加以判断。

上杉家老直江山城守曾给家康下过檄文，还在领国内修筑新城，准备引家康入彀一决高下。而且上杉景胜似乎已经下定决心："与家康此战是正义之战，我从未考虑过胜败。诸位，无论是历代老臣还是过去的功臣，抑或只是浪人，若是不愿跟我，我定然允诺。"由此，一举团结了众人之心。而这些情报都顺利传到了德川方。

另外上杉景胜还亲自轻装上阵，去预定战场白河附近勘察地形。回城后，他把主要将领召集到亡父谦信的菩提寺雪洞庵毗沙门堂，道："这次作战并非是为了私怨。内府（家康）去年无端罢黜了奉行石田三成与浅野弹正，而且对咱们上杉家也是百般刁难。是可忍孰不可忍！到了咱们武士请命的时候了，咱们就去跟内府一决雌雄！咱们年少时起，从来都是百战百胜，这次决战也是一样，卑怯叛逃者斩，直勇有功者赏！你们可愿与我同死白河口?！就让毗沙门天王与亡父谦信公做个见证，咱们就此定下誓约！"

说罢，景胜割破手指写下血书，其余诸将也都肃然跟从，立下血誓。连下级武士也都喝了毗沙门堂的神水发誓决一死战。也就是说，他们都成了敢死将士。所有人都誓死决战，没有其他军团强得过这种敢死军团。

更何况参谋长直江山城守还详细做过说明，让大家对此战的胜利充满希望："若要预测胜负，毫无疑问，胜利是属于咱们的！本来攻城就比守城所需兵力多得多，五倍至十倍不等。哪怕他家康智谋无双，会神机妙算，他也只有不到十万人马，想攻破咱们五万守城兵是不可能的事。”

景胜与直江山城守的作战计划，是将敌军引入白河之南的革笼原，再一举歼灭。革笼原是个宽阔的盆地，是大军一决雌雄的好所在。他们让原上民家迁移至别处，为避免敌军拿民居当据点，放火烧掉了所有民居，连杂木丛都不剩一堆。

伊右卫门等人所面对的就是这样的敌人。

“敢问大人，德川大人有把握取胜吗？”渡边笑右卫门问道。他语音刚落，满堂唏嘘之声顿起。伊右卫门仔仔细细观察着这一切，默不作声，只一双眼睛在动。他一张张脸看过去，有的人一碰到他的眼神便缩了回去。

（看来大家都很不安啊。）

笑右卫门的这段发言便是这种不安的代表。平定这种唏嘘之声、使家臣团众人们团结一心，正是大将伊右卫门分内的工作。

（说什么好？）

不知道。若不小心说得迂腐了些，反而会令家臣们乱上添乱。若是千代，在此种场合会怎么说呢？伊右卫门根本没法儿预言德川大人能不能取胜。

取胜的条件有三点，伊右卫门思忖：

（首先，德川大人是有能的军略家，曾在小牧、长久手之战使太阁都一败涂地。）

而敌方的石田三成几乎没什么军功。况且被立为敌方总帅的毛利辉元，是名家的第三代，很是凡庸，对家康几乎不构成威胁。

其次，是身家大小。家康坐拥关东二百五十万石，是大大名，而三成不过江州佐和山二十万石而已，完全没法儿比。如若动员天下诸侯，两者信用有云泥之差。

（或许，会回到战国时代吧。）

伊右卫门思前想后，若是天下再次大乱，还是应该择明主而仕，拥戴有统率能力的大家，来开拓自家命运。这才是战国时代的常识。

第三，如今各种各样的情报纷至沓来，可有一点相当重要。过去受丰臣恩顾的武将中，与秀吉之缘越深则越是家康一派。比如加藤清正、福岛正则、加藤嘉明、黑田长政、浅野幸长、细川忠兴……同时，他们也都是秀吉正妻北政所所钟爱的武将。

（莫非是北政所夫人在暗中指挥大家加入德川一方？）

这种猜度并非无中生有。北政所认为家康是最为正直仗义的人，她想依靠家康来拥立丰臣家，这点伊右卫门也清楚。

（说不定就是那一位利用自身影响，劝说加藤清正等人站到德川一边的。）

如果真是这样，那殷勤到访家康府上的武将人数实际上会比伊右卫门所知的更多。可是，即便如此，也不敢打包票说一定会赢。因为西军亦有利点，如果只考虑西军之利，很容易推论出石田一方的西军会取得压倒性胜利的结果。

（不能只考虑敌军长处。）

伊右卫门思忖。伊右卫门从一名织田家的下级武士时起，经历了数不清的劫难，才最终铭记了这个自身的教训。

（真正的战事不是纸上谈兵，不战是不知道结果的。就跟赌博一样。）

而且伊右卫门从来就相信自己有福星高照。从前跟随信长，之后成为秀吉下属，除了小牧、长久手的失败以外，打的都是胜仗。不是因为伊右卫门厉害，而是最高指挥官引导了胜利。

（俺就是运气好啊！）

这次跟随德川大人一定也是一样！

“没有——”伊右卫门大声道。在座的诸位一听，惊得面面相觑。“没有胜算。”伊右卫门少见地扫视了一圈，不带任何表情，只目光的余晖闪闪发亮。众人沉寂下来，都屏息注视着他。

“德川大人能否得胜，谁都不清楚。若是结果一清二楚，那还需要打什么仗？”伊右卫门的语气里像是充满了愤懑与不平。不过，他的心里装的并非此类情绪，他只是极为认真地在思索，就宛若是在说些对神祈祷的话一般。

他几乎是屏住呼吸，再次用目光横扫所有人，道：“是咱们要让德川大人取胜！”

所有人都若有所思，接着扬起脸来，所有人都是一个表情！

（成功了！）

伊右卫门终于安下心来，心底里长长吐了口气。在这个最为紧要的关头，一家上下终于团结一心！

“俺比在座的哪位厮杀过的战场都多。”伊右卫门微笑道。事实就是如此，这个时代的大名大都是创业的英雄，无论经验、指挥能力还是对情势的判断能力，自然都比家臣高些。“俺经历无数战事，得到的一条最为重要的经验便是：无论处于何等苦境，都要相信咱们自己能取得最后的胜利！俺要用这一战来开拓山内家运，大家也要抓住机遇好好开拓自己的家运！如果俺不幸战死，就拥立俺弟之子忠义（国松）为家主。如果诸位战死，俺一定会扶持你们的孩子！”

伊右卫门的话激昂了自己，他继续道：“若是没有孩子，就扶持兄弟。若是没有兄弟，就遍寻亲戚。俺一定会让你们的功劳传承下去，决不辜负诸位！俺会死战到底！大家也跟我死战到底如何?!”

所有人都跪拜在地。

伊右卫门觉得似乎说多了点儿。这种场合，“家主”的话还是越少越能留有感动的余地。其余的让家老去说就好了。于是他调转语气，问道：“笑右卫门，你可明白了?”面露微笑。

笑右卫门当然是毫无异议跪拜在地，双肩因激动而微颤。

(为了这位名将，便是死也值了!)

这是此刻笑右卫门的心思。

说实话，此夜的伊右卫门的确配得上名将这个称谓。随后，他遣散诸位，回房休息去了。

(距天亮还有些时辰。)

他脱光衣服钻进被子，明晨还有军议。

(怎么都得睡一会儿。)

他闭上双眼，明晨的军议，他得比任何人都思虑清晰。

军议、军议，此刻伊右卫门的声声呼吸里绕不开这两个字。这位从来都沉默寡言而且资质平庸的男子，迄今为止在任何军议里都没怎么发言，总是一副在角落里沉默着的样子。

（不过，这次军议，俺要发言，一定要让众人刮目相看。）

他这样为自己打气。虽然不过仍是区区六万石，但他预感到该轮到自己来撼动天下的杠杆了，一小段就好。其实，山内对马守一丰，此刻虽不是大人物，却已不再是小人物了。

东征（续）

刚拂晓，伊右卫门便一跃而起：“拿盔甲来。”随从们闻言，即刻前来替他穿戴。出门后，只见马夫已经备好马匹正在等候，伊右卫门翻身上马，望望天，道：“是个大晴天啊！”

福冈市右卫门、深尾汤右卫门、野野村太郎右卫门九郎、安东太郎太左卫门、祖父江新右卫门（现称道印），还有过世的五藤吉兵卫之弟内藏助等部将级别的诸位家臣，都一字儿排开站在伊右卫门面前。

“是军议，”伊右卫门在马背上道，“只需少数侍从即可，市右卫门、汤右卫门，你俩跟俺来。”

“是！”

“便当做好了吗？”伊右卫门对这种事很是仔细。

“已经做好。”深尾汤右卫门不以为然道。

“咱是要去小山的阵营，大概很晚才能回来，得准备三份明白吗？”

“已经准备了四份。”

“那还行。”伊右卫门策马迈出山门，巧妙地下了七段石阶。他不喜哗众取宠，但马术精湛，偶尔会露上这么一手。

到街道上后，伊右卫门忽道：“等等，先去旁边阵营看看堀尾信浓守大人，咱们邀他同去。”他命众人调转方向，去了有名之士堀尾信浓守忠氏的军营，下马问道：“信浓守大人还未出发吧？”

门卫回答说大人正在用早餐。

“汤右卫门，你进去问问信浓守大人，此地至小山路途遥远，可否赏光同道而行。”深尾汤右卫门得令进了门内。门内侍从们都已准备就绪，正等待家主堀尾忠氏用餐完毕。于是汤右卫门找到其中一位，转告了伊右卫门的话。对方一听，一脸神情很是微妙。

（大名同道而行，这可少见。）

侍从进来禀明时，堀尾忠氏正吃着清茶泡饭。这是位二十多岁的年轻武将，肤色白皙容貌秀丽，在当时的武将中实属另类。

“噢？是对马守大人来了？”他放下筷子。

“是。”来报的家臣点点头。

忠氏目光深邃，好像在思索着什么，片刻后道：“果然耿直仗义。是因为阵营相邻便前来邀请同行？”

“正是。”

“他在哪里候着?”

“就在门前的道上。”

“这……怎可如此怠慢，赶快拿茶汤接待。”他自己也赶紧把饭吃完。

伊右卫门此时在路上思忖:

(忠氏虽然年轻，可是智慧超群。与他同行，一定能够受到启发。)

堀尾信浓守忠氏是十二万石的大名，居城在远州浜松城。与伊右卫门的挂川城正好相邻，因此一直交往甚深。其父堀尾吉晴，通称“茂助”，是位有名的勇士，今年五十八了。比起忠氏，伊右卫门与他父亲——年长同僚的吉晴，交往更深。堀尾家就是茂助一人打拼出来的。

有这样一段逸事。织田信长在世时，有一次在尾张国上郡附近狩猎。

信长是个爱狩猎的人，那天腰腿上裹了鹿皮裙，腰带上横插一把短太刀，头上戴一顶灯芯草笠，策马扬鞭亲自指挥着。他用了千人以上的村中百姓，敲锣打鼓吹螺号，从山林深处往外赶鸟兽。而山野间的各个要所，都安排好人马，一旦有猎物跑出便射击斩获。

信长自己则一会儿站在屋顶，一会儿策马奔往山谷，时不时下令道："铁炮组就在这条道上候着，弓箭组在那边。鹿群大概会从那个山谷过来，野猪会从那些岩壁间穿过来。到时候给我放手猎。"

就在他跑上一条樵夫小道时，前方有足轻兵嚷嚷道："看！"原来一头壮如小牛的大野猪正卷风飞驰而来。

前面的那些铁炮组、弓箭组的人还没来得及改换方向，持长枪的人便被悲惨地掀翻在地。而后箭也发了，炮也放了，可惜全没射中。只见野猪直直冲来，就快撞翻信长坐骑，这时一个从山腹间跑来的少年突然出现在旁边，"呀——"的一声拿竹枪刺向野猪。竹枪刺中野猪腹部，啪嚓一声断了。随后少年眼尖手快抓住野猪毛，翻身跨到野猪背上。在两者扭打一起时，少年拿出山刀，朝野猪肋间一刀刺进并搅动数下。最终野猪终于倒地不再动弹，而少年也精疲力竭昏了过去。

"快来人照顾照顾那孩子。"信长命人赶快救治。

那孩子身穿一件手工织就的横纹木棉单衣，一条竖纹绑脚袴，手持的山刀是铜质的。年龄大约十四五，好像是村中百姓的孩子。这时的秀吉还叫作木下藤吉郎，他恳请信长道："可否把这孩子赏给在下好好培养？"信长允了。

这孩子名叫仁王丸，后来称作茂助，勇敢、有才略。秀吉当上大名，成为近江长浜城主时，茂助受封一百一十石，后增至三百石。秀吉搬至姬路城时，受封一千五百石，后增至三千石。这时与伊右卫门并无多大差别。后来他又步步高升，拜领了远州浜松十二万石，如今是丰臣家执政官、仅次于五大老的三中老之一。

其子便是信浓守忠氏。虽然还未正式继承家业，可已能替父亲指挥家中的上上下下。忠氏还只有二十三岁，但据闻智谋已胜其父。

堀尾忠氏用完早餐后，持鞭出了阵营，对伊右卫门郑重招呼道："承蒙厚爱相邀同行，实在诚惶诚恐。但不料准备竟花了这许久时间，让对马守大人在路旁久等了，真是过意不去！"

"您太客气了！都怪俺不打招呼便冒昧相邀，给您添麻烦了！"伊右卫门骑上马后，转身对自己数名侍从道："你们远远跟着就好。俺要跟信浓守大人并排聊天儿呢。"

伊右卫门这么一说，信浓守的侍从们也只好避讳。可道路很窄，两队并走几无可能，伊右卫门又道："还是请信浓守大人的几位得力干将先行吧。"在这些小事上伊右卫门总是想得很周到。于是队列便自然地变作堀尾队的前锋、山内队的后卫，而伊右卫门与堀尾忠氏在中间并辔行走。

"今日真是个好天儿啊。"伊右卫门纵马徐行。

“的确。”

“令尊身子可好？”

“硬朗着呢。”忠氏一张稚气还未褪尽的脸颊上扬起微笑。

“过去，”伊右卫门道，“俺与令尊也这样并马聊过天呢。”

“父亲也经常提起这样的往事。在太阁公的小牧山那会儿，听说羽黑之阵父亲与大人曾在一起过？”

“是啊，一起守过一个堡垒。想想真令人怀念哪！”伊右卫门缓缓前行道，“跟现在一样，过去俺也是愚钝得很。一旦碰到状况，俺这颗脑瓜无法判断时，就会去请教令尊。”

“您太谦逊了。”年轻的忠氏在马上低头施礼。

“呃不，不是谦逊。俺虽然在战场上总不愿落于人后，但总会碰到这样那样不太明白的事，而每次都靠了朋辈、部下的帮助化险为夷。后来靠武运得了一城，拿了六万石俸禄，可这些都是托了大家的福啊。”

“您涵养真好！要说啊，都是因为对马守大人仁心德厚的缘故。若非仁心德厚，谁愿意无端把智慧借与他人呢？”

“呃不不，若不是借了大家的智慧，伊右卫门当真无法自立。都是靠了大家无偿的帮助啊。”

“这就叫仁心德厚嘛，这可是偷学不来的。那，如此说来，对马守大人平时总是备了数人的智慧，再做过取舍后，付诸行动的啰？”

“无奈天性愚钝——”伊右卫门这个老资格的大名，竟谦虚得让年轻的信浓守都感到不自在。可伊右卫门自身却觉得最自然不过。或许这就是伊右卫门所具有的特别的仁德吧。

“对了，”伊右卫门道，“今日在小山的军议，会是什么议题呢？”

“这个嘛……”堀尾忠氏望着前方的白云，面含微笑。毕竟是聪颖之人，他大概已经心中有数了吧。

伊右卫门与堀尾忠氏都是“东海大名”，位置特别。秀吉曾经为了防御关东的家康挑起叛乱，从箱根到西部东海道的主要关隘处，分别安置了多位性格笃实、正直的大名。骏府城的中村一氏、挂川城的山内一丰、横须贺城的有马丰氏、浜松城的堀尾吉晴、吉田城（丰桥城）的池田辉政、冈崎城的田中吉政、尾张清洲城的福岛正则等人，怎么看都是正直守义、德高望重之人。哪怕德川家以利诱之，他们也决不会轻易动摇。

秀吉在对德川的战略上考虑到，就算德川真的要从箱根出来，也得把东海道上的正直大名之城一座座摧毁了才能继续前行。而德川家康其实也是顾虑重重，几乎从未在事前对这些正直笃实的大名们做任何的政治工作。受丰臣恩顾的大名们，很多都在暗中被家康拉入了自己的阵营，可伊右卫门等人却从没有碰过。理由便基于此。

堀尾忠氏也是一样，两人在此事上可谓立场一致。

“大人觉得，今后这天下形势，到底会怎么变？”伊右卫门一副思虑重重的模样。

“会变作德川大人的天下吧。”年轻的忠氏道，而且还加上一句，“家父曾说，太阁过世后，就仰仗德川大人立家，我也这么认为。我会拥立德川大人。”

“原来如此——”

见伊右卫门如此感怀，忠氏反倒觉得不安，极其严肃认真地问道：“莫非对马守大人要站在大坂的石田治部少辅一方？”

伊右卫门连忙回答：“不不，绝对不是。天下是有夺取天下之器量者的天下。织田信长公在本能寺突然过世后，无论是织田信雄还是其余信长公之子，都非大器量者，所以天下落入了本是一介部将的秀吉公手中。有了这个先例，这次天下交到德川大人手中实属应该。正所谓时事所趋、众望所归、天理使然。俺虽人微力薄，也愿意拥立德川大人，以开拓世运。”

“这样甚好。”忠氏仿佛安下心来。

“不过信浓守大人——”

“嗯？”

“今日的军议，”伊右卫门又回到了刚才的话题，“会谈些什么呢？都说您虽年轻，可智慧是当仁不让的第一人，您可有什么预见吗？”

“哪里哪里。像我这种毛头小子能有什么预见啊？”忠氏谦虚了一句，但毕竟年轻，与年长的伊右卫门的谦逊相比，难免会显露出一两丝的优越感来。“倒是有一点——”他稍显得意道。

“这种场合下，人心总是极为微妙的。”堀尾忠氏道，“就算心底里愿意站在德川一方，可大坂的妻儿不免让人牵挂。而且，到底是德川强，还是大坂强？若说大坂强，只要有人斩钉截铁这么说，人们也就会人云亦云真觉得是这么回事。若有人说德川大人的弓箭才是天下第一，人们又会觉得这也不假。总之是飘摇不定难以定夺。”

“的确！”年长的伊右卫门点头赞同。

“现在的人心，就好似暴风下的芒草一般，风朝西吹就全倒向西，风朝东吹就全倒向东，自己是难以做主的。”

“正是正是。”

“无论什么时候什么场合，人群中的十之八九都是没有主见，会随风而动，这其实是世间常态。”

“啊——对对！”伊右卫门极为钦佩，这位年纪不及自己一半的年轻人，说的话就像是活了百岁的人似的。

“这种时候，人们总是习惯于看旁人的脸色。旁人若是往东，他也往东；旁人若是露出往西的意思，他也会动摇不已。可是——”堀尾忠氏擦擦嘴唇，“这次的小山军议，连这个旁人也是左顾右看、面面相觑，不知道该如何办才好。”

“正是如此啊！”伊右卫门点了两三次头。

“所以，”忠氏又道，“这次能引领众人者，便是决定天下之势者，是改变历史的人。”

“噢！呵呵！”

“现在，我几乎都能看到军议开场前诸位脸上的表情了。场上是静悄悄一片，有人低着头尽量把脸藏着掖着；有人视线无处安放只盯着自己指甲；有人无所事事数着榻榻米。谁在哪儿做着什么，都一目了然似的。”

“信浓守大人可真是千里眼啊！”

“哪里。只是稍加考虑便一目了然。”

“您也太厉害了！”

“这时，”忠氏道，“只要有人站出来，说不管别人如何打算，我就是要与德川大人同进退。那大家定会争先恐后地表态，又叫又嚷，生怕落了人后。说什么我早就决定拥立德川大人了，说什么就让在下打先锋吧，说什么粉身碎骨以报大人知遇之恩等等，就跟村落里的麻雀齐鸣似的热闹非凡啊。”

“哈哈。”

“不过，光凭这点还无法引领众人，还需要做点儿具体的事情。比如我是浜松城主，德川大人西征定会经过本城，那我就把此城交与德川大人。

“哦！”

“把城内收拾干净，带领所有人马加入西征军。若能让德川大人与旗本们随意使用此城，那自己的一番诚意定能获得一个较高的评价。这样一来，议席上在座的东海道诸位城主们，都会一一效仿，把城郭空出来让给德川大人。只这一招，不就等于德川大人赢了吗？”

“等于赢了？”伊右卫门不由得反问了一句。

“是啊，东海道上的诸位大名们都跟风把自己城池让与德川大人，其他大名一定会大惊失色的。”

“有道理。”

“德川大人就等于是不战而天下归顺之。如此一来，议席上在座的诸位大名都明白‘识时务者为俊杰’的道理，定然不愿意落于人后，于是争先恐后要站在德川一方了，士气也会为之大振。”

“哦！”确实如此，伊右卫门也这么想。不过，这位年轻的堀尾家少主，实在是脑筋锐敏异常。“听君一席话胜读十年书啊！俺这种只会拼杀的老古董甘拜下风！在大人的智谋面前，俺就跟个婴儿似的。”

“哪里哪里。”堀尾忠氏愉悦地摇摇脑袋，“我只是偶然想到罢了，哪里算什么智谋啊。”

“您太谦逊了。”伊右卫门一步一摇地纵马前行，不自禁地仰视忠氏道，“如果信浓守大人在军议席上担当引领众人者，那俺就把挂川城献出来。”

“啊哈哈。”忠氏瞧着伊右卫门的这股认真劲儿，不由得笑起来，“对马守大人可真是为人直率，全没有年长武士的酸劲儿啊。我只是偶然想到罢了，瞧您这么认真反倒让我惴惴不安起来。”

“您是在开玩笑？”

“哪里哪里。对马守大人对女子也是礼数周全的吧？”

“啊？”话题突然转风，伊右卫门硬是愣了半晌没跟上。

“我也曾听家父提起过您的为人。简直那个……”他想说简直是个大好人啊，可最终把后半句吞了下去。

终于到了小山。小山是下野国有名的驿站，人多房多寺庙也多，作为家康直属大部队的宿营地是最好不过的去处。

伊右卫门从马上望过去，宿营地中间自不必说，西部的现声寺、西南的祇园社林等地，到处是旌旗飘飘，各色各样的都有。宿营地入口处设置了一条临时栅栏，家康的警卫疋田源左卫门见他们走进，对二人道："堀尾信浓守大人、山内对马守大人，军议地点设在西北小山的旧城，特此告知。"

"有劳了。"伊右卫门回了一声，叫来领头深尾汤右卫门，命道："此去小山旧城，人数太多恐有不便，你们就在此等候吧。"于是，伊右卫门就领着十人左右的徒士、足轻兵，让他们带着一支长枪、两个挑箱、马帜，踏上了去往旧城的小道。远观仿佛是支五百石左右的小队。

堀尾忠氏也学伊右卫门精简了队伍。

伊右卫门所走的是红土坡道。此路通往城郭，有很多险峻的斜坡，他在途中有时还不得不抓住松枝一步步腾挪往前。

（俺真是年纪大了啊！）

年轻时参加过数十次攻城战，这种坡路一口气嗖嗖就爬上去了，哪会像如今这般气喘吁吁？

"大人，您没事儿吧？"野野村太郎右卫门九郎从背后推着他的屁股问道，"要不然先找块地儿休息会儿，把便当吃了吧？"

“呃嗯。”伊右卫门模棱两可哼了一声，被人同情怜悯可不太好受。

（虽平素不怎么考虑年纪——）

伊右卫门喘着气思忖。

（——可俺也五十六了啊！）

能活到现在已经很不错啦。自己本身并无甚力量，亦无甚才能，只因为战场上没死，就活了五十六年。而且不光活了下来，今天还能作为诸侯之一前往会场参加军议。

（运气真好！）

他忽地想起大坂的千代。千代也虚岁四十四了，可也不知是什么缘故，她现在看起来也最多三十出头的年纪。

（千代，俺老啦！连这种坡都爬不动啦！）

“大人！”推屁股的野野村太郎右卫门九郎道，“其他诸侯都还未到，离军议开场还有时间，就找块草地把便当吃了吧。”

“哦，时间还早啊。”

伊右卫门终于找到休息的借口了。他吩咐野野村太郎右卫门九郎安排众人找个合适的地方。很快他们便在道旁百步之远的地方发现了一小块平地。伊右卫门走过去，见草已铺好，成了个舒服的草垫。

“噢，这里景致不错嘛。”他面前便是悬崖，下面一条思川正蜿蜒咆哮。

“毕竟是座废城，寂寥得紧。”伊右卫门环顾周遭的松林、被草丛掩盖的城垒遗迹，少见地感慨了一句。

“据说，小山城是小山政光所筑，这位小山政光是源平时代藤原秀乡的后裔，时任下野大掾[1]。小山氏领地包括都贺、寒川、结城三郡，管辖上六十六乡、下三十六乡，合计一万多町的广袤土地。小山氏延续了十几代，在战国乱世中被小田原的北条氏降服，成为北条氏的隶属武家，得以继续把守小山城。可后来太阁得天下，小田原的北条氏被灭，关八州也被尽数没收，小山氏的城池就此废弃，成为野草蔓延之地。最后一代城主高纲年仅十九岁，守城时战死。其胞弟秀宏好歹逃了出去，如今下落不明。真所谓成者为王败者寇啊！”

便当已经准备妥当。因是行军在外，没有茶，野野村太郎右卫门九郎从下面打来溪水，盛入便当旁的竹筒里。

用餐完毕后，伊右卫门没有立即起身，只茫然眺望着眼前的关东平野。

“大人，您怎么了？上坡的人越来越多了呢。”

“是啊。”伊右卫门仍未起身，扯下一根草，嚼起了草根。青涩的汁液弥漫口中，竟让他回想起年少时的光景来。

（活到现在不错啦！）

这股感念又从他胸中冒了出来。

“请大人上路吧。”

“不用急。还有在白泽、喜连川等地宿营的人，他们肯定还要走上一阵子才到得了。”

“大人是肚子不舒服？”野野村太郎右卫门九郎神情疑惑地问道。

“没有不舒服啊。”伊右卫门是想起了刚才堀尾忠氏的那番侃侃而谈的模样。不过他不仅没有丝毫不快，反而觉得欣慰。

（能跟这般远见卓识的年轻人说话，真是舒畅啊！）

有自知之明的伊右卫门总是对智者崇敬有加，这也是他的美德之一。

（俺踏过很多战场，经验应该不比别人少。可智慧却不是靠经验堆出来的，那是天生的。不过啊，俺有肚量！）

这肚量也跟经验一样，是堆出来的。俺如今遇事已不再飘摇不定，因为这些事情过去大抵都经历过了，只要回想当年，便很容易安下心来。而且，无论遇到怎样的人也不再惊诧，因为已经识人无数。况且天下诸侯也都认识，知晓他们的手段与能力，也能依其经历推断他们下一步的行动。这种镇定自若，无疑是源于经验的积累。堀尾忠氏的智慧，俺是甘拜下风，可也不会轻易动摇，俺有俺老当益壮的好处。

（确实是个好点子啊，不过那位年轻人有胆量在满座众人之前如此侃侃而谈吗?）

若是自己，有。伊右卫门如此思忖。自加入织田家后，经历了那几十场的生死之战，他有了一种俯瞰众山小的心境，人间世事不过如此。

“走吧。”伊右卫门起身。拨开竹叶前行时，许多小虫宛如火灰一般四散飞去。“虫还真多，”伊右卫门出了坡道，“俺有精神了，不用再推屁股了。”他稳步前行，不久到了顶峰的旧主城。

“你们就在这附近休息吧，松树底下也可。军议也用不了一时半刻，不过俺军议结束出来时，天下就大不一样了。今日的光景你们就好生看着吧，别忘了告诉子孙后代。”

旧主城所在的平坦之地上，有座住了当地所有百姓的大庄园。不过，虽说叫大庄园，可人一旦聚集起来，还是多少显得有些闷。所以，为了今日的军议，昨日找来一批附近的木匠，在庄园背后紧急打造了一个木板建筑。

“噢，大夫大人!”伊右卫门对一位走过身旁的人打了个招呼，此人三十七八岁年纪，是福岛左卫门大夫正则。正则头上戴一顶折叠乌帽子，身穿直垂衾[2]，上面套了护身铠衣。与伊右卫门一样，他也只带了一小队人，帮他拿着大刀与挑箱。

福岛左卫门大夫正则是尾张二十四万石的大大名。因为是秀吉的表弟，所以跟加藤清正一样从年少时便成为秀吉的得力小将，后来更是数次高升，还被赐予羽柴的姓，称羽柴清洲侍从。他是个有实力又勇敢的人，只要一出战场便犹如一只狰狞的猛虎，与加藤清正是丰臣军团的一对突击队长。不过说到智谋，可能还欠火候。

“哎呀，对州大人吧？”正则回过头来，气虚地笑了笑。

（奇怪！）

此人竟然这么气虚！伊右卫门仔细瞧了瞧，只见他还不显十分成熟的一张脸，色泽极是暗淡。

（他是犹豫不决，烦恼着吧？）

这是伊右卫门的直觉。在大坂举兵的石田三成，跟福岛正则的关系是有名的不共戴天。如果有机会喝其血啖其肉，正则是绝对不会放过的。可这次三成举兵，打的是“秀赖公之令”的旗号。正则对丰臣家的眷顾一直感恩戴德不敢有忘，在他看来，对三成是私怨，与“秀赖公之令”不可相提并论。

后来伊右卫门才知晓正则烦恼的原因。家康在丰臣家诸将之中，对秀吉亲戚福岛正则与加藤清正两人，可是下了一番极大的功夫。

秀吉一过世家康便将养女嫁给清正，以拉拢其心。这次征伐上杉，清正请愿——一定跟随德川大人从军出征。家康以九州民心不安这个理由，让他先回了领国肥后熊本。对清正，家康还是很放心，不放心的是正则。正则性格执拗，实在难以琢磨他会做出什么事来。

因此家康昨夜专门找来与正则关系较好的黑田长政，询问详情。家康告诉长政，如果正则愿意追随家康，那军议席上就让正则率先发言："不论旁人如何，在下是决意站在内府大人一边！"他这一句话就足以牵引其他丰臣家诸侯之心了。而正则听了黑田长政一席话，明白了利害关系，也决意照他所说的那样第一个发言；可正则毕竟是直性子，以他在丰臣家里的特殊立场，一丁点儿违心之言都难以出口。

所以他的脸色才如此暗淡无光。

"对州大人阵营中，后来还有消息送来吗？"正则问伊右卫门道。问话的语气方式，仿佛很想知道伊右卫门肚中所思一般，眼神也与平素的正则不同。

（他的眼神也会变成这样啊？）

伊右卫门竟同情起正则的立场来。

"可惜还没有啊。"

“尊夫人是比清少纳言[3]还聪颖之人，想来您是很放心的了。”也不知道正则是从哪里听来了清少纳言的名号，伊右卫门自然是不知的，还以为是巴御前或者板额那样的女豪杰，于是回答道：“您说什么呢！内人又不是什么巫婆。看见起火了也会怕，看见军队包围也只会念经祈福，说穿了就是个手无缚鸡之力的小女人罢了。”

“原来如此！”不知正则是因为感念还是其他，只见他连着点了两三次头才离开。

之后伊右卫门又见了好多大名，有招呼他的，有他招呼的。

他见到了细川忠兴。细川夫人在大坂府邸放火自戮，已是全军皆知，所以伊右卫门道：“大坂之事，还请节哀顺变哪！”

“无需介意。”忠兴回了一句便离开，脸上有极为倔强决绝的神情。他从始至终无论言行一直都是站在德川一方，这亦是全军皆知的事实。

接着浅野幸长过来了。幸长也老早就是德川党的一员，此刻一副异常紧张的模样，连伊右卫门的招呼都没注意到，便大踏步进了屋子。

（好……）

伊右卫门望了望天，缓缓走进房间。先到的尾张黑田三万石的大名一柳监物直盛，空出了自己身边的一个座位，招呼道："噢，对州大人！"

伊右卫门与此人的长兄一柳直末一直是好友，相交甚亲。当初一柳直末在小田原的山中城攻城战中战死时，伊右卫门仅仅离他几十丈远。所以他对一柳直盛也感觉特别亲近。

一柳直盛是一介武夫，一碰到这种一本正经的军议便面色苍白手足无措，连身子都有些微颤似的。"对州大人，今日到底会怎样啊？"他好像是说了这么一句，但却因缺了门牙漏风，伊右卫门并未听清。他性子急，易怒，只要有人嘲笑他说话漏风，他便手持刀剑一副不讨回公道决不罢休的架势。

"不清楚啊。"伊右卫门回答道。还未开场，到底怎样谁都不可能知道。不过若像他这般只有三万石，还是顺应大势、人云亦云的好啊。

随后，志摩鸟羽三万石的城主九鬼守隆、大和御所八千石的桑山元晴等都坐到了伊右卫门身边，前排有阿波德岛十八万多石的蜂须贺至镇等在座。

人越集越多，只见伊予八万石的藤堂高虎忙呵呵地周旋其间，摆出一副好似德川家里人似的面孔。伊右卫门曾听说，此人虽是秀吉一手栽培出来的，可很早就开始替家康做些类似间谍的事，暗中搞了不少名堂。

家康出席了，座位是上段之座。

下段席位上的众人一齐向家康施礼。当然此礼并非拜主公之礼，而是因为家康是内大臣，在丰臣家诸侯中最位高权重。家康也向众人回礼致意，这一个来回的礼数就好比是相互间打个招呼。

可是家康的这番回礼致意，只有动作没有语言，俨然一副主公的姿态。因为这种场合下，身为主公一般是不会对家臣多开口的，他的话自有家老级别的人代替他讲。而此刻家康的近处就坐了德川家老——本多正信、本多忠胜。

“路途遥远，大家辛苦了！”本多正信声音沙哑，半侧着身子朝向众位诸侯道。正信原本是僧人，现尊称佐渡守大人。他是个六十来岁的老头儿，长一双看似阴险的眸子，人称“家康怀中刀”。

“今日召集大家前来不为别事，只因主公尚在征伐上杉的途中，可不料石田三成竟举起了谋反之旗。此事相信在座各位均已知晓。”正信随意地使用了“主公”一词。主公之意是天下之主宰，过去只有秀吉被尊为主公。也不知从何时起，此词也成了对家康的尊称。而且言语中还提到“石田三成谋反”，三成举兵对家康，原本构不成谋反，可正信就这么说了，实际上相当于暗中宣告诸位：家康已是天下之主，是大家的主公了。

“诸位——”另一个声音响起。

伊右卫门挺直腰身看了看，却发现不是本多正信，亦非本多忠胜，不知何时两位并非家康家臣的人已经站在家康身旁，成了家康的代言人——山冈道阿弥、冈江雪。这两位僧人模样的武将曾是秀吉家臣里的御伽众，颇受秀吉赏识，在伏见城内还有受赐的府邸。

山冈道阿弥以前曾称备前守景友，是近江甲贺武士中的栋梁之才。他以前在足利幕府任职，后来进了织田家，隐居一段时日后又转而侍奉丰臣家。他精于茶道，在众诸侯之间交往颇广，因此家康才特意找来代替自己发言，这样诸侯们听来效果尤胜于己。家康为了此场演出可谓颇费心机。（山冈后来成为幕僚之一，在幕府末期山冈一族里出现了一位名士铁舟，即山冈铁太郎。）

冈江雪原是小田原北条家旧臣，北条家被秀吉所灭后，他成了秀吉的御伽众。此人也是风流茶人，交往颇广。

（两位老人选得真是不错啊。）

伊右卫门对德川家的政治能力咋舌不已。只听山冈道阿弥说道：“诸位，石田治部少辅早就对内府怀恨在心，一直想借机作乱。据了解，这次是他跟会津的上杉景胜相与共谋举兵起事。这位石田身后，有备前中纳言宇喜多秀家、安艺中纳言毛利辉元等做后盾。石田拥护幼主秀赖，有大义名分，因此他的劝诱让人无法拒绝。而且在大坂留有人质的诸位，大概也是非常犹豫要不要站在石田一边吧。”

道阿弥停顿片刻，喘了口气。

道阿弥老人深深吸了一口气，又道：“内府有令，尊重诸位各自的选择。无论是回到领国，加固自己城池；还是前往大坂，与治部少辅会师合流，我们一概不干预、不阻挠。”

（啊！）

伊右卫门心里惊叹。这与其说表现了家康的大度，不如彰显了家康的不屑一顾。您爱走便走，无所谓——也即是说，我们有必胜的自信，缺您一个不打紧。

听闻这句台词，诸将们可谓肝胆俱寒。场内一片死寂，甚至能听见四处吞咽唾沫的声音。虽都是率领千军万马之将才，可一旦碰上这种要决断自家兴亡的场合，也免不了过分紧张。

（就是现在了！俺得说点儿什么。）

伊右卫门思忖。刚才，智者堀尾忠氏说道，在会议上第一个作决定性发言的人，将改变场上僵滞的空气，引领众人。于是他想到，是时候了，可仅此一念却让他的身子不由自主颤抖起来。

不过并非只有伊右卫门一人在颤抖，好像堀尾忠氏也在某个席位上微颤着，全没有要发言的样子。这时，一人扬声说了句“请恕在下无礼”。伊右卫门一看吃了一惊，出列的竟是福岛正则。

“其他人我不清楚，不过鄙人——”正则大声道，“事到如今是决不会站到治部少辅（三成）一边的。大坂确实留有鄙人妻儿，可鄙人妻儿不是交与治部少辅的人质，就算不幸为治部少辅所害，也于鄙人的名誉无损。鄙人已决意追随内府，成为内府的左臂右膀。”

一席话如一声惊雷在诸将胸中炸开，大家都争相说与正则相同的话，表态要追随家康。会场上一时间躁动不已。

然后黑田长政出列，亦是大声说道：“正如适才左卫门大夫（正则）所言，鄙人也绝对不会加入大坂一方。鄙人誓与德川家同生死、共兴亡。”会场上的空气因正则、长政两人的发言，拧成了一股。

（俺迟了一步！）

伊右卫门全身汗涔涔的，泄了气一般。不过他善于劝慰自己。毕竟在座的从军诸将中，要属福岛正则领地最大，黑田长政第二。就算伊右卫门第一个发言，可他毕竟只是个小大名，能否一呼百应还有待考究。

（没事儿。）

他定睛细看，心情又平复下来。

（总有机会在这会场上投一块石头，掀一番风浪的。）

“诸位怎么看？”山冈道阿弥直起半个身子，环顾四周，再次强调道。“刚才左卫门大夫与甲斐守两位的话，在座诸位怎么看？是意见相同，还是持有异议？”

“没有异议！”伊右卫门与诸将异口同声道。

军议仍在进行。

见诸将决心站在德川一方，家康谋臣本多正信、本多忠胜出列道：“那么请问诸位有关战略一事。如今咱们是东有上杉，西有石田，处于敌军前后夹击之势。咱们应当先讨伐谁？”

“这很简单，”福岛正则忿然道，“应当先攻大坂。大坂方虽是大军，但队伍还未规整完毕。留下部分人马牵制东部上杉，先攻大坂，才是正道。”诸将们听后皆随声附和，当然伊右卫门的声音也在其中。

可场上已不见了家康的身影。这位老人在军议开场时出来照了个面，打完招呼就留了句“大家好好讨论”，便藏身后台不再出来。

因为家康缺席，两位本多道：“那咱俩就先去询问一下主公，请诸位稍等片刻。”

他们不一会儿就回来了。家康也笑眯眯走出来，稍稍点头致意道：“感谢诸位厚爱！”所谓厚爱，指的是诸位加入德川阵营一事。

“好，咱们回到刚才的话题，”本多忠胜道，“主公有令，由福岛左卫门大夫（正则）大人、池田三左卫门（辉政）大人打前锋。”

福岛、池田得令，拜倒行礼。

本多忠胜接着说：“诸位跟着两位先锋，行至尾张，进入清洲城后，等待主公出马。”

“平八郎！”家康在上座叫住本多忠胜，示意下面的话由他亲自来说。

“我在江户做好应付会津（上杉景胜）的准备后就出发。诸位有井伊直政、本多忠胜作监军。秀忠——”家康提到长子的名字，“也会西进大坂，不过因为得先做好应付景胜的准备，可能出发多少会迟一些。”

家康这样安排，大概是因为他仍然怀疑诸将的立场，所以让他们先与敌人遭遇，而后自己才出场。另外，家康还觉得跟一支不知真心与否的人马共同行军，在安全上没有保障。

诸将大多数都没有听出家康言语中的这层意思，但伊右卫门久经世故，很容易便听懂了他话里有话，于是心底里叫一声“哎呀”出了列。

伊右卫门只一门心思想要发言，出列面对家康之时，才发现旁边还站着堀尾忠氏。他愣了一下，旋即微笑示意：

（俺要先说啦！）

忠氏也微笑示意，表示明白。可他没有料到伊右卫门会说些什么。

“在下有话要讲。”

“噢，山内对马守大人，您请讲。”家康睁大了眼睛。

“在下也恳请打先锋。”伊右卫门道。

“这个——”旁边的本多正信摆手道，神情犹似苦笑。区区六万石的大名，动员能力到底有多强，他是十分清楚的。这种程度的小势力要打先锋，定是吃力不讨好的事。

“弥八郎，且慢。”家康叫了一声本多正信的通称，让伊右卫门继续说下去。“对马守大人从信长公时代起便在战场上冲锋陷阵，他经验丰富做事老到，想必是有独到的见解，你就暂且静心聆听。”家康对正信说完话后，对伊右卫门道：“若是把人马尽数带去了战场，您的城池怎么办？岂不是空城一座？”

“在下的城池——”伊右卫门深吸一口气，道，“就请德川大人的旗本们代为照看。至于谁来接手，还请大人指定。”

“哦！”家康恍然大悟。自古以来从未有过出征时将自己城池交与他家的先例。“对马守大人，请详细说来听听。”

“挂川城，以及所有封地，都请德川大人代为照看。城内有储备多年的兵粮，数量不少，也任凭调用。另外——”伊右卫门又道，“城内外住着在下家臣的妻儿，在下会让其尽数迁往三河吉田的池田辉政大人的城下暂住。”

这句话让家康着实吃了一惊。伊右卫门不仅要把城郭交与他，连武士府邸、足轻长屋等都要空出来交与他。也就是说，挂川城六万石的一切领地都给他。

家康感觉到了席位上诸将氛围中的不安。大家虽因福岛正则的发言都纷纷表态“追随德川大人”，可他明白很多人其实只是随声附和，其真心到底如何是无从查知的。然而这位伊右卫门，既然决定追随，就舍却一切现有的城郭、领地彻彻底底地追随。万一己方败北，伊右卫门会输得一干二净，不再有城郭、领地，重新退为不名一文的浪人。如若以赌作比，他是押上了全部身家与性命。

当然，家康很是感动，是超出利益得失的感动。

伊右卫门的发言很快就有了效果。东海道周边的诸位大名，都争先恐后把自己城池献出，交与家康。即是说，仅伊右卫门的一席话，仅在这一瞬之间，家康就将近百万石的领地与五座城郭尽收囊中。

后来只剩下家康与本多正信两人之时，家康道："这就等同于赢了合战！大概自古以来，还无人有如此之大的功名啊！"正信虽然并不认为伊右卫门的一席话有多大的效果，可家康这句评价是货真价实的——毫无疑问，那一席话改变了历史。

当日回程的马上，伊右卫门一摇一晃离开小山废城，一脸疲敝之相。

"大人怎么了？"野野村太郎右卫门九郎询问道。伊右卫门只摇摇头，说今日好似经历了两次合战一般疲惫异常。

伊右卫门回宿营地河谷的这段路途，并非市街，而是一些村道、田埂、杂木林荫道等。在横仓这里，有一座桥。伊右卫门等人来到此地时，见前方不远处的杂木林中有一小队人在休息。看对方马帜，便知是堀尾信浓守忠氏的一队人马。

伊右卫门渡桥而过，下了马，跟往常一般礼仪周到地走近年轻的忠氏身旁，道："大人您也累了吧。"

堀尾忠氏也低头还礼道："想必大人比我更累啊。"他的言语中没有任何讽刺轻慢，丝毫没有责备伊右卫门盗用自己点子的意思。若是他的父亲堀尾茂助吉晴这位无所顾忌的豪杰，定会怒批道——好啊，伊右卫门，偷人家点子了不是？这不跟战场上偷人家战利品一样吗？抑或会因为生怒，而到处去扒伊右卫门的皮，搞得众人皆知。

然而第二代的忠氏是贵族，是大名之子，没了创业之初父亲品性之中的野蛮卑下，取而代之的是大度与宽宏。

归途中，他俩又再次并马而行。忠氏爽朗地笑道："今日大人可与平素不一样，言谈举止大方之至啊！"大方一词，有两层含义，一是与平素的耿直正义相违，明目张胆偷了自己的点子；二是与平素的沉默寡言不同，讲话竟滔滔不绝。

"看您那么拼命的样子，"忠氏仍笑道，"我都无甚可说，只好闭口不言啦。"

伊右卫门稍稍红了脸，抿着嘴开诚布公道："俺是没有那般智慧的。今晨出发时，俺去邀您同行，就是因为想到您是有名的智者，与您同行一定能受到启发。今日的提议其实——"说到此处，伊右卫门发现行将落下的马蹄之下有只屎壳郎，是只小昆虫。他不愿就此踩下，于是下意识地牵动缰绳绕了开去。"今日的提议其实就是转述的您的话。俺这个人就这样，若是觉得好也不会多去考虑是非，喜欢拿过来就用。"

"原来如此！原来如此！"忠氏笑道，笑声中并无他意。

这件事，后世德川时代的史家由于顾及到山内一族，并未留下任何官方意见。但到了德川第六代，将军家宣的侍臣新井白石——德川时期的大学者，在其所著的《藩翰谱》里，借古人之口做了一番评价：“当日堀尾、山内均大笑而归。古人云，知己所不能者，难；知他人能者，更难；用能者之言，尤难。合此三者乃大智之流也。一丰诚非凡人哉。”

白石的这番话实是褒扬兼讽刺，内藏百味，着实复杂。

注释：

【1】大掾：律令制里的地方官名之一，地方官有守、介、掾、目四等。

【2】直垂衾：垂领、宽袖的一种上衣。镰仓时代起，成为幕府公服；江户时代成为三位以上的武家礼服。

【3】清少纳言：平安时代中期的女流文学者，与紫式部齐名。代表作《枕草子》。

大战

各路军马于七月二十六日撤离小山宿营地，开往大坂。不巧时逢下雨，数日连绵不尽，道路泥泞，人马困顿，一路上看去甚为惨淡。之后总算是晴了几天，可一到大矶附近又下起了滂沱大雨，还不时有冰雹落下，搅得人仰马翻。

（出师不利啊！）

就连熟谙战事的伊右卫门也是从未经历过如此艰难的行军之路。他担心着这是否于士气有损。

（兆头不妙啊，难道这次大战己方会败？）

这种暗淡的预感仿佛笼罩着全军上下。

伊右卫门的此种担心其实也无可厚非。有本古书《平尾氏札记》，是当时武士的手记，上面记录道："这次合战，德川家大概会灭亡的流言在下层间辗转。不少人都对自己家主提议转投大坂一方。可以说，一大半的下级武士们都认为大坂会赢。"

总之，行军路途上经历了千辛万苦，诸军将士们推推攘攘过了狭窄的东海道。街道各处也都是人多马杂，能找到住处的队伍可算极为幸运了。伊右卫门的军队也是，几乎总在露天夜宿，还挨雨淋。

翻越箱根时更是走一两步就不得不停下来，因为道路泥泞，而前方遇阻根本走不动。

伊右卫门从小山出发时，曾叫来野野村太郎右卫门九郎，道："尽量去收集蓑衣。无论对方要价多高都没关系，全买来。"不过即便这样，也仍有一半的人没有蓑衣穿，于是伊右卫门让他们披上油纸。

"不要把身子弄湿了！"伊右卫门每日不厌其烦地唠叨着，"大战之前搞得自己疲惫不堪还打什么仗！"还有："别感冒了！不要凉着肚子了！"

他担心大雨、泥泞、露宿、街道混杂这些因素会导致将士们身心疲敝，进一步导致士气下降。而一旦士气下降，将士们是很容易被那些流言的悲观情绪所虏获的。身经百战的伊右卫门知道，要防止这一切，最首要的就是不要淋雨，不要弄湿了身子。

在大井川附近，他们一行人露宿在河原之上。第二日眼见着就可以回到挂川城了，伊右卫门却命令全军："城内、府邸均不可踏入。"他让将士们在城下寺庙、民屋等处借宿。

有些将士看到眼前便是自己的家却进不去，不免有不满情绪滋生。伊右卫门又道："俺现在已经没有城郭没有府邸了。要想再度拥有，就只有靴刀誓死、背水一战!”

一小时后，接收挂川城的松平康重部队到达此地。伊右卫门留下少数处理交接事宜的人后，便领着众人出发奔赴战场。

不再有城郭了！伊右卫门在此次决战中，赌上了他全部的身家性命。

行军途中，有个确切消息传入——己方的鸟居元忠所坚守的伏见城被攻占。具体情况虽然不甚清楚，但这个消息无疑动摇了军心。伏见城是秀吉倾注了天下之财力与人力打造的一座名城，可竟然在西军的攻击下犹如鸡卵一枚不堪一击。

“无须诧异。”伊右卫门对近臣道，伏见城被攻破是在意料之中的事，“守城士兵总共只有四、五百人，以六十二岁的鸟居彦右卫门（元忠）为将。而西军是数万大军，来势凶猛。若开战，伏见城必败落，那本来就是一座弃城。”

进入尾张后，伏见城败落的详情终于弄清。原来敌军竟有四万之众。七月十九日被包围后，经受了十天不分昼夜的攻击。三十日的夜里松之丸起火，是因为松之丸内的甲贺者五十人，与外敌暗通，在城内放的火。于是松之丸陷落，接着名护屋丸守将松平近正，被翻越城壁的敌人用长枪刺死。

三之丸守将松平家忠与八十五位守兵一起战死。接着西之丸也陷落了。大鼓丸守将佐野纲正亲自拿了铁炮射击，却不幸因炮尾破裂而亡。主将鸟居元忠不久后也于城内战死。火从四面燃起，但毕竟是一座巨城，据说耗费了十二个小时才燃尽。

(好可惜!)

伊右卫门想起了在伏见城下居住的那段岁月。

他领着两千五百名将士进入了尾张清洲城下。这里是东军福岛正则二十四万石的巨城，家康指定清洲城为攻击准备地，命东军各路人马均在此集合。伊右卫门安排士兵们在城下民屋里住下之后，便进入城内，将一处边城当做了临时的阵营。

主将陆陆续续到达，八月十日左右几乎全数集中在了清洲。可是德川军的主力未到，家康也不来。家康在从小山出发之际曾对主将言道："诸位最晚八月十四日必须在清洲城集合。我待这边准备完毕即刻从江户出发。"

可是，如今家康仍然留守江户，连一丁点儿要动身的意思都没有。在清洲集结的诸将，每日都派使者前往江户催促，可家康仍是按兵不动。

其间，西军总指挥石田三成带领自家六千七百兵马，突然出现在尾张旁边的美浓垂井一地。清洲诸将着实吓了一跳。

三成径直进入大垣城，把大垣城当做了前线指挥所。清洲诸将嘀咕着“都这样了内府还不来吗？”此刻的心境，与其说是愤慨，不如说是不安。兵士之间竟传开了这样一句流言：“德川大人莫非已经拿定主意逃跑了？”

伊右卫门等人已开过数次军议，可因总大将不在场，军议也难有军议的样子，结论总是只有一个：“再派人去江户催促一下吧。”

千代在这战乱之中仍然留守大坂。东军诸将的妻儿中，领地在西部的因着舟船之便大都已经逃离，沿海路回到了领国。比如加藤清正、黑田长政等的家人。可千代，即便逃离，也无处可去。

西军攻击伏见城时，留守家臣市川山城道：“危险！再不能一味呆守在大坂了，情况危急啊！”

“可是，无地儿可去呢，”千代露出了好像已经死了心般的微笑，“难道不是？难道真还有地方可去？”

“关于此事，在下已经申明过好几次了，奈良有在下知交，可以去他家暂时避一避。”

“没有用的。”千代道。世道一乱便人心难测，就算是知交，也难保他不会变心。千代才不乐意被告密抓走呢。“我可是死要面子的。”千代道，“就算为敌所困，也要困在自己的府邸。这样有面子多了。”

“有传闻说，”市川山城道，“家康大人的侧室们，如今藏在大和路的某处。”

此番传闻后来经查证确有其事。家康的英胜院、养寿院、阿茶局三位侧室均住在大坂城西之丸。家康在前往江户时，曾叫来旗本佐野肥后守纲正，留下一句话——我若是回到江户，石田三成定会趁此空隙在大坂起事。那时你要保护英胜院三人安全逃离。

三成举兵之后，佐野肥后守按家康吩咐保护三人逃离大坂，藏到大和一地的某位旧知家中避难。在市川山城看来，连家康侧室都已经逃离大坂了，千代又何必一个人死守呢？

“无所谓啊。”千代摇摇头，“人家是人家，我是我。”

市川山城没辙了，只好退下。之后他找到同留府邸的安东左兵卫，埋怨道：“夫人可真是意外的顽固啊，怎么都不肯离开大坂。”

“那是自然。”安东左兵卫道，“若夫人惊慌失措什么都顾不上便要逃离大坂，那咱们也没有伺候的价值了。正因为是那样一位夫人，咱才能伺候得这么心甘情愿。”

“那你也是反对逃走？”

“反对！”安东左兵卫点点头，人世间，面子最为要紧。

他说，如果石田的军队包围这里，又是放箭又是放火，那反倒成全了自己。大不了奋力抵抗之后，在火中自焚罢了，也算能够留名青史。

这位左兵卫腿脚不便，去不了战场，他一直等着这样的机会。

千代后来听说了左兵卫的话后，笑得前仰后合："我也跟左兵卫一样呢！虽然腿脚没有问题，可怎奈是个女人！"

这段时日，大坂东军诸侯留守家人的各种奇谈异事，会十分详尽地传入千代耳中。

远州横须贺三万石的有马丰氏之妻，是松平康直的妹妹，这年五月刚刚从武藏深谷嫁过来，年仅二十，人称深谷夫人。她是家康的侄女，因此大坂一方千方百计要捉了她去做人质。

有马家为保得深谷夫人周全，派了吉田扫部、梶原清大夫、坪地和泉、古川新八、内藤半右卫门五位上士留守大坂府邸。为了让深谷夫人安全逃离，他们想尽了办法。

一人道："咱们一帮武士也想不出什么好点子，不如跟三大夫商量商量。"三大夫其人，姓辻，是淡路岩屋一地的船商，常年出入有马家。

很快三大夫被邀来密谈，他道："此事甚是简单。我这就回淡路，赶制一艘小船。”

“什么样的小船？”

“无目船（船腹上没有窗子的船）。船底分作两层，上层加水，装满鱼。这还需鱼贩帮忙，请问进出府邸的鱼贩有没有可靠的人选？”

“有，甚大夫不错。”

于是甚大夫又被叫来参与密谈：“没问题。就说是我们运鱼的渔船。”

就这样，一切按计划开始准备起来。可当家臣们把这个计划告知深谷夫人时，这位年轻的夫人却意外拒绝道：“钻到渔船底层这种事，我不干。”

“只一小会儿罢了，忍忍就过去啦！”

“是从大坂出发绕过熊野滩，到远州横须贺这条路吧？”

“正是。”

“那途中定会遭遇风浪吧？会有在港口避风的时候吧？等在港口时，万一遭遇西军纠察，那又该如何？”

“可是——”

“我不干！”

后来无论怎么劝说，深谷夫人就是摇头根本听不进去。这个计划也只有宣告失败。有马家的大坂府邸从此便紧闭不开，无论大坂城一方是来军马也好，来使者也罢，大门一直紧闭不予理睬，直至今日。

千代听说此事后，写了首歌赞颂深谷夫人的觉悟，并将此歌绑在箭上，叫来市川山城道：“有马家大约有三町之远，这支信箭能送到么?”市川山城回答说，那就让在下趁着夜幕，密访有马家府邸，从墙外投进去。

千代思忖：

(此行虽凶险，却也只能如此了。)

这支信箭是千代的一个小小作战计划。若是互相间能联络得上，能在万不得已之时一齐纵火自焚，那大坂一方听闻后自然不敢轻易造次。

数日后的一个早晨，六平太不意来访。最近六平太在城下开了一间小小的唐物舶来品店，换了一副商家店主的模样。

“很是像模像样的嘛!”千代甚是佩服，无论是服饰表情还是言谈举止，看起来都是个货真价实的商家老板。

“哪里。鄙人最近洗手不干了。后半生就以商家老板度日，名号伏见屋治兵卫。或许也是年纪大了的缘故吧。”

“忍者已经当腻了?”

“是的。”六平太苦涩一笑，“一提到我们忍者，世人都知道我们是以揣测舞台背后的真意为生，可如今这世道变得如此阴晴不定，半吊子的揣测全派不上用场啊。”

“是发生什么事儿了么？”

“不错。”六平太停顿不语。

本来此人领的是毛利家的薪水，主要工作是将京都、大坂的情报送往广岛。他在千代家出入，从千代这里得到的情报也该有不少已经送至广岛。去年他已经看出，北政所一派的武将们都会追随家康，并在送往的情报中分析道，如果发生内乱，家康会是赢家。

当然，广岛的毛利家并非只靠六平太的情报来决定方针。大坂的毛利府邸也是一个重要的情报源，另外还有安国寺惠琼的情报。惠琼是一位僧人大名，本来是安艺安国寺的住持。他熟谙丰臣家的家政与诸侯的动向，而且曾被毛利家请来做过外交官。因此，他的立场与因缘不得不让毛利家对他的情报更青眼有加。惠琼是西军即奉行方的人，自然会在毛利家断言“西军会赢”。

所以，认为东军会赢的六平太的情报就被忽视了。毛利辉元带领一万六千的大军从广岛出发，七月十七日到达大坂，随后进入大坂城西之丸，登上了西军盟主之位。

(无趣。)

六平太这样想也是理所当然。

可是，年轻而凡庸的辉元有位辅佐官，即旁支的吉川广家，是出云富田十一万石的领主。这位吉川广家领兵三千，刚一进入大坂便开始策划与家康内应。

听到六平太这样说，千代惊诧不已：“大坂方的盟主毛利家自身，竟是德川大人内应?”这怎么可能？自古以来，还从未听说有总大将自身与敌军内应的事。

“此事还并非确凿事实。不过，就算毛利本家没有内应的意思，旁支的吉川广家要这么策动，也就等于是整个毛利家背叛西军了。”

“实在难以置信!”

“的确。就连鄙人看惯了世事表里，也难以相信这是真的。所以鄙人想，若再继续以此行业为生，难保不出差错。这才洗手不干，改行做了商贩。”

“……”千代惊叹于这世事怪相，没了言语。

无人进出府邸。门扉紧闭，消息抑塞，千代完全不知天下局势是如何在改变，不知合战在何处，不知哪方得胜哪方败北。

（心绪不宁啊!）

千代无可奈何看了看镜中的自己，宛若娇小柔弱的小动物一般，恐惧在内心深处膨胀。

“就好比那个——”千代对市川山城道，“暗夜与狂风，相辅相成的样子。感觉像是被推进了船腹之中，还被绑在了柱子上。船身不住地颠簸摇晃，却只听得见狂风和巨浪的声音。这船到底要开往何处，风是哪个方向吹来的，船会不会沉没之类，全然不知。”

“在下也有同感。”火箭名手回答，“时至今日，也算是经历了无数的危难。可像现在这样根本没有任何材料可用以判断自己的命运，着实让人不安啊。”

“山城挺会说话嘛。”千代笑道，“到底现在怎样了呢？合战开始了么？”

“不清楚。”市川山城如今是一问三不知。

始于庆长五年（1600）七月十九日的伏见城攻防战，已经打了十三天，也是消息全无。何时何地发生了何事也尚不明了。

十八日清晨，大坂街道上有数量庞大的军队经过，一位家臣爬到房顶去看，回来后说，看样子是朝北方去的。

“定是前往伏见的军队。”千代蒙了一句。因为西军若是从大坂出发，最初的敌人一定是九里之外的伏见城。

其后第十三天——七月三十日深夜，千代忽被府邸内的嘈杂声惊醒，忙遣了侍女去查看。侍女很快便跑回来，道：“东北方的天空一片红！”

（伏见城终究还是被攻破了啊。）

千代连忙出门来到庭院，命人拿来云梯，接着就往上爬。侍女们吃惊不小，一面叫着“夫人危险”，一面抓住她的衣袖不让上。

“我从小就喜欢登高望远，没事儿。”千代留下几声笑，麻利地一步步上去，最后爬上房顶最高处，轻巧地站定在那儿。

果真，只见东北的天空烧成了一片血红。

（被攻陷了——）

千代思忖。曾听人说，是家康的部将鸟居元忠带了一小队人在坚守。元忠是有名的硬骨头，如此一来，定是葬身那片火海里了。

下面侍女们齐声大叫“夫人——”，说太高了不安全，早点儿下来。千代顿觉好笑，回答道：“没事儿。若是不信，我再做个倒立给你们瞧瞧可好？”侍女们武士们忽地惊得大气儿也不敢出，因为千代话音未落，便双手着地来了个漂亮的倒立金钩，双脚齐齐指向天空。

伏见城陷落后十日左右，摇身一变成了唐物舶来品伏见屋治兵卫的六平太来访。

“六平太，你来得正好。伏见情况现在如何？”千代问道。

六平太面无表情回答道，东军输了。“大坂市街上的人可是兴高采烈欢喜得很哪。”

也难怪，毕竟是大坂市街的人，他们偏向当地支持奉行方，也属人之常情。原本这片土地就对德川家康这个名字不甚熟悉，据说他们狂喜地叫嚣着德川灭亡了。

“市街的人？”千代觉得有趣，“可是六平太，伏见城陷落本来就是预料中的事情，从一开始就是计算好的弃车保帅之局，于整体大势应是无关痛痒的。”

“的确于大势无关痛痒，不过市街之人不懂战事，可计算不来。不过——”六平太想说的是——夫人厉害。市街的话题一出，千代便分析得头头是道，还用上了专业术语。

“伏见城陷落，是始于何处？”千代问道。在伏见住了不少日子，对千代来说，那座城很是令人怀念。

“始于松之丸。”六平太表情苦涩。

松之丸的守将是近江甲贺当地武士中的佼佼者，很早就替家康做事，拿一万石，居城在近江野洲郡。表面上的工作是“鹰野调查”，为喜欢猎鹰的家康去近江的山野里寻找野鸟多的场所。可是，这种程度的工作哪用得上一万石？其实他真正的工作是调查近江内，以石田三成为首的各户诸侯动向。

六平太也是近江甲贺出身，这片土地上的人很擅长探秘之术。

松之丸守将深尾清十郎，自伏见守城时起就负责松之丸的安危。深尾入城时，为了增加兵力，向故乡的甲贺乡士团请求援助，新招了五十多名武士。再加上这些武士们的足轻兵手下，共计百人以上的甲贺者加入进来。而就是这些人，叛变放火烧了城。

“这就是甲贺者的不齿之处。”六平太苦笑道。他们极少有一般武士那样的男子汉精神，鲜有忠义观念。

起先是西军大将长束正家，让甲贺者射了一封密函进城：“照西军吩咐在城内放火！否则诸位留在甲贺的妻儿全都得死。如按吩咐做事，重重有赏。”甲贺乡士山口宗助、堀十内等人十分惊愕，将密函传给其他人看后，暗地里决定叛变。于是就有了七月三十日深夜放火烧城的一幕。

松之丸失火时，“有人叛变”的叫声也此起彼伏，一时间城内大乱。西军就趁着这场大火，乱战而入，终至失陷。

“都是六平太您的同伙儿呢。”千代一脸怪怪的笑。想想也是，平素的甲贺者六平太，还真难以辨清他到底站是站在哪一边的。不过千代是早就知道这些，并觉得六平太此人甚是有趣，这才跟他来往的。

伏见城陷落后，伊右卫门等从下野小山赶来的东军诸将们，仍然滞守清洲。家康就是不从江户发兵。

“从来没听说过没有大将的合战。”诸将之首的福岛正则等人，整日里喝着酒说着忿忿不平的话。

清洲现今是名古屋市北方之地。再往北，在美浓的边上有一条木曾川。这条河对岸的美浓一带，几乎都是西军的阵地。西军方，有织田秀信的岐阜城、石川贞清的犬山城、杉浦重胜与毛利扫部守护的竹鼻城，另外还有联络众城的大本营——插着石田三成旗帜的大垣城。

“内府（家康）呢——”福岛正则每天都会咬住家康派来的两位军监本多忠胜、井伊直政不放，“是叫我们每天都跟个呆子似的，张大嘴看着敌军布阵吗?”

有时福岛正则会醉成烂泥，抓住本多、井伊两人，打个围棋的比方，道:“内府是要把我们当‘劫材’，让敌人‘劫’了去是吧?”意思就是，家康要把福岛等丰臣家诸将当做诱饵，让西军叼了去。

伊右卫门从不参与此种非议，军议时也总喜欢靠在后面柱子上，状若沉思，又似沉睡，总之从不开口讲话。也并非是因为他好强，只是天性使然。

可是，诸将心里都有疑惑:

(家康大人为何不出兵?)

与其说疑惑，不如说焦虑。难道是自己被家康的几句话骗了？不过也有时候会站在家康的角度考虑：

（那位毕竟是宅心仁厚，不过稍慎重了些罢了。此番大概是有些怀疑咱们是否忠心，所以要先在江户看看情况。）

就这样到了八月十九日。一位从江户过来的无名旗本出现在阵营中："江户内大臣使者村越茂助。"

（村越茂助？）

诸将很是奇怪，因为一打听，此人至多五六百石的身家而已。作为家康的正使，至少也应该是一万石以上的大名才有资格，为何他要派遣这么一位小人物过来？

"村越茂助？没听说过。"福岛正则等露骨地不屑一顾。

又有评论称这位村越茂助虽是战场上响当当的勇者，可也是个不懂变通的小顽固，怎么看都不像是能够胜任千里使者的人。而且，据说还挺不会说话，又不识字，操一口三河碧海郡三木村的方言，说得很快，别国之人难以听清。

（奇怪的使者！）

伊右卫门也觉得无可奈何。不过比丰臣家诸将更为这位使者的来访担心不已的是家康派遣过来的军监，本多忠胜、井伊直政两位。因为两位与村越茂助都是德川家中之人，他们清楚村越茂助的为人。

军议前，他俩把村越叫到一个房间里，向他说明了丰臣家诸将的复杂心态。"我们知道你性子直率鲁莽，可要是在会上说得太过直白，难保他们不会转向。到底主公说了些什么?”

“那要在军议席上说。”此人的顽固可谓名不虚传，只要有令在身，连自己人都不会透露半句。

本多、井伊两位军监仍是不厌其烦拐弯抹角地从村越身上套消息。

“你行行好吧，主公说了些什么告诉咱们一两句又不碍事。就跟你实话说了吧，现在清洲城里的丰臣家诸将之间，流言正传得欢呢。”

“哈哈。”村越的表情不冷不热，他天生就对政治不敏感。

“你哈哈个什么劲儿？茂助，你这顽固死脑筋最好给我收敛点儿，这可是关系家业存亡的大事。现在就是关键!”脾气暴躁的本多平八郎忠胜沉声怒道。忠胜是德川家历代的旗本，官阶从五位下中务大辅，领地在上总的大多喜一地，十万石身家。与同是旗本的区区五百石身家的茂助有着天壤之别。

“那我就说了。”茂助可怜巴巴道。总而言之，家康坐守江户不出，是因为对诸将的疑虑。福岛正则等丰臣家诸将虽然都表明自己“是站在德川一方”，可万一又临时改换主意，转投了石田一方该如何是好？“主公就是这么说的。”

“哦。”两位军监点头，“然后呢？”

“然后，主公说，这不是自己出兵不出兵的问题。首先得让集结在清洲的诸将们渡河过去，与石田方打上一场仗，这样就能知晓诸将的诚意了。最要紧的是用行动来证明诚意。主公叫我就这么说。”

一听这话，本多、井伊两位军监惊得肝血凝固了一般：“这……这绝对不能说。茂助，要是把这话原原本本说了出去，那一群人定会火冒三丈，说不定还会立马调头跑去石田一方。”

“哈哈。”茂助听笑话似的笑了两声，“真会那样？在下只是受主公之命传话罢了，除了原原本本照说，别无他法。”

“等等！”两人又轮番上架几次三番劝阻茂助，才使得他愿意尽量委婉地说出家康的意思。

终于，村越茂助站在诸将面前了：“在下是德川家使者村越茂助，现在奉命前来传话。”说罢，他忽然想到：

（主公是有大智慧的人，主公的命令大概是不会有错的。本多、井伊虽说也是家中有名的武将，可论智慧，主公定在其上。所以，两位对不住了，在下还是把主公的话原原本本说出来的好。）

他这样一转念，本多、井伊便做了无用功。家康的话，原封不动传入了诸将耳中。

(啊!)

本多、井伊两人面露青灰之色。

(茂助!你好大胆,敢耍我们!)

两人手捏一把汗,只见福岛正则出列,对众人道:“内府言之有理。”此话实在意外,不仅未怒,反倒一副心悦诚服的样子。只听他又道:“没想到这一层,是一直原地踏步的我们不对。今夜咱们就打上一仗,让敌我双方都看清楚咱们的武勇!”

他这一句话,凝聚了在场的空气,可谓一呼百应。家康对福岛正则的性格洞悉无遗,知道那样说他便会如此反应。

清洲诸将的作战行动开始前,最后一次军议召开。

面前的这条木曾川水流湍急,不易渡过。“浅滩有两处,”清洲城主福岛正则道,“即上游的河田、下游的尾越两处。咱们自然是兵分两路为好。”

众人赞同。不过上游的河田渡口离目标岐阜城较近,福岛正则主张:“我打先锋,我从河田渡河口过。”可同样被命打先锋的池田辉政不乐意了。

在两人争执中,本多、井伊两位军监插一腿进来,道:“福岛大人是这里的领主,熟悉这里的自然地理,还有舟船之便。所以此处就让给池田大人吧。”于是，福岛这才服气。不久后，各军部署完毕。

尾越渡河军：福岛正则、细川忠兴、加藤嘉明、黑田长政、藤堂高虎、京极高知、田中吉政、生驹一正、寺泽广高、蜂须贺丰雄、井伊直政、本多忠胜，总数一万六千人。

河田渡河军：池田辉政、浅野幸长、堀尾忠氏、有马丰氏、一柳直盛、户川达安、山内一丰，总数一万八千人。

伊右卫门参与的是河田渡河军，即走近路的一支。诸将于八月二十二日凌晨出发，在黑暗中行军，不多时便来到河畔。因渡河必须要火把照明，顿时点燃了数千支火把。对岸的敌阵远远望见后，便乒乒乓乓朝这边开火。

（怎么这么慢?）

身处军队中央的伊右卫门思忖。好像走远道的尾越渡河军还没有到达渡口，狼烟信号还没有升起。

“尾越渡河军燃起狼烟后，一齐渡河。”这是军议上所定下的步骤，就算先到，也不能即刻自己渡河过去。

可是先锋大将池田辉政是个性急之人，他可等不来。“对岸敌军已经开炮，必须马上渡河！”他命令自己军队一齐跳入水中。其他队也跟着渡河过去。

伊右卫门骑马跃入水中，一个劲儿告诫手下们：“头盔稍稍埋一埋就好，埋得太低头顶会被打穿的！骑马的走上游，徒步的走下游。”

对岸的枪声越打越激烈，伊右卫门的前后左右都有嗖嗖的枪弹穿行而过，每每落下便激起一阵水雾。很快便出现了死者、伤者，而且离对岸越近便越是损失惨重。伊右卫门前方，有他的队旗在飘。这还是他第一次在战斗中使用这枚队旗，上面一个“无”字又大又黑。

“不要怕，越怕越容易挨打。”他最为担心的是部下的损伤。

木曾川还未渡完，夜色已发白。伊右卫门把火把丢在河里，一口气上了岸。对岸的这片原野上，早已有先锋池田辉政的军队与敌军在激烈作战。伊右卫门的武将野野村太郎右卫门九郎见状，策马过来，道：“大人，在下发现敌军左方力量薄弱，咱们从左方攻入吧。”

“不错！”伊右卫门骑马迂回奔走，打出各种指示，指挥火枪队整好队形开火射击，随后让弓箭队发箭，最后对骑马队、徒步队的众人大吼一声：“冲啊！”

当然除了伊右卫门的队伍外，还有堀尾忠氏、有马丰氏等队也在奋勇迎敌。敌军很快便垮了。“追！”伊右卫门命道。

敌方是岐阜城主织田秀信的野战部队，人数相对少得多。被冲得七零八落后，余下的纷纷逃回城内躲了起来。池田辉政等率领追击军，进逼到岐阜城下的荒田桥。他们在此集结，尽管天色尚早，还是决定在新加纳、芋岛、平岛等地早早安营扎寨。

伊右卫门一队人马在芋岛宿营。为了参与军议，他去了新加纳的池田辉政处。

经尾越渡河口的福岛正则等人的军队，取道岐阜城的商町口，与诸军会合时，已经是次日早上六点过。正则对池田辉政不守信约十分震怒，道："本来双方约好，等我燃起狼烟后再一起渡河。可不料三左卫门（池田辉政）这小子却自己先干上了。敌人哪是石田啊？是三左卫门！"

福岛正则使诸队的枪口对准了池田辉政，家康派遣过来的本多、井伊两位军监又再次惊得一身冷汗，不得不参与调停。

"左卫门大夫（正则）的话很在理。"对池田辉政说这句话的是伊右卫门。比在战场上冲杀，他倒更适合于在这种军议上担当调停。"因此，这次岐阜城攻击战，正门就让给福岛正则，我们就攻后门吧。赶快派人去福岛的阵营通报这番决定。"

"不行！"年轻的池田辉政拒绝道。

不过伊右卫门也确实善于此道："您不是内府的女婿吗？

这种场合，正门之功应当让给福岛，才能彰显您外戚的大度啊！”

“不！”

见池田仍是摇头，伊右卫门提高音调，道：“倘若这么点儿小事就把那位福岛逼到石田一方，可是得不偿失的大事。我军将溃败无疑。您还要这么固执，非攻正门不可？难道您愿我军败北？”

伊右卫门越说越激动，辉政终于不再开口，心悦诚服道：“对州大人，就按您的意思办。”他遣人去了福岛阵营。

福岛正则听闻岐阜城正门留给自己去攻，着实高兴了一番，道：“那我就无话可说了。”他停止了鸣枪，开始着手准备攻城。伊右卫门的队伍绕到后门，打算从净土寺口攻入。

岐阜城坐落在金华山上，内侧还有一座瑞龙寺山，多山谷、断崖，还有一条长良川绕山而过。这是被誉为造城名匠的斋藤道三所改造过的坚城，能经受住铁炮战，后来又经信长之手，终成天下名城之一。

不过，守城官兵似乎战意不浓。

主将织田中纳言秀信，是织田信长的嫡孙，在丰臣家也受到过特别的礼遇。可是他年方二十二岁，对战事生疏得很。而且，历代家臣木造具政、百百纲家这两位一直向家主秀信主张追随关东一方。然而，秀信看到石田一方开出的条件不错——如若跟随石田，就奉上美浓、尾张二国——于是决定加盟西军。

如今东军三万人马兵临城下，可自己却只有守城将士六千人，更何况连作战准备都未曾做好。

进入城下的东军诸将，兵分数路，各个击破。细川忠兴更是一马当先冲至正门，破城毫不费劲。浅野幸长也攻占了瑞龙寺堡垒。堀尾队、井伊队也各自取胜。

在这些己方兵力的猛攻下，伊右卫门负责的净土寺口的城门守兵们早已闻风逃走。他们也是毫不费力便突破城门，与各队会合后开始沿山路而上，朝着本丸出发。

这座本丸在从正门攻入的福岛正则队的攻击下很快陷落。伊右卫门到达时，只见天守阁已经黑烟袅袅，完全无需插手。城将秀信在城壁举笠投降。

各路军趁势前往附近的犬山城。

此城主将是美浓十二万石的石川贞清。不过美浓小领主稻叶贞通、加藤贞泰等人都无甚战意，加藤贞泰甚至已经派遣使者去江户向家康投诚去了。因此，东军一旦包围此城，加藤贞泰等人便撇下主将石川贞清，想与东军沟通商议。可是，“这个中间人由谁来做为好？”东军诸将的性格被分析了个遍，最后一致认定，山内对马守既耿直仗义，又通人情世故，是不二人选。于是，使者从城中派出，被送往伊右卫门的阵营。

“什么？让俺当中间人？”伊右卫门听了城内使者之言，着实吃惊不小。不过心底里也挺高兴，既然这么看得起俺，那俺就试试吧。他让使者在阵营中稍等，留下一句：“定不负所托。”

伊右卫门策马奔往福岛正则的阵营，把城内几位大将想投诚的事如实说了。喜战的正则也只好苦笑：“敌方可真是找了个好人来游说啊。有对州大人这一番话，咱还能死皮赖脸强攻吗？”随后，他又征得井伊、本多两位军监的同意，回到自己阵营。

“贵方的愿望，达成了。”他对使者谦谦有礼，而后又派自己家臣与对方同去城内。于是，犬山城不攻自破。

“哎呀，这都是对州大人的功劳啊！”福岛正则大笑道。可这笑声在伊右卫门听来宛若讽刺。自己本来没什么大本事，可这种事居然帮得上忙，他自己看来都觉得甚是奇妙。

军监井伊直政对伊右卫门说，您就先在犬山城待着，整顿一下降兵。

“那怎么行？”伊右卫门惊慌失措地摆摆手。其他各路军队都在争先恐后夺取战功，凭什么就自己一队人马被令驻守犬山城整顿降兵？“让俺留守，不就等于跟俺说俺武功不行一样了吗？”

“哪里哪里。”井伊道，“对州大人的人马毕竟有限，而小队自然应有小队的任务。”

“瞎扯！”伊右卫门少见地勃然变色。这次合战若是不能取得战功，自己一生的武运也就到头了。

“俺不愿意。”他又道。自己已是一城之主，可新婚之夜，千代说——当一国一城之主吧。伊右卫门知道自己这一生所剩的春秋已不多，他很想抓住最后这世道变迁的机会当上一国之主。

（俺当了太守，千代就是太守夫人。）

这无疑是个孩子气的梦想，可细细想来，难道不是贯穿了这个男子一生的原动力吗？

“俺确实身家不大，兵马也不多。可俺家的兵马比其他家的厉害得多，俺家的一兵一马，当其他家的十兵十马！”

“这个——”井伊直政一脸善意的微笑。伊右卫门能说出如此的豪言壮语，大概实在出乎他的意料。“对州大人说的倒也无可厚非。”井伊说罢笑了几声便离开。

（看来该争的还得争啊，成了。）

伊右卫门正暗自庆幸，只见井伊直政又回来了，还带来了另一位军监本多忠胜。这次由老练的忠胜来做他的思想工作。

“对州大人，您若是那样说的话，那鄙人等又该去何处申诉啊？鄙人等虽不才，也算是德川家有名有姓的人物，可这次却被派来当什么军监。军监不能打头阵，也不能抢头功，鄙人也是满腹委屈啊。您能跟鄙人等一道，稍稍忍耐忍耐吗？”

“……”伊右卫门沉默不语。

“拜托了！”本多忠胜双手合十，还加了几句——希望伊右卫门在犬山空城里留守一段时间，主公西进之时便会派旗本来城内替他。拜托了！忠胜再次言道。

都说到这个份儿上了，伊右卫门也实在不好意思再任性地固执己见。他就是这么个性子。大概本多、井伊也是知晓了伊右卫门的这个性子，才盯上他的吧。

“没办法。”伊右卫门无力地低下头来。

（运气远走高飞了。）

他思忖着，身家大者有大部队，自然功劳就大；身家小者，看来只能甘居人下，得点儿小功罢了。想到伤心处，竟不由得有了想哭的心情。

“那就拜托了！”井伊、本多两位趁着伊右卫门还未改变主意，急急忙忙消失了身影。

伊右卫门当上了犬山城的守备队长。他在城中无所事事的这段时间里，同僚诸将们一个个都立下了赫赫战功。

有一个叫做合渡的村子，坐落在墨俣川的河畔。如果要前往石田三成的前线指挥所——大垣城，此村是必经之路。所以，自然又是一次渡河战。

东军方面有黑田长政、田中吉政、藤堂高虎三支部队。此前的岐阜城战，因为胜得实在太容易，他们连战场都未到就赢了。所以这次他们便商量着，在合渡村附近一齐渡过墨俣川——直接攻占大垣城。

西军在此河岸边仅派出了一千人，而且更不幸的是，原定的宇喜多秀家一万大军至今仍未到达。这个非常时期到处都人手不足，就算那一万大军到了，恐怕也只能抽调一千人来这合渡村附近。

因此，这次的功劳由黑田、田中、藤堂三人包揽。他们趁着浓雾展开射击战、白兵战，一举战胜西军。藤堂高虎急行至赤坂的宿营地，在此布阵完毕后马上派了使者急速前往江户，告知家康合渡之战的胜利。

后来听说，家康听闻攻破岐阜城的捷报，紧接着又传来此战的胜利消息，竟赏了使者一枚黄金。或许是因为太过高兴的缘故吧。

（窝囊！）

这位咬牙切齿却无可奈何的可怜人，正是守在后方犬山城的伊右卫门。

“彦作，”他叫来武将乾彦作，道，“敌人只区区一千人。藤堂有两千五百，黑田有五千四百，田中有三千。以多胜少是理所当然，可他们却派急使去江户邀功，这不跟偷功名一个德行吗?”

一众家臣见到伊右卫门这般激动与忿然很是惊讶，以至于面面相觑。伊右卫门过去可从不说人坏话。

（想是太着急了吧。）

任谁都会这么认为。山内队自开战以来，还未碰上过像样儿的敌人。

乾彦作与福冈市右卫门、深尾汤右卫门等人一道，来到伊右卫门的房间，道：“大人，既然事已至此，再焦虑也没有用啊。都说运气不眷顾焦虑之人，咱就好好等着，运气自然会回来。”

“道理俺懂。”伊右卫门道，“可是俺也只不过是一介凡夫。知道这个理儿，却免不了着急。俺不是贤人，亦非名将，只因为仗义耿直，有幸一直活到现在。而这个耿直的人一生之运都维系在这一战上了，你们说能不急吗?”

“可是大人——”

“不用多说，想想就明白。如今在这个战场上的东军诸将，无论是福岛还是田中，是黑田还是池田，都比俺年轻。俺的年纪最大，可身家却最轻。俺这半生运气不佳，不过也不算背运，虽不算背运，却也难说是有佳运眷顾，俺碰上的运气都不是第一等的，好像总是次等的。所以，小山军议后的这一战，俺才无论怎样都想抓牢这天运，攀上七彩之云。可如今……俺能不急吗？”

当伊右卫门听到东军诸将已经停止追击这个消息时，小题大做地思忖道：

（太好了！看样子老天还没有把俺抛弃。）

在战场上期待佳运这种心态，可以说是异常心理的一种。眼见他人接二连三立功，就像是看着自己的运气被刨木刀一层层刨了去似的，是由内至外又由外到内的一种焦虑。

“去打听打听到底怎么回事。”伊右卫门派遣使者江田文四郎去前线诸将那里打探消息。

文四郎回来报告：诸将在最前线的中山道赤坂宿营地停止攻击了。

“为何？”

“是藤堂大人提的议，说迄今为止一路高歌猛进，接下来该等德川大人到来后再做定夺了。”

（当俺不存在？）

伊右卫门只能这么想。这么大一个决定，竟未曾跟伊右卫门商量片言只句。“文四郎，俺还没参与过商议呢。”

“大人，”文四郎说话毫无顾忌，“您太老实啦。虽说意气不减当年，但在这修罗场里头，肯定是人善被人欺的，如今弄得咱都跟着吃亏。”听了这么直白的抱怨，家主伊右卫门反倒无言以对了。本来江田文四郎这人就这么个直肠子。

他是在长浜时代应召入队的武士之一，生性勇猛，在战场上是横冲直撞绝无惧意，而平素说话也决不拐弯抹角。小田原之战中，文四郎攻占山中城时取下两个首级，可自己右腕也因此被砍得见了骨。伊右卫门见状，叫他退下疗伤，可他就是不听，回答说——武士这一生，能碰上的好仗就那么一两次，若这般攻占小田原的大仗都只能躲在后方参与不了，这一生定要肠子都悔青了。人无论做何事，都不能留下遗憾，这才能活得尽兴。

他手腕的伤数日后开始流脓，甚至长了蛆。伊右卫门严令其退到后方的挂川宿营地。可此人走到三岛的宿营地后又折转了回来，再次加入阵营中。之后问过才知，原来他在三岛买来一篓盐，全撒在伤口上面了。

（世上还真有这种人啊！）

伊右卫门竟对自己的家臣无可奈何。这位文四郎后来成了一千石之身，世道太平下来后却不甘寂寞与朋辈大打出手，结果把人给杀了，他自己也切腹自尽。

“大人，现在我就随您去赤坂质问个明白。福岛大人等就是因为口无遮拦，连内府都惧他三分，所以他那张脸才这么吃得开。若像大人您这样，恐怕只能跟在人后吃灰了。”

“俺比他年长。”伊右卫门道，“人得依照自己心性选择最妥善的方式。福岛大人那样便算他的优势。可俺却不愿意做与心性不符的浮躁事儿。”

“可是大人，这次大战可是您一生之中绝无仅有的机会了，就浮躁一回蹦跶一回又何妨?”

“不，无须多言。”伊右卫门摇头。

家康仍在江户。他在江户下达了各种各样的战略、外交命令，在确定必胜无疑之前，未离开江户一步。

首先是西军总大将毛利辉元，其领地大小、兵马多寡都仅次于德川家。他命黑田长政去毛利家做特别的游说工作。于是长政偷偷地与毛利家分支吉川广家取得联系，最终使得毛利家表面尊奉石田一方，实际却听命于德川一方。

其次是九州方面，对即将与西军的小西、岛津等作战的加藤清正，家康给出了优厚的犒赏：“胜，则赐予肥后、筑后两地。”东北的会津上杉方面，家康命仙台的伊达政宗、越后的堀直寄等进行牵制。

当八月二十七日，攻破岐阜城的捷报传来时，家康终于决定动身西进——时机成熟了。九月一日，家康率三万二千七百人马，从江户出发。

他途中听闻犬山城不战而胜，道：“哦？让山内对马守去守城了？真是耿直的人吃亏啊！”他在自己家臣里最终选了下总岩富一地一万石身家的北条氏胜，急速前往犬山城与伊右卫门交接。

家康于九月十三日傍晚到达岐阜城，十四日晨出岐阜城，过了长良川。长良川上并无桥梁，因此借来四五十艘渔船排成船桥，让三万多兵马顺利渡过。

“内府来了！”这个消息让前行诸将安下心来。说实话，伊右卫门也是松了一大口气。他们已经盼了二十天。途中也有数次彷徨：

（万一……）

万一家康见西军攻势强劲，失了战意，决定不来参战了该如何是好？

十四日凌晨家康出发后取道中山旧道，早上八点在神户稍作休憩，顺便去了池尻村，诸将们在此恭候大驾。出来迎接的有福岛正则、细川忠兴、加藤嘉明、黑田长政、藤堂高虎、京极高知、田中吉政、生驹一正、寺泽广高、蜂须贺丰雄、池田辉政、浅野幸长、堀尾忠氏、有马丰氏、一柳直盛、户川达安、山内一丰等。

家康兴致极好地慰问了诸位一番，又问对伊右卫门道：“犬山的香鱼味道如何啊？”询问语气里有少见的轻快。

家康继续行军，这日正午到达前线指挥所赤坂的宿营地。宿营地在宽广的原野上，南面有一座山丘。家康到达前，诸将曾在会上决定以此山丘作为东军本营。他们找来当地人一问，得知此丘叫“冈山”，因此又称作冈山本营。他们山上建起了临时建筑，山丘前新挖了战壕，围了栅栏，便成了一座临时的城郭。

家康兴致颇佳地登上山丘，进入临时城郭中，并在顶上面朝敌军本营大垣城的方向，插上了金扇马帜、七面葵纹旗，以及二十面白旗。

此地离大垣城仅五十多町远，诸将的阵营都已经在周围安顿妥当。伊右卫门也在桑田中借了一处临时小屋。

大垣城本营里的石田三成，看到五十町之外的赤坂冈山上突然插上了家康的金扇马帜，还有无数葵纹旗、白旗等迎风招展，于是心生疑虑：“家康来了？”

诸将都回答不太可能，连三成的谋臣——战术名家岛左近也说：“不会。家康如今应在奥州会津一地，与上杉作战。在此时突然折道来此，不可能。”可毕竟疑虑重重，于是便派遣三位老练的侦察兵去查看究竟。

“千真万确是德川内府到了。”其中一人道，“在下认识枪组头渡边半藏的背旗，旗在则人在，这位渡边半藏看样子是到了。而他是内府的亲卫枪组头，因此可以断定，内府也到了。”

此传闻传遍西军诸阵营，引来一片唏嘘动摇。当时，资历最老且拥有日本最大兵力的武将德川家康，就是一种如此让人敬畏的存在。只有石田三成的阵营一片静寂如常。

见己方军心动摇，岛左近道：“要打消此种动摇，只能先打一场胜仗，别无他法。”于是在三成的允诺下，抽调五百强兵出发。

东军赤坂阵营前方，有一条叫株濑川的小河。其上游西面，有东军的中村一荣、有马丰氏，后面还有伊右卫门的军队宿营在此。岛左近在各处埋下伏兵，自己带领主力一举渡过株濑川，开始割起对岸的稻子来。

这是明显的挑衅。东军的有马、中村两队冲上来便打。岛左近却边战边退，引诱东军进入埋伏圈，并在此大反击消灭了东军。

因伊右卫门宿营地远得多，双方开战了之后才发现。

（应战与否？）

伊右卫门思忖片刻，听见枪声次数并不多，很是意外，于是命令众人:“不许擅自行动!”此时天色将晚，他知道，部队被卷入无用之战，而留守营地却遭袭的情况是常有之事。

家老野野村、福冈、乾等都几次三番劝其出兵。自开战以来，伊右卫门队还从未碰上过一次像样儿的战场，心态焦急也在所难免。可伊右卫门丝毫不为所动，语气坚决道:“安静!很快枪声就会停下来了。俺比你们上过的战场多得多，俺清楚怎么回事儿。”

果不其然，伊右卫门的预言应验了。第二天早晨，家老们得知有马、中村战败的消息，惊道:“幸好没去!如果贸然前往，肯定也会败得灰头土脸的。”他们不得不敬佩伊右卫门的直觉判断，姜还是老的辣。不过，令人啼笑皆非的是，伊右卫门的经验总是在消极情况下发挥威力。

这天，伊右卫门为参与军议，来到冈山本营。

冈山的军议席上，家康让诸将自由发表意见。首先是有关五十町之外的西军本营大垣城，到底去不去攻。

“诸位认为如何?”侍奉在家康座侧的井伊直政成了会议主事。

“在下认为，”池田辉政出列，“如今内府亲征，士气大盛，正好一鼓作气端了大垣城。”言毕，赞同之声一片。

伊右卫门坐在后排，看着年轻的武将们磨刀霍霍的模样，不禁思忖：

（内府是从来就不喜攻城的啊！）

老将伊右卫门很清楚这一点。家康跟秀吉不同，不擅攻城，擅野外决战。所以，对池田辉政等人的攻城论，他仿佛自言自语似的回了一句：“嗯，大垣城有宇喜多秀家守城，还有石田三成、小西行长等率重兵把守。跟此前的岐阜城、犬山城大不一样啊。”

若是攻城，定会大费周折，如果把城包围起来，一两个月很快就过去了。这之间，自己人恐怕也会有思变的时候。伊右卫门觉得这些大概就是家康担忧之事。

（就设身处地想想吧。）

伊右卫门思忖。如果家康率领主力，包围了日本列岛中央的一个美浓小城——大垣城，却久攻不下。敌军有大坂城的毛利，还有会津的上杉。看似自己包围了敌军，可实际上是处在被敌军大包围的变数之中。

“在下有话说——”伊右卫门好几次都想发言来着。可每次都生生把冲动咽了下去。“那到底该怎么办？”伊右卫门胸中并无对策。

（池田辉政等人的青涩，俺无颜嘲笑。）

伊右卫门不由得可怜起自己来。

（经验虽多，却怎奈是否定性意见居多，建设性意见一个都提不出来。这与池田辉政的青涩难道不是五十步笑百步？）

这样思忖间，只见性子单纯如烈焰的福岛正则一下子站起身，说了句“承让”，便绕过诸将的膝盖出了列。

（他好像有话要说啊。）

伊右卫门十分羡慕福岛正则的性格。他无论在何事上发言都会咳两声引人注目，若是自己看不顺眼，哪怕大吼大叫也要让对方屈服。也正因为他的这种性格，所有人才惧他三分，连军议席上的家康也面露特别的微笑，问道：“噢，左卫门大夫，您可有什么妙策？”

福岛正则的提议十分单纯，只听他道：“在下建议攻大坂。”在大坂与西军主力毛利军决战，只要打败毛利，其他的都是旁枝末节——这便是正则的看法。不过听来却似谬论，因为大坂城是日本最大最坚固的城郭。现在连大垣城都还未攻下，谈什么大坂城？

伊右卫门以为家康定然会反对，却不料家康采用了这个建议，赞道：“不错，此提议甚好。”

（什么？即刻挥师大坂城？）

伊右卫门惊愕不已。福岛正则很高兴自己的意见被采纳，又道：“没有比这更好的办法了。咱们得急速赶往大坂，解救被困在大坂城下的诸位将士的妻儿家小，以安定人心。”正则举出此作战方针的益处，伊右卫门也觉得甚是有道理。

（是救千代之策啊！）

这样一想，免不了又是一番对千代的牵肠挂肚，他竟巴不得早一刻离开美浓赤坂，踏上前往大坂之路。

诸将的心绪好像都一样，军议席上一时间人头攒动，大家都异口同声赞道：“妙策啊！”这也难怪，各位将士虽然不得不在野外征战，可心底里最记挂的，还是留守大坂却被当做人质的妻儿。

家康自然十分清楚此事的利害，认为进军大坂无疑可以提升士气，于是赞赏道：“左卫门大夫，说得不错。”少顷，他又道：“在途中有一座江州佐和山城（现今的彦根市），那是石田三成的居城，咱们就顺道踏平了它，再直上大坂。”

（哦！）

伊右卫门觉得甚是意外。家康这一生中几乎从未主动去攻过城，可如今不光大坂城，连佐和山城也要一并攻下来，这个作战计划不可谓不特殊。

（奇怪啊！）

伊右卫门的脑子毕竟只是挂川六万石的水平，自然不能窥视家康内心所想。很久以后，伊右卫门才意识到，原来家康的目的并不在攻城上面。

其实，家康完全没有攻打大坂城、佐和山城的打算。只因为这样大张旗鼓一表态，定会被西军间谍听了去，很快大垣城的石田三成就会知道了。而三成一定会狼狈不堪的，因为若是连大坂城都丢了，还守着大垣城作甚？于是，他定会连忙率军离开大垣城，进入佐和山城，谋划着在江州一地阻击东军，让其无法西进大坂。

无论怎样，三成都只能跟个脱了壳的蝾螺一般，撇下大垣城这个硬壳，跑到无遮无蔽的野外来——再歼灭之，这便是家康的策略。战场大概会在美浓的关原一带，因为关原不仅是中山道、北国街道、伊势街道的中枢，而且是个辽阔的盆地，足以让大军一决高下。

“明日出发!”家康道。很快井伊直政、本多忠胜两位军监就定下了行军顺序。

这一夜大垣城内的石田三成也做了一样的部署。据情报称，三成已经知道东军要转向西进大坂。那他只有出城阻击这一条路了。

石田三成对西军诸将道：“前面那片平原阔土，叫做关原。我军一定要抢先到达此地，并布阵妥当，等待敌军经过时便一举击破!”诸将都认为是妙策。于是，大垣城只留了福原长尧等七千五百守城兵把守，其余将士均在这夜出发。

家康也考虑过当夜出发，可有两处情况不明，首先是敌军人数。他命诸队各自去大垣城方面获取敌军情报。伊右卫门队也去了几人，回来报告说，大约十万。

“十万吗？”这个数字太过庞大，伊右卫门吃惊不小，但还是让他们去家康本营作了报告。

家康本营已经收集了很多打探来的情报，几乎都称是十万。可仅有一人说“是两万”。此人是黑田长政的家臣，名叫毛屋武久，是个老练的武士。因为数字出入委实太大，家康亲自叫来问话，毛屋武久回答：“敌军总人数确实很多，但之中大半都在南宫山等山上，还有部分骑墙之士。这样一算下来，真正能作战的只有两万。”

家康怕敌军人数悬殊会引起军心动摇，于是赞赏毛屋道：“正是如此！”并传令让全军知晓。这样，敌军人数首先确定了下来。

其次，家康担心夜袭。从先前的株濑川的埋伏战来看，西军动作轻快灵便，说不定今夜就已经定好了夜袭的计划。若镇守原地时遭遇夜袭，损失应是最小的。如果在夜间行军中遭遇夜袭，定会搅得混乱不堪，损失难以估量。

因此，家康决定第二日晨，太阳升起后再出发。

部署也定下来了，伊右卫门在座排上听井伊直政公布军令，心中如少年般怦怦乱跳。

（这次一定是打先锋，绝对没错。）

伊右卫门在下野小山的军议上已经提出过打先锋的愿望，家康也确实点过头。不过井伊直政所念军令中，最先提到的是后方警戒军。

“这个冈山——”直政传令，命堀尾忠氏、中村一荣两位守冈山。因伊右卫门与堀尾忠氏交好，不由得同情起他来：

（可怜的忠氏。）

接着，命一柳直盛镇守冈山附近刚建好的长松堡；命浅野幸长、池田辉政在中山道垂井的宿营地附近建好阵地；还有，大垣与关原中间有藏身南宫山的敌军，由有马丰氏、山内一丰把守。

（这……）

伊右卫门茫然无措，担任后方警备的诸侯，都是东海地区的大名。

（也难怪……）

伊右卫门思忖。除了很早就接近家康的浅野、池田两位，其余的东海地区大名都是在开战前保持着中立的态度，小山军议时才表态拥立家康的。对家康来说，这么重要的功名猎场，绝难交与新人。

当日夜，有一段插话。

家康认为大垣城敌军本营一定会派夜袭部队前来捣乱，于是命令诸将在各个阵营中都点燃了篝火，调动了多支巡查队，还派侦察兵去远方侦察，而后才睡下。

可是到了半夜，从西尾光教镇守的曾根堡传来一个意外的情报："大垣城内已经没有敌兵了。"而且，福岛正则也派来一位紧急信使，叫祖父江法斋，报告称："敌军已经离开大垣，从野口村经牧田街道西进。正则即刻动身追击，如若追上，则会立即开战。"

家康一听，一蹬被子起身叫道："此话当真?"他马上叫来井伊直政，道："我要立即出发!"可不巧，美浓的天空又开始下起雨来。

伊右卫门在阵营中本已睡下，可远处福岛队的人马嘈杂之声传来，让他很是吃惊，问道："怎么回事?"

这时家康本营来了使者，道："福岛左卫门大夫一队刚刚出发。请谨遵傍晚时的部署规定，即刻出发，各就各位。"

(噢，合战终究是要开始了呀!)

伊右卫门颤抖得牙龈生疼。这是他年轻时就有的毛病，一旦有事发生，就会冒出一股莫名的恐惧来。

他很快召集武将们前来，简短命令道："出发!"

"虽说需要'即刻'出发，可咱们又不是先锋，还有的是时间嘛。”乾彦作不客气地回话道。

行军部署中，福岛正则是先锋；藤堂高虎、京极高知、黑田长政、细川忠兴、加藤嘉明、田中吉政、筒井定次、松平忠吉、井伊直政等是所谓的前线战斗部队；随后便是家康率领的德川军三万两千人马。伊右卫门与有马丰氏是在德川军之后，作为后卫，防守关原东端的南宫山。伊右卫门后面还有浅野幸长、池田辉政。

道上两列并排，行走艰难，路窄、夜黑，还下着雨。可一列又速度奇慢，更何况各队都带着辎重。就行军速度来看，伊右卫门队要出发也是在深夜之后了。

“不错。”伊右卫门道，他已经从适才莫名的恐惧中回过神来，“现在就烧火做饭，让大家吃饱了。合战大概会发生在明日清晨，到时候是没法儿吃饭的。”

“明白！可是——”乾彦作道，“咱们得令防守南宫山，但据闻南宫山的敌军已经成了内应，会跑下山来应战吗？”

“不知道。”合战中有很多未知数，能预测得到的毕竟只是很少一部分。明日大概会发生很多无法预测之事吧。

战事结束后才知，这夜大垣城的石田三成决定在关原伏击东军，下令全军于傍晚七点“即刻出发”。马衔枚，禁灯火，绑铠衣。没有平素行军时的马鸣声、盔甲碰撞声，全军肃然前行。

先锋是石田队，紧接其后的是岛津队、小西队、宇喜多队。另外还有过半数的西军——小早川队、毛利队、吉川队、长束队、安国寺队、长曾我部队——早在数日前便已在关原周边的丘陵地带布阵完毕。两支大军即将会合。

石田三成的第一队从大垣城出发时，雨开始猛下，而且越下越大。也因着这场大雨，才没被五十多町之外的东军冈山阵营发觉。等到城内空空荡荡——严密地说，还有七千守城兵——西军已经尽数离开大垣城后，家康才得到消息。

总之，伊右卫门队行军开始，已是后半夜的事了。

“各自传令下去：有蓑衣的穿好蓑衣；导火索要用油纸包好千万别弄湿了；禁止无用的私聊；大声吼叫者斩立决。即便遭遇敌袭，也不要骚动。”伊右卫门首先让先头部队出发，自己在军队中央骑马冒雨前行。

伊右卫门队有两千多人，时而变作一列，时而并拢成为两列。暗夜静谧中，走过了数町的距离。到关原东端的守备阵地，一共大约四里地。

（好冷！）

伊右卫门在马上不自禁颤抖起来。虽然穿着蓑衣，可雨点敲击着毫无防备的头盔，而且顺着护额直接滴入脖子，弄得身子里都是湿漉漉的。

（会感冒的。）

伊右卫门就怕感冒，他都不记得听过多少回同样的悲惨故事了。就因为在战场上感冒发烧，全身倦怠使不出劲儿，轻易就被对方取走了性命。要想不感冒，就不能打盹儿，要时刻保持充沛的体力。而且，战前的紧张情绪也极耗体力，一旦真上了战场反倒会体力不支。

（打仗是一件很残酷的事。）

被雨淋得透湿的伊右卫门在马鞍上晃悠着前行。

（这该是第几次了？）

他思忖，这半生自己踏过无数的战场，可每次都残酷得想哭，好几次都想撒手不干，不当武士了。伊右卫门耷拉着脑袋继续前行。

（这回，想是今生最后的一战了。）

怎么都不能败！除却秀吉败给家康的小牧、长久手之战，他参与的战事从未败过一次，可谓极其幸运的半生了。

前方有马匹摔倒。数万人马经过的小道，自然是泥泞不堪的，很容易便摔个四脚朝天。

雨、雨、雨！伊右卫门的两千人马不得不冒雨前行。

（长筱合战时好像也是这样的雨天。）

伊右卫门想起年轻时的那场战事，是织田信长与甲州武田胜赖的合战。无论是停或走，雨几乎一直没有停过。

(那时，同盟军德川大人在前线作战，织田大人发兵前去救援。那时的德川大人，如今已是决定天下之势的头领。)

终于，在左手前方的暗夜中，南宫山逐渐露出了它巍峨的影子。

“多点些火把。”伊右卫门命道。

南宫山是敌人巢穴之一。山顶驻守着吉川广家三千人马、毛利秀元一万六千人马。在东麓的栗原村附近还有安国寺惠琼一千八百人马、长束正家一千五百人马、长曾我部盛亲六千六百人马布好了阵势。

“敌军没有要动的意思啊。”伊右卫门松了口气似的对野野村太郎右卫门九郎道。的确，他不得不担心。他的军队在山脚行军，队形又长又单薄，若是山上埋伏的敌军一齐冲下，来个侧面袭击，己方顷刻间便会分崩离析。

“篝火也好，火把也罢，全没有要动的样子啊。”

(或许正如传闻所述，山上的吉川、毛利已经答应做东军内应了。)

伊右卫门的军队出了垂井，继续西折往前，夜色发白之时终于来到所定的阵地。照理说，身居此处，南宫山的南侧应当耸立在面前才对，可此刻他们面前却是白浊一片，什么都看不清。下了一夜的雨终于稀稀疏疏起来，可不料白雾却伴着晨色越来越浓。

“雾好大!”伊右卫门嘀咕着，伸出手来好歹可以看清五指的程度。莫说打仗了，连移动都成问题。

松林中阵势准备终于完成。印有三叶柏圆形家纹的帷幔挂好，“无”字旗竖好，旁边一个布凳摆好。伊右卫门走近帷幔，在布凳上落座。

西面十町之外就有家康的本营，再往西便是宽广的盆地——关原。

“还没有开战吗?”野野村问道。

“你看这雾，”伊右卫门仰望天空，“得等雾散啊。”在这等关原盆地的浓雾之中，敌我都难以区别，遑论战事。

“可是，就算关原开战，咱这边也只能听着枪声干着急吧?”

“是啊。”伊右卫门脸色难看，此番武运不佳，被丢到这么个偏远之地，连自己人战胜战败都无从得知。

“还真是担心哪!”

“派人去看看。”伊右卫门选定三十位能人，命他们前往关原查探军情。“小心别被自己人砍了。”先锋主力如今杀意正浓，若是从后方接近，难保不会被错判错杀。

(好难受!)

伊右卫门动了动盔甲下的身子，被雨水浸润得难受，腹部处更是已经兜了一汪污水。

雨仍不愿停，有时连雨落叶面之声都听得真切，时而大，时而小。上午八点，雨终于有了要停的意思。适才白浊一片的浓雾也开始散去。

“把旗上的雨水拧干。”伊右卫门命道。他抬头望去，有云往东行。

(看样子雨要停了。)

他这样判断是因为想起千代曾说过，“美浓关原附近，若是云往东走，雨就会停了。”千代从小就住在这关原附近的美浓乡士不破家里，非常清楚这一带的情况。伊右卫门布阵的这片松林，或许正是千代记忆里孩提时代的那片风景，而昨夜行军经过的那条到大垣的街道，正是千代初嫁时所走的路。

(千代就是在这关原附近长大的呀，想想真是缘分极深哪!)

的确不可思议。可以说，如今的伊右卫门几乎就是千代嫁过来以后一手制造出来的。而他今生最重要的一场仗，就发生在千代从小生活过的关原，这便是奇缘了。

(真是个怪女人。)

一想到她，伊右卫门的心情便平复下来，差点儿笑出声来。

就在此时，从阵地西方十町之外桃配山的家康阵营处，传来震天响的法螺号声，穿透伊右卫门的阵营。

“开始了！”伊右卫门从布凳上跳起。这种法螺号声，是全军开始作战的信号。少顷，关原四面山中也响起了同样的号声、太鼓声，早已整装待发的敌我双方军队开始作战。

随着激昂的太鼓，一片呐喊冲杀之声响起。两相交织传入伊右卫门阵地时，宛如一片撼天动地的海啸。另外还有铁炮声震耳欲聋，仿佛云层上滚落四方的雷鸣一般。

雨已住。伊右卫门命士兵们少安毋躁：“镇定！”他的队伍得守住南宫山的敌人。

“大人，您看南宫山上。”眼前的山上，有无数旌旗随风飘扬，可开战至今却不见动静。“他们没有要攻下来的意思啊。”

“不错。镇定！”

“他们一定答应做内应了，绝对没错。”野野村、福冈、乾等武将异口同声道，“那咱们还守在这里有什么意思？应该即刻前往关原参战啊！”

“不可！”

“您说什么？”

“正因为咱们守在这里，南宫山的敌人才不敢动。虽说他们已经答应做内应，可仍然在山上关注原野上的胜负。若是他们发现石田胜了，一定会毫不犹豫回到石田一方，从山上冲下来与我军交战。内应就是这副德行，咱不能离开此处，内府也明言过。”

“大人可真耿直。”大家都一副恨恨的模样，都觉得实在没必要死守这里。都这样了，军令什么的不守也罢。

终于，回来了一位侦察兵。

“噢——”伊右卫门一兴奋，探出一大截身子，忙问，“合战情形如何?”

“非常激烈！合战是从福岛左卫门大夫的突击开始的，西军宇喜多中纳言秀家正在反击。”听完侦察兵的所见所闻，才发现真是一场混战。福岛的阵营背后就是关明神的森林，待浓雾一散，便向天满山山麓里的宇喜多秀家队发起了进攻。

一开始是铁炮射击，接着就直直地冲向宇喜多队，正在前线厮杀。

“就这些?”

“是，因急着回来报告，就只见到了这些。”

第二名回来报告说，福岛队被敌军冲杀得七零八落，溃退了四五町远。

“啊!”伊右卫门站起身来，“然后呢?”

“宇喜多的武将，明石全登、本多正重、长船吉兵卫等整好队形，反守为攻，反倒把突击的福岛队冲得溃不成军。”

“就这些？”

“呃是，就这些了。”

随后又回来四五人接着报告战况，都说不知胜负。总之，乱军之中，宇喜多的太鼓丸旗与福岛的山道旗相互间你推我，我推你，全然一片混战的模样。

“其余的呢？”

“石田本营也有兵马突击，现在虽然被东军的田中吉政、生驹一正、金森长近、竹中重门的战旗压了回去，可同样是胜败难分。”

“大致倾向呢？”伊右卫门低声问道，他问的是两军胜负大致倾向。可侦察兵们均偏了偏头，小声道：“西军占优势。”

伊右卫门重重地坐回布凳去。

（或许会败——）

千代的脸顿时浮现在眼前，若是败了，今日就是与千代诀别之日。

一小时后，枪炮声、呐喊声、进攻的太鼓声、后退的钟声愈见激烈起来。

（蠢啊！）

他终于焦急不安了，至今踏遍过几十次战场，可还从来没有经历过今日这般用耳朵听来的战场。

又回来一名侦察兵，伊右卫门问道：“怎样了？”他把侦察兵叫到面前，是为了让其说话小声些。

“敌方岛津队的人马本来都是静坐在地，难以判断到底战是不战。随后咱们的细川队、稻叶队、井伊队的人马冲了上去，酿成一番大战。战斗甚是激烈，可咱军的气势好似不佳的样子。还有，前往攻击石田本营的诸将们，也在两重栅栏的正面遭遇大炮的轰击，三成亲自率兵突击，咱军已经溃退了三町之远。”

伊右卫门不由得战栗起来。

上午十点，雨完全停了下来，可云层依旧很低，雾仍未散尽。侦探兵一个个回来，可每次的战况报告，都是东军不利。

（糟了！）

伊右卫门思忖，呼吸也不匀称起来，腰背是一片寒冷。

（难道站错队了？）

悔恨、焦躁、恐怖混作一团充塞在胸中极为难受。把身家性命都压在家康身上，难道真是一步错棋？风大了，眼前的绿草抖得厉害。伊右卫门凝视着这些草，茫然无措。打拼半生留下的这一切，眼见着就要烟消云散了。

（要散了吗？）

那就散了吧——他甚至这样想。要消散的东西就让它消散吧——另一个伊右卫门在这么跟他说，本就是生不带来死不带去的东西，如今还有什么可惜的？

另一个伊右卫门是在伏见诞生的。在伏见的那段时日，他每日里参禅，去禅堂悟禅。虽然只是随大流，并无多少领悟，但从那时起，他就觉得自己心中已生出了另外一个伊右卫门。而此时，在这个关键时刻，他露出脸来，对原本的伊右卫门道：

（六万石、从五位下对马守，这不就是一张浮世的假面吗？撕了就撕了，有什么可惜的？）

还有个粗厚的声音响起：

（肉身也一样！）

肉身也是借来的一层皮囊罢了，舍弃了便自由了。

“原来如此！”原本的伊右卫门看着风中颤抖的绿草，这样喃喃了一句。一股从未有过的勇猛悄悄占据了他的心。

（反正终究都会烟消云散的。）

伊右卫门站起身来。这时，又一名侦察兵回来报告：“石田治部少辅攻入德川大人本营附近，虽然现在折返而去，可战况仍不明朗。”

听完报告，伊右卫门叫了野野村长长的名字：“太郎右卫门九郎！你去内府阵营报信，说不管内府大人有何指示，现在对马守要参战了。”

“是!”

“等等!你就这样说:眼前南宫山的敌军仍是不动,这足以表明其内应的坚定决心,把他们视作敌人再这么耗着也是无用。懂了吗?”

“在下这就火速去报。”野野村一跳上马便疾驰往西。他奔至家康本营的桃配山,已是上午十一点。浓雾已经散去,眼下情形可以看得很清楚。

野野村见了家康谋臣本多忠胜,转述了伊右卫门的话。

“对州大人原来也是这么想的啊!”意外的是,本多忠胜甚是高兴,对家康道,“刚才在下也说过多次,南宫山的敌人是不会动的。浅野、池田队待命,山内、有马队就转守为攻。”

就野野村看来,家康对南宫山的敌人还持有戒心,而忠胜认为“没关系”,两人像是为此争论过。

家康不得不赞同忠胜的意见,因为眼下的战况不容乐观。哪怕冒着危险也得投入后方的预备队。

“出兵!”家康道。忠胜对他行了一礼,然后指着一处山丘对野野村太郎右卫门九郎道:“那是松尾山。”松尾山内藏着西军最大的兵力——小早川秀秋的一万六千人马,现在仍然按兵不动。小早川秀秋事先已经跟家康联络过，答应做内应，因此并未扬旗参战。

如今，东军的藤堂高虎队、京极高知队正在接近山麓，看样子还未展开激烈的战斗。“你们就往那个方向去。”忠胜道。

“得令!”野野村冲下山丘，飞身上马奔回阵营。

伊右卫门听完野野村的复命，即刻下达进发命令，同时也告知了附近的有马队。于是，两千人马出动，伊右卫门命道：“快跑!”全军吼声滚滚跑将起来。“大声喊!”前锋队长深尾大叫道，于是众人的吼声又大了一圈。

全军吼声高亢嘹亮，步伐整齐划一，宛如一支黑剑肃然刺入关原的这片原野。

“那是对州的军队?”家康看着“无”字旗气势如虹往西进发，不禁拍了拍膝盖。他对这支新参战的生力军感到由衷的高兴。

不久，到了关原村。村落已经烧成一片灰烬，只剩烧残的黑柱还立在那里。过了此村，再往西，就追上了己方的藤堂队与京极队。伊右卫门选好一块地作指挥所，把马帜插在一棵老松根上，并叫来野野村：“太郎右卫门九郎，这松尾山的敌人不是也不动吗?”

“这并非在下的错。”野野村亦是愤然不已，动不动不都是敌人自己的事情吗?

伊右卫门只好让铁炮队冲着山麓的赤座、朽木、小川、胁坂等敌军小部队来了一次威吓射击。敌军也反击了一回。不过距离太远,所有枪弹都落入了中间的田地里。

激战在北方。前方直至天满山的宇喜多秀家,以及对面屉尾山的石田三成队实力强大。而东军主力正反复使用枪炮战、白兵战等与之对决。敌我双方旗帜混杂,打得十分激烈。

前方有西军首屈一指的勇将大谷吉继,东军的藤堂队、京极队正与之战斗,似乎没有伊右卫门插手的份儿。

总之,伊右卫门虽然算是进入了战场,可仍是待机的命。

不久,后方的家康本营响起了阵阵法螺号声、太鼓声。伊右卫门吃了一惊,发现是家康的大军出动了,方向往西。

家康旗本共计三万两千人,无疑是关原上最大的一支部队。只见这支部队一面发射铁炮、箭矢,一面呐喊着前行。

(噢,动啦!)

伊右卫门好歹松了口气。可不料此队先锋遭遇了石田三成的火枪队一刻不停的扫射与骑兵队的猛烈突击,逐渐陷入了混乱状态。双方相互拼斗了一阵后,终于——

（啊！）

伊右卫门惊诧不已，德川兵团开始露出崩溃的迹象。只要崩溃一角，就离战败不远了。兵团后方的武士们在大喊——不许退，不许退——似乎都在极力阻止本军的崩溃。可先锋的崩溃波及过来，连马匹都难以驾驭了。

（这……这是要败北了吗？）

伊右卫门全身毛孔都收缩了一般不寒而栗。

德川军溃退三四町远后，终于在中军止住，前后共十五六分钟的时间。就要到正午的这个关头，突然，伊右卫门惊得仿佛见到了天地异变的一幕。

异变发生在左前方的松尾山。山顶至山腹密密麻麻的西军小早川秀秋一万五千余人，突然开始往西北移动。

（啊！难道是要叛变？）

伊右卫门见到小早川队一齐冲下山来，将枪炮对准己方的大谷吉继队，一顿猛射。

“金吾（小早川秀秋）终究还是背弃西军了呀。”伊右卫门跑过来，翻身上马，挥鞭大叫：“不要错过这个绝佳的机会！进攻！”他命令全军即刻冲向大谷吉继队。往后看时，溃退的德川军也好像得知了内应加入阵营的消息，很快重新整好队形，开始猛烈进攻。

战势逆转了，竟是一瞬之间的事。

（这一瞬改写了历史。）

伊右卫门在马上发号施令，心底里却不禁感慨万千。这是多么具有讽刺意味的一瞬！小早川秀秋这位年轻人是秀吉的养子，资质弱劣，本就是个惹人发笑的家伙。可这历史上最为紧要的关头，却偏偏操纵在这么个人手里。

虽然伊右卫门知道“机不可失”，也命手下将士们机不可失，可他心中却没有爽快的感觉，有的是对背叛者人性的憎恶。

（这算什么事儿啊！）

战场的形势起了明显的变化。各个阵地的西军开始动摇、溃败。背叛西军的人越来越多。在小早川阵地下面布阵的西军朽木元纲、赤座直保、小川佑忠、胁坂安治等小大名也都调转枪口，雪崩似的向己方的大谷阵地冲杀过去。

（难以置信！）

虽是西军自己的事，可伊右卫门也不由得义愤填膺。而同时——

（终于算是得救了！）

这种安心感也逐渐充溢心间。

这之后的战斗，可以算是伊右卫门参与大战后第一次像模像样的战斗。

敌军已经崩溃，可战斗仍持续了一个小时左右。西军大谷吉继队几乎被全部歼灭；石田三成队虽说几次三番进攻得都很漂亮，怎奈要独自面对一大半的东军主力，终究溃败消亡了；另外还有宇喜多秀家、小西行长队的溃逃，岛津队的败走，下午一时许，纵横战场的多半都是东军的将士了。

下午二时许，战事结束。家康在关原西端天满山脚下的藤川台地上放好布凳，开始评审首级。之后，又与诸将见面。

伊右卫门也向家康祝贺了一番，正要回去时，雨又下了起来。

“对州大人，”家康叫了他一声，伊右卫门回身屈膝行礼，却见家康一张脸简直笑得不成样子，道，“也没什么事儿。只是见到又下雨了，想叫对州大人回去时千万不要淋湿了。”

（这个老人说这些不打紧的话作甚？）

大概是因为家康得了天下，高兴得到处想找人说说话吧。

“多谢大人挂怀！”伊右卫门退出后，骑上阵营前的马。今夜将在关原西端的藤川河原露宿。

雨下大了些，伊右卫门冒着雨骑马回营，马夫叫吉藏。只听伊右卫门道：“吉藏，小心别踩着尸体了。”原野上到处是敌我双方的尸体，还有四处散乱的铁炮、刀枪、旗帜。

“咱们赢了，吉藏。”伊右卫门茫然嘀咕了一句。

“是！贺喜大人！”

“值得贺喜吗？”一股强烈的倦怠感席卷了伊右卫门全身。他弓着背，伸出下巴，眼睑半掩，好歹没从马鞍上摔下来。

这时，武将野野村太郎右卫门九郎策马过来，道：“大人，今夜宿营地改在野上了。”

“领路。”他的声音柔和异常。

“大人，您身体不舒服吗？”

“为何如此问？”

“您这样耷拉着脑袋，都跟战败逃窜的人一样了。”

“是吗？”伊右卫门微微笑道，颜面竟有了苍老之色，“虽说赢了，可俺高兴不起来啊。”

“为什么？”

“胜利也是一种落寞。”

“落寞？”野野村吃了一惊，扬起脸来。

“不到俺这个年纪是体会不到的。是赢了，可赢了又怎样？只能自嘲一番。”

“大人！输了就没命了！若是输了，现在就是这里的无头死尸一具了呀！”

“又有多大的区别？”

“大人，您别吓我。看您净说些莫名其妙的话，莫非是发烧了?”

“原来如此，你这一说俺倒觉得冷了。”

雨越下越大。

再会

伊右卫门是在九月二十七日那天，与胜利军一道进入大坂的。因东军先锋已经在此之前去大坂市街维持过治安，所以并不见任何混乱。伊右卫门顺着京街道朝大坂方向行进，经过守口一地，到达京桥口时，发现城壁上已插满德川的旗帜。他叫来家老深尾：“你去西之丸，报告咱们到了。”自己则率领部队直接回了大坂府邸。

千代在门前站定，领着留守老臣、侍女以及一众将士家人前来迎接。千代与重臣们站立行礼，其他人则跪伏于路上或者门内。伊右卫门下了马，缓步朝千代身畔走来。

“夫人以大义为重，留守大坂辛苦了！”

“大人言重了！恭贺大人率众取胜，平安归来！”

均是语气平缓的套话，并不见多少情感的流露。可路上跪伏着的家人、凯旋归来的将士，却听得感慨万千，甚至有人哭出声来。伊右卫门的慰问、千代的贺辞，无疑已代表了从军将士与其家人之间的千言万语。

伊右卫门跟随留守老臣市川山城来到书院，与数位留守家臣打过招呼后，直接进入内庭，道："俺想泡个澡。"

自出了远州挂川城后便一直行军，经相模、武藏、下野，后又折返重回东海道，经骏河、远江、三河、尾张，在美浓关原战胜敌军，又经近江、山城边际才终于回到大坂。征程耗时两月余，而这之间几乎没好好泡过一次澡。

"俺要洗去战尘。"他这样说道。而后忽然想起，这次洗去的或许就是这一生所有的战尘了。

若在平时，外侧会有杂役或者近侍，内侧会有侍女；而这日却是千代亲自服侍。"水已备好。"

"哦，多谢。"伊右卫门当场脱光衣服，只穿兜裆布走起来。这位平素行事小心谨慎彬彬有礼的男子还从未有过如此举动。

"让我来帮夫君搓背吧。"

"千代你来？"伊右卫门笑出声来，"那敢情好。自从当了城主，很多事都跟年轻时不一样了，你就再没替我洗过背了。"

侍女们也远远站着，大概是想给这对夫妇留一片地儿独处吧。

伊右卫门盘腿坐在木板上，倦怠地捶打着自己的肩膀。千代系好袖带，卷起袖口，像要大干一场的模样。

"你要穿着衣服来？"

“不然该怎样?”千代咯咯笑道,“以为还跟从前一样么?要是家臣们在私底下笑话大人和夫人双双脱了衣服泡澡,那多不好意思。”

“唉,当个城主可真是没自由啊!”

“城主夫人也不是好当的呀!”

伊右卫门泡在浴盆中,话语中的感情像是被白色蒸汽湮没了似的,道:“千代,俺终于活下来了。”

千代也被蒸汽包裹着,一听这话,不由得情动,“嗯”了一声便用袖袂遮住颜面。

“你也总算逃过一劫。”

“一丰夫君才是——”千代在袖袂后哽咽道。

“俺运气好,全都是千代经管得好的功劳。”

“夫君……净说些意外的话。”千代的确感觉意外。伊右卫门至今为止从未这样说过。他一直认为所有决定都是自己做的,千代极为巧妙的布局引导让他相信所有决定都是出于自己的智慧。“其实,全都是一丰夫君器量过人的缘故。”

“别这样说,俺知道自己有几斤几两。”

“怎么会——”千代摇摇头,到如今,这些都成了无关紧要之事。

伊右卫门也无意再争辩下去,换了个话题:“加上这次,俺算是活了织田、丰臣、德川三代，能这样平安活到现在，实在是不可思议啊！”

“是夫君有运气。”

“哪里。有一种运气叫女运，据说有女运的男人，会被妻子与生俱来的福运左右一生。俺也算是当代少有的幸运之人了。”

其实，伊右卫门算得上是男人中的奇迹。在关原之战中出阵的东军诸将里，经历织田、丰臣、德川三代而生还之人，除了德川家康自己以外，就只有伊右卫门一人。福岛正则等人是秀吉这一代的；而黑田长政、细川忠兴等的父辈虽是织田一代，但他们自己却并未侍奉过织田家。

（俺要是有孩子，大概也会让孩子奔赴关原去拼命吧。跟他家不同，俺是没有孩子，才不得不亲自出马啊。）

拖着一副老身子骨上战场，实在是件辛苦吃力的事。家康在关原的主力决战中，用福岛、黑田、细川等青壮之士，而不用伊右卫门的原因，就是考虑到年纪的问题。突击战是需要血气之勇的。

“总之，俺是老了。”

“这倒是实话。”千代感慨道。这位武艺并不卓绝的丈夫，横跨三代的所有重要战场都亲自出阵过，虽没有多少显赫的战功，却也无甚过失，只老老实实一场一场打了过来。

被称作豪杰、军略家的一帮人，几乎不是早死，便是自诩才能出众不惜与人争斗，终致殒命消亡。

（只有我的丈夫有这般茁壮的生命力。）

千代想到此处，觉得甚是好笑，难道只有丈夫这般无可无不可的耿直之人才是世上的胜者？

（总之，是我雕琢出来的。）

千代心底里暗藏着这种心思，而作为她的雕琢素材，没有比伊右卫门那样顺从又无怪脾气的好男人更合适的了。

（年轻时曾多少有些不满足，可如今才知道，对我这类女人来说，这种丈夫可能才是最适合的。）

夜间的寝屋内，伊右卫门跟千代开了一桌两个人的酒宴。虽然两人都酒量不大，可还是约定“今夜不醉不休”，开始举杯共饮。千代斟酒，则伊右卫门喝；伊右卫门斟酒，则千代喝。慢慢地，意识朦胧起来。

“千代，”伊右卫门的话渐渐俗了，“俺赢了！赢的瞬间，俺站在场上却觉得寂寞得很，骨子里冒出来的。”

“定是年纪大的缘故。”千代也醉了。

“年纪、年纪！俺还没那么老！”

“年轻时战胜了自然会如狂喜一般，可年纪渐长，便不由得会念及对方的感受。”

“千代什么都清清楚楚啊。”伊右卫门瞪大了双眼。

“想想就明白的事情嘛。人的年纪越大，就越是对人这种生物有认同感。无论阴差阳错成了敌人还是自己人，其实都只不过一层假象而已。尝尽人生百味，明白了这些，便不会再如年轻时一样毫无顾忌地横冲直撞了。年轻时做事，年老时品味——人这一世肯定早就这样定好了的。”

“没错。”伊右卫门点头道，觉得自己这半生来血肉之躯的拼搏，是该告一段落了。“多喝点儿吧，千代。”伊右卫门举起酒壶。

“已经喝得够多啦。”

“你酒量变小了嘛。”

“夫君说这样的话，也不先看看自己，身子一直摇晃个不停呢。”

“那，俺就干脆跳个舞。”伊右卫门晃悠悠站起。千代递去一把白扇子，他接过刷一声打开，道：“千代，唱一曲。”

“唱什么好呢?”

“来一曲敦盛[1]。”伊右卫门已经站在中央，张开双臂。

千代唱了起来，伊右卫门随歌而舞，不过并未跳多久便啪嗒一声倒在地上。千代忙跑去扶他，却见他抽泣起来。

“千代你也哭啊。”伊右卫门翻过身来仰天躺着，“你怎么不哭？关原之战死人无数，就算是替阴差阳错变作敌人的石田三成等哭一回吧。”

“……”

“俺——”他扶着千代的肩坐起身来，“俺忘不了关原上暮色渐深的那一幕。胜负无常！人生无常啊！”

“虽说无常，可千代这半生，一直都伴着一丰夫君，相助于夫君，过得充实极了，是绝无仅有的丰富的半生呢！”

“俺也是……唉……一样。”

“‘唉’字多余了吧。”

“多余了吗?”作为胜者的伊右卫门，仿佛内心里有多少喜悦便化作了多少空虚。

家康于九月二十七日进入大坂城西之丸，打点战后事宜。这日最先着手的是论功行赏。历代家臣井伊直政、本多正信、大久保忠邻、榊原康政，与精通外臣事务的德永寿昌等六人被选用于调查与制定草案。

“自家谱代家臣明年再赏不迟，先从客将开始。”家康明示了轻重缓急的方针，因为支持家康的丰臣家大名有五十位之多。即便只是调查清楚这些人的功劳，也实属不易。当然，对于赏罚，家康也有自身的考量。这些他也都对六位负责人事前言明过。

“至于山内对马守一丰，”家康对六人说，“他现在是挂川六万石，把土佐国二十多万石赏给他。”

六人一听惊愕万分，本多正信出列道：“请恕在下冒昧，山内对马守有如此大的战功吗？”的确如他所言，与关原之战中的主力福岛正则、池田辉政、黑田长政等人相比，伊右卫门只不过是在战场附近晃悠了一回而已。

“没有——”家康笑道，“不过，你们所认为的战功，就只是战场上的功名吧？有人有马便可在战场上举枪迎敌，谁都可以做到。”

“啊？”

“对马守在小山军议的前夜，得到妻子急函便立即送至我处，连封都未曾拆。他将当时逐渐动摇的客将之心，全都牵引过来了。还有小山军议上，他提议清空自己的挂川城并呈交于我，因此东海道上的诸将们才争着把自己居城让出。只这一事便固定了诸将的情绪。那个瞬间，东西军之战其实胜负已分。此番功高，可谓拔群，不仅直接引导了关原一战的胜利，也奠定了德川家兴隆的基础。拿土佐一国赏与他，实在便宜。”

家康在战场功劳与政治影响这两方面，更看重后者。因此才有了这个决断。“赏罚分明，越快越好。而且，逐一定下就逐一赏赐，这样可避免无益的猜度。”

伊右卫门得到赏与的旨意是在十月后的一天。井伊直政向他传达此事时，伊右卫门以为听错了，反问道：“土佐国？”以自己在战场上的战功，最多不过从六万石增至十万石左右的程度罢了，怎么会成为一国之主？

“请恕在下冒昧，兵部少辅（直政）大人，”伊右卫门对这位德川家的长官问道，“您是搞错了吧？”

“您的耿直真是名不虚传哪！”直政不由得笑道，“对州大人，说句大实话，曾经我们也认为此番加封很是奇怪。可这是主公亲口做出的决定，对州大人的功绩在诸将之中首屈一指！”

“实在愧不敢当！”伊右卫门手里攥着封赏令，仍是不信。

回到府邸后，他将这张记载着赫赫战功的封赏令递给千代，千代大笑道：“赏就是赏，大大方方接着就好，耿直过了头也并非好事啊。别犹犹豫豫的反被人看扁了。”

土佐二十四万石，实在是太出乎意料。

那日不管千代说什么，伊右卫门都只是傻了似的作茫然状，偶尔会吐出一句：“千代，幸运这种东西，是真有啊！”大抵是还未回过神来。

第二天早上他一睁眼便道：“千代！要招募新人了！”声音极为高亢。千代反倒吓一大跳，怔怔看了他半晌。

“快！挂川、美浓、近江附近可靠的人才，都一并找来！”

“不用这么着急吧？”

“不行，得快！若是马上便要大战，二十四万石的军役如何扛得下来？”

“不会再打仗了，夫君！”

“会的！”

（难道脑子出毛病了？）

千代有些不悦。前几天刚从战场回来时，还那般忧世悯人，可如今不过加封了四倍，就全然变了个人。“听说土佐自古被称作鬼国或者建依别国，男子性情粗野。更何况国内还有长曾我部残党一万人以上。此时若是新国主入主国内，怕是有无数人等着看笑话呢。还是先派人去查看清楚后再做定夺比较妥当。”

“那是当然。不过这是一回事，招募新人是另一回事，而且刻不容缓。”

“可在土佐国，长曾我部家这个当地国主都已经消亡了，余下众臣也是每日得过且过，怕是拼了命也会反抗的吧。”

“所以才要招人的嘛！”

“最好是先查过当地详情后，招募一批当地人为妙。这样便能上下安心，鬼国的百姓才会跟咱们亲近。”

“不！那种事太遥远了。与他国不同，土佐国反骨者众，轻而易举是拿不下来的。只有筹措大军，进行弹压才行。”

“不像一丰夫君了呢……”千代惊愕道。仅一夜便换了个人，到底怎么回事？

“俺有自信。”伊右卫门道，“连主公都说，土佐只有对州能对付。”

家康确实这么说过。他清楚土佐的风气之怪，与长曾我部的主从关系之坚韧。如果让年轻的大名去管理，恐怕压制了这边又反了那边，终究是祸国殃民一团糟。还让人担心会引起天下大乱。所以，这才想到老成持重的伊右卫门。另外，若是交与福岛正则等人，长曾我部的遗留之臣或许会煽风点火，说不定还会唆使其调转矛头指向家康自己。从这点上看，客将出身的诸将中，还是耿直正义的伊右卫门最合适。只有伊右卫门能事事以德川天下为先，处理好土佐国事而不犯错。

千代认为这才是被封土佐国主的原因。伊右卫门得到封赏的第一日，一副颇感意外的模样还算可爱，可第二日——俺就有这么大器量——他露出的这股自信，就有些自以为是了。

（这如何是好？）

千代不禁有些担忧，因为她知道，男人一旦开始自以为是，诸事便棘手了。

“土佐——”千代一日中念叨了好多次。

(那是个什么样的领国?)

千代全然不知。自伊右卫门受封土佐一国以后，千代尽可能地想多知道一些这片未知土地的情况，可总是未能如愿，因为没有门道。侍女、坊主、武士，问来问去也是仅知国名的程度，任谁都担心害怕地低着头。

“那可是鬼国啊!”也有侍女身形战栗。京城人对偏僻地带一无所知，在他们印象里，那里住的男子就像鬼一样可怕。

“可是，也住着人不是?”千代笑出声来。千代知道，土佐分作七郡，南面濒临太平洋，据说可以收获不少鲸鱼、金枪鱼、鲐鱼、鲣鱼等大海鱼。过去曾是京城政治犯的流放地，王公贵卿们一听说“流放土佐”，无一不是胳膊腿儿打颤。若是有公卿被任命为土佐国司，他们好像也几乎不会真的前往。

曾有歌人纪贯之被任命土佐国司，因某个事由而不得不去。他在承平五年（935 年）任期结束后回京，把这五十五天的旅行日记取了个名字，叫《土佐日记》。当时的人们竞相抄写传阅，觉得十分有趣。之后数百年，直到千代的这个时代，那本日记的内容一直是人们土佐知识的来源。土佐这个南海偏远之地，便是这样一个不为人知的去处。

千代托京城人帮忙，好歹找来这本《土佐日记》，看了起来。可是，不得不依赖六百多年前的宫廷人的见闻录来获取土佐的情况，这到底是怎么一回事？

伊右卫门觉得那书毫无用处。“就俺的印象来说——”伊右卫门道，“很糟！那就是名副其实的鬼国。”

“为什么？”千代问。于是伊右卫门就讲起太阁春风得意时候的一件事。

太阁征伐四国，招降长曾我部氏后，长曾我部以土佐国主的身份成为丰臣家大名。为向太阁答礼言谢，长曾我部元亲乘船来到大坂。当时——土佐人来了——连好多大坂百姓都跑来看热闹。

只见黑压压的人群之中，土佐武士两百人左右排队走来。他们也是第一次登陆本州岛，看到眼前的光景很是兴奋。

这些武士身着盔甲，面色黝黑，只眼睛亮闪闪的。细看之下，铠衣的腰带竟然是根绳子——莫非盔甲是自己做的？可盔甲之下，人人都是肩背伟岸、步履整齐、意气轩昂的模样。

“之后，他们也都逐渐习惯了这边的生活，住到伏见的长曾我部府邸去了后，便不再令人感觉奇妙了。刚开始那会儿，可真吓了一跳啊。”

家康的参谋本部与军团，因战后诸多事宜，仍驻扎在大坂城。战后诸多事宜本是井伊直政、本多忠胜、本多正信、榊原康政等家康的参谋团负责，不过伊右卫门也是每日登城，在大坂城西之丸，无论大事小事均与他们相商。

（真是个麻烦人哪！）

他们定是这么想的。

（连这个都不知道吗？）

他们定会感觉不耐烦。可与此同时，又觉得仰仗自己的伊右卫门很是可爱，不知不觉间便把他的问题当成了自己的问题来考虑。这就是所谓人情。

伊右卫门最初拿到土佐一国的朱印状时，就仿佛是身子浮在空中了似的茫然不知所措，到了第二日才意识到：

（麻烦了！）

土佐国的旧国主长曾我部盛亲还在浦户城，其军团体制完备、毫发无伤。

（这要怎么做才好？）

长曾我部家虽名义上在关原之战吃了败仗，可军团几乎原封原样从战场撤回，并通过伊势路出了伊贺，再经大坂乘船回了土佐。土佐一国授予山内对马守——这个封赏如今不过是一纸空文而已，长曾我部家还梗在中间呢。

（他决不会乖乖听话撤走的。）

长曾我部家毕竟是土佐当地的大名，家主与家臣们能撤到哪里去？

（他们肯定会拼死抵抗的。）

这种看法甚是自然。他们若是拼死抵抗，有地远而兵强马壮的优势，便是集天下之兵也未必轻易攻得下来。

伊右卫门拿了朱印状后的第二日晨，进大坂城西之丸后便抓住管事的井伊直政袖口，问道："长曾我部会自行撤离吗？"

"不清楚。"比伊右卫门年轻的井伊直政，露出一脸不置可否的微笑，俨然是管事官吏的做派。

"那可麻烦了。"

"是啊。"井伊点点头。如若土佐叛乱，不只伊右卫门，连刚刚得了天下的德川家也会挠头不已。

"在下必须要率军入国吗？"

若是那样，伊右卫门必败无疑。以六万石的兵力根本不可能诛灭一国大名。

"不如咱们先派使者，"井伊道，"去土佐看看他们到底愿不愿意配合，之后再做打算。"

"如此甚好，那就拜托了！"伊右卫门也只能寄希望于此，说罢便告辞了。

井伊等家康的官僚团一直忙着没收或授予其他诸国大名

领地，每日里极为繁忙，实在无法只专注于某一人之事。不过，对这位无能的伊右卫门，倒是不由自主多了几分爱怜。

其他比如福岛正则，由二十四万石的尾张清洲城主，一跃而成四十九万八千石的安艺备后两国国主。但福岛等人进驻新领地时大都是独立准备并完成的。井伊等见到只伊右卫门是一筹莫展的模样，心底里生出爱怜也是情理之中的事。

有天，井伊直政道："对州（伊右卫门）大人，您完全不必如此担心。恐怕土佐的长曾我部氏要比您担忧多了。"这是肯定的，长曾我部氏是败北之将，如今每日定是战战兢兢，全然不知自己将会受到何等处罚。按常理来说，当主长曾我部盛亲最好的结果是被勒令切腹，最坏的结果是斩首、领土全部没收。他们现在肯定在土佐浦户城中胆战心惊，连日里召开会议商量对策呢。

（反正会有乞命的使者过来。）

井伊直政这样判断，到时候再要点儿政治手腕即可。为让伊右卫门放心，井伊道："这事就包在我身上好了。"

果不其然，长曾我部盛亲派来两位老臣——立石助兵卫、横山新兵卫，前来拜访井伊直政。不过，他们除了乞命，还想保留全部的领土。

"鄙人家主盛亲，这次因为实在年少无知才会与内府

（家康）为敌。加入石田一方实非本心哪！再说，关原之战中，我军守在南宫山，从未发过一枪。就请看在此番行动的分儿上，在内府大人面前多多美言几句吧！拜托了！”

长曾我部家可谓不幸之至。一代风云人物长曾我部元亲，在关原之战前夕病故，完全摸不清天下形势的盛亲继承父业，在诸事上只能随波逐流。此家本不善社交，与其他大名也甚少有往来，跟石田三成也并不熟稔，更谈不上有支援石田的义务。

其实，此家原本最初的方针是追随家康。还在石田三成刚刚亮出旗帜时，盛亲就写了密函，让两位亲随带到关东的家康处，准备表明心迹——我军愿意追随德川大人。这两位亲随名叫十市新右卫门、町三郎左卫门，扮作寻常百姓急速赶往东部。可哪知他们运气不佳，在近江水口的关卡处，被西军长束正家给拦截下来，并驱逐了回去。就这样一个理由，此家站在了石田一方。真可谓运气左右了将来的一切。

那时千代也在大坂，也派了田中孙作为密使，扮作寻常百姓前往关东，也经过了相同的近江水口的关卡，唯一不同的是，孙作顺利通过了。而山内、长曾我部两家的兴亡，便在此分道扬镳。一家成了土佐领主，一家被赶出土佐。或许是天意弄人吧。

不过，千代派出的田中孙作是近江坂田郡高沟村出身，能说关卡所在地的近江方言。他说“我就是这个领国的百姓”，是难以引起关卡守兵怀疑的。可长曾我部派遣的十市、町两位，是地道的土佐人，只会土佐方言。而“口音就是证据！”他俩一眼就被瞧出是土佐人，并被赶了回去。也就是说，人选有误。就这么个小问题便导致丧失了土佐一国。

井伊直政接见了从土佐过来的两位谢罪使。

“哎呀，真是让人同情万分哪！”他和颜悦色道，“其实盛亲大人并非外人，而且他站在石田一方是无心之过，这点我已经清楚了。我一定会竭尽所能在主公面前替你们说说公道话。”

一听此话，两位谢罪使不禁喜形于色。可惜，立石助兵卫也好，横山新兵卫也好，土佐的乡下人是难以理解家康的官僚是怎么一回事的。他们信以为真了。

但是，井伊直政骨子里只在乎德川家的安危，长曾我部家会怎样都无所谓。只是若不加以安抚，就怕他们会闹出些无用的骚乱，引发天下动荡。所以，他才用那么一副仿佛发自内心的同情面孔，尽可能亲切又和蔼地跟他们说话。

“让您费心了！眼下只有兵部少辅（直政）大人是我等的依靠，一切都拜托大人了，我等实在感激不尽！”

“不过啊，两位——”井伊直政又道，“公道话我自然会说，可若是盛亲大人自己守在土佐还像个没事儿人似的，就难办了。也不知道会给主公留个什么印象啊。我看，还是请盛亲大人亲自来一趟，方为上策！记住，务必轻装前来。”

“这个——”两人顿时语塞。若是盛亲来，如何能保他安全？

“二位不用担心，盛亲大人的安全，由鄙人来保证。”直政道。

“那……这样的话——”两人再次叩头拜谢。若是在此违逆对方，就前功尽弃了。“我等即刻返回领国，就按大人的意思劝说家主前来。”

“好！或许贵国还有其他人会怀疑鄙人的话，就让鄙人的侍从跟你们一同回去吧。”直政说罢，叫来梶原源右卫门、川手内记两人。

“我等感激不尽！”

两人道完谢，便与井伊家的两位侍从一同离开大坂，沿海路回到领国。而领国内早有多人在翘首企盼他们的归来。

当时的土佐主城坐落在面向浦户湾的山丘上，称浦户城。这日里，便有会议在城内大厅召开。立石、横山两位报告：“井伊兵部少辅对我们心存同情，目前总体情况良好。”井伊家派来的梶原、川手两人所说的一席话也证实了这一点。

这梶原、川手两人曾在离开大坂前，受过家主井伊直政叮嘱——总之一定要让盛亲来一趟大坂。只要他人在咱们手里，余下的事情就好办了。此事万万不可失手，一定要办妥了！

长曾我部盛亲听过报告后很是高兴，好酒好菜款待了井伊家使者三天三夜。“既然这样，我盛亲就谨遵吩咐，近日里便前往大坂，还请贵府兵部少辅大人多帮鄙人担待一二。”盛亲如此作答后，派遣立石助兵卫与丰永惣右卫门两位前往大坂复命。

前往大坂——在如此作答之后，长曾我部盛亲叫来主要家臣，召开了一次会议。议题是：到底是遵从井伊大人的指示，轻装前往大坂；还是留在领国内，据守浦户城?

“据守浦户城”的意见占绝大多数。主战论者的代表，有大黑主计、武内内藏助两人。

“虽然井伊大人的好意实属难得，但领国的支配权却不是人情能够左右的。如果大人去了大坂，对方随时都可能把大人逼入绝境，还不如据守浦户城，让天运断生死的好。”大黑主计道。

随后，武内内藏助开始了“据守必胜”的战术战略论：“咱们北部有千万座山峰峭立，南面又濒临大海，而且从本土攻来必须坐船渡海。这些条件都是咱们据守的保障。远在镰仓时代，平家将士在壇浦吃了败仗，很多都逃到了土佐，成了土佐人，可镰仓的源氏终究是没能远征至此。这是古代的事例。当然，如果据守浦户城，咱们自己人倒是方便出入，但要迎击敌方大军却也为难。那咱们就退守群山峻岭之中，自由地选择山中要害之地，让敌军疲于奔命。这样五六年也不会败。待到敌军筋疲力竭，自然会跟咱们讲和。”

这一席话听来确有道理。可一直沉默不言的户波右兵卫，放下抱着的胳膊，道：“不可能。现在跟源平时代不一样了。自从太阁的朝鲜征战以来，诸国都有了大船。要是把这些大船都集中起来，天下大军可能昼夜而至。说躲到山野里，如果进退巧妙，可以守个五年十年。可这也都是过去的事情了，如今有铁炮这种东西。要是成千上万架铁炮都运了过来，对原野、山林一顿扫射，今天丢一个东部小城，明天丢一个西部小城，花不了三个月，个个据点都会被一一清除干净的。更何况，关原一战成就了德川的天下霸权，现在日本上下连草木都不敢违逆于他。此种形势之下，反正是跟天下之兵打一场毫无胜算的仗，还不如据守浦户城，轰轰烈烈战死，还能留下咱们长曾我部武士之名。”

说得在理啊！众人一同点头称是。这便是此日的结论。

可是，相同的会议日复一日，诸位渐渐地腻了，乏了，软弱论调慢慢占了上风。因重臣家老久武内藏助也开始反复倡导软弱论，诸位便一同道：“那就拜托久武大人了。”提案便是：家主盛亲前往大坂，征得井伊直政的同情。

出发的日子定下了。据说，盛亲临行前，想去附近柏尾的观音堂祈福，可人还未到，观音堂竟起火烧毁了。

败将长曾我部盛亲，为了乞求家康的原谅，从土佐浦户湾扬帆出航时，秋意已日渐浓郁。随从的人数也精简到武士十一人、足轻兵一百八十人左右。众人在大坂木津川河口上岸，即刻便进了天满学授寺。

这夜，街上有人在传言——要开战了！天满街的百姓都慌慌张张，还有人用车装了家财逃走。盛亲命人“去打听一下到底何事?”而后得知，竟是德川大将榊原康政、本多忠胜要攻打过来。

“敌方是谁?”盛亲又问。

探听消息回来的人回答：“大人息怒！据说就是大人您啊!”

盛亲一听，大惊失色。这夜，家臣们也在惶恐中度过。次日清晨他才发现，一百八十位足轻兵，竟都在前夜逃走，一个不剩。武士也少了四人，所剩只有吉田孙左卫门、中村惣右卫门、江村孙左卫门、黑岩扫部、立石助兵卫、丰永惣右卫门、横山新兵卫这七人。

这个谣言的始作俑者，据说就是大坂城西之丸在职的井伊直政。他曾叫盛亲“轻装前来”，可盛亲却带了足轻兵一百八十人，让他感觉不快。若是这么多人在大坂打起仗来就麻烦了。于是他便想了个主意，用“大军进攻”的谣言驱散了足轻兵。

第二日上午，井伊直政派使者去盛亲处：“大人居住此处，甚是不便，也不安全，还得小心提防谣言。若不介意，移居家主井伊府邸如何？”盛亲一听很是高兴，便住进了井伊家的郊外偏房。就直政看来，“敌人”已经势单力薄、孤零零的，还住进了自家的府邸，就等于是野鸟钻进了笼子。

不过井伊仍是跟本多、榊原一道，去家康面前替盛亲求情道：“盛亲是被石田所骗，而且在关原之战上并未发一兵一卒，值得同情。”回到自己府邸后，又叫来盛亲的家臣，神情忧郁道：“鄙人已向主公求过情了。”

“敢问结果如何？”

“哎，不太好说啊。”

“啊？”

“主公很是不悦，说盛亲大人在出发前，曾手刃自己的亲兄津野孙次郎。”

“啊！这事——”

“是啊，这事已经传入主公耳里了。鄙人却不知还有此事，也不知主公是听谁说的。因此主公认为，撇开关原之战，盛亲也是个不义之人，而这种不义之人就该切腹自尽。”

“啊!”荒唐！家臣主张说，盛亲的确是惩杀了自己的亲兄长，可那是基于大名家的统率所做的考虑，并无家康可指责之处。

“总之，鄙人当全力劝阻主公收回切腹的成命。”直政道。

家康与直政唱的是双簧戏。首先抓住盛亲的小辫子，宣称必须自尽，让其家臣乱了方寸。于是，现在哪里还管得了领国的问题，务必保得盛亲一命便成了他们唯一的希望。盛亲的家臣们拼命恳请直政帮忙。

“难啊！不过鄙人定当竭尽全力。”直政道。

撇下此事数日后，他又把盛亲家臣叫来自己府邸，面露朗色道：“好消息！在鄙人几次三番的恳求下，主公终于答应给予宽大处理，死罪可免了。”

“啊！此话当真?”

“没错。不过，土佐一国得上交，盛亲自己得前往京都所司代[2]。也就是说，成为浪人，在京都借一处房子住下来。”

“啊！感谢主公仁慈！”家臣们道。

“可是，”直政道，“土佐一国都得上交啊！”那也是没办法的事。

家臣们将旨意报告给盛亲时，盛亲这才发觉：

（被算计了！）

他本非愚钝之人。后来在大坂之阵，他以浪人之身进入大坂城，集结旧臣，与真田幸村、木村重成、后藤基次（又兵卫）等一同被选为大坂七将之一，于河内长濑堤处跟藤堂兵作战，多次取胜。他作为军人无疑是优秀的，可无奈天生就没有政治感觉。土佐一国的丢失，可归结为他一人的才能之失。

盛亲实在没有办法，只好按要求写好朱印状并转交井伊直政，叫领国的家臣们把所有城池土地全部上交。

家康先是把土佐一国归在井伊直政的名下，命他想办法让伊右卫门能顺利入主土佐。

伊右卫门回府后，将此事告知了千代。千代脸色暗淡道：“那盛亲大人会怎样？”败者总是可怜的。千代虽不认识此人，但关原之战前夕，千代的密使安全通过了近江水口的关卡，而盛亲的密使却被赶了回去。相同的出发点，却是不同的两条路，如今皆已成为现实，一个是胜者，一个是败者。

所以，千代才如此同情这位年轻的大名，这位从未见过，今后也未必会见到的长曾我部盛亲。

“盛亲吗?”伊右卫门感觉意外。他如今满脑子都是当新国主的事，前国主会怎样才不是他要关心的事情。伊右卫门本来就是个很现实的人，有一种自然的冷酷薄情。“盛亲怎么了?”

“不，我问的不是怎么了，是会怎样。”

“领地被没收，官位被剥夺，成为浪人一个，住在京都柳图一地，还得受所司代的监视。”

“哦，成浪人了啊。”

“对。”伊右卫门好像有事要找家臣，于是忙呵呵出了门去。

第二天千代又重提话题，道：“盛亲大人——真是要住到什么京都柳图去吗?”

“总比死罪好吧。”

“那倒是……”

“也不是流放偏远小岛，已经是不幸中的万幸了。”伊右卫门对这位败将仍然极为冷淡。

(明白了。)

千代思忖。夫君就算原本性格如此，也不是一个随随便便就能说出如此冷淡言语的人。可如今变了，他觉得——对方是人生的败者，没办法的事儿。那神情就仿佛在说："那是他笨，才一败涂地。"他认为自己是胜者。他也的确是胜者，可他开始认为是自己的能力和器量带来的胜利。土佐一国，这个侥幸得来的丰厚赏赐，让伊右卫门变得跟从前不一样了。

（以前，他会认为自己是个平庸之人，有一点功名、得一些加封都会兴高采烈，说自己只是运气好，谦虚地觉得自己并无甚才能。可如今，却开始认为成功凭借的是自己的力量。）

男人发迹，真是可怕。一旦德薄而位尊，就难免会忘乎所以。

千代怕自己判断错误，又添了一句："跟盛亲大人相比，一丰夫君现在可真幸福！"

伊右卫门简简单单便暴露了心境。"俺也做了很多啊。"他道，"盛亲实在懒惰。他父亲算是英雄，不过他可不像他父亲，无能啊，难怪会把土佐丢掉。"

"丢掉和得到，有很大的不同吧？"

"那当然。"

"不同结果的缘由又是什么呢？"

"器量。"伊右卫门道，"天正年以来，俺见过各种各样大小名的兴亡。老天毕竟是公平的，兴者以其器量之阔，亡者以其器量之窄。真是很有意思呢。”

“那夫君你呢？”

“俺现在已经得到土佐一国。千代，天正年以来，俺的运气不算好，”伊右卫门说起了与往常不一样的话，“现在总算拨云见日了。俺终于知道，从长远来看，老天是公道的。或者换句话说，俺的器量被太阁所埋没，却被家康大人发掘出来了。”

“难为盛亲大人了。”千代回到了刚才的话题，“不过，领国内还有不少他的家臣吧。从今天起，就无端多了上万的浪人，能否招一部分进来呢？”

“招那些人？你开玩笑吧？”伊右卫门道。“这事以前不也说过吗？那些人可不是省油的灯。说不定现在正磨刀霍霍等着俺去呢。”

“千代你这是妇人之仁。”伊右卫门道。

“你才知道啊，记得当初千代嫁过来时就已经这样了。”

“俺又没有责备你。这才是你可爱的地方嘛。”伊右卫门故作宽厚状。千代看着他脸上松懈的赘肉，很有些恼火。

（烦人啊！）

男人若是对自己的本领有自信，便会散发出一种特别的美；可若是对自己的官阶位分有了自信，难免会让人觉得是臭美。

“千代终归是个女人啊。”伊右卫门道，“无论是同情盛亲也好，要招他的家臣进门也好，终究是源于女人情绪的感伤。可是感伤却对世间万物毫无用处。”

“这话倒也在理，可若是能对败者多一点儿宽容，那男人看起来才更有风度不是?”

“俺可没这份儿闲工夫!”伊右卫门道，“拜托你换个位置想一下。若是西军胜了，现在你还能这么从容地跟俺说这番话? 俺已是无头尸一具，脑袋被摆到六条河原上，而千代你也早在大坂被杀了。这才是真正的世相。”

接着他又道：“至今为止，俺换过好几次封地，但都是已经平定的土地，俺去那些地方毫不费劲。可这次不同，肯定会有战事发生。这就跟独立完成攻占土佐所需要的努力是一样的。在这种状况下，俺还要考虑什么同情长曾我部盛亲? 考虑什么招那些敌方的浪人进来? 若是招来的那些家伙跟敌方暗通，俺在入主土佐的合战中失利，脑袋被摆在自己领国的岸边，岂不被人笑话?”

“决不会那样!”千代道，“只要在入主之前，给京都的盛亲大人送去一定的钱物让其家臣安心，再放出话来说咱们要选贤任能，并真正招来给以厚待，土佐人再顽固，也必然不会有叛乱的无谋之举。就算有一部分冥顽不化者，也自有其他归顺之臣将其镇压。难道不是吗？”

“女流之见。”

“你就知道说女流、女流！”千代终于生起气来。

“别生气。千代你还不懂男人。这种情况与其卖他们人情，不如就在京城这片地上招募浪人，待大军练成，再奔赴土佐，去摧枯拉朽。除此以外别无他法。”

“真的吗？”千代微笑道，表情像是要伊右卫门再好好考虑一番。若是以前的伊右卫门，见到千代如此表情，定会失了自信，侧头考虑半晌，最终还是按千代的意思去办。可如今他是土佐国主，仿佛什么都时过境迁了似的。

伊右卫门依旧每日里登城，与井伊直政商谈要事。

此后一日，直政一副十分为难的神情，道：“阿波方面来的消息，说长曾我部的家臣们提出要还给盛亲半封国土，如果拒绝他们，便要据守抵抗新国主。”

“所以，”他又对伊右卫门道，“入主土佐，大人还是不要急于一时。不如先让您弟弟修理亮去做大名代理。”

注释：

【1】敦盛：能乐的曲名之一，由世阿弥所作。讲的是平安末期，武将熊谷直实出家悼念在一谷之战中败给自己的平

敦盛，平敦盛的亡灵在他梦中出现，感叹家门由盛而衰。

【2】京都所司代：江户幕府的职名之一，驻于京都。主管监察京都的警备、朝廷公家；管理京都、伏见、奈良的町奉行；裁决近畿全域的诉讼；监察西国大名等等。于1600年创设，1867年废除。

浦户

庆长五年（1600）十月十七日，接收土佐浦户城的一行人沿海路从大坂出发。船只共八艘，经纪淡海峡南下土佐。船上有长曾我部盛亲的家老立石助兵卫，井伊直政的侍从铃木平兵卫、松井武大夫，还有伊右卫门的弟弟——大名代理修理亮康丰。加上井伊、山内两家，大概有两百余人。

一行人一路上并未遭遇任何风浪，三日后平安抵达土佐浦户湾港口。

“这里就是土佐？”修理亮望着眼前的山河，一张脸略显青灰。这位修理亮，比兄长伊右卫门更为小心谨慎。他对井伊家重臣铃木平兵卫道：“平兵卫大人，长曾我部的人要是反抗的话，咱们这些人怕是不够吧？”

“正是。不过咱们有盛亲大人的亲笔朱印状，就算此国之人再无法无天，也不可能故意挑起战事。”铃木平兵卫冷静道。

众船逐渐靠近岸边。这一带虽称作浦户，可海岸却叫桂浜。港口面朝外太平洋，浪头很高。不久，长曾我部盛亲的家老立石助兵卫从船上放下小舟，一个人朝岸边驶去。岸上已有数百人，均身着盔甲，手上长枪冲天而立。

“别开枪，是我，立石助兵卫！”立石一边划船一边朝着岸上吼道。

待他在沙滩上站定，岸上众人七嘴八舌问道：“大坂情况如何？”立石则不由分说拨开众人，只顾前行：“让一让，让一让，万事进城再说。”他上了山丘上的城郭，见到城内的大堂之上，已有多位家老重臣等待。

“情况如何？”对大家的这个疑问，立石助兵卫并不答话，只默默递出了盛亲的朱印状。“什么？把城池拱手送人？”众人原本还有些期待，如今都脸色一变，有一人叫道：“混账！”

立石见状，连忙安慰大家，并道出了事件的来龙去脉。“大坂比想象中强硬得多。家主能保全性命，已属万幸……”家老重臣们听立石细细把话讲完，多少还是能体谅家主的难处，可被称作“一领具足[1]”的一伙人却怒意极盛。这伙人曾经是征服四国的长曾我部军团的核心力量。

这是一群特殊的武士，自身并无封地，但可自行开垦田地，并全免租税。他们每日里勤练武勇，去田地里干活儿时也会在长枪柄上拴好草鞋、干粮，倒插在田埂之上。有人一招呼，便丢下铁锹，加入战阵之中。因为他们仅有盔甲一套，战马一匹，所以被称作“一领具足”。

他们平素与城下的武家集团并无交往，不懂礼仪章法，也甚少有机会听闻天下形势。而且他们自己也绝少有兴趣关心这些，天下由谁任将军对他们来说都无足轻重。可是，他们却愤怒嚷嚷着“哪能把国土拱手送给京城的外人”，并陆续聚集到桂浜岸边，很快达到了千人以上。

见岸上人数骤然增多，船上的山内修理亮不由得担心起来，有乐观之人回答道：“没什么，不过看热闹的罢了。”

不久，岸上之人一齐冲至拍浪处，并踏入海水之中，甚至还有人连腰都泡在水中。更令人惊惧的是，他们都手持铁炮。

“啊！快！起锚！起锚！”船头上的人慌乱起来，可已经迟了。岸上的铁炮一齐射出，至少有五六百发。因弹药密集，船上之人倒下一大片。

“开远点儿！把船开远点儿！”修理亮叫道。

的确大意了，离岸边太近。“别探头！身子尽量躲到船舷下！没事儿就躲在船舱里不要出来！”多亏井伊家的铃木平兵卫沉着而熟练地指挥众人，船才退至铁炮的射程之外。不过，一味逃避也不是办法，于是铃木平兵卫找来大嗓门之人，并让其站在船首，冲岸上喊道：“我们可是京城使者！

天下已经平定，我们有话要传达。想听的人，就坐小舟来听。不允许两只以上同时来，每次只能来一只，我们将在船舷处告知。”

此时已是傍晚。铃木平兵卫担心会遭到夜袭，命八艘船都点燃了所有的篝火。终于，夜幕降临了。岸边有小舟吊着篝火一只一只划过来。每只小舟来访，都有井伊家之人从船舷处探出身子，告知对方：土佐国守现已换人，盛亲并无生命危险，大家应该冷静下来，若是闹腾，怕盛亲性命难保。

这是件相当费时费力的事。从日落干到深夜，又从深夜干到清晨，一领具足们一个个不厌其烦地乘坐一只只小舟到访。到了中午，终于结束。而岸上，所聚集的人数已超过五千。

“这样子，怕是上不了岸了。”听伊右卫门弟弟修理亮这样说，铃木平兵卫丝毫不露惊惧之色，道：“总会有办法。”他叫一个侍从乘小舟上岸，去拜访附近的雪蹊寺，此寺是长曾我部家的菩提寺。他在大坂时曾听盛亲说过，此寺里有一位禅僧称月峰和尚，在上下层中很有人缘与威望，于是想请他来调停。

“老衲试试看。”月峰和尚答应下来，亲自来到岸边，问：“哪位是大将？”

只见一个壮汉走出来，道：“一领具足里没有所谓大将，在下是众人推举的首领，竹内惣左卫门。”

“不管怎样，万事总得与京城使者交谈之后方能做决定。”月峰和尚耐心地把道理讲与他们听，他们才终于肯答应在雪蹊寺会谈。于是，京城使者铃木平兵卫、副使松井武大夫，还有山内修理亮与家老深尾汤右卫门一同下船前往雪蹊寺。

在雪蹊寺的会谈里，那些一领具足们怎么都不肯让步，一直咬住这一句不放：“至少要给长曾我部家一半的国土，否则我们就跟天下之兵为敌，战个一百年！”

（真是个恼人的地方！）

铃木平兵卫思忖道。其他大名家若是家主被废，只要重臣们点头便能相安无事。可这里却是地位最低的一领具足们顽冥不化，而家老与重臣反而跟这一拨人不搭边儿。因此铃木他们不得不跟这个集团进行交涉。

交涉进行了两天，铃木平兵卫说：“你们虽提出要一半国土，可决定权并不在我等手上。”于是就有人问道：“那在谁手里？”

“在大坂的主公手里。”

“主公是什么人？”一领具足们的代表问道。

“是德川内大臣家康大人。”

“那就叫那个主公，到这儿来一趟。”代表口无遮拦道。

“放肆！主公乃天下之主！”铃木平兵卫呵斥了一通，可他们丝毫不惧。

“那你们就派人去问问那个主公如何？”

面对一拨人任性的提议，铃木平兵卫困惑不已，回答道：“这事已经定下来了啊。”

一拨人张口便笑，道：“你们要是不派人去，那就把你们一个个宰了。”无奈中，铃木平兵卫只好派冈七平、田中源左卫门两位井伊家武士作使者，急赴大坂。

这两位使者回到大坂城，先拜见了家主井伊直政，详细禀告了土佐的现状。直政听后甚是震惊，连忙向家康禀明，得了家康的详细指示。

随后，伊右卫门面无血色，前来问道：“情况如何？”

“出了点麻烦事。”直政说明了一番后，伊右卫门逐渐愁容满面。

“这可怎么办？”

“不用担心。我早就考虑到可能不会一帆风顺，已跟土佐的邻国——伊予、阿波、赞岐三国的大名们打过招呼。今天我就派急使去，让他们领着军队压到国境上去。请放心！”

“那在下做什么好？”

“您就在大坂静等消息就好。”

“这可实在——”伊右卫门回答。可他终究是什么也干不成的，这时他若是前往土佐——你就是所谓新国主？拿命来！——他随时都有可能被削去脑袋。

“反正，那里的一领具足们可是天不怕地不怕。这次听人说，他们问新领主是谁？我的人回答他们，说是山内对马守一丰大人。结果他们却大笑，说根本没听过这个名字。哈哈。”

“哈哈。”对伊右卫门来说，这一点儿也不好笑。

两位使者终于从大坂回到土佐，复命道：“主公之意不变。”

谈判决裂。

“看来只有跟天下之兵来一场硬仗了。”一拨人气势高涨，“那个叫什么山内的所谓新国主，胆敢跨入土佐岸边一步，就叫他有去无回！”众人嚷嚷着占领了雪蹊寺，在境内很快架起哨所，建好小屋，在通往境内的山道关隘处设置好栅栏，并种下路障。

一领具足的人每日里都在增加，十一月中旬已有一万五千人之多。

这个消息传到大坂的那日，伊右卫门回到府邸，在千代面前叹了口气：“好不容易拜领的土佐一国，看样子是画中饼啊。”

“真的?”千代眼睛一亮，神情极为高兴。

“干吗这副表情?”

“没什么。最近一丰夫君脾气硬得像是变了个人似的，现在终于见到夫君以前的模样了。”

“千代，你可有法子?”伊右卫门声音极细。

千代一听更是高兴，好像她一见到这般怯弱的伊右卫门就会情不自禁涌出一股兴奋来，要拍拍他的肩，替他打气——喂，坚强点儿！也许是结婚以后养出来的坏毛病。

“喝两杯如何?”千代兴冲冲的。

“没心思。”

“可是，人家好久都没见到以前的一丰夫君了嘛，人家要喝!”

“你真要喝?”

“那当然。”千代站起身，吩咐侍女把酒热好，自己还亲自去厨房，做了几尾下酒小鱼。

年长侍女芳野见千代如此神采奕奕，很是惊讶，问：“夫人，您可是碰到了什么好事儿?”

“那是。”

“什么事儿呢？夫人可否讲出来分享一下?”芳野求道。虽说是年长侍女，可她也不过二十七岁而已，是个爱笑的姑娘。

“这个嘛——”千代做出一副甚为可惜的模样，“芳野还是单身，理解起来怕是有难度。夫妇之间可是很奇妙的呢。”

“怎么奇妙？”

“只要有一点儿跟平常不一样的地方，就会非常高兴了。比如说，丈夫的鼻子今天红了，牙不疼了，或者喝了一次久违的酒，都是些鸡毛蒜皮的小事。”

“是么？”芳野看似有些难为情。

“你呀，还没有丈夫，想是很羡慕吧？”千代拿芳野开了个玩笑。

“人家才不羡慕呢。什么牙疼呀，喝酒呀，那些事有什么好羡慕的？”

“哎呀哎呀，芳野可是女强人呢！”

简单的下酒菜备好后，伊右卫门与千代便碰杯喝起来。

“千代，你的智慧呢？”

“智慧？”千代很感意外。

“不是你说要借俺智慧，这才要跟俺喝酒的吗？”

“哦，这事儿啊。”千代笑起来，“我说的智慧，指的就是这样一起喝点儿酒，慢悠悠、坦坦然地过日子。”

“你说——什么！?”

“不行不行！”千代摆手道，“都老夫老妻了，你露出这副怒容能吓唬谁啊？”

“都怪你撒谎！”

“我才没呢，”千代拿起酒瓶，给伊右卫门斟满，“夫君你就听我一句劝。土佐的事，有内府大人跟井伊大人操心就够了。你得的是一张受封土佐国主的朱印状，又不是挥军南下的黑印军令状。”

“那倒是。”

“所以，悠闲地喝点儿小酒，享受享受这太平的喜乐就好。若是焦急不安，反倒衬得夫君器量不够了，到最后还会被井伊大人瞧不起。何苦呢？”

“你的意思是静等事态变迁？说得倒轻巧。”

“不然，一丰夫君跟千代两人杀进土佐试试？”

“说啥呢？你是醉了吧？”

千代用手心捂住脸庞。伊右卫门又道：“跟你杀进土佐去作甚？毫无裨益。”

“就是嘛！两人也好，两千人也好，都是一个结果——毫无裨益。毫无裨益的事，还有必要去考虑么？”

“是吗？”不胜酒量的伊右卫门只两三杯便面颊通红。

“干脆再呆头呆脑一点儿，让人说，那位仁兄莫非有些愚钝？这才更像大国的国主呢。”

“真的?”

“肯定!”你原本就呆头呆脑的嘛——这句让千代给吞进肚子里了。

“那，就耐着性子先看看情况再说吧。”

“这就对了。”

土佐的怪事接二连三，如今已分作两派。浦户城的家老重臣是一派，附近占据了雪蹊寺的一领具足一万五千人自成一派。家老重臣们听了井伊家铃木平兵卫的解释，都表示理解：“如今已是大势已去，倘若搞些无谓的闹腾，怕是京城里的家主性命不保。”

“可是，一领具足们如此闹腾，传到京城里会怎样？他们原本也是长曾我部家的旧成员，定会落个‘土佐叛乱’的罪名。既然诸位明白了这点，不如索性把这帮乱党镇压下去。”

听说浦户城的重臣们态度软化了，雪蹊寺的一领具足们群情激昂道：“家老们蔫了！他们背着咱们，好像在捣鼓把城池拱手送人的事，咱们可得做好准备!”十一月二十九日，他们开了个大军议会，“家老重臣们的丑恶心态已经昭然若揭！看来，咱们只有一条路！把他们也干掉，让京城使者铃木平兵卫切腹自尽，再据守城池！”他们决意两日后进攻浦户城。

形势是越来越乱。不过一领具足之中，有人把此消息泄露给了重臣一方，把家老重臣着实吓得不轻。

“可有办法应付?”众人商讨中，一位叫桑名弥次兵卫的年轻家老抬起头，环视众人道：“鄙人有个办法，可否将此重任交与鄙人。”

桑名弥次兵卫在军团的指挥上出神入化，其名不仅响彻土佐，更是远播四方。上一代元亲临死时，曾留有遗言道：“咱家将来若是有事，让桑名弥次兵卫打前锋就会逢凶化吉。”

众人一同点头，都同意让桑名弥次兵卫来处理。他的父亲是家主盛亲的贴身防卫，所以他从小就是盛亲的玩伴，对盛亲的感情早已超越了主从之情。

（绝不容许这些下士们轻率的行为导致京城的盛亲被杀!）

这是他心底里的强烈愿望。

（得想个好计策。）

除了奇谋以外，难以解此危局。弥次兵卫从家臣中挑选出十位精通刀术之人，只带这十人，身穿常服，奔赴一领具足的雪蹊寺。

弥次兵卫事前已经侦察得知，这夜有一拨主力在雪蹊寺，其大将级别的八人会在雪蹊寺后的房间里召开军议。

“鄙人弥次兵卫。”他在寺前叫道，“鄙人跟诸位想法一样，想跟你们详谈一下，不知可否让我们进去?”弥次兵卫在一领具足之中有着极高的人气，众人一听甚是高兴，忙带他们来到军议处。

房间里有八人：吉川善介、德井佐亀之助、池田又兵卫、野村孙右卫门、福良助兵卫、藏冈彦兵卫、下元十兵卫、近藤五兵卫。弥次兵卫一踏进室内，便厉声道：“对不住了，借诸位首级一用!”只见他手中一柄重剑挥过，池田又兵卫的首级已然落地，收剑时又顺势削落德井佐亀之助的右肩，接着又上前一步，将正对面的藏冈彦兵卫如破竹般纵向劈开。

这只是一瞬间的事。其他五人虽也拔出武器与弥次兵卫的侍从打斗了一番，但无奈此番变化实在太过突兀，终究不敌，均丢了性命。而与此同时，家老重臣们按照弥次兵卫的吩咐，领着一万人火速赶至雪蹊寺，杀了个热火朝天。

激战直至凌晨，方以一领具足的失败而告终。败兵四下散了，攻击方拿下的首级共计二百七十三枚。这些首级，由京城使者铃木平兵卫于十二月一日用两艘船载回了大坂。这日，伊右卫门的大名代理修理亮，终于接收了浦户城。

当大坂的伊右卫门听说土佐在血战后终于得以平定时，甚是高兴。他一回府便神采奕奕道：“千代，成了！”

“才成啊？”

“没错，才成。井伊大人家老铃木平兵卫今天回到大坂，在西之丸做了报告。”伊右卫门详细说了经过。

千代是女人，听后锁紧了眉头。合战倒也罢了，可入主自己的领国为何非要搞得这么血腥？

“那里有一群叫做一领具足的家伙，是鬼，不是人。”伊右卫门听说了一领具足们异常顽固的抵抗之后，好似有了这种印象。

“怎么会？”

“就是！那帮家伙，好像无论跟他们怎么讲道理都没用。现在好歹算是消停了不少，可若是俺一去，怕是又会死灰复燃。”

“那国主一丰大人就以德服人，安抚一下他们如何？”

“京城的这一套对那帮人丝毫不起作用。”

“那怎么办？”

“只有用俺的武威来震慑他们。”伊右卫门道。

千代已说过多次，不要有那种粗暴的念头，可伊右卫门就是听不进去。其实他心里充满恐惧，这种恐惧使他没有余裕去采取安抚的政治手段，只能一味地以强碰强，以刀对刀。千代的话在他看来就是“理想”。

“用兵者以兵镇压之，用刀者以刀诛灭之。要树立武权，除此以外别无他法。”

“可是，长曾我部家的旧臣之中，上级武士们不都对京城方面言听计从吗?”

“那些人是明白道理的人，不但对咱们言听计从，还设计镇压了一领具足。”

“井伊家的铃木平兵卫大人的方法不就挺好的嘛。”千代不经意间嘲讽了伊右卫门一句，可伊右卫门竟没听出来。“那些家老重臣等今后怎么办?”

“俺命他们尽早撤出领国。”

“连那位桑名弥次兵卫大人也是?”

“是。”

桑名弥次兵卫此后被藤堂家看中，请来做了家老。其余有身份的旧臣，比如那位立石助兵卫去了细川家，封一千五百石。家老之中，十市缝殿助去了纪州德川家，封两千石；宿毛甚左卫门去了藤堂家，封一千五百石；香宗我部左近去了堀田家，封两千石。重臣之中，柴田忠次郎去了奥州伊达家，封三千石；近藤长兵卫去了森家，封一千五百石；斋藤与惣右卫门当了德川旗本，封三千石；斋藤摄津当了德川旗本，封五千石；蜷川木工左卫门也当了德川旗本，封一千石。另外被其他大名看中请去的身家一百石以上之人，达百名之多。

千代费尽唇舌劝说伊右卫门招这些人进来，可伊右卫门就是不愿意，仿佛是对自己领国之人有一种天生的恐惧感与憎恶感一般。

“一丰夫君怎会变得如此顽固呢?”千代唯有叹息。

“岁数大了的缘故吧。”

“夫君若是年轻时当了国主，脑袋瓜还较嫩，千代的话一定能听得进去。”

都说土佐算是安稳下来了，可伊右卫门仍在大坂不动。而且还在大坂大肆招募浪人，并一船船运往土佐。

(怎么跟人贩子一样啦?)

千代见了伊右卫门的做法竟是哭笑不得。直至幕府末年，山内家的家臣团中，有七成都是这个时候伊右卫门从大坂招募进来的各地浪人之后。

进入十二月后千代偶尔会问上一句：“一丰夫君打算什么时候入主土佐呢?”

“哦，随时均可。”伊右卫门虚张声势答道，其实他心里还是颇为担忧害怕的。

“不久便是年关了呢。”

“着什么急啊?”

“可是——”市内有百姓在坊间打趣儿说，山内对马守大人在大坂往土佐远吠，发号施令。千代不会问“这种传闻夫君可曾听过?”跟以前一样，千代从不会告诉丈夫外面对他的恶评。为那些无谓的传闻而一喜一忧，对伊右卫门来说是有百害而无一利。

“土佐的人都想早日瞻仰新国主的风采呢。”千代煽情道。

“哪里。”伊右卫门倒是冷静，面无喜色。也许早过了会高兴的年纪吧。“不是想早日瞻仰，是想早日点燃火炮，把俺炸个皮飞肉绽吧。”

“那可不妙。”千代不再言语，她实在没心思再劝了。

不久后的一日，在大坂城西之丸办事的井伊直政，叫住了在殿中晃悠的伊右卫门:“哎呀，这不是对马守大人吗?”

(他怎么还在大坂?)

直政笑眯眯打趣道:“您是打算在大坂跟夫人和和睦睦共迎新年啰?”

伊右卫门一听，会错了意，忙道:“呃不，内人——”他一大把年纪了竟红了脸，性格实在笃厚。

“您有位好夫人啊!”

“哪里哪里。”伊右卫门满面堆笑。

“哎呀，这几年，”井伊直政道，“天下总是不太平，根本没多少时日能跟夫人共度。对马守大人跟我们不一样，您可是尊夫人最珍重之人。此刻若是考虑什么去土佐，怕是煞风景得很吧？”

话说到这个份儿上，伊右卫门终于搞懂了直政言语中真正所指。“怎么会？承蒙大人挂怀，鄙人打算十二月中旬就扬帆入主土佐。”

“那敢情好。主公（家康）也等着听您的见闻呢。”

伊右卫门这时发觉腋下已汗湿一片。

千代留在大坂。伊右卫门备好船只，最终离开大坂是在十二月中旬。船队沿泉州、纪州西岸缓慢前行，且在纪州有田川的河口停泊了数日，理由是“避风”。不久，土佐方面开来一船，也停在了有田港。

此船是驻留浦户城的弟弟修理亮派来的使者，向伊右卫门详详细细报告了土佐的治安状况。据说土佐情势至今未稳。

伊右卫门让使者回土佐，命他道：“俺就在有田港待着，你们要一个接一个前来禀报。”于是，伊右卫门果真就在有田港落了脚，遥远地观望着海对面的土佐形势。他在大坂待得久了，会被千代催促，被井伊直政嘲讽，还不如做做样子开船出来，反正逗留此处又不为人知。

终于到了正月。伊右卫门在船上摆了宴席，接受家老野野村太郎右卫门九郎等人的新年祝贺。酒宴时分，野野村暗嘲道："船上的元旦，真是意外之至啊。"

"俺也很意外。"伊右卫门一如既往的诚实，"俺这把年纪，着实去过好些地方过正月，可这样吹着海风喝着屠苏酒的正月，还是头一次。"

"而且还在这无缘的纪州。"野野村道。

伊右卫门点点头："或许该称之为'宿缘'吧。"说罢，笑得很是得意。

这天正月十日，不知是第几位的土佐使者前来禀告："已经差不多了。"凑巧又起了顺风，船队便扬帆起航，再次出海。

所谓船队，仅只两艘，对伊右卫门的大将身份来说，实在寒碜。而且，还故意收起了山内家的三叶柏纹帷幔与旗帜，乍眼一看，还以为是某地的商船。这是伊右卫门苦心经营的计策——不能让人发现新国主就在船上。

三日后的清晨，船终于驶入浦户城下的桂浜。伊右卫门从船上远观陆上情形，只见山内家旗帜果然插满了浦户城内外。"不会有事吧？"他问野野村。

"哪能有事？大人从来就有上天庇佑，决不会在这种海边遭什么伏击的。”

他派的使者已经到了浦户城，不久便带了两千军兵来到海边，铺了一条密密实实的警戒线。可就算这样，伊右卫门仍是不放心，故意穿了身普通武士的常服，还找来五个人也穿上同样的衣服。所有事都准备万全之后，他才乘小船上岸，脚踩在沙地上，心里却忍不住想：

（好不容易才入主土佐国，这个样子也——）

想到此处，他不由得怜悯起自己来。

伊右卫门进浦户城后，一步也未曾离开过。“大人，您可不能出门！”家老们的死命劝诫也是理由之一，而外面也的确天天都有惨事发生。山内家的武士、足轻兵们常被发现横死街头，也不知是何人下的手。

因此，家中所有人平素禁止私自外出，若要出去便组成一队，人人披甲戴盔，长枪铁炮从不离身。可谓把城中所有人都当成了敌人，仿佛那些草、树都会变作一领具足，扑将过来。这时如果有外人知道伊右卫门要出城，一领具足们肯定会聚结起来，捣鼓一场野战——灭掉新国主！所以“山内对马守大人已入主土佐”这事，至今还是秘密。

（窝囊！）

伊右卫门不得不唉声叹气。

（俺是国主！土佐是俺的领国！可俺却跟只贼猫似的蹑手蹑脚入国，之后又不得不忍气吞声在城内蹲着！）

他甚是忿然，却苦于无计可施。他没有勇气说——俺就要像在京城那样，排个华丽的队伍，去转一圈回来，震慑一下这群未开化的野蛮土佐人！

（俺太胆小——）

他不得不承认这点。

在伊右卫门的长浜时代，加藤清正二十五六岁便受封肥后半国，成为熊本城的城主。肥后是天下数一数二的谷仓地带，一半的领国便有足足二十五万石，与土佐一国不相上下。而且当地人的风气也与土佐酷似。他们极端排斥新领主，在各地兴风作浪发动叛乱，好似要将整个领国搅翻天。可加藤清正一身武勇，率领将士们在国中奔走，自己始终站在阵头，有时还与对方单挑。不仅很快镇压了叛乱，其武勇反而还为国人所尊崇。如今在国人心中，他已如半神一般。

不过伊右卫门不敢依样画葫芦，若是站得高摔得重，反倒成了土民的笑柄。

伊右卫门拿着土佐一国的老地图，与长曾我部氏所调查的各郡各村的粮谷明细账目，把家老重臣的封地定了下来。

首先是最先跟随自己的祖父江新右卫门，他现在已是老态龙钟、行走不便，伊右卫门封给他一千四百石。与祖父江一道最先跟随伊右卫门的五藤吉兵卫，在伊势龟山阵上战死了，此次伊右卫门提拔其弟内藏助为重，封与五千石。

乾彦作封了四千五百石；福冈市右卫门一千石；深尾汤右卫门受封佐川乡，领一万石，属家老之最；野野村太郎右卫门九郎四千五百石；安东左近受封藩多郡宿毛，领七千石；寺村太郎左卫门四千五百石；前野勘八郎三千六百石；百百三郎左卫门七千石。

伊右卫门命道："诸位要尽快平定各自封地。"加藤清正没有封过一个家老，而伊右卫门不同，是分掌主义者。

家老、重臣们各自带着人马前往封地，开始平定叛乱。伊右卫门直辖的领地，由奉行们前往镇压。而他自己则依旧在城内闭门不出。

"此国的一领具足，到底长什么模样啊？"有天，他这样问家老深尾。

"他们不剃额上之发，像山贼那样留得很长，头顶发髻粗得不成样。所带之刀，是又长又大，至少三尺以上。连肋差也都是两尺左右的大家伙。这些人自以为武勇过人，走路都是张着膀子，看似与野盗无异。"

"哦！"

"所穿衣裳，连正装都是粗丝或木棉。到了冬天，还填很多棉花进去，而且袖子极短，袴脚也短，腰间缠一根叫‘西畑’的木棉带，缠了一圈又一圈，就跟鼹鼠一个模样。”

“啊哈哈！”伊右卫门失声笑道，“像鼹鼠？”

“正是。而且他们所骑的马，那叫一个娇小玲珑啊！简直跟狗不分伯仲。”

“狗？”

“此种马称土佐马，是当地原产的马匹，最多不过四尺一寸大小。他们见了咱们的坐骑，竟惊得说那不是马，是别的生物。”

“他们见识不多嘛！”

“还真是见识少。他们对咱们的马鞍也是一惊一乍。比如他们见了梨子地莳绘[2]的马鞍，会问那上面发光的是什么东西。”

“傻得可爱啊！”

“发髻也很有趣。有人跟咱们一样，用细绳系在头顶；也有人把鹿角锯成环状，直接代替细绳，把头发箍在鹿角环中。”

“厉害啊！”

“不过，他们的武勇，或许是咱们所难以企及的。他们擅长刺杀，能像猛兽一样在山野上狂奔，而且丝毫不畏惧死亡，反而以死为荣。”

“这倒麻烦。”的确麻烦，这平定国土的重任，自己这一代能完得成吗？“一领具足共有多少人？”

“略估有一万。”深尾言语中伴随着叹息。

其实，新政第一条便是取消一领具足的武士身份。这无疑惹怒了他们，同时还有经济困难的因素。不被承认是武士，那就只能是普通百姓。原本是自己种多少就有多少收获，可如今则必须上交年贡了。从他们自身的角度看，不仅是被剥夺了名誉和身份，还使得生活苦不堪言。他们全没有欢迎新领主的理由。

“千代曾提议——”伊右卫门道，“把他们收归麾下。可要是招一万人，那德川家那边怎么交代？超出普通军役人数好几倍，说不定德川大人还会怀疑俺对马守要谋反。简直是无稽之谈。”

“大人说的是。”深尾也无计可施，茫然应了一声，只深深介怀于本地可能发生的大规模叛乱。

毕竟是南国，漫山遍野早绽的樱花已开始凋零，让伊右卫门惊叹不已。这段时期，领国内的新常识也逐渐被认知——新国主好像已经来浦户城了。而且，把长曾我部武士贬为普通百姓，还征收年贡的新政，使得领国内充满愤懑，仿佛一有机会便会有人揭竿而起似的。

“若有人敢犯上作乱，统统严加打击！”这个方针政策是伊右卫门在军议上决定下来的。对象是不听口头劝说的顽固者。

有一天，有人在浦户城正门处，贴了一篇非难新领主的文章，白纸黑字、铿锵激昂。早晨被门卫发现后，送交了家老深尾汤右卫门。伊右卫门也看了。

“是一领具足干的好事啊。”深尾道。一般若有人贴这样的文章，肯定是匿名文，可他们却堂而皇之地写上了自己的姓名，共有七人。

（竟然连名也不藏！）

若是平时，少不了称赞其人有男子汉气魄。可眼下的形势，却反而惹得新领主极不痛快。

（他们葫芦里到底卖的什么药？）

伊右卫门脸色铁青，直瞪着七人的名字看。

“大人，该如何处置？”

“这还用问吗？”伊右卫门只回了这一句。深尾汤右卫门从伊右卫门铁青的神色中看出了“杀机”。

“在下明白了。”深尾起身离座，亲自调了一千兵马急袭各村，抓齐了那七名嫌犯。

七名嫌犯是一副光明正大堂堂正正的模样。大部队包围各村，射入信箭——识相的就出来。而无论哪一位，都是丢了大剑，悠然自若地走了出来，而且还亲自阻止了村民们替他们喊冤争辩。

其中有一位叫沟渊五郎右卫门，身长六尺，肩上的肌肉如小山般隆起，前去捉拿之人见状，吓得要开枪。他丢掉手中剑，大喝一声："为何不绑了我！"说罢躺了下来。众兵忙上前将他绑了个严实。他大笑数声，道："啊哈哈，终于抓住啦。咱土佐人不是恶鬼，快带我去奉行所。"或许他是想在奉行所嘲讽咒骂新政吧。

可是，深尾汤右卫门却直接把他们送至潮江川河原，连问都不问就砍了头。七人成了七颗头颅，摆放在河原之上。新政权对反抗者是何等冷酷惨烈，以此种真实展现了出来。

伊右卫门早前踏入浦户城时就在想：

(果然是乡下啊！)

实在难以想象，这个浦户城就是纵横四国的长曾我部氏所住的主城。箭楼、前门均是茅草顶，城壕四周也没有石墙，只用一些土坯作防垒。

自织田信长的安土城以后，京城周边的城郭建设急速发展了起来。而土佐与之相比，落后三十年左右。

(这种程度的城郭，若是一领具足们揭竿而起，怕是很快就会被攻破。)

“建新城!”伊右卫门入主土佐后不久便作此宣言，要建一座让土佐乡下人吓破胆儿的京城式城郭。天守阁一定要冲天而立，以展示新领主的威风。要让土民们臣服，说一百句话，不如大兴土木更有用。

重臣们均表示赞同。不管怎样，浦户城终是太小，无法把家臣们尽数安置下来。而且，周边土地也小，无法建城下町。

土佐就像是仍处在室町时代后期一般。长曾我部的武士团还延续着镰仓时代的传统，各自住在封地处，接到军令后才带着侍从们赶赴城郭。实际上，在信长过世后，武士们便开始统一在城下居住，一有战事就即刻奔赴战场。可土佐一地俨然是另一番景象，本丸娇小玲珑则可，城郭周围也无须兴土木建房屋。长曾我部时代，这样的浦户城已经足够。

不过伊右卫门不愿意。他要按京城的标准建设领国的国都、国城。虽说出发点是防御，但无疑是伊右卫门第一个把当时最先端的建筑形式与技术带进土佐的。

(首先，得选地。)

他思忖道，于是叫来家老百百越前(三郎左卫门)。这位百百越前，是伊右卫门拜领土佐之后才招进的一位能人。他起先跟随织田信长，本能寺事变后，秀吉命他当了信长嫡孙秀信（岐阜城主，十三万三千石）的家老，领家禄七千石、俸禄五千石。他同时擅长合战与行政，是声名远播的家老。不过，他因为家主秀信在关原之战中支持石田一方，战后竟一文不名，成了京城里的浪人。伊右卫门受领土佐一国，急需一位行政管理的能人，他听说百百越前就在京城，于是找了井伊直政作中间人，取得家康的首肯，并斡旋招募之事。

百百越前时年五十二。他有一项特殊技能——治水。因在水灾多发的美浓住过很久，所以对治水很有一套。而且百百作为先遣队很早便进入土佐，对土佐地理也很熟悉。

“从浦户往北三里，有一地叫‘河内’，就地相风水而言，很是不错。大人不妨前去考察考察。”

“是筑过城的地方?”

“不。据当地老人说，长曾我部元亲也曾想过在那里筑城，可最终因为排水问题而作罢。此地一下雨便会积水。可若是用美浓的土木法，则可解决积水的难题。”

第二天伊右卫门便领了一千人的部队，又让四位家老跟自己穿一样的衣服，前往新城候补地“河内”视察。此地背后，数里之外的北部，就是四国山脉；前面有潮江川流淌；附近都是平坦开阔的原野；只中央有一处小高丘。

“那高丘叫什么？”

“叫大高坂山。”百百越前道。

“就是在那小山上筑城吧？”伊右卫门道。不愧是百百越前，眼光独到，找到这么一处好地方。他感觉甚是满意。

伊右卫门登上小山，天然的护城河——潮江川就在眼下蜿蜒而过，流入浦户湾。这也使得将建的城下町在商业上有了水利之便。城下町的货物可以直接装船，经河口入海，再运往大坂。

“很不错啊！”

“那真是太好了。昨日在下做过说明，唯一的缺点是雨期容易积水成洼。解决方法就是——”百百越前拿鞭指着各处的地形地物，一一告知伊右卫门应在何处筑堤，何处挖运河等等。最后道：“如此，则不会再有水害。”

“是叫河内吧？”

“大概是因为河川纵横，一年内会多次积水，四季都润湿的缘故吧。”

“河内这个名字与水难相关，不吉。改称‘高知’如何？”

“啊！不错的地名。”百百回答道，“位高而知远。另外，‘知’还有统治之意，也就是——知而善统，实在是个好名。”

“越前你也这么认为？”伊右卫门听到新招的重臣如此称赞自己的提议，不由得容光焕发。“那就这么定了。这一带就叫高知，要尽快昭告百姓知晓。”

伊右卫门忽然离了队，看他走路的样子随从们都明白他是有了尿意。他是个举止极为端正之人，此种情况即便是亲随，也羞于让其看见。大家也都心知肚明，任他一人钻入密草丛里。

正静静浇注着小竹叶时，伊右卫门突然听到眼前有窸窸窣窣的声响，于是脚都软了。“——？”他的手握住了刀柄，尿流到长袴里，热乎乎的。

“什么人？”就在他要嚷嚷出口时，一只巨大的狐狸探出头来，定定地望着伊右卫门。

（原来不是一领具足？）

伊右卫门松了口气，反倒对狐狸感觉亲近了许多。这只狐狸着实巨大，而且全身毛色近乎雪白。“你可是这山里的老狐？”

狐狸目不转睛盯着他，就像是在说“是啊”。据说狐狸都很胆小，可眼前这只显然不属此类。

“俺是山内对马守，是这里的大名。因为要在这里筑城，可能会害得你们无家可归，为了表示歉意，俺就给你们修座稻荷祠吧。”说罢，只见那只狐狸叫了一声便转身离去，很快消失不见。

百百越前做好了高知城的设计，本丸、二之丸、三之丸都是中规中矩，特别费了一番心思的是城下町的设计。因为这个城下町将是领国内繁荣的源泉。

街市的规划也都画好了图纸。首先有一条大路，称本町路，若是拿平安京的设计来比，相当于朱雀大路。此路两旁，是高禄重臣的府邸街区。然后，划分了中岛町、带屋町、商贾街，是中禄与低禄武士的府邸街区，同时也是商业地带。这两片地正是所谓“郭中”之街，一旦发生战事，这些府邸都可用作街战的小要塞。

外层设置了上町，是徒士、足轻等人的居住区。这片区域后来分作北奉公人町、南奉公人町两片。再就是下町。下町是为从郡乡移居过来的城下商人们所开辟的一片地。后来，根据商人们的出生地，分别被叫做浦户町、种崎町、山田町、莲池町。另外还有一批商人是从伊右卫门以前所在的远州挂川过来的，所以特称作挂川町。后来还有叫井筒屋宗泉的吴服商从京城过来，所以有了京町；堺市也有商人过来，于是有了堺町。

“马上开建如何?”百百越前提议道，可伊右卫门毕竟是个多虑之人。

“不忙。先征得德川大人同意再说。”伊右卫门道。他把图纸与信件送交到井伊直政处，自己也特意回了大坂一趟。

家康一直在大坂城西之丸，忙于对天下的重新划分与整治。

这天夜里，伊右卫门跟千代阔别已久，又是一宿长话。

“土佐真的那么可怕?”千代听了伊右卫门的描述，感觉超出了想象。

“一领具足那些家伙，顽固透了。手下们胆战心惊都不敢一个人出门。”

“夸张!”

“是真的!”

“京城人都太弱了。以一丰夫君您为首……”

“你!”伊右卫门拧了一下千代的腿，“俺若是真那么不堪，能从一介士卒爬到二十四万石之主的位置吗?”

“哎呀! 夫君好厉害!”

“就你敢当俺是傻子。”

“在北政所夫人眼里，连太阁殿下也只不过是个普通的丈夫而已。在妻子眼里，丈夫就是丈夫，没什么厉害不厉害伟大不伟大的。”

“亏啊!”

“什么?”千代捋了捋身旁伊右卫门的头发，宛如母亲对幼童一般。

“当丈夫太亏啦!”

“亏么?”

“是啊。”

“你确定？千代这么一心一意地对待一丰夫君，你还说吃亏？”

“真拿你没办法。”伊右卫门挪开头发上千代的手，道，“再怎么俺也是一国之主啊。可一回到千代这里，就好似被当成了孩子。”

第二天，伊右卫门登上大坂城西之丸，先去见了井伊直政。井伊直政对他说：“筑城之事，主公许了。”伊右卫门道谢后又报告说将地名改作了高知。

“高知，不错的地名。不管怎样这都是对州大人的第一座新城，或许会有不少艰辛，可也有很多盼头吧。”

“那是那是。”伊右卫门高兴的神色简直让井伊直政都看得害羞起来。

“主公有时候也会提起对州大人您呢。”

“哦？主公怎么说？”

“关原之战中的众人之功，若是用树打比方，对州大人的功劳便是树干，诸将是枝叶。”

“简直受宠若惊！”伊右卫门低头致谢。

不过，伊右卫门身上没有任何值得天下武士所憧憬的武功。也正因此，一直到幕府末年，与其他藩士相较，土佐藩士总觉得没有面子。

幕末时，土佐藩士在酒宴等地，常被众人质问：“贵藩的藩祖当时到底是凭什么得了二十四万石？”这些前来质问之人当然是熟知事情经过的，想借此来嘲弄对方一番。而这种时候土佐藩士的回答也是定好了的：“这可多亏了藩祖一丰大人那双有福相的耳朵。”或者“说不定是当时家康大人犯糊涂了。”这样用一些玩笑话来引开话题。

伊右卫门从井伊直政处出来后，便有人领他前去拜见家康。他先就筑城许可一事向家康致谢。家康兴致颇佳，道：“长曾我部的手下倒也真够恼人的啊！不妨筑得坚固些。”

后来便是一些杂谈。忽的，家康侧头问道：“对州大人，土佐到底有多少收成？”

伊右卫门惊了一跳。家康这样执掌天下大权的人物，不可能不知道土佐的收成。以前，在天正十六年（1588），长曾我部氏对土佐收成做过一次测量，有二十万二千六百二十六石，并向秀吉做了报告。当时就是以此数据做的记录。后来数字多少有些增加，增四万五千七百石，通称二十四万石。

伊右卫门诚惶诚恐答道：“天正年间测查时，有二十万二千六百二十六石。”

家康一听，神色颇感意外。“真的？”他道，“其实，太阁驾崩后我曾受长曾我部之邀，去他的伏见府邸做过客。那时的款待可谓尽善尽美，物什器具也极为精巧华美，怎么看都不像是五十万石以下的模样。我曾想，虽然土佐在海那边，远是远了点儿，但毕竟有五十万以上啊，所以这才赏给了足下。”

(啊!)

伊右卫门惊得身子抖个不停，仿佛都要跳起来似的。

(若家康大人所说属实，俺的功劳在他眼里就该值五十万石!)

伊右卫门感激涕零，一句话也说不出来。

“这可真是让你受委屈了。”家康道。家康这枚三寸不烂之舌，给了伊右卫门两重的喜悦，也就等于给了他两重的赏赐。

“千代！俺太高兴啦!”伊右卫门讲述了殿中与家康见面之事，“内府大人一直认为土佐的收成不下五十万石呢!”

“真的么?”千代脸上也是一副高兴的神情。不过，只停留在了表面。

(这种事有可能么?)

她思忖，家康那样时时刻刻心系天下的人物，不可能不清楚各个领国的收成。就算他不知道，他的幕僚们也应该一清二楚。在赏给伊右卫门土佐的时候，他一定会问自己左右——土佐有多少石来着？

（不过，家康大人或许是个意外少根筋的人呢。）

总之，家康是她唯一琢磨不透的。本来在家康年轻时，土地的收成除了以“石”做单位，还用过“贯”、“永”等，而且各地不一。后来秀吉统一用“石”，这才使得大名、武士可用“石”来衡量家底多寡。或许，对家康等人来说，“贯”更好理解，各国到底多少石可能的确记不太清。更何况家康是东部的人，自然通晓东海道至关东的经济地理，但说到四国、九州两地，可谓缘分甚浅。提到“土佐”，大概也只会想到是在赞岐的南面罢了，不知道收成情况也是有可能的。

可是，论功行赏定下了天下的基盘。

镰仓时代的北条执权政府在战胜元寇来袭之后，未曾进行论功行赏，因此失了人气最终导致崩溃。建武中兴时的公家政治，也是对有功之臣封赏少，而对公卿、僧侣封赏多，因厚此薄彼而导致崩溃。足利幕府时期，又对功臣们过于大方，大赐领国，封赏太多导致大诸侯群起，反倒压制了幕府的威势。家康无疑是通晓历史的，而且知无不尽。

（土佐的收成他不可能不知道！）

千代的念头又转了过来。想到家康是明知故问、装萌卖傻地在拉拢人心，千代又不得不佩服家康的智慧与手段。家康只需一句“难道不是五十万石吗”，就能让一位率真无邪的大名欢喜得过了头。这位老人，用他的片言只句，就打下了他德川家天下永远的基盘。

“俺是感激涕零啊！”耿直的伊右卫门道，“只要俺山内家在一天，就决不会忤逆德川家。”

“是啊，”千代笑眯眯道，“那是肯定的。”

“俺是内府大人认作五十万石的人，这一定要让子子孙孙都记着。”

（你又没什么大不了的能力。）

千代心底里觉得很是滑稽。

家康在考虑创设一个永久的政权。大概，与加藤清正、福岛正则等才力横溢的骏马相较，伊右卫门这种顺从而又耿直的劣马更让人期待。如今已天下太平，老实巴交比英勇善战更为重要。虽说是外臣，但只要忠于德川，家康便会优待。若千代是家康，也会爱护像伊右卫门这种类型的臣子吧。

大坂的公务一结束，伊右卫门就不得不趁早回领国，土佐有堆积如山的事情等着去做。这是因为，至今为止还什么都未曾做过。首先便是筑新城、镇压一领具足两件大事。

“千代你也来。”伊右卫门道。

“去土佐?”千代吓了一跳。她可不愿去那种荒蛮之地。“我就在大坂府邸好了。”说罢，她忽地又想起什么似的，“我还是去京都住吧。京都的四季都很漂亮，京都人也很有意思。”

常年以来，她一直就有这样的想法。如果世道太平了，便去京都住，跟只居住于京都的那些学者、诗人、画师们高谈阔论，再随心所欲做些小袖给京都的姑娘们穿。

“京都？你犯糊涂了吗？俺拜领的又不是京都，是土佐啊!”

“啊，对。”

(拜领了一处不讨人喜欢的地方。)

千代觉得自己可笑又可怜。伊右卫门描述土佐的那些话，已经变作了她对土佐的印象。此地连武士都穿着塞了棉花的衣服，系着木棉腰带，搞得臃肿不堪，跟一群鼹鼠似的。对千代来说，服饰漂亮的京都才能赏心悦目。

“我还是跟你去吧。”千代只好让步。

“那当然，”伊右卫门道，又可怜巴巴加了一句，“俺还以为你会很乐意跟来呢。”刚才还雄赳赳的伊右卫门，霎时竟让千代觉得可怜起来。

于是千代只好装作很高兴的样子：“我自然是乐意的，那可是梦中的领国啊!”

“哦？你还做过梦？”

“浦户是个漂亮的地方吧？”

“有一处叫做桂浜的白沙海滨。岩石都被怒涛拍散，剩下一袭白沙，有说不出来的美。”

“人呢？”难道不是像鼹鼠一般么？她生生咽下了后半句，换了个话题，“其实，我还从没坐过船呢。”

“也是啊。”伊右卫门好像终于弄懂了千代不愿远行的原因。他露出一副安下心神的模样，道：“只要顺风，摇摇晃晃三天就好，第四天便可见到土佐山了。”

“不会晕船么？”

“自然会晕，饭也吃不下。”

“人家可是好吃之人啊。”千代一脸悲戚状。她比常人吃得多，而且吃什么都很香。

“最长不过五日。”

“五天！”千代大叫一声，听得伊右卫门大笑。

“你真是个长不大的孩子！”

“所以才一直年轻貌美，让人艳羡不是？”

“你自卖自夸也不怕羞！”

“一丰夫君——”千代盯着他看，“难道一丰夫君就不这么认为么？”

“认为什么？”

“千代一直都年轻貌美。”

“没错，俺是这么认为的。”

“真的?”

“嗯。绝无半句虚言!”

三日后，千代与伊右卫门一起从大坂的木津河口乘船，驶往土佐。大坂湾出航时并不见风浪，可来到纪州，从看见纪州山峦时起，风浪便大了起来，搅得船只起伏不定。正如千代所担心的那样。

“那是什么岛?”千代指着一处岛屿问道，可同时感觉胃里翻腾得厉害，好不容易忍了下来。

“是淡路岛。”侍女晕得一脸灰青之色。千代的侍女多是美浓出身的家臣之女，代代都跟大海无缘者居多。有人悄悄跟朋辈说:“船这种东西真是可怕得紧，不会沉了吧?”也有人唠叨:“我还以为这一生到死都用不着坐船呢。”千代也有同感，思忖道:

(真是得了一处了不得的地儿啊!)

“那座岛好漂亮!”

“叫友岛。”伊右卫门告诉她，“不过，不要去看。”

“为何?”

“看了就觉得是岛在动，会晕船的。”

"那你是闭了眼睛的？"

"最好闭上。"

"闭五天？"千代可要烦透了。

第二天，风向突然逆转，无法前行，只好在熊野一地找了一处港口停泊下来。直等得让人心焦。第四天，终于有风了。他们的船扬起帆走得甚是轻快，可日暮时分还是不得不又停了下来。那时只能靠沿岸的景色来确保航线，夜间是不会行船的。太阳再次升起之后，船再次启航。出到外海之后，波涛汹涌起来，千代哪怕坐着也曾数次差点跌倒。十日后，终于到达土佐的浦户。

"千代，你出来看看。"伊右卫门把千代叫出来，站在帆柱附近远眺。

（这是——）

放眼望去，岸边挤挤挨挨着一百多只小船，每只船上都插着红白相间的鲤尾丝帜、印有家纹的船帜等。这些小船为了欢迎千代他们的大船，正朝这边努力划来。船主正是各位家臣。而岸上，有担任警戒的将士们，正一丝不苟地手执铁炮、弓箭、长枪等。

"是个漂亮的地方吧？"

"嗯。"不管怎样，能从船上解放出来，对千代来说比什么都强。她道："好想踩一踩那片土地。"

“那片土地便是土佐的土地。你不会那么反感吧?”

“呃,不会。”

“而且,是靠你得来的,是你的国土!”伊右卫门说了句意外的话。

“哦?”千代注视着伊右卫门的脸庞。

(这人确实是这么说的。不愧是一丰夫君,还是那么谦和、虚心。)

千代思忖间,泪不由得噙满双眼,大海、沙滩、山峦都溶成了一团青绿。

千代进了浦户城。

(好小!)

城郭的柱子是用手斧马马虎虎削出来的。墙壁也未曾粉刷过,仍是原本的赤土糙壁。房顶除了本丸与两三座哨所用的是瓦片,其余均是茅草。

倒是有个禅院韵味的庭院。在看惯了京城繁华的千代眼中,虽然这里的庭院多少有些农舍气息,可想到曾经每日在此修身养性的长曾我部元亲、盛亲,还有他们的家臣,千代不禁觉得难过。他们也并非坏人。他们的强健、粗野、豪放,鲜明地浮现在千代的脑海中。

(把他们视作敌人,不应该啊!)

千代在城里走来走去，不由得思忖。那些一领具足们，若是见了，大概也都是些好汉吧。

“可中意?”

“有些乡下气息，也并非是坏事。”千代道。千代出生的近江、成长的美浓这些地方虽说也是乡下，但都是丰饶的鱼米之乡，人们的居住环境与生活，跟京城也差不离。而千代看此处的乡气，就好似看一棵盘根错节的傲然老松一般，风味别致，另有一番美。

“这柱子——”千代见到本丸顶梁柱时，不禁失声。她还从未见过如此粗大的柱子，谁能想到这竟是木材?“这柱子若是挖空了，恐怕两个人都住得进去吧。”

“你还是这么风趣。这种桧木，木曾、熊野这些地方是不会有的。土佐有个地方叫本山乡，乡里有座白发山，那山上便是巨木的产地。去采伐出来，顺着吉野川运出，再装船运往大坂等地，可值钱得很哪!”

“那本山乡，已经归顺一丰夫君了么?”

“做梦呢。”伊右卫门神情似有不悦。

白发山附近有个叫做北山村的深山小村，是称作北山五百石的一片土地，大米能种得出五百来石。村里有个叫高石左马助的乡士，用伊右卫门的话说，就是个老怪物。浦户城的伊右卫门派遣家老前去告知时代变了，可这位竟毫无惧意——那个山内对马守是什么人？这片土地是我的！什么年贡不年贡的，痴心妄想！——然后便不由分说把来人赶走了。

“就是有这种怪物的地方。”

“那夫君打算怎么办？”

“反正总得想办法去灭了他才行。”

“把人请到浦户城来，给他讲讲道理如何？”

“不会来的。”伊右卫门恨恨道，“同是一领具足，靠海的那些人就明白事理。可越是往山里走，就越是不通情理。北山村的高石左马助等人，哪里还能称作人？跟天狗差不多。听不懂人话，也不通人情。”

“真是这样么？”

“不过深山之中孤陋寡闻，他们虽知有铁炮，却不知有大筒炮。俺只需让人带上三四挺，扫射一通吓唬吓唬他们，说不定就会作鸟兽散了。”

这天夜里，千代在寝屋道：“夫君终于成了一国之主了。”前一段时间就已经是国主了，可千代进入土佐以后才真真切切感受到这个事实。

“是啊。”伊右卫门似乎也感触良深，“俺想起了那个新婚之夜，那时你让俺当上一国一城之主，说要一生辅佐俺。

说实话，俺只觉得是个遥远的梦，将来的事还在云里雾里，可嘴上还是答应下来了。没想到，那个遥远的梦终于成真。也许是托了你的福吧。”

（也许？）

千代有些不乐意了。伊右卫门还没修正他自大的心态。

“不过，还剩了几道坡。”

“什么坡？”

“修筑高知城、镇压一领具足这两项都需要俺耗费体力和精力。”

“人世的喜乐，就在于有坡可攀不是？正因为有旗鼓相当的对手，人才能活得那么精彩。”

“也是。回过头来一看，俺爬过的坡也够长的了。”伊右卫门的语声此刻听来竟显得极度苍老。

“一丰夫君，心态年轻点儿！”

“年轻？”

“走过的那些坡，就没有必要再回过头来看了。”

“可是回头时擦擦汗，俯瞰一切，感觉很畅快的。”

“怎么像个老人似的，千代可不喜欢。”

“真的？”伊右卫门陷入沉思，“俺这就老了吗？”

“样貌倒是不老，可若是那样又是满足又是叹息的，看起来也苍老了，声音听起来也嘶哑了。”

“这么说，俺还算年轻?”

“嗯。”千代很精神地点头道，“夫君还年轻得很呢。你要是一个不小心变老了，一领具足们可是会跟天狗一样长得硕大无比，会抓住你的脖子肩膀不放呢!”

“提醒得好!”伊右卫门似少年般点点头。

“还有，”千代道，“筑城也一样，老朽的心态筑出的城郭，也会是个老朽阴湿、死气沉沉的城郭的。”

“有那么夸张?”

“所以千万要在年轻的时候一鼓作气把城筑好才是。”

“又不是做小袖，哪能那么快!”

“可千代无论多大，做的小袖都是十七八岁姑娘们穿的。所以千代才能这么永葆青春啊。”

“也不害臊!”伊右卫门抱紧了千代，眼角带有笑意，像是要用行动证明自己的年轻。

千代第二日一直在浦户城休息，第三日早晨开始梳洗打理。她想，伊右卫门肯定会来叫她——千代，俺带你去看工事建筑地。

果不其然，伊右卫门从外面走进来，满面得意道：“千代，你怕不怕出门?”

“人家才不怕呢。”

“你就喜欢逞强！说不定哪个草堆后面，哪家窗格子里面，就有一领具足的炮口在死盯着你，还说不怕！”

“那样的话，我会跟他们攀谈攀谈。”

“谈什么？”

“谈世道变迁，天下已太平的事。”

“啊哈哈！那些人怎么可能听千代你说话？不过，既然你能这么心高气傲，那就真是不怕了。那俺就带你去高知城的工地，你先准备一下。”

“已经准备好了。”

“这就好了？”伊右卫门愣了半晌，“你原本就打算跟来的？”

“那当然，”千代装模作样正声道，“那可是自己家哦。”

（唉，无论年纪多大都是个疯丫头，拿她没辙。）

伊右卫门思忖间，叫人马上去备好夫人的轿子。

千代在浦户城正门前坐上轿子，并直接坐轿下了石阶，再出了城门。城门旁，已有伊右卫门的随从与千代的随行人员在等待。不多久，伊右卫门出门上马。他身着一件柿子色的无袖长褂，一条皮长袴，腰插粗陋的大小双刀，看似一个两百石左右的武士。而另外几名随行家老，也与伊右卫门穿着一样。

（真是不长进的胆小鬼啊！）

千代无奈摇头。

一行人出发行走二里地后，来到一个叫“滩”的渔村。每家屋檐下都有二三十人出来，跪地拜伏。

(这就是土佐人?)

千代很是好奇。或许是自己意识里把他们归为了一类，所以人人都似乎是一个模样。

(可看起来都是和善之人啊。)

正思忖间，一个男子映入眼帘。头发草草束了一个髻，一双筋肉强健的肩膀并未前倾下拜，眼睛还幽幽地望了过来。

(是一领具足吧。)

千代忽地让人停下轿子，并吩咐叫来那人。那个男子显然很是吃惊，只见他取下腰间带鞘的双刀，放置在地上，身子微微前倾，静静走了过来。

(一领具足不是也挺懂礼貌的么?)

千代思忖。这位男子五官分明，约三十左右，大概是在长曾我部时代便负责这一带的中坚力量吧。

“你叫什么名字?”

“鄙人水口吾助。”

“你样子不错。”她指的是面相有神，“明天你去高知城的工地，找一位叫百百越前的吧，一定会有好运气。”

轿子终于在工地旁停了下来。千代出轿，放眼望去，竟感动得不知所措。蓝天白云下，山坡被切断，有挖土的、搬运的、筑石墙的、搭台子的等等，人人身上都是汗水和泥灰。人数足达万人以上，无论在哪个角落都能找到他们的身影。此番热火朝天的光景，千代还从未见过。

"怎么样千代?"伊右卫门回头问千代，"这就是俺的城郭。"伊右卫门定是开心极了。在这漫长的武士生涯里，他第一次筑起了自己的城郭。

总奉行百百越前走来，行了个礼。他的装束因在工地的缘故，看起来甚是吓人，衣裾下摆全都撩到屁股上，露出一截大红锦的兜裆布来。

"越前大人系的东西不错嘛。"千代走近道。

越前已经年逾五十，自己的兜裆布这样被家主夫人称赞，不免觉得难为情。于是连忙把束好的衣裾放下。"让夫人见笑了。工地上需要大家齐心合力，如果自己不年轻点儿就很难办事，所以才穿了这么个东西。"

听说越前一直都穿着这样的红锦兜裆布在工地上跑来跑去。工地上的众人，有三分之一是家中的武士，都穿着细脚裤，腰间挂了饭盒，有的运土，有的推石。年轻的武士就更新潮了，特意穿了伊达样式的木棉单衣，或者剪了下摆的大红小袖，着实一派热闹的景象。

“越前大人，那些武士里，能再加一名进去么？”

“您指的是——”

“一位叫水口吾助的，明天会来这里找你。”

“他是做什么的？”越前侧头问道。

千代瞥了一眼伊右卫门，嘻嘻笑道：“一领具足。”这句话听得伊右卫门惊诧不已，忙要制止，却听千代又道：“千代问的是越前大人，又不是一丰夫君您。就让他来做越前大人的侍从吧。那样的石头——”她指了指远处，“他一个人搬大概力气都绰绰有余。”

伊右卫门闷声把千代拖到一处树荫下，满脸可怖道：“千代！你一介女流，让人家招新人作甚？!”千代装出一副害怕发抖的样子。

“你又在玩儿什么花样？”

“夫君责备，人家害怕嘛。”

“你！真拿你没辙。这水口吾助的事，这次就算了，下不为例。”

“可是，看着从京城那边来的武士在这里修城筑楼，本地的武士们会怎么想呢？定然不是唉声叹气，就是怒发冲冠。若是能够慢慢招些本地人进来，他们的心情也一定会渐渐平复的。”

伊右卫门的性格在筑城一事上体现得淋漓尽致。在万事上，他从来都对自己的头脑没有自信，这次听取了众人无数的意见。因他性格直爽，众人也是争先恐后地向他提议。最大的问题是——正门朝哪个方向开才好？

“千代，你怎么想？”他还问过千代。

望着他一脸认真的模样，“千代是女流之辈，不懂这些事”的话，实在难以出口，于是道：“让我考虑一两天，夫君也问过旁人吧？”

“正向众人征求意见来着。可杂七杂八意见太多，反倒拿不定主意了。”

“一斋大人问过么？”千代道。

“一斋？”伊右卫门侧头回了一句。

一斋过去叫做毛利壹岐守吉成，是丰臣家的大名，拜领丰前二郡，俸禄六万石。他与中国地区的大豪族毛利氏没有关系，但因为出身尾张，原本又姓森，所以想沾沾大豪族毛利氏的光，改姓毛利。在秀吉还无甚名声时，他便跟随秀吉，逐渐做到了大名。可是，关原之战中，因跟了石田一方，战后被没收了所有领地，成为公仪罪臣之一。如今他与儿子胜永一起，由伊右卫门看管着，想是已来到了土佐。

伊右卫门总是被赞“有人情味”，他给了这两位被流放的罪臣一千石的口粮，让父亲一斋住在浦户城内，又把郊外久万的一处府邸给了他儿子胜永，还许他们自由行动。不过，后来这位胜永在大坂之阵前，前往帮助秀赖，与真田幸村等人一起成为大坂城七将之一，最后大坂城陷落时自杀身亡。

“哦，一斋啊。”伊右卫门沉思半晌，不知道将筑城的大事拿去问一个公仪罪臣，该是不该。

“没有什么不妥吧？”千代劝道。一斋曾经风光的时候，秀吉曾命他修筑伏见城，经验丰富。

伊右卫门终于还是去了浦户城内的一斋居所，给他看了图纸。一斋沉思半晌，回答道：“菩提寺建在北山，正门朝西不错。”菩提寺是祭祀山内家代代祖先的寺庙，在筑城时，也要算作后门要塞。

可是伊右卫门却不大认同一斋的提议，于是收集了家臣们提过的所有建议。各式各样的都有，但伊右卫门始终都不满意。

有天，弟弟修理亮出列道：“这样如何？菩提寺朝南，正门朝东。”而后细细详述了所定方位的理由。伊右卫门越听越觉得所言极是。

“定了！”伊右卫门回去后跟千代说道。千代点点头，祝贺道：“那可真太好了。”其实，一直到后来伊右卫门都没发现那个提议是千代的想法。千代曾对弟弟康丰道：“我一个妇人介入筑城之事有些不便，就当做是康丰大人的意见，跟家主说说吧。”

现在的高知市，的确是伊右卫门打的底子，可谓是规模浩大的土木工程。

城郭要建在海拔一百五十尺的大高坂山，这是不错，可山脚一带全是湿地，有齐腰深的湿泥，一走便会陷进去。这是一种让人望而生叹的地相。从腹地流过的一条大河，被大高坂山分作两条，一条江口川、一条潮江川，后又分而汇总，流入浦户湾。两条河所划出的三角洲地带，便是伊右卫门的城下町。这河甚是难办，没有堤防，一下雨便河水泛滥，使得三角洲成为一片汪洋，好不容易干了，却又留下了无数小池与湿地。

“没问题么?”千代不禁有些担忧。一代英雄旧国主长曾我部元亲也曾看中这块地，可最终却不得不撒手放弃。伊右卫门要做的是一番极难的工程。

“听说长曾我部元亲那样的人都放弃筑城了呢。”千代这样一说，伊右卫门答了一句意外的话:“元亲是不成的，聪明人总是不肯悠着来。可俺不聪明，也不是英雄，所以可以慢工出细活儿。”

原来如此，伊右卫门没有才气，还怕没有耐性吗?

有百百越前治水的经验帮忙，他们首先在江口川、潮江川上修筑了堤防。而后，又在三角洲地带挖掘运河，把湿地的水导往大海。要填埋湿地，就把叫做中高坂山的那个山峰切开，用山土来填。

城郭的建设也是很耗费精力的。土佐本来几乎就没有瓦房，也根本无人会烧瓦，因此每片瓦都需要从大坂运进来。石墙也是一样。土佐的城郭原来都是用一些土垒成的土墙，无人会筑石墙。所以伊右卫门又专程从近江的穴生一地找来很多石匠，来工地上当师傅。

看着总指挥伊右卫门的样子，千代不禁对他刮目相看。

（所谓真正了不起的人，指的莫非就是夫君这种人？）

有天夜里，千代道："佩服！"

"什么？"伊右卫门满脸怀疑之色。这些日子每天都在工地上进进出出，他都被晒得跟土木工人一样黑了。

"一丰夫君很了不起嘛。"

伊右卫门故意哼哼着笑道："现在才发现啊？"

"是啊。"千代也笑。

"那你认为俺哪里了不起了？"

千代找了找词汇："比如——迟钝什么的。"

"什么？俺迟钝？"伊右卫门奇怪地看着千代。不过对千代来说，她说的是实话。聪明人会看一眼地相，若是不符标准马上就会撤退。可伊右卫门却不知后退，一个人在那里打气，“反正总有办法”，细心地收集所有人的意见，再一个个决定下来并付诸实行。若是说得夸张点儿，就是傻人有傻福。

注释：

【1】一领具足：指战国时期土佐国（高知县）长曾我部氏所创设的农兵制度下，亦兵亦农的当地武士。也是土佐藩乡士的别名。“一领”是一套之意，“具足”是盔甲之意。

【2】梨子地莳绘：莳绘的一种，看起来有梨子的颗粒状之感。

种崎浜

土佐国中，一领具足们的叛乱一直不肯消停。眼见着东部好歹安静下来，可西部又出了事端。

有天，伊右卫门虎着一张脸，道："幡多郡中村的北部，好像又有一领具足在闹事！"千代觉得伊右卫门可怜，都不忍看他的脸。自从伊右卫门入主土佐以后，便无一日安宁。

"中村远吗？"

"像是在浦户往西三十里左右的地方。此地，是长曾我部以前的土佐国司一条氏所居住过的地方。"伊右卫门入主后，把中村一千四百石，给了祖父江新右卫门。新右卫门与战死沙场的五藤吉兵卫两人，是伊右卫门最初的侍从。

"新右卫门一定很心焦吧。"千代一脸愁绪。新右卫门已是腿脚不便的老人，这个年纪早就难以驾驭一片新的封地。

伊右卫门很快便派了援兵前往镇压，十日后终于安宁下来。有消息称，大将奥宫弥兵卫被捕，且被束手带至浦户。为的是在浦户行刑。

"斩首。"伊右卫门旋即做了裁决。家老们出列道："斩首太便宜他了。不如押回中村，在四万十川一地的河原上公开行刑，以儆效尤。”伊右卫门一听，觉得意见中肯，于是便下令公开行刑。

那一日，千代在城郭高殿上欣赏四方的景色，忽见山道上有人被赶着下山，正是奥宫弥兵卫。“那是怎么回事?”千代问侍女。

“那是在中村犯事的一领具足大将。本来是打算在浦户斩首的，不过听说现在要把人押回故乡中村，在那里公开行刑呢。”

(造孽啊!)

千代思忖。那人在皮鞭下昂然阔步，看起来绝非穷凶极恶之徒，反倒显得有勇有义，铁骨铮铮。

这天夜里，千代问：“中村的奥宫弥兵卫是要公开行刑么?”

伊右卫门道：“你一介女流，碰上这些事啊，最好闭上眼睛蒙上耳朵。”

“可是我看见了。”

“看见奥宫弥兵卫的样子了?”

“是。”

“以后就别看了。要是每次你都替人求情，俺还怎么治理领国?”

“可是那些一领具足，还有长曾我部的浪人，其实也都是可怜人。原本他们种多少得多少，可如今得交年贡了，单这一条就不可能欢迎新国主的呀。”

“自己主家败落，有什么办法?”

“可那些人不会这么想，他们首先得考虑温饱。人每天都得吃个两三顿，若是没吃的，穷则生变，难免会闹事。他们不是为了报旧主之恩，而是为了温饱为了更好地活下去。解决了这个问题，领国内自然能安定下来。”

“不切实际啊，千代。”伊右卫门道。

“是么?”

“就算想给长曾我部家旧臣们一些土地，可如今也无地可赠，全封给了俺的家臣。”

“所以嘛，我早就说过与其在京城招人，不如在土佐招募，一半也好啊。”

“现在说这个还有什么意义!”伊右卫门突然大声怒道。

“嗓门真大!”千代缩了缩肩，同时思忖：

(他后悔了。)

“过去的已经无法改变，只能考虑将来如何去做。”

“还有叛乱无法肃清?”

“是啊。这边剿干净了，那边又会冒出来。”

“让他们能吃上饭就好。”

“又说些不切实际的东西。已经没有土地可以给他们了。”

“可若是开荒垦地呢？还有很多空地的吧？”

“对，这个事儿得做。”

“就让长曾我部浪人开垦如何？这些开垦的土地若是不收年贡，让他们世世代代种多少得多少，想来他们定能受到鼓舞。”

“妇人之见！让他们种多少得多少，那俺这个国主不就一粒年贡也没有吗？年贡都没有还谈什么奖励？”

“贪心老爷！”

“什么？”伊右卫门模样可怖，“千代，俺可是天下的大名！”

“可千代眼里只是一丰夫君而已。难道不是？”

“也没错……”

“千代想说的是，若是连一丁点儿开垦土地的年贡都舍不得，偌大的领国是难以治理下来的。”

“那他们就高兴了吗？开垦开垦，嘴上说着容易，实际上极难。砍树掘根碎土就得两年，道路也得自己去修，所住的地方也要重建。收成两三年都指望不上，这之间难道不吃不喝一直干活儿？说得倒是轻巧。”

“可毕竟有希望不是？让人们对生活有希望，不正是国主政治中最要紧的事情么？”

“那你说怎么办？”

“土地开垦完成后，就封他们做乡士，以后便不再是普通农夫了。一领具足们至今虽是农夫的模样，可都有一份武士的名誉。一丰夫君入主后，剥夺了他们的名誉，他们这才铤而走险拿起刀枪铁炮搞叛乱的吧。”

“异想天开！”一领具足怎么可能这么点儿小恩小惠就消停了？伊右卫门思忖，如果让他们当上乡士，那他们就可以公然制备武器，而他们要拿武器干什么就不得而知了。

“异想天开！”伊右卫门又道。可他不知道，这番千代的异想天开，在他过世后，二代藩主忠义采纳野中兼山[1]的意见，作为土佐山内家的特殊制度实施下来，直至幕府末期。

伊右卫门总是被领国内一领具足在各地的叛乱搅得头昏脑涨。浦户城每天都有军队出发前往镇压，可结果就跟驱赶梅雨期的苍蝇一般，终是徒劳。

不久，在江户任职的家士派使者前来报告：幕府的老中们都在担心：“土佐还没安定下来？”

（这不行。）

伊右卫门很是怯愕，胡思乱想了一通。他觉得好不容易到手的土佐一国，或许会因为治理不力被收回。有天，他召来家老们，来了一次秘密商讨。

“有没有一劳永逸的方法?”伊右卫门问在座所有人，可所有人都是在战乱中凭着一杆枪活到现在的莽夫，没有足够的智慧与知识可以治国。

有人提议：“这个问题，拿去问问夫人如何?”

“俺问过了。”伊右卫门道，“可是，她说什么要开垦土地等等，都是些要五年、十年才见成效的蠢事。现在一点儿用都派不上。”

“那就不好办了。”重臣们都只点头附和，却没人有更好的提议。

“这一两天内，大家好好考虑考虑。如果没有良策，咱们的领国说不定就保不住了。”

“大人说的是。”重臣们领命各自散了去。正因为伊右卫门意外当上了土佐大名，他们才好不容易有了个体面的身份，若是连领国都被收了回去，一切不就是竹篮打水一场空么？反正这个时代的武士都是主从一体，一损俱损一荣俱荣。

（欠火候啊!）

千代思忖，她那天正与一位年少的禅僧在一室对坐闲谈。

所谓年少僧人，便是她曾经捡来的那位拾儿。千代还在长浜时，在府邸门前捡来一名弃儿，并一直当亲生儿子一般疼爱。后来，拾儿在妙心寺的南化国师门下剃度，并修行数年，僧名湘南。千代到土佐以后便难得与湘南见上一面，感觉甚是寂寞，于是遣人去南化国师那里，求他允许湘南到土佐与千代团聚。

湘南只有十六岁，虽然做一山的住持还显太年轻，可千代仍是干脆地"要给他建一座寺庙"。伊右卫门也觉得并无不妥，而且正巧城东有座禅寺叫吸江庵，因年久失修，并无住持。所以，在筑城的同时，也开始重建寺庙，并新起名为"五台山吸江寺"，受赠一百三十石。

这位湘南后来成为知名的学僧，其门下出了一位近世的大儒——山崎暗斋。

"你说是吧？"千代对这位略显稚气的养子是无所不谈。

"什么？"

"欠火候啊！"

"什么欠火候？"

"咱家主当这么大的一国之主，欠火候吧？"

"这个嘛……"年少僧人踌躇着不知如何作答。

"最多适合当个挂川六万石之主。"

年少僧人笑道："我这个方外人士，于政道是一窍不通啊。"

“说起咱家主啊——”千代像是发牢骚似的，“此国的一领具足们以武力抗争，他竟也用武力去压制！以暴制暴！可只要是屈从于武力压制的人，就一定会心存憎恨，一定会想方设法报仇雪恨。”

“是啊。不过看如今的情形，这也是没有办法的事啊。”湘南年纪虽轻，话却老成。

千代听了有些不满，道：“湘南禅师难道跟一丰大人意见一致？”

“不。我跟母亲大人意见一致，只是觉得现在时机还不成熟。”

“湘南禅师，土佐现在每天都有子民在某郡流血呢！我一直都有一个梦，希望一丰大人当上一国一城之主，对领国子民仁爱慈善，受子民爱戴。可谁知道，一踏进土佐，竟是这般模样。国主被子民讨伐，难道是应该发生的么？”

“这个……”

“一丰大人我是最清楚不过的，武家还从没有过他那么情深义重的人。长浜时代，他很受子民爱戴，挂川时代也是一样。可自从他受封土佐国主，突然就像换了个人似的，心性大变。大概是因为没有相应的国主器量，万事都感觉力不从心，原来的好心性反而被逼到了角落里吧。”

“这……也难说啊。”湘南模棱两可微笑道。湘南认为，在这种蛮荒之国，起初的武力是必要的。那些暴力反抗者、煽动挑拨者都是罪不可赦，需得杀一儆百。让暴民战栗、臣服后，再循序渐进施以仁政，才可奏效。“最近我读书，读到‘宽猛自在’这个词，说要宽猛相济，才可自由自在。政治上，若是只有母亲大人所说的‘宽’，反倒会有害不是？”

“湘南禅师，你的话未免狂妄自大了些！”千代显出了怒意，她也真是生了气，脸都红起来。“要‘猛’也应该是解决了一领具足们的生活难题之后的‘猛’。而不是用‘猛’去压制那些瘦骨嶙峋的浪人。这会遗祸百年的！我这么辛苦不是为了造就这样一位一丰大人！”

“母亲大人真是喜欢做梦的人啊。”

“一丰大人当上一国之主，是我的梦想，如今也实现了。可若是因此而让子民苦恼困顿，那这个梦想说穿了，只是我们夫妇的一种出人头地的私欲罢了。”千代与其说是在埋怨伊右卫门，不如说是在恼恨自己。

“当然，出人头地的私欲不可能一点儿都不掺和，”千代开诚布公道，“可我一直都告诉自己，当国主不是为了出人头地，而是为了做一个更优秀的自己。”

“母亲还是很优秀的呀！”

“还是？‘还是’这个词需要么？难道在这种场合不应该剔除么？”

“这个……我少不更事，母亲的话都回答不上来呢。”湘南脸上满是困惑不已的神色。

伊右卫门听说又在本山地区发生了三百人左右的叛乱时，道：“这次俺去！”他认为是时候让这些暴徒知道一下厉害了，他要将叛乱彻底肃清。

“不行不行，太危险了！大人千万不可亲自出马啊！”家老们虽异口同声加以阻止，可伊右卫门听不进去。他再也不能忍受把战事交与家臣，而自己却待在浦户城里的日子了。

“俺受够了！”伊右卫门道，“难道你们是说俺已经老得上不了战场了吗？”

“不敢！”家老们道。伊右卫门毕竟是从步卒一步步爬上来的大大名，在当代武将之中，是资格最老的老将之一。

“那就去集结人马，先锋由野中玄蕃担任。”他道。野中玄蕃之子，便是有名的野中兼山。

伊右卫门是个在战事上特别小心谨慎的人。事先会对地形地理作充分的调查，派密探去详细勘察敌情，再反复斟酌进攻方法，制定策略，最后才会出击。

这天夜里，千代问道：“夫君是要亲自去本山吧？”

“不许阻拦，千代。”

“不会的。不过，这次带去的都是家中的自己人么？”

“是啊。”

“不如招募一些长曾我部浪人，借一些阵地给他们，若是作战有功就论功行赏，如何？他们肯定会感恩戴德的。”

“这是要他们自己人打自己人？千代你也够坏的呀！”

“反正，政治就不是好人能做的事儿！”千代噘起了嘴。被当面说成坏人，实在没有面子。她苦心想出的这个方法，不仅可以救济浪人，而且可以集结那些未参与叛乱的人加入自己阵营，对新国主抱有亲近之感，实是一石二鸟之策。

“那就试试看吧。”伊右卫门依千代所言，颁令招募志愿兵。没想到民众竟异常热情，不多久便超过了两千人。

这些志愿兵在浦户城的临时小屋、寺庙、民居等地宿营，等待出阵。伊右卫门惊诧人数之多，不由得担忧道：“千代，要是这些人发动叛乱，该如何是好？”

“呵呵，那就只有束手就擒了。千代也好一丰夫君也好，唯有一死以谢之。但是，有必要做这些无谓的担忧么？畏首畏尾可是什么事儿都办不成的。”

“那倒也是。”伊右卫门最终把这两千人分作好几组，分别安放在各位家老手下。他们大都在后来成了土佐乡士。

伊右卫门终于出发了。

本山地区是个山岳地带，叛乱者在各个山峦要害处筑好堡垒，用铁炮袭击所有靠近的人。他们的铁炮用得很是巧妙。只见他们把铁炮背在身上，如猿猴一般在山中穿行，只要有人靠近，是见一个毙一个。

镇压这次本山叛乱，伊右卫门花了半个月时间。敌军最后被逼到一座叫泷山的山峰之上，再在东面高地架好一千挺铁炮，不分昼夜地扫射。待到仅剩了十多个时，才令手下们拿刀枪上阵，“上啊，夺取功名的时候到了！”伊右卫门也冲入敌阵。所有还有气儿的都被斩杀殆尽。

叛乱被镇压后，领国内终于平静下来。伊右卫门从本山凯旋归来之时，对千代道：“这下安静了。”

刚开始数日，的确很平静，无风无浪。可数日后，安插在高冈郡、安艺郡的密探回来，报告说又有不稳的迹象。

（恼人啊！）

伊右卫门一筹莫展。

有天，他召集家老们前来，问道：“以前俺曾让大家好好想个妙策，可想好了？”一人出列道：“在下有一策。”

“说！”

“不过，此策必须严守秘密。将来无论是要采取此策，抑或不采取，都决不可将此策内容泄露一字半句，否则必有后患。”

“哦？”伊右卫门欠了欠身，“讲来听听。”

“大人，请恕在下无礼，在下需要在座的各位保证，对自己亲兄弟也绝口不提一字半句。”

“各位听清了吗？今日的军议内容，绝不可外泄。”

“大人也是，不可对夫人提及。”

“千代也不能告诉？”

“是的。因为此策夫人听了必然反对。”

“千代会反对？”伊右卫门终于意识到此事非同寻常，“说来听听。”

“迄今为止，每次叛乱必定有煽动者。”

（这是自然的。）

伊右卫门思忖。

“而这些煽动者，大都是各乡各村的武勇佼佼者。”

“的确。”

“每一拨叛乱的背后之人，都是一副相同的面孔。只要把这些人解决了，叛乱就不会再有了。”

“说得有理。”

“那就把这些乡村里有煽动倾向的人都抓来杀掉，不就可以一劳永逸了吗？”

“说得倒是容易。”伊右卫门不由得笑起来。还没有发起叛乱，就是良民，怎能因为有煽动倾向就抓来杀掉？做这种暴虐之事，不就跟古代中国的夏桀商纣一样了么？定会留下一世恶名的。“太暴虐了点儿吧？”

“可是，除此以外别无他法。这一年中，若是土佐安定下来倒还好说，若是安定不下来，京城大公仪的脸色怕是不会好看。”

“俺也十分苦恼啊。”

“大人，现在得有所准备了，此事先考虑考虑无妨。”

提议之人把整个计策作了一下说明。

前提条件是“此国的一领具足们特别喜欢角力”。土佐人的确是特别喜欢角力，两个年轻人聚在一起，不是喝酒便是角力。总之，武技是最重要的。而且，这个风俗一直持续到幕府末年，角力比剑术更让土佐人看重。战国初期开始流行的斗剑术，可以说几乎没有传入这片穷乡僻壤。一领具足们在战场上把长枪长剑舞得虎虎生风，可几乎都是毫无章法的乱舞。他们平素所倚重的锻炼就是角力。乡村里男人的强弱顺序就是角力胜败的顺序。这些角力的强者，若是参与一领具足发动叛乱，大都处于大将或者干部之位。

“怎么做？”

“只要以国主之名颁令，说在浦户城下的海滨进行角力大赛，并按胜负在土佐一国之中排名，那些蠢蠢欲动者必然会上钩，参与角逐的。”

“哦?”

“待那些人都集中起来，便令埋伏在四周的铁炮足轻兵，冲其一顿扫射，不留活口，由此便可以一了百了。”

伊右卫门咽了一口唾沫，沉默片刻，吼道：“你疯了吗?太残忍了!”

“是，的确很残忍，可除此以外别无他法。如果再不早作打算，叛乱定会此起彼伏，敌我双方的人都会越死越多，那样反倒更残忍。”

“借口!”伊右卫门实在难以点头应允。他从年轻时便进出战场，虽然半生都浸泡在血水之中，可他从未在战场之外杀过人。作为领主他也是宅心仁厚，从未苛待过自己的子民。“俺做不到。”

“无须大人下令，由我等下令便可。”另一位家老这样一说，其余的也都异口同声附和。很显然，重臣们已经商议过此事，只等伊右卫门点头了。

“可这种骗孩子的圈套，一领具足难道会上当?”伊右卫门还是无法决断，一脸犹豫的模样。他唠叨了几句，说这种圈套，怕是连山间奔跑的动物都骗不来吧?人的智慧可是比野猪野鹿等高一大截。

“不见得!”深尾汤右卫门斩钉截铁道，“人的智慧有时候并不比野猪野鹿高，说不定正好相反。野猪野鹿从来胆小，确保自身安全的那些智慧是人所不及的。人也一样，越是胆小的人则智谋越高。可是人有一点与野兽根本不同。”

“什么不同?”

“人有勇气。”原来如此。勇气是与本能相对的，为了锻炼自身或虚荣，要拼命遏制胆小，才能培养出勇气来。“所以有个词叫做‘有勇无谋’。一领具足的所谓勇者，大抵此种程度的圈套便足矣。”

“让俺想想。”伊右卫门阴沉着脸，令众臣退出。

这天傍晚，他无甚食欲，只叫人备了酒，与几个小杂役喝起来。可是晕晕乎乎中，他觉得跟小杂役喝也怪没意思的，于是回到后院，又叫人备酒备菜，跟侍女们喝起来。可还是觉得没意思。

“把酒菜都端到千代的房间去!”他醉醺醺站起来，让侍女们扶着肩。“俺醉了。你们……把俺抬到千代的房间去。”侍女们一听来了兴致，七手八脚便把他抬了起来。女人的力气合起来也够吓人的。

伊右卫门就这样四平八仰地任由侍女们抬着，嘴里还不忘了说：“出发！前进!”侍女们则一二一喊着号子开始前进。走廊并不很长，此番喧闹很快传进千代的房间，把千代吓了一跳。她连忙起身，一路小跑来到走廊上，只见伊右卫门像尊神舆似的被抬起，是从未有过的醉态。

(到底怎么了?)

千代在走廊上跑起来，倒不是因为担心，只因她觉得侍女们这样抬着伊右卫门喧喧闹闹实在好玩。她甚至也想这样被侍女们抬着走一回。

千代一时兴起，钻进侍女堆里，也跟着一二、一二喊起了号子。不久来到千代房间前，千代问侍女："这尊神舆，打算怎么办呢?"

"说要抬到夫人房间里去。"

"哦，这样啊！我还以为要扔到院里的池塘里去呢。"

"哎呀，好可怜!"侍女们笑得甚是开怀，可伊右卫门脸上却无半分表情，直愣愣盯着房顶。

"好了，大家往女神的神殿里抬!"一位侍女响亮的声音刚落，众人便换了方向，往千代的房间涌进来。打开三扇拉门，来到最里间，伊右卫门才被放了下来。

"夫君情绪不错嘛!"千代笑道。站起身的伊右卫门摸了一把脸，只"嗯"了一声，脸色晦暗。

"酒!"伊右卫门道。千代也不言语，把酒杯递到伊右卫门手里，拿起酒瓶斜着注满一杯。伊右卫门一饮而尽，道："千代也喝！千代也要喝醉！喝！不醉不休!"

(奇怪!)

千代思忖。她本就不讨厌酒，既然夫君要如此豪饮，她也乐意奉陪，很快便干了四五杯。

伊右卫门终于醉倒，开始说些不着边际的话。千代在侍女面前很是尴尬，命她们道："你们就先回去吧。"

"夫人一个人能行么？"侍女的领头问道。其实，夫人比伊右卫门醉得更厉害。

"千代，俺决定了！"伊右卫门号叫道。

千代轻飘飘动了动身子，问道："什么事儿啊？"

"一领具足啊！俺不会输给他们的。俺、山内对马守，要凭智勇战胜他们！"

"还说什么——"千代故意眯缝着眼睛道，"战胜不战胜的？他们不都是你的子民么？要说战胜，领主大人当然能胜。可是，何苦要跟子民一争高下呢？"

"那你说怎么办？"

"爱护他们，怜悯他们，体恤他们不就好了么？"

"千代终究是女人啊！"伊右卫门的意思是说，千代总是活在理想之中，活在观念之中。"女人成事不足啊！"

"或许是吧。"

"成事不足！"

"是！是！"

“男人就是有智慧。设个圈套，像狩猎一样把他们赶进圈套中，再一网打尽！”

“圈套？”千代吓了一跳，“圈套可不行，又不是抓野兽。他们是人啊！”

“是啊，是人。若是野猪野鹿，俺该多省心啊！就因为是人，才这么顽固！人比野兽更凶暴残虐、恶贯满盈！千代还不明白这些，还以为人世是个漂亮的如画般的世界。”

“是么？”

“至少，这个地方的人，需要圈套。或许会很残忍，可除了设置圈套将其虐杀以外，没有别的办法了。”

“可人是有子孙的。”

“野兽也有。”

“可野兽没有语言。若是设置圈套去杀人，此事便会被传承下去，死者的子子孙孙永远都不会忘记。即便清净了一时，他们的子孙以后寻得时机，一定会找山内家报仇雪恨的。政事不能只考虑夫君这一代，要像种树一样，做百年千年之计。”

“说什么傻话！什么百年千年之计？你面前的一丰都快撑不下去，要覆灭了！”

“夫君这是杞人忧天！”

“你是不知道实情。今年内必须搞好这个领国的治安，否则大公仪肯定会将俺的封国收回。你知道这个吗?”

“我知道。可即便是这样，也不该设置什么圈套来杀人啊!”

“不说了。”伊右卫门焦躁地把手一挥，“千代看似聪明，可毕竟是女人啊。”

“狡猾!”

“什么狡猾?”

“每次都这样说什么女人、女人的，总不让千代把话说完。”

此夜以外，伊右卫门再没有在千代面前提起过圈套一事。千代反倒放下心来，想来那天晚上定是因为酒喝多了，才会那样胡言乱语。

(夫君决不可能做那样的事。)

可是，伊右卫门与他的重臣们的那个计划，正紧锣密鼓进行着。千代全然被蒙在了鼓里。领国上下都在津津乐道颁令角力一事。各个乡村首先决定胜者，这些胜者将在下个月五日，于种崎浜集聚一堂，决定最终的角力排名。

此番角力赛，成了土佐七郡的话题。无论哪个乡村都在甄选参与种崎角力赛的优秀选手。计划进行得很顺利。

计划者之一的家老深尾汤右卫门，对伊右卫门不免洋洋自得道："怎么样？被在下说中了吧？"伊右卫门也歪着头模糊地回了一句："怕是啊。"如此单纯的圈套，人竟然没有丝毫怀疑便往里钻，实在不可思议！

"男人总是希望当勇者，而且越是勇敢就越不会怀疑。"

"真是这样？"

"正如大人亲眼所见，在下的计策很完美。"深尾汤右卫门道。

不多久，山内家直辖领地与家老领地各处传来的报告称，已有千人左右的"勇者"被甄选出来。

千人，这也太多了，深尾汤右卫门思忖。随后他命令下属："再在乡中进行一轮角逐，甄选出二三十人即可。"

这个计划千代是一无所知的。所以她有时出城，去角力现场观看时，只觉得甚是有趣："土佐的角力就跟打架似的呢。"这个时期的土佐角力赛上，多是顺推、横击等，并无多少巧妙的招数。

所以，一巴掌横击对方，并趁着对方还未反应过来，便使劲儿猛推，推了又推。此番场景几乎随处可见。在千代看来，虽然粗莽了点儿，但能看到男人们矫健的肌肉，亦非坏事。

一天夜里，千代随意说道："这阵子，哪个村子里都有角力赛，很热闹呢。"

伊右卫门却模棱两可，含糊应了一句："好像是吧。一定是因为没了合战，一领具足们有劲儿没处使吧。"

"肯定是这样！"千代很是高兴。这番景象对新的主宰者来说，无疑是喜闻乐见的。"也因为有一丰夫君的赏赐吧？"

"呃，也是。"

"这是谁想出来的点子？"

啊？伊右卫门偷偷看了看千代的表情，没发现有更深层次的含义，于是安心道："深尾汤右卫门的。"

"真是个好点子啊。这片国土终于迎来了久违的平安喜乐。"

"也是。"伊右卫门点点头，语音艰涩，了无生气。

角力赛又经历了一轮选拔，领国上下一片沸腾，最终选得七十多人参与种崎浜的角力排名。

这日来临了。早晨，千代在浦户城内问一位侍女："今天可有什么热闹？"从城里望出，可见遥远处的海滨有帷幔挂起，好多人进进出出，一片繁忙的景象。

"是啊，还不知是什么好事呢。"侍女也不清楚。家老有所顾虑，从未对内庭之人谈起此事。若是伊右卫门在，千代定会去询问个究竟，可他碰巧不在，昨日便去了高知新城的工地。

不多久，太阳升了起来，太鼓之声渐渐响起。“大概是角力排名赛吧？”一位侍女猜道。千代觉得有理，这才发现原来从七郡选拔而来的角力高手，最终决赛就在今日。

（一丰夫君可从未提起这件事呢。）

千代虽也感觉有些奇怪，可无奈伊右卫门不在身畔，无人可问。

（夫君为何不跟我说呢？）

说实话，千代多少有些不安。她想去看看，可必须先征得伊右卫门的允许。若是伊右卫门不去，她一人也无法出席。

（莫非是练习？）

她又纠正了刚才的猜测。

这时，城内的某个角落里，家老深尾汤右卫门穿好了盔甲、阵羽织，谨慎下达着各种各样的命令。传令官已经多次往返种崎浜。

“大都已经聚拢了？”

“有十七八名了。他们各自在海滨找空地，挂上自家帷幔，在做赛前练习。”

“他们没察觉到什么吧？”

“应该没有。”

“真是一群单纯的家伙。”汤右卫门松了口气，僵直的一张脸稍稍缓和了些。

海滨的人越聚越多，所有情况都一一传入深尾汤右卫门的耳中。

“那些人吵嚷着叫裁判快去。”这是早上八点左右的报告。

“让他们等着。”汤右卫门道。随后叫来铁炮组的十位组头，问可准备妥当了，一切决不可出错。他们无言地点点头，出发了。

城门内侧已有长枪足轻兵两百人整装待发。在组头吉泽左兵卫的带领下，他们于九点前出发，开始排队出城。

海滨的参赛选手已尽数到齐，所有人都只穿了六尺长的兜裆布一枚，黝黑的皮肤暴露在太阳光下。“好慢哪！”一些人有些不满裁判来迟，但多数都在安静地等待。这本就是片没有时间观念的国土，哪怕让他们等到第二天，估计很多人也不会有多少怨言。

海滨周围的草很深。铁炮足轻兵们开始逐一潜入这繁茂的草丛之中，没被任何人发觉。

海滨出现异变，是在上午九时许。海滨周围的山丘、树林、草丛间，各处都有五人、十人不等的铁炮足轻兵出现。他们在树荫下、山沟间匍匐前进，逐渐包围了海滨。

七十多个一领具足，有的在练习，有的在左右抬脚蓄力，有的在吃便当，总之动作各色各样。但有一点是共通的，他们都没穿衣服，没有武器。

“有火药的味道。”其中一人察觉到了异样。众人一听，这才开始注意四周的情况，终于发现了草丛中所藏的足轻兵。

“难道是要对付咱们?”数人嚷道。可更多的人都表示不可能。

“怎么会？这么个好日子里，怎会有这种卑劣之事？我去看个究竟。”一位领头模样的人说罢，就这样空手往山丘上爬。山丘中部有很深的草丛。只见草叶儿微动，一袭青烟刚起便轰然一声响，那人应声滚落下来，腹部已被打穿。

“畜生！咱们被算计了!”海滨上的七十多人喧嚣着四方奔走，想要去取大小腰刀。就在此时，周围景致突变，一片白色硝烟弥漫，枪声四起，振聋发聩，像是要把大地炸开了似的。海滨的白沙，在一瞬间被血染红。

最初的一齐射击，使得四五十人已然毙命。第二轮射击下，又多死了十几人。剩下的都往海里跑，想游到对岸的海滨逃命去。可对岸海滨却已有四五十艘小船，满载着足轻兵出现在面前。在浪里起伏的一领具足们，眼见着一个个被船上之兵射杀而死。

前后不到十分钟，一场虐杀便这样毫无征兆地发生了。

虐杀最后的程序是由长枪组完成的，他们奔往现场，不管死活全都补上一枪，一个不剩地杀了干净。所有的尸体被集中到一处，全都割了头颅并送至浦户。浦户已搭好了数量众多的枭首台，七十多颗首级很快被挂了上去。

这一切，所有程序环节均迅捷无误。他们的罪状已在公告木牌上写好——谋反。“因企图谋反，给庶民带来灾难，特判死罪。”每一名的姓名与出身村名均被记载在了公告牌上。

他们之中，有些的确是对新国主不满，态度不恭，是已被浦户城当局记录在册的危险人物。可有些人并不是。更何况，连跟着的孩子也都被残杀。

千代在听到枪声后一个小时，终于知晓了这件惨事。还在枪响时，她遣侍女去问家老深尾汤右卫门：“出什么事了？”

汤右卫门怕千代会横生枝节，于是回答：“是在用铁炮狩猎呢。”

可若真是狩猎，铁炮数量不可能这么多。于是千代只好让侍女去现场看看。而侍女去时，只见到散乱的多具无头尸，所有的一切都已结束。

侍女回来向千代禀报，千代气绝晕死过去。

千代的意识很久都没有回复过来，内院里乱成一团。医生来后，千代人倒是苏醒了，可仍是呆呆怔怔不言不语。

夫人疯了——连这种谣言都有。无论谁，说些什么，千代都只躺在床上，不肯回应。

（难道，这就是双陆棋的结局么？）

千代在脑海里反反复复只念着这一句。结婚后，千代的人生就好似一盘双陆棋，为让丈夫出人头地，千代一直乐在其中。她乐的不是丈夫出人头地，而是其间的过程与所耗费的功夫。一直都很有趣，而且还成功了。

（可是，成功就是这个样子么？）

千代不愿相信。伊右卫门，可以说是千代的杰作。若他娶的并非千代，恐怕非但当不上一国之主，连一座小城之主都成问题。正因为伊右卫门是千代的杰作，所以才能得到高于自身素质、力量的地位。可他在登上国主地位之时，千代却成了个不管事的闲夫人。

山内家变得如此庞大，千代与伊右卫门两人便可主宰一切的时代已成为过去。现在仅家老就有七人，他们构成了决策执行机关。山内家已是不停运转的一个组织。国政家政，皆有专属组织处理。千代能管的只有一个家庭后院。所以，山内家虽是千代一手筑起的，可如今已脱离了千代的掌控，千代反倒成了多余之人。

这次种崎事件，千代未被告知一言半句，这便是明证。

与山内家休戚相关的大事，千代竟然一无所知，从头至尾竟被蒙在鼓里。这在过去，可能吗？不可能。这是第一次。千代听到枪声，惊诧间派侍女去问家老“出了什么事”，可家老却回答她说“是在狩猎”。对亲自筑起山内家的千代来说，这意味着什么？

就好似家老们齐声在声讨她——“女人别碰政治。”可究竟是谁把山内家扶上了二十四万石的国主地位？千代好想大叫。

不过此事就算了，千代也不想追究。既然山内家变得这么大，千代其实并不愿多出风头。问题是这次的事件本身。这种惨无人道的虐杀，是以国主山内一丰的名义进行的。家老们认为这就是政治。

为了保障二十四万石的安全，就需要用这种残忍、卑劣的手段？用这种在人类历史上遗臭万年的手段？

政治是多方面的，千代很明白还有各种各样其他的手段。安抚土佐的不满人士，也有各种各样的方法。可他们却用了个让人难以置信的糟糕手段。

无能啊！伊右卫门也是，家老们也是！

所以千代一直在想，自己究竟是为了什么，苦心经营出了这么一幅作品。

从高知城的筑城工地回来的途中，伊右卫门听闻“夫人的样子很是忧郁”。可毕竟是自己老婆，他实在不好意思问手下人“千代为何忧郁”。他骑着马杂七杂八想了很多千代忧郁的理由，最终不得不锁定一点：

（种崎的事，千代怕是已经知晓。）

千代若是真知道了此事——伊右卫门不禁腋下冒出冷汗来，不过并非是因为他对种崎的虐杀感到羞耻。他觉得那是无奈之举，就算不是最好的方法，但也是不得已而为之，是必要的政治手段。既然土佐人对他国人不肯宽容相待，要想统治他们，那就无法避免此种程度的武力镇压。

（可惜千代理解不了。）

这也就罢了，最大的问题是欺瞒了千代，这可是伊右卫门跟千代的历史上从未有过之事。从年轻时起，他就事无巨细均跟千代相商。特别是在关原之战前夜，山内家几乎就是千代一人在掌舵。可如今千代却成了个局外人，不仅未曾跟她相商，还从始至终想方设法欺瞒于她。

（对不起千代啊！）

性格软弱的伊右卫门思忖。

（千代定然十分恼怒吧？）

这样一想，伊右卫门不由得心里不是滋味，竟怕了回浦户城。

不过终究是回来了。伊右卫门进了前庭的书院，便叫来家老深尾汤右卫门，询问了种崎事件的详细经过。汤右卫门道：“一切都干得麻利漂亮。那一伙企图谋逆的家伙这下子被连窝端了个干净。”

“其影响如何？可有人因愤慨又捣鼓着要叛乱的？”

“没有。哪个村子都静悄悄的。”

“可当真？”

“是。叛乱需要领头人，而这些领头人一旦死绝，群龙无首，便是一堆烂泥了。”

“汤右卫门是劳苦功高啊！”伊右卫门慰问了他一句，接着压低声音问道：“夫人怎样了？”

可深尾汤右卫门是前庭的官员，对千代的情绪并无关注，于是也小声回答道：“这个嘛，请恕在下不知。”

伊右卫门进了内院，叫来夫人的贴身侍女春日野，询问夫人情况。年长侍女春日野很是狡黠，未直接回话，只答了一句：“恐怕大人亲自相问更为合适。”

实在无计可施，伊右卫门只好踱过走廊，走近千代的房间。“千代，俺回来了。”他在门外叫了一句，等着侍女把拉门打开。有烧过香的味道。千代从座上下来，在房间一角拜伏下去，静静地垂着头。

“听说你身子不舒服？”

“哪里。怎么会？”

这天夜里，伊右卫门在千代的房间住下了。在伊右卫门看来，千代虽是沉默了许多，可也算不上情绪不佳。

（看样子问题不大嘛。）

伊右卫门安下心来。不过，在千代的表情中，缺少了素日里常有的那种明媚。垂下眼帘时，有浓重的阴影出现，不免让人怀疑她是否会哭。

用餐完毕，餐具都撤下之后，伊右卫门索性打开天窗说亮话，问她道：“种崎的事，你听说了吗？”

千代微微应了一声，眼神虚空缥缈。

“那也是没有办法。”伊右卫门道，“实在是无奈之举啊！如今结果尚可。民众们终于知道害怕了，知道国主的权重与威严了。千代，你想想，如果叛乱和镇压反复发生，死的人可是无穷无尽的。这次在种崎将叛乱之人一网打尽，以后便可以不再流血了。”

伊右卫门念念叨叨就是这几句，千代终于忍不住嘲道：“翻来覆去就讲这么几句作甚？”

“因为千代老是想不通嘛。”

“我想通了。”

“哦？你真的想通了？”

“是。我终于知道一丰夫君是多么傻了。”千代小声道。

伊右卫门不免动怒：“俺傻？你想通的就是这个？”

“有什么办法？夫君实在没有担当大国之主的器量。千代想通了，不愿再勉为其难。”

“混……说什么浑话！”

“一丰夫君的家老们也一样。原本只配做挂川六万石的官，一下子便要负责大国的运营，难怪一旦民众不服就只能想到杀戮之法。”

“千代，过分了！”

“那是要把千代也杀了？”

“你！千代！”

“谁不服就杀谁，这不就是山内家的新手段吗？请动手吧，一丰夫君。”千代凄然一笑。

“说什么呢！千代！”

“请跟深尾汤右卫门也这么说好了。汤右卫门的妻子若是不服，就用铁炮杀之；子女若是顶嘴，亦杀之。说这便是山内家的家风。”

“妻儿怎能随意杀害！”

“那子民也一样啊！古代圣贤都说，治国与治家，根本的精神是相通的。若是妻儿不忍心杀害，那子民也决不可随意杀害！”

“千代，别说了。”伊右卫门看似就要哭出来了，一张脸无能得连千代都不愿多看，侧过了身去。

“我不说了。只是我们夫妇努力半生，结果却夺走了土佐子民的生命。一想到此处，我便悲从中来，我到底是为了什么死皮赖脸活到现在？可是，如今说什么都没用了，不说了。”

“是因为俺傻？俺无能？”

“一言以蔽之，就是这样。”千代苦笑。

注释：

【1】野中兼山：江户前期的儒学家、藩政家。曾师从土佐儒学者谷时中，学朱子学，致力于封建教化。土佐第二代藩主忠义，提拔他成为土佐藩家老，致力于藩国的财政建设，实施了很多改革新政。其中之一就是给予一领具足们武士下士的身份。

尾声

这个长长的故事，也差不多到了该结束的时候。

那之后，千代与伊右卫门夫妇之间并无多大的变化，只岁月匆匆而逝。庆长八年（1603）初秋，高知城竣工。说是竣工，但三之丸还仍然在进行挖掘与道路建设，并非全部竣工。不过，城郭的主要部分——本丸与二之丸已经建好，相当漂亮。

伊右卫门的入城仪式，是在庆长八年（1603）八月二十一日。参加入城仪仗队的人数大约三千。他们都穿着华美的礼服，一一列队而行。伊右卫门骑在马上，头戴高乌帽子，身着大纹礼服[1]。千代乘着金莳绘装饰的轿子跟在后面。

入了城下，远望天守阁在潮江川上的灰白投影，千代感慨良深。

（夫君终于成了这么一座大城之主了。）

入城之日有贺宴，除本丸的大厅以外，二之丸也到处设有红白条纹幔帐，武士们都开怀畅饮，喝得醉醺醺的。日没后宴席结束，伊右卫门进了内院，与千代一同歇息下来。

“祝贺夫君城郭得以早日建成，顺利搬迁！”千代按常规庄重道了声祝福。伊右卫门已经换做常服，并膝正坐答礼道：“与夫人同庆！”

之后伊右卫门随意坐了，命厨房把今日酒宴的剩菜端上来，举杯道：“千代，现在是咱们两人的夜宴了。”千代也想今夜尽兴地醉一场。

“千代，愿望终于达成啦！”伊右卫门道，“所有一切，都是托了千代的福啊！”

“夫君太谦虚了。其实都是靠了一丰夫君自身的武勇、才干和运气。”

“俺倒是很想说就是。可俺知道自己的斤两。”

“还谦虚啊！”千代用眼角嘲弄地瞥了一眼伊右卫门。可伊右卫门苦笑一声，哼哼道：“哪里，是真的。”

“不过一丰夫君的言出必行，可是日本第一呢。”

“什么言出必行啊？”

“新婚之夜的誓言啊。”

“哦！那个啊，”伊右卫门抬手擦了擦嘴角的酒，“是，那个倒是遵守了。”誓言里说，自己除了千代，不可在外拈花惹草。当他还在织田麾下做事时，曾与甲贺出身的一名女子犯过错，可那也不必在此刻自首吧。他一没碰过侍女，二没安置妾室，这在日本的大名小名之中，估计也只有他伊右卫门做得到了。而且千代还未曾育有继承人，伊右卫门始终近乎愚忠地遵守着两人的约定。

“或许还真是番伟业呢。”伊右卫门并不十分高兴地嘟囔了一句。

高知城本丸与二之丸建好后，夫妇俩还剩了一件大事没做——养子忠义的婚事。忠义是国松行加冠礼后的正名。忠义在江户府邸长大，已经虚岁十二岁了。

“得给忠义娶媳妇了。”伊右卫门在本丸建成后便说过这样一句。其实忠义还未到婚娶的年龄，可伊右卫门已年过五十，若不早些把婚事定下，他不知道自己还有没有福气等到那一天。

“千代你说呢?”两人夜宴当晚伊右卫门问道，“是千代跟俺奋斗得来的二十四万石，不能在咱这一代便毁了。”

（人可真是欲念无穷啊!）

千代痴痴地想。一代筑就的东西一代便毁了又如何?人年纪越大，欲念便越大，老想着能永世相传。特别是大名，若是主家一毁，家臣们也就会失了家禄成为流浪汉。所以，只有让大名家业得以传承，伊右卫门才算是创业成功了。伊右卫门命江户的重臣遍寻年纪相当的大名家小姐，可许久都无果。

“是啊。”千代假装思索着。其实千代早已有了打算，但一直没有心思说出口。现在趁着酒兴，正好可以和盘托出。“山内家这二十四万石，说穿了本来就纯属侥幸，就好似座地基潦草的建筑。”

“是啊。”伊右卫门点头，脸上神色并无半分喜怒。千代是说，就伊右卫门的器量，这二十四万石就是一个捡来的大便宜。而伊右卫门自己的内心某处也的确这样在想，所以唯有苦笑称是。

“大名家有四种类型。首先是德川将军家的家门，这些大名是名正言顺、理由充分。若是以建筑打比方，就好似地基坚固、木材结实的房子，一点儿风浪是吹它不倒的。”

“嗯，然后呢？”

“接着就是辅佐德川家创业的历代功臣，与德川家家门一样。”

“第三呢？”

“是自古以来的名门。比如东国的佐竹氏，萨摩的岛津氏等人，他们虽曾联合西军参与关原之战，但毕竟有着源赖朝之后数百年的传统，就连大公仪也不忍将其彻底摧毁，采取的是极其宽大的处置。当然，另外的理由便是这些土生土长的大名，一旦受到公仪的攻击便会穷其所有进行顽强抵抗，领国的草木山川皆是利器，大公仪是觉得与其攻击不如安抚来得顺畅吧。”

“那第四呢?”

“肥后的加藤家、艺州的福岛家等丰臣时代的风云大名，当主为英雄豪杰者多。”

“那咱家呢?”

“咱家啊，哪种都不是。”千代笑道。伊右卫门也被笑声传染，笑道:“原来天下根本就没有像山内家这样根基薄弱的大名啊。”

“所以，忠义的婚事，与其咱们自己做主，不如请公仪帮忙选定，这样还能多少生些根基出来。”

“不得不这样做吗?”伊右卫门面色不快。连养子娶媳妇都去求公仪出面，怎么看都是臭不可闻的公然献媚啊。千代也一样不快，尽管是她自己提的议。可怎奈如今已是二十四万石的大名，不得不谋求维持与传承，有时候也需要拥有出卖个人自尊心的胸襟。

“夫君不满?”千代的表情复杂之至，仿佛捏着鼻子喝了一壶醋似的。她心里的不悦并不输于伊右卫门，只是在拼命抑制而已。可伊右卫门却毫无思量脱口而出——不得不这样做吗?看到他这毫无责任感的态度，千代不由得怒从中来。

“咱家是大名。”千代小声道，随之叹了口气，“若是寻常武士，可以我行我素，也无需看旁人脸色。可如今既然当了大名，就有很多事不得不忍，不得不牺牲。”对于多少有些自尊心的人来说，没有比这个时代的大名更难当的了。

肥后的加藤清正，正因为太过自负，半生中老是与人争执，生出了好些事端。可现在，他却为了让德川家高兴，在品川建了一座壮丽的江户府邸，借以向德川明志——我清正已然野心全无。这笔建设费用原本是军费开支，是应该留作军费的，可清正却毫不吝惜用在了府邸建设上。

还有，在加藤清正与福岛正则都受命辅助名古屋城筑城之时，福岛正则过来找他，埋怨道——这种辅助接二连三，我领国的军费不保啊。清正一听，劝道：“要想保家，就别那么啰唆，埋头干事要紧！”

世间已经进入了秩序的时代。若是战乱中，一介武夫凭借武勇可打出一片江山来，其自尊也能得以保全。可一旦进入秩序时代，正所谓今非昔比，江户的高级官僚一两句话便可左右一两位大名的命运。

“若是想让山内家传承下去，那就别啰唆，照做便是。”千代也说了句与清正类似的话。

“是俺有欠考虑?”

“这就难说了。不过，若是要尽享个人自尊，什么都率性而为，现在就该拥有立即封锁国境、深挖城池、高筑外墙、宣告与天下为敌的觉悟。”

如此这般，两人一席长谈后，确定了忠义婚事的方针。伊右卫门派飞脚传信至驻守江户府邸的家老处，命他们“请公仪代为选定”。

收到伊右卫门此番请愿的江户幕府官僚，觉得山内家实在可爱，很愿意为其甄选。据说，德川家一族的松平隐岐守定胜，育有一女，名叫阿姫。江户幕府官僚觉得甚是不错，便禀报家康知晓。家康道：“收作我的养女吧。”对家康而言，通过与外样大名的联姻，加深德川家的统治基础，也是确立德川体制的重要一环。

阿姫年方十岁。

庆长十年（1605），阿姫十二岁了。这年十月便要在江户举行与忠义的婚礼，可九月二十一日，伊右卫门在高知城内的书院里病倒了。

那是一个极为阴冷的早晨。天明前便有白雾笼罩，因此城内到了早晨都需得点烛照明。前一夜，伊右卫门照常在千代的寝屋歇息，可早晨却比平素醒得晚。

“怎么了？”早已起身收拾停当的千代，在伊右卫门枕边问道。

“没什么。”伊右卫门缓缓起身，回头看千代时微笑的面庞，就好似少年般红彤彤的。

“是发烧了么?”千代靠近摸了摸他的额头，并不甚热。

“头有些疼。”

“是着凉了吧。不如今日好好休息休息。”千代即刻叫来侍女，吩咐请医生过来一趟。

“是风寒。”医生诊断道。

可伊右卫门必须出门，前庭书院里有家老在等他前去面见。驻守江户府邸的家老乾十左卫门，专程为了与阿姬的婚礼一事，回到了土佐。伊右卫门需听过报告后，与家老们商议婚礼的具体事宜。

“不如推迟到明天吧?”千代劝道。可伊右卫门却说，他已经答应了今晨会面，不能不去。伊右卫门对自己家臣也是这般言出必行，不过，这也是他的优点之一。

伊右卫门进了前庭书院。家老们已经到来，只等伊右卫门落座便开始汇报。伊右卫门静静听着，渐渐脸色难看起来，继而黑睛上翻，远处看只剩了白珠。可家老们却没察觉到这个变化，继续汇报了下去。待他们最终发现时，伊右卫门已经轻哼一声扑倒在地。

“啊!”随从立即从背后抱起伊右卫门，家老们也瞬间围了上来。医生闻讯赶来，让人把家主先抬回去：“小心抬回内院去。”此番折腾，恶化了伊右卫门的病情。被抬回内院的伊右卫门已经失了意识。

千代看上去慌乱得厉害，好几次对着医生大叫："能治好吗？"可医生也是束手无策，无法及时作答，只说了些不明所以的话："如果今日一直有脉息，或者可能——"

伊右卫门是在这日正午断的气。屋外的白雾开始散去，医生终于放下伊右卫门的手腕，跪拜于千代面前："适才，大人的脉息失了踪迹。"

千代凝视着伊右卫门，捂着脸痛哭出声。她抱住伊右卫门的遗体，摇着想叫醒他。她伤心痛哭的模样，就跟一个没有身份没有地位的卑微农妇一般。

（咱们漫长的一生结束了。）

千代在哭泣中思忖。

伊右卫门是天文十四年（1545）出生的，过世时虚岁六十一。千代四十九岁，又变作了孤身一人。她在城内的佛堂里断了发，此后便以佛堂为家，住了下来。

伊右卫门的遗体在真如寺火化，并葬在日轮山。戒名[2]为大通院殿心峰宗传。千代从这一日起，法号称作见性院。

伊右卫门的死讯很快传到了江户，于是山内家即刻便由忠义继承了下来。

忠义从江户列队首次进入土佐，已是第二年春天的事。千代在城内大厅里与忠义见了面。她像是第一次见这城内大厅似的，静静地缓缓地望向每个角落。其间，有诸位家老在场。不过，他们已经不是伊右卫门的家老，如今侍奉的是忠义了。千代看着他们就好似看着陌生人。

(时不待人啊。)

千代不得不感念。她便是在此刻，决意离开土佐的。没有伊右卫门的土佐，对她来说已经没有任何留恋了。

千代对这位年幼的第二代藩主，好好训诫了一番后，道：“对马守大人，我有个不情之请。”

“母亲请说。”忠义道。

千代说她想住到京都去，希望能尽快替她在京都建一处房子。忠义听了很是吃惊，虽劝阻了一番，可千代仍然微笑着轻轻摇头道：“我在这里的工作已经做完了。”她今后想要好好享受京都的春秋，还想找些唐锦，做些漂亮的小袖，平静地度过余生。

千代的心愿终究是达成了。伊右卫门过世后第二年，即庆长十一年（1606），千代离开与伊右卫门共度数年的土佐，移居京都。京都的桑原町有座新居建成，千代在此处开始了她的退隐生活。

第二代国主忠义跟伊右卫门不同，是一位豪爽的男子。

其性格也与南国之王的名号相得益彰，肚量大而能容。有一次，他在京都二条城参加了将军的酒宴后，归途中日光晃眼，晒得甚热。忠义脱下上半身衣袖，光着身子骑马走在市中。沿道的市民们见他如此胆大妄为很是想笑，却又怕惹得老虎发威，于是只好拼命低头跪着。

千代命忠义一定要每三个月给自己来一次信。有次忠义违约，便收到了千代这样一封叱责的信函："在京都或是伏见，总能见到别家的使者。可我家却从去年七月以后便再无一位飞脚来访。可是因为忠义大人对我有什么不满么？总之，只要能听到一句'绝非怠慢'的话，我也就释怀了。今后也不知道还能活多久，但因有对忠义的期待，我很是心满意足。"

在这一通叱责的背后，藏着的是千代对自己筑就了土佐二十四万石这番伟业的自豪之情吧。

千代在元和三年（1617）十二月四日，跟伊右卫门一样于六十一岁的年纪撒手人寰。"这一生，活得真是有滋有味啊。不过，稍觉有些累了。"她轻声说完这些话，最终闭上双眼，再也未曾睁开。

据说，那是一个大雪纷飞的傍晚。

注释：

【1】大纹礼服：印染上五处大型家纹的礼服。始于室町时代，在江户时代，属五位以上的武家通常礼服。

【2】戒名：佛教仪式上，僧侣给死者取的名。

由山茶花漫谈开去

——《功名十字路》译后记

每年春暖花开的三四月间，平素爱花的我总会去逛几次花卉市场。而今年，适逢翻译完毕，我特意去看了看以前不曾留意的山茶花。在日本的战国时期因丰臣秀吉的钟爱而风靡一时的山茶，至今都人气健在，花市里总被安置在显眼的地方。可怎奈天气转暖，山茶的花骨朵儿却寂寥起来，或粉或白的败花残瓣更是让人看了心疼。由是转念，想到了千代。与姣好的花儿一般，伊人的香消玉殒也总是令人怅然的。虽然她在她的那个时代曾过得有滋有味，曾跟山茶一样在严冬傲骨盛开、久久芬芳过。

在战国时期的风云变幻里，无论英雄、枭雄的面孔怎生变换，女性总是作陪衬的多。而司马辽太郎却选了千代来做主人公，用信长、秀吉、家康三代的演变历程做背景，刻画出了一位心灵手巧、聪颖过人的小家碧玉，一位温文尔雅、宅心仁厚的贤妻良母，使本书成为众多时代小说里的一道亮丽风景。

至于司马辽太郎为何会以一位女性做时代小说的主人

公，他曾在一次报社采访时透露：“我之所以开始写这样一部作品，倒不是因为喜欢千代。正好相反，我觉得一个女人那么聪明简直讨厌死了。可是，写着写着，却发现越来越有意思起来。无论怎样，一丰这位丈夫实在太听话了。可到底是什么让一丰这么听话呢？这的确很让人感兴趣。”

其实，我对千代的这种“驭夫魔法”也很感兴趣，妄想有朝一日可以如千代一般使得得心应手。历史上的千代与司马辽太郎书中的小说人物千代许是有差别的。抛却细节的不同，缘起、经历、结局应是大致不差。数年前我曾去高知的桂浜看坂本龙马时，顺便观摩了一下高知城，也就是千代夫妇最后筑就的城郭。因为那次看得实在草率，近日里总是思忖如果今后有机会再去，一定要好好看看千代的那块可以切菜量米两用的竹方斗（可惜真品已烧毁），以及她的那个或许并非真正装过十枚纯金的镜匣，还有一丰的那柄代代相传至今的鸟毛长枪。

读者会问为何会做这种蠢事？缘由无他，只是想沾染一下这些东西身上所蕴藏的那个时代的气息——前仆后继、奋发，还有罗曼。与连政客都仍等同于世袭的日本当代相较，千代夫妇生活过的战国时期无疑是翻天覆地的、精彩淋漓的。千代的夫君一丰能由一介平民登至大名之位，友人宁宁之夫秀吉能从提鞋小厮成长为实质上的君主，这在一贯由贵族统治的日本历史上大概是绝无仅有的。所以，伊人已逝，留得物什让在一潭死寂中百无聊赖的当代的人儿缅怀一下，也是好的。由此，我便可以从译者的身份重新转化为一个纯粹的读者，长长久久地把千代珍藏在心底里。

我想，一定有读者跟我一样钟爱千代，虽然可能人人心目中的千代模样都不甚一样，可无论谁都难以否认千代的魅力。而千代夫妇形象的塑造成功，正是《功名十字路》得以畅销的原因之一。

这部司马辽太郎在不惑之年创作出版的时代小说，据统计迄今为止共售出 395 万部。这无疑是个庞大的数字。当然，与司马辽太郎成熟的叙事技巧和行文方式也是分不开的。他能从纷繁复杂的各色人事之中甄选出最为妥帖的，从崭新的视点出发加以精心描画，还时不时“说点儿题外话”，却不让读者有丝毫累赘之感。洋洋洒洒数十万字下来，竟是句句赏心悦目。

他所创作出的历史人物形象，毫无夸张地说，很多都就这样变作了普通日本民众对历史人物的印象。比如织田信长、丰臣秀吉、德川家康、西乡隆盛、福泽谕吉等等人物，反复穿插于他的多部作品之中，填满了读者心中历史人物的空缺，个个血肉丰满、音容宛在。咱们的千代和她的一丰夫君也一样，烙印深深，已挥之不去了。

司马辽太郎当初取这个笔名的初衷，是因为“自己远远不及司马迁”。不过，司马迁写历史，司马辽太郎写历史小说，谈“远远不及”也太谦逊了。而他创作的这些人物形象毫无疑问还会继续影响着一代代的普通民众。作为译者，我只求能精准传达司马辽太郎字里行间的韵味，以不辱使命。希望广大读者朋友能给予批评指正，同时在心里都藏着一个自己的千代！

最后，我要郑重感谢重庆出版社给予我这次翻译的机会，感谢许宁先生、邹禾先生在翻译工作中的悉心指导，以及为本书的顺利刊行所付出的大量心血！同时感谢家人对我的鼓励与支持，感谢诸位关心和支持历史小说阅读与创作的朋友，希望本书的引进出版能成为中国本土历史小说创作的养分之一。中国历史浩瀚，我相信随便撷取一把，便是一个动人的故事！

欧凌

2015年3月吉日

千秋雪

游生忠 著

海峡出版发行集团
海峡文艺出版社